Elizabeth Peters

Das Königsgrab

Ein Amelia-Peabody-Roman

Aus dem Amerikanischen
von Beate Darius

Marion von Schröder

Die Originalausgabe erschien 2006 unter dem Titel
Tomb of the Golden Bird bei William Morrow, New York

Marion von Schröder ist ein Verlag
der Ullstein Buchverlage GmbH

ISBN: 978-3-547-71121-9

Published by Arrangement with Dr. Barbara Mertz
Satz: LVD GmbH, Berlin
Gesetzt aus der Sabon
Druck und Bindung: Bercker Grafischer Großbetrieb, Kevelaer
Printed in Germany

Für Phil und Kathe Gust
Langjährige Weggefährten

1

»Ramses!«

Von der Terrasse des Shepheard's Hotel verfolgte ich interessiert, wie ein hoch aufgeschossener junger Mann beim Klang dieses Namens ruckartig stehen blieb und herumschnellte. Allerdings befanden wir uns nicht im vierzehnten Jahrhundert vor Christus, sondern im Jahre des Herrn 1922, und der Angesprochene war beileibe kein altägyptischer Pharao. Obwohl er mit seiner bronzefarbenen Haut und den tintenschwarzen Haaren glatt als Ägypter durchgegangen wäre, ließen Statur und Umgangsformen eindeutig auf einen wohlgeratenen, englischen Gentleman schließen. Zudem war selbiger Herr mein Sohn, Walter Peabody Emerson, besser bekannt unter seinem ägyptischen Spitznamen »Ramses«.

Er wollte höflich den Hut ziehen und stellte fest, dass er (wie üblich) gar keinen trug. In Anbetracht der fehlenden Kopfbedeckung grüßte er mit einem Nicken und – welch seltenes Wunder! – er lächelte gewinnend. Ich reckte mich auf meinem Stuhl und verrenkte mir den Hals, um besagtes Individuum zu lokalisieren, das diese Reaktion ausgelöst hatte, aber leider Gottes versperrte mir das geschäftige Treiben auf dem Boulevard die Sicht. Seit meinem ersten Ägyptenaufenthalt hatte der Verkehr in Kairo dramatisch zugenommen; mittlerweile machten sich Automobile mit Eseln und Kamelen, Karren und Kutschen die Straße streitig, weshalb der Motorengestank, schlimmer noch als die Lasttiere, den Geruchssinn traktierte. Ich muss gestehen, an deren Ausdünstungen und Ausscheidungen hatte ich mich mit den Jahren gewöhnt.

Ich mutmaßte, dass die Person, die mein Sohn begrüßte, von zierlicher Statur sei und höchstwahrscheinlich hübsch (Letzteres schloss ich aus Ramses' Bemühung, den Hut zu ziehen, und seinem galanten Lächeln). In diesem Augenblick schob sich eine beleibte, von einem riesigen Turban gekrönte Gestalt auf einem eher schmächtigen Eselchen an meinem Sohn vorbei, und als ich wieder freie Sicht hatte, kam der Junge bereits die Hoteltreppe hoch und an meinen Tisch gehechtet.

»Wer war das?«, wollte ich wissen.

»Guten Tag, Mutter.« Ramses gab mir einen flüchtigen Kuss auf die Wange.

»Guten Tag. Wer war das?«

»Wer war was?«

»Ramses«, bemerkte ich mit einem warnenden Unterton in der Stimme.

Darauf versagte sich mein Sohn weitere Spitzfindigkeiten. »Ich glaube, du kennst sie noch nicht, Mutter. Ihr Name ist Suzanne Malraux. Sie hat bei Mr Petrie studiert.«

»Ah ja«, erwiderte ich. »Du irrst, mein Lieber. Professor Petrie erwähnte sie mir gegenüber bereits letztes Jahr. Er umschrieb ihre Arbeit mit akzeptabel.«

»Das ist wieder typisch Petrie.« Ramses setzte sich und verstaute seine langen Beine unter dem Tisch. »Trotzdem, eins muss man ihm lassen. Er hat sich nie dagegen gesträubt, Frauen auf dem Feld der Archäologie auszubilden.«

»Ich habe auch nie abgestritten, dass er sich auf seinem Gebiet gewisse Verdienste erworben hat, Ramses.«

Sein Grinsen dokumentierte, dass er die leise Anspielung in meiner Äußerung erfasst hatte. »Mit der Ausbildung allein ist es nicht getan, Mutter. Bislang hat sie noch keine Anstellung gefunden.«

Was wollte mein Sohn damit andeuten, schoss es mir unvermittelt durch den Kopf. Dass wir sie in unseren Mitarbeiterstab aufnehmen sollten, vielleicht? Bestimmt wäre sie mit einem solchen Anliegen eher an ihn herangetreten als an seinen Vater oder an mich. Zugegeben, junge (wie ältere) Damen flogen auf ihn, obwohl er sie in keiner Weise dazu ermutigte. Er liebte seine bildhübsche Frau Nefret und wäre vermutlich nie auf die Idee gekommen, sich mit einer Jüngeren einzulassen. Mademoiselle Malraux war Halbfranzösin. Und – wie viele andere Frauen – sichtlich von Ramses beeindruckt. Kein Wunder bei seinen höflichen Umgangsformen (mein Verdienst) und der athletischen Statur (ein Erbe seines Vaters), seinem attraktiven, südländischen Äußeren und dem gewissen Etwas (das ich hier nicht näher spezifizieren möchte).

Nein, eine Anstellung der Dame schien mir nicht ratsam, obwohl wir dringend weiteres Personal benötigten.

»Hast du schon ein paar interessante Leute getroffen?«, erkundigte sich Ramses nach einem Blick über die Gäste, die auf der Terrasse den Tee einnahmen. Es war der übliche Haufen – gut gekleidet, gut situiert und fast durchweg hellhäutig – besser gesagt von sommersprossig weiß bis zu einem sonnenverbrannten Puterrot.

»Lord und Lady Allenby waren kurz bei mir am Tisch«, erwiderte ich. »Er war ganz reizend, aber ich verstehe durchaus, wieso die Leute ihn als den Bullen bezeichnen. Sein ausladendes Kinn deutet auf eine energische Persönlichkeit.«

»Das muss er auch sein. Als Hochkommissar steht er sowohl unter Beschuss der Imperialisten in der britischen Regierung als auch der ägyptischen Nationalisten. Im Großen und Ganzen kann ich seine Bemühungen nur begrüßen.«

Ich hatte absolut keine Lust auf das Thema Politik, denn das war ganz einfach deprimierend.

»Da kommt dein Vater«, sagte ich stattdessen. »Und wie üblich verspätet.«

Ramses blickte über seine Schulter auf die Straße. Kein

Zweifel, dort unten wandelte Emerson. Auffallend gut aussehend wie eh und je, mit schwarzglänzenden Locken und irisierend saphirblauen Augen, überragte er mit seiner eindrucksvollen Statur die Passantenmenge, und seine wohltönende Stimme war weithin vernehmbar. Lautstark begrüßte er englische und einheimische Bekannte, das Arabische mit deftigen Kraftausdrücken gespickt, weshalb die Ägypter ihm den Beinamen Vater der Flüche gegeben hatten. Sie waren seine Ausdrucksweise gewohnt und reagierten breit grinsend auf Anwürfe wie »Na, wie geht's denn so, Ibrahim, missratener Sohn eines stinkenden Kamels?« Mein geliebter Mann, der renommierteste Ägyptologe seiner wie jeder noch kommenden Ära, genoss den Respekt der Ägypter, mit denen er seit vielen Jahren zusammenarbeitete, weil er mit ihnen so umsprang, als wären sie seine Archäologen-Kollegen. Soll heißen, er beschimpfte sie wüst, wenn sie irgendetwas gemacht hatten, das ihm nicht in den Kram passte. Es war nicht weiter schwierig, Emerson auf hundertachtzig zu bringen. Er hatte rigide professionelle Standards, ein stringentes Berufsethos und ein aufbrausendes Temperament, das er selbst mit zunehmendem Alter nicht zu mäßigen wusste.

»Er hat jemanden bei sich«, sagte Ramses.

»Stimmt«, antwortete ich. »Was für eine Überraschung.«

Die Person, die in Emersons gewaltigem Schatten folgte, war kein Geringerer als Howard Carter.

Vermutlich sollte ich den Grund für meinen Sarkasmus näher erläutern. Howard war einer unserer ältesten Freunde, ein Archäologe, dessen Karriere Höhen und Tiefen erfahren hatte. Derzeit war er für Lord Carnarvon tätig und mit der Suche nach unbekannten Pharaonengräbern im Tal der Könige betraut. Und genau dem galt auch Emersons gesteigerter Ehrgeiz, dem er jedoch nicht frönen konnte, solange Carnarvon seine Konzession nicht zurückgab. Es kursierten Gerüchte, dass seine Lordschaft sich mit ebendiesem

Gedanken trage, nachdem er wie die meisten anderen Ägyptologen zu dem Schluss gekommen war, dass das Tal keine weiteren Schätze mehr preisgeben würde.

Emerson teilte diese Überzeugung nicht. Gegen Ende der letzten Saison hatte er mir gegenüber eingeräumt, dass es nach seinem Dafürhalten wenigstens ein weiteres unentdecktes Königsgrab gebe, nämlich das des jung verstorbenen Pharaos Tutanchamon. Howard hatte er diese Einschätzung geflissentlich vorenthalten. Und um zu eruieren, welche Pläne Howard und sein Mäzen für die anstehende Saison hatten, waren wir früher als sonst nach Ägypten gekommen.

Ich las in Emersons markantem Gesicht wie in einem offenen Buch. Ungeachtet seiner blumigen Begrüßungstour waren seine saphirblauen Tiefen umwölkt, seine wohlgeformten Lippen missmutig verzogen: Carnarvon hatte seinen Firman nicht zurückgegeben.

Howard Carter schien mir auch nicht besser gelaunt. Wie üblich flott gekleidet mit Tweedanzug und Fliege, eine Zigarettenspitze in den Fingern balancierend, begrüßte er mich mit einer steifen Verbeugung, ehe er auf dem angebotenen Stuhl Platz nahm.

»Schön, Sie zu sehen, Howard«, hob ich an. »Wir haben diesen Sommer mehrfach versucht, mit Ihnen Verbindung aufzunehmen, aber leider erfolglos.«

»Bedaure sehr«, brummelte Howard. »Ich war überall und nirgends, wie es so schön heißt. Schwer beschäftigt.«

»Ich hab ihn zufällig im Büro des Direktors getroffen«, meinte Emerson, der ihm dort schon seit zwei Tagen auflauerte. Er verfiel in brütendes Schweigen. Ramses warf mir einen vielsagenden Blick zu und versuchte, das Gespräch wieder in Gang zu bringen.

»Sie sind dieses Jahr früher dran, Carter, genau wie wir.«

»Ging nicht anders.«

Der Kellner nahte mit einem beladenen Tablett. Mit der

im Shepheard's üblichen Professionalität hatte er sich die Anzahl der Personen an unserem Tisch notiert. Jetzt brachte er Tassen und Gebäck für alle.

»Das Gebiet, in dem ich graben will, ist ein beliebtes Touristenziel«, nahm Howard den Faden wieder auf. »Und ich möchte fertig sein, bevor der Massenansturm losgeht.«

»Ah«, meinte Ramses. »Dann bleibt Lord Carnarvon also noch eine weitere Saison in der Region. Uns ist zu Ohren gekommen, dass er seinen Firman zurückgeben will.«

Emerson entfuhr ein gedämpftes Grummeln, und Howard tat ganz erstaunt. »Aber nein, eine Saison bleiben wir mindestens noch. Ich konnte seine Lordschaft davon überzeugen, dass wir das unerforschte Terrain in der Nähe von Ramses VI. noch genauer inspizieren müssen. Erst dann ist unsere Arbeit sinnvoll abgeschlossen.« Nach einem kurzen Blick zu Emerson setzte er hinzu: »Das hab ich nicht zuletzt dem Professor zu verdanken. Eigentlich war seine Lordschaft nämlich der Meinung, dass eine weitere Saison im Tal Zeitverschwendung wäre. Aber als ich andeutete, dass Professor Emerson sich anerboten hätte, die Konzession und meine Wenigkeit zu übernehmen, überlegte Carnarvon es sich anders.«

»Verständlich«, murmelte ich, ohne Emerson dabei anzuschauen. »Also dann, Howard, wünschen wir Ihnen viel Glück und gutes Gelingen. Wann reisen Sie nach Luxor?«

»Das steht noch nicht fest. Vorher möchte ich noch die Runde bei den Antiquitätenhändlern machen. Obwohl ich nicht glaube, dass ich etwas so Bemerkenswertes entdecke wie Ihre Statuette letztes Jahr.«

»Glaub ich auch nicht«, meinte Emerson, wieder erkennbar besserer Stimmung.

Howard erkundigte sich nach unseren Plänen, und wir bedankten uns bei ihm, dass wir weiterhin im Westtal buddeln durften, das offiziell zur Konzession seiner Lordschaft gehörte. Nachdem wir den Tee eingenommen und Howard sich verabschiedet hatte, knöpfte ich mir meinen Mann vor.

»Sag jetzt nichts«, knurrte der, sobald ich mich zu ihm umdrehte.

»Emerson, ich würde dir bestimmt nie Vorhaltungen machen, weil du meine Ratschläge nicht beherzigst. Aber in diesem Fall habe ich dich mit Engelszungen gewarnt, dass dein Angebot an Lord Carnarvon nach hinten losgehen würde. Dein Renommee als Wissenschaftler und dein unverhohlenes Interesse an der Sache mussten seinen Forschergeist geradezu herausfordern.«

»Ich hab dir lang und breit erklärt –«, brüllte Emerson. Die Gäste an den Nachbartischen reckten die Köpfe und starrten zu uns. Emerson starrte zurück, worauf sie fahrig nach anderen lohnenswerten Motiven Ausschau hielten. Es kostete ihn einige Mühe, sich ein gequältes Lächeln abzuringen. »Verzeih mir, meine liebe Peabody.«

Dieser kurze Temperamentsausbruch war immerhin ermutigend. Nachdem ich im vergangenen Frühjahr dem Tod sozusagen noch einmal von der Schippe gesprungen war, hatte Emerson mich wie ein rohes Ei behandelt. Mich kein einziges Mal mehr angeblafft. Es war frustrierend. Mein Mann ist nämlich umwerfend, wenn er wütend ist. Zudem vermisste ich unsere hitzigen Kontroversen.

Ich lächelte ihn zärtlich an. »Was soll's, ist ja auch Schnee von gestern. Schwamm drüber. Ramses, wann erwartest du Nefret mit den Kindern aus Atiyeh zurück?«

Ramses schaute auf die Uhr. »Sie müssten eigentlich längst hier sein. Aber du weißt ja, wie schwer es ist, die Zwillinge von ihren Bewunderern im Dorf loszueisen.«

»Du hättest sie besser begleitet«, wandte Emerson streitlustig ein.

»Unsinn«, gab ich schroff zurück. »Selim, Daoud und Fatima sind bei ihnen, weil sie ihre Verwandten und Freunde besuchen wollten. Vier Erwachsene werden ja wohl auf zwei Fünfjährige aufpassen können.«

»Carla ist immer für eine Überraschung gut«, erwiderte

Emerson dumpf. »Die Kleine hält alles auf Trab, was Beine hat.«

Er hatte nicht ganz Unrecht, zumal seine Enkelin (anders als ihr Zwillingsbruder) einen ausgeprägten Abenteuergeist gepaart mit einem sprunghaften Naturell hatte. Allerdings war es nicht Carla, die Daoud in seinen muskelbepackten Armen trug, sondern David John, schlaff wie eine Gliederpuppe und erbsengrün im Gesicht. Wir hatten uns gerade in unsere Suite zurückgezogen, als Emerson fluchend aus seinem Sessel hochschnellte.

»Hölle und Verdammnis! Was hat der Junge? Daoud, ich hab dir die Kinder anvertraut.«

»Er ist betrunken«, rief David Johns Zwillingsschwester, die mit vorwitzig wippenden schwarzen Locken und dunkel schimmernden Augen zu uns gelaufen kam. »Die Jungen haben ihm jede Menge Bier gegeben. Und mir nicht«, setzte sie schmollend hinzu. »Das wäre bloß was für Männer, meinten sie.«

Der im Gegensatz zu seiner Schwester blonde David John hob behutsam den Kopf. »Ich wollte mal wissen, wie das ist, wenn man Alkohol trinkt.«

»Jetzt weißt du es«, antwortete ich, nachdem meine Diagnose unmittelbar feststand. »Ein Brummschädel ist wahrlich nichts Erstrebenswertes, was? Bring ihn ins Bett, Daoud, er soll seinen Rausch ausschlafen.«

»Ich mach das schon«, sagte Ramses und nahm unserem stellvertretenden Vorarbeiter das sturzbetrunkene kleine Kind ab. Daoud, ein großer stattlicher Mann mit kantigen Zügen, war das personifizierte schlechte Gewissen. Ramses klopfte ihm auf die Schulter. »Kopf hoch, Daoud. Dich trifft keine Schuld.« An seinem stillvergnügten Grinsen merkte ich, dass Ramses sich an ein vergleichbares Trinkgelage in seiner Kindheit erinnerte. Sein Zustand war allerdings nicht vergleichbar gewesen, da er den hochprozentigen Inhalt seines Magens wohlweislich auf dem Fußboden von Selims guter Stube entleert hatte, bevor wir das Dorf verließen.

»Sind Selim und Fatima unten?«, wollte ich wissen. »Bestimmt hatten sie Angst mit raufzukommen, hm? Sag ihnen, dass alles in Ordnung ist, Daoud. Schätze, ihr drei hattet genug damit zu tun, auf Carla aufzupassen.«

»Ich war ein ganz liebes Kind«, informierte Carla uns. Sie lief zu ihrer Mutter, die in einen Sessel gesunken war. »Stimmt's, Mama? Nicht wie David John.«

Ich konnte es ihr nicht verübeln, dass sie ein bisschen aufschnitt. Für gewöhnlich war sie nämlich diejenige, die irgendwelche Katastrophen anzettelte.

Nefret strich ihr über die schmuddelig verschwitzten Locken. »Nein, das warst du nicht. Dass du auf die Palme geklettert bist, war nämlich keine gute Idee. Sie war schon halb oben, als Daoud sie wieder hinunterholte«, erklärte sie uns.

»Aber ich war nicht betrunken, Mama.«

»Da hat sie zweifelsfrei Recht«, grinste Emerson. »Komm und gib Großpapa einen Kuss, mein gutes Kind.«

»Um Himmels willen, sie starrt ja vor Schmutz!«, echauffierte ich mich. Mit spitzen Fingern fasste ich Carla am Kragen ihres Kleidchens, worauf sie zu maulen anfing. »Keine Widerrede, Carla, wir nehmen jetzt ein schönes Bad, und dann kommt der Opa und gibt dir einen Gutenachtkuss. Nein, Nefret, du bleibst sitzen. Du siehst erschöpft aus.«

Ein Tagesausflug zu Selims und Daouds Familie in das nahe gelegene Dorf Atiyeh hatte den nicht zu unterschätzenden Vorteil, dass die Kinder nach ihrer Rückkehr hundemüde waren und brav ins Bett gingen. David John schlief schon, als ich Carla Fatimas Obhut überließ und unserer Haushälterin nochmals versicherte, dass sie ihre Aufsichtspflicht keinesfalls verletzt hätte. Nachher kehrte ich in unseren Salon zurück, wo Emerson gerade zum gemütlichen Teil überging und den Whisky eingoss.

Wegen unserer vorgezogenen Abreise aus England waren wir vier die Einzigen unseres Exkavationstrupps, die sich in Ägypten aufhielten. Offen gestanden bestand unser Stab derzeit ohnehin nur aus uns vieren. Ramses' bester Freund David, unser angeheirateter Neffe, wollte den Winter lieber in England mit seiner Frau Lia und ihren Kindern verbringen und sich einer vielversprechenden Karriere als Künstler und Illustrator widmen. (Der arme Junge hatte dies nur unter erheblichem Druck meinerseits eingeräumt und gegen Emersons heftigen Protest.) Emersons Bruder Walter und seine Frau, meine liebe Freundin Evelyn, die uns auf früheren Reisen begleitet hatten, waren nicht mehr aktiv in der Feldforschung tätig. Walters Hauptinteresse galt der Linguistik, und Evelyn ging förmlich auf in ihrer Rolle als Großmutter. Sie hatte jede Menge Enkelkinder (ehrlich gesagt hatte ich den Überblick verloren) von Lia und ihren anderen Söhnen und Töchtern.

Einige andere Personen, die wir gern angeworben hätten, hatten sich in der letzten Saison als Mörder entpuppt oder waren Opfer eines Mordes geworden – eine zugegeben nicht ungewöhnliche Konstellation bei uns. Selim, unser ägyptischer Vorarbeiter, war gewiss ein kompetenter Exkavator, der dem Gros europäischer Wissenschaftler bequem das Wasser hätte reichen können, und seine Crew hatte Emersons Methoden übernommen. Trotzdem brauchten wir meiner Meinung nach mehr Leute, zumal ich plante, Ramses und Nefret den Winter über in Kairo zu lassen, statt sie zu uns nach Luxor zu holen. Emerson hatte ich mein Vorhaben bislang wohlweislich verschwiegen, da er postwendend auf die Barrikaden gegangen wäre. Mein Mann liebt seinen Sohn und seine Schwiegertochter, was auf Gegenseitigkeit beruht, allerdings neigt er dazu, sie als kongeniale Mitstreiter zu betrachten, mit den gleichen Ambitionen und Interessen wie er selbst. Nachdem die beiden viele Jahre lang loyal mit uns zusammengearbeitet hatten, fand ich, dass sie endlich einmal ihre eigenen beruflichen Karrieren verfolgen sollten.

Ich ging davon aus, dass Emerson und ich nach Luxor weiterreisen würden, obwohl man sich da nie sicher sein durfte. Mein Mann hat nämlich die ärgerliche Angewohnheit, seine Pläne selbst vor mir bis zum letztmöglichen Augenblick geheim zu halten.

Dieser Augenblick schien meiner Meinung nach gekommen.

»Also gut, Emerson«, sagte ich nach ein paar entspannenden Schlückchen Whisky. »Du hattest mehrere Gesprächstermine mit dem Direktor der Antikenverwaltung, von denen du halbwegs ausgeglichen zurückgekehrt bist. Bestimmt hat Monsieur Lacau positiv auf deine Bitte reagiert. Welches Gebiet hat er dir denn angeboten?«

»Das weißt du doch«, gab Emerson zurück. »Hab ich dir doch schon gesagt.«

»Nein, hast du nicht.«

»Das Westtal?«, forschte Ramses.

Emerson, der uns gern noch länger auf die Folter gespannt hätte, schaute betreten drein. »Ähm ... ja. Ganz recht.«

»Und was ist mit Carter und Carnarvon?« Ich ließ nicht locker. »Wenn die beiden im Osttal leer ausgehen, wollen sie doch ganz bestimmt im Westtal weitermachen, oder? Das ist immerhin Teil ihres Firmans.«

»Falls – oder besser gesagt – wenn sie das Osttal aufgeben, schließt Carnarvon die Saison womöglich vorzeitig ab«, meinte Emerson hoffnungsvoll. »Oder sie widmen sich dem Grab von Amenophis III., wo Carter 1919 eine sehr oberflächliche Exkavation vornahm. Das ist am Ende des Westtals, weit weg von unserem Gelände. Da ist genug Platz für ein halbes Dutzend weiterer Ausgrabungstrupps, wenn ihr mich fragt.«

Ich wählte meine Worte mit Bedacht. »Es wäre sicher sinnvoller, wenn wir mit Cyrus Vandergelt an dem Grab von

Aja weiterarbeiteten. Anders als Cyrus sind wir etwas verlegen um Arbeitskräfte.«

Ein leises Klopfen an der Tür unterbrach mich.

»Wer zum Teufel ist das jetzt wieder?«, polterte Emerson. »Ich bin reif fürs Abendessen. Und wo steckt Nefret?«

»Sie ist gleich wieder hier«, bemerkte Ramses. »Sie wollte sich nur kurz frisch machen und umziehen.«

»Nun geh schon an die Tür, Emerson«, sagte ich ungnädig.

Der diensthabende Sufragi überreichte Emerson unter höflichen Verbeugungen ein Kärtchen. »Der Gentleman wartet, Vater der Flüche.«

»Der kann warten, bis er verfault«, muffelte der Professor nach einem flüchtigen Blick auf die Visitenkarte. »Das ist dieser Bandit Montague, Peabody. Den will ich nicht sehen.«

Emerson mag die wenigsten Leute sehen, aber auf Sir Malcolm Page Henley de Montague hatte er einen besonderen Rochus. Montague war ein betuchter Antiquitätensammler und gehörte damit zu einer Spezies, die mein Göttergatte zutiefst verabscheut. Zudem war er ein impertinenter Zeitgenosse, und ich bezweifelte, dass er uns aus freundschaftlichen Motiven besuchte. Trotzdem ist es nie von Nachteil, sich die wahren Beweggründe solcher Personen zu erschließen, nur so kann man ihren Machenschaften im Ernstfall vorgreifen.

»Emerson, sei nicht so unhöflich«, krittelte ich. »Wir müssen ohnehin auf Nefret warten, also können wir uns ruhig kurz mit ihm unterhalten. Bring ihn herein, Ali.«

Sir Malcolm trug ein geckenhaftes Stöckchen mit silbernem Knauf bei sich, das er nicht etwa als Gehhilfe benutzte, sondern um damit seine bedauernswerten ägyptischen Bediensteten auf Trab zu bringen. Damit seine sorgfältig frisierte silberweiße Haarpracht nicht litt, lüftete er vorsichtig den Hut, verbeugte sich und begrüßte uns reihum.

»Schön, Sie wieder in Ägypten zu wissen«, begann er hochtrabend.

»Pah«, schnaubte Emerson. »Und was wollen Sie von uns?«

»Bitte, nehmen Sie doch Platz, Sir Malcolm«, sagte ich mit einem mahnenden Stirnrunzeln zu Emerson. »Wir waren auf dem Weg in den Speisesaal, aber das eilt nicht.«

Die Tür, die Ali hinter Sir Malcolm geschlossen hatte, ging erneut auf, und Nefret betrat den Raum. Erstaunt gewahrte sie unseren Besucher und hielt ihm die Hand hin, die er mit einer galanten Verbeugung fasste. Sein bewundernder Blick war verständlich; sie sah einfach bezaubernd aus, wenn die aktuelle Mode auch bei weitem nicht mehr so stilvoll war wie in meiner Jugend. Das himmelblaue Kleid, das die Farbe ihrer Augen hervorragend zur Geltung brachte, hatte keine Ärmel, sondern schmale Träger, die ein perlenbesticktes Oberteil in Form hielten, und der Rock endete knapp unterhalb der Knie. Wenigstens trug sie ihre goldblonden Locken nicht nach dem neuesten Trend kurz geschnitten, sondern zu einem eleganten Knoten frisiert.

»Verzeihen Sie, wenn ich ungelegen komme«, sagte Sir Malcolm. »Da ich weiß, dass der Professor gesellschaftliche Konventionen ablehnt, komme ich direkt zum Kern der Sache. Darf ich fragen, wo Sie in dieser Saison zu arbeiten gedenken?«

»Im Westtal der Könige«, sagte Emerson knapp.

»Nicht im Osttal?«

»Nein.«

»Dann hat Carnarvon die Konzession also nicht abgegeben?«

»Nein.«

Es erstaunte mich, wieso der Professor Sir Malcolm nicht rundheraus erklärte, dass ihn unsere Grabungsvorhaben einen feuchten Kehricht angingen. Aber wo nötig kann er sein Temperament zügeln, und er schien genau wie ich interessiert an den Motiven des Gentleman.

»Ach«, seufzte Sir Malcolm. »Ich gäbe viel darum, wenn ich den Firman für das Gebiet bekommen könnte.«

Emerson zuckte die Schultern und holte demonstrativ seine Taschenuhr heraus. Sir Malcolm blieb hartnäckig. »Und ich vermute, Sie denken ähnlich. Sie haben doch bereits versucht, Carnarvon davon zu überzeugen, die Grabungsgenehmigung zurückzugeben, oder?«

»Großer Gott«, schnaufte Emerson. Sein Gesicht nahm zusehends einen ungesunden Rotton an. »Hört denn dieses Gerede in unserem Metier nie auf? Woher wissen Sie das?«

»Aus zuverlässiger, aber verständlicherweise anonymer Quelle«, konstatierte Sir Malcolm aalglatt. »Kommen Sie, Professor, lassen Sie uns keine Haarspalterei betreiben. Sie glauben, dass Carter ein Grab finden wird – nämlich das von Tutanchamon. Und genau das glaube ich auch.«

Emerson ließ die Uhr zurück in die Jackentasche gleiten und fixierte Sir Malcolm schweigend. Nachdem er vergeblich auf eine Antwort gewartet hatte, fuhr Sir Malcolm notgedrungen fort.

»Es existieren Belege für ein solches Grabmal. Das wissen Sie ebenso gut wie ich. Theodore Davis meinte irrtümlich, es gefunden zu haben; allerdings enthielt der Schrein mit den diversen Objekten einwandfrei Grabbeigaben von Tutanchamons Beisetzung. Die Statuette, die sich letztes Jahr vorübergehend in Ihrem Besitz befand, stammte offensichtlich aus seinem Grab. Grab 55, das einzige Weitere im Osttal aus jener Periode, liegt in dem Dreieck, das Carter freilegen will.«

»Das weiß ich auch«, erwiderte Emerson unwirsch. »Beweise hin oder her, Carnarvon hat die Konzession und damit basta.«

Sir Malcolm beugte sich in gespielter Vertraulichkeit zu ihm vor. »Was, wenn Lacau sich überzeugen ließe, diese zurückzuziehen?«

Eine kurze Gesprächspause entstand. Dann sagte Emerson gefährlich leise: »Von Ihnen etwa?«

»Es gibt immer Mittel und Wege«, murmelte Sir Malcolm. »Er würde sie sicher nicht mir erteilen, aber einem renommierten Exkavator wie Ihnen könnte er sie schwerlich versagen.«

»Einmal angenommen, Sie haben Erfolg.« Emerson nestelte nervös an seinem Kinngrübchen herum. »Was würden Sie im Gegenzug dafür verlangen?«

»Nur meinen Anteil an den Kunstschätzen und den ... ähm ... Erlösen«, sagte Sir Malcolm eifrig.

»Emerson«, rief ich aufgebracht. »Das kannst du doch nicht machen. So ein unmoralisches Angebot!«

»Pscht, Peabody.« Emerson hob gebieterisch die Hand. »Ich kann mich dem Eindruck nicht verschließen, Sir Malcolm, dass Sie auf eine höchst riskante Karte setzen. Selbst wenn ein solches Grab existiert und es überdies in dem fraglichen Gebiet liegt, ist es mit an Wahrscheinlichkeit grenzender Sicherheit in der Frühzeit ausgeraubt worden – genau wie die anderen Königsgräber.«

»Das finanzielle Risiko ist nicht besonders hoch«, gab Sir Malcolm zurück. Er dachte, er hätte Emerson schon in der Tasche; seine Augen glänzten vor kaum verhohlener Gier. »Sie wissen aus Erfahrung, dass eine Exkavation hier nicht die Welt kostet. Die Löhne sind niedrig, und man kommt bequem ohne teure Ausstattung aus. Carnarvon mag sich beschweren, dass sich seine Investitionen kaum lohnen, aber man darf den Gewinn auch nicht ausschließlich an den Funden messen. Letztendlich macht die Schatzsuche doch den Reiz aus. Für mich gilt die Devise: Das Spiel gehört zum Leben!«

Für Augenblicke spiegelte Emersons ausdrucksvolle Miene die Begeisterung unseres Besuchers. Dann schüttelte er den Kopf. »Mir geht es einzig um den Gewinn für die wissenschaftliche Forschung. Ihre Argumentation wirkte wesentlich überzeugender, Sir Malcolm, wenn Sie nicht als skrupelloser Sammler bekannt wären. Ich kann Ihren Plan nicht gutheißen. Einen angenehmen Abend noch, Sir.«

Sir Malcolm erhob sich. »Ich wohne hier im Hotel und bin jederzeit erreichbar.«

»Guten Abend«, meinte Emerson betont.

Sir Malcolm zuckte feixend mit den Schultern und steuerte zur Tür. »Oh«, er drehte sich noch einmal um. »Eins hätte ich fast vergessen. Mir ist zu Ohren gekommen, dass Sie dieses Jahr ziemlich knapp sind mit Ihren Leuten. Ich kenne da einen hochqualifizierten Burschen, der –«

»Guten Abend«, brüllte der Professor.

»Na so was«, entfuhr es mir, nachdem Ali den Gentleman hinausgeleitet hatte. »Eine solche Unverfrorenheit! Weiß dieser Mann eigentlich nie, wann er aufhören muss?«

»Er ist ein Sammler«, antwortete Emerson in einem Tonfall, in dem er vermutlich auch sagen würde: Er ist ein Mörder. »Und sicher immer noch vergrätzt, weil Vandergelt ihm die Statuette abgeluchst hat.«

Die kleine goldene Statue, die sich im Vorjahr zeitweilig in unserem Besitz befunden hatte, hätte zweifellos die Fantasie eines jeden Sammlers beflügelt. Ein bezaubernd modelliertes Abbild eines Königs, war es (von uns) als das des jungen Tutanchamun identifiziert worden, das kurz nach seiner Bestattung von einem Grabräuber gestohlen worden war. Dessen Geständnis befand sich wundersamerweise auf einem der Papyri, die wir in dem Arbeiterdorf Deir el-Medina gefunden hatten. Tutanchamons Grab gehörte zu den wenigen, die nie lokalisiert worden waren, und Ramses' Übersetzung des Papyrus hatte Emerson in dem Glauben bestärkt, dass es im Tal der Könige sein müsse. Er war nicht der Einzige, der diese Überzeugung vertrat, wie Sir Malcolms Angebot dokumentierte.

»Meinst du wirklich, Sir Malcolm verfügt über so viel Einfluss?«, wollte ich wissen.

Ramses sagte gedankenvoll: »Schon möglich. Aber eine Zusammenarbeit mit diesem Mann steht natürlich völlig außer Frage. Das würde dich deinen Ruf kosten, Vater.«

»Das weiß ich auch. Oder hältst du mich für blöd?«, konterte sein Erzeuger.

»Zudem hast du im letzten Frühjahr selbst gesagt, dass du alles dem Schicksal überlassen willst. Die Göttin der Vorsehung scheint sich entschieden zu haben. Lass die Finger davon, Emerson.«

»Ja, ja, bin schließlich kein Idiot«, murrte Emerson. »Und ehe ich eine Empfehlung von ihm einstellen würde, nähme ich lieber einen ... einen verfluchten Journalisten in meine Mannschaft auf. Woher weiß der Kerl eigentlich, dass wir neue Leute brauchen?«

Bevor ich zu einer Antwort ansetzen konnte, sprang Nefret auf. »Ich hab einen Mordshunger! Können wir nicht endlich gehen?«

Da Emerson einen nervenzermürbenden Tag hinter sich hatte, beschloss ich, die Unterhaltung bei Tisch so beiläufig – ungezwungen wie möglich zu halten. (Es ist immerhin Fakt, dass Ärger auf den Magen schlägt.) Ein neutrales Thema zu finden, war jedoch gar nicht so einfach; jede Erwähnung der Archäologie hätte Emerson erneut darauf gebracht, dass ihm die Konzession für das Tal wieder einmal durch die Lappen gegangen war. Und bei einer Diskussion über familiäre Angelegenheiten hätte er sich nur aufgeregt, dass David diesmal nicht mitgekommen war.

Nachdem wir uns in unsere Suite zurückgezogen hatten, schlüpfte ich in meinen hübschesten Morgenmantel und ließ mich vor dem Toilettentisch nieder, um meinen Haaren die obligatorischen hundert Bürstenstriche zu gönnen. Emerson liebt es, wenn ich das Haar offen trage, aber selbst das vermochte ihn nicht aus seiner Weltuntergangsstimmung zu reißen. Statt seinen Schlafanzug anzuziehen, setzte er sich in einen Sessel und kramte seine Pfeife hervor.

»Ich fände es besser, wenn du im Schlafzimmer nicht rauchen würdest«, seufzte ich. »Der Geruch setzt sich in meine Haare.«

»Und was ist daran schlimm?«, wollte der Professor wissen. »Ich mag Pfeifengeruch.«

Trotzdem legte er die Pfeife beiseite. Ich ließ die Bürste sinken und drehte mich zu ihm. »Wirklich jammerschade, mein Schatz, dass Lord Carnarvon dir nicht wenigstens ein bisschen entgegengekommen ist.«

»Musst du unbedingt wieder davon anfangen?«, grummelte Emerson.

Die Sache war doch gravierender als von mir vermutet. Drastischere Methoden mussten her. Ich ging zu ihm, setzte mich auf seinen Schoß und schlang die Arme um seinen Nacken.

»Hmmm.« Emersons düstere Miene hellte sich auf. »Nicht übel. Was bezweckst du eigentlich damit, Peabody?«

»Muss ich immer einen Hintergedanken haben, wenn ich zu meinem Mann zärtlich bin? Ich wollte mich noch einmal bei dir bedanken, dass du Wort hältst. Letztes Jahr, als ich lebensgefährlich verletzt war, hast du nämlich gesagt –«

»Dass ich jedes verdammte Grab in Ägypten in den Wind schreiben würde, wenn du nur wieder gesund wirst.« Emersons starke Arme umfingen mich. »Gut, dass du mich daran erinnerst, Peabody. Ich hab mich in letzter Zeit scheußlich benommen. Wird nicht wieder vorkommen.«

Ich war mir ganz sicher, dass es wieder vorkommen würde, wusste seine guten Vorsätze aber durchaus zu würdigen. Wie, bleibt an dieser Stelle der Fantasie meiner geschätzten Leser überlassen.

Aus Manuskript H

Wäre es nach Ramses gegangen, wäre die Familie möglichst umgehend nach Luxor weitergereist. Trotz seiner nach außen hin demonstrierten Gleichmütigkeit führte sein Vater nämlich irgendetwas im Schilde. Er lungerte häufiger als sonst im Museum und im Büro der Antikenverwaltung herum, und er hofierte Howard Carter, was per se misstrauisch stimmte. Hinzu kam die angespannte Atmosphäre in Kairo. Der Hochkommissar Lord Allenby wurde von den Imperialisten in der britischen Regierung angefeindet, weil er Ägypten angeblich zu viele Machtbefugnisse einräumte; die ägyptischen Nationalisten waren über die Maßen erzürnt, weil die Engländer ihren hochgeschätzten Führer Saghlul Pascha ins Exil abgeschoben hatten; und König Fuad I. schwebte eine diktatorische Regentschaft ohne Einschaltung Großbritanniens vor. Im Grunde genommen war Ramses froh, dass sein Freund David in England geblieben war. David, vor dem Krieg Anhänger einer der revolutionären Gruppierungen, war zwar durch den für England geleisteten Kriegsdienst rehabilitiert, trotzdem sympathisierte er weiterhin mit der Unabhängigkeitsbewegung. Einige seiner früheren Mitstreiter grollten ihm, weil er in ihren Augen Verrat an der Sache geübt hatte; andere wollten ihn wieder in ihre Pläne und Intrigen einbinden.

Seine Mutter schmiedete ebenfalls irgendwelche Pläne. Das schwante Ramses, als sie verkündete, sie wolle eine »ihrer beliebten kleinen Abendgesellschaften« geben. Sie hatte es sich zur Angewohnheit gemacht, kurz nach ihrer Ankunft in Ägypten ihre Archäologen-Kollegen einzuladen. »Um auf den neuesten Stand zu kommen«, nannte sie das. Der Krieg hatte diese schöne Sitte unterbrochen, da etliche ihrer Freunde und Bekannten Militärdienst leisten mussten. Als sie ihr Vorhaben bekannt gab, murrte Emerson nur der Form halber. Howard Carter stand nämlich ganz oben auf der Gästeliste.

In dem eleganten Speisesaal des Shepheard's so viele neue Gesichter versammelt zu sehen, mutete in gewisser Weise wie ein Schockerlebnis an. Sicher die Quibells waren gute, alte Freunde, genau wie Carter, gleichwohl gehörten viele Gäste einer jüngeren Generation von Archäologen an. Unter ihnen auch Suzanne Malraux, die allein gekommen war.

Sobald sie den weitläufigen Raum betrat, steuerte Ramses auf sie zu und begrüßte sie. Sie war ein zierliches Persönchen mit großen, vorstehenden blauen Augen, ihre silberblonden Haare so fein, dass der leichteste Windhauch sie um ihr schmales Gesichtsoval wehte. Irgendwie erinnerte sie Ramses an eine windzerzauste Pusteblume. Er stellte sie seiner Frau und seinen Eltern vor. Nefrets Begrüßung war herzlich; vermutlich hielt sie Suzannes Zurückhaltung für Schüchternheit und wollte die junge, karrierebewusste Wissenschaftlerin moralisch ein bisschen aufbauen. Nefret wusste um die Steine, die berufstätigen Frauen in den Weg gelegt wurden, nachdem sie selbst unter erheblichen Schwierigkeiten ihren Doktortitel gemacht und in Kairo eine Frauenklinik eröffnet hatte. Seine Mutter war höflich, aber reserviert. Nach einer näheren Begutachtung von Mademoiselle Malraux zog sie das Mädchen beiseite und fing an, ihr über die Arbeit mit Petrie auf den Zahn zu fühlen.

Sie unterhielt sich auch mit einigen anderen jüngeren Gästen, und Ramses fragte sich schon, was sie damit bezweckte. Sein Vater tauschte sich angeregt mit alten Bekannten aus und bekam davon nichts mit. Obwohl Emerson die gesellschaftlichen Aktivitäten seiner besseren Hälfte als überflüssige Marotte abtat, amüsierte er sich wie jedes Mal blendend. Alles in allem war es ein gelungener Abend, der Champagner floss in Strömen und löste so manche Zunge.

Am nächsten Tag stellte Ramses seine Mutter zur Rede. Den Kopf über eine Stickarbeit gebeugt, stichelte sie lustlos in dem schon ziemlich ramponierten Stofflappen herum, als er sie im Salon aufspürte. Erkennbar erleichtert legte sie den Stickrahmen weg und bat ihn, sich zu ihr zu setzen.

»Ein schöner Abend, nicht?«, fing sie an.

»Ja.«

»Dein Vater war ungemein beeindruckt von Mademoiselle Malraux. Ich glaube, sie hat seine Quizrunde mit Bravour bestanden.«

»Sie ist beileibe kein zurückhaltendes Mauerblümchen, wie ich bisher dachte«, räumte Ramses ein. »Allein zu kommen war ganz schön mutig.«

»Das entsprang sicher dem Wunsch, um ihrer selbst willen beurteilt zu werden und nicht als schmückendes Anhängsel irgendeines Mannes. Nefret findet sie auch sehr nett.«

»Mutter, du tüftelst doch wieder irgendwas aus, nicht? Was ist es dieses Mal? Raus mit der Sprache!«

»In Roda ist ein sehr schönes Haus zu vermieten. Mit einem großen ummauerten Garten, Dienstbotentrakt und mehreren Kinderzimmern.«

»Verstehe.« Er fragte sich insgeheim, wieso er nicht eher geschaltet hatte. Während sie ihn beobachtete, nahm sie das Stickzeug wieder zur Hand und wartete.

»Hast du es etwa schon angemietet?«, forschte er.

»Um Himmels willen, nein. Ohne Nefrets und deine Zustimmung würde ich das niemals wagen!«

»Mutter –«

»Mein lieber Junge.« Sie beugte sich vor und fixierte ihn mit ihren stahlgrauen Augen. »Es wird Zeit, dass die Kinder in die Schule kommen. Nefret sollte endlich die Arbeit in ihrem Krankenhaus wieder aufnehmen. Und du solltest dich … ähm … auf deine philologischen Interessen konzentrieren. Einige der jungen Leute gestern Abend schienen mir hervorragend qualifiziert, nicht zuletzt auch Mademoiselle Malraux. Sie können dich und Nefret zwar niemals ersetzen, trotzdem muss man ihnen eine Chance geben. Damit ihr beiden die Möglichkeit bekommt, euch auf eure Karrieren zu konzentrieren.«

»Hast du Vater schon von deinen Plänen erzählt?« Ramses' graue Zellen arbeiteten auf Hochtouren. Ihm schwante bereits, wie Nefret reagieren würde. Als ausgebildete Chirurgin fehlte ihr die Arbeit im Krankenhaus, und obwohl sie seine Eltern von Herzen mochte, war ihre ständige Präsenz bisweilen störend. Was ihn anging …

»Ich weiß nicht«, meinte er gedehnt. »Das kommt ziemlich plötzlich. An den Gedanken muss ich mich erst mal gewöhnen.«

»Sprich mit Nefret darüber. Ihr braucht euch ja nicht gleich zu entscheiden. Es gibt immer Häuser zu mieten.« Stirnrunzelnd glättete sie das Sticktuch. »Zudem muss ich auch noch Überzeugungsarbeit bei deinem Vater leisten.«

»Zunächst können wir die Saison ja wie geplant starten«, schlug Ramses vor.

»In Luxor, meinst du?« Sie lächelte verständnisvoll. »Natürlich. Du möchtest sicher deine früheren Wirkungsstätten besuchen und alte Freunde wiedersehen.«

»Ich kann dir jetzt schon versichern, dass es den Kindern in Kairo nicht gefallen wird.«

»Am Anfang vielleicht nicht. Sie sind es gewohnt, im Zentrum ihres kleinen Universums zu stehen –, klein ist dabei untertrieben«, setzte sie hinzu. »Denn das umfasst fast ganz Luxor. Sie sind maßlos verwöhnt. Die Veränderung wird ihrer charakterlichen Entwicklung guttun.«

***

Emerson wäre vermutlich noch länger in Kairo geblieben, aber zwei unvorhergesehene Zwischenfälle belehrten ihn eines Besseren. Der erste Vorfall geschah, als die gesamte Familie einen Tagesausflug nach Gizeh machte. Da die Saison gerade erst begonnen hatte, war die historische Stätte noch relativ schwach besucht. Mit ihren offenen Grabschächten und steil ansteigenden Pyramidenwänden animierte sie abenteuerlustige Kinder jedoch zu einer Entdeckungstour. David John, der ein erkennbares Faible für die Ägyptologie entwickelte, blieb bei seinem Großvater und löcherte ihn mit Fragen. Die drei anderen hefteten sich an Carlas Fersen, um das Schlimmste zu verhindern.

»Wir hätten Fatima mitnehmen sollen«, sagte Ramses zu seiner Mutter, nachdem er Carla von der ersten Stufe der großen Pyramide heruntergeholt hatte. Wie sie dort hinaufgekommen war, war ihm schleierhaft. Er hatte ihr vielleicht eine Minute lang den Rücken gekehrt, und die quaderförmigen Blöcke waren fast einen Meter hoch.

»Fatima ist längst keine junge Frau mehr«, erwiderte seine Mutter. »Mit Carla kann sie nicht mehr mithalten. Carla, du kletterst mir nicht auf die Pyramide, hörst du. Das ist gefährlich.«

»Dann bring mich hoch, bitte Papa«, bettelte Carla und schlang die Ärmchen um ihren Vater. Ihre großen schwarzen, von langen Wimpern umkränzten Augen waren unwiderstehlich, dennoch schüttelte Ramses den Kopf. Bei der Vorstellung, seine quirlige Tochter auf diese steile Kletterpartie mitzunehmen, stellten sich ihm die Nackenhaare auf.

»Wenn du älter bist vielleicht.«

Sie kehrten zur Teezeit zurück. Fatima nahm die Kinder in Empfang, um sie gründlich zu waschen. Ramses und Nefret wollten eben ihrem Beispiel folgen, als seine Mutter ohne anzuklopfen bei ihnen hereinplatzte.

»Entschuldigt«, murmelte sie, als sie Ramses mit bloßem Oberkörper sah. Nefret löste eben ihre Schuhbänder. »Aber es ist wichtig. Unsere Zimmer sind durchsucht worden. Eures auch?«

Ramses spähte entgeistert durch den Raum. Nefret zog die Stiefel aus und lief zum Schrank.

»Er würde höchstens was merken, wenn man seine wertvollen Papyri durcheinanderbrächte«, seufzte sie. »Augenblick mal. Ja Mutter, jemand war an diesem Schrank. Unsere Papiere sind durchwühlt worden, und meine Unterwäsche ist nicht mehr so ordentlich gefaltet wie vorher.«

»Vielleicht war es das Zimmermädchen«, gab Ramses zu bedenken. Seine Mutter neigte zu melodramatischen Fantasien.

»Die Zimmermädchen gehen nicht an Schränke«, konterte seine Mutter. »Fehlt denn irgendwas, Nefret?«

»Ich glaube nicht.« Sie öffnete ihre Schmuckschatulle. »Nein, es ist alles da. Und bei euch?«

Seine Mutter setzte sich und faltete die Hände. »Emerson behauptet steif und fest, dass ihm wichtige Unterlagen fehlen, aber das heißt nichts. Er verlegt ja dauernd irgendwelche Dinge.«

Ramses widmete sich den Dokumenten auf dem Sekretär. »Nein, es fehlt nichts. Aber du hast Recht, jemand hat darin herumgeschnüffelt. Um was zu finden, was meinst du?«

»Irgendetwas, das klein genug ist, um es unter Papieren oder – ähm – Leibwäsche zu verstecken. Ich tippe auf einen Brief oder ein Dokument.«

»Keine Ahnung, was das sein könnte«, sinnierte Nefret laut. »Habt ihr vielleicht eine rätselhafte Mitteilung oder gar Drohbriefe erhalten, Mutter?«

»Nein, nicht mal eine geheimnisvolle Schatzkarte. Eigenartig, mmh? Könnte es nicht Sir Malcolm gewesen sein?«

Ramses schlüpfte erneut in sein Hemd. So wie es aussah, hatte seine Mutter definitiv nicht vor, in nächster Zeit wieder zu verschwinden; ihre Augen glänzten, zwischen ihren Brauen bildete sich eine steile Falte.

»Die Vermutung ist völlig abwegig«, entgegnete ihr Sohn. »Du willst ihn doch nur bei irgendeiner unrechtmäßigen Handlung erwischen.«

»Logisch. Immerhin hat er letztes Jahr mit einem Haufen schmutziger Tricks gearbeitet. Ich konnte ihm aber leider nichts anhängen.« Sie schien immens selbstzufrieden über ihre lässig moderne Ausdrucksweise.

Ramses konnte es ihr nachfühlen – er traute Sir Malcolm genauso wenig über den Weg –, trotzdem hielt er ihr entgegen: »Was sollte er hier schon finden? Vater hat doch keine geheimen Informationen über –« Ein entsetzlicher Gedanke durchzuckte ihn. »Oder?«

»Und wenn, dann hat er sie geschickt verheimlicht.« Seine Mutter schien nicht einmal beschämt über ihr Geständnis. Nach ihrem Dafürhalten hatte der Professor absolut keine Berechtigung, ihr irgendetwas vorzuenthalten. Folglich waren ihr sämtliche Mittel recht, um Aufklärung zu gewinnen über das, was er vor ihr verbarg. »Wollen mal hören, ob Ali irgendwelche Neuigkeiten beizusteuern weiß.«

Der Sufragi wusste nichts. Er hatte niemanden gesehen, der ihre Suiten betreten oder verlassen hätte. Das bewies lediglich, dass der unbekannte Eindringling wohlweislich eine Begegnung mit dem Zimmerkellner vermieden hatte. Zudem hatte Ali eine ganze Reihe von Hotelgästen zu betreuen und war häufiger nicht auf seinem angestammten Posten.

Nachdem seine aufgebrachte Gattin seine »fehlenden« Unterlagen lokalisiert hatte, nahm Emerson die Sache auf die leichte Schulter. Ein zweiter Vorfall überzeugte ihn jedoch. Und auf Nefrets inständiges Drängen hin reiste die Familie wenige Tage später nach Luxor weiter.

Selbige Entscheidung folgte auf Carlas Verschwinden in Begleitung von Ali, dem Sufragi. Man hatte zwar gesehen, dass die beiden das Hotel verließen, aber niemand vermochte zu sagen, wohin sie gegangen waren. Am Spätnachmittag kehrte das unternehmungslustige Pärchen zurück. Carla war unbeschreiblich schmutzig, klebrig und aufsässig. Ali, der offenbar ein schlechtes Gewissen hatte, versteckte sich in einem Besenschrank, wo Ramses ihn am Kragen herauszerrte.

»Verletzt ist sie jedenfalls nicht«, stellte Carlas Großmutter fest, die die Kleine auf Armeslänge von sich hielt.

»Ali hätte nie gebilligt, dass mir einer was tut«, fauchte Carla. »Er hat nur getan, was ich ihm gesagt hab. Wir waren im Souk und ein netter Mann gab mir Geld. Davon haben wir alles gekauft, was ich haben wollte!«

»Ein netter Mann«, wiederholte Ramses. »Wie hieß er denn?«

»Er hat gesagt, er ist ein Freund von Opa.«

Sie konnte sich weder an den Namen noch an das Aussehen des Fremden erinnern. Ali wusste nur, dass er wie ein feiner Herr gekleidet gewesen war und ergrautes Haar hatte. »Der Vater der Flüche hat viele Freunde«, beteuerte er immer wieder. »Er kannte euch, er hat sich nach der gesamten Familie erkundigt.«

Der reumütige Ali kam mit einer ernsten Warnung davon, zumal es ja, so betonte Nefret, in erster Linie Carlas Schuld gewesen sei. »Sie hat seine kinderliebe Art und seine Hochachtung vor einem Familienmitglied der Emersons schamlos ausgenutzt. Lasst uns schleunigst nach Luxor weiterfahren. In der ihnen vertrauten Umgebung können wir die Zwillinge besser beaufsichtigen.«

»Wo die Fenster verriegelt sind und das gesamte Personal um ihre kleinen Tricks weiß.« Ramses nickte zustimmend.

Fatima, die David John seit der Eskapade seiner Schwester nicht aus den Augen gelassen hatte, seufzte bekräftigend. Offiziell war sie als Haushälterin angestellt und nicht als Kindermädchen – und sie war beileibe keine junge Frau mehr, wenn Ramses ihr genaues Alter auch nicht kannte. Aber für die lebhaften Zwillinge konnte man nicht Augen genug haben.

***

Das Haus in Kent war viele Jahre lang ihr englisches Domizil gewesen, mit gepflegtem Rosengarten und den herumtollenden Nachkommen der Katzen, die sie aus Ägypten mitgebracht hatten. Trotzdem war die Ankunft in Luxor fast wie eine Heimkehr. Jedenfalls für seine Mutter. Wenn die Heimat dort ist, woran das Herz hängt, wie sie gern betonte, dann war ihre in den Ruinen der Hauptstadt des antiken Ägypten. Abgesehen von einigen wenigen Exkavationen in anderen Gebieten, war dies … er rechnete scharf nach … ihre dreiundzwanzigste Saison in Theben. Oder? Sie war, überlegte er mit einem Anflug von Sentimentalität, hier alt geworden – obwohl er das in ihrem Beisein niemals so formuliert hätte. Sie hatte ein Haus gebaut und dann ein weiteres für Nefret und ihn, Freunde gefunden und wieder verloren, Schätze entdeckt und tonnenweise Schutt gesiebt. Bei ihm verhielt es sich da etwas anders. Und trotzdem. Als er aus dem Zug ausstieg, durchflutete ihn eine Woge tiefer Zufriedenheit.

Ihr Fortkommen in den vertrauten Straßen von Luxor wurde durch die Zurufe von engen Freunden und ein paar alten Widersachern behindert. Die Sonne stand hoch an einem wolkenlosen Himmel, als sie den Fluss erreichten. Der Nil führte Hochwasser und floss mit reißender Strömung; nachdem er den Maximalstand erreicht hatte, würde sein Pegel demnächst wieder fallen. Aber dank moderner Schleusen und Dämme war es gottlob inzwischen möglich, auch in den extrem trockenen Sommermonaten die Versorgung mit Wasser zu gewährleisten. Es war unangenehm heiß für Oktober, und Emerson, der die Konstitution eines Kamels besaß, war der Einzige, der sich nicht dauernd den Schweiß von der Stirn wischte. Die Zwillinge waren total aufgedreht und sämtliche Erwachsene damit beschäftigt, sie in Schach zu halten.

Nachdem sie ihr Gepäck den wartenden Männern am Westufer übergeben hatten, setzten sie den Weg über die Straße fort, die durch das fruchtbare Kulturland in die Wüste führte. Das Haus, das seine Mutter hatte bauen lassen, war ein Blickfang, mit wilden Weinreben und blühenden Kletterrosen, die sich um die steinernen Arkaden der Veranda rankten. Mit hingebungsvoller Pflege hatte sie es geschafft, einen hübschen Garten anzulegen. Wie eine grüne Oase erstreckte er sich seitlich und hinter dem Anwesen. Durch die Bäume schimmerten die Mauern von seinem und Nefrets Haus. Jeder Backstein, jede Blume waren das Werk seiner Mutter; kein Wunder, dass ihr Herz daran hing.

Der Wiedersehensjubel des versammelten Personals drang zu ihnen, gleichwohl war es die Hündin Amira, die sie als Erste begrüßte. Wild kläffend kugelte sie sich vor den Zwillingen im Sand. Ramses hatte geglaubt (und gehofft), sie würde nicht mehr wachsen, aber da hatte er sich gehörig verschätzt. Verwöhnt und wohlgenährt war sie mittlerweile fast so groß wie eine Löwin. Die Große Katze des Re hingegen verabscheute schnöde emotionale Äußerungen. Der Kater wartete, bis alle im Haus waren, und demonstrierte dann seinen Unmut darüber, dass sie ihn nicht mitgenommen hatten. Will heißen, er kehrte ihnen den flauschigen Rücken zu und ignorierte sie über Stunden, derweil sein hoch aufgerichteter plüschiger Schweif nervös hin und her zuckte. Ihre anderen Katzen waren für gewöhnlich mit ihnen gereist, aber die Große Katze des Re hatte sich heftigst dagegen gesträubt.

Sobald der Tee serviert wurde, beschloss er, über ihre Verfehlungen großzügig hinwegzusehen, und legte sich auf Ramses' Füße. Immerhin gab es bisweilen Sandwiches mit Fischpastete.

Sie hatten sich wie üblich auf der Veranda eingefunden, um die perlmuttschimmernden östlichen Klippen im sanften Schein der untergehenden Sonne zu betrachten. Von Luxor funkelten bereits die ersten Lichter über den Fluss zu ihnen, der ausgedehnte Sandstreifen vor dem Haus war menschenleer bis auf die vereinzelten Schatten der Dorfbewohner, die von den Feldern kamen. Selbst die Zwillinge waren müde, nachdem sie mit dem Hund gespielt und jedes Zimmer inspiziert hatten, um sicherzustellen, ob auch alles an seinem angestammten Platz wäre. Herrlich, dieser Frieden in Luxor, überlegte Ramses und lächelte stillvergnügt. Ihre Ruhe war häufiger gestört worden, manchmal sogar gewaltsam.

Unvermittelt fiel ihm einer der notorischsten Unfriedensstifter ein. »Wo ist eigentlich Vater?«

Seine Mutter schenkte gerade den Tee ein. Sie reichte ihm

eine Tasse, bevor sie erwiderte: »Er stahl sich – ich benutze absichtlich diesen Begriff – kurz nach unserer Ankunft aus dem Haus, obwohl ich ihn höflich darum gebeten hatte, doch vorher seine Unterlagen und Bücher einzusortieren. Keine Ahnung, wo er hinwollte.«

Ramses reichte die Tasse an Nefret weiter und ließ sich eine neue geben. »Dreimal darfst du raten«, grinste er.

Als Emerson wieder auftauchte, eine halbe Stunde zu spät für die Teezeit, glänzte er durch verblüffende Offenheit. »Na klar«, sagte er scheinheilig. »Ich war im Osttal, mich kurz umsehen.«

»Wonach?«, bohrte seine Frau.

»Ach, nicht der Rede wert, Peabody. Nichts Spezielles.«

»Ich nehme an, dass du morgen ins Westtal willst?«

»Wozu diese Eile?«, erkundigte sich der Professor, der es grundsätzlich eilig hatte. »Vandergelt ist erst in ein paar Tagen hier, und wir sollten uns auf jeden Fall mit ihm austauschen, bevor wir anfangen. Schließlich ist es seine Konzession.« Unter dem eindringlichen Blick seiner besseren Hälfte rutschte er unbehaglich auf dem Stuhl herum. »In der Zwischenzeit könnte ich mich doch mal darum kümmern, dass der Wagen repariert wird. Selim glaubt, den Schaden gefunden zu haben. Er hat bereits die entsprechenden Ersatzteile in Kairo gekauft. Das heißt, natürlich nur, wenn du nichts dagegen einzuwenden hast, mein Schatz.«

»Was sollte ich schon dagegen einzuwenden haben? Bis auf die nicht zu leugnende Tatsache, dass Selim kein Mechaniker ist, sondern unser Rais und damit zuständig für die Exkavationen, und den eher zu vernachlässigenden Aspekt, dass so ein fahrbarer Untersatz hier draußen ziemlich überflüssig ist.«

Das Automobil hatte von Anfang an für heftige Kontroversen zwischen den beiden gesorgt. Sie hatte natürlich Recht – es gab nur wenige befahrbare Straßen am Westufer, außerdem hatte der Professor absolut keine Ahnung von

Autos, hielt sich aber irrwitzigerweise für höchst kompetent auf diesem Sektor. Sie hätte nicht übel Lust verspürt, mit ihm zu diskutieren. Die Wangen gerötet, fixierte sie ihn herausfordernd, aber Emerson ließ sich nicht provozieren.

»Ich sorg auch dafür, dass es unsere Arbeit ganz sicher nicht stört, Peabody. Im Übrigen, meine Liebe«, fuhr er mit einem ungemein gewinnenden Lächeln fort, »wir haben uns doch immer ein bisschen an unseren Lieblingsstätten umgesehen, ob es irgendwelche Neuerungen und Fortschritte gibt. Bist du denn überhaupt nicht neugierig, was es mit dem kleinen Areal auf sich hat, das Carter unbedingt freilegen will?«

»Schnöde Neugier gehört nicht zu meinen Charakterschwächen, Emerson. Aber da du fest entschlossen scheinst, möchte ich deinem Wissensdurst nicht im Wege stehen.«

Emerson zwinkerte ihr verschwörerisch zu. »Weißt du was, wir machen einen Ausflug. Mit den Kleinen. Ihr möchtet doch sicher das Tal der Könige wiedersehen, nicht wahr, meine Süßen?«

Er tätschelte Carlas Lockenkopf, eine Vertrautheit, die sie sich von niemand sonst gefallen ließ. Sie nickte eifrig, vermutlich, weil vor ihrem geistigen Auge ein prall gefüllter Picknickkorb aufblinkte, sinnierte ihr Vater. David John zeigte sich nicht minder begeistert von der Idee.

Am nächsten Morgen startete eine beeindruckende Karawane, die Kinder auf ihren geliebten Eselchen, die Erwachsenen zu Pferde. Nachdem sie ihre Reittiere in dem Eselpark am Eingang zurückgelassen hatten, passierten sie die Schranke in das archäologische Ausgrabungsgebiet. Das Tal der Könige war nicht etwa eine einzelne Schlucht, sondern ein Gewirr aus Tälern und Wadis, die von einem Hauptweg abzweigten. Zu beiden Seiten von steilen Klippen und ausgewaschenen Felsen eingefriedet, war es eine ausgedörrte Steinwüste, die einstmals unvorstellbare Schätze barg. Links und rechts des Weges gähnten die rechteckigen Öffnungen der Pharaonengräber längst vergangener Dynastien, dunkel und trist, ihrer kostbaren Beigaben beraubt, welche die verstorbenen Herrscher mit dem Luxus ausstaffieren sollten, wie sie ihn auch zu Lebzeiten gekannt hatten. Winzige Rückstände von Blattgold oder vereinzelte Perlenfunde ließen diese einstige Pracht nur erahnen.

Damit die Touristen es bequemer hatten, waren die früher unebenen Wadis begradigt worden, was den Zugang zu den berühmteren Gräbern erleichterte. Einige waren mit elektrischer Beleuchtung ausgestattet, die ein Generator in einer der Grabkammern erzeugte. Die Touristen brachten Geld, wovon die Antikenverwaltung, aber auch die Dragomane und Fremdenführer profitierten, die damit ihren Lebensunterhalt verdienten. Bisweilen sehnte Ramses jedoch die früheren Jahre zurück, als die Besucher noch über die schroffen Felsen und mit Kerzen in die tief eingeschnittenen Grabpassagen hatten kraxeln müssen. Eins war jedoch unverändert: Über dem Tal erhob sich der pyramidenförmige Gipfel, der die Göttin Mertseger darstellte, »sie, die die Stille liebt«. Die mächtigen Pyramiden der Könige des Alten Reiches waren längst geplündert, als die Monarchen von Theben dieser Form der Bestattung aus Sicherheitserwägungen abschworen. Stattdessen verbargen sie ihre Grabstätten tief in den unwirtlichen Felsen und bauten an anderer Stelle Tempel für die Bestattungsriten. Emerson glaubte, dass die Form des Berges eine Art Pendant zu den früheren Pyramiden darstellte, ein Symbol des Sonnengottes und für ein Weiterleben nach dem Tod.

»Es hat Vorteile, wenn man frühzeitig in der Saison herkommt«, erklärte Emerson. »Dann lungern nicht so viele verfluchte Touristen rum. Carla, bleib bei mir. Ich möchte nicht, dass du allein hier herumstreifst.«

Es waren tatsächlich nur vereinzelt Touristen dort, anders als im Laufe des Winters, aber die wenigen verfolgten unsere kleine Prozession mit unverhohlener Neugier und leise gemurmelten Kommentaren. Dragomane und Wächter scharten sich um die Zwillinge und strahlten um die Wette, als die Kleinen sie in fließendem Arabisch begrüßten. Ramses brauchte sich keine Sorgen zu machen, dass er eines oder gar beide Kinder würde tragen müssen; viele hilfsbereite Hände griffen nach Carla, als sie mit einem koketten Wimpernschlag beteuerte, müde zu sein.

»Sie ist nicht müde«, sagte David John missmutig, sobald seine Schwester triumphierend auf den Schultern eines feixenden Dragomanen thronte. »Sie möchte bloß wieder hoch hinaus.«

Ramses hielt es für klüger, diese zutreffende Einschätzung zu ignorieren. David John verfolgte das Thema auch nicht weiter. Er ließ seine Hand in die des Vaters gleiten.

»Weise mich doch bitte, soweit das möglich ist, noch einmal auf die ungefähre Lage der Gräber in diesem Bereich hin«, bat er. Amüsiert von der Mischung aus kindlich hoher Stimme und pedantischer Ausdrucksweise, sagte Ramses: »Worauf soll ich dich denn hinweisen? Du warst doch gar nicht so oft hier, David John. An welche Gräber erinnerst du dich überhaupt noch?«

»Selbstverständlich habe ich mir die Pläne und die entsprechenden Bücher angeschaut, Papa. Ich glaube, da hinten ist der Eingang zu Grab 55, wo ihr letztes Jahr gearbeitet habt. Eine überaus frustrierende Exkavation.«

Der Eingang war wieder zugeschüttet worden. Das machte Emerson aus Prinzip, sobald er eine Exkavation abgeschlossen hatte. Sand und Geröllmassen markierten die Stelle. Pflichtschuldig deutete sein Vater auf die umliegenden Gräber – das von Ramses IX. und ein Stück weiter, höher gelegen, das eines weiteren, weniger prominenten Ramses, modernen Historikern als Nummer 6 geläufig.

»Hier muss bestimmt noch eine ganze Menge getan werden«, erklärte sein Sohn fachmännisch. »Was inspiziert denn Großpapa da gerade?«

»Die Ruinen der Arbeiterhütten. Nicht besonders beeindruckend, hm?«

Offen gestanden waren es nur noch unförmige Steinhaufen. Nur der Experte hätte sie als die zeitweiligen Wohnunterkünfte der Handwerker identifiziert, die an den Königsgräbern gearbeitet hatten, oder verstanden, wie Ramses allmählich auch, warum Emerson fasziniert dorthin starrte.

Carla hatte sich an die Spitze des Trupps gesetzt, indem sie ihren grinsenden Träger verzückt jauchzend anfeuerte. Ihre Großmutter räusperte sich vernehmlich. »Ramses, sie entwickelt sich zu einer richtigen Sklaventreiberin. Hol sie da runter.«

Emerson hatte die Situation ebenfalls beobachtet. Als Ramses hinzukam, hatte der Professor die Kleine bereits erreicht und redete auf sie und den fremden Mann ein.

»Carla, hab ich dir nicht gesagt, du sollst in unserer Nähe bleiben?«, wetterte er mit strenger Stimme. »Und du ... wie heißt du? Ich kenne dich nicht.«

Ramses kannte den Mann auch nicht. Ein hochgewachsener, gut gekleideter Bursche mit hagerem Gesicht und kantigem Kinn. »Mahmud, oh Vater der Flüche«, antwortete der Fremde bereitwillig. »Ich kam von Medamud hierher, weil ich gehört hatte, dass ihr Arbeiter sucht. Ich habe zwei Ehefrauen und dreizehn Kinder, und –«

»Ja, ja«, beschwichtigte der Professor. »Wende dich an Selim, meinen Rais. Den kennst du doch sicher.«

»Alle Männer kennen Selim, Vater der Flüche. Hab Dank.«

Carla segelte in Emersons ausgestreckte Arme, worauf der sie am Boden absetzte. »Laufen hat noch keinem geschadet«, brummelte er. »Komm, nimm meine Hand.«

»Er war so ein netter Mann«, maulte Carla. »Er lief ganz schnell, als ich ihn anfeuerte.«

»Menschen sind keine Lastesel«, gab Ramses zurück. »Ich hoffe, du hast dich wenigstens bei ihm bedankt.«

Carla sah sich suchend um, aber der nette Mahmud war bereits verschwunden.

Gegen Mittag veranstalteten sie ihr Picknick in einem leeren Grabschacht, dann ging es heimwärts. David Johns Haut rötete sich zunehmend, obwohl er einen Sonnenhut trug, und beide Kinder litten ein wenig unter der ungewohnten Hitze. Sie wähnten sich zwar viel zu alt für einen Mittagsschlaf, gingen aber trotzdem brav in ihr Zimmer, um ein Stündchen zu ruhen. Nefret machte einen Abstecher in ihre Behandlungsräume; nachdem sich die Neuigkeit von ihrer Ankunft wie ein Lauffeuer verbreitet hatte, erwartete sie dort eine ansehnliche Patientenschar. Ihre Praxis war die einzige am Westufer, und Nur Misur, Licht von Ägypten, wie Nefret genannt wurde, wurde von den Dorfbewohnern mit liebevollem Respekt bewundert.

Einige der älteren Herrschaften schworen jedoch weiterhin auf die medizinischen (und magischen) Fertigkeiten ihrer Schwiegermutter, die die junge Frau an jenem Tag begleitete. Ramses traf seinen Vater allein auf der Veranda an.

»Eigenartig, nicht?«, hob er an.

»Das mit dem hilfsbereiten Mahmud?« Emerson bedeutete ihm, sich zu setzen, und kramte seine Pfeife hervor. »War mir klar, dass dich das beschäftigen würde.«

»Mich beschäftigt eine ganze Reihe von Dingen.« Emerson wandte den Blick in Richtung Straße zu dem kleinen Wächterhaus, das sie im Vorjahr errichtet hatten. Der einfache Unterstand aus Nilschlammziegeln diente dazu, ungebetene Besucher abzuwimmeln. Wasim, der gerade Wachdienst hatte, lehnte im Türrahmen und schmauchte genüsslich seine Wasserpfeife.

»Ich hab mich mit Wasim unterhalten«, fuhr der Professor fort. »Er sah so verdammt selbstzufrieden aus, und als ich ihn darauf ansprach, gab er offen zu, dass er jemandem ein ordentliches Bakschisch aus der Tasche gezogen habe.

Der Bursche hätte ihn nach unseren letzten Besuchern ausgefragt, meinte Wasim.«

»Hieß der Bursche zufällig Mahmud?«

»Die Beschreibung passte nicht auf ihn. Wasim sagte, er hätte zwar fließend Arabisch gesprochen, aber mit einem seltsamen Akzent.«

»Eigenartig«, wiederholte Ramses. »Was hat Wasim ihm erzählt?«

»›Die Wahrheit! Oh Vater der Flüche!‹ Dass wir seit unserer Ankunft noch keine Gäste hatten.«

»Wir werden beobachtet.«

»Scheint mir auch so.« Emerson nickte. »Letzte Nacht hab ich Leute in unmittelbarer Nähe des Hauses bemerkt.«

»Du auch? Ich war drauf und dran, hinauszugehen und sie zu verscheuchen, aber –«

»Aber sie taten nichts Unrechtmäßiges«, beendete Emerson den Satz. »Genau. Das wirft natürlich ein völlig neues Licht auf die Behauptung deiner Mutter, dass unsere Suiten in Kairo durchsucht worden seien.«

»Und auf den reizenden Mahmud?«

Emerson runzelte die Stirn. »Er kann doch nicht ernsthaft geglaubt haben, er könnte das Kind vor unser aller Augen entführen, oder?«

»Das wohl nicht, aber er hätte ihr die gleichen Fragen stellen können wie der andere Mann Wasim. Sie ist ein mitteilsames kleines Wesen.«

»Hat sie dir erzählt, worüber sie mit ihm geplaudert hat?«

Ramses lachte. »Das ist der Nachteil an Carlas Schwatzhaftigkeit. Gezielte Fragen beantwortet sie nicht. Die bekommt sie gar nicht mit, weil sie fortwährend monologisiert. Wie dem auch sei, wir hatten keine Besucher.«

»Korrekt.«

»Alles sehr unausgegoren, Vater. Eine mögliche Durchsuchung unserer Zimmer, eine unbekannte Person, die Wasim unter Umständen völlig harmlose Fragen stellt, ein zweifelhafter, aber gescheiterter Versuch, von Carla irgendetwas zu erfahren.«

»Zwei Versuche«, korrigierte Emerson. »Wir wissen immer noch nicht, wer der nette Mann ist, der ihr im Souk Geld schenkte.«

»Vermutlich messen wir den Vorfällen zu viel Bedeutung bei.«

»Mag sein.« Emerson kaute auf seinem Pfeifenmundstück herum. »Aber Vorsicht ist besser als Nachsicht, würde deine Mutter jetzt sagen. Sollte unser Argwohn nämlich berechtigt sein, werden die fraglichen Personen früher oder später zu drastischeren Mitteln greifen. Erst einmal abwarten und Tee trinken.« Emerson grinste. »Vielleicht ist es Howard Carter, weil er Befürchtungen hat, ich könnte ihm seinen Firman abspenstig machen.«

Am Nachmittag darauf bewahrheitete sich Emersons Vermutung. Die Mitteilung stammte jedoch nicht von Howard Carter.

»Der altvertraute anonyme Brief«, sagte Ramses. Er überflog das Blatt, das sein Vater ihm hinhielt. »Weiß Mutter schon davon?«

»Um Himmels willen, nein. Und sie darf auch nichts erfahren. Dann würde sie uns nämlich begleiten wollen.«

»Willst du darauf reagieren? Damit läufst du dem- oder denjenigen ins offene Messer, Vater.«

»Wenn wir dadurch Aufschlüsse gewinnen«, gab Emerson zurück. »Ich hab diese Geheimniskrämerei und Ränkespielchen restlos satt. Zudem sind wir zwei bisher noch mit jeder Situation fertig geworden.«

Das unterschwellige Kompliment war so schmeichelhaft, dass Ramses seinen halbherzigen Widerstand aufgab. Stattdessen gab er zu bedenken: »Wie willst du denn unbemerkt von Mutter und Nefret wegkommen?«

»Hmmm.« Emerson zog die Stirn in Falten. »Das wird schwierig. Hast du einen Vorschlag?«

»Wir könnten ihnen reinen Wein einschenken.«

»Potzblitz, bist du noch gescheit?« Emerson dachte darüber nach. »Mmh, mal was ganz Neues, aber es könnte funktionieren.«

Zu Ramses' gelinder Verblüffung funktionierte es. Emerson wartete bis nach dem Abendessen, dann ließ er die Bombe platzen. Seine Frau hatte bereits festgestellt, dass das Haus beobachtet wurde – so behauptete sie jedenfalls. (Sie wusste immer alles, und wer hätte ihr das Gegenteil beweisen können?) In diesem Fall war es ein taktischer Fehler, den Emerson sich prompt zunutze machte.

»Der Bursche verlangte zwar nicht, dass ich allein kommen soll, aber wir können natürlich auch nicht im Pulk erscheinen. Dann lässt er sich womöglich nicht blicken. Ich informiere euch darüber, Peabody und Nefret, im Vertrauen auf eure Vernunft. Die ihr bei mir natürlich voraussetzen könnt.«

»Pfft«, entfuhr es seiner Frau. Sie hatte ihr Stickzeug in der Hand und stach sich vor lauter Entrüstung in den Finger. Sie saugte daran und zischelte Nefret zu: »Nefret, was meinst du?«

»Die Sache behagt mir kein bisschen, Mutter.« Ihr versagte die Stimme.

»Denkt an die Kinder«, warf Emerson ein. »Wenn wir nicht reagieren, entführen sie sie womöglich noch.«

Der Gedanke war ihr auch schon gekommen. Ihre Augen waren ängstlich geweitet, ihre Wangen eine Spur blasser als sonst. Es war das einzig überzeugende Argument, gleichwohl war ihre Bestürzung so offensichtlich, dass Ramses einschritt.

»Das ist ein mieser, hinterhältiger Trick, Vater. Die Kinder sind hier bestens geschützt.«

»Wächter kann man notfalls ausschalten«, sagte seine Mutter. »Und Carla geht auf jeden zu, der nett und freundlich zu ihr ist. Nefret, ich glaube, wir müssen die beiden allein gehen lassen und hier bleiben, auch wegen der Möglichkeit, dass es ein Trick ist, um uns alle aus dem Haus zu locken.«

Emersons fiel die Kinnlade herunter. Sie war ihm wie üblich einen Schritt voraus.

»Sieh doch mal, Peabody«, begann er.

»Oh, ich glaube gewiss nicht, dass Derartiges passiert«, beschwichtigte sie ihn. In der Tat hoffte sie insgeheim, dass so etwas passieren würde; ihre Hände waren geballt, als hielte sie eine Waffe umklammert, um ihre Lippen huschte ein kleines Lächeln. »Geht ruhig, ihr beiden. Und passt ja gut auf euch auf!«

»Das hatte ich mir anders vorgestellt«, grummelte Emerson auf dem Weg zum Flussufer. »Du glaubst doch auch nicht, dass Gefahr besteht?«

»Nein Vater. Komm, bringen wir es hinter uns.«

Daouds Sohn Sabir ruderte sie ans Ostufer. Emerson bat ihn zu warten, dann machten sie sich auf den Weg zum Treffpunkt – dem Eingang des Luxor Tempels. Das Tor war zwar verschlossen, doch nahmen sie im schwachen Lichtschein die Gestalt des Mannes wahr, mit dem sie verabredet waren. Er trug eine Galabija und einen auffällig rotweiß gestreiften Schal über der Schulter. Sobald er sie bemerkte, entfernte er sich vom Tempeleingang.

»Sollen wir ihn überwältigen?«, flüsterte Ramses.

»Nein, nein. Er ist sicher nicht allein. Warte, bis wir den Rest der Bande zu fassen kriegen.« Emerson knirschte leise mit den Zähnen.

Sie folgten der flinken Gestalt ihres Führers durch die Straßen der Touristenviertel, vorbei am Luxor Hotel, wo an den Bäumen im Park bunte Lampions schaukelten, und in die dunklen Gassen der Altstadt. Ramses hielt sich dicht an seinen Vater.

»Sieht fast so aus, als wäre es keine gute Idee gewesen«, raunte er ihm zu.

»Ganz im Gegenteil.« Emerson hielt es nicht einmal für

nötig, die Stimme zu senken. »Je wüster das Umfeld, umso größer die Chance, dass was Interessantes passiert.«

»Bist du bewaffnet?«

»Ich? Wo denkst du hin! Wieso sollte ich?«

Er stolperte. Ramses packte ihn am Arm. Er sah besser als sein Vater, und hier war verdammt wenig Licht. Die Gestalt vor ihnen war flüchtig wie ein Schatten, sie verschwand und tauchte wieder auf, sobald ein Streifen Mondlicht in die enge Gasse fiel. Plötzlich schien sie mit der Dunkelheit zu verschmelzen und war weg.

Emerson blieb abrupt stehen. »Wo ist der Bursche?«

Ramses zog eine Taschenlampe aus der Jackentasche. Der Lichtkegel enthüllte weder ihren Führer noch irgendwelche anderen Individuen. Stattdessen rechts und links von ihnen kleine Geschäfte, die bereits geschlossen hatten. Einige mit Wohnungen darüber, die Fenster dunkel und verriegelt. Ein Stück weiter vor ihnen ein gähnender, rechteckiger Schatten – eine offene Tür.

»Ah«, sagte Emerson und stürmte los, bevor Ramses ihn aufhalten konnte. Er holte seinen Vater an der Tür ein und leuchtete mit der Taschenlampe ins Innere. Zunächst bemerkte er nichts Außergewöhnliches: eine Theke, Regale mit Konservendosen und abgepackten Kartons, Kisten mit welkendem Salat und getrockneten Linsen, Säcke mit Mehl und Zucker, ein paar Schemel.

Die Tür klatschte ihm in den Rücken und katapultierte ihn gegen Emerson, der nach vorn in den Raum taumelte und über einen der Schemel stürzte.

»Stehen bleiben«, befahl eine Stimme auf Arabisch. »Licht aus.«

Ramses drehte sich wohlweislich nicht um. Ihre Präsenz war beinahe körperlich spürbar – zwei Männer – nein drei. Und die Tür war mit einem bestürzend festen Krachen ins Schloss gefallen.

»Mach sie nicht aus«, wies Emerson ihn an.

»Nein Sir, das hatte ich auch nicht vor.«

Drei weitere Männer standen hinter der Theke. Sie waren in lange, wallende Gewänder gehüllt und mit Tüchern vermummt, die lediglich schmale Augenschlitze freigaben. Einer blinzelte und hob reflexartig eine Hand, als der Strahl der Taschenlampe auf ihn fiel.

»Licht aus«, wiederholte er. »Hier ist es hell genug.«

Er entzündete ein Streichholz, das er an einen Docht hielt, der in einer mit Öl gefüllten Tonschale schwamm. Mit dieser Lampe trat er hinter dem Tresen hervor und winkte sie beiseite.

»Und jetzt?«, fragte Ramses auf Englisch.

»Erst mal hören, was sie wollen. Nur ja nichts überstürzen.« Emerson trat zurück und fuhr auf Arabisch fort. »Wollt ihr Geld?«

Der Anführer spuckte verächtlich auf den Boden. »Wir haben bereits Geld bekommen. Wir wollen Informationen. Dann passiert euch nichts.«

Der Kerl war kein guter Stratege, schoss es Ramses durch den Kopf. Sein Vater und er waren in einer weitaus besseren Position, mit dem Rücken zur Wand, besser gesagt, zu einem bunten Sammelsurium von Dingen, die von Haken baumelten oder aus irgendwelchen Säcken quollen. Die sechs hatten sie im Halbkreis umstellt. Kein Hinweis auf Schusswaffen, aber alle sechs hatten Messer.

»Wer sagt mir denn, dass ich euch vertrauen kann?«, wollte Emerson wissen. Seine Stimme zitterte leicht.

Heimlich musste Ramses grinsen. Der Mann war ein ausgemachter Idiot, wenn er glaubte, dass sich der Vater der Flüche so leicht einschüchtern ließe. Er war kein Idiot, genauso wenig wie die fünf anderen. Sie rührten sich nicht von der Stelle, und die Stimme ihres Anführers verhärtete sich.

»Mit mir spielt man nicht. Wo ist er?«

»Wer?«, erkundigte sich Emerson.

»Du weißt es genau! Sag es oder mein Messer wird dein Herzblut trinken.«

»So ein Quatsch«, erklärte Emerson. »Wozu soll das gut sein?«

Das Lachen des Anführers klang schauerlich hohl. »Er würde kommen, um dich zu rächen, und dann wäre er meiner Gnade ausgeliefert.«

Emerson entwich ein amüsiertes Wiehern. Breitbeinig, die Hände tief in den Hosentaschen vergraben, war er die Lässigkeit in Person. »Du klingst wie meine Frau. Na gut, vielleicht lass ich mich auf euren Informationsaustausch ein. Wer hat euch bezahlt, damit ihr uns herlockt?«

Einer der Männer zupfte den Anführer am Ärmel. Ramses, der über ein ausgezeichnetes Gehör verfügte, schnappte ein paar Brocken ihrer hastig geflüsterten Unterhaltung auf. »Der lässt sich nicht ... verschaukeln.«

Die anderen Ganoven teilten seine Bedenken. Sie wichen zurück. Inzwischen waren sie auf halbem Wege zur Tür.

»Ein letztes Mal noch«, drohte der Anführer. »Wirst du reden?«

»Natürlich nicht«, erwiderte Emerson, der allmählich den Spaß an der Sache verlor. Er zog die Hände aus den Taschen. Sie waren leer, aber trotzdem tödlich zupackend, wie alle Ägypter wussten. Ramses zog sein Messer, bereit, zwischen seinen Vater und den Anführer zu hechten; bevor er sich rühren konnte, stieß der Mann die Lampe zu Boden. Die Tonschale zerschellte in tausend Stücke, Öl verteilte sich überall auf dem Boden. Flammen zuckten auf, leckten an der vergossenen Flüssigkeit, entfachten Papier und den ringsum verstreuten Unrat. Ihre Häscher stürmten laut schreiend ins Freie. Der Anführer folgte ihnen als Letzter.

»Dann verbrennt zu Asche!«, brüllte er, melodramatisch bis zum Schluss. »Wenn ihr eure Meinung ändert, dann ruft und wir werden euch befreien.«

Die Tür fiel krachend ins Schloss.

2

Aus Manuskript H (Fortsetzung)

Ramses wich vor den züngelnden Flammen zurück, die an seinen Füßen leckten. Das Feuer breitete sich rasend schnell aus und versperrte ihnen den Weg zur Tür. Er zweifelte keine Sekunde lang, dass sie verschlossen wäre, und ihre Angreifer waren vermutlich längst über alle Berge.

»Sollen wir uns nach einer Fluchtmöglichkeit umsehen?«, fragte er.

»Hmpf«, knurrte Emerson, sein Gesicht eine teuflisch groteske Maske im rötlich flackernden Feuerschein. »Wir können den Laden doch nicht schnöde abbrennen lassen. Deine Mutter würde ein solches Verhalten bestimmt nicht gutheißen.«

Noch während er sprach, packte er sich einen der halb gefüllten Säcke und schüttete den Inhalt auf die Flammen. Ramses wollte protestieren, begriff dann aber, dass Emerson geistesgegenwärtig genau das Richtige tat: Er begann, das Feuer mit Salz zu ersticken.

Eine beißende Rauchwolke erhob sich. Die erlöschenden Flammen sprühten glitzernde Funken unter der weißen Substanz. Hustend und schimpfend trat Emerson das Feuer aus, worauf der Raum erneut im Dunkel lag. Ramses schaltete die Taschenlampe wieder ein.

»Komm, wir müssen sichergehen, dass dem Ladenbesitzer und seiner Familie nichts passiert ist«, sagte er und leuchtete in den hinteren Teil des Geschäfts.

Ein mit Vorhang versehener Durchgang hinter der Ladentheke führte in einen Lagerraum und zu einer schmalen Treppe. Die Räume im ersten Stock waren leer, bis auf einen, dessen Tür mit einem Holzkeil verbarrikadiert war. Emerson riss ihn mit einem Ruck heraus und öffnete die Tür. Unvermittelt begrüßte ihn das panische Geschrei einer Gruppe von Menschen, die ängstlich in eine Ecke gekauert hockten.

»Ich bin es, der Vater der Flüche«, überbrüllte der Professor die Kakophonie. Er nahm Ramses' Hand und richtete die Taschenlampe auf sein Gesicht. »Habt keine Angst. Die bösen Männer sind wieder weg.«

Es brauchte eine Weile, bis die völlig verschreckte Familie sich wieder beruhigt hatte – Mann und Frau, eine betagte Großmutter und sechs Kinder. Emerson fasste die alte Dame bei den Schultern und schüttelte sie, bis sie zu kreischen aufhörte.

»Sanfter, Vater«, rief Ramses entsetzt.

»Ah«, seufzte die Großmama sichtlich angetan. »Es sind in der Tat die starken Hände des Vaters der Flüche. Alhamdullilah, er hat uns gerettet!«

Sie hätten die Männer nicht gekannt, die bei Geschäftsschluss den Laden gestürmt und sie nach oben gescheucht hatten. Die Eindringlinge hatten damit gedroht, ihnen die Gurgel aufzuschlitzen, falls sie es wagen sollten zu schreien oder zu flüchten.

Die Erleichterung wich Empörung, sobald sie das Chaos in ihrem Laden sahen. »Ein ganzer Sack Salz?«, stöhnte der Besitzer. »Der war zehn Pfund wert!«

Der Sack war nur noch halb voll gewesen und höchstens ein Zehntel des genannten Betrages wert, dennoch drückte Emerson ihm großzügig eine Handvoll Münzen in die Finger. Nach ihren strahlenden Gesichtern zu urteilen, hatte die

Familie im Nachhinein wahrscheinlich noch von der Sache profitiert.

Wie Ramses vermutet hatte, fand sich von ihren Angreifern keine Spur. Von dem Lärm geweckt, kamen die Nachbarn und boten Hilfe an oder lungerten neugierig herum. Mehrere beteuerten, dunkle Gestalten bemerkt zu haben. Schwarz gekleidet wie die Dämonen wären sie aus dem Laden geschossen. Auch von langen Fangzähnen und rotglühenden Augen war die Rede.

Mit anderen Worten, niemand wusste etwas. Emerson verteilte Münzen an die verängstigten Kinder und tätschelte den Kleinen den Kopf. Sie entkamen ihren Bewunderern erst, als der Ladenbesitzer und Großmama mit ihrer Darstellung der schrecklichen Gefahren geendet hatten, aus denen der Vater der Flüche und der Bruder der Dämonen sie befreit hätten. (Ramses war sich nie so ganz sicher, ob sein ägyptischer Beiname wirklich als Kompliment gemeint war.) Nachdem sie den Umstehenden versichert hatten, dass die bösen Männer nicht zurückkommen würden, traten sie den Rückweg zum Fluss an.

»Verdammt«, knirschte Emerson. »Meinst du, du könntest einen von den Kerlen wiedererkennen?«

»Einer hatte eine Narbe am Kinn. Ist mir aufgefallen, als sein Schal verrutschte. Ich bezweifle jedoch, dass sie hier in der Gegend bleiben. Das ist eine ganz skrupellose Bande. Stell dir bloß vor, die hätten das gesamte Haus abgefackelt, mit den armen eingesperrten Leutchen im Obergeschoss!«

»Mein lieber Junge, du übertreibst. Die Familie hätte bequem aus dem Fenster steigen können, zudem diente das Feuer lediglich als Ablenkungsmanöver, damit wir ihnen nicht folgten. Wenn sie uns an den Kragen gewollt hätten, wären sie ruckzuck auf uns losgegangen. Bei sechs gegen zwei standen die Erfolgschancen relativ gut. Wenn ich summa summarum auch behaupten möchte, dass sie zu den weniger kompetenten unter den Gegnern gehören, die uns über die Jahre konfrontierten.«

»Du weißt, wen sie wollen, nicht?«

»Da geistert mir nur ein Name durch meine Gehirnwindungen«, räumte Emerson ein. »Teufel noch, was meinst du, was der Bursche jetzt wieder ausgeheckt hat?«

***

Nefret, die sich Sorgen um ihren Mann und die Kinder machte, schien sichtlich aufgelöst. Ich verordnete ihr ein Glas warme Milch und hätte zusätzlich ein bisschen Laudanum hineingeträufelt, aber das war illusorisch, da sie mich misstrauisch beäugte.

»Also«, hob ich an, »ich finde, Emerson hätte nicht auch noch davon anfangen müssen, dass vielleicht Gefahr für die Kinder besteht.«

»Ich setze mich besser zu ihnen ins Kinderzimmer«, murmelte Nefret.

»Wenn du um diese Uhrzeit bei ihnen hereinplatzt, machst du ihnen nur unnötig Angst. Der Hund wacht vor ihrem Zimmerfenster, und ich habe Jamad gebeten, sich im Gang aufzuhalten. Komm, wir setzen uns in den Salon. Schlafen kann ich ohnehin erst, wenn sie zurück sind.«

Niemand schlief. Die Bediensteten waren wie jedes Mal informiert; Fatima servierte unablässig Häppchen und Getränke. Irgendwann trank Nefret gnädig ihre Milch, verfeinert mit einem Hauch Kardamom und Muskat.

»Ich habe Ramses neulich den Vorschlag gemacht, dass ihr den Winter in Kairo verbringen könntet. Hat er mit dir darüber gesprochen?«, erkundigte ich mich in dem Bestreben, sie auf andere Gedanken zu bringen.

Nefret nickte. Auf mein Drängen hin hatte sie einen bequemen Morgenmantel angezogen und Hausschuhe. Ich stellte ihr ein Bänkchen unter die Füße und stopfte ihr ein

Kissen in den Rücken. Sie lächelte matt und schob sich eine vorwitzig gelockte goldblonde Strähne aus dem Gesicht.

»Ja, wir haben darüber gesprochen. Er ist hin und her gerissen, Mutter. Ich allerdings auch. Wir lieben Luxor und unser Haus, und die Familie. Trotzdem frage ich mich bisweilen, ob wir dort nicht besser aufgehoben wären.«

»Sicherer, meinst du. Ja wahrhaftig, wir scheinen skrupellose Individuen anzuziehen wie der Honig die Fliegen.« Ich nippte an meinem Whisky. Warme Milch mag ein ausgezeichnetes Beruhigungsmittel sein, ich für meinen Teil plädiere jedoch mehr für Whisky-Soda.

Die Minuten ziehen sich scheinbar endlos hin, wenn man sich um seine Lieben Sorgen macht. Ich nahm einen weiteren Gesprächsanlauf. Wir diskutierten die potenziellen Kandidaten für unsere Exkavationsmannschaft und einigten uns auf zwei – auf Mademoiselle Malraux und einen jungen Ägypter, Nadji Farid. Den goldblonden Schopf an die Sofalehne gekuschelt, wurde Nefret zunehmend einsilbiger. Sie senkte die Lider. Fatima döste in ihrem Sessel. Ich war kein bisschen müde. Als ich meinen Whisky geleert hatte, stand ich auf und schlich mich auf Zehenspitzen aus dem Zimmer. Die Veranda war dunkel, der Zugang von innen verriegelt. Ich stand eine Zeitlang dort, versunken in den Anblick der im Mondlicht silbrig schimmernden Sandfläche. Auf der Straße zum Fluss regte sich nichts. Unvermittelt nahm ich aus dem Augenwinkel eine Silhouette im Hof wahr, halb verborgen von den üppig wuchernden Kletterrosen. Abrupt drehte ich den Kopf.

»Ich bin es, Sitt Hakim«, lautete die prompte Reaktion.

»Selim?«, wisperte ich. »Was machst du denn hier?«

»Ich halte Wache, Sitt. Warum fragst du? Hattest du nicht nach mir geschickt?«

»Das war vermutlich Fatima. Tja. Bedauerlich, dass man dich gestört hat, aber du siehst ja, es war überflüssig.«

Er antwortete mit einer der Lieblingsweisheiten seines verstorbenen Vaters. »Es kann nie schaden, für alle Eventualitäten gerüstet zu sein, Sitt. Es würde Schande über uns bringen, wenn wir euch nicht mit Leib und Leben beschützten.«

»Und ihr habt uns noch nie enttäuscht. Mach's dir bequem, Selim. Komm rein und leiste mir Gesellschaft.« Ich schob den Riegel zurück. Er glitt geräuschlos auf die Veranda. Im schwachen Sternenschein blitzte das Messer an seinem Gürtel auf.

Wir saßen einvernehmlich schweigend und lauschten, bis ein leises Geräusch unser Augenmerk auf die Eingangstür zog. Beim Anblick der weißen Gestalt im Türrahmen entwich Selim ein gedämpfter Aufschrei.

»Es ist nur Nefret«, sagte ich. »Mein liebes Mädchen, ich hatte gehofft, du wärest eingeschlafen.«

»Selim?« Sie spähte durch die Dunkelheit zu ihm. »Ich habe mir schon gedacht, dass du kommen würdest. Es ist alles in Ordnung, sie kehren bald zurück.«

Ich fragte nicht weiter nach, woher sie das wusste. Wenngleich ich sie von ganzem Herzen liebte, war mir Nefret gelegentlich ein bisschen unheimlich. Schon in ihrer Kindheit hatte sie stets geahnt, wann Ramses in Gefahr schwebte. »Eine Gefahr, ein Gefühl, ein grässlicher Alptraum«, hatte sie das einmal umschrieben. Die mentale Affinität zwischen ihnen war so stark, dass sie sich noch nie geirrt hatte. Und ich hatte Beweise genug, dass ich daran glaubte, genau wie an meine Träume von Abdullah.

Die Hände im Schoß gefaltet, den Blick auf die Fensterläden geheftet, saß sie ganz ruhig da. Meine Augen waren nicht mehr ganz so gut wie früher; folglich sah ich die beiden hochgewachsenen Gestalten, die mit langen Schritten über die Straße setzten, als Letzte.

»Sie sind unverletzt.« Selim seufzte erleichtert auf.

»Ah, da seid ihr ja«, tönte Emerson, der geschmeidig auf die Veranda glitt. »Selim auch? Ausgezeichnet. Kann jemand ein Licht anmachen? Und wie wär's mit einem entspannenden Schluck Whisky? Den können wir wirklich gebrauchen.«

»Ihr habt euch doch nicht etwa Sorgen gemacht, oder?« Ramses legte einen Arm um seine Frau.

»Aber keineswegs«, erwiderte sie. Sie löste sich von ihm und half Fatima, die Öllampen anzuzünden. Nach einem unschlüssigen Blick zu seiner Frau verschwand Ramses im Haus und kehrte mit dem Getränketablett zurück.

»Alles in Ordnung?«, erkundigte sich Emerson. Er ließ sich in einen bequemen Sessel fallen und streckte die Beine aus.

»Keine Menschenseele weit und breit.« Gedankenvoll strich Selim sich über den Bart. »Und ihr? Irgendwelche Probleme gehabt?«

»Aber keineswegs«, wiederholte ich Nefrets Worte. »Emerson, was hast du denn mit deinen neuen Stiefeln angestellt? Außerdem ist der Saum deiner Hose angekokelt.«

»Ich erzähl euch ja alles, wenn du aufhörst, mich zu drangsalieren, Peabody.« Er nahm von Ramses ein Glas Whisky in Empfang, nickte dankbar und holte zu einer langatmigen Schilderung aus. »Niemand wurde verletzt«, schloss er. »Und der Schaden war minimal. Alles in allem keine schlechte Arbeit.«

»Nur ganz nebenbei bemerkt, ihr habt sie entkommen lassen«, versetzte ich spitz.

Emerson bedachte mich mit einem vorwurfsvollen Blick. »Peabody, jetzt sei nicht so überkritisch. Wir konnten die Halunken doch erst verfolgen, nachdem wir uns vergewissert hatten, dass für das Haus und seine Bewohner keine Gefahr mehr bestand.«

»Verzeih mir, Emerson«, fuhr ich unbeirrt fort. »Da hast du gewiss Recht. Trotzdem ist es unverzeihlich, dass du keinen von der Bande erkannt hast. Das willst du doch wohl nicht als gute Arbeit bezeichnen, oder?«

»Wenn du entschuldigst«, sagte mein Mann übertrieben höflich, »aber du verkennst die Sachlage, Peabody. Wir haben heute Abend etwas außerordentlich Wichtiges erfahren. Wir wissen jetzt nämlich, was diese Burschen wollen.«

»Vermutlich solltest du besser sagen ›wen‹, Emerson.«

Keiner sprach den Namen laut aus, denn alle wussten, wer gemeint war. Von unseren Bekannten und Verwandten war er derjenige, der am ehesten das Interesse skrupelloser Zeitgenossen auf sich zog: Emersons Halbbruder Seth, besser bekannt unter seinem Pseudonym Sethos. Bevor ich ihn bekehrt hatte, war er Drahtzieher eines kriminellen Netzwerkes von Antiquitätendieben gewesen. Laut eigener Aussage hatte er dem organisierten Verbrechen seit längerem abgeschworen; aber, wie es so schön heißt: Gelegenheit macht Diebe. Womöglich hatte er der Versuchung nicht widerstehen können, weil ihm irgendeine illegale Sache lukrativ erschienen war. Vielleicht so lukrativ, dass es Rivalen auf den Plan rief? Seine derzeitige Position als Mitarbeiter beim britischen Nachrichtendienst war ebenfalls nicht ungefährlich. Als Geheimagent tauchte er häufiger in die dunklen Sphären von Sumpf und Korruption ab, was ihn mit Subjekten konfrontierte, die sich beileibe nicht an gesellschaftliche Konventionen hielten.

Selim gehörte zu den Wenigen, die um Sethos' wahre Identität und um seinen Werdegang wussten. Er hatte Emersons illegitimen Bruder unter Begleitumständen kennengelernt, die es erforderten, ihn ins Vertrauen zu ziehen, selbst auf die Gefahr hin, dass sich unser Vorarbeiter unabsichtlich verplappern könnte. Seine Miene nachdenklich ernst, sagte er: »Soso. Was hat er diesen Leuten denn getan? Und wer sind sie überhaupt?«

»Genau das ist der springende Punkt, Selim«, räumte ich ein. »Leider wissen wir weder das eine noch das andere.«

»Da wäre noch eine Frage«, setzte Selim hinzu. »Wieso glauben diese Leute, dass er ausgerechnet hierhergekommen ist?«

»Richtig, das hatte ich mir noch gar nicht überlegt«, räumte ich ein. »Er hat überall im östlichen Mittelmeerraum Freunde und Schlupflöcher.«

»Er würde Widersacher sicher nicht auf unsere Fährte setzen«, warf Nefret ein.

»Es sei denn, die Situation ist hoffnungslos für ihn«, knirschte Ramses.

Nefret warf ihm einen vernichtenden Blick zu. »Mir scheint«, fauchte sie, »die Diskussion führt zu nichts. Sind doch sowieso alles wilde Mutmaßungen. Wer sagt uns denn, dass es diese Leute ausgerechnet auf ihn abgesehen haben?«

»Die Vermutung ist jedenfalls sehr naheliegend«, erwiderte Ramses trocken. Er und sein Onkel hatten sich nie verstanden. »Vater hat Recht, Nefret. Unsere nächtliche Begegnung hat eindeutig gezeigt, worauf diese Leute abzielen. Nicht auf irgendwelche Kunstgegenstände oder dergleichen, sondern auf eine ganz bestimmte Person. Niemand von uns oder unseren Freunden, deren Aufenthaltsorte sind nämlich bekannt. Also, fällt dir noch jemand ein?«

Nefret senkte den Kopf. Sie hätte Sethos, für den sie eine kleine Schwäche hatte, weiterhin verteidigt, aber Ramses' Argumentation war einleuchtend.

»Eigentlich war ich davon überzeugt, dass du dauerhaft in Kontakt mit ihm stehst, Emerson«, schaltete ich mich ein. »Weißt du denn nicht, wo er ist?«

»Ich hab seit Monaten nichts mehr von ihm oder über ihn gehört«, antwortete Emerson.

»Dann schlage ich vor, du eruierst, was mit ihm los ist. Wie wäre es beispielsweise mit einem Telegramm an seinen Vorgesetzten, diesen Mr Smith?«

»Bracegirdle-Boisdragon«, korrigierte Ramses.

»Diesen absurden Namen kann ich mir einfach nicht merken«, gab ich zurück. »Sein Pseudonym ist zwar einfallslos, geht einem aber leichter über die Zunge. Du könntest auch an Margaret telegrafieren, Emerson. Sie weiß doch bestimmt, wo ihr Gatte ist.«

»Ich weiß ehrlich gesagt auch nicht, wo sie sich derzeit aufhält«, brummelte der Professor. »Ist sowieso die verrückteste Ehe, die ich kenne. Margaret hockt in einer Ecke der Welt und recherchiert für irgendwelche Sensationsgeschichten, er in einer anderen, wo er Gott weiß was treibt. Dabei sind sie nicht mal ein Jahr verheiratet!«

»Sie waren schon vor der Hochzeit mehrere Jahre – ähm – liiert«, gab ich zu bedenken. »Margaret ist verdientermaßen stolz auf ihren Erfolg als Journalistin, und an seinen Aktivitäten kann er sie verständlicherweise nicht teilhaben lassen.«

»Das würde er auch niemals billigen«, warf Nefret ein. »Das wäre viel zu riskant für sie – und für ihn. Zudem ist er von offizieller Seite zu strikter Geheimhaltung verpflichtet.«

»Es ist einen Versuch wert.« Ich erhob mich. »Morgen werde ich ihrer Zeitung und Mr Smith telegrafieren. Geh ruhig ins Bett, Fatima, wir können morgen früh aufräumen. Gute Nacht, Selim. Und danke.«

Mit den Telegrammen verfolgte ich noch ein weiteres Ziel – wollte es zumindest. Wer es auf Sethos abgesehen hatte, würde bestimmt nicht lange fackeln und die Angestellten im Telegrafenamt mit Bakschisch zum Reden bringen. Wenn die großen Unbekannten dann erführen, dass uns Sethos' Aufenthaltsort nicht bekannt war, würden sie uns vermutlich in Ruhe lassen.

Emerson vermieste mir dieses Vorhaben, das ich ihm am Morgen darauf beim Frühstück darlegte.

»Ich kann mich des Eindrucks nicht erwehren, dass du ihre Hartnäckigkeit und Intelligenz unterschätzt«, sagte er, derweil er aufgebracht an dem gebratenen Speck auf seinem Teller herummetzelte. »Hinter dieser Geschichte steckt ein kluger Kopf. Bislang hat er noch nicht mit uns kommuniziert, aber was hält ihn davon ab, es künftig zu tun? Mr Smith wird niemals eine Botschaft mit einer Andeutung schicken. Zumal er genau weiß, dass die Leute im Telegrafenamt so was überall in Luxor breittreten würden. Und unser Gegner weiß, dass wir das wissen.«

Der Punkt ging an ihn, das musste ich offen einräumen.

Die Reaktion auf unsere Telegramme war denn auch mehr als bescheiden. In der sorgsam formulierten Eildepesche an Mr Smith hatten wir Sethos nicht namentlich erwähnt, sondern als »unseren gemeinsamen Freund« umschrieben. Smiths Antwort war kurz und knackig. »Keine Ahnung. Sie etwa auch nicht?« Margarets Zeitung, der *Morning Mirror*, informierte uns, dass sie auf Auslandsmission und für niemanden erreichbar sei.

»Sonderbar, das klingt ja fast schon bedenklich«, sinnierte ich laut. »Meinst du, sie treibt sich mit irgendwelchen Bolschewiken rum?«

»Es würde zu ihr passen«, meinte Ramses. »Die Frau macht vor nichts Halt, wenn sie eine Story wittert. Wisst ihr noch, ihr Ausflug nach Hayil, wo sie von dem Rashid gefangen genommen wurde?«

»Aus Mr Smiths Antwort lese ich eine gewisse Verärgerung«, sagte ich, nachdem ich mir die kurze Nachricht zu Gemüte geführt hatte.

»Ich lese daraus, dass er keine Ahnung hat respektive keine Lust, uns Aufschlüsse zu geben«, knurrte Emerson. »Besser, wir vergessen die ganze Geschichte. Das führt doch zu nichts!« Er warf seine Serviette auf den Tisch und sprang auf. »Wer kommt mit mir ins Tal?«

»Keiner, Emerson. Die Vandergelts treffen heute ein und wir holen sie geschlossen vom Bahnhof ab. Keine Widerrede, Emerson, du kommst mit.«

Am Bahnhof hatte sich schon eine beachtliche Menschenmenge eingefunden. Galabijas flatterten im Wind, Turbane wippten auf und nieder. Cyrus, ein generöser Arbeitgeber, war ungemein beliebt. Als der Zug anhielt und sein grinsendes Gesicht am Waggonfenster auftauchte, erhob sich lauter Jubel. Daraufhin zog der Amerikaner seinen eleganten Panamahut und verbeugte sich galant.

Das Gesicht von den Winteraufenthalten im heißen ägyptischen Klima faltig und sonnenverbrannt, sein aschblondes Haar und der Spitzbart mit silbernen Fäden durchzogen, sprang er gleichsam mit dem Elan eines jungen Mannes aus dem Zug. Obwohl Hobby-Archäologe, war Cyrus kein blutiger Laie, anders als viele wohlhabende Mäzene, die Exkavationen als eine angenehme Form der Zerstreuung betrachteten. Er hatte immer mit seiner Crew zusammengearbeitet und den wissenschaftlichen Ausführungen meines geschätzten Gemahls mit allergrößtem Respekt gelauscht.

Er drehte sich um und reichte seiner Frau Katherine hilfsbereit die Hand. Mir fiel auf, dass sie ein bisschen fülliger geworden war, ihre Wangen gerötet von der Hitze, blickten ihre katzengrünen Augen müde. Ihr Sohn Bertie folgte als Nächstes, sein großflächiges Gesicht von einem Lächeln erhellt. Er bot Jumana, einem weiteren Mitglied in Cyrus' Mannschaft, seinen Arm, doch das Mädchen glitt geschmeidig auf den Bahnsteig, ohne ihn eines Blickes oder des Danks zu würdigen. Eine klassisch ägyptische Schönheit mit glutvollen dunklen Augen und feinen Zügen, war sie ebenso ehrgeizig wie attraktiv. Der junge Mann war seit Jahren in sie verliebt, hatte ihr Herz aber bislang nicht erobern können.

»Schön, dass ihr wieder da seid«, erklärte Emerson. In seinem Überschwang zerquetschte er Cyrus fast die Hand.

»Schön wieder hier zu sein.« Der Amerikaner ächzte nach Luft. »Was haben Sie bislang gefunden? Irgendwelche neuen Leichen, Amelia?«

»Sie und Ihre makabren kleinen Scherze, Cyrus. Wir haben doch nicht jede Saison einen Mord zu beklagen.«

»Nennen Sie mir eine, wo es nicht so war«, gab er grinsend zurück.

»Na ja, es gab da ein paar kleine Ungereimtheiten –«

»Nicht der Rede wert«, sagte Emerson scharf.

Ich lehnte Katherines Einladung zu einem verspäteten Mittagessen ab, weil ich unseren Freunden nach der langen, unbequemen Zugfahrt etwas Ruhe gönnen wollte. »Wie wär's, wenn wir uns heute Abend treffen?«, schlug ich stattdessen vor.

Emerson räusperte sich. »Geht leider nicht, wir dinieren mit Carter, Peabody.«

»Howard?« Ich starrte ihn entgeistert an. »Ich hatte ja keine Ahnung, dass er in Luxor ist.«

»Gestern angekommen«, lautete Emersons knapper Kommentar. Er blickte in eine ungewisse Ferne und trat unbehaglich von einem Fuß auf den anderen.

»Das ist mir neu. Und er hat uns heute Abend zum Essen eingeladen?«

»Ja. Sehr freundlich von ihm, nicht? Ich hab selbstverständlich zugesagt«, setzte der Professor eilig hinzu. »Dein Einverständnis immer vorausgesetzt, meine Liebe.«

»Kein Problem«, sagte Cyrus nach einem besorgten Blick zu seiner Frau, die sich schwer auf seinen Arm stützte. »Katherine kann einen Tag Ruhe vertragen. Dann sehen wir uns eben morgen.«

Wir begleiteten die Vandergelts zu ihrer Kutsche und winkten ihnen zum Abschied. Emerson lehnt sämtliche Transportmittel (mit Ausnahme des Automobils) vehement ab, deshalb marschierten wir zum Dock. Es war kühler geworden, der Himmel leicht verhangen. Ich ärgerte mich bereits, dass ich ein dem Anlass entsprechendes Tageskleid angezogen hatte statt bequemer Hose und Jacke. Die aktuelle Mode war zwar legerer und weniger einengend als die langen weiten Röcke und die geschnürten Mieder aus meiner Jugend, aber mich drückten die spitzen Pumps, deren Absätze viel zu hoch waren für einen Fußmarsch. Persönliches Pech, dachte ich im Stillen. Um mich abzulenken, fühlte ich stattdessen Emerson auf den Zahn.

»Wie kommt es, dass du eher von Howards Ankunft erfahren hast als ich? Und warum hast du mir nicht erzählt, dass er uns zum Abendessen einlädt?«

»Hab ich doch«, erwiderte Emerson seelenruhig. »Nimm meinen Arm, liebste Peabody, die Schuhe da sind für dieses Pflaster völlig ungeeignet. Aber dein Kleid gefällt mir. Neu, was?«

Es war zufällig neu, aber mein Mann hätte das bei jedem Kleid gesagt, da es ihm herzlich egal ist, was ich anziehe. Bevor ich meine Befragung fortsetzen konnte, drehte er den Kopf und wandte sich an Nefret, die hinter uns ging, Arm in Arm mit Ramses.

»Ihr zwei seid ebenfalls eingeladen. Carter war ganz versessen darauf, dass du mitkommst, Nefret. Ich glaube, er schwärmt noch immer für dich. Natürlich rein platonisch.«

Nefret lachte. »Howard ist ein vollendeter Gentleman, auch wenn gewisse englische Snobs etwas anderes behaupten. Ich habe gehört, dass er sich zu einer der jungen Damen hier hingezogen fühlt.«

»Du meinst sicher Lord Carnarvons Tochter, Lady Evelyn Herbert«, sagte ich. »Wie mir zu Ohren gekommen ist, geht die Initiative mehr von ihr aus. Allerdings gebe ich auf solch infames Geschwätz nichts.«

***

Howards Haus, das er gern als Castle Carter bezeichnete, stand am nördlichen Ende von Dra Abu'l Naga, unweit der Straße, die ins Tal der Könige führte. Bisweilen drängte sich mir der Verdacht auf, ob der Name nicht der Versuch war, Cyrus Vandergelt zu imitieren. Dessen elegantes, weitläufiges Anwesen war in Luxor gemeinhin als »das Schloss« bekannt. Howard verstand sich nicht besonders mit Cyrus, zumal der ihm häufiger reizvolle Artefakte vor der Nase wegschnappte, die er für seinen Mäzen Lord Carnarvon zu erwerben suchte. Ramses meinte, Howard würde sich mit der Namensgebung auf das alte englische Sprichwort »My Home is my Castle« beziehen. Der Junge ist eindeutig philanthropischer veranlagt als ich.

Howard hatte das Haus selbst entworfen und mit finanzieller Unterstützung Seiner Lordschaft gebaut. Das Grundstück war nichts Überwältigendes, ein karger Wüstenflecken ohne Grünpflanzen oder Rasen, aber das Gebäude war ansprechend, im arabischen Stil gehalten, mit einem kuppelförmigen Dach als zentralem Blickfang und hohen Bogenfenstern im Speise- sowie in den Schlafräumen.

Howard hieß uns etwas steif willkommen (was meinen Argwohn nährte, dass die Einladung auf Emersons Mist gewachsen war und nicht auf Carters). Wir nahmen einen Begrüßungsdrink unter der gewölbten Decke in der Empfangshalle. Sie war schlicht, aber gemütlich eingerichtet, mit niedrigen Schemeln, Ottomanen und Messingtischchen. Howard stellte uns sein neues Haustier, einen jungen Kanarienvogel, vor. Nefret, die Howards Tierliebe teilte, ging sofort zu dem Käfig und trällerte dem niedlichen Geschöpf etwas vor. Es neigte den Kopf und flötete zurück.

»Ganz reizend«, murmelte ich.

Emerson verschluckte sich fast an seinem Drink. »Ich hoffe, ihm ist ein glücklicheres Schicksal beschieden als einigen Ihrer anderen Haustiere, Carter. Was ist eigentlich mit Ihren Katzen und den Raubvögeln?«

»Oh, keine Sorge, ich lass ihn nicht aus dem Käfig«, sagte Howard. Er steckte einen Finger zwischen die Gitterstäbe. Der Kanarienvogel hüpfte zutraulich darauf und ließ sein melodisches Trillern erklingen. Er setzte hinzu: »Es heißt doch, ein Vogel ist ein gutes Omen. Ein goldener Vogel verheißt eine goldene Entdeckung in dieser Saison.«

Wir schlenderten in den Speiseraum. Emerson, der vermutlich mal wieder genug hatte von höflicher Konversation, erkundigte sich rundheraus, ob Howard in den Kairoer Antiquitätenläden erfolgreich gewesen sei. Der Archäologe zuckte mit den Schultern. »Nicht besonders. Hoffentlich hab ich in Luxor mehr Glück.«

Er nahm einen Löffel Suppe und verzog das Gesicht. »Ich muss mich für meinen Koch entschuldigen. Er hat nicht die Erfahrung Ihres Maaman.«

Das Essen war in der Tat indiskutabel – die Suppe verwürzt, das Fleisch zäh, das Gemüse zu einem unappetitlichen Brei verkocht. Natürlich behielt ich meine Kritik für mich.

Nachher zeigte Howard uns seine Neuerwerbungen. Eine war sehr hübsch – ein Kosmetiktiegel, der aus sieben miteinander verbundenen Zylindern bestand, die einstmals unterschiedliche Farben für Gesicht und Hände enthalten hatten. Meine Begeisterung entlockte Howard nur ein wegwerfendes Schulterzucken. »Es ist leider nicht das, was Seine Lordschaft sich so vorstellt. Wissen Sie zufällig, ob von den Händlern in Luxor außergewöhnliche Artefakte angeboten werden? Irgendwas, wo Vandergelt noch nicht den Daumen drauf hat«, fügte er säuerlich hinzu.

»Mr Vandergelt ist erst heute eingetroffen, folglich sind Sie ihm einen Schritt voraus«, antwortete Ramses grinsend. »Allerdings haben wir nichts dergleichen gehört.«

»Morgen früh werde ich mich als Erstes in Mohassibs Laden umschauen«, erklärte Howard.

»Dann haben Sie also nicht vor, unmittelbar mit Ihrer Arbeit zu beginnen?«, erkundigte sich Emerson.

Howard blieb die mitschwingende Kritik nicht verborgen. »Ich sehe keinen Grund zur Eile. Seine Lordschaft wird erst in einigen Wochen erwartet, und das kleine Dreieck haben wir in relativ kurzer Zeit freigelegt.«

»Und dann?«, bohrte Emerson.

Howard bedeutete dem artig im Hintergrund wartenden Diener, ihm das Weinglas nachzufüllen. »Das überlasse ich Seiner Lordschaft.«

Manch einer hätte es bei dieser Aussage belassen und die

Angelegenheit nicht weiter verfolgt. Nicht so Emerson. »Sie hoffen aber, ihn davon zu überzeugen, dass er die Exkavation im Osttal fortsetzt, hm?«

»Wenn Tutanchamon nicht in dem kleinen Dreieck ist, muss er irgendwo anders sein«, erklärte Howard ausweichend.

»Nicht unbedingt«, sagte Emerson. »Ich meine ... nicht unbedingt im Osttal.« Vermutlich bedauerte er das Gesagte, denn er setzte mit ertappter Miene hinzu: »Sein Grab ist schließlich nicht das einzige, das wir bislang nicht lokalisieren konnten.«

»Aber genau auf sein Grab kommt es mir an«, versetzte Howard. »Sie wissen es, Emerson, alter Junge, Sie haben mich doch letztes Jahr bedrängt, ich solle weitersuchen, schon vergessen? Und ich bin Ihnen dankbar für diesen Rat. Für Ihre Unterstützung.«

Emerson, dieser Heuchler, der sich nach allen Regeln der Kunst bemüht hatte, Howard in einen anderen Teil des Tals zu locken, hüllte sich in beredtes Schweigen.

»Es wird natürlich leer sein wie alle anderen«, sagte Howard betrübt. »Wenn es überhaupt da ist.«

Unvermittelt kam von dem Vogel im Nebenzimmer ein fröhliches Trillern.

Aus Manuskript H

Ramses war keineswegs überrascht, als sein Vater die Suche nach Sethos aufgeben wollte. Emerson war gleichsam besessen von der Vorstellung, dass Carter in dem nichtssagenden kleinen Dreieck tatsächlich ein Grab aufspüren könnte. Wieso ausgerechnet dort, war Ramses schleierhaft. Vielleicht war es nur ein Gefühl, eine leise Ahnung, zumal die berühmtesten Exkavatoren erwiesenermaßen ein Gespür für große Entdeckungen entwickelten. Ganz zu schweigen von den fachlich unbeleckten, aber phänomenal erfolgreichen Grabräubern in Luxor. Emersons Instinkte waren mindestens so gut ausgebildet wie ihre.

Nur mühsam gelang es ihm, seine nervliche Anspannung zu überspielen, derweil Howard Carter die Runde bei den Antiquitätenhändlern machte. Auf Cyrus' Ersuchen hin erklärte er sich notgedrungen einverstanden, mit ihrer Exkavation im Westtal zu beginnen. Aber statt darauf zu drängen, dass ihre Leute die Freilegung von Ajas Grab abschlossen, woran sie im Jahr vorher gearbeitet hatten, klapperte er mit Bertie und Jumana das gesamte Westtal ab. Auf der Suche nach weiteren, versteckten Grabeingängen. Er fand nicht einen.

Von den Männern, die sie in den Laden gelockt hatten, hörten sie nichts mehr. Allmählich kam Ramses zu dem gleichen Schluss wie sein Vater, der den Überfall mit unausgegoren und stümperhaft umschrieb. Diese Typen waren mit Sicherheit Fremde gewesen, zumal den Einheimischen gewärtig war, dass sich der Vater der Flüche so leicht nicht beeindrucken ließ. Selim hatte trotz seiner exzellenten Kontakte nichts Brauchbares erfahren. Der Torwächter bemerkte nichts Verdächtiges, die Hündin schlug nachts nicht an. Aber das würde sie auch nicht, überlegte Ramses, es sei denn, jemand schliche am Kinderzimmerfenster vorbei. Amira war die stolze Besitzerin einer vornehmen Hundehütte, ein Entwurf Davids. Carla, die ihm dabei assistierte, hatte das Ganze mit einem Minarett, einer Veranda und Teppichen ausgestattet. Die Hündin hatte sich allerdings gesträubt, darin zu schlafen, bis sie die Hütte unter das Kinderzimmerfenster geschoben hatten.

Die scheinbare Ruhe vermochte Ramses nicht darüber hinwegzutäuschen, dass man sie beobachtete. Während der Kriegsjahre hatte er für so etwas einen sechsten Sinn entwickelt – das war wichtig gewesen, wollte man überleben. Womöglich war der Hinterhalt ein Trick gewesen, ein plumper Versuch, sie von subtileren Machenschaften abzulenken.

Er hasste Ungewissheit, und es gab eine ganze Menge ungeklärter Probleme. Sie wurden im Westtal lediglich geduldet, da es eigentlich Teil von Carnarvons Konzession war. Sollten sie keine neuen Gräber entdecken, würde Seine Lordschaft das Gebiet übernehmen, vor allem, wenn seine Exkavation im Osttal erfolglos blieb. Zwar war die Diskussion über ihren Umzug nach Kairo verstummt, aber seine Mutter hatte ihren Plan bestimmt nicht verworfen.

Und wo zum Henker war Sethos?

Er ging fest davon aus, dass seine Mutter bald wieder davon anfangen würde. Und richtig, eines Abends, als die Vandergelts bei ihnen zum Essen waren, brachte sie die Angelegenheit aufs Tapet. Der Koch ließ Emersons sämtliche Lieblingsspeisen auffahren, und der Professor hatte sein verdauungsförderndes Gläschen Whisky-Soda fast geleert, als seine Gattin sich vernehmlich räusperte.

»Ich muss ein paar Dinge mit dir besprechen, Emerson. nein, meine Freunde, ihr braucht doch deswegen nicht aufzubrechen. Wir haben vor euch keine Geheimnisse.«

»Sie glaubt, wir benehmen uns besser, wenn ihr dabei seid«, fügte Emerson erklärend hinzu. Gesättigt und entspannt erfreute er sich glänzender Laune, seine Pfeife in der einen, das Glas in der anderen Hand. »Na schön, Peabody, dann leg los.«

Seine Leutseligkeit war wie weggewischt, sobald sie von den neuen Mitarbeitern anfing, die sie einzustellen plante. Als sie ihn informierte, dass die jüngeren Emersons den Winter voraussichtlich in Kairo verbringen würden, rechnete Ramses mit dem Schlimmsten. Es kam schlimmer. Emersons beeindruckende Gestalt schien zu schrumpfen.

»Möchtest du das wirklich, mein Junge?«, fragte er mit erstickter Stimme.

»Nein Sir. Das heißt – wir haben uns noch nicht entschieden. Oder besser gesagt …« Sein hilfloser Blick glitt zu

Nefret. Darauf setzte sie sich auf Emersons Stuhllehne und legte einen Arm um seine eingesunkenen Schultern.

»Wir haben darüber gesprochen, uns aber noch nicht festgelegt.«

»Es bleibt natürlich euch überlassen.« Emerson kramte nach einem Taschentuch und putzte sich geräuschvoll die Nase. »Die Kleinen werden mir fehlen.«

Jetzt drückte er aber gewaltig auf die Tränendrüse, fand Ramses. Emersons Empfindungen waren gewiss aufrichtig, aber statt zu brüllen und zu toben, versuchte er, ihnen Schuldgefühle einzuimpfen.

»Du solltest dich schämen«, fauchte seine Frau unbeeindruckt.

Cyrus, der bis dahin taktvoll geschwiegen hatte, wandte behutsam ein: »Wenn Sie meine Meinung hören wollen –«

»Will ich aber nicht«, erwiderte Emerson und vergaß die sich selbst auferlegte Rolle als Märtyrer.

»Aber ich«, versetzte seine Gattin. »Wir sind alle gefragt, was unsere Pläne für diese und kommende Expeditionen betrifft. Es ist doch sicher so, dass wir bei der getroffenen Regelung bleiben und weiterhin in einer bewährten Mannschaft zusammenarbeiten, oder?«

»Es wäre mein sehnlichster Wunsch«, rief Cyrus. »Ich würde dem Ganzen nur gern offiziellen Charakter geben. Da ich kein Ägyptologe bin, würde ich mich glücklich schätzen, wenn Emerson den Posten des wissenschaftlichen Direktors übernähme.«

»Hmpf ... tja«, grummelte Emerson.

»Eine ausgezeichnete Idee«, versetzte seine Frau eilig. »Wir können nicht auf unbestimmte Zeit im Westtal weiterarbeiten. Das war lediglich eine vorübergehende Lösung. Wir müssen uns auf ein anderes Gebiet konzentrieren und unsere Mannschaft verstärken.«

»Ich sag Ihnen, was wir brauchen«, sinnierte Cyrus laut.

»Einen Künstler. Schätze mal, Mr oder Mrs Davies sind nicht abkömmlich, hm?«

»Nein, nein«, antwortete Emerson. »Keine Chance. Sie haben andere Verpflichtungen. Aber David –«

»Hat ebenfalls andere Verpflichtungen«, sagte seine bessere Hälfte in einem Ton, der keinen Widerspruch zuließ. »Was ist mit der jungen Französin, Mademoiselle Malraux?«

Sie hatte es wieder getan. Emerson ging stillschweigend über ihren Vorschlag hinweg und verlor sich stattdessen in Detailfragen. Folglich fertigte sie zwei ihrer kleinen Listen an, eine mit möglichen Ausgrabungsgebieten und eine mit potenziellen Neuzugängen für ihre Crew.

»Dann fahr ich morgen kurz nach Kairo«, verkündete sie.

»Weswegen?«, erkundigte Emerson sich argwöhnisch.

»Ich möchte mich mit den in Frage kommenden Mitarbeitern unterhalten, Monsieur Lacau von unserer Übereinkunft in Kenntnis setzen und ihn um Empfehlungen für neue Exkavationsgebiete bitten«, versetzte sie seelenruhig. »Oder magst du lieber fahren?«

Da er Carters Bespitzelung unter gar keinen Umständen sausen lassen wollte, strich Emerson kampflos die Segel – nichts anderes hatte sie erwartet.

Nach dem Aufbruch der Vandergelts nahm Ramses seine Mutter kurz beiseite. »Du hast doch nicht etwa vor, dir Häuser für uns anzusehen, oder?«

»Ich bezweifle, ob dafür noch Zeit bleibt.« Sie überflog ihre Listen. »Ich will auch nicht allzu lange wegbleiben. Ach ja, noch etwas. Versuch zu verhindern, dass dein Vater Carter dauernd schikaniert.«

»Ja Mutter. Du hast doch noch etwas auf deiner mentalen Liste vermerkt, oder?«

Sie sah zu ihm hoch, ihre Miene ernst. »Man beobachtet uns weiterhin, nicht?«

»Ich hab ein Auge darauf, aber bislang nichts Verdächtiges bemerkt.«

»Trotzdem hast du ein komisches Gefühl. Ich auch. In dieser Hinsicht entwickelt man eine gewisse Sensibilität.«

»Ja.« Ramses nickte. »Hast du in letzter Zeit von Abdullah geträumt?« Er konnte sich die Frage nicht versagen.

Als sie jene ungewöhnlichen Träume das erste Mal erwähnte, hatte er sich für sie gefreut, weil sie sich durch die realitätsnahen Begegnungen mit ihrem verstorbenen Rais getröstet fühlte. Abdullah hatte sein Leben für sie geopfert, aber das innere Band zwischen ihnen war schon damals ungeheuer stark gewesen. Sie und der alte Ägypter hatten im Laufe der Jahre eine Beziehung zueinander aufgebaut, die Ramses wegen der Unterschiede in Herkunft und Glaubensanschauung niemals für möglich gehalten hätte. Dankbarkeit und tiefe Zuneigung, die Nichtakzeptanz des Verlusts nährten vermutlich ihre Überzeugung, dass die von ihr geschätzten Menschen nicht für immer von ihr gegangen seien. Er hätte nicht zu sagen vermocht, wann sie angefangen hatte, diesen Träumen prophetischen Charakter beizumessen. Vielleicht lag es an der unerschöpflichen Kraft ihres Glaubens.

»Wenn ich ihn das nächste Mal sehe, frage ich ihn als Erstes nach Sethos«, erklärte sie selbstbewusst. »Bis dahin muss ich mich auf weniger verlässliche Quellen stützen. Ich möchte in Kairo kurz bei Mr Smith vorbeischauen. Verständlich, dass er Informationen nicht in einem Telegramm preisgibt – ein Vier-Augen-Gespräch ist da sicher sinnvoller.«

Daran hatte Ramses keinen Zweifel. Was das anging, hatte sie ihre speziellen Methoden.

»Soll ich ihm Grüße von dir ausrichten?«, fragte sie.

Sie kannte seine Einstellung gegenüber Smith. Schon die Erwähnung dieses Namens führte Ramses aufs Eindringlichste die Missstände im Geheimdienst vor Augen. Dort interessierte es niemanden, wie viele Menschen bei der sogenannten Pflichterfüllung fürs Vaterland über die Klinge sprangen. Er hatte jede Sekunde gehasst, die er für diese Behörde tätig gewesen war. »Nein«, sagte er knapp.

***

Ich verbrachte einen anstrengenden Tag in Kairo, der meine sämtlichen Energien forderte. Ich hatte keinen Termin mit Monsieur Lacau gemacht, aber das war nicht weiter dramatisch. Er empfing mich auch so und zeigte sich überaus einlenkend. Wahrscheinlich war er froh, dass das Gespräch mit mir stattfand und nicht mit Emerson. Obwohl, eigentlich verstanden sich die beiden recht gut. (Was man Emerson im Umgang mit etlichen seiner Ägyptologen-Kollegen wahrlich nicht nachsagen konnte.) Das Museum hatte uns einige seiner prachtvollsten Schätze zu verdanken, die wir unter Einsatz unseres Lebens geborgen hatten, und Lacau war nicht undankbar. Er war ein vornehmer Herr, mit schlohweißem Haar und Bart, und so penibel, dass man munkelte, er würde für alles Listen anfertigen. (Eine meines Erachtens hervorragende Arbeitsmethode.) Er bat mich unter höflichen Verbeugungen in sein Büro, wo wir zunächst zwanglos plauderten, unter anderem auch über die letzte Verlautbarung des Direktors in puncto Verteilungsschlüssel von Artefakten, die ausländische Expeditionen entdeckt hatten.

»Einige Exkavatoren verhalten sich dermaßen arrogant, als wenn ihnen ganz Ägypten gehörte«, erklärte Lacau. Sein Bart knisterte leise. »Ich beabsichtige, die Gesetze zu verschärfen, damit das Gros der Objekte berechtigterweise hier im Land bleibt.«

»Emerson schließt sich Ihrer Meinung rückhaltlos an, Sir«, antwortete ich wahrheitsgemäß. »Sie dürfen mit seiner vollen Unterstützung rechnen. Und mit meiner, versteht sich.«

Nach dieser Aussage hätte Monsieur Lacau mir jeden Wunsch erfüllt.

Der nächste Punkt auf meiner Liste waren die beiden jungen Leute, die ich als Mitarbeiter für geeignet hielt. Nach einem längeren Gespräch mit Mademoiselle Malraux und Nefrets positiver Einschätzung verwarf ich meine anfänglichen Ressentiments als unbegründet. Sie war ein aufgewecktes kleines Geschöpf, überschäumend vor Begeisterung, ganz hübsch, aber keine Schönheit im klassischen Sinne, und ihr Blick hatte etwas Irritierendes; die blaue Iris war komplett von dem Weiß des Augapfels umgeben, so als würde sie einen ständig erstaunt oder entsetzt anstarren. Der äußere Eindruck kann jedoch letztlich nicht ausschlaggebendes Kriterium sein, und ihre mitgebrachte Mappe beeindruckte mich. Die Künstler auf dem archäologischen Sektor haben andere Qualifikationen als Maler, sie müssen nicht nur exakte Kopien erstellen, sondern sich auch in den Techniken und Anschauungen der jeweiligen Kulturen auskennen. Ich war fasziniert von dem Aquarell einer mumifizierten Büste, die sie im Louvre gemalt hatte.

Mein zweiter Kandidat war in jeder Beziehung das Gegenteil von Mademoiselle und ein Widerspruch in sich. Sein rundes, freundliches Gesicht mit den gutmütig zwinkernden Augen war mir auf Anhieb sympathisch. Bei diesem umgänglich wirkenden Burschen hätte man doch annehmen müssen, dass er so quirlig wie Mademoiselle plauderte, aber Irrtum, Nadji Farid schien sehr schüchtern. Er senkte den Blick und äußerte sich nur, wenn er angesprochen wurde. Was er jedoch mit seiner leisen melodischen Stimme ausführte, bewies genaue Kenntnis von den Methoden der Exkavation, und ich hatte nichts gegen zurückhaltende Menschen einzuwenden. Zumal das eine angenehme Abwechslung im Team wäre.

Am Spätnachmittag hatte ich meine Missionen bis auf eine erfüllt, und ich ging fest davon aus, dass ich den Abendexpress noch bequem erreichen könnte.

Allerdings gestaltete sich das Aufspüren von Mr Bracegirdle-Boisdragon alias Mr Smith schwieriger als vermutet. Er hatte mir irgendwann einmal seine private Telefonnummer gegeben, aber als ich dort anrief, informierte mich eine Frauenstimme auf Arabisch, dass sie Damenkundschaft nicht akzeptierten. Unschlüssig, was ich davon zu halten hatte, legte ich auf. Mein nächster Anruf galt dem Ministerium für Öffentlichkeitsarbeit, wo Bracegirdle-Boisdragon offiziell eine gehobene Position bekleidete. Ich brauchte eine Weile, um mich durch das Bürokratenwirrwarr vorzuarbeiten, und als ich endlich seinen Assistenten an der Strippe hatte, war es schon spät und ich mit den Nerven am Ende.

»Sagen Sie ihm, dass Mrs Emerson ihn um fünf Uhr im Turf Club erwartet, und wenn er nicht kommt, wird ihm das noch sehr leidtun.«

Ich finde unspezifische Drohungen immer am effektivsten; die Vorstellungskraft des Betroffenen suggeriert bei weitem dramatischere Konsequenzen, als ich sie mir je einfallen lassen könnte. Außerdem war ich mir ziemlich sicher, dass Bracegirdle-Boisdragon in seinem Büro war, aber zu feige, um spontan mit mir zu reden.

»Nicht im Turf Club, Mrs Emerson.« Im Hintergrund klang es so, als würde der junge Mann nachfragen. »Dort hat man sich noch nicht von Ihrem letzten Besuch erholt. Sagen wir um fünf zum Tee im Groppi's.«

Eine heiße Tasse Tee und ein schönes Stück Kuchen klangen verlockend. Zudem war das Ambiente im Groppi's weitaus ansprechender als das geballte Männerpublikum im Turf Club; Lampen mit dunkelroten Schirmchen hüllten den Raum in ein warmes Licht, weiche Perserteppiche dämpften die Schritte. Kaum dass ich mich gesetzt hatte, begrüßte mich jemand mit sonorer Stimme. Als ich den Kopf hob, blickte ich jedoch nicht auf Smiths Bürokratenschädel, sondern in das Gesicht eines jüngeren Mannes mit hoher Stirn, sanft gerundeter Kinnpartie, Stupsnase und mädchenhaft geschwungenen Lippen.

»Mrs Emerson, richtig? Mein Name ist Wetherby. Wir haben eben miteinander telefoniert. Darf ich mich setzen?«

»Aber bitte«, entfuhr es mir. »Und dann erklären Sie mir, wieso Ihr Vorgesetzter Sie geschickt hat.«

Mr Wetherby sank auf einen Stuhl. »Er hielt es für besser, in der derzeitigen Situation nicht mit Ihnen gesehen zu werden. Ich genieße sein volles Vertrauen, Ma'am, und werde ihm umgehend Bericht erstatten.«

»Hmmm«, seufzte ich. »Na gut. Ich muss den Abendzug bekommen, also hören Sie mir zu und unterbrechen Sie mich nicht.«

Bei meiner Schilderung von Emersons und Ramses' Begegnung mit den Möchtegern-Pyromanen spitzte er nachdenklich die Lippen. »Und wieso haben wir das nicht früher erfahren?«

»Ich hatte Sie doch gebeten, mich nicht zu unterbrechen. Wieso hat Ihr Arbeitgeber nicht aufschlussreicher auf Emersons Telegramm reagiert?«

»Seine Antwort war die schlichte Wahrheit, Mrs Emerson. Wir haben keine Ahnung, wo das fragliche Individuum sein könnte, und wir sind genau wie Sie darum bemüht, besagte Person zu lokalisieren.«

»Demnach stimmen Sie mir zu, dass die Angreifer dieses – ähm – Individuum suchen?«

»Sehr wahrscheinlich«, erwiderte Wetherby bedachtsam. Nach einem hastigen Blick über die Schulter senkte er die Stimme und fuhr fort: »Sein letzter Bericht erreichte uns vor sechs Wochen.«

»Und wo war er zu dem Zeitpunkt?«

»In Syrien«, murmelte er widerstrebend. Vermutlich ging es ihm als Mitarbeiter des Geheimdienstes gegen den Strich, irgendetwas preiszugeben.

»Was machte er dort?«

»Also wirklich, Mrs Emerson, die Frage darf ich Ihnen nicht beantworten.«

»Wahrung von Staatsgeheimnissen? Überflüssiger Bombast, diese Gesetze. Dann beantworten Sie mir doch, wer seine Opponenten sind.«

»Das weiß nur der liebe Gott«, platzte Mr Wetherby herzerfrischend aufrichtig heraus.

»In Ihrer Position sollten Sie doch aber in der Lage sein, eine Vermutung zu äußern. Immerhin wissen Sie um den Charakter seiner letzten Mission.«

»Ich weiß, wie sein eigentlicher Auftrag lautete, Mrs Emerson.«

»Und mehr wollen Sie nicht erzählen? Verstehe.« Ich warf einen Blick auf meine Taschenuhr. »Mir bleibt keine Zeit mehr, Mr Wetherby. Sie waren mir wahrhaftig keine große Hilfe.«

»Glauben Sie mir, Mrs Emerson –«

»Ja, ja. Wenn es nach Ihnen ginge. Bitte erinnern Sie Mr Smith noch einmal daran, dass er mir und meiner Familie jegliche Unterstützung zugesagt hatte. Die können wir jetzt wirklich gebrauchen. Nötigungen und Bespitzelungen sind mir nämlich ein Gräuel.«

Der weiche rosige Mund verzog sich zu einem Grinsen. »Das kann ich Ihnen nachfühlen«, murmelte Wetherby. »Ich darf Ihnen schon jetzt versprechen, dass mein Vorgesetzter die erforderlichen Schritte einleiten wird, um Ihnen weitere Unannehmlichkeiten zu ersparen. Die eine oder andere falsche Spur legen … Sie informieren uns bitte, falls Sie von dem fraglichen Individuum hören sollten?«

»Wenn Sie im Gegenzug das Gleiche tun.«

»Mein Wort darauf, Ma'am.«

Ob man sich dafür etwas kaufen kann, überlegte ich mit einem Hauch von Ironie. Wenigstens war Mr Wetherby umgänglicher als Smith. Mit einem bedauernden Blick verabschiedete ich mich von meinem halb aufgegessenen Stück Aprikosentorte und ließ Mr Wetherby bezahlen. Ich kam noch pünktlich am Bahnhof an.

Alles in allem war der Tag erfolgreich verlaufen. Nach einem leichten Imbiss im Speisewagen suchte ich mit dem erhebenden Gefühl innerer Zufriedenheit das Schlafwagenabteil auf.

***

Ich habe nie verstanden, wieso ich so unregelmäßig und scheinbar willkürlich von Abdullah träumte, und vor allem, warum ich ihn dann immer als elanvollen jungen Mann mit kohlschwarzem Bart sah und nicht als den weißhaarigen Patriarchen, der er zum Zeitpunkt seines Todes bereits war. Er tauchte selten auf, wenn ich dringend einen Rat gebraucht hätte, und seine Ausführungen blieben meistens kryptisch. Bisweilen tröstete er mich, wenn ich besorgt war; manchmal machte er vage Andeutungen, die ich erst kapierte, wenn es für eine entsprechende Reaktion längst zu spät war; des Öfteren schalt er mein Verhalten als töricht und unüberlegt. Ein bisschen mehr konstruktive Unterstützung wäre sicher wünschenswert gewesen, zumal von einer alten Bekanntschaft aus dem Jenseits, wo alles bekannt und vorgezeichnet ist. Da hat man meiner Ansicht nach das Recht auf den einen oder anderen praktischen Hinweis. Trotzdem war ich dankbar um jedes Wiedersehen mit ihm und um die Erkenntnis, dass er in irgendeiner Form, in einer uns unbekannten Dimension, fortexistierte.

Er erwartete mich um die übliche Zeit und an der gewohnten Stelle: bei Sonnenaufgang auf den Klippen über Deir el-Bahari unweit von Luxor. Er schien gnädiger Stimmung, da er mich lächelnd und nicht mit bärbeißiger Miene begrüßte. Einen langen Augenblick standen wir schweigend da und beobachteten, wie pastellfarbenes Licht den Fluss, Felder und Wüste streifte und unter uns im Tal die Kolonnaden von Hatschepsuts Tempel hell erstrahlen ließ.

»So«, sagte ich. »Keine neue Leiche in diesem Jahr, Abdullah.«

Das war ein alter Scherz zwischen uns. Abdullah grinste. »Noch nicht.«

»Wer?«

Er antwortete nicht. Damit hatte ich offen gestanden auch nicht gerechnet.

»Es gibt immer eine Leiche.« In seiner Stimme schwang ein Hauch von Tragik, und seine Augen schimmerten feucht, als er hinzusetzte: »Zuletzt wäre es um ein Haar deine gewesen, Sitt.«

»Ach, das ist doch schon wieder Monate her«, wiegelte ich ab. »Hast du irgendwelche Neuigkeiten für mich?«

Abdullah strich über seinen Bart. »Hmmm. Du wirst bald einen Besucher haben, den du zwar erwartest, aber nicht sehen möchtest. Und Emerson hat Recht, wo er lieber im Unrecht gewesen wäre.«

Das war informativer als sonst, wenn Abdullah auch eher wie ein spiritistisches Medium klang. Ich ging davon aus, dass es sich bei dem unerwünschten Besucher um Sethos handelte. Der zweite Hinweis bezog sich womöglich auf …

»Aha«, rief ich. »Dann gibt es im Tal der Könige also doch noch ein neues Königsgrab?«

»So sagte ich bereits.«

»Du hast gesagt, es gäbe zwei.«

»Richtig«, räumte Abdullah ein.

»Wo denn? Ach egal, du würdest es mir ohnehin nicht verraten, stimmt's? Was ist mit dem Übergriff auf Ramses und Emerson? Droht ihnen weiterhin Gefahr von diesen Leuten?«

»Sie schwebten nie in Gefahr. Es war ein törichter Streich von törichten Männern.«

»Welche Männer?«

»Ihre Namen sagen dir nichts. Sie sind wieder dort, wo sie herkamen.«

»Wer hat sie geschickt? Müssen wir mit weiteren Überfällen rechnen?«

»Ich habe dir doch erklärt«, versetzte Abdullah mit Engelsgeduld, »dass die Zukunft nicht in Stein gemeißelt ist. Deine Handlungen bewirken Reaktionen. Und umgekehrt auch.«

»Ah«, merkte ich auf, »dann haben wir mithin einen freien Willen. Dieses Thema beschäftigt die Philosophie schon seit Jahrhunderten.«

»Ich werde es nicht vertiefen, Sitt.«

»Das war mir klar.« Ich sah ihn direkt an. »Geht es dir gut, mein lieber alter Freund?«

»Wie könnte es mir anders gehen?« Sein breiter Brustkorb hob sich, da er einen tiefen Zug der frischen Morgenluft inhalierte. »Möge es dir und denen, die wir lieben, wohl ergehen bis zu unserem nächsten Wiedersehen, Sitt.«

Ohne Abschiedsgruß marschierte er über den Pfad davon, der ins Tal führte. Es war nie anders gewesen.

***

Als der Zug am nächsten Morgen in Luxor einfuhr, war Emerson schon am Bahnhof. Zunächst entdeckte ich ihn nicht, da er im Schneidersitz auf dem Bahnsteig hockte und angeregt mit mehreren Kofferträgern plauschte. Als er mich am Waggonfenster bemerkte, eilte er in langen Schritten über die Plattform und half mir die Stufen hinunter.

»Ich war zufällig hier und dachte mir, dass du vielleicht in diesem Zug bist«, tönte er.

»Zufall hin oder her, ich hab dir doch gesagt, dass ich um diese Uhrzeit eintreffe. Klopf dir mal den Staub von der Hose, Emerson. Und wo ist dein Hut?«

Emerson wischte sich abwesend über die mit undefinierbarem Unrat beschmierten Hosenbeine und ignorierte die Frage, die er mir mit ziemlicher Sicherheit auch nicht hätte beantworten können. Einmal abgesehen von den anziehenden grauen Schläfen war sein kräftiges Haar noch genauso dicht und schwarz wie früher. Lag es etwa daran, dass er immer barhäuptig loszog? Zweifellos arbeitete er nicht mit Haarfärbemitteln, denn die hätte ich gefunden – und mein eigenes Fläschchen bewahrte ich gut versteckt auf.

Er hakte sich bei mir unter. »Und? Alles glücklich verlaufen?«

»Mit Glück hat das nichts zu tun. Alles verlief nach Plan.«

»Pfft«, lautete Emersons Kommentar.

»Und bei dir?«

Emerson nahm dem Träger meinen Koffer ab und führte mich zu den wartenden Droschken. »Carter fängt morgen mit der Exkavation an.«

»Gute Güte, Emerson, ist das alles, woran du denken kannst?«

Ganz offensichtlich. Er stellte keine weiteren Fragen und protestierte auch nicht, als ich vorschlug, am Abend vor versammelter Mannschaft ausführlich zu berichten.

Nach längeren Zugreisen fühle ich mich jedes Mal ziemlich ramponiert. Deshalb nahm ich nach Emersons Aufbruch ins Westtal ein ausgedehntes Bad in meiner Zinkwanne, wusch mir die Haare (nicht ohne ein bisschen Farbe aufzutragen) und zog bequeme Sachen an. Den restlichen Tag verbrachte ich auf der Veranda, wo ich meine Notizen ordnete und auf der Straße heimlich Ausschau nach Fremden hielt. Für gewöhnlich liefen dort nur Dorfbewohner vorbei. Oder ins Haus, denn Fatima und unsere anderen Bediensteten hatten überall am Westufer Verwandte, und die schauten gern auf ein Schwätzchen oder einen kleinen Imbiss vorbei. Ich hatte auch nichts dagegen, dass Fatima etliche der hiesigen Bettler mit durchfütterte. Genau wie der Islam sieht unser Glaube vor, dass wir unseren Überfluss mit denjenigen teilen, die der Allmächtige (aus Gründen, die uns verborgen bleiben) nicht begünstigt hat. Und diese Individuen besaßen oft interessante Informationen, die sie an Fatima weitergaben. Von ihr gelangten sie dann an mich.

Die meisten dieser armen Schlucker kannte ich inzwischen, zumindest vom Ansehen; einige wurden sogar als heilige Männer verehrt. Einer schlenderte an jenem Nachmittag über die Veranda, ein zerlumpter Bursche mit grauem Rauschebart und einem knorrigen Stock, auf den er seine gebeugte Gestalt stützte. Er bedachte mich mit einem milden Lächeln und einem gemurmelten Segen, was ich mit einer Verbeugung quittierte, derweil er zielstrebig in Richtung Küche steuerte.

Sein Gesicht kam mir bekannt vor, da ich ihn schon mehrfach gesehen hatte. Auch den Halbwüchsigen, der einige Zeit später die Straße hinunterkam. Allerdings behielt ich ihn im Auge, da diese jungen Leute für ihr Leben gern im Stall verschwanden, um dort das Automobil zu bewundern (und daran herumzuschrauben). Der Junge hockte sich jedoch ein Stück von mir entfernt auf den Boden und blieb dort sitzen.

Ich hatte Fatima gebeten, den Tee zeitig aufzubrühen. Meine innere Eingebung erwies sich als korrekt. Ramses und Nefret fanden sich als Erste ein, dicht gefolgt von Cyrus, Bertie, Jumana, Selim und Daoud und, mit kurzem Abstand, Emerson. Ich legte sogleich mit meinem Bericht los, hatten wir doch mehr Ruhe, solange die Zwillinge noch nicht eingetrudelt waren.

»Ich habe Mademoiselle Malraux' Mappe gesehen, einfach erstklassig. Sie und auch Mr Farid haben mich mit ihrer Qualifikation überzeugt.«

»Dann haben Sie die beiden also eingestellt?«, wollte Cyrus wissen.

»Aber nein! Ohne Ihr und Emersons Einverständnis würde ich das niemals machen.«

»Wenn Sie Ihnen zusagen, Amelia, ist das für mich völlig in Ordnung«, erklärte Cyrus.

»Emerson?«

Der Angesprochene schrak zusammen. Tee schwappte auf seinen Unterteller. »Was? Aber ja, gewiss, meine Liebe.«

Ich war erfreut, das zu hören, da ich den beiden jungen Ägyptologen so gut wie zugesagt hatte.

»Monsieur Lacau war sehr kooperativ«, fuhr ich fort. »Er bietet uns mehrere Gebiete an: die königlichen Totentempel, mit Ausnahme von Medinet Habu –«

»Da ist doch nichts zu holen«, protestierte Cyrus. »Nur tonnenweise Geröll.«

»Bitte Cyrus, ich war noch nicht fertig. Die westlicher gelegenen Täler, wo die Gräber von Hatschepsut und den drei Prinzessinnen entdeckt wurden, und das Gelände um Tod, weiter südlich.«

»Zu weit weg«, meinte Cyrus prompt.

»Wir brauchen auch nichts zu überstürzen«, schloss ich. »Monsieur Lacau möchte nämlich, dass wir in dieser Saison mit dem Westtal abschließen.«

Bei der Erwähnung der Grabstätten hatte Cyrus' glänzende Augen bekommen. Mir war klar, wie er sich entscheiden würde. Emerson hielt sich bedeckt. »Schön, schön Peabody. Wir werden – ähm – die Möglichkeiten überdenken.«

Das Auftauchen der lieben Kleinen beendete die Diskussion. Fröhlich plappernd liefen sie zu ihrem Großvater. Ramses, der sich die schrille Geräuschkulisse zunutze machte, raunte mir zu: »Hast du mit Smith gesprochen?«

»Er hat seinen Assistenten Mr Wetherby geschickt, statt selbst zu kommen.«

»Wetherby?« Ramses zog die Brauen hoch.

»Kennst du ihn?«

»Nein. Er muss nach meiner Zeit eingestiegen sein. Nannte er einen Grund, wieso Smith dich versetzt hat?«

»Im Geheimdienst nennt man so was nicht Versetzen sondern Vorsicht. Laut Wetherby hielt sein Vorgesetzter es nicht für ratsam, zusammen mit mir gesehen zu werden. In der Behörde ist jedenfalls noch kein Lebenszeichen von Sethos eingegangen.«

Zwischen Ramses' Brauen bildete sich eine steile Falte.

»Ich glaube, diesbezüglich hat er nicht geblufft«, erklärte ich schnell. »Er ließ durchblicken, dass Sethos sich zuletzt in Syrien aufhielt. Mehr bekam ich beim besten Willen nicht aus ihm heraus. Außer dass er mir versprach, er – besser gesagt Smith – werde Schritte einleiten, um mögliche Spitzel von uns abzulenken. ›Die eine oder andere falsche Spur legen‹, nannte er das.«

»Klingt wenig aufbauend«, murrte Ramses.

»Oh, und er will uns informieren, sobald er von Sethos hört. Wenn wir das umgekehrt auch so machen. Damit war ich natürlich einverstanden.«

»Selbstverständlich«, murmelte Ramses.

Er wandte sich ab, um seinen Sohn zu begrüßen, der ihm ein zermatschtes Eclair anbot. »Das hab ich extra für dich aufgehoben, Vater, weil Carla wie üblich alle anderen verputzen wird.«

»Sehr aufmerksam von dir.« Ramses setzte sich. Der kleine Junge lehnte sich an sein Knie, unterdessen biss sein Vater genüsslich seufzend in das Gebäckstück. Eine kurze Weile später sagte David John: »Vater, sei doch bitte so gut und hilf mir auf die Sprünge: Wer war noch gleich Tutanchamon?«

Ich lächelte stillvergnügt. David John räumte ungern ein, dass er Wissenslücken auf dem archäologischen Sektor hatte. Und dies war seine unverfängliche Methode, Informationen über ein Thema zu sammeln, von dem er wenig oder gar keine Ahnung hatte. Für einen Fünfjährigen war seine Unkenntnis verständlich. Zudem war Tutanchamon unter den ägyptischen Pharaonen einer der rätselhaftesten.

Ramses schaute ihn entgeistert an. »Weswegen fragst du, David John?«

»Großpapa glaubt, dass er irgendwo im Tal der Könige begraben liegt. Er möchte die Gruft gern entdecken.«

»Das kann ich mir vorstellen.« Ramses nickte. »Es stimmt, dass seine Grabstätte zu den wenigen gehört, die nie lokalisiert wurden. Aber er war kein bedeutender Herrscher, David John. Er regierte gegen Ende der Achtzehnten Dynastie, als Nachfolger seines Schwiegervaters, der vielleicht auch sein Vater war. Hast du schon mal was von Echnaton gehört?«

»Der Ketzer«, antwortete David John wie aus der Pistole geschossen. Seine blauen Augen blitzten auf. »Ein toller Herrscher. Seine Frau hieß Nofretete, und sie hatten sechs Töchter. Er verbot die Verehrung der alten Gottheiten und gründete eine neue Stadt, Amarna, die seinem einzigen Gott Aton geweiht war. Und er hat als Erster nur einen Gott angebetet.«

»Ganz recht«, lobte ich. David John hatte sich bestimmt Mr Breasteds Standardwerk zu Gemüte geführt. Er hatte schon sehr früh lesen gelernt und war, genau wie sein Vater, entsetzlich altklug auf gewissen Gebieten.

»Echnatons Reformen konnten sich allerdings nicht dauerhaft durchsetzen«, fuhr ich fort. »Nach seinem Tod kehrte der Hofstaat wieder zur Anbetung der alten Gottheiten zurück, und man gab Amarna auf. Tutanchaton, wie er ursprünglich hieß, gab sich den Namen Tutanchamon. Seine Gemahlin, eine von Echnatons Töchtern, änderte ihren ebenfalls, so dass er den Namen des Gottes Amon beinhaltete, dessen Verehrung ihr Vater missbilligt hatte.«

David John nickte heftig. »Von Anchesenpaaton in Anchesenamon.«

»Gute Güte«, entfuhr es mir unwillkürlich. »Ähm ... ganz recht, mein Junge. Das ist alles, was wir über Tutanchamon wissen, David John. Von ihm sind nur wenige Artefakte erhalten geblieben.«

»Das heißt, wenn sein Grab entdeckt würde –«

»Das ist höchst unwahrscheinlich«, erwiderte ich. »Dein Großvater hat sich da eine – ähm – fixe –«

»Idee in den Kopf gesetzt«, sprang David John hilfsbereit ein. »Verstehe. Ich muss wissen, welche. Ich werde ihn danach fragen.«

Er lief zu Emerson zurück, worauf ich Ramses zuraunte: »Ehrlich gesagt macht mir der Kleine allmählich Kopfzerbrechen. Er rattert diese komplizierten Namen herunter als wäre es das Leichteste auf der Welt.«

»Er ist bestimmt nicht schlimmer als ich.« Ramses grinste.

Ich konnte nur hoffen, dass er damit nicht untertrieb.

Es war kurz nach Mitternacht in den frühen Stunden des 4. November (dieses Datum hat sich mir unauslöschlich ins Gedächtnis eingebrannt), als ich aufwachte und feststellte, dass Emerson nicht mehr neben mir lag. Er steht für gewöhnlich unter lautem Grummeln und Getöse auf. Dass er sich wie ein Geist davongeschlichen hatte, weckte die schlimmsten Vorahnungen in mir. Ich packte mir meinen Schirm und lief ohne Morgenmantel und Hausschuhe aus dem Zimmer. Leises Stimmengemurmel lenkte meine Schritte auf die Veranda. Es war Neumond, die Sterne funkelten jedoch so hell, dass mir die stattliche Statur meines Gemahls nicht verborgen blieb. Er unterhielt sich im Flüsterton mit einer Person, die erheblich kleiner war als er. »Bist du sicher?«, fragte er eben auf Arabisch.

»Ja, ganz sicher, Vater der Flüche!« Die helle kratzige Stimme klang wie die eines Heranwachsenden. Bei meinem Anblick entrang sich seiner Kehle ein spitzer Schrei, aber er lief nicht weg. Emerson spähte über seine Schulter. »Ah Peabody. Was hast du denn mit diesem Schirm vor?«

Ertappt senkte ich die Waffe. »Gibt es Neuigkeiten von … von ihm?«, kreischte ich.

»Sei leise«, zischte Emerson. »Von wem redest du? Oh, von ihm. Nein.« Er wechselte wieder ins Arabische. »Gut gemacht, mein Junge. Hier.«

Er wühlte in den Taschen seiner Hose, seiner einzigen Bekleidung. Als der Junge das Klirren der Münzen vernahm, strahlte er übers ganze Gesicht. »Warte«, sagte Emerson. »Ich begleite dich ins Schlafzimmer.«

»Himmel noch, Emerson«, schimpfte ich, während ich im Eiltempo hinter ihm hertrabte. »Was geht hier vor? Wenn es nichts mit ihm zu tun hat, womit denn dann?«

Emerson fasste mich bei den Schultern. »Peabody«, antwortete er mit leiser, angespannter Stimme, »sie haben in den Felsen eine Stufe entdeckt.«

Unvermittelt sprang der archäologische Funke auf mich über. Ich verstand natürlich auf Anhieb, was das hieß. Eine in das Felsgestein gehauene Stufe konnte nur eins bedeuten: ein Grab. Und allem Anschein nach dort, wo Emerson schon seit Tagen herumspionierte.

»Ich komme mit«, entfuhr es mir.

»Solange kann ich nicht warten, Peabody.«

Hektisch versuchte er, seine Sachen überzustreifen. Leider Gottes hatte er mal wieder sämtliche Kleidungsstücke großzügig im Schlafzimmer verteilt. Weshalb er eine ganze Weile brauchte, bis er seine Stiefel fand (unter dem Bett). In der Zwischenzeit war ich in Hemd, Hose und Jacke geschlüpft, die griffbereit auf einem Stuhl lagen.

»Ich fahre mit dem Auto«, trumpfte Emerson auf.

Falls er dachte, er könnte mich damit abschrecken, war er schief gewickelt. Außenstehenden das überwältigende Gefühl zu beschreiben, das einen bei einem archäologischen Fund durchflutet, ist schier unmöglich. Dabei zu sein, wenn eine solche Entdeckung gemacht wird, unter den Ersten zu sein, die mit eigenen Augen der Freilegung einer unerforschten Grabstätte beiwohnen ... Ich konnte durchaus nachvollziehen, dass mein Mann Howard Carter die Schau stehlen wollte. Auch wenn es nicht die feine englische Art war.

Da ich Autofahrten mit Emerson im Allgemeinen ablehne und im Besonderen, wenn er es eilig hat, wandte ich hastig ein: »Das Automobil macht einen entsetzlichen Lärm, Emerson. Schätze mal, du möchtest diesen Ausflug nicht an die große Glocke hängen, mmh?«

»Hmpf«, brummte der Angesprochene. Und setzte aufgebracht hinzu: »Pah. Los, beeil dich.«

Er stürmte ins Freie. Ich wusste, zum Satteln der Pferde würde er Jamal wecken müssen, und der war um diese nachtschlafende Stunde kaum ansprechbar. Also beendete ich in aller Ruhe meine Toilette, steckte meinen Hut fest und schnallte mir meinen Utensiliengürtel mit Wasserflasche, brandygefülltem Flachmann, Nähzeug, Taschenlampe und Messer um die Taille. Als ich die Stallungen erreichte, stand Emersons Wallach fertig gesattelt bereit. Der Professor und Jamal waren gerade mit meiner Stute beschäftigt, einem sanften Geschöpf, das ich nach meiner reizenden Schwägerin Eva benannt hatte. (Einige der feurigen Araber mochten das Scheppern meines rundum behängten Gürtels nicht.) Der Junge begrüßte mich mit einer Verbeugung und einem breiten Grinsen. Jetzt erkannte ich ihn wieder, worauf sich mein Verdacht bestätigte. Er war einer von Howards Wasserträgern und derselbe Junge, der am Nachmittag vor unserem Haus gewartet hatte. Auf Emerson, wohlgemerkt.

»Du bist wirklich schlimm, weißt du das, Emerson?«, kritisierte ich ihn. »Welchen hinterhältigen Plan heckst du jetzt wieder aus?«

Emerson griff um meine Taille und setzte mich elanvoll auf die Stute. Dann schwang er sich auf den Wallach, schnappte sich den Jungen und hob ihn vor sich in den Sattel.

»Azmi hier hat die Stufe entdeckt«, erklärte er.

»Auf dein hartnäckiges Betreiben hin?«

»Ich kapier das einfach nicht«, erwiderte Emerson sichtlich gekränkt, »wieso du spontan darauf tippst, ich könnte etwas Unrechtes tun. Ich möchte doch nur einen kurzen Blick riskieren und mich vergewissern, dass Azmi nicht übertrieben hat. Wäre doch jammerschade, wenn sich Carter Hoffnungen machte und dann enttäuscht würde.«

»Howard wäre sicher tief gerührt über deine Besorgnis, Emerson.«

Der Professor antwortete nicht.

Wenn ich nicht pausenlos herumgezetert hätte, wäre Emerson mir bestimmt weggaloppiert. Die Besorgnis um mich veranlasste ihn letztlich dazu, langsamer zu reiten; ich bin nämlich keine besonders gute Reiterin. Gottlob war um diese Uhrzeit niemand unterwegs. Die Straße ins Tal war stockfinster, da die zu beiden Seiten steil aufragenden Felsen das milchige Sternenlicht ausblendeten. Auf mein nachdrückliches Zurufen hin ritt mein Mann schließlich im Schritttempo. Cyrus Vandergelts Schloss zeichnete sich gegen den Sternenhimmel ab, großzügig erleuchtet wie ein Palast mit flackernden Fackeln vor den Toren und im Hof. Howard Carters Haus wirkte dagegen wie eine finstere Hütte, als wir an der Anhöhe vorüberritten, was Emerson ein zufriedenes Wiehern entlockte. Howard schlief noch. Und das bestimmt auch die nächsten Stunden.

Der Eingang zum Tal war natürlich verschlossen. Wir ließen die Pferde vor der Absperrung stehen; Emerson setzte mit einem eleganten Sprung darüber hinweg und hob dann erst mich und dann Azmi über das Hindernis.

Nachts ist das Tal irgendwie unheimlich, totenstill und verlassen wie in jener Zeit, als die Pharaonen noch unbehelligt in ihren Sarkophagen schlummerten, tief in die Felsen gebettet und von unschätzbarem Reichtum umgeben. Hoch oben am Firmament funkelten die Sterne wie lupenreine Diamanten an einem schwarzsamtenen ägyptischen Himmel, gleichwohl konnten wir nicht die Hand vor Augen sehen.

In früheren Epochen hatte es genauso Wächter gegeben wie jetzt; als ein vernehmliches Schnarchen das Schweigen durchbrach, schwante mir, dass die frühzeitlichen Wachen womöglich auch häufiger eingenickt waren und ihre Aufsichtspflicht vernachlässigt hatten.

Nach einer Biegung hatten wir das fragliche Gebiet erreicht, und ich knipste vorsichtig meine Taschenlampe an.

Howard hatte es nicht einmal für nötig befunden, in der Nähe seines Areals einen Wächter zu positionieren. Warum auch? Er hatte ja noch nichts entdeckt außer den verfallenen Ruinen einiger Arbeiterhütten.

»Prima Idee, Peabody.« Emerson nahm mir meine Taschenlampe weg. »Komm Azmi, zeig mir die Stufe.«

Die Überreste der Hütten waren zwar am Vortag abgetragen worden, aber auf der Felssohle schichteten sich weiterhin etwa einen Meter hoch Sand und Schutt. Azmi deutete auf eine Vertiefung, die ungefähr einen halben Meter lang und dreißig Zentimeter breit war.

»Ich schieb den Sand weg, Vater der Flüche«, sagte er in aufgeregtem Flüsterton. »Dann sieht es so aus, als hättest du sie entdeckt.«

Emerson drückte mir die Taschenlampe wieder in die Hand. Er ging auf alle Viere, begann zu graben wie ein Maulwurf und schaufelte den Sand hinter sich. Seine riesigen, zupackenden Hände waren effiziente Werkzeuge; nicht lange, und er hielt leise fluchend einen blutenden Finger hoch. Er wollte damit kein Mitgefühl wecken, sondern lediglich Azmis Fund bestätigen. Er hatte sich den Finger aufgeschürft an dem schroffen Felsgestein, das dieselbe Farbe hatte wie der Sand ringsum. Prompt steckten wir die Köpfe zusammen, um in das Loch hinabzuschauen. Trotz Emersons Buddelei sackte das Geröll unablässig wieder nach, dennoch gewahrten wir alle die scharfe Kante, die wie ein Treppenabsatz oder eine Stufe anmutete.

Der Professor ließ sich auf die Fersen zurücksinken. Ich wartete gespannt, wie er sich zu der Entdeckung äußern würde, aber er schwieg beharrlich.

»Grab weiter, grab weiter«, drängte der Junge.

»Nein.« Emerson erhob sich behäbig. »Dazu habe ich kein Recht.«

»Ist es nicht ein bisschen spät für solche Skrupel?«, forschte ich. Das archäologische Fieber hatte mich erfasst, und ich war genauso versessen wie Azmi, das Loch weiter auszuheben.

»Schütt es zu«, wies Emerson den Jungen in bedächtigem Ton an. Er fasste meinen Ellbogen und zog mich aus meiner Hockstellung hoch.

Azmi stöhnte auf. »Wirklich?«

»Ja, wirklich.«

»Aber Emerson«, echauffierte ich mich. »Kann doch sein, dass es ein ganz natürlicher Felsvorsprung ist. Möchtest du dich denn nicht sachkundig machen?«

»Dazu habe ich kein Recht«, wiederholte der Angesprochene. »Offen gestanden«, fuhr er fort, »war ich auch nicht befugt, so weit zu gehen, wie ich es jetzt getan habe. Und es wäre verdammt unangenehm für mich, wenn das ans Licht käme. Azmi, du musst dafür sorgen, dass Rais Gurgar die Stelle findet. Aber das dürfte nicht weiter schwierig sein.« Er klimperte in seiner Hosentasche herum. »Nimm das, mein Junge. Das ist für dich.«

Wenig später setzte er sich auf die verfallene Mauer des nahen Grabeingangs zu Ramses VI. und zog mich neben sich. Er legte wärmend einen Arm um mich, denn vor Sonnenaufgang war es empfindlich kühl. »Nimm einen Schluck Brandy, Peabody, das ist gut gegen die Kälte.«

»Der Brandy ist ausschließlich für medizinische Zwecke gedacht, und das weißt du auch. Wenn du es nicht so eilig gehabt hättest, hätte ich heißen Kaffee mitgebracht.«

»Mag sein, dass ich zu überstürzt gehandelt hab«, räumte Emerson ein. »Aber du musst mich auch verstehen, Peabody.«

»Ja, mein Lieber, das tue ich doch immer. Woher wusstest du von dieser Stelle?«

»Gestern, nachdem die letzten Hütten abgetragen waren, fiel mir etwas Interessantes auf. Das Geröll lagert nämlich unterschiedlich hoch. Das sticht einem erst ins Auge, wenn man genauer hinsieht. So wie ich«, sagte Emerson mit gespielter Bescheidenheit. »Darauf hab ich Azmi die Stelle gezeigt. Er wartete, bis die Wachleute sich abends hingelegt hatten, dann fing er an zu graben. Er ist flink und er kennt im Tal jeden Winkel. Niemand hat ihn bemerkt. Er kam danach gleich zu mir.«

Mich überlief ein Schauer, eine Mischung aus fiebriger Nervosität und eisiger Gänsehaut. »Verdammt«, knurrte Emerson. »Man dürfte doch eigentlich erwarten, dass die Burschen um diese Uhrzeit Wache halten. Azmi, versuch mal, einen der Wachleute aufzuwecken. Sag ihm, der Vater der Flüche möchte einen Kaffee.«

Azmi trollte sich. Es wurde bereits hell, als er mit zwei Männern zurückkehrte, die Emerson mit Namen begrüßte. »Ihr schlaft tief und fest, Ibrahim und Ishak, während wir hier unbefugt eindringen. Und so was nennt man Wachen?«

Der Ältere der beiden, ein drahtiger Kerl mit grauem Rauschebart, verbeugte sich. »Wir wussten doch, dass es der Vater der Flüche und die Sitt Hakim sind, deshalb ließen wir euch gewähren.«

»Das deutet auf ein ausgezeichnetes Urteilsvermögen.« Emerson grinste selbstgefällig. »Habt ihr schon Kaffee gekocht?«

»Oh ja, Vater der Flüche«, sagte der jüngere Mann. »Ali Mohammed bringt euch gleich welchen.«

Wir bekamen unseren – ihren – Kaffee, sehr schwarz und süß und heiß. Die Männer hätten sich niemals angemaßt zu fragen, was wir um diese nachtschlafende Uhrzeit im Tal machten. Allerdings blickte der Jüngere der beiden interessiert auf das halb zugeschüttete Loch. Wir plauderten über alles Mögliche. Ali Mohammed äußerte Zweifel an der Treue einer der Dorfehefrauen; Ishak berichtete, dass die Brüder Ibn Simsah wohl wieder ein unerforschtes Grab im Wadi el Sikkeh gefunden hätten. Schließlich verließen sie uns, versehen mit einem großzügigen Bakschisch von Emerson. Für ihre Gastfreundschaft hätten sie niemals Geld angenommen, aber ein kleines Geschenk war etwas völlig anderes.

Der fahlgraue Himmel nahm allmählich eine blassblaue Färbung an. Die Sonne war über den östlichen Klippen aufgegangen, doch in dem tief eingeschnittenen Tal merkte man davon noch nicht viel. Emerson wurde zusehends ungeduldiger. Er muffelte und murrte. Schließlich vernahmen wir die Stimmen von Howards Leuten, angeführt von seinem Rais. Sie begrüßten uns kein bisschen erstaunt, da man sie freilich schon von unserem Erscheinen informiert hatte. Rais Ahmed Gurgar war einer der angesehensten Vorarbeiter in Luxor und aus härterem Holz geschnitzt als die anderen. Meinen Mann mit respektvollem und zugleich kritischem Blick taxierend, erkundigte er sich, ob Effendi Carter uns erwartete.

»Nein«, antwortete Emerson. »Wir möchten ihn überraschen. Und du hast, schätze ich, eine noch größere Überraschung für ihn. Schau her.«

Howard tauchte erst nach einer weiteren Stunde auf. (Seine Verspätung wurde von Emerson mit einer Reihe spitzer Bemerkungen dessen kommentiert, der stets zeitgleich mit seiner Mannschaft an einem Ausgrabungsort eintrifft. Zu Carters Entlastung sei allerdings angemerkt, dass die Beseitigung des herumliegenden Gerölls definitiv eine Aufgabe für seinen erfahrenen Vorarbeiter war.) Der Rais hatte die erste Stufe freigelegt und sich mit Emerson auf einen gemeinsamen Wortlaut geeinigt, und in diesem Moment näherte sich Howard Stöckchen schwenkend. Sobald er auftauchte, schwiegen die Männer. Howard bemerkte uns zunächst nicht, zumal wir uns taktvoll zurückgezogen hatten.

»Wieso hast du aufgehört zu arbeiten?«, wollte er von Gurgar wissen.

Es war ein Augenblick von hoher Dramatik. Statt zu antworten, deutete der Rais eine ausladende Geste an, die Carters Augenmerk auf die Stufe lenkte.

Britisches Phlegma verpuffte, will heißen: Howards würdevolles Auftreten löste sich in Wohlgefallen auf. Seine Gesichtsfarbe wechselte von käseweiß zu krebsrot, und er sank auf die Knie. Allerdings nicht um zu beten, sondern um genauer hinzuschauen. Unvermittelt realisierte ich, wie ungeheuer viel ihm eine derartige Entdeckung bedeutete. Dabei fiel mir wieder ein, was er in meiner Gegenwart einmal über die Exkavationen geäußert hatte, die der Amerikaner Theodore Davis finanzierte. »Ich finde es nicht richtig, dass er ein Grab nach dem anderen entdeckt, und Seine Lordschaft geht leer aus.« Oder auch er selbst, dessen Karriere auf dem Wohlwollen eines finanzkräftigen Gönners basierte.

»Grundgütiger«, japste er. »Wann ... wie ...«

»Gleich nachdem wir anfingen zu graben, sind wir darauf gestoßen. Dann haben wir aufgehört und auf Sie gewartet.«

»Ja, ja.« Howard rappelte sich auf und klopfte sich den Sand von der Hose. »Ganz recht. Dann macht jetzt weiter. Womöglich hat es nichts weiter zu bedeuten.«

»Ich denke doch«, sagte Emerson.

Howard fuhr hoch. »Was zum Teufel – oh, guten Morgen, Mrs Emerson. Ähm ... wie lange sind Sie schon hier?«

»Ach wissen Sie, wir waren auf einem frühmorgendlichen Ausritt«, antwortete Emerson ausweichend. »Als wir ankamen, war Rais Gurgar gerade auf seinen Mordsfund gestoßen. Da konnten wir nicht widerstehen und sind geblieben. Wollten uns mal genauer ansehen, was er da Schönes entdeckt hatte. Macht Ihnen doch nichts aus, oder? Komm Peabody, setz dich doch.«

Der Sitz war ein Klappschemel, den der Vorarbeiter hastig anschleppte. Ich setzte mich und lächelte Carter zu, der uns jetzt nur noch mit einer unhöflichen Abfuhr losgeworden wäre.

Ich hätte es Howard wahrhaftig nicht übelgenommen, wenn er Emerson in die Wüste geschickt hätte. Mein Göttergatte schaute dem Archäologen nämlich penetrant über die Schulter und gab den Männern gezielte Anweisungen. Allerdings war Howard so fasziniert, dass er das gar nicht mehr merkte. Zwangsläufig waren die Stufen – wie viele es auch immer sein mochten – und der Treppensturz mit Geröll bedeckt. Die Männer schufteten wie Besessene, weil sie genau wie wir herausfinden wollten, was sich unter dem Schutt verbarg. Ungeachtet dessen ging die Arbeit entsetzlich langsam voran, denn Howard war ein umsichtiger Exkavator und beachtete akribisch die vorgegebenen Sicherheitsstandards, obwohl der Professor ihm ständig in den Kram pfuschte. Im Laufe des Morgens nahm der Menschenauflauf rings um das Grabungsgelände stetig zu – Wachleute und Dragomane und neugierige Touristen. Letztgenannte blieben nie lange, weil es nichts zu sehen gab, aber einige Ägypter schauten wie gebannt zu. Anders als die Besucher wussten sie freilich, was solche in den Stein gehauenen Stufen bedeuteten. Weswegen es mich auch nicht verwunderte, unter den Zuschauern die verschlagenen Gesichter der Ibn Simsahs zu entdecken, einer berühmt-berüchtigten Grabräuberfamilie in Kurna. Die Sonne stand bereits hoch am Himmel – die staubige Kleidung klebte an unseren Körpern, als eine weitere Gruppe zu uns stieß: Cyrus und Bertie Vandergelt mit Jumana, Ramses und Nefret.

»Wir haben es eben erfahren«, sagte Cyrus. »Sieht gut aus für Sie, nicht?«

»Ist noch zu früh, um definitiv etwas zu sagen«, erwiderte Howard vorsichtig.

»Wir haben einen gut gefüllten Picknickkorb mitgebracht«, sagte Nefret. »Wollt ihr nicht mal eine kleine Pause einlegen?«

Ihr mitfühlendes Lächeln führte Howard wohl schlagartig vor Augen, wie wenig gentlemanlike er aussah mit seiner verrutschten Krawatte und dem schmutzstarrenden Anzug. Bestimmt hätte er uns am liebsten in die Hölle gewünscht, denn er konnte uns schwerlich verscheuchen.

Das Grab von Ramses VI. war das nächste, das Schutz vor der Hitze bot. Allerdings war es auch ein beliebtes Touristenziel. Emerson nahm sich dieses kleinen Problems an. »Die Grabstätte ist vorübergehend geschlossen«, blaffte er den diensthabenden Wachmann an. »Hol die Leute da unten raus, Mahmud, und lass keinen mehr rein, bis wir wieder weg sind.«

Da Cyrus ebenfalls Erfrischungen mitgebracht hatte, genossen wir einen leckeren kleinen Lunch in trauter Runde und übertrafen uns gegenseitig mit unseren Spekulationen. War es nun ein fertiggestelltes Grab oder nicht? Von einem Herrscher oder von einem der Adligen? War der Eingang noch versiegelt oder schon in der Frühzeit aufgebrochen worden? Uns allen war klar, dass erstere Möglichkeit an ein Wunder grenzte, aber, werte Leser, man soll die Hoffnung nie aufgeben. Ramses war wie üblich die Ruhe selbst.

Gegen Abend war immer noch ungeklärt, was wir – pardon, ich meine natürlich Howard – eigentlich entdeckt hatte(n). Zum besseren Verständnis möchte ich an dieser Stelle erläutern, wie solche Gräber konstruiert waren. Am Fuß der Klippen wurden Stufen in Form einer absteigenden Treppe in das Sedimentgestein geschnitten, und wenn die gewünschte Tiefe erreicht war, führte ein rechtwinkliger Durchlass zu den Korridoren und der Kammer mit dem Sarkophag. Dieser Durchgang musste sich direkt unter dem Niveau der obersten Stufen befinden, da es bislang keinerlei Hinweis darauf gab – zudem lag der Gesteinsschutt an manchen Stellen fast vier Meter hoch. Howard arbeitete weiter, bis die zunehmende Dunkelheit jedes umsichtige Vorgehen vereitelte. Emerson hätte bestimmt weitergemacht, ich wies ihn jedoch taktvoll darauf hin, dass er das nicht zu entscheiden hätte. In jener Nacht schlief er extrem unruhig und wälzte sich ächzend von einer Seite auf die andere, bis ich ihm ernsthaft mit dem Rauswurf aus unserem Schlafzimmer drohte.

***

Wenn ich nicht vehement protestiert hätte, wäre Emerson tags darauf wieder in aller Frühe ins Tal geritten. Darauf angesprochen, räumte er ein, dass die Freilegung der gesamten Treppe nach seinen Berechnungen noch einen Tag intensiver Arbeit beanspruchen würde.

»Wir sollten wenigstens so tun, als kämen wir nur zufällig vorbei«, schlug ich vor. »Howard wird sich nichts dabei denken, wenn wir auf dem Rückweg vom Westtal bei ihm vorbeischauen. Aber wenn du dich ständig in seinem Grabungsgebiet herumdrückst –«

»Hölle und Verdammnis«, brüllte Emerson. »Sieh doch mal, Peabody –«

»Mutter hat Recht«, schnitt Ramses ihm das Wort ab.

»Was?« Emerson starrte ihn entgeistert an. »Ach so, ja. Wenn du meinst.«

Ich wünschte, Ramses hätte sich nicht eingemischt. Mein Mann und ich hatten nämlich kurz vor einem kleinen herzerfrischenden Disput gestanden.

Der Morgen im Westtal war gleichsam verschwendete Zeit. Weder Emerson noch Cyrus waren bei der Sache, und Letzterer der Erste, der vorschlug, die Arbeit für diesen Tag einzustellen. Als der Professor anregte, doch stattdessen Howard zu besuchen, lehnte der Amerikaner entschieden ab. Er versagte sich allerdings den bissigen Kommentar, dass es nicht Emersons Grab sei.

»Ich fühle mich ein bisschen fehl am Platz, wenn ich da ständig anwesend bin«, erklärte er stattdessen.

»Wieso das denn?«, fragte Emerson.

»Nun ja, Carter hat mich nicht gebeten zu kommen.«

»Uns auch nicht«, versetzte ich. »Das schreckt meinen Mann aber gewiss nicht ab. Kommen Sie doch heute zum Abendessen, Cyrus, dann erzählen wir Ihnen, wie es weitergegangen ist.«

Nefret wollte den Morgen in ihrer Praxis verbringen, also schlugen nur Emerson, Ramses und ich den Weg ins Osttal ein.

Der Professor hatte den Ehrgeiz von Howards Mannschaft unterschätzt. Als wir eintrafen, stellten wir fest, dass die Stufen schon weitestgehend vom Gesteinsschutt befreit worden waren. Howard winkte uns lediglich abwesend, bevor er sich wieder seinen Leuten widmete. An Aufhören war zu diesem Zeitpunkt kein Denken, und erst recht nicht an eine Arbeitsunterbrechung. Eine in den Stein gehauene Treppe nahm sichtbar Gestalt an. Die Sonne stand schon tief im Westen, als das Niveau der zwölften Stufe erreicht war. Genau dort stießen die Arbeiter auf einen Durchgang, der mit Felsblöcken vermauert war.

Howard setzte sich auf den Boden und wischte sich mit dem Ärmel die Stirn, zu überwältigt, um ein Taschentuch zu nehmen. »Ich halte das nicht mehr aus. Die Anspannung ist einfach zu groß für mich.« Er stöhnte auf. »Sind die Steine noch intakt? Gibt es Siegel auf dem Verputz?«

Das klang wie eine Einladung in Emersons Ohren, der vermutlich ohnehin nicht lange gefackelt hätte. Howard trottete hinter ihm die Stufen hinunter.

»Ich kann nichts sehen«, jaulte er. »Es ist so dunkel. Die Mauer hier scheint intakt zu sein.«

»Lassen Sie die Finger von den Felsquadern«, sagte Emerson knapp. »Peabody, wirf mir mal eine Kerze runter.«

Ich reichte Ramses meine Taschenlampe. Er hatte sich höflich jeden Kommentar oder Vorschlag versagt, weil er vermutlich ahnte, dass sein Vater von beidem reichlich parat hätte. Grinsend kletterte er hinab, als er an der Reihe war. Wir anderen scharten uns um die Öffnung und warteten mit angehaltenem Atem auf einen Lagebericht.

Dieser kam in Form eines Stöhnens von Howard. Mein Herz sank ins Bodenlose. Und dann rief Ramses von unten hoch: »Verputzte Steinquader. Mit diversen Siegeln versehen – das Siegel der Nekropole, des Schakals und der neun knieenden Gefangenen.«

»Keine Kartusche?«, fragte ich nach unten.

»Bis jetzt nicht. Der untere Teil der Mauer ist noch nicht freigelegt.«

»Ich muss es wissen«, ereiferte sich Howard. »Ich muss sehen, was sich hinter dieser Tür verbirgt.«

»Es dauert noch Stunden, bis das letzte Geröll von der Treppe geräumt ist«, bemerkte Ramses nüchtern. »Und es wird bereits dunkel.«

»Ich muss es wissen«, wiederholte Howard. »Ich muss!«

»Der obere Verputz ist abgeblättert«, stellte Emerson fest. Seit Ramses' Abstieg mit meiner Taschenlampe meldete sich der Professor das erste Mal wieder zu Wort. Es fiel ihm erkennbar schwer, sich ruhig und sachlich zu äußern. »Dahinter scheint sich der Türsturz zu befinden. Peabody, du hast nicht zufällig einen Holzbohrer an deinem Utensiliengürtel?«

»Leider nein, Emerson. Aber ich werde künftig einen bei mir tragen, versprochen.«

»Grundgütiger«, seufzte Emerson. Ob das als Reaktion auf meinen Kommentar gemeint war oder ganz allgemein, vermag ich nicht zu sagen.

Mit Ramses' Messer und einer Ahle, die die Mannschaft hervorzauberte, wurde ein winziges Loch durch den Balken gebohrt. Das Holz war alt und morsch, aber sehr dick, weshalb das Unterfangen eine ganze Weile dauerte. Wir hier oben kamen uns vor wie Zuschauer bei einer Theaterpremiere – auf den billigen Plätzen wohlgemerkt –, da wir nichts sahen und auf die Dialoge der Akteure angewiesen waren. Die Spannung wuchs ins Unermessliche. Keiner der Beteiligten, auch nicht der Professor, wäre jetzt noch auf die Idee gekommen, Howard davon abzuhalten, derart unfachmännisch auf den Balken loszugehen; die Versuchung, einen Blick hinter diesen verbarrikadierten Durchlass zu werfen, war einfach zu groß.

Ramses kam als Erster die Stufen hoch. »Und?«, rief ich.

Er deutete auf Howard, der ihm – mit Emerson im Schlepptau – gefolgt war. »Und, Howard?«, drängte ich. »Was ist da unten?«

»Gesteinsschutt.« Howard fuchtelte mit der Taschenlampe herum. »Der Raum hinter der Tür ist vom Boden bis zur Decke mit Steinen und Sand gefüllt.«

»Aber das ist doch ein positives Zeichen«, entfuhr es mir. »Wenn der Gang dahinter – also ich meine, es ist bestimmt ein Gang – verschlossen ist, wurde das Grab die ganzen Jahre nicht angetastet!«

»Ja, anscheinend«, sagte Howard tonlos. »Ich – um ehrlich zu sein, Mrs Emerson, die ganze Aufregung und Anspannung haben mir so zugesetzt, dass ich keinen klaren Gedanken mehr fassen kann.«

»Es war wirklich ein turbulenter Tag für Sie«, sagte ich mitfühlend. »Was halten Sie davon, wenn Sie nach Hause gehen und sich erst einmal ausruhen, mh?«

Emerson kommentierte dies lediglich mit einem geräusperten »Hmpf«.

Howards eingesunkene Schultern strafften sich. »Erst wenn ich alles wieder zugeschüttet habe.«

»Zuschütten?«

»Es wäre sonst unfair gegenüber Lord Carnarvon. Er möchte bestimmt zugegen sein, wenn wir den Durchlass öffnen.«

»Aber das kann eine Verzögerung von etlichen Wochen bedeuten!«, erregte ich mich. »Sind Sie denn nicht auch gespannt? Können Sie sich denn so lange in Geduld fassen?«

»Ich muss. Aus Loyalität zu Seiner Lordschaft«, gab Howard zurück.

Emerson kommentierte dies mit einem besonders ausdrucksstarken »Hmpf«. Wäre es seine Konzession gewesen, hätte es keinerlei Verzögerung mehr gegeben.

Und Howard wäre die Rolle eines Subalternen zugefallen, während der Professor sich mit (möglichem) Ruhm bekleckert hätte. Mag sein, dass Howard diese Erkenntnis tröstete. Beinahe gut gelaunt wies er seine Leute an, die Treppe wieder zuzuschütten.

»Wir verlassen Sie dann jetzt«, meinte ich. »Herzlichen Glückwunsch, Howard.«

»Das ist vielleicht ein bisschen voreilig«, krittelte Emerson. »Zwar deuten die Nekropolen-Siegel darauf hin, dass es sich um das Grab einer bedeutenden Person handelt, aber die Treppe ist viel zu schmal für ein Königsgrab.«

»Na und?« Ich stupste Emerson neckisch mit dem Ellbogen an. »Es ist ein Grab und es ist überdies jahrtausendelang nicht betreten worden. Stellen Sie sich das bloß mal vor, Howard, Sie haben den Grabräubern von Kurna ein Schnippchen geschlagen! Häufig sind diese Burschen nämlich die ersten, die ein noch unerforschtes Grab entdecken.«

»So ein Mumpitz, Peabody.« Mein Mann fasste mich resolut am Arm. »Zeit für den Heimweg. Du hast die Vandergelts zum Abendessen eingeladen, schon vergessen? Da wir gerade von Grabdieben sprechen, Carter. Zwei der Ibn Simsahs waren heute Nachmittag unter den Zuschauern. Und diese Knilche machen sich natürlich auch Hoffnung auf den ganz großen Reibach.«

»Ich hab sie auch gesehen«, erwiderte Howard leicht pikiert. »Die können von mir aus hoffen, bis sie schwarz werden. Ehe die sich durch den zugeschütteten Stollen graben, haben meine Leute sie längst geschnappt.«

»Hmpf.« Damit war das Thema für Emerson erledigt.

»Möchten Sie nicht auch zu uns zum Abendessen kommen, Howard, nachdem Sie hier fertig sind?«, erkundigte ich mich freundlich.

»Nein danke, Ma'am, sehr nett von Ihnen, aber anschließend begebe ich mich umgehend in die Horizontale. Wie Sie vorhin treffend bemerkten: Es war ein turbulenter Tag.«

Die Touristen waren in ihre Hotels zurückgekehrt und unsere Pferde die letzten im Eselpark. Emerson half mir beim

Aufsitzen, und während wir langsam heimwärts ritten, merkte ich an: »Emerson, du hast heute den ganzen Tag nur herumgekrittelt.«

»Das stimmt nicht«, erwiderte Emerson patzig. »Ich hab Carter jede Menge nützlicher Ratschläge gegeben.«

»›Mentale Nackenschläge‹ trifft es wohl besser. Howard hat eine bemerkenswerte Entdeckung gemacht, und das Ganze lässt sich durchaus positiv an. Wieso kannst du das nicht neidlos anerkennen?«

»Hmpf«, erklärte mein Mann zum wiederholten Male.

3

Bereits am folgenden Nachmittag hatte der Inhalt des Telegramms, das Carter an Lord Carnarvon schickte, in den gut unterrichteten Kreisen von Luxor die Runde gemacht. Daoud, als einer der Bestinformierten, gab uns mündlich den Inhalt wieder. »Habe endlich wunderbare Entdeckung im Tal gemacht. Ein prachtvolles Grab mit intakten Siegeln.«

»Woher weiß er, dass es prachtvoll ist?«, grummelte Emerson nachher.

»Weil er dort viel, viel Gold finden wird«, meinte Daoud im Brustton der Überzeugung. »Der goldene Vogel von Mr Carter ist ein sehr, sehr gutes Omen.«

So wie er dachte mehr oder weniger ganz Luxor. Emerson fand dennoch, dass es nicht erforderlich sei, weitere Wachen in Grabnähe zu postieren. Der Eingang war erneut zugeschüttet worden und der Durchlass ohnehin versperrt.

»Selbst wenn irgendeine Bande die Wachen bestechen würde, müsste sie das Grab in nur einer Nacht ausplündern. Außerdem«, setzte er unwirsch hinzu, »wissen wir ja gar nicht, was da unten überhaupt ist. Das Grab kann genauso gut leer sein.«

»Ganz recht«, bekräftigte ich. »Da es erst nach Carnarvons Eintreffen weitergeht, könntest du dich in der Zwischenzeit vielleicht wieder auf unsere Aktivitäten konzentrieren. Soll ich Mademoiselle Malraux und Mr Farid zu uns einladen, oder möchtest du sie lieber in Kairo kennenlernen?«

Emerson schaute mich verständnislos an. »Wen?«

Ich half ihm kurz auf die Sprünge, worauf er skeptisch die Augen zusammenkniff.

»Eine Frau und ein Ägypter«, sinnierte er laut. »Ich dachte, wir würden die qualifiziertesten Aspiranten einstellen und uns nicht von deinen sozialistischen Theorien leiten lassen.«

»Der Begriff ›sozialistisch‹ ist hier völlig fehl am Platz, Emerson. Wenn du damit allerdings zum Ausdruck bringen willst, dass ich mich gegen die Diskriminierung von Frauen und Nicht-Europäern wehre, dann hab ich das immerhin von dir.«

»Grrr«, knurrte Emerson und rieb sich sein Kinn.

»Diese jungen Leute sind mindestens so gut qualifiziert wie ihre Mitbewerber«, fuhr ich mit zunehmender Verve fort. »Und trotzdem immens benachteiligt, wenn sie eine Anstellung in diesem Beruf finden wollen, der von einer arroganten, engstirnigen Männerhorde dominiert wird. Ich möchte den Fokus lediglich erweitern, was man von diesen Spatzenhirnen nicht –«

»Ah pah.« Emerson fuchtelte mit den Händen in der Luft herum. »Du machst doch sowieso, was du willst, Peabody. Wie üblich. Aber«, fuhr er stirnrunzelnd fort, »ich behalte mir die endgültige Entscheidung vor, einverstanden? Ich werde nach Kairo fahren und mir ein Bild machen.«

Das war mir sonnenklar gewesen. Zumal es mit seinem – pardon Howards – prachtvollem Grab erst einmal nicht weiterging und mein werter Gemahl an nichts anderes mehr denken mochte. Bei unseren Exkavationen wurde er zunehmend unausstehlich: Als brisante Mischung zwischen zerstreutem Professor und befehlsgewaltigem Diktator drangsalierte er seine Mannschaft, wo er nur konnte. Dass er sich die beiden jungen Wissenschaftler ansehen wollte, signalisierte sein prinzipielles Einverständnis mit einer Aufstockung unserer Mannschaft. Und Cyrus hatte sich schon bereit erklärt, die beiden bei sich im Schloss zu beherbergen.

Aus Manuskript H

Ramses war eher erleichtert, als sein Vater vorübergehend wegfuhr. Zumal es kein Leichtes war, mit ihm zusammenzuarbeiten, selbst wenn Emerson Kooperationswillen zeigte, was er in den letzten Tagen nicht getan hatte. Der Stab des Französischen Instituts würde in Kürze eintreffen, um das antike Arbeiterdorf Deir el-Medina von ihnen zu übernehmen. Bis dahin wollte Ramses die Übersetzung der Papyri fertiggestellt haben, die sie im Vorjahr entdeckt hatten. Cyrus räumte freundlicherweise ein, dass er im Westtal nicht gebraucht würde, zumal der junge Emerson bereits Kopien von den Texten in Ajas Grab angefertigt hatte. Diese würden mit den Fotos, die Nefret und Selim gemacht hatten, verglichen werden müssen, aber das hatte Zeit.

An jenem Tag war er allein zu Hause, von den Bediensteten einmal abgesehen, und hätte sich in aller Ruhe seiner Aufgabe widmen können. Aber seine Gedanken schweiften ab – von der Erinnerung an seinen sympathischen, aber unseligerweise mordlustigen Assistenten zu den Stimmen der Kinder, die im Garten spielten, bis zur Großen Katze des Re, der fest entschlossen schien, auf den sorgfältig auf dem Tisch arrangierten Papyrusschnipseln ein Nickerchen zu halten.

»Geh und ärger den Hund.« Ramses trug den Kater zum Fenster.

Dort blieb er stehen, inhalierte die frische Luft und betrachtete die farbenfrohe Blumenpracht, die den Pfad vom Haupthaus bis zu seinem Domizil säumte. Seine Mutter hatte Letzteres ohne sein Wissen bauen lassen, trotzdem musste er im Nachhinein zugeben, dass es seinen Anforderungen voll und ganz entsprach. Außerdem war die Distanz groß genug gewählt, um sie vor ungebetenen Besuchen zu schützen. Die Zwillinge hatten große Kinderzimmer und Nefret eigene Praxisräume. Von dort, wo er stand, konnte er den von schattenspendenden Tamarisken flankierten Eingang sehen, mit einer Bank darunter für die wartenden Patienten. Notgedrungen wollte er wieder an seinen Schreibtisch zurückkehren, als er eine Bewegung auf dem Pfad bemerkte. Es war Fatima in ihrer selbstkreierten Dienstkleidung aus schwarzer Robe und Gesichtsschleier; allerdings verhielt sie sich merkwürdig. Sie bewegte sich ungelenk und spähte permanent über ihre Schulter. Als sie die Tür zur Praxis erreicht hatte, schaute sie sich ein letztes Mal vorsichtig um und glitt hinein.

Nefret war mit Cyrus im Westtal. Fatima wusste das. Wenn sie medizinische Hilfe brauchte, warum hatte sie sie dann nicht beim Frühstück darauf angesprochen? Seine Frau hielt die Praxistüren immer verschlossen, aber in ihrer Funktion als Haushälterin hatte Fatima freilich Schlüssel für sämtliche Räumlichkeiten. Aber sie würde sich doch bestimmt nicht selbst therapieren wollen, oder?

Eher aus Neugier denn aus Besorgnis beschloss Ramses, der Sache auf den Grund zu gehen. Leichtfüßig schlenderte er über den Pfad. Die von seiner Mutter heiß und innig geliebten Rosen hatten den Boden in ein Meer von bunten Blütenblättern verwandelt.

Die Praxistür war verschlossen. Er öffnete sie.

Fatima wirbelte mit einem spitzen Aufschrei herum und drückte irgendetwas an ihre Brust. Sie stand vor dem offenen Arzneimittelschrank.

»Was ist denn los?«, fragte Ramses. »Bist du krank?«

Fatima schüttelte bestürzt den Kopf. Ihr rundes volles Gesicht mit den schreckgeweiteten Augen und dem offenen Mund war ein einziges Schuldeingeständnis.

»Tut mir leid, ich wollte dich nicht erschrecken«, sagte Ramses milde. »Was suchst du denn?«

Fatima brach in Tränen aus. Das hatte er schon befürchtet. Er legte einen Arm um ihre bebenden Schultern, tätschelte ihr unter beschwichtigendem Gemurmel den Rücken und wartete geduldig, bis ihr Schluchzen in ein schuldbewusstes Gestammel überging: Sie hätte sie hintergangen, sie hätte ihnen die Wahrheit verschwiegen, sie hätte sich völlig falsch verhalten. Der Gegenstand, den sie krampfhaft umklammerte, war eine Glasflasche mit irgendwelchen Pillen.

Unvermittelt hatte Ramses das, was seine Mutter als dunkle Vorahnung bezeichnete. Bislang als unwesentlich bewertete Facetten setzten sich zu einem aufschlussreichen Gesamtbild zusammen. Bereitwillig ließ Fatima sich das Fläschchen abnehmen.

Chinin.

»Ist schon in Ordnung«, murmelte er. »Hab schon verstanden. Wo ist er?«

Die Emersons wussten, dass Fatima die hiesigen Bettler mit durchfütterte. Gelegentlich bekam einer dieser bedauernswerten Zeitgenossen auch eine Unterkunft für die Nacht, in einem Raum im Dienstbotentrakt. (Dann schrubbte und desinfizierte Fatima das Zimmer am nächsten Tag gründlich.) Immer noch schniefend führte sie ihn zu einer kleinen Kammer neben ihrem geräumigen Zimmer.

Sie hatte ihn ins Bett verfrachtet und die Vorhänge vor dem kleinen Fenster zugezogen. Der Raum war dämmrig und schlecht gelüftet. Es roch nach Karbol und Desinfektionslauge.

Ramses, der neben das Bett getreten war, betrachtete den schlafenden Mann. Wie er bei seiner Ankunft ausgesehen hatte, konnte der junge Emerson nur mutmaßen; Fatima hatte ihn wohl gewaschen und rasiert. Jetzt war er kränklich blass, seine große Nase stach zwischen eingefallenen Wangen hervor. Zum zweiten Mal in seinem Leben sah Ramses den wahren Sethos, ohne Verkleidung, sein Gesicht ungeschminkt. Die Ähnlichkeit mit Emerson war frappierend – als hätte er seinen stark gealterten Vater vor Augen, krank und hilflos.

»Wie lange ist er schon so apathisch?«, wollte Ramses wissen.

»Er ist erst seit letzter Nacht hier«, flüsterte Fatima. Und weinte prompt wieder. »Er hatte sehr hohes Fieber.«

»Ein Malariaschub«, schloss Ramses. »Das war nicht der erste. Hat er dich gebeten, ihm das Chinin zu holen?«

»Ja, als er heute Morgen aufwachte.« Sie wischte sich das tränenfeuchte Gesicht. »Er schrieb den Namen auf, damit ich gezielt danach suchen konnte. Ihr solltet nicht wissen, dass er hier ist. Und ich kam nicht eher von ihm weg, um euch zu informieren. Tut mir aufrichtig leid, Ramses.«

»Ihm sollte es besser leidtun. Was bildet der Bursche sich eigentlich ein, dich in diese kompromittierende Lage zu bringen?«

»Oh, aber er ist doch mein Freund. Und er brauchte meine Hilfe.«

Sieh mal einer an, dachte Ramses zähneknirschend. Sethos hatte sich erst nach Kräften bei Fatima eingeschmeichelt, sie mit dem umwerfenden Charme umgarnt, den er auch bei »echten Damen« einsetzte, und sie mit artigen Komplimenten überschüttet. Um dann an ihr Mitgefühl zu appellieren – worauf die gute Seele des Hauses natürlich dahingeschmolzen war wie Eiskristalle in der Sonne.

Malaria war nicht heilbar. Einmal damit infiziert, brach die Krankheit in unvorhergesehenen, wiederkehrenden Schüben aus. Ramses versuchte sich zu erinnern, was Nefret ihm darüber berichtet hatte, als sie Sethos während seines ersten Anfalls behandelte. Bei dieser Form ging es dem Kranken am Morgen relativ gut. Am Spätnachmittag setzte dann der Schüttelfrost ein, gefolgt von hohem Fieber und, gelegentlich, geistiger Verwirrung.

»Wir wecken ihn besser und geben ihm das Medikament«, schlug Ramses vor. Er beugte sich über Sethos, der eins von Emersons Nachthemden trug, und schüttelte ihn nicht eben sanft.

Sein Onkel öffnete die Augen. Er schien kein bisschen erstaunt, als er Ramses sah, aber auch nicht gerade begeistert.

»War mir sowieso klar, dass sie es nicht lange für sich behalten würde«, meinte er resigniert.

»Sie hat mir nichts gesagt. Ich erwischte sie dabei, wie sie das Chinin für dich klaute.« Ramses öffnete das Fläschchen. »Wie viele musst du davon nehmen?«

»Dreimal am Tag eine Tablette. Ich bin seit Wochen auf der Flucht. Hatte nicht die Spur einer Chance, mir Nachschub zu besorgen.«

»Ich hole etwas zu essen«, sagte Fatima und stürmte hinaus.

»Du solltest dich schämen, die Ärmste so auszunutzen«, kritisierte Ramses seinen Onkel. »Wieso hast du dich nicht an Vater oder an mich gewandt?«

Die kränklich trübe Iris in den tiefen Augenhöhlen funkelte belustigt auf. »Ich wollte nicht, dass Nefret mich so geschwächt und hilflos in die Finger bekommt.«

»Find ich überhaupt nicht lustig.«

»Okay, also um ehrlich zu sein, wäre ich gar nicht gekommen, wenn mich dieser verdammte Malariaschub nicht flachgelegt hätte. Ich hörte – oh danke, Fatima. Mmmh, sieht das lecker aus.«

Er zog sich in Sitzposition hoch und nahm ihr das Tablett ab. Seine Hände zitterten leicht. Machte sich der nachmittägliche Schüttelfrost schon bemerkbar? Ramses hatte keine Ahnung, er wusste nur eins: Sein Onkel konnte bluffen wie ein Weltmeister.

»Was hast du gehört?«, bohrte Ramses.

Mit einem missmutigen Zungenschnalzen nahm Fatima die Suppentasse von dem Tablett und fing an, ihren Patienten zu füttern. »Du darfst ihn jetzt nicht aufregen, Ramses, davon bekommt er bloß wieder einen Anfall.«

Sobald sie den Löffel an seine Lippen führte, öffnete Sethos brav den Mund. Nachdem er geschluckt hatte, sagte er: »Ich möchte mit näheren Erläuterungen warten, bis sich meine über alles geliebte Familie komplett eingefunden hat. Du erzählt ihnen doch sicher, dass ich hier bin, oder?«

»Hundertprozentig. Was hast du gehört?«

»Mund auf«, befahl Fatima.

Sethos grinste Ramses triumphierend an. Nachdem er den Großteil der Suppe vertilgt hatte, murmelte er matt: »Tut mir leid, Fatima. Es war köstlich, aber ... aber ich kann nicht mehr.«

Er sank in die Kissen zurück und schloss die Augen. Ramses konnte sich einen letzten Seitenhieb nicht verkneifen. »Ich hole Nefret.«

Keine Reaktion. Stattdessen wurde Sethos von einer Schüttelfrostattacke erfasst. Fatima stopfte eine weitere Decke um seinen Körper.

»Ich bleibe bei ihm sitzen, Ramses, bis Nefret kommt.«

Wenn es auch kein Befehl war, so doch immerhin ein deutlicher Hinweis. Leise vor sich hin grummelnd trat der junge Emerson den Rückzug an.

An Arbeit war jetzt nicht mehr zu denken. Gleichwohl machte er seine Drohung nicht wahr: Bis er im Westtal eintraf, hätten Nefret und die anderen die Arbeit für diesen Tag ohnehin eingestellt. Stattdessen nahm er sich vor, die Umgebung genauer zu inspizieren. Sethos war zwar unbehelligt ins Haus gelangt, dabei aber womöglich beobachtet worden.

Auf einem Strohballen ausgestreckt, hielt Jamad im Stall sein Nachmittagsnickerchen. Also sattelte Ramses Risha selbst. Er ritt um das Haus und von dort ein Stück in die Wüste, bevor er mit Kurs auf Fluss und fruchtbares Ackerland zurückkehrte. Die Szenerie war ungemein friedlich. Wie ein flaumig weißes Band säumten Silberreiher die Felder; die Bauern waren froh darüber, da sie Schädlinge vertilgten, die das Getreide vernichteten. Ramses entdeckte nichts Beunruhigendes. Vielleicht stand Smith ja wirklich zu seinem Versprechen und hielt ihnen irgendwelche Spitzel vom Leib.

Bei seiner Rückkehr begrüßte er seine Mutter und Nefret, die eben in Begleitung von Selim und Daoud eintrafen. Sie setzten sich auf die Veranda, währenddessen überlegte Ramses fieberhaft, wie er ihnen die Neuigkeit schonend beibringen könnte. Da stakste Kareem ins Freie, mit beiden Händen ein beladenes Tablett balancierend. Der pausbäckige, immer fröhliche Junge war sozusagen Fatimas Laufbursche. Der junge Emerson hechtete zu ihm und konnte gerade noch verhindern, dass ein Stapel Tassen zu Bruch ging. Unbeeindruckt grinste Kareem in die Runde und schob das Tablett umständlich auf den Tisch, ohne dass es jedoch zu weiteren Katastrophen kam.

»Wie du siehst, haben wir alles für dich vorbereitet, Sitt Hakim«, verkündete er stolz.

»Wo ist Fatima?«, wollte die Hausherrin wissen.

»Du setzt dich jetzt besser hin«, sagte Ramses.

»Sie ist doch nicht krank, oder?«, fragte Nefret bestürzt.

Ihre Schwiegermutter schaltete schneller. Oder, überlegte Ramses, Abdullah hatte ihr die Neuigkeit schon in einem ihrer Träume übermittelt. »Er ist da«, entfuhr es ihr. »Wo ist er?«

Ramses verscheuchte Kareem, indem er ihn die vergessenen Servietten holen ließ. »Setz dich und trink erst mal deinen Tee«, schlug er vor. »Es ist alles unter Kontrolle.«

»Hah«, sagte seine Mutter. Seinen Rat befolgend, goss sie mit geübter Hand Tee ein, während er erzählte. Die Reaktionen waren unterschiedlich. Selims tintenschwarzer Bart teilte sich zu einem strahlenden Grinsen. Er hatte die vorangegangenen Abenteuer mit Sethos, den er für einen fabelhaften Menschen hielt, immer sehr geschätzt. Daoud, der seine Tasse behutsam in einer Handfläche balancierte, nickte nur. Ihn konnte so leicht nichts erschüttern.

»Ein erneuter Malariaschub?« Nefret setzte ihre Tasse ab und wollte aufspringen. »Ich sehe ihn mir besser mal an.«

»Er hat eine Dosis Chinin intus«, erklärte Ramses. »Komm,

bleib noch ein Weilchen sitzen, Liebes, du siehst müde aus. Was sollen wir jetzt machen?«

Seine Mutter nahm sich ein Törtchen von der Kuchenplatte. »Na, was wohl? Es so akzeptieren, wie es ist. Nefret, trink aus und dann werden wir einen kleinen Plausch halten mit ... mit unserem Gast.«

»Wir alle?«, erkundigte sich Selim erwartungsvoll.

»Wieso nicht?«

Als sie sich in den kleinen, düsteren Raum drängten, war Sethos wach. »Na großartig«, seufzte er, bemüht, das verräterische Zähneklappern zu unterdrücken. »Daoud und Selim sind auch dabei. Wo ist Emerson?«

»In Kairo.« Nefret setzte sich auf den Bettrand. »Mach die Vorhänge auf, Ramses. Ich brauche mehr Licht.«

»Besser nicht«, erwiderte ihr Mann. »Ich hole eine Lampe.«

»Ich mach das schon«, sagte Fatima schnell und glitt aus dem Zimmer.

»Sie schämt sich«, erklärte Selim. »Geschieht ihr ganz recht. Weil sie die Sitt Hakim hintergangen hat.«

»Es ist ja nichts Schlimmes passiert«, beschwichtigte die fragliche Dame. »Das hoffe ich zumindest.«

»Mir ist bestimmt keiner gefolgt«, beteuerte Sethos. »Ich wäre nicht hergekommen, wenn ich irgendetwas Verdächtiges bemerkt hätte.«

Unvermittelt durchzuckte ihn ein heftiges Schauern.

Fatima schlüpfte mit der Lampe ins Zimmer, und Nefret sagte: »Alle raus. Ihr könnt ihn jetzt nichts fragen.«

»Nein«, bekräftigte ihre Schwiegermutter. »Aber du bleibst auch nicht bei ihm. Das übernehme ich. Nein, keine Widerrede, Nefret. Ich weiß genau, was zu tun ist. Geh und hol die Kinder zum Tee – Kareem soll eine frische Kanne aufbrühen.«

»Kareem?«, entfuhr es Fatima erschrocken. »Hat er den Tee serviert? Oh, oh, oh, das hatte ich ganz vergessen. Hat er dabei etwa das schöne Geschirr zerbrochen?«

»Noch nicht«, meinte Ramses trocken.

»Geh jetzt und kümmere dich darum, Fatima«, sagte seine Mutter. »Nachher kannst du mir dann hier zur Hand gehen.«

Fatima rang die Hände. »Du bist mir doch nicht böse, Sitt Hakim?«

»Nicht besonders.« Ein mildes Lächeln nahm den Worten die Schärfe. »Lauf jetzt.«

Nach dem üblichen Verlauf der Krankheitssymptome zu urteilen, sann Ramses, würden sie erst am Morgen etwas Konkretes aus Sethos herausbekommen – immer vorausgesetzt, er hielte sich an die Wahrheit. Falls seine Mutter allerdings gehofft hatte, sein Onkel würde ihr unter vier Augen Vertrauliches berichten, hatte sie sich gehörig verschätzt. Als sie sich wieder zu den anderen auf die Veranda gesellte, verlangte sie mit verkniffener Miene ein Glas Whisky.

»Und vergesst nicht«, mahnte sie, als Daoud und Selim aufbrachen, »niemand darf erfahren, dass er hier ist.«

»Ja, Sitt Hakim«, bekräftigte Daoud. Er dachte über seine Antwort nach und setzte dann sicherheitshalber hinzu: »Ich habe es zur Kenntnis genommen und werde gehorchen.«

»Er wird's Khadija erzählen«, sagte Nefret, nachdem ihre Freunde außer Hörweite waren.

Ihre Schwiegermutter lächelte milde. Daouds bessere Hälfte, eine hochgeachtete Frau nubischer Herkunft, gehörte zu ihren engsten Freundinnen und war eine begnadete Heilerin. »Khadija ist für ihn Teil seiner selbst. Zudem wird sie die Situation richtig erfassen und sich ihre eigene Meinung bilden.«

Den restlichen Nachmittag spielten sie mit den Zwillingen oder versuchten, die Große Katze des Re davon abzubringen, den Hund zu ärgern. Während des Abendessens spekulierten sie ins Blaue hinein. Wie würde Emerson reagieren? Wie könnten sie Sethos' Ankunft weiterhin geheim halten?

Nach dem Essen wollte Nefret sich den Kranken unbedingt noch einmal ansehen; sie ließ sich dann aber überreden, zu Bett zu gehen und Ramses und seiner Mutter die Nachtwache zu überlassen. Sethos befand sich im nächsten Stadium der Malaria: hohes Fieber und Delirium. Als das Fieber in der Nacht sank, mussten sie die Laken wechseln. Seine Mutter drehte sich sittsam um, unterdessen streifte Ramses Sethos ein trockenes Nachthemd über.

»Er hat einen Arm verbunden«, bemerkte er. »Wurde er verletzt?«

Seine Mutter raunte über ihre Schulter: »Ein Streifschuss. Die Wunde hat sich entzündet. Ich muss den Verband wechseln. Ist er ... ähm ... wieder bekleidet?«

»Ja.«

Die Kugel hatte einen ordentlichen Fleischfetzen herausgerissen. Die Verletzung war brandig gerötet und vereitert. Sethos wälzte sich stöhnend auf dem Laken, wachte jedoch nicht auf, während sie desinfizierte und neu verband.

Sobald der Patient versorgt war, schickte Ramses sie ins Bett. »Ruf mich, wenn sich sein Zustand verändert«, lautete ihre bis dahin letzte Anweisung.

»In Ordnung. Gute Nacht, Mutter.«

Er löschte das Licht und machte es sich so bequem wie eben möglich in dem Polstersessel, den sie aus Fatimas Zimmer herübergeschoben hatten. Derweil sich seine Augen an das Dämmerlicht gewöhnten, blieb sein Blick auf das dunkle Fensterrechteck geheftet. Nichts regte sich, einmal abgesehen von den Gardinen, die sich in der nächtlichen Brise bauschten.

Er ließ den Nachmittag noch einmal Revue passieren und hinterfragte dabei, was unbedingt noch zu tun sei. Eines stand jedenfalls fest: Sethos würde ihnen die meisten ihrer Fragen beantworten können. Sollten Sie »Smith« informieren, und wenn, wie? Was war mit Margaret? Im Gegensatz zu ihnen wusste Sethos vielleicht sogar, wie sie zu erreichen wäre. Ramses hatte sich Kareem vorgeknöpft und ihm ins

Gewissen geredet. Bestimmt beherzigte der Junge seine Warnung, nur ja nichts auszuplaudern. Daoud war die andere Plaudertasche, aber er stand zu seinem Wort und hatte geschworen, Sethos nicht zu erwähnen. Fatima redete nicht viel. Und die anderen Bediensteten schliefen gar nicht im Haus. Sie würden den sonderbaren Patienten zweifellos am nächsten Tag entdecken, ihn dann aber vermutlich für einen von Fatimas Bettlern halten. Er konnte nur hoffen, dass Sethos' Verfolger auf der falschen Spur wären oder zu beschränkt, um zwei und zwei zusammenzuzählen.

Er döste ein, schrak jedoch bei dem kleinsten Geräusch hoch. Einmal weckte ihn das Rascheln der Bettdecke; als er sich über seinen Onkel beugte, schlief der tief und fest oder tat jedenfalls so, denn sein Atem ging gleichmäßig ruhig. Ramses versagte sich den Impuls, Sethos heftig zu schütteln, und zog ihm stattdessen die Decken bis zum Kinn hoch. Dann sank er erneut in den abgewetzten Sessel.

* * *

Ich wachte noch vor Sonnenaufgang auf. Da mir unvermittelt wieder die Ereignisse des Vortages im Kopf herumspukten, war an Schlaf nicht mehr zu denken. Also schnappte ich mir meinen Morgenmantel und steuerte durch den Hof zum Dienstbotenflügel.

Sobald ich die Tür öffnete, schnellte Ramses im Sessel hoch. Er entspannte sich, als er mich sah, und rieb sich gähnend die Augen.

»Du siehst ja völlig erschlagen aus, mein lieber Junge«, sagte ich.

»Bin ich auch.« Er stand auf und dehnte seine steifen Gliedmaßen. »Er hat sich nicht gerührt.«

»Er ist wach«, bemerkte ich. »Geh, wasch dich und iss ein bisschen was, Ramses. Ich hab gehört, wie Fatima in der Küche herumrumorte.«

Sethos wartete, bis Ramses verschwunden war, bevor er sich auf meine Seite rollte und mich angriente.

»Was, ohne Anstandsdame? Was würde Emerson sagen, wenn er uns so sehen könnte, dich in diesem ungemein verführerischen Morgenmantel und mich –«

»Du bist jedenfalls kein Anblick, der Frauen zu amourösen Eskapaden animieren könnte. Du klingst ziemlich mitgenommen. Hast du Hunger?«

»Tja, das sind die Auswirkungen der Malaria.« Er streckte sich lasziv. »Ah, da kommt Fatima mit meinem Frühstück.«

»Lass es dir schmecken«, versetzte ich spitz.

»Wieso gehst du nicht und frühstückst ebenfalls?«

»Weil ich ein paar Fragen an dich habe.«

»Liebste Amelia, ich kann nicht essen und gleichzeitig reden. Ramses und Nefret möchten bei deiner Befragung gewiss zugegen sein. Also, warum wartest du nicht, bis die beiden –«

»Ich wollte mich nur nach deinem Enkel erkundigen. Wir haben schon eine ganze Weile nichts mehr von Maryam gehört.«

Mit dieser vergleichsweise harmlosen Frage hatte er nicht gerechnet. Seine Augen wurden schmal. Dann zuckte er wegwerfend die Schultern. »Du weißt doch, dass ich mich derzeit nicht sonderlich gut mit meiner Tochter verstehe. Ich war nicht einverstanden mit der Wahl ihres Ehemannes und dumm genug, ihr das auch noch auf die Nase zu binden.«

»Ich begreife wirklich nicht, was du gegen Mr Bennett hast. Er ist ein Gentleman mit einer ausgezeichneten Reputation.«

»Du hast Nachforschungen über ihn anstellen lassen, stimmt's?«

»Na klar, um deine Vorurteile zu zerstreuen. Oder bist du etwa eifersüchtig?«

Sethos ließ die Gabel sinken. »Du verdirbst mir glatt den Appetit, Amelia.«

»Das liegt an der schmerzvollen Wahrheit meiner Worte. Du fühlst dich von deiner Tochter und deinem Enkel vernachlässigt. Da ist es nur natürlich, dass du Ressentiments gegen ihren Mann hast.«

»Musst du eigentlich immer Recht haben?«, entfuhr es Sethos unerwartet heftig. »Maryam und ich waren nach Jahren der Entfremdung Freunde geworden. Außerdem kenne ich den kleinen Jungen ja kaum.«

»Und wessen Schuld ist das?«

Ich hatte ihn selten so unbeherrscht erlebt wie jetzt. Es war kein schöner Anblick; ärgerlich kniff er die Lippen zusammen, seine Augen, deren ungewöhnlich stechende Iris undefinierbar braun-grau-grün gesprenkelt war, sprühten Blitze. Meine Retourkutsche hatte ganz offensichtlich gesessen.

»Na ja, lassen wir das fürs Erste auf sich beruhen.« Ich erhob mich. »Und genieß dein Frühstück.«

Ich kann nicht behaupten, dass ich meins genossen hätte. Maamans Gerichte waren köstlich wie immer, aber Kareems ungelenkes Herumgestolpere, wobei er die gekochten Eier fallen ließ und Kaffee verschüttete, ging mir ganz schön auf die Nerven. Ich hatte nicht mitbekommen, dass es in der Beziehung zwischen Sethos und seiner Tochter dermaßen kriselte. Natürlich hatte er sich das in erster Linie selbst zuzuschreiben. Er hatte zwar schon früh versucht, sich um das Mädchen zu kümmern, aber ihre Mutter, eine ehemalige Prostituierte, hasste Sethos und umgekehrt nicht minder. Folglich wollte Maryam nach Berthas Tod absolut nichts mit ihrem Vater zu tun haben und schloss sich dafür der Gruppe von Kriminellen an, deren Anführerin Bertha gewesen war. Die Geburt von Maryams Sohn sowie späte Einsicht hatten Vater und Tochter wieder zusammengeführt. Dieses Band hatte Sethos inzwischen wieder zerstört.

Typisch für ihn. Vorsorglich setzte ich dieses Problem mit auf meine mentale Liste.

»Fatima ist bei ihrem Bettler«, verkündete Kareem.

»Ich weiß«, antwortete ich. »Sie hat ein gutes Herz.«

»Ist er ein heiliger Mann?«, wollte der Junge wissen.

Geistesgegenwärtig nahm Nefret ihm die Kaffeekanne aus der Hand. »Oh ja, sehr«, bekräftigte sie. »Er möchte allein sein, damit er meditieren und sich erholen kann.«

Wir warteten höflich, bis Sethos gefrühstückt hatte, bevor wir in seinem Zimmer aufkreuzten. Er saß in dem frisch gemachten Bett, an die aufgeschüttelten Kissen gelehnt, und hielt eine Kaffeetasse in der Hand. Fatima und sein Frühstückstablett waren auf wundersame Weise entschwunden.

Wie nicht anders zu erwarten, ging er in die Offensive, bevor einer von uns etwas sagen konnte. »Ich fühle mich nackt ohne Tarnung«, murrte er. »Ramses, kannst du mir was Entsprechendes besorgen?«

Seine Bitte war verständlich. Obwohl unrasiert und hohlwangig, hatte er eine frappierende Ähnlichkeit mit Emerson – Kinngrübchen inbegriffen.

»Womit hattest du dich denn getarnt, als du herkamst?«, fragte ich und setzte mich auf den Bettrand.

»Mit einem langen grauen Rauschebart und einer geflickten Galabija. Fatima rückt sie bestimmt nicht wieder heraus.«

»Ah, die gute alte Bettler-Verkleidung«, entfuhr es mir. »Die hat sie sicher verbrannt.«

»In dem Bart hausten ein paar Flöhe«, räumte Sethos ein. »Authentizität ist immens wichtig in –«

»Keine Sorge. Ramses lässt sich da was einfallen«, fiel ich ihm ins Wort. »Später. Los, und jetzt erzähl.«

»Was denn?«

Aus Ramses' Kehle rang sich ein missmutiges Grollen, genau wie bei seinem Vater, wenn der verärgert war. »Was hast du gemacht? Wer ist hinter dir her?«

»Eine ganze Menge Leute, schätze ich«, lautete die grinsende Antwort. Er fing Nefrets Blick auf und wirkte unvermittelt ein wenig betreten. »Das ist eine lange Geschichte.«

»Wir haben den ganzen Morgen Zeit.« Ich glitt in den Polstersessel und nahm Papier und Bleistift zur Hand.

»Ihr wisst ja alle …«, begann Sethos. Er unterbrach sich und beäugte mich skeptisch. »Amelia, was machst du da?«

»Notizen, was sonst?«

Dank dieser Notizen und meines ausgezeichneten Erinnerungsvermögens bin ich in der Lage, dem Leser Sethos' ausschweifende und ziemlich holprige Schilderung exakt wiederzugeben.

»Ihr wisst ja alle, wie die Situation im östlichen Mittelmeerraum seit dem Krieg ist. Die Großmächte haben das Osmanische Reich nach Gutdünken unter sich aufgeteilt. Frankreich will seine Interessen in Syrien nicht aufgeben. Die Engländer haben ein Mandat über Palästina, und Gertie Bell und ihr Haufen haben aus einer brisanten Allianz kriegerischer Fraktionen ein neues Königreich Irak zusammengebastelt, mit einem König, den keiner haben will, und einem britischen Oberkommissar. Den Kurden wurde Unabhängigkeit zugesagt, die Gertie ihnen nicht geben will, da Irak ohne Mosul und sein Öl nicht existieren kann. Der alte Fuchs Ibn Saud diskutiert über Grenzen und hofft auf die Kontrolle über Syrien. Als wenn das nicht genug wäre, spricht sich Großbritannien auf Druck der Zionisten für einen jüdischen Staat in Palästina aus. Also fürchten die Araber, dass die Zionisten ihnen ihr Land wegnehmen wollen, die Juden sind zwischen Zionisten und denjenigen gespalten, die einen weltlichen Staat wollen, die Arabische Liga fordert die Unabhängigkeit ein, die Lawrence versprach, und Fuad von Ägypten spielt politische Ränkespielchen nach altem osmanischem Muster.

Es kursieren Gerüchte über …« Er zögerte kurz, was nur denen auffiel, die Sethos gut kannten. »… eine Schattenorganisation, die aus bisher unerfindlichen Gründen Unfrieden stiftet. Was unter den gegebenen Umständen nicht weiter schwierig ist. Ich wurde nach Bagdad und Damaskus geschickt, um mich dort umzusehen. Ach übrigens«, setzte er ehrlich betroffen hinzu, »die archäologischen Stätten dort werden auf Teufel komm raus ausgeplündert. Niemand kümmert sich um illegale Grabungen, und einige wunderschöne Stücke kursieren bereits in Sammlerkreisen.«

Zwischen Ramses' dunklen Augenbrauen bildete sich eine steile Falte. »Und deshalb hast du beschlossen, einige dieser wunderschönen Stücke zu ›retten‹? Und jetzt wirst du von Konkurrenten gejagt?«

»Nenn es, wie du willst«, konterte Sethos. »Aber das – äh – von mir entwendete Objekt war zufällig kein Kunstgegenstand. Ich fand es in den privaten Unterlagen eines gewissen Beamten in Bagdad.«

»Na, spuck's schon aus«, drängte Ramses. »Wer?«

»Der Name sagt dir nichts. Er bleibt stets im Hintergrund, und nur die Wenigsten wissen, dass er eine Art Drahtzieher ist, der hinter den Kulissen agiert. Ich musste das verdammte Ding mitnehmen, weil ich es nicht kopieren konnte. Es war nämlich verschlüsselt und ich in Eile.«

»Wenn es kodiert war, woher wusstest du dann, dass sich ein Diebstahl lohnte?«

»Eben weil es kodiert war«, sagte Sethos übertrieben geduldig. »Und in einem verschlossenen Safe lag, den zu öffnen allergrößtes Geschick erforderte. Einen solchen Aufwand betreibt man bestimmt nicht mit Gästelisten.«

»Bleib bei der Sache«, stieß Ramses zwischen zusammengebissenen Zähnen hervor.

»Mir war klar, dass das Verschwinden auffallen würde. In der Tat«, räumte Sethos ein, »blieb mein Abgang nicht unbemerkt. Folglich war ich kaum verblüfft, als man mir am nächsten Tag auf dem Bahnhof Ärger machen wollte. Was mich allerdings überraschte, war, dass ich den betrunkenen

Kaffeeverkäufer, der mich unter den fahrenden Zug stoßen wollte, wiedererkannte. Er arbeitet für die Abteilung, die dein alter Freund Cartwright leitete.«

»Der britische Geheimdienst!«, rief Ramses. »Wieso sollten die dich liquidieren wollen?«

»Genau das habe ich mich auch gefragt. Ganz loyaler kleiner Spion beabsichtigte ich, das verdammte Manuskript mit nach Kairo zu nehmen und dort zu übergeben. Dieser Zwischenfall hat meinen hehren Motiven einen Dämpfer verpasst. Augenscheinlich wurde ich die ganze Zeit observiert, sonst hätten sie sich niemals so schnell auf meine Fährte setzen können.«

»Ein gebräuchliches Standardverfahren.« Ramses schob gedankenvoll die Unterlippe vor. »Diese Mistkerle trauen keinem.«

»Da verrätst du mir nichts Neues. Trotzdem fand ich ihre Mutmaßungen, ich könnte das blöde Ding verkaufen, statt es an entsprechender Stelle auszuhändigen, reichlich unfair. Also nahm ich den Zug nach Kairo, stieg unterwegs wieder aus, rechtzeitig genug für eine Weiterreise nach Damaskus. Dort kam es zu dem zweiten Übergriff, und ich bin den drei brutalen Fieslingen mit ihren Langdolchen nur mit knapper Not entkommen. Das waren bestimmt keine von uns.«

»Vielleicht ist man dir von Bagdad aus gefolgt«, überlegte ich laut.

»Dann kann es keiner von unseren Leuten gewesen sein.« Sethos grinste hämisch. »Den Burschen hab ich nämlich kurzerhand unter den Zug verfrachtet.«

Nefret presste eine Hand vor den Mund. Sethos' Grinsen verlor sich. »Ich wollte ihn nicht töten, Nefret. Er hätte mich auf die Gleise gestoßen, wenn ich mich nicht entschieden zur Wehr gesetzt hätte. Dabei verlor er das Gleichgewicht und ... na ja. Um es kurz zu machen, nach einigen weiteren Zwischenfällen drängte sich mir der Verdacht auf, dass sich unterschiedliche Gruppierungen für mich interessieren. Ich schaffte es bis nach Ägypten, wagte mich aber nicht in die Nähe unserer Kommandozentrale. Durchaus denkbar, dass sie es dort ebenfalls auf mich abgesehen haben. Bei meiner Ankunft in Luxor war ich überzeugt, ich hätte sämtliche Verfolger abgeschüttelt, aber dann erfuhr ich von Ramses' und Emersons Auseinandersetzung in dem Laden. Also bin ich erneut abgehauen, bis nach Assuan, wo ich mich bewusst auffällig verhielt, um das Augenmerk auf mich zu lenken. Und das ist das Ergebnis.« Er deutete auf seine Armverletzung. »Ab da hab ich ständig den Aufenthaltsort gewechselt und die Augen verdammt offen gehalten. Bis vor kurzem hauste ich in dem Keller eines verfallenen Hauses in Sebu al Karim, und als sich der Malariaschub ankündigte, bin ich hergekommen.«

»Wie anrührend«, versetzte Ramses, »dass es dich wieder in den Kreis deiner geliebten Familie zieht.«

Nefret bedachte ihn mit einem strafenden Blick. Sethos erwiderte kühl: »Dafür kann ich dir einen stichhaltigeren Grund nennen. Ich kann nämlich keine Pläne machen und niemandem vertrauen, bis ich weiß, was in diesem Dokument steht. Und du bist ein Fachmann in puncto Kodierungen und Dechiffrierungen.« Ramses schwieg. Seinen Neffen nicht aus den Augen lassend, fuhr Sethos fort: »Ich hatte nie vor, zu euch ins Haus zu kommen. Das ist wahr, ob du es glaubst oder nicht. Ich wollte heimlich mit dir kommunizieren und einen Treffpunkt auf neutralem Boden ausmachen, aber dann kam mir der Malariaanfall dazwischen. Ich glaube allerdings nicht, dass man mich hierher verfolgte, aber ... so oder so, das Kind ist in den Brunnen gefallen. Egal was in diesem Dokument steht, eine ganze Reihe von Leuten ist erpicht darauf – derart erpicht, dass man erneut auf euch losgehen wird, wenn man mich nicht zu fassen bekommt.«

Ich räusperte mich. »Verzeih mir, wenn ich das sage, aber das ist die absurdeste Geschichte, die ich je gehört habe.«

Sethos' ausgemergeltes Gesicht verzog sich zu einem breiten Grinsen. »Ich fasse das als Kompliment auf, Amelia. Immerhin sind dir im Laufe der Jahre eine ganze Menge absurder Geschichten zu Ohren gekommen.«

»Ganz ohne Scherz«, ereiferte ich mich, »deine klingt ziemlich nach Sensationsmache. Geheimbünde, Schattenorganisationen, ein obskures Dokument, das sich im Besitz einer Person befand, deren Namen du nicht nennen kannst oder willst. Da musst du dir schon was Überzeugenderes einfallen lassen, mein Freund, wenn dir an unserer Kooperation etwas liegt.«

Weiterhin grinsend blickte Sethos von mir zu Ramses.

»Ob er nun kommen wollte oder nicht«, seufzte Letztgenannter, »er hat uns wie üblich ausgetrickst. Also, wo ist das verdammte Dokument?«

»In dem von mir erwähnten Keller, unter einem Hundekadaver versteckt.«

Als Nefret aufstöhnte, setzte Sethos hinzu: »Der Hund war schon vorher tot, Nefret.«

»Dann mach ich mich besser auf die Socken, bevor es noch in falsche Hände gerät.« Ramses erhob sich.

»Nimm Daoud und Selim mit.« Sethos lehnte sich zurück und schloss die Augen. »Und überleg dir schon mal eine glaubwürdige Ausrede, für den Fall, dass du mit irgendwem zusammenrasselst.«

Aus Manuskript H

Aus dem Stand fiel Ramses kein plausibler Vorwand ein, warum ihn ausgerechnet das schäbige kleine Dorf und vor allem das verfallene Haus interessieren sollte. Er war wütend auf seinen Onkel, und Selims Begeisterung für dieses neuerliche Abenteuer steigerte seinen Unmut zusätzlich. Waren denn alle außer seinem Vater und ihm diesem Scharlatan Sethos verfallen?

Das Dorf war eines von vielen am Rande des fruchtbaren Grünstreifens, südlich des Tempels von Sethos I. Als sie darauf zuritten, meinte Selim: »Wir tun so, als suchten wir nach Gräbern, ja?«

»Hier in der Gegend gibt es aber keine.«

»Wer weiß das schon so genau?«, gab Daoud zu bedenken. Er ritt Emersons Wallach, das einzige Pferd im Stall, das sein Gewicht aushielt.

»Stimmt«, sagte Selim. »Wir haben ein Gerücht gehört, hm? Das nimmt uns jeder ab. Es kursieren immer Geschichten von irgendwelchen unerforschten Gräbern.«

»Also gut«, knurrte Ramses. Darauf hätte er auch selbst kommen können. Aber in seiner Verärgerung über Sethos konnte er nicht mehr klar denken. Dennoch war es unfair, seine schlechte Laune an Selim auszulassen.

»Während wir nach Gräbern Ausschau halten, schleicht sich Daoud in das Haus und sucht das Dokument«, schlug Selim vor.

»Und was ist mit dem Hundekadaver?« Unwillkürlich musste Ramses grinsen.

»Ach, das macht mir nichts«, erwiderte der tierliebe Daoud. »Wie sieht dieses Dokument denn eigentlich aus?«

Ihre Ankunft sorgte für einen ziemlichen Wirbel. Zwar arbeiteten die meisten Männer auf den Feldern, aber Frauen, kleinere Kinder, Federvieh und Tattergreise strömten zahlreich ins Freie. Als Ramses sich nach unerforschten Grabstätten erkundigte, wurde er mit Informationen überschüttet. Ihm war klar, dass er die Hauptattraktion war; dieser schäbige kleine Ort sah selten Fremde, und der Besuch von einem Mitglied aus der Familie des Vaters der Flüche war ein Ereignis, über das man noch tagelang reden würde.

Er und Selim bahnten sich den Weg durch Kleinkinder und kläffende Hunde, ihnen voraus ein betagter Gentleman – ihr selbsternannter Führer – und gefolgt von sämtlichen

Dorfbewohnern. Der Geräuschpegel war kaum auszuhalten. Es gab ein paar Gräber in den Felsen, alle klein und leer bis auf jede Menge Müll. Sie verbrachten einige Zeit dort und taten so, als inspizierten sie alles genauestens, dann kehrten sie um. Daoud erwartete sie bei den Pferden. Sein rundes, sympathisches Gesicht von einem Grinsen erhellt, hielt er eine Hand in den Falten seiner Robe versteckt.

Erst als sie sich weit genug von dem Dorf entfernt hatten, fragte Ramses: »Hast du es gefunden?«

»Ja.« Während er ihm das flache, mit einem breiten Band verklebte Päckchen reichte, merkte er an: »Es war tief vergraben. Der Hund sollte wohl ein Scherz sein. Da lagen bloß noch Knochen.«

»Typisch«, murmelte Ramses.

»Mach es auf«, drängte Selim.

Ramses war nicht minder neugierig. Mit seinem Messer schnitt er das Band auf und entfernte das gummierte Material. Im Innern, zwischen Kartondeckeln, lagen zwei gefaltete Papierbogen.

»Auf den Seiten stehen keine Wörter«, bemerkte Selim, dicht darüber gebeugt. »Was soll das bedeuten? Wolltest du denn das haben?«

»Von Wollen kann keine Rede sein. Eher das Gegenteil.«

Die Symbole waren Zahlen, Dutzende davon. Die einzigen Kodierungen und Chiffrierungen, die ihm vertraut waren, bedienten sich der Buchstaben des Alphabets.

»Verdammter Mist«, knirschte Ramses.

***

Am Mittwoch erreichte uns ein Telegramm von Emerson, mit der Ankündigung, er treffe am folgenden Morgen ein. Mehr nicht. Offen gestanden hätte ich ein bisschen mehr Information begrüßt. So beispielsweise: »Hab neue Leute eingestellt« oder »Hab keine neuen Leute eingestellt«, aber ich wusste natürlich, dass Emerson nicht geneigt war, sein gutes Geld in Telegramme zu investieren.

Sethos' Zustand stabilisierte sich; laut Nefret würde er in ein, zwei Tagen über den Berg sein. Ramses hatte ihm einen scheußlich zerlumpten grauen Bart besorgt und irgendein Wachs, um damit eine neue Nase zu formen. Sethos schien seinen Spaß mit dieser Pampe zu haben; im Verlauf des Tages veränderten sich die Konturen seines Riechkolbens mehrmals. Bis dahin war mir gar nicht bewusst gewesen, wie sehr die Nasenform unser Aussehen beeinflusst. Meine Selbstversuche verliefen leider erfolglos. Das verdammte Zeug wollte nicht kleben bleiben, weil dahinter bestimmt wieder irgendein Trick steckte. Deshalb beschloss ich, in nächster Zeit bei Ramses entsprechende Informationen einzuholen.

Sethos vermochte ich keine weiteren Auskünfte zu entlocken, selbst nachdem ich ihm die kleine, von mir gefertigte Aufstellung vorlegte. »Du hast absolut keine Idee, wer in diese Schattenorganisation involviert ist?«

Mit einem gönnerhaften Grinsen las er die Liste laut vor: »Die Franzosen, die Zionisten, die Anti-Zionisten, Ibn Saud, Feisal von Irak, der Britische Geheimdienst, Sharif Hussein, Gertrude ... Gertrude Bell? Aber Amelia! Ich weiß, dass ihr zwei nicht gut aufeinander zu sprechen seid, aber –«

»Ich kann es nicht akzeptieren, wenn gewisse Frauen männliche Privilegien für sich beanspruchen, sie ihren Geschlechtsgenossinnen aber versagen. Gertrude ist eine erklärte Antifeministin mit einem übersteigerten Ego. Und gefällt sich in der Rolle der Königsmacherin. Solche Leute behaupten auch noch dreist, dass der Zweck die Mittel heilige.«

»Es könnte jeder auf der Liste sein oder auch keiner«, erklärte Sethos, mein Urteil über Miss Bell stillschweigend hinnehmend.

»Ich finde, das ist keine sonderlich befriedigende Antwort.«

»Hast du die Liste mit Ramses abgesprochen?«

»Die derzeitige politische Lage ist mir durchaus geläufig«, erwiderte ich. (Ich schwindele nur im absoluten Ausnahmefall.) »Sie ist noch abstruser als deine Geschichte. Seit Ibn Saud seinen Erzrivalen, den Rashid in Hayil schlug –«

»Ich weiß, ich weiß«, sagte Sethos irgendwie abwesend.

»In Hayil hast du Margaret seinerzeit kennengelernt, nicht? Wo steckt sie eigentlich?«

Sethos fuhr zusammen. »Du hast ein ausgesprochenes Talent, von einem Thema zum anderen zu springen«, stöhnte er. »Ich weiß nicht, wo sie ist. Und wenn, was würde dir das nützen? Du willst sie doch sicher nicht informieren, dass ich bei euch bin, oder eine Eildepesche nach Luxor schicken, was? Dann kannst du dich nämlich gleich in den Souk stellen und es lauthals herausposaunen.«

»Möchte sie denn nicht bei dir sein, wenn Gefahr droht?«, erkundigte ich mich.

»Meine liebe Amelia, du bist eine unverbesserliche Romantikerin. Ich sag dir, was sie möchte: eine packende Story. Wenn Carters Grab sich als große Sensation entpuppt, dann ist sie eine der Ersten, die auf der Bildfläche erscheint.«

Er probierte ebenfalls, mich auszutricksen. Trotzdem ging ich auf seinen Themenwechsel ein. »Wer hat dir das mit dem Grab erzählt? Ramses?«

»Ramses macht seit Tagen einen Riesenbogen um mich. Ist dir das noch nicht aufgefallen? Nein, es war Selim. Er und Daoud werten das als ein gutes Omen.«

»Der goldene Vogel«, schnaubte ich. »Herrje, es ist doch bloß Howards Kanarienvogel.«

»Das war Daouds Wortlaut. Selim ist nicht abergläubisch. Seiner Beschreibung entnehme ich, dass Carter auf etwas ... Interessantes gestoßen ist.« Er wälzte sich unruhig auf dem Laken. »Ich würde mir für mein Leben gern selbst ein Bild machen. Wann kann ich endlich aufstehen?«

»Erst nach Emersons Rückkehr.«

»Angst, ich könnte stiften gehen?«

»So unbesonnen würdest du nun auch wieder nicht handeln. Erst müssen wir eine neue Identität für dich finden und uns eine plausible Erklärung für deinen Besuch einfallen lassen. Den sterbenden Bettler nimmt dir irgendwann keiner mehr ab.«

»Ich hab da ein paar Ideen«, meinte Sethos gedehnt.

»Das glaube ich dir gern. Versuch deine ausschweifende Fantasie zu zügeln, bis Emerson wieder hier ist. Dann halten wir einen kleinen Kriegsrat ab.«

»Ich bin dabei.«

***

Emerson hatte die beiden jungen Leute eingestellt und sie überdies gleich mitgebracht. Bei seiner Ankunft waren wir alle zu Hause: Nefret hatte Patienten und Ramses mühte sich weiterhin mit Sethos' mysteriösem Dokument ab. Ich bat Fatima, unseren Sohn zu holen, und begrüßte die Neuankömmlinge.

»Ich habe es dir ja gleich gesagt, Peabody! Die beiden passen hervorragend zu uns«, tönte der Professor. »Ihre Zimmer sind doch sicher schon vorbereitet, oder?«

»Wie ich dir schon gesagt habe, Emerson, wohnen sie bei Cyrus«, gab ich zurück. Ich war die Gefasstheit in Person. So erwähnte ich mit keinem Wort, dass mein Gemahl es versäumt hatte, mir zu telegrafieren, dass sie mit ihm herkämen. »Ich werde Katherine umgehend benachrichtigen, dass sie hier sind. Wenn Sie sich frischmachen möchten, Mademoiselle Malraux, Fatima zeigt Ihnen das Gästezimmer und bringt Ihnen Handtücher und dergleichen.«

»Oh bitte, Mrs Emerson, seien Sie doch nicht so förmlich.« Die junge Dame riss die Augen auf, dass man Angst haben musste, sie würden ihr gleich aus dem Kopf fallen. Aber vermutlich war ihr das gar nicht bewusst. »Ich hoffe doch sehr, Sie – alle – nennen mich Suzanne.«

Das Nuscheln von Mr Farid reimte ich als seinen Vornamen zusammen. »Also dann, Suzanne und Nadji«, sagte ich lächelnd.

Nachdem das geklärt war, lud ich die jungen Leute ein, mit uns zusammen zu Mittag zu essen. Teils aus Gastfreundschaft, teils aus schlichter Feigheit. Ich hatte nämlich hin und her überlegt, wie ich es Emerson schonend beibringen könnte, dass sein Bruder bei uns war, und war zu keinem schlüssigen Ergebnis gekommen. Die Einladung erlaubte mir, die brisante Enthüllung noch ein bisschen hinauszuschieben.

Die junge Dame erging sich in gallischer Begeisterung über das Haus und seine Einrichtung. »Ich habe Ihren wunderhübschen Garten gesehen, Mrs Emerson. Darf ich später vielleicht einen Spaziergang machen? Ich liebe Blumen über alles.«

»In den nächsten Wochen haben Sie bestimmt noch reichlich Gelegenheit, sich den Garten anzuschauen«, erwiderte ich. »Tut mir leid, dass wir Sie nicht bei uns unterbringen können, aber hier geht es immer sehr lebhaft zu. Und Mr Vandergelts Haus ist wesentlich komfortabler als unseres.«

»Was gibt's Neues aus Kairo?«, fragte Ramses, obwohl Emerson uns das ohnehin brühwarm mitgeteilt hätte.

»Carter ist dort und Carnarvon auf dem Weg hierher«, antwortete Emerson. Damit erschöpfte sich sein Interesse an Kairo. »Ich hab Carter zufällig getroffen. – Was hast du da eben gemeint, Peabody?«

»Ach nichts, mein Schatz. Erzähl ruhig weiter.«

»Mehr gibt's da nicht zu erzählen«, versetzte Emerson verschnupft. »Außer dass Carter seine sämtlichen Freunde besucht, versteckte Hinweise fallen lässt und geheimnisvoll tut, wenn sie Genaueres wissen wollen. Eine famose Methode, um eine Entdeckung geheim zu halten.«

»Wieso sollte er das noch?«, fragte ich. »Was er Lord Carnarvon telegrafiert hat, pfeifen doch inzwischen schon die

Spatzen von den Dächern. Vermutlich hat Seine Lordschaft sich einer Reihe von Freunden anvertraut, und die wiederum haben es unter dem Siegel der Verschwiegenheit ihren Freunden erzählt. So etwas lässt sich nie lange geheim halten.«

»In Archäologenkreisen kursieren zahllose Gerüchte«, schaltete sich Suzanne unvermittelt ein. »Stimmt es, Mrs Emerson, dass Mr Carter ein intaktes Grab lokalisiert hat? Der Professor wollte sich nicht näher dazu äußern.«

»Mmmh … tja«, knurrte Emerson, wild in seinem Essen herumstochernd. »Ich stehe eben zu meinem Wort.«

Nadji, der bislang wenig zu der allgemeinen Unterhaltung beigesteuert hatte, blickte auf. Sein Englisch war ausgezeichnet und nahezu akzentfrei. »Die Neuigkeit hatte sich schon vor Ihrer Ankunft wie ein Lauffeuer verbreitet, Sir. Sie brauchen sich mithin keinerlei Vorhaltungen zu machen.«

»Aber Sie haben das Grab schon gesehen.« Suzanne machte große Augen. »Bitte erzählen Sie uns davon. Wie sieht es aus?«

»Ich kann nur hoffen, dass Howard Seiner Lordschaft nicht zu viel versprochen hat«, erwiderte ich. Ich sah keine Veranlassung zur weiteren Diskretion, nachdem Howard und Carnarvon es damit auch nicht so genau nahmen, und fuhr fort: »Bislang hat er einen versiegelten Durchlass entdeckt, hinter dem sich anscheinend ein vermauerter Gang befindet. Das Ganze lässt sich durchaus positiv an, aber man kann nie wissen, nicht wahr? Ich tippe jedoch darauf, dass wir bald Klarheit gewinnen. Carnarvon wird sicher so bald als möglich nach Luxor weiterreisen.«

Ramses sagte zu seinem Vater: »Callender ist hier.«

»Pecky Callender? Teufel noch, weswegen? Er ist doch kein Ägyptologe.«

»Aber ein enger Freund von Howard Carter. Ich glaube, er soll alles für Carnarvons Ankunft vorbereiten.«

Emersons Miene verfinsterte sich. Ich konnte es ihm nachempfinden. Er hatte seine Dienste angeboten und war schnöde abserviert worden. Das war gelinde gesagt eine Frechheit. Und jetzt noch das.

Wir hatten eben das Mittagessen beendet, als Katherines Antwort auf meine Anfrage einging. Sie freute sich auf die beiden neuen Mitarbeiter und lud uns alle zum Abendessen ein. Sie hatte ihre Kutsche geschickt, um die zwei mitsamt Gepäck abzuholen.

»Dann sehen wir uns heute Abend wieder«, sagte ich den beiden zum Abschied. »Nein Emerson, es ist absolut nicht notwendig, dass du sie begleitest. Die beiden möchten sich heute Nachmittag sicher ein bisschen ausruhen.«

»Ich dachte, wir könnten einen Abstecher ins Tal machen«, maulte Emerson. Er versuchte, meinen Arm abzuschütteln, denn ich hielt ihn gnadenlos fest. »Sie möchten doch sicher ihre neue Wirkungsstätte kennenlernen.«

»Aber nicht heute Nachmittag, Emerson.«

Mein Tonfall ließ ihn aufmerken. Nachdem die Kutsche abgefahren war, schnellte er zu mir herum.

»Ihr benehmt euch alle verdammt komisch«, erklärte er. Sein Blick glitt von einem zum anderen. »Was ist passiert?«

»Setz dich doch, Vater«, meinte Nefret.

»Gute Güte!«, rief Emerson plötzlich alarmiert. »Es ist doch nichts mit den Kleinen, oder?«

»Beruhige dich, Emerson«, sagte ich streng. »Meinst du, wir wären die Ruhe selbst, wenn einem der Kinder etwas passiert wäre? Nein. Also rat weiter.«

Emerson plumpste in einen Sessel. »Das Grab wurde ausgeraubt«, krächzte er. »Pecky Callender ist ein unfähiger Stümper!«

»Immerhin erwähnst du die Kinder noch vor dem Grab«, versetzte ich scharf. »Ich darf dich noch einmal daran erinnern, dass es nicht dein Fund ist. Rat weiter.«

Emersons Denkerstirn legte sich in Falten. »Gib mir einen kleinen Tipp.«

»In Himmelherrgottsnamen«, ereiferte ich mich. »Emerson, hast du etwa vergessen –«

»Nicht so laut, Mutter.« Nefret, die sich das Lachen nur mit Mühe verbeißen konnte, setzte sich auf Emersons Sessellehne und legte ihm beschwichtigend einen Finger auf die Lippen. »Wir haben einen Gast, Vater. Die – liebe Güte, wie soll ich mich ausdrücken? Die Person, die mit deiner brenzligen Mission in dem Geschäft zu tun hat. Das Feuer. Die Sache mit dem Sack Salz. Die –«

Als es ihm schlagartig dämmerte, vermochte ihr zarter Finger nicht mehr viel auszurichten. »Hölle und Verdammnis!«, brüllte der Professor. »Hat dieser Bas – hat er die Dreistigkeit besessen herzukommen?«

»Er war krank«, erklärte Nefret. »Bitte Vater, reg dich jetzt nicht auf.«

»Und sprich leiser«, setzte ich hinzu. »Inwieweit wir sein Erscheinen erfolgreich verschleiert haben, vermag ich nicht zu beurteilen, aber wenn du so laut schreist, weiß es bald ganz Luxor.«

Emerson konnte nicht aufspringen, sonst hätte er Nefret von der Sessellehne heruntergestoßen. Er versuchte sich an ihr vorbeizuzwängen, aber sie blieb stur sitzen. »Ah pah!«, sagte er mit erstickter Stimme. »Ramses, würdest du die Güte haben, mir zu erklären, wie es dazu kam? Nein, Peabody, du nicht. Du neigst zum Fabulieren, und ich möchte kurze, knackige Informationen ohne schönfärberische Kommentierung.«

Die bekam er. Leider Gottes wurden meine Versuche, die Berichterstattung etwas farbiger zu gestalten, von allen Beteiligten im Keim erstickt. Als unser Sohn geendet hatte, saß Emerson eine ganze Weile schweigend da und strich sich über sein markantes Kinn.

»Das ist die absurdeste Geschichte, die ich je gehört habe«, sagte er schließlich.

»Das war auch meine erste Reaktion«, räumte ich ein.

»Und ich habe das ungute Gefühl, dass Sethos uns längst nicht alles erzählt hat, was er weiß. Aber wir leben in einer verrückten Welt, Emerson, wo manch einer vor nichts zurückschreckt, um seine Interessen durchzusetzen.«

Das konnte mein Mann nur bestätigen. Wir hatten eine ganze Reihe solcher Individuen kennengelernt, und die Geschichte hatte es mit den Namen vieler anderer belegt.

»Dieses geheimnisvolle Dokument«, sinnierte er laut. »Hast du es schon dechiffrieren können?«

Ramses schüttelte den Kopf. »Auf dem Gebiet hab ich so gut wie gar keine Erfahrung, Vater.«

»Du brauchst dich nicht zu entschuldigen, mein Junge. Nun gut, lassen wir das. Nefret, du kannst jetzt aufstehen, ich bin die Ruhe selbst. Ich möchte ihn sehen. Und zwar sofort.«

Natürlich begleitete ich Emerson. Er war zwar gefasst, aber vermutlich nur so lange, bis sein Bruder ihn provozierte – was er aller Wahrscheinlichkeit nach tun würde.

Sethos saß im Bett und las. Er begrüßte Emerson herzlich und nicht die Spur überrascht. »Ich hörte von deiner Rückkehr«, erklärte er lapidar. »Wer sind die beiden, die dich begleiteten?«

Emerson ließ sich durch seine lässige Unbekümmertheit nicht irreführen, zumal der falsche Bart und die alberne Nase nicht über die eingefallenen Wangen und die kränkliche Gesichtsfarbe hinwegzutäuschen vermochten.

»Fatima hat es dir doch sicher erzählt«, sagte Emerson scharf. »Die beiden sind Mitarbeiter in unserer Mannschaft. Ägyptologen, die ich gut kenne. Öhm – wie fühlst du dich?«

»Schon erheblich besser. Nett, dass du fragst.«

»Hmpf«, brummelte Emerson. »Was zum Henker sollen wir bloß mit dir machen?«

»Das klingt schon eher nach dir«, grinste Sethos. »Ich verschwinde, sobald Nefret mich für genesen erklärt.«

Emerson ließ sich schwer auf den Rand des schmalen Bettes fallen. »Und wohin?«

»Wir bleiben in Verbindung.«

»Darauf kannst du Gift nehmen!«, wetterte Emerson. »Glaub ja nicht, dass du einfach zur Haustür herausspazieren kannst. Deine Kontrahenten sind nicht auf den Kopf gefallen. Wenn die spitz kriegen, dass du hier warst, kombinieren die doch locker, dass wir diese verdammte Geheimbotschaft haben oder wenigstens eine Kopie davon.«

Sethos senkte den Blick. »Also, was schlägst du vor?«, fragte er kleinlaut.

Emerson musterte ihn argwöhnisch. Einsichtigkeit gehörte nicht zu Sethos' Charakterstärken. »Du brauchst eine neue Identität«, brummte er. »Die Rolle, die mir da ad hoc einfällt, hast du schon einmal gespielt. Und inzwischen hat sich gewiss überall herumgesprochen, dass wir zusätzliches Personal brauchen.«

»Fantastisch!«, rief Sethos. »Und wer soll ich sein? Petrie vielleicht? Oder Alan Gardiner?«

»Nun schnapp nicht gleich über«, sagte ich mit Nachdruck. »Um Himmels willen, auf gar keinen Fall kannst du in die Identität einer dieser weithin anerkannten Koryphäen schlüpfen! Am besten gibst du dich als Philologe aus. Dann arbeitest du die meiste Zeit mit Ramses im stillen Kämmerlein zusammen und tust so, als würdest du an den Papyri von Deir el-Medina herumtüfteln. Damit umgehst du kritische Situationen, die deine Inkompetenz als Archäologe enthüllen könnten.«

»So inkompetent bin ich nun auch wieder nicht«, verkündete Sethos selbstbewusst.

»Die Details klären wir später«, sagte Emerson. »Das Wichtigste ist jetzt, dass der alte Bettler endlich verschwindet.

Das war er bereits – was wir nicht wussten – und zwar in himmlische Sphären.

Aus Manuskript H

Cyrus zeigte sich hellauf begeistert über die Aufstockung seiner Mannschaft. Was man von einigen anderen nicht hätte behaupten können. Als sie sich an jenem Abend zum Dinner einfanden, war Jumana ungewöhnlich still. Ramses vermochte sich keinen Reim darauf zu machen, wen von den Neuzugängen sie nicht mochte; sie war distanziert, ja fast unhöflich schroff zu den beiden jungen Leuten. Bertie flirtete ungeschickt mit Suzanne, was Katherine mit einem wohlwollenden Lächeln zur Kenntnis nahm. Sie hätte es gern gesehen, wenn das Interesse ihres Sohnes von Jumana auf ein »ehrbares« europäisches Mädchen umgeschwenkt wäre. Bertie hatte nämlich die Gabe, sich ausgerechnet in die Frauen zu verlieben, die seiner Mutter so gar nicht behagten. So hatte er sich eine ganze Weile für Sethos' uneheliche Tochter erwärmt, deren kriminelle Vergangenheit jeder potenziellen Schwiegermutter ein Dorn im Auge gewesen wäre. Maryams Verlobung mit einem langweiligen, aber angesehenen Kaufmann hatte die Schwärmerei beendet. Damals waren sie alle überrascht gewesen: Bennett war in mittleren Jahren, füllig, stockkonservativ – und Maryams Werdegang der einer Kleinkriminellen. Wo die Liebe hinfällt, hatte Ramses' Mutter diese Verbindung treffend kommentiert. Für den drögen Mr Bennett verkörperte Maryam gewiss Jugend, Charme und Romantik. Sie hingegen suchte nach ihrem abenteuerlichen Vagabundenleben vermutlich einen Fels in der Brandung.

»Jetzt kommen wir bestimmt schneller voran«, erklärte Cyrus. Er bedeutete seinem Butler, die Weingläser erneut zu füllen. »Sobald wir die Grabkammer von Ajas Gruft freigelegt haben, kann Mademoiselle damit beginnen, die Gemälde zu kopieren, und Bertie zeichnet den endgültigen Plan. Wir fangen gleich morgen früh damit an, ja? Ist das in Ordnung für Sie, Emerson?«

»Was?« Emerson starrte ihn abwesend an.

Seine Frau musterte ihn stirnrunzelnd. »Emerson findet genau wie ich, dass wir unseren neuen Mitarbeitern vorher einen eintägigen Ausflug gönnen sollten. Ich nehme an, Sie waren schon lange nicht mehr in Luxor, hm?«

»Ich war noch nie dort«, antwortete Suzanne. »Und ich würde mir gern anschauen, worüber ich schon so viel gelesen habe. Deir el-Bahari, das Tal der Könige, Deir el-Medina und so. Natürlich nur, wenn Sie nichts dagegen haben, Mr Vandergelt.«

»Aber nein, aber nein«, wiegelte Cyrus ab. Das Wort der Sitt Hakim war für ihn Gesetz.

»Schön«, sagte jene Dame. »Kommen Sie doch morgen alle zu uns zum Frühstück, und dann starten wir gemeinsam.«

Die Emersons hatten keine eigene Kutsche, weil der Professor weiterhin die Hoffnung hegte, dass seine Frau das Automobil als würdigen Ersatz akzeptieren würde – aber daran hatte Ramses erhebliche Zweifel. Als sie an jenem Abend aufbrachen, stellte Cyrus ihnen wie üblich seine Kutsche zur Verfügung. Die Rückfahrt verlief zunächst schweigend. Nur das entfernte Heulen eines Schakals durchbrach die Stille. Ramses legte einen Arm um seine Frau; die kühle nächtliche Brise blies ihm eine ihrer gelockten Strähnen ins Gesicht, glitzerndes Sternenlicht verlieh der Landschaft bleigraue und silbrige Konturen.

Nefret, die an seiner Schulter eingenickt war, richtete sich unvermittelt auf. »Ich denke, die beiden Neuen und unser Trupp werden sich hervorragend ergänzen.«

»Hmmm«, murmelte ihre Schwiegermutter, die ihnen gegenübersaß. »Ich muss gestehen, ich habe da gewisse Vorbehalte.«

»Aber du wolltest die beiden doch einstellen«, entfuhr es Ramses.

»Von ihrer Ausbildung her passen sie optimal zu uns.

Allerdings hatte ich die soziokulturellen Nuancierungen nicht recht bedacht.«

Nefret schmunzelte. »Bertie hat doch nur mit Suzanne geflirtet, damit Jumana eifersüchtig wird.«

Jumana ist eifersüchtig, aber nicht wegen Bertie«, versetzte Ramses. »Sie hat Bedenken, sie könnte neben Suzanne beruflich ins Abseits geraten und dann nur noch die zweite Geige spielen. Cyrus sollte ihr einen offiziellen Titel geben, sie beispielsweise zur Assistentin ernennen oder so. Das hat sie sich redlich verdient.«

»Ganz meine Meinung«, bekräftigte seine Mutter. »Du musst ihn bei nächster Gelegenheit darauf ansprechen, Emerson.«

»Was?«

Es war noch recht früh, als sie zu Hause eintrafen. Selim saß auf der Veranda und schlürfte Kaffee. »Ein bisschen spät für einen Besuch, was?«, grummelte Emerson.

»Reiß dich zusammen, Emerson«, gab seine Frau zurück. »Es ist überhaupt nicht spät. Ich wollte das Schloss nur so früh verlassen, weil wir noch eine wichtige Sache zu klären haben.«

»Was?«, wiederholte der Professor.

Einen Moment lang glaubte Ramses, sie würde sich auf seinen sichtlich zerstreuten Vater stürzen. »Sethos«, stieß sie zwischen zusammengebissenen Kiefern hervor.

»Oh.« Emerson fingerte nervös an seinem Kinngrübchen herum.

Selim, der diese kleinen Kabbeleien für gewöhnlich grinsend verfolgte, verzog keine Miene. »Ich habe Neuigkeiten, Sitt Hakim«, sagte er.

»Wusste ich's doch gleich, dass wieder irgendetwas passiert ist«, rief sie. »Was denn?«

»Der alte Mann ist tot. Der Bettler.«

Emerson setzte sich kerzengerade auf. »Welcher Bettler? Wie? Wann?«

Der Leichnam des alten Mannes war am Abend gefunden worden, hinter einer der Friedhofsmauern. Wie lange er dort schon gelegen hatte, vermochte keiner zu sagen. Selim hatte als einer der Ersten davon erfahren und den Toten genauer inspiziert.

»Keinerlei Hinweis auf Gewalteinwirkung, keine Verletzungen. Ich weiß das so genau, weil er splitternackt dalag.«

»Wieso sollte sich jemand an seiner Kleidung zu schaffen machen?«, fragte Nefret verblüfft. »Er besaß doch nichts von Wert.«

»Vielleicht hat er sich selbst ausgezogen«, meinte Ramses. »Das machte er gelegentlich. Dann spazierte er im Adamskostüm herum und führte Selbstgespräche oder betete, bis sich eine mitfühlende Seele seiner annahm.«

Selim nickte. »Kann durchaus sein. Seine Kleidung lag nämlich neben ihm.« Nach einem schiefen Seitenblick zu Nefret setzte er hinzu: »Schätze, er starb in der Nacht. Die Leichenstarre hatte an den Füßen und Beinen bereits eingesetzt.«

Fachleute wissen, dass der fragliche Prozess von so unterschiedlichen Faktoren wie dem Klima und der körperlichen Verfassung des Toten abhängig ist. Trotzdem war Selims Feststellung ein konstruktiver Hinweis. Zumal er für sein Leben gern Detektiv spielte.

»Du hast eine hervorragende Beobachtungsgabe«, lobte Nefret. »Hat man ihn schon beerdigt?«

»Nein, Nur Misur. Er ist hier.«

Sie hatten ihn im Gartenschuppen auf einem Tisch aufgebahrt und pietätvoll mit einem frischen, weißen Leinentuch bedeckt. Fatima saß bei ihm. Der Lampenschein brach sich rötlich schimmernd in den Tränenspuren auf ihren Wangen.

»Ich wollte den Toten waschen, aber das hat Selim mir nicht erlaubt«, murmelte sie.

»Eine gute Entscheidung, Selim.« Ramses nickte anerkennend. Nefret hob das Laken. Es war ein gespenstischer Anblick: Die flackernde Beleuchtung warf zuckende Schatten auf den nackten, bleichen und skelettartig abgemagerten Leichnam. Die Hautfalten starrten vor Schmutz; eine Laus krabbelte über das schüttere graue Haar. Als peinliche Sauberkeitsfanatikerin fing Fatima leise an zu lamentieren, sobald Nefret sich anschickte, den Körper mit professioneller Gründlichkeit abzutasten.

»Er ist verdreckt und verlaust, Nur Misur. Lass mich das machen.«

»Ist schon in Ordnung, Fatima«, beschwichtigte Nefret. »Die Leichenstarre ist schon weit fortgeschritten. Keine Verletzungen im Gesichts- oder Schädelbereich. Der arme Mann hat jedoch unzählige Blutergüsse und Schürfwunden. Fatima, reich mir doch mal bitte ein feuchtes Tuch. Ich will mir die Schulterpartie genauer ansehen.«

»Er fiel oft hin, der Herr sei gnädig mit ihm«, murmelte Fatima.

»Die Prellungen an seinem Hals sind auch nicht gravierender als die anderen an seinem Körper«, berichtete Nefret.

»Es gehört bestimmt nicht viel dazu, bei einem geschwächten alten Mann wie ihm einen Herzstillstand auszulösen«, warf Ramses' Mutter ein.

»Ach was«, sagte ihr Gatte, plötzlich hellhörig geworden. »Du denkst immer bloß an Mord, Peabody.«

Statt einer Antwort bedachte sie ihn mit einem vernichtenden Blick, doch Ramses wusste genau, was ihr durch den Kopf ging. Für die Emersons und nicht zuletzt auch für Sethos hatte sich der bedauernswerte alte Bettler zu einem denkbar günstigen Zeitpunkt verabschiedet.

Selim räusperte sich. »Den Männern, die ihn herbrachten, hab ich erklärt, dass er euch weggelaufen sei und dass ihr ihm helfen könntet.«

Nefret, die sich die Hände mit Seife schrubbte und in einer Schüssel Wasser abspülte, die Fatima ihr hinhielt, starrte ihn entgeistert an.

»Ihm helfen, dass er von den Toten aufersteht?«, fragte ihre Schwiegermutter bissig. »Da war er doch schon eiskalt und steif wie ein Brett, oder?«

»Sie sind überzeugt, dass du Wunder bewirken kannst.« Selim kratzte sich verlegen den Bart. »Er sollte heute Nacht beerdigt werden, aber sie glaubten mir, als ich sagte ...« Verunsichert von ihrem Sarkasmus brach er ab, und Ramses kam ihm zu Hilfe.

»Du hast richtig gehandelt, Selim. Die genaue Todeszeit ist noch offen. Und sobald sich die Sache rumgesprochen hat, werden die Leute Fatimas Patienten mit dem alten heiligen Mann in Zusammenhang bringen – und der ist definitiv tot. Genau der richtige Augenblick für unseren Gast, mit einer neuen Identität auf den Plan zu treten.«

»Das war auch meine Überlegung«, bekräftigte Selim.

»Kommt, wir halten einen kleinen Plausch mit – ähm – ihm«, sagte Emerson und steuerte zur Tür. Über seine Schulter rief er: »Ramses, bring den Whisky mit.«

* * *

Als unsere Gäste zum Frühstück eintrafen, machten wir sie mit dem vorerst letzten Neuzugang in unserem Team bekannt: mit Anthony Bissinghurst. Sethos war in der Vergangenheit bereits in diese Rolle geschlüpft. Ramses hatte ihn mit einem verwegenen schwarzen Schnauzbart ausgestattet sowie Makeup, womit er seinem kränklich blassen Gesicht einen sonnengebräunten Farbton verlieh. Kleidung war kein Problem, da Ramses und sein Onkel in etwa die gleiche Statur hatten.

Ein komplizenhaftes Grinsen breitete sich auf Cyrus' Zügen aus, sobald er Bissinghurst erkannte. Bertie und Jumana, die ihn sowohl in seiner Paraderolle wie auch als parasitäres Familienmitglied kannten, hatten wir zu absolutem Stillschweigen verdonnert; der arme Bertie, ohnehin nicht der Hellste, sagte kaum noch einen Ton, aus Furcht, er könnte sich verplappern. Sein Schweigen fiel allerdings nicht weiter auf, da er in Gesellschaft sowieso nie zu Wort kam.

Jumanas dunkle Augen nahmen einen verklärten Ausdruck an, als »Tony« sich galant über ihre Hand beugte. Fraglos schwärmte sie seit seinem letzten Besuch für ihn, als er sie mit seinem umwerfenden Charme umgarnt hatte. Womöglich bevorzugte sie ältere Männer. Oje, dann wäre Bertie gleich doppelt benachteiligt: Ein umwerfender Charmeur war der arme Junge wahrhaftig nicht.

Bevor wir das Haus verließen, nahm Cyrus mich kurz beiseite. Seine Lockerheit war Skepsis gewichen.

»Was wird hier gespielt, Amelia? Der Bursche taucht doch immer nur dann auf, wenn irgendwas im Busch ist.«

»Ich erzähl es Ihnen ein anderes Mal«, erwiderte ich, mir heimlich das Hirn zermarternd, was ich ihm überhaupt unterbreiten sollte.

»Können nur hoffen, dass er es nicht auf Carters Grab abgesehen hat«, knurrte Cyrus. »Wenn er wieder mit irgendwelchen Tricks arbeitet, zieht Emerson ihm bei lebendigem Leib das Fell über die Ohren.«

Unsere erste Station war Deir el-Bahari, wo die Crew vom Metropolitan Museum arbeitete. Anschließend besuchten wir die Tempel, um dann Kurs auf das Tal der Könige zu nehmen. Diese Besichtigungstour nahm einige Zeit in Anspruch, und als wir uns dem Eingang zum Tal näherten, wurde ich zunehmend nervös. Eine elektrisierende Spannung lag in der Luft (ich reagiere sensibel auf solche Dinge). Natürlich hatte sich die Neuigkeit von einer großartigen Entdeckung in der Öffentlichkeit verbreitet.

Ich spähte zu Sethos, der zügig neben mir ausschritt. Trotz seines angegriffenen Gesundheitszustandes schien er putzmunter. Cyrus' Bemerkung hatte mich erneut misstrauisch gemacht. Welchen Beweis hatten wir denn, dass Sethos' Geschichte stimmte? Nur seine Beteuerungen und ein Dokument, das uns bislang nichts als Rätsel aufgab. Die Angriffe auf ihn und auf uns hätten ohne Weiteres auch von Konkurrenten in der Antiquitätenbranche initiiert werden können. Und wenn er sich wieder in seinem alten Metier tummelte, dann würde Carters Grab ihm … interessante Möglichkeiten eröffnen.

Das Grab an sich war unscheinbar. Es gab nichts zu sehen außer den Geröllmassen, die sich auf der Treppe türmten und die Stufen versperrten. Nach einem kurzen Blick schloss sich Suzanne mit einem anmutig französischen Schulterzucken den Touristen an, die das Grab von Ramses VI. besichtigten. Bertie schlenderte ihr nach, und Jumana erbot sich, Nadji einige der interessanteren Gräber zu zeigen. Wir anderen starrten wie hypnotisiert auf den angehäuften Schutt.

»Keinerlei Hinweis auf irgendwelche Grabungen«, murmelte Emerson nach einer Weile.

»Selbst die erfahrenen Grabdiebe von Kurna würden sich da nicht ranwagen«, sagte Sethos, die Hände tief in den Taschen vergraben. In seinen Augen lag ein sonderbares Leuchten. »Wenn die etwas Unredliches vorhätten, würden sie warten, bis die Treppe freigelegt ist und der Gang offen – immer vorausgesetzt, dass es einen gibt.«

»Würdest du so vorgehen?«, fragte Ramses, seine Stimme bewusst ohne jede Regung.

»So würde jeder vernünftige Mensch vorgehen. Wieso die harte Knochenarbeit, verbunden mit dem Risiko erwischt zu werden, wenn man noch gar nicht weiß, ob sich die Mühe letztlich lohnt?«

Die Grabräuber von Kurna handelten nicht immer vernünftig. Anders als Sethos.

***

Carnarvon und Lady Evelyn trafen am dreiundzwanzigsten in Luxor ein. Wir waren im Westtal mit der Freilegung von Ajas Grabkammer beschäftigt, das heißt, alle außer Sethos und Daoud. Sethos hatte einen Rückfall gehabt, worauf ich ihm Bettruhe verordnet hatte. Daoud hätte uns eigentlich begleiten sollen; die Tatsache, dass Emerson ihn mit keinem Wort erwähnte, hätte mich gleich stutzig machen müssen. Als er schließlich auftauchte, erkannten wir ihn schon von weitem an dem rhythmischen Klappern seiner riesigen Sandalen auf dem Felsboden.

»Sie sind zum Grab gegangen«, japste er atemlos. »Direkt vom Bahnhof aus.«

»Verständlich«, brummte Emerson. »Kann ich ihnen nicht verdenken.«

»Emerson, glaub ja nicht, dass du dich heute ins Osttal wegstehlen kannst«, schaltete ich mich ein.

»So was würde ich nie tun«, maulte Emerson, ganz gekränkte Unschuld. Unmittelbar darauf setzte er hinzu: »Morgen ist sicher auch noch früh genug. Sie werden ohnehin mehrere Tage brauchen, bis sie den Schutt wieder von den Stufen geschaufelt haben.«

Dem gab es nichts hinzuzufügen. Und ich gestehe, werte Leser, ich war genauso gespannt wie er. Nach zwei Wochen Ungewissheit standen wir endlich kurz vor der Aufklärung. Ich vermochte mir lebhaft vorzustellen, in welcher Verfassung Howard sein musste. Ganz ohne Zweifel schuldeten wir ihm unsere freundschaftliche Unterstützung, vor allem auch, wenn das Grab leer wäre – was durchaus im Bereich des Möglichen lag.

Am nächsten Morgen konnte ich den Professor überzeugen, zu einer halbwegs gesitteten Uhrzeit aufzubrechen, indem ich ihn darauf hinwies, dass es unangebracht sei, vor Seiner Lordschaft am Ort des Geschehens einzutreffen. Doch ich hatte Carnarvon unterschätzt. Als wir ankamen – Ramses und Nefret, Sethos, Emerson und ich – waren er und Lady Evelyn schon da und beobachteten die Arbeiter, die unter Howards Anleitung Schutt wegschippten.

George Edward Stanhope Molyneux Herbert, Fünfter

Earl of Carnarvon, war mittelgroß, schlank und hatte ein Allerweltsgesicht. Seine Augen waren wässrig hell und seine von Windpockennarben gezeichnete Haut teigig-unansehnlich. Von einem schweren Autounfall vor einigen Jahren hatte er sich nie wieder richtig erholt, obwohl die Winteraufenthalte in Ägypten seine Genesung förderten (und nicht zuletzt auch sein Interesse an der Ägyptologie).

Ich hatte Lady Evelyn bereits kennengelernt und fand sie schnippisch und oberflächlich – eben ein typisches Beispiel für eine junge, verwöhnte Aristokratin –, wobei ich zugeben muss, dass sie ein Händchen für geschmackvolle Kleidung hatte. Sie trug ein sportlich wadenlanges Kleid und flache Schnürschuhe in einem passenden Ockerton, dazu einen hübschen Schal um den Hals gebunden, mokkabraun wie ihr modischer Umhang.

»Wir wollten Sie in Luxor willkommen heißen«, sagte Emerson, während er Carnarvon fast die Hand zerquetschte. »Und Ihnen gratulieren.«

»Dann meinen Sie also auch, dass es vielversprechend aussieht?«, fragte Seine Lordschaft mit angehaltenem Atem.

»Für eine definitive Einschätzung ist es noch zu früh«, antwortete Emerson überlegt. »Genaueres weiß man erst, wenn der untere Teil der Tür zugänglich ist.«

»Aber Professor Emerson, seien Sie doch keine solcher Spielverderber«, kiekste die junge Dame. »Das ist ja alles so entsetzlich spannend! Und Papa ist wahnsinnig optimistisch.« Sie drückte den Arm ihres Vaters.

Emerson stöhnte gedämpft.

»Richtig«, versetzte ich. »Man sollte immer das Positive sehen. Können wir uns irgendwie nützlich machen? Wie Sie wissen, ist unser Sohn Fachmann für demotische Schriften.«

Da tauchte Howard auf, und Lady Evelyn schenkte ihm ein strahlendes Lächeln voller Bewunderung. Worauf er den Brustkorb aufplusterte wie ein balzender Gockel. »Ich besitze bestimmt die nötigen Kompetenzen, um eine Exkavation fachmännisch durchzuführen. Allerdings – ähm – falls noch weitere Siegel auftauchen, wäre ein zweites Gutachterurteil sinnvoll.«

Er nickte Ramses zu, der mit Grabesstimme kundtat: »Das mach ich selbstverständlich gern für Sie.«

Emerson spähte in den Schacht hinunter. »Den Fuß der Treppe erreichen Sie frühestens am Spätnachmittag.«

»Woher wissen Sie denn, wie viele Stufen es sind?«, erkundigte sich Lady Evelyn milde perplex.

Als wollte er eine lästige Fliege verscheuchen, winkte der Vater der Flüche ab. Howard bedachte ihn mit einem schiefen Seitenblick. »Der Professor stützt seine These auf den Neigungswinkel der Treppenkonstruktion. Er ist typisch für Gräber aus dieser Periode, oder, Sir?«

»Hmpf«, grummelte Emerson und dehnte die Finger, als könnte er es kaum abwarten mit anzupacken.

Natürlich war man nicht so unhöflich, uns zum Gehen aufzufordern. Auf dem Ohr wäre Emerson vermutlich auch taub gewesen, nachdem wir wochenlang auf Aufschlüsse gewartet hatten, ob der Durchlass schon einmal aufgebrochen worden war und was sich dahinter verbarg. Wir standen um den Rand der Treppe und verfolgten mit angehaltenem Atem, wie Stufe um Stufe in Sicht kam. Weiter unten wurden bereits die Konturen der Tür erkennbar, Details waren jedoch wegen des fehlenden Lichts nicht auszumachen. Schließlich rief Rais Gurgar zu uns hoch: »Sechzehn Stufen. Der Durchgang ist jetzt frei geschaufelt.«

Emerson fieberte wie ein Jagdhund, der eine Fährte wittert. Er riss sich jedoch zusammen und ließ Howard den Vortritt. Carnarvon und Lady Evelyn waren die Nächsten. Leises Gemurmel drang zu uns hoch, gefolgt von dem aufgeregten Geschnatter der jungen Dame. Dann tauchte Carters Kopf wieder auf.

»Ach du meine Güte«, entfuhr es mir. »Sie sehen nicht gerade begeistert aus, Howard. Sagen Sie jetzt nicht –«

»Es gibt Anzeichen für ein gewaltsames Eindringen. Das Loch wurde hinterher wieder zugeschüttet.«

»Aber das ist doch ein positives Zeichen, Carter«, wandte Ramses ein. »Wenn das Grab komplett geplündert worden wäre, hätten die Priester der Nekropole sich nicht die Mühe gemacht, das Loch wieder zu verschließen und die Tür erneut zu versiegeln. Haben Sie noch weitere Siegel entdeckt?«

»Dutzende«, ächzte Carnarvon. Seine Tochter half ihm die Stufen hinauf. »Hunderte. Carter konnte sie nicht lesen.«

Zu Howards Verteidigung muss ich einräumen, dass die von Carnarvon erwähnten Siegel in den noch feuchten Verputz gedrückt worden waren. Der Zahn der Zeit und vielleicht auch die Hast der damaligen Arbeiter hatten die Symbolik stark in Mitleidenschaft gezogen. Abgeplatzt und zerbrochen waren sie schwer zu entziffern, erst recht von einem Mann, der völlig aus dem Häuschen geraten schien.

Nefret lief zu Carnarvon und nahm seinen anderen Arm. »Setzen Sie sich hier in den Schatten, Sir.«

»Ja, Papa, mach das.« Lady Evelyn musterte Nefret skeptisch. »Sie sind Ärztin, nicht? Ihm fehlt doch nichts, oder?«

»Es ist nur die Aufregung, vermute ich«, sagte Nefret mit einem aufmunternden Lächeln.

»Ich beruhige mich erst wieder, wenn ich weiß, was diese Siegel bedeuten«, beharrte seine Lordschaft. »Sind sie von einem König? Und wie hieß er?«

»Ramses«, erwiderte Emerson. »Bitte, spann Seine Lordschaft nicht länger auf die Folter.«

»Ja Sir«, antwortete sein Sohn. »Es sei denn, Mr Carter würde das lieber selbst –«

»Nein, nein«, beteuerte Carter. »Das ist ... ja. Kommen Sie mit.«

Gemeinsam kletterten sie nach unten. Sich gewärtig, dass sein Vater vor Neugier schier platzte, artikulierte Ramses laut und deutlich, was er im Einzelnen feststellte. »Über der Tür befinden sich Anzeichen für ein gewaltsames Eindringen – ein ausgezacktes ovales Loch, das wieder verputzt und versiegelt wurde. Und weitere Nekropolen-Siegel – der Schakal und die neun knieenden Gefangenen – sowie eine Reihe von Kartuschen.«

Einem Aufschrei von Lord Carnarvon folgte einer von Emerson. »Wessen?«, brüllten sie unisono.

»Die meisten sind so gut wie unleserlich, aber sie scheinen alle den gleichen Namen zu tragen.«

Carter meldete sich gedämpft zu Wort – nach dem Sprachduktus zu urteilen, stellte er eine Frage. »Ganz meine Meinung«, bekräftigte unser Sohn laut. »Das ist definitiv ein Nekropolen-Symbol. Und das da eine Sonnenscheibe.«

»Nebcheperure«, sagte Emerson.

»Möglich«, meinte Ramses unbestimmt.

»Nicht Tutanchamon?«, fragte Lady Evelyn.

»Nebcheperure ist Tutanchamon«, antwortete ich.

4

Minutenlang herrschte absolute Stille. Hatten wir tatsächlich das verschollene Grab jenes geheimnisumwobenen jungen Monarchen entdeckt, des letzten seiner Dynastie, Nachfolger des berühmten Häretikers Echnaton? Als Howard und Ramses die Stufen hinaufkamen, platzte Carnarvon heraus: »Die Türfüllung muss entfernt werden. Und zwar auf der Stelle.«

»Das wäre nicht ratsam, Sir«, sagte Ramses, denn Howard schien vorübergehend mit Sprachlosigkeit geschlagen. »Die Siegel sollten erhalten bleiben, um sie genauer inspizieren zu können. Und das nimmt einige Zeit in Anspruch. Nach den Grabungsstatuten muss dabei ohnehin ein Inspektor der Antikenverwaltung anwesend sein. Sie haben Mr Engelbach gewiss in Kenntnis gesetzt, dass Sie heute die Treppe freilegen wollten, nicht wahr?«

Howard nickte dumpf.

»Und wo bleibt er dann?«, wollte Carnarvon wissen. »Wieso besitzt er noch nicht einmal so viel Anstand, umgehend auf meine Nachricht zu reagieren?«

»Er ist ein vielbeschäftigter Mann«, warf ich ein. »Immerhin ist er für ganz Oberägypten zuständig. Bestimmt trifft er bald hier ein.«

Die fiebrige Gesichtsfarbe Seiner Lordschaft wich einer ungesunden Blässe, und er fröstelte leicht. Nefret nahm seine schlaff herabhängende Hand und fühlte ihm den Puls.

»Wenn ich Ihnen einen medizinischen Rat geben darf, Lady Evelyn. Ihr Vater gehört ins Bett. Er ist nervlich sehr angespannt, aber eine ungestörte Nachtruhe bringt das sicher wieder ins Lot.«

»Nein, nein«, wiegelte Carnarvon ab. »Ich bleibe hier, bis Engelbach kommt.«

Auf besagten Herrn mussten wir eine weitere halbe Stunde warten. Allmählich begann ich, Lord Carnarvons Frustration zu teilen. Zumal ich fest davon ausgegangen war, dass sich der Chefinspektor für Oberägypten, wozu auch das Tal der Könige gehörte, brennend für die Entdeckung einer bislang unbekannten Grabstätte interessieren müsste. Als Engelbach schließlich in Begleitung seines Mitarbeiters Effendi Ibrahim aufkreuzte, schüttelte er erst einmal allen die Hand, bevor er überhaupt einen Blick auf die freigelegten Stufen warf. Zu jenem Zeitpunkt war er um die Mitte dreißig; wir kannten ihn seit Beginn seiner Archäologen-Karriere und hatten bisher fabelhaft mit ihm zusammengearbeitet. Was man von Carter nicht behaupten konnte, den er auffallend gönnerhaft begrüßte.

»Na, was haben wir denn hier?«, fragte er – Emerson.

Nach einem hilfesuchenden Blick zu Emerson antwortete Howard: »In der untersten Geröllschicht, das heißt auf dem Niveau des Treppensockels, befinden sich Tonscherben und beschriftete Papyrusfragmente. Ramses hat – ähm – wir haben den Namen Tutanchamun entschlüsselt, aber auch die mehrerer anderer Pharaonen, darunter Echnaton.«

»Also ein königliches Versteck«, sagte Engelbach kühl. »Mit diversen Begräbnissen.«

»Oder den Überresten davon«, meinte Emerson. »Die fraglichen Tonfragmente lassen den Schluss zu, dass das Grab im Altertum ausgeraubt und eine Reihe von Objekten entwendet wurde, bevor die Priester der Nekropole es neu versiegelten.«

Engelbach nickte gedankenvoll. »Wie KV 55. Dann wollen wir uns das einmal anschauen.«

Gesagt, getan. Er verfolgte, wie die Männer den restlichen Gesteinsschutt hinauftrugen, der Fragmente weiterer Grabbeigaben enthielt – ein sicheres Zeichen dafür, dass diverse Objekte aus dem Grab entfernt worden waren, bevor man die Treppe mit Geröll zugeschüttet hatte. Nachdem er diese sowie die Siegel auf dem Durchlass inspiziert hatte, warf Engelbach einen Blick auf die Uhr.

»Ich muss wieder los. Sie verständigen mich selbstverständlich über Ihre weiteren Exkavationsfortschritte. Bleibt nur zu hoffen«, setzte er mit einem scharfen Blick zu Howard hinzu, »dass es hier nicht so stümperhaft zugeht wie bei der Exkavation von KV 55.«

Stümperhaft war sie zweifellos ausgeführt worden, von dem in die Jahre gekommenen amerikanischen Hobbyarchäologen Theodore Davis, dessen diktatorische Kontrolle es seinem Assistenten nahezu unmöglich gemacht hatte, die Exkavationsvorschriften explizit einzuhalten. Uns waren die Hände gebunden gewesen, während Davis ein Chaos von dramatischem Ausmaß anrichtete.

Schon bei der Erwähnung dieser peinlichen Geschichte sträubten sich Emersons sämtliche Nackenhaare. Desgleichen bei Arthur Weigall, dem damaligen Inspektor, der den greisen Amerikaner nach Gutdünken hatte gewähren lassen. Rex Engelbach würde einen solchen Fehler gewiss nicht wiederholen.

»Sie können sich darauf verlassen, dass Carter mit der entsprechenden Kompetenz und Effizienz vorgeht«, trat Emerson für Howard ein.

»Ich bin mir auch sicher, er wird Ihre Ratschläge beherzigen, Professor«, erwiderte Engelbach.

Da war ich mir nicht so sicher. Emersons Kompliment beeindruckte Howard wohl nicht besonders; er biss sich auf die Unterlippe, wobei er den Inspektor mit mordlustigen Blicken taxierte. Engelbach lüftete höflich den Hut in Richtung der Damen und zog ab.

»So«, sagte Emerson händereibend. »Für ein paar Stunden ist es noch hell. Können wir weitermachen?«

»Auf jeden Fall«, rief Carter, zu überdreht, um Emersons damit implizierte Beteiligung abzulehnen.

»Du erstaunst mich«, sagte ich, nachdem ich mit Ramses vielmeinende Blicke getauscht hatte. »Ihr beide. Das Licht reicht absolut nicht aus, um vernünftige Fotoaufnahmen zu machen. Zumal es eine Weile in Anspruch nehmen wird, die Gesteinsquader zu entfernen, ohne die Siegel zu gefährden.«

»Pah«, tönte Emerson. »Öhm, das ist – ganz recht, Peabody. Verdammt«, setzte er zerknirscht hinzu.

Nachdem er die Tatsache akzeptiert hatte, dass die Arbeit für diesen Tag eingestellt werden musste, ließ Carnarvon sich von Lady Evelyn nach Hause begleiten. Wir anderen folgten seinem Beispiel.

»Rex Engelbachs Desinteresse erstaunt mich«, gab ich zu bedenken, als wir das Tal verließen. »Er war richtig unhöflich zu Howard, fand ich.«

»Reiner Snobismus«, meinte Emerson. »Wie etliche andere Ägyptologen sieht er auf Carter herab, weil der Bursche ein armer Schlucker ist. Ihm wäre sicher lieber gewesen, jemand anders hätte die Entdeckung gemacht.« Augenblicke später fügte er zähneknirschend hinzu: »Die Exkavation ist bei Howard in den besten Händen.«

Einmal abgesehen von deinen, sinnierte ich. Wie zur stummen Anerkenntnis seines edlen Charakters drückte ich zärtlich seinen Arm, wo ich mich untergehakt hatte.

* * *

Howard fotografierte zwar selbst, war in diesem Fall aber froh und dankbar, dass er die Dienste von Nefret und Selim in Anspruch nehmen konnte. Am nächsten Morgen gingen wir alle mit zur Hand und hatten, als Lord Carnarvon und Lady Evelyn eintrafen, schon einiges geleistet.

Nachdem jeder Zentimeter Türfläche fotografisch festgehalten war, wurden die Steinquader einzeln und mit allergrößter Sorgfalt entfernt. Gleich darauf begannen die Männer mit den Schuttabräumarbeiten in dem dahinterliegenden Gang. Die Abmessungen des Raumes ließen zumindest auf einen solchen schließen und nicht auf eine Grabkammer. Da uns die Länge unbekannt war, ließ sich nicht einschätzen, wie lange dieser Vorgang dauern würde. Im Verlauf des Nachmittags stieß man auf weitere besorgniserregende Funde – Tonscherben und Lederfetzen (die kläglichen Überreste der Taschen, die die Grabräuber für den Transport ihrer Beute mitgebracht hatten). Als Howard bei Sonnenuntergang die Arbeiten stoppte, war noch kein Ende in Sicht.

Tags darauf waren wir wieder pünktlich zur Stelle, und mit uns Howards Freund, Mr Callender. Wann er sich den absurden Spitznamen Pecky zugelegt hatte, entzog sich leider meiner Kenntnis. Er war kein Ägyptologe, sondern Bauingenieur und Architekt, und Emerson begrüßte ihn mit einer gewissen Reserviertheit.

»Wenn er das leuchtende Beispiel für die Assistenten ist, die Carter einstellen will, dann kann ich das nicht billigen«, zischte mein Gemahl mir zu.

»Howard ist nicht von deiner Einschätzung abhängig«, erinnerte ich ihn. »Sei nicht so vorschnell mit deinem Urteil, Emerson. Wir wissen doch noch gar nicht, welche Art von Assistenztätigkeit überhaupt vonnöten sein wird.«

Stunde um Stunde trugen die Männer körbeweise Mörtel und Geröll nach oben. Der Gang wurde länger. Zwei, vier, sechs Meter ... Endlich, am Spätnachmittag, zeichnete sich der Türsturz eines weiteren Durchlasses ab. Die Räumarbeiten wurden unterbrochen, derweil untersuchten Ramses und Howard den freigelegten Türbalken.

»Hier verhält es sich ähnlich wie mit der Außentür«, berichtete Ramses. »Sie ist mindestens zweimal aufgebrochen und dann neu verputzt sowie versiegelt worden.«

»Na wenn schon«, grinste Carter und wischte sich den Staub von der verschwitzten Stirn. »Legen wir doch erst einmal die ganze Tür frei.«

Die erschöpften Männer machten sich wieder an die Arbeit. »Weshalb ist er eigentlich so gut gelaunt?«, wollte ich von Emerson wissen.

Die Hände in den Hosentaschen vergraben, seinen Blick starr auf die gähnende Graböffnung geheftet, antwortete Emerson: »Der Inhalt eines unversehrten Grabes gehört komplett der Antikenverwaltung. Es hat eine Weile gedauert, bis ihm das dämmerte.«

»Ah, verstehe. Und wenn das Grab schon einmal geöffnet war –«

»Dann wird der Inhalt mit den Entdeckern geteilt.«

Die nun folgende Stunde zog sich unendlich langsam hin. Howard rauchte eine Zigarette nach der anderen. Endlich war der gesamte Durchlass zugänglich. Carter und Carnarvon gingen nach unten, begleitet von Lady Evelyn und Mr Callender. Wir wurden zwar nicht zu einer Besichtigung eingeladen, dennoch fühlte ich mich verpflichtet, den Herrschaften zu folgen. Zumal Howard nach meinem Dafürhalten hart am Rande eines Nervenzusammenbruchs vorbeischrammte und es um Carnarvon gesundheitlich noch heikler stand. Die beiden gehörten zweifellos unter medizinische Beobachtung.

Nach der sonnenbeschienenen Treppe war es in dem abschüssigen Gang stockdunkel. Ich tastete mich mit den Händen an der Wand vorwärts. Ein ganzes Stück weiter vor mir entdeckte ich den schwankenden Lichtkegel ihrer Taschenlampen. Auf einmal drang Howards sonore, jedoch vom Echo verzerrte Stimme zu mir. »Dahinter ist ein Hohlraum, zumindest so weit die Eisenstange reicht.«

Demzufolge hatte er ein Loch in die Tür gebohrt. Mein Herzschlag beschleunigte. Ich blieb stehen, eine Hand auf die Wand gestützt. Hoffentlich besaß Howard vor einer Erweiterung der Öffnung die Geistesgegenwart, mit einer Kerzenflamme zu prüfen, ob die Luft eventuell toxisch wäre. Von der leise geraunten Konversation schnappte ich ein paar Brocken auf, die mir selbiges bestätigten. Untermalt von dem schabenden Geräusch von Metall auf Stein: Er vergrößerte das Loch.

Längeres Schweigen schloss sich an. Dann Carnarvons vor Anspannung scharfe Stimme: »Und? Können Sie etwas sehen?«

Geräuschlos tastete ich mich ein wenig näher und konnte ihre Silhouetten ausmachen, dicht gedrängt um den Durchlass. Callenders bullige Gestalt verdeckte die schlanke Lady Evelyn fast ganz. Mit den anderen Männern wirkte das Ensemble wie ein einziger, monströser Schatten.

»Und?«, wiederholte Carnarvon. »Kommen Sie ... lassen Sie mich mal sehen.«

Er musste Howard wohl einen ungeduldigen Schubs versetzt haben, denn der stolperte zurück, worauf Carnarvon seinen Platz einnahm. Ein lauter, undifferenzierter Aufschrei Seiner Lordschaft löste Carter schließlich aus seiner Starre. »Ja! Wunderbare Dinge!«

Ich muss peinlicherweise gestehen, dass ich die Fassung verlor und aufgeregt rief: »Was? Was denn?« Gottlob wurde mein Einwurf von den Stimmen der anderen übertönt. Lady Evelyn hatte ihren Vater von der Öffnung verdrängt und stieß spitze Kreischlaute aus. Callender brüllte genau wie ich: »Was? Was denn?« Carter und Carnarvon ergingen sich in ungläubigem Gestammel.

Dann kam das magische Wort: »Gold!« Geäußert von Seiner Lordschaft. Er spähte erneut in das Guckloch, derweil umriss er den Umstehenden in zusammenhanglosen Sätzen, was er sah. Ich lauschte für ein paar Minuten und verdrückte mich dann abermals klammheimlich durch den Korridor nach oben. Eine ganze Weile später kehrten Howard und die anderen zu uns zurück.

Inzwischen weiß man, was dieser Trupp durch das kleine Loch erspähte; in ihrem ersten Überschwang jedoch waren die abstrusen Ausführungen durchaus begreiflich. Howard wiederholte ständig: »Wunderbare Dinge! Wunderbare Dinge!« Lady Evelyn umarmte immer wieder ihren Vater und Howard (und einmal auch Ramses – ich denke, versehentlich). Mit glänzenden Augen murmelte Carnarvon in einem fort: »Gold, Gold, Gold.«

Als Emerson höflich anfragte, ob wir auch einmal einen Blick durch das Guckloch wagen dürften, hörte Lord Carnarvon vermutlich gar nicht zu. Ich glaube auch nicht, dass der Professor irgendwelche Einwände hätte gelten lassen. Also traten wir gemeinsam mit Nefret und Ramses den Weg nach unten an. Nacheinander spähten wir durch die winzige Öffnung, die wir mit einer Taschenlampe ausleuchteten.

Auf den ersten Blick mutete es wie Ali Babas Höhle an, vollgestopft mit schimmerndem, funkelndem Gerümpel. Es dauerte eine Weile, bis das geschulte Auge die einzelnen Gegenstände auszumachen und zuzuordnen wusste. Das Erste, was mir konkret auffiel, war die riesige, mit dem Haupt eines Fabelwesens geschmückte Grabsänfte, auf der diverse Objekte lagerten. Darunter stapelten sich Kästchen und Gefäße.

Dann waren die anderen an der Reihe. Als wir wieder oben waren, wandte sich Howard triumphierend an Emerson: »Und?«

»Bemerkenswert.« Emerson rieb sich das Kinn. »Da haben Sie noch ein paar Monate Arbeit vor sich, Carter. Vor allem, wenn es neben dieser weitere Kammern gibt.«

Er war der Gefassteste von uns allen. Selbst Ramses' ansonsten kontrollierte Miene spiegelte maßlose Faszination. Lord Carnarvon war auf einen Klappschemel gesunken und bekam von seiner Tochter Luft zugefächelt.

»Ganz bestimmt«, beteuerte Howard. »Ich habe noch einen weiteren Durchlass bemerkt.«

»Ich auch«, bekräftigte Emerson. »Zweifellos werden Sie Engelbach informieren müssen, bevor Sie weitere Schritte einleiten.«

Howards Krawatte hing schief, sein Hemd starrte vor Schmutz, die Haare standen ihm wirr vom Kopf ab. »Ja«, sagte er. »Gewiss. Informieren. Morgen?«

»Wir begleiten Sie natürlich gern«, sagte Emerson gönnerhaft.

Auf Howards Anweisung hin wurde ein Holzgitter vor den Gang hinter dem Durchlass geschraubt. Wir warteten, bis er das Vorhängeschloss angebracht hatte, dann ritten wir heimwärts. Als wir uns in der Dämmerung dem einladend hell erleuchteten Haus näherten, riss Emerson sich aus seiner dumpfen Lethargie.

»Ich hoffe, Fatima hat das Abendessen warmgestellt. Ich könnte freilich vorher einen Whisky-Soda vertragen.«

»Es ist noch relativ früh«, gab ich zu bedenken. »Es kommt einem nur später vor als sonst, weil heute so viel passiert ist.«

Wir hatten die Teezeit verpasst. Ich ging davon aus, dass die Kinder bereits im Bett waren, da der Hund nicht vor dem Tor zur Veranda lag. Gleichwohl war dort so ziemlich alles versammelt. Sethos saß da, sein Mienenspiel sphinxenhaft wie stets. Und natürlich Cyrus. Mit der ihm eigenen Zurückhaltung hatte er sich nicht in Howards Aktivitäten eingeschaltet, wenn er auch vor Neugier brannte. Suzanne, Nadji, Bertie und Jumana hatten sich ebenfalls eingefunden.

»Bitte entschuldigt«, meinte Cyrus verlegen. »Aber wir haben Gerüchte gehört. Von einem Raum, der bis zur Decke mit Gold angehäuft sein soll.«

»Schon?«, rief Nefret baff.

»Sie brauchen sich doch nicht zu entschuldigen.« Ich drückte ihm freundschaftlich die Hand. »Emerson, servierst du bitte den Whisky?«

Flugs holte ich zu einer Geschichte aus, die meine Zuhörer in ihren Bann zog.

»Dann hat er es tatsächlich entdeckt«, entfuhr es Nadji. »Das Grab Tutanchamons. Kein geheimes Grabversteck?«

»So sah es zunächst aus«, erwiderte Ramses. Er hatte sich neben Nefret gesetzt. »Ich konnte die Kartuschen auf diversen Objekten vergleichen. Sie waren alle von Tutanchamon und seiner Frau.«

Da hatte er mehr gesehen als ich, allerdings waren Ramses' scharfe Augen und sein Elefantengedächtnis in Ägypten bereits Legende. Auf Cyrus' Drängen hin zeichnete er eine kleine Skizze von dem, was er durch die winzige Öffnung wahrgenommen hatte, und erläuterte das Ganze in groben Zügen. »Direkt gegenüber der Tür befand sich eine Begräbnissänfte, in Gestalt der Kuhgöttin Hathor. Darauf standen ein ganz gewöhnliches Bett mit Klauenfüßen, ein Schaukelstuhl, mehrere Schemel und eine Holzkiste. Darunter lagerten einige weiß gestrichene ovale Schachteln, vermutlich für Speiseopfer, und davor zwei rechteckige Behältnisse aus Holz und zwei weitere Schemel. Rechterhand konnte ich einen Schweif ausmachen, vielleicht von einer weiteren Begräbnissänfte, und linkerhand den Kopf einer dritten, in Form eines Nilpferds. Künstlerisch bin ich wahrhaftig nicht beschlagen«, schloss er bescheiden. »Aber in der Kammer herrschte ein absolutes Chaos aus einzigartigen Kunstschätzen.«

Emerson hatte an seiner Pfeife gepafft. Jetzt nahm er sie aus dem Mund. »Das Grab wurde mit Sicherheit ausgeraubt. Die Diebe räumten die Objekte wahllos hin und her, während sie nach kleineren Wertgegenständen suchten. Und die Priester, die hinterher wieder Ordnung schafften, waren in Eile.«

»Wir wissen, dass das Grab wenigstens einmal geöffnet wurde«, schaltete ich mich ein. »Die goldene Statuette, die wir im letzten Jahr fanden, und das Geständnis des Diebs sind eindeutige Belege dafür.«

»Zweimal«, korrigierte Ramses. »Die Tür ist mindestens zweimal aufgebrochen worden.«

»Wenn die Löcher so klein waren, wie Sie sagen, konnten die Diebe keine größeren Objekte mitgehen lassen«, bemerkte Cyrus spitzfindig. »Was für ein unglaublicher Fund! Selbst wenn das Grab geplündert wurde, sind die meisten Grabbeigaben noch dort. Wann lässt Carter die Innentür ausbauen?«

»Morgen, soweit ich weiß«, antwortete ich.

»Ich bewundere seine Geduld.« Cyrus schüttelte den Kopf. »Ich für meinen Teil würde die ganze Nacht durcharbeiten.«

»Ich gäbe viel darum, wenn ich dort sein könnte«, ereiferte sich Suzanne.

Von einem plötzlichen Windstoß erfasst schwangen die Lampen an der Decke und warfen tanzende Schatten auf die nachdenklichen Gesichter. Niemand reagierte auf Suzannes glühende Bitte; allerdings drehte Jumana den Kopf zu ihr und musterte sie von oben herab. Das könnte dir so passen, signalisierte ihr Blick. Sollte Suzanne vor ihr in das Grab steigen, würde es Ärger geben und zwar mächtig. Bertie räusperte sich und sah erwartungsvoll in die Runde, enthielt sich aber jeden Kommentars. Nach seiner ersten Begeisterung war Nadji in brütendes Schweigen verfallen.

Fatima tauchte im Türrahmen auf – wo sie vermutlich schon länger gestanden und gelauscht hatte. »Das Abendessen ist serviert«, verkündete sie.

»Sie können gern mit uns essen«, schlug ich Cyrus vor.

»Nein, nein, wir haben Sie lange genug aufgehalten. Sehen wir uns morgen im Westtal? Emerson?«

»Was?«, meinte der Professor abwesend.

»Ich bezweifle es«, erwiderte ich. »Aber wir halten Sie auf dem Laufenden, abgemacht?«

Das Abendessen verlief ziemlich einsilbig. Wir waren alle erschöpft, und Emerson, der lustlos auf seinem Teller herumstocherte, musste gelegentlich daran erinnert werden, die gefüllte Gabel in den Mund zu schieben und nicht damit herumzuspielen. Selbst Sethos redete nur das Nötigste. Seine entrückte Miene reaktivierte mein Misstrauen, das ich mühsam verdrängt hatte. Er plante irgendetwas und wollte nicht darüber sprechen.

Statt mit uns den Kaffee im Salon einzunehmen, entschuldigte sich Nefret.

»Ich bin entsetzlich müde, und ich möchte noch rasch nach den Zwillingen schauen.«

»Komm, ich begleite dich eben.« Ramses bot ihr seinen Arm.

Sie lachte melodisch auf und gähnte. »Das brauchst du nicht, Liebling. Ich gehe schnurstracks ins Bett.«

Ramses raunte ihr etwas zu, worauf sie erneut lachte. »Danke, äußerst liebenswürdig, Sir.«

Stillvergnügt lächelnd sinnierte ich, wie schön es war, die beiden derart verliebt zu sehen. Über dem aufregenden Grabfund hatte Ramses seine familiären Verpflichtungen keineswegs vergessen. Sie gingen Arm in Arm hinaus, sein dunkler Schopf zärtlich an ihren goldblonden geschmiegt. Das kleine Zwischenspiel entging Emerson. Er reagierte nicht einmal auf Nefrets leise gehauchtes »Gute Nacht«. Nachdem ich es mit zwangloser Konversation probiert und nicht mehr Resonanz bekommen hatte als Nefret, wurde es mir dann doch zu bunt.

»Was ist es denn jetzt?«, platzte ich heraus. »Dein seltsames Verhalten stimmt mich äußerst misstrauisch, Emerson. Ich hoffe doch sehr, dass du nichts Unkollegiales vorhast. Falls du dich mit dem absurden Einfall trägst, in dieses Grab einbrechen zu wollen –«

Wie ein kauernder Raubvogel, der seine gewaltigen Schwingen ausbreitet, straffte Emerson die Schultern und erhob sich bedächtig. Er fixierte mich mit einem Blick, der mir das Blut in den Adern gefrieren ließ.

Mein kongenialer Schwager brach in schallendes Gelächter aus. »Um darauf zu kommen, hast du aber lange gebraucht. Ich befürchtete schon, ich müsste dich brutal auf diese Möglichkeit stoßen.«

»Das hast du bereits getan«, giftete ich, da es mir wie Schuppen von den Augen fiel. »Hast du nicht gesagt, Sie werden warten, bis der Gang freigelegt ist? Grundgütiger!«

»Von wegen Möglichkeit«, brummelte Emerson. »Es ist eine Tatsache. Sie werden es tun. Hundertprozentig. Und vermutlich sind sie nicht die Einzigen.«

»Sie ist direkt ins Bett gegangen«, sagte Ramses von der Tür her. »Da dachte ich, ich geselle mich noch ein Weilchen zu euch. Ist irgendwas?«

Emerson schnellte zu ihm herum. »Los, komm mit.«

Obwohl an die Exzentrik seines Vaters gewöhnt, machte Ramses große Augen und wölbte fragend die dichten Brauen. »Wohin?«

»Ins Tal natürlich.« Emerson schob sich an ihm vorbei. »Beeil dich.«

»Wartet auf mich!«, rief ich. Ich ließ meinen Stickrahmen fallen. Grinsend erhob sich Sethos.

»Wartet auf mich«, wiederholte ich, diesmal zu Ramses. Emerson war schon weg.

Ich stürzte durch den Flur in mein Zimmer. Meine Siebensachen lagen wie üblich griffbereit. Ich nahm mir meinen Schirm und zwei Taschenlampen; zum Umziehen blieb mir keine Zeit mehr, und meinen sperrigen Utensiliengürtel musste ich notgedrungen auch zurücklassen. Dann lief ich zurück in den Salon. Gottlob hatten Sethos und Ramses auf mich gewartet.

»Denkt ihr, was ich denke?«, fragte Ramses.

»Ja. Vielleicht. Keine Ahnung«, zischte ich aufgeregt. Sethos hatte von Dieben gesprochen, die es auf das Grab abgesehen hätten. Hatte Emerson etwa auch Dritte gemeint?

Entferntes Schimpfen von Emerson gemahnte uns zur

Eile. »Er will gar nicht selbst in das Grab eindringen«, japste ich, bemüht, mit Ramses' Tempo Schritt zu halten. »Zumindest glaube ich das nicht. Ich hatte ihn deswegen schon verdächtigt, und da knurrte er … irgendwas in der Richtung, dass sie es tun werden und vermutlich auch nicht die Einzigen sind.«

»Mist«, knirschte Ramses. »Wieso bin ich darauf nicht selbst gekommen?«

Sethos räusperte sich vernehmlich.

Kurz darauf ritten wir los. Ich muss ein hübsches Bild abgegeben haben: im Damensattel, der Rock bis zu den Knien hochgerutscht, die Frisur mehr oder weniger ramponiert. Aber derartige Petitessen kümmerten mich nicht, denn ich war mit drängenderen Problemen beschäftigt.

Ich hatte auch nicht daran gedacht, obwohl es naheliegend war. Natürlich würden Carter und sein Mäzen im Schatten der Dunkelheit zu der Gruft zurückkehren und in die verheißungsvolle Kammer einbrechen. Ob sie das Recht dazu hatten, war fraglich. Nach Emersons rigiden Standards zu urteilen, hätte niemand den Raum betreten dürfen, bevor nicht auch der hinterste Winkel fotografisch archiviert und jede erdenkliche Vorsichtsmaßnahme zum Schutz der Artefakte ergriffen worden wäre. Gleichwohl leuchtete mir ein, warum Carter und Carnarvon sich über das Berufsethos, wenn nicht gar über ihre Grabungsbefugnisse hinwegsetzen könnten. Nur die wenigsten Archäologen hätten in einer solchen Situation Integrität bewiesen.

Und womöglich waren sie nicht die Einzigen, zumal der magische Begriff »Gold« bei den Bewohnern in Kurna inzwischen gewiss die Runde gemacht hatte. Und der heutige Abend wäre vermutlich die Gelegenheit schlechthin: Immerhin war das Grab lediglich mit einem Holzgitter gesichert und ein paar verbliebenen Steinquadern. Ein erfahrener Grabräuber, und davon gab es etliche am Westufer, würde derartige Hindernisse im Handumdrehen bewältigen.

Ramses zügelte Risha und ritt neben mir. »Alles in Ordnung, Mutter?«

Ich spuckte einen Mundvoll Haare aus. »Bestimmt hat Howard Wachen postiert.«

Ramses zuckte wegwerfend mit den Achseln. Mir war klar, was er damit andeuten wollte. Die wenigsten hätten einem solchen Schatz widerstehen können – vor allem Männer, die nur ein paar Piaster verdienten.

Die Schranke zum Taleingang stand offen, und im Eselpark, der um diese Uhrzeit eigentlich hätte leer sein müssen, standen mehrere Pferde und Maultiere. Damit bestätigte sich Emersons Theorie. Inbrünstig fluchend schob er sich durch die Öffnung.

Der Mond stand als silberne Sichel an einem funkelnden ägyptischen Sternenhimmel. Ich hatte meine hochhackigen Pumps ausgezogen und kam nur langsam voran (und verflixt schmerzhaft). Ramses zu meiner Rechten bewegte sich geschmeidig wie eine Katze, genau wie Sethos, der höflich meinen linken Arm stützte. Keine Ahnung, wieso wir uns mucksmäuschenstill verhielten, zumal Emerson wie ein wilder Stier vorauspreschte. Ein lautes Krachen ertönte, untermalt von Emersons unverständlichem Gebrüll und einem schrillen Aufschrei.

Ich schrie noch lauter. Ich war nämlich auf einen spitzen Stein getreten. Hinkend und stolpernd riss ich mich von Ramses los. »Los, beeil dich! Dein Vater ist in Schwierigkeiten!«

»Geh schon«, sagte Sethos ruhig. »Ich übernehme sie.« Worauf er meine Taille umschlang und mich behutsam weiterführte.

Nachdem wir einen aufgetürmten Geröllhaufen passiert hatten, bot sich uns ein erschütterndes Bild. Das Grab von Tutanchamon lag vor uns, auf der rechten Seite des Pfades. Aus dem Eingang drang gedämpftes Licht. Eine gigantische Gestalt hatte sich vor den Stufen aufgebaut. Sie entpuppte sich als Emerson, der wie Herkules kämpfte und eben ein schmächtiges, zappelndes Etwas auf Armeslänge von sich hielt.

»Tut mir leid, Peabody, dass es etwas länger gedauert hat«, sagte mein Gemahl entschuldigend. »Aber der Bastard hatte ein Messer. Du hast dir doch nicht etwa Sorgen gemacht, oder?«

»Ramses!«, brüllte ich. »Wo bist du?«

»Hier, Mutter.« Er trat aus der Dunkelheit, einen weiteren Missetäter am Schlafittchen gepackt. »Ich fürchte, Deib ist getürmt. Dieser Angsthase.«

»Ah«, sagte ich, erleichtert, dass Mann und Sohn wohlauf waren. »Die Ibn Simsahs.«

»Sie hielten sich in den Felsen oberhalb des Grabmals versteckt«, erklärte Emerson. Er schüttelte seinen Gefangenen, dass dessen Kopf unkontrolliert hin und her schnellte.

»Wo sind die Wachleute?«, wollte ich wissen.

»Das tut nichts zur Sache«, antwortete Emerson. »Was ich wissen will, ist –«

Der Lichtschein in der Graböffnung wurde intensiver, und Howard Carter trat mit einer brennenden Taschenlampe heraus. Ihr flatternder Lichtkegel verlieh der Szenerie etwas Theatralisches: Emerson, zerzaust und zornig; sein Gegner noch zerrupfter, mit zerrissener Robe und zerstörtem Turban. Ich gewahrte das narbige Gesicht von Farhat, der älteste und ehrloseste Spross der Ibn Simsahs. Er hatte seinen Häscher erkannt und den Kampf eingestellt.

Howards Gesicht war ein einziges Fragezeichen. »Was zum Henker ist hier los?«, fragte er verdutzt.

»Bluffen bringt nichts, Carter«, schnaubte Emerson. »Was zum Henker machen Sie eigentlich hier?«

»Wie meinen Sie das? Ich habe jede Berechtigung, hier zu sein.« Howard richtete sich auf.

»Das bleibt abzuwarten«, entgegnete Emerson. »Schätze, Ihre Gesinnungsgenossen sind noch in der Grabkammer, was? Sagen Sie ihnen, sie sollen hochkommen. Die Luft ist rein. Carter, Sie verdammter Idiot, ist Ihnen denn nicht klar, dass Sie Ihre fachliche Reputation und das Leben Ihres Finanziers aufs Spiel setzen? Diese Burschen haben auf der Lauer gelegen, und die sind nicht eben zimperlich.«

Bei diesen letzten Worten schoben sich Lord Carnarvon und Lady Evelyn aus der Graböffnung. Gefolgt von einem weiteren kongenialen Gefährten, nämlich Pecky Callender. »Hören Sie, Emerson –«, hob er an.

»Nein, jetzt rede ich.« Der Professor baute sich vor ihm auf. »Leute wie Farhat Ibn Simsah lauern hier hinter jedem Felsbrocken. Ist Ihnen das nicht klar? Ohne entsprechendes Wachpersonal hätten Sie niemals herkommen dürfen. Aber dann hätte es Zeugen gegeben, die Ihren unzulässigen Einstieg in das Grab mitbekommen hätten, nicht wahr?«

Lord Carnarvon war wieder zu Atem gekommen. Er richtete sich zu seiner vollen Länge auf und musterte Emerson herablassend, jeder Zoll der britische Aristokrat. »Ich verbitte mir Ihren Ton, Professor Emerson«, meinte er gedehnt.

»Das interessiert mich einen feuchten Dreck«, gab der Vater der Flüche zurück.

»Emerson«, murmelte ich.

Meine leise Warnung zeigte keine Wirkung. Mein Gemahl hatte sich in Rage geredet. »Ich tippe darauf, dass Sie genügend Steinquader entfernt haben, um die Grabkammer betreten zu können, stimmt's? Was alles haben Sie dabei unwiederbringlich zerstört – und was alles haben Sie entwendet?«

Carnarvon bot Lady Evelyn höflich seinen Arm. »Solche Fragen stehen Ihnen nicht zu, Sir. Gute Nacht.«

Emerson deutete mit dem Finger auf ihn, seine Stimme grollend wie die einer erzürnten Gottheit. »Was haben Sie denn da in Ihren verdächtig ausgebeulten Taschen, Lord Carnarvon?«

Ramses und ich vermochten ihn zu bremsen, bevor er den

ehrenwerten Gentleman verfolgte, der schleunigst einen würdevollen Abgang zelebrierte. Wenn Emerson den Herrn gefilzt hätte, hätten wir bestimmt ernsthafte Probleme bekommen. Die Situation war auch so schon verfahren genug. Einmal in sicherer Entfernung drehte Carnarvon sich um. »Sie sind hier nicht mehr erwünscht, Professor. Bleiben Sie dem Grab fern. Für mich sind Sie ab jetzt persona non grata!«

Er stapfte davon, gefolgt von Carter und Callender und Emersons lautstarken Kraftausdrücken.

»Jetzt hast du es endlich geschafft«, zeterte ich. »Wir werden dieses Grab künftig nie wieder betreten dürfen.«

Kleine Ausbrüche wie dieser wirken regelrecht befreiend auf Emerson. Seine makellosen weißen Zähne formten sich zu einem jovialen Grinsen, und er sagte: »Demnach sollten wir die Gelegenheit beim Schopfe packen.«

***

Wir nahmen den beiden Ibn Simsahs die Messer weg und ließen sie gefesselt zurück. Wegen der Hektik (und – wie ich meine – seines Gewissenskonfliktes) hatte Howard vergessen, das Holzgitter zu verschließen. Während wir uns durch den Gang nach unten tasteten, kritisierte ich meinen Gemahl: »So hättest du mit Lord Carnarvon nicht umspringen dürfen, Emerson.«

»Pah«, schnaubte Emerson. »Früher oder später wäre es sowieso zum Eklat gekommen.«

»Du hast ihm sämtliche Geißeln der Menschheit an den Hals gewünscht, und er sollte in der Hölle schmoren!«

Emerson entfuhr ein gequältes Stöhnen. Nicht aus Reue, sondern aus Bestürzung über den Anblick, der sich ihm im Schein der Taschenlampe bot: ein breit gähnendes Loch am Fuß des ehemals vermauerten Durchlasses.

»Darauf warst du doch sicherlich gefasst«, drang die kühle Stimme von Sethos aus dem Hintergrund.

»Ich hoffte immer noch, ich hätte mich getäuscht«, muffelte Emerson.

»Mal ganz ehrlich, Bruderherz«, fuhr Sethos fort. »Welcher Ägyptologe hätte da widerstehen können?«

»Spar dir deine konstruktiven Kommentare«, knirschte der Professor. Er hielt die Taschenlampe in die Öffnung und tastete mit dem Lichtkegel die Kammer ab.

Das grenzenlose Wunder der Kammer offenbarte sich uns in einer Folge facettenartiger Visionen. Es dauerte nämlich eine Weile, bis das Auge die sonderbaren Formen und harten Schatten gezielt wahrnahm: sich überlappende Halbkreise, vermutlich Wagenräder; drei große, vergoldete Grabsänften mit grotesken Tierköpfen, auf denen sich zahllose andere Artefakte stapelten. Was den Blick jedoch magisch anzog, waren zwei lebensgroße Statuen an der rechten Wand, die sich wie Wächter frontal gegenüberstanden. Ihre Gesichter waren mit Bitumen geschwärzt, Kleidung und Regalien kunstfertig vergoldet. Die drohend gereckte Uräusschlange auf ihrer Stirn schien bereit, den Pharao in jeder Gefahrensituation zu verteidigen.

Selbst der unerschütterliche Sethos war beeindruckt. Auf Hände und Knie gestützt, bemerkte er: »Hinter dem Durchlass ist eine etwa fünfzig Zentimeter tiefe Stufe.« Er robbte über den Boden, als wollte er sich hindurchzwängen. Emerson packte ihn am Kragen.

»Hier sind schon genug Idioten herumgetrampelt. Geh du vor, Ramses. Sei vorsichtig, wo du hintrittst.«

»Wie wäre es«, schlug ich vor, »wenn ich als die Kleinste –«

»Gute Güte, Peabody, beherrsch dich«, knurrte der Professor. »Ramses ist leichtfüßig und flink wie eine Katze.«

»Und er klaut nicht wie ein Rabe«, tönte mein Schwager nicht eben leise.

»Aber ich, was?«, versetzte ich schnippisch.

»Ich meinte jemand anders«, sagte Sethos.

»Hmpf«, schnaufte Emerson. »Da, nimm die Taschenlampe mit, Ramses.«

Unser Sohn glitt geschmeidig durch den Spalt und rappelte sich behutsam auf. Ich glaube, er musste den ganzen Prunk erst einmal auf sich wirken lassen. »Sieht aus, als wäre auf der gegenüberliegenden Wand noch eine weitere Öffnung, unter einer der Tragen.« Wir sahen, wie er sich bückte und darunter leuchtete. »Grundgütiger. Dahinter verbirgt sich eine weitere Kammer, vollgestopft mit erlesenen Artefakten und noch chaotischer als diese hier.«

»Das Stück Wand zwischen den beiden Statuen«, meinte Emerson. »Sieh dir das mal genauer an.«

Sein Sohn schaute in die besagte Richtung und fokussierte den Lampenstrahl auf eine bemalte Truhe mit leuchtend bunten, kunstfertig illustrierten Miniaturszenen. Unter leise gehauchten Ahs! und Ohs! umrundete er das Möbelstück.

»Himmel noch, heb dir deine Begeisterungsstürme für später auf«, knurrte Emerson. »Und sieh dir gefälligst diese Wand an!«

Da schwante es mir. Das würde selbst die Entdeckung des zweiten Raums mit seinen Schätzen in den Schatten stellen. Denn was sollten die edlen Wächter anderes bewachen als den Leichnam des Gottkönigs? Befand sich seine Grabkammer demnach hinter dieser bewusst schmucklos gehaltenen Wand?

»Deine Instinkte haben dich wie üblich nicht getäuscht, Vater«, berichtete Ramses. »Da ist tatsächlich ein verputzter und versiegelter Durchlass. Sämtliche Siegel sind intakt.«

Darauf wies Emerson ihn an: »Schau mal hinter den Korb und den anderen Krempel, der sich an der Wand stapelt.«

Der fragliche Korb war rund und von beachtlicher Größe und thronte auf einem Berg getrockneter Binsen. Vorsichtig, mit beiden Händen, hob Ramses ihn hinunter und schob das Riedgras beiseite.

Dahinter befand sich zwar keine Öffnung, aber selbst auf

die Entfernung hin wurde erkennbar, dass das Mauerwerk beschädigt war. Die äußere Schicht Verputz fehlte – und der Fugenmörtel zwischen den Steinen. Ganz ohne Zweifel waren sie entfernt und dann hastig wieder eingesetzt worden.

»Verflixt und zugenäht«, schnaubte Emerson. »Carter.«

»Wieso?«, wandte ich ein. »Es könnten doch auch damalige Diebe gewesen sein.«

»Dann hätten die Priester die Öffnung wieder einwandfrei verschlossen«, erklärte Emerson. »Das hier ist neueren Ursprungs, und deshalb können wir die Prozedur guten Gewissens wiederholen. Nimm die losen Steine raus, Ramses, und wirf mal einen Blick rein. Was siehst du da?«

Eine kurze Weile später sagte Ramses mit ehrfürchtig gesenkter Stimme: »Es sieht aus wie eine massiv goldene Wand.«

Emerson konnte sich nicht mehr beherrschen. Schwer atmend zwängte er sich durch das Loch und robbte zu der nördlichen Wand. Da er es mir nicht explizit verboten hatte, folgte ich ihm. Ich blinzelte durch den erneut freigelegten Spalt und spähte allem Anschein nach auf eine goldene Fläche, die fast bis zur Decke reichte und nur einen schmalen Durchgang frei ließ.

»Was ist das?«, ereiferte ich mich.

»Ein Begräbnisschrein.« In Hockstellung spähte Emerson durch die Luke. »Siehst du die Türen? Und hier waren diese Halunken auch schon«, setzte er heftig hinzu. »Im Staub sind Fußabdrücke.«

»Dann können wir es ihnen genauso gut gleichtun«, schlug ich vor.

»Die Öffnung ist zu klein für mich«, seufzte mein Göttergatte. »Und ich habe weiß Gott nicht vor, sie zu vergrößern.«

»Emerson.« Meine Stimme war kaum mehr als ein Flüstern. Der Angesprochene drehte sich grinsend zu mir um. »In Ordnung, Peabody. Meinen Segen hast du.«

Mit angehaltenem Atem betrat ich den Boden der inneren Kammer, die etwas tiefer lag als die vorangegangene. Vor mir erhoben sich zwei vergoldete Türen, geschmückt mit dekorativen Hieroglyphen auf einem Untergrund aus blauer Fayence. Sie waren mit einem hölzernen Riegel verschlossen.

Das berichtete ich Emerson, der darauf sagte: »Öffne sie. Das hat Carter vermutlich auch schon gemacht.«

Der Riegel glitt mühelos zurück, worauf die Türen einen Spaltbreit aufsprangen, so dass ich ins Innere spähen konnte. »Ich weiß nicht recht«, japste ich. »Ich glaube, ich erkenne ein Gestell oder einen Rahmen – vergoldet -braune Stofffetzen mit goldenen Rosetten –«

»Ein Baldachin«, meinte Emerson fachmännisch. »Der Stoff war ein Sargtuch. Was noch?«

»Einen weiteren Schrein, glaube ich. Diverse Objekte auf dem Boden – Pfeilköcher und Bogen lehnen an den Wänden. Jemand hat sich an den Türen dieses zweiten Schreins versucht.«

»Carter«, fluchte Emerson. »Hat er die Türen geöffnet?«

»Augenblick noch ... Nein, hat er nicht. Die Türen sind auf klassische Weise verschlossen, mit Schnüren, die um die Griffe gewickelt wurden, und einem mit Nilschlamm verleimten Knoten. In diesen Lehm ist das Nekropolensiegel gestempelt – und es ist intakt.«

»So skrupellos war er dann doch nicht«, grummelte Emerson. »Also gut, dann komm jetzt wieder hoch, Peabody, und schließ die Türen des äußeren Schreins. Wir hinterlassen alles genau so wie Carter und seine Truppe.«

»Die Wände sind bemalt«, sagte Ramses, der ebenfalls am Boden kauerte und fast Genickstarre bekam. »Sieht aus wie eine Begräbnisprozession. Mit den Kartuschen von Tutanchamon.«

»Dann ist er es also doch«, murmelte Emerson. »Und immer noch hier. In seinen Särgen, dem Sarkophag und den

Schreinen, allein in der Finsternis, und das seit über dreitausend Jahren.«

Eine solch melodramatische Anwandlung war so untypisch für meinen pragmatischen Mann, dass ich ihn entgeistert anstarrte. Allerdings brauchte ich mich nicht zu wundern: Die sensible schöngeistige Seite von Emerson ist nur wenigen bekannt – einschließlich meiner Wenigkeit.

»Vielleicht ist er bei den Göttern, denen er huldigte«, sagte ich milde.

»Hmpf«, brummte Emerson. »Welche Götter? Der vielfältige ägyptische Pantheon oder der alleinige Gott Aton, in dessen Glauben er erzogen wurde? Red keinen Unfug, Peabody.«

Emersons poetische Stimmungen halten nie lange an.

Die Grabkammer barg noch eine weitere Überraschung – eine rechteckige Öffnung am hinteren Ende, die in einen vierten Raum führte, der genau wie die beiden äußeren mit einem prachtvollen Wirrwarr von Artefakten vollgestopft war. Ich war dermaßen überwältigt, dass ich mich lediglich auf zwei Objekte besinnen kann: eine liegende Anubis-Statue und dahinter eine goldene Truhe mit der bezaubernden Statue einer Göttin, die schützend die Arme darüber ausbreitete.

»Das muss der Kanopenschrein sein«, mutmaßte ich, als Emerson mir hochhalf. »Ich hatte nur Augen für die Statue, Emerson – einfach wunderschön.«

Ich hatte Sethos ganz vergessen, Ramses ließ seinen Onkel jedoch nicht aus den Augen, als dieser bedächtig durch die äußere Kammer schlenderte.

»Seht mal hier«, meinte er.

»Fass ja nichts an«, zischte Ramses.

»Er wurde geöffnet.« Sethos zeigte auf einen kleinen vergoldeten Schrein. »Daher stammt eure Statuette.«

»Grundgütiger, ich glaube, du hast Recht«, entfuhr es meinem Sohn. Das Kästchen war leer, bis auf ein Holzgestell mit den Kartuschen von Tutanchamon. »Da ist auch noch Platz für eine zweite Statuette«, sinnierte Ramses laut. »Erinnert ihr euch noch an das Geständnis des Diebes – dass sein Freund das Abbild der Königin entwendete?«

»Genug jetzt«, sagte Emerson in gedämpftem Ton. Er rollte unbehaglich mit den Schultern.

Natürlich teilte ich seine Empfindungen. Auch ich fand es irgendwie entweihend, dass wir hier eingedrungen waren, obwohl wir keine Berechtigung dazu hatten. In der Dunkelheit erweckten die monströsen Köpfe der Begräbnissänften den Eindruck, als könnten sie die Eindringlinge mit ihren Blicken durchbohren. Motten flirrten im Lichtkegel der Taschenlampe, gelegentlich vernahmen wir ein leises Wispern – ein kritisches Geräusch, da es dokumentierte, dass sich Blattgold löste oder Stoff zerfiel – wegen der eindringenden Luft in die lange versiegelte Kammer.

Auf Emersons Anweisung hin setzte Ramses die losen Steine wieder in den Durchlass zu der Grabkammer ein. Ich hielt ihm die Taschenlampe, wobei ich freimütig einräume, dass meine Hand leicht zitterte. Während ich ihm zusah, brach sich das Licht in den Augen der Uräusschlangen auf den adligen Häuptern, so als würden sie einen anfunkeln und anblitzen.

Langsam, wie in Trance, traten wir den Rückweg durch den Gang an und stiegen die Treppe hinauf. Wie muffig und abgestanden die Luft in den unterirdischen Gefilden gewesen war, realisierte ich erst, als ich eine kühle Brise auf meinen Wangen spürte. Niemand sagte etwas. Das Wunder der Entdeckung hatte uns die Sprache verschlagen. Das Grab war zwar in der Frühzeit ausgeraubt worden, aber es war genug geblieben, um von einem einzigartigen Fund zu sprechen – das erste Königsgrab mit einer Fülle intakter Grabbeigaben.

Der Professor ging voraus, Sethos und Ramses hinter mir. Als Emerson unvermittelt loswetterte, erschrak ich dermaßen, dass ich taumelte und gegen unseren Sohn prallte. Der stöhnte schmerzvoll auf, geriet aber gottlob nicht aus dem Gleichgewicht. Fluchend rempelte Sethos Ramses an, der mir wiederum einen Schubs gab, worauf wir drei die Stufen hochstolperten.

»Was ist denn?«, fragte ich atemlos. »Sind die Ibn Simsahs getürmt?«

Auf den ersten Blick sah es fast so aus, denn Emerson stürzte sich auf eine dunkel gekleidete Gestalt und schüttelte sie wie ein Terrier eine Ratte. Aber dann gewahrte ich die missratenen Brüder, allesamt gefesselt, und hörte eine flehendes Murmeln: »Ich geb auf, ich geb auf. Bitte Professor –«

Er muss sich auf die Zunge gebissen haben, denn sein Betteln mündete in einen spitzen Schmerzensschrei.

Ich erkannte die Stimme trotz des kläglichen, kurzatmigen Klangs und des fehlenden Akzents wieder, der besagten Gentleman für gewöhnlich auszeichnete.

»Kevin?«, kreischte ich. »Kevin O'Connell? Was zum Teufel machen Sie denn hier? Ich dachte, Sie wären in London.«

»Tsts, Ihre Ausdrucksweise, Mrs Emerson« frotzelte Kevin, wieder ganz der Alte. Inzwischen schüttelte Emerson ihn nicht mehr. »Wo würden Sie einen Journalisten anders vermuten als am Entstehungsort der vielleicht brisantesten Geschichte dieses Jahres, dieses Jahrzehnts oder –«

Emerson würgte ihn ein letztes Mal und ließ ihn dann fallen wie eine heiße Kartoffel. Kevin plumpste zu Boden und beschloss vorausschauend, dort auch zu bleiben. Die Ibn Simsahs rollten beiseite, machten ihm Platz und starrten ihn fassungslos an. Der Professor atmete tief ein; doch bevor er seinem Zorn Luft machen konnte, meldete sich Ramses zu Wort. Ich drehte mich um. Er war nicht mehr hinter mir.

»Vater. Da ist noch einer.«

»Noch so ein unsäglicher Journalist?«, wollte Emerson wissen.

»Schlimmer.« Ramses kam hinter der verfallenen Wand über dem Grab zum Vorschein und zerrte ein weiteres Individuum auf die Füße. Wir erkannten ihn auf Anhieb wieder. Das Sternenlicht schimmerte auf seiner silberweißen Haarpracht.

»Grundgütiger«, rief ich. »Das ist ja Sir Malcolm! Was machen Sie denn hier?«

»Die Frage kannst du dir sparen«, riet Emerson mit erstickter Stimme. »Die wird allmählich langweilig. Wie viele lungern noch hier rum? Rauskommen, alle rauskommen, wo immer ihr euch versteckt habt. Ein bisschen dalli, wenn ich bitten darf.«

In seiner Stimme lag eine unmissverständliche Schärfe. Und er hatte Erfolg. Zwei weitere Gestalten traten unweit von Grab 55 aus der Dunkelheit und steuerten auf ihn zu.

»Jumana«, entfuhr es mir. Ich hatte die junge Frau an der Stimme erkannt. »Und Bertie?«

»Er ist mir gefolgt«, seufzte Jumana mit einem mordlustigen Blick zu dem jungen Mann.

»Was« – Emerson betonte jedes Wort »hat ... euch ... hergebracht?«

Bertie trat verlegen von einem Fuß auf den anderen. »Ich wollte sie davon abbringen herzukommen.«

»Sei still«, fauchte Jumana. Sie straffte ihre schmalen Schultern und lächelte Emerson an. »Dasselbe wie Sie, Professor, schätze ich. Das archäologische Fieber.«

»Du«, pflaumte Emerson sie ungnädig an, »wolltest heute Nacht in das Grab einsteigen?«

»Wieso nicht?«, erwiderte Jumana unbeeindruckt. »Heute Nacht ist es schließlich offen. Bestimmt hätte ich eine der Wachen dazu überreden können, mich hineinzulassen.«

Daran hatte ich keine Zweifel. Mit einer koketten Handbewegung schob sie sich die dunkelglänzenden Haare aus der Stirn. Bertie war nicht der einzige Mann in Luxor, der sich von ihrem hübschen Gesicht und ihrer gertenschlanken Figur bezaubern ließ.

»Ich konnte ja nicht ahnen, dass hier gar keine Wachen postiert sind«, fuhr das Mädchen fort. »Das war ein Glückstreffer. Oder wäre es zumindest gewesen, wenn Bertie mich nicht aufgehalten hätte.«

Auf ihre Provokation platzte er heraus: »Hätte ich das nicht, wärst du geradewegs in die Arme der Ibn Simsahs spaziert.«

Sir Malcolm versuchte, sich aus Ramses' Umklammerung zu befreien. »Guten Abend, Miss ... Jumana. Ich hatte noch nicht das Vergnügen, Sie kennenzulernen. Ich hoffe doch sehr, wir können das Versäumte nachholen.«

»Jetzt halten Sie mal die Luft an«, Emerson fuchtelte mit den Fäusten vor der Nase des Gentleman herum, »und hören auf der Stelle mit diesem Unsinn auf. Wir sind hier schließlich nicht auf einer Cocktailparty.«

»Da ist noch einer«, meine Sethos lapidar. Er deutete auf die Gestalt, die mit hängendem Kopf neben ihn getreten war. »Hab keine Angst, mein Freund, wir wollen dir nichts Böses«, beschwichtigte er ihn in fließendem Arabisch. »Du warst nur hier, weil dein Herr es dir befohlen hatte.«

Der bedauernswerte Diener fiel auf die Knie und versuchte, Sethos die Hand zu küssen. Mein Schwager zog sie ihm weg. »Knien musst du nur vor deinem Schöpfer. Und auf gar keinen Fall vor diesem Stück Abschaum«, setzte er mit einem Blick zu Sir Malcolm in Englisch hinzu.

Emerson war sich sichtlich unschlüssig, welchem der Unholde er zuerst eine Standpauke halten sollte. Sir Malcolm nahm ihm diese Überlegung ab, indem er sich Ramses entzog und seinen zerknitterten Anzug glattstrich. »Ich will über diesen unverschämten Angriff Ihres Sohnes noch einmal gnädig hinwegsehen«, hob er an.

»Verdammt liebenswürdig von Ihnen«, ätzte Emerson. »Sie erwarten im Gegenzug aber doch hoffentlich nicht von mir, dass ich über Ihr unbefugtes Eindringen hinwegsehe?«

Kevin, der aufmerksam gelauscht hatte, stellte sein nervöses Haareraufen ein und griff in die Brusttasche seines Jacketts.

»Das würde ich an Ihrer Stelle nicht tun«, sagte ich zu ihm.

Kevin grinste unverbindlich, steckte das kleine Notizbuch aber dennoch wieder in die Tasche zurück.

»Wenn ich hier eingedrungen bin, dann sind Sie es auch«, versetzte Sir Malcolm. »Mir ist nämlich nicht entgangen, was Lord Carnarvon noch vor kurzem gesagt hat. Wir sitzen im gleichen Boot, Professor, infolgedessen kommen wir zwei besser zu einer einvernehmlichen Lösung.«

Emerson schaute zu mir. Ganz beiläufig fragte er: »Will der Kerl mich eigentlich so lange provozieren, bis mir die Hand ausrutscht? Hartgesottenere Burschen als ich hätten längst brutal durchgegriffen. Alle, die hier sind, dürften eigentlich nicht hier sein. Hölle und Verdammnis, das hier ist die reinste Farce, und ich verlier allmählich –«

»Nein, Emerson, nicht. Bitte beherrsch dich.« Mein strenger Blick schoss zu Sethos, der sich krampfhaft den Mund zuhielt, um nicht laut loszuwiehern. »Erlaube mir, dass ich einen vernünftigen Vorschlag beisteuere. Kevin, Sie kommen mit uns. Jumana und Bertie ebenfalls.«

»Oh, aber ich hab das Grab noch nicht gesehen!«, rief Jumana. »So grausam könnt ihr doch nicht sein, nach allem, was ich dafür auf mich genommen habe? Bitte, bitte Professor!«

»Öhm«, sagte Emerson, der beim Klang ihrer flehenden Stimme bereits dahinschmolz. Was Frauen angeht, ist er einfach unverbesserlich. »Na ja –«

»Sie wollen ihr rücksichtsloses Verhalten doch nicht auch noch belohnen?«, erregte sich Bertie.

Ich hatte gerade dasselbe sagen wollen. »Ein kurzer Blick

tut keinem weh«, sagte ich stattdessen. »Begleite sie, Ramses. Aber macht fix, ja?«

»In diesem Fall ...«, meinte Kevin, hellhörig geworden.

»Wenn sie geht ...«, begann Sir Malcolm.

»Nein!«, antwortete ich scharf. »Gute Güte, was erlauben Sie sich eigentlich! Eine bodenlose Frechheit ist das!«

»Na na Peabody, jetzt fahr du nicht aus der Haut«, grinste Emerson. »Das Privileg hab ich für mich gepachtet. Sir Malcolm, ich rate Ihnen, schleunigst von hier zu verschwinden. Ich kann nämlich für nichts garantieren, wenn Mrs Emerson derart gereizt ist.«

»Wie Sie meinen«, murmelte besagter Gentleman, plötzlich kleinlaut geworden.

Ich atmete mehrmals tief ein. »Glauben Sie ja nicht, Sie können sich hier irgendwo herumdrücken, bis wir weg sind, Sir Malcolm. Das Grab wird ab jetzt bewacht.«

»Das würde ich gern übernehmen«, sagte Sethos schnell.

»Das kann ich mir lebhaft vorstellen«, brummte Emerson. »Dann bleib hier. Mit mir.«

Bertie war – selbstverständlich – mit Ramses und Jumana nach unten gegangen. Jetzt, als sie zurückkehrten, mussten sie das Mädchen förmlich nach oben zerren.

»Es war viel zu kurz«, maulte sie. »Da war so viel ... ich möchte noch einmal runter ... Bertie, lass mich sofort los!«

Sie riss sich von ihm los, jedoch nicht von Ramses.

»Oh nein, du gehst nicht mehr nach unten«, meinte der. »Jumana, treib es nicht zu weit. Und«, setzte er mit einem unfreiwilligen Grinsen hinzu, als sie sich dicht an ihn schob und ihn beschwörend ansah, »versuch das erst gar nicht. Es reicht voll und ganz, wenn du dich mit Suzanne anlegst.«

Jumana kicherte.

Emerson seufzte. »Jumana, du gehst auf der Stelle nach Hause. Mit Bertie. Argumentier nicht mit ihm. Versuch ja nicht wegzulaufen –«

»Und traktier ihn nicht mit üblen Schimpfwörtern«, fiel ich ihm ins Wort.

»Ja genau, beschimpf ihn nicht«, bekräftigte Emerson. »Äh – ich hab mich doch klar ausgedrückt, Jumana?«

»Ja Sir. Ich werde umgehend zum Schloss zurückkehren und Bertie nicht beschimpfen.«

»Gut. Ramses, du bringst deine Mutter und diesen ... diesen ... Journalisten nach Hause.«

»Und was ist mit ihnen?« Ich deutete mit meiner Fußspitze auf die am Boden liegenden Ibn Simsah Brüder.

»Oh bitte, Sitt«, stöhnte einer der beiden. »Lass uns gehen. Wir bereuen es. Wir sind geläutert. Werft uns nicht den Schakalen zum Fraß hin.«

»Die Idee hat was.« Emerson kratzte sich am Kinn. »Leider verstößt sie gegen unsere hehren Prinzipien der Menschlichkeit. Bind sie los, Ramses. Wir wissen ja, wo wir sie finden können. Augenblicklich stören sie nur. Genau wie Sie, Sir Malcolm. Also trollen Sie sich.«

Letztlich blieb Ramses bei seinem Vater, und Sethos begleitete Kevin und mich zu der Eselkoppel, wo wir die Pferde zurückgelassen hatten. Sir Malcolm hatte bereits das Weite gesucht – gemeinsam mit seinem bedauernswerten Diener. Jumana und Bertie waren zu Fuß gekommen. Ich hatte dem Mädchen ins Gewissen geredet und war mir sicher, dass sie meinen kleinen Vortrag beherzigen würde. Als wir davonritten, hörte ich, wie sie und Bertie sich lauthals beschimpften, allerdings muss ich ihr zugutehalten, dass sie ihn nicht mit üblen Begriffen traktierte. Kevin war widerspruchslos mitgekommen. Er kannte Emerson zur Genüge und mochte diese Bekanntschaft nicht weiter ausreizen.

»Ein kleiner Whisky-Soda wird die Wogen schon wieder glätten«, sagte er launig.

»Versprechen Sie sich da mal nicht zu viel«, konterte ich. »Sie und der *Daily Yell* haben mir über die Jahre einen Haufen Ärger bereitet, Kevin.«

»Aber Ma'am, Sie dürfen nicht vergessen, dass ich mich als echter Freund erwies, als Sie mich brauchten.« Seine Stimme klang so schmeichelnd wie die eines irischen Tenors.

»Bleibt abzuwarten«, seufzte ich, »ob Ihnen die Freundschaft diesmal wichtiger ist als Ihr journalistischer Ehrgeiz.«

Ich räume an dieser Stelle ein, dass ich die Ereignisse jener Nacht erst einige Tage später niederschrieb. Trotzdem ist der Bericht lückenlos; es war eine Nacht, an die man sich stets erinnern wird, eine der unvergesslichsten in meinem ganzen Leben. Dieses Grab war das erste Monument, das noch einen Großteil der ursprünglichen Ausstattung enthielt, die man dem Pharao mit auf seinen Weg ins Jenseits gab. Die Fantasie hatte uns häufig prachtvolle Bilder von kostbaren Schätzen vorgegaukelt, aber das hier war die Realität.

Die Einzige, die die ganze Nacht friedlich schlummerte, war Nefret, und als sie mit Ramses zum Frühstückstisch kam, sprühten ihre kornblumenblauen Augen Blitze. Aus seiner zerknirschten Miene las ich, dass sie unserem Sohn bereits die Leviten gelesen hatte. Jetzt waren wir an der Reihe. Statt Kevins freundliche Begrüßung zu erwidern, maß sie ihn mit vernichtendem Blick.

»Wieso ist dieser Mann immer noch hier?«, wollte sie wissen. »Kann er nicht endlich verschwinden?«

Kevin setzte eine gekränkte Miene auf. Die karottenroten Haare waren inzwischen mit grauen Fäden durchzogen und die wasserblauen Augen von Fältchen umrahmt, seine Sommersprossen aber immer noch genauso zahlreich und auffällig wie früher. »Ich hab Ihnen doch nichts getan«, protestierte er. »Unsere alte Freundschaft –«

»Er reist wieder ab, sobald er vor versammelter Mannschaft wiederholt hat, was er mir letzte Nacht berichtete«, erklärte ich. »Es ist ziemlich wichtig, da werdet ihr mir bestimmt beipflichten. Was hat Ramses dir erzählt, Nefret?«

»Ach, so einiges.« Ihr skeptischer Blick glitt von Kevin zu dem Teller Rührei, den Fatima vor sie hinstellte. »Ich bin erst vor einer halben Stunde wach geworden.«

»Und seitdem wirft sie mir wüste Beschimpfungen an den Kopf«, seufzte Ramses. »Ich hab ihr erklärt, dass wir gar nicht wussten, was uns erwartete. Und dass wir nicht mehr warten konnten.«

»Ich schlage vor, wir ergehen uns nicht weiter in Vorwürfen und Rechtfertigungen«, unterbrach ich ihn. »Am besten einigen wir uns auf den folgenden Sachverhalt: Zunächst einmal werden wir Carters und Carnarvons unautorisiertes Betreten der Grabstätte vor niemandem erwähnen. Wir waren dort, weil wir starke Bedenken hatten, dass jemand das Grab plündern könnte, und trafen dabei auf die Ibn Simsah Brüder. Emerson und Ramses blieben dort und hielten Wache, um weitere Versuche zu vereiteln, bis Rais Gurgar heute Morgen eintraf.«

»Das heißt also, wir sollen lügen?«, versetzte Nefret.

»Ich tue das nur, wenn es sich nicht vermeiden lässt, Nefret. In diesem Fall lassen wir ja lediglich gewisse Details unter den Tisch fallen. Carter und Carnarvon hatten keinerlei Befugnis, das Grab zu betreten. Allerdings lehrt uns die Heilige Schrift, dass wir den Stab nicht über unserem Nächsten brechen dürfen. Ihr Handeln müssen sie mit ihrem eigenen Gewissen vereinbaren.«

»Ich kann es nicht ausstehen, wenn du die vermaledeite Bibel zitierst«, knurrte Emerson. »Ich hab gar nicht vor, Carter ans Messer zu liefern, aber was ist mit ihm da?« Er deutete mit seiner eigespickten Gabel auf Kevin.

»Er wird nichts davon drucken«, sagte Ramses. »Schließlich möchte er sich Carnarvons Gunst nicht verscherzen.«

»So ist es«, bekräftigte Kevin, ein Stück Eigelb von seiner zerknitterten Krawatte wischend. »Zudem würde ich eine Verleumdungsklage riskieren, wenn Sie mir nicht den Rücken stärken. Anhängen könnte man mir jedoch höchstens, dass ich nach den allgemeinen Öffnungszeiten noch im Tal war. Das Grab hab ich nämlich nie betreten.«

»Ich fürchte, das Gleiche gilt für Sir Malcolm«, sagte ich mit Bedauern in der Stimme. »Was immer er vorhatte, Einbruch oder gar Raub hat er sich nicht zuschulden kommen lassen. Lasst uns zum Wesentlichen zurückkommen. Kevin hat eingeräumt, dass in Archäologen- und Journalistenkreisen schon seit einigen Wochen Gerüchte über einen bedeutenden Fund die Runde machen. Offenbar hat Lord Carnarvon Howards Telegramm diversen Freunden gezeigt und die haben das natürlich brühwarm anderen erzählt. Als Kevin erfuhr, dass Arthur Merton von der *Times* Schiffspassagen nach Ägypten gebucht hatte, nahm er prompt den nächstbesten Dampfer. Ihr wisst, was das bedeutet, oder?«

»Weitere Journalisten werden sich dem anschließen, wenn sie nicht schon auf dem Weg sind«, rief Nefret.

»Darunter auch Margaret Minton«, setzte Kevin angesäuert hinzu. »Sie ist scharf darauf zu kommen, und sie wird nichts unversucht lassen, mir die Story vor der Nase wegzuschnappen.«

Ich war nicht die Einzige, die zu Sethos blickte. Er verzog keine Miene. Damit hatte er vermutlich schon gerechnet und sich längst darauf eingestellt.

»Sie beteuert, eine langjährige Freundin von Ihnen zu sein«, fuhr Kevin fort, der natürlich nichts von der Verbindung selbiger Dame mit »Anthony Bissinghurst« ahnte. »Aber Sie erzählen Ihr doch nichts, oder? Ich kenne Ihre Familie wesentlich länger als sie.«

»Ich erzähle weder dieser Dame noch sonst wem irgendetwas, Sie im Übrigen eingeschlossen«, versetzte der Professor. »Sind Sie fertig mit dem Frühstück? Sie haben meine Gastfreundschaft lange genug strapaziert. Leben Sie wohl, Mr O'Connell.«

Kevin erhob sich hastig. »Das Telegrafenamt hat sicher

eben erst geöffnet.« Er rieb sich die Hände. »Dann bin ich der Erste, noch vor Merton.«

»Wenn Sie mich oder Mrs Emerson mit einem Wort erwähnen, mache ich Sie einen Kopf kürzer«, brüllte der Vater der Flüche ihm hinterher.

»Das traut er sich nicht«, wiegelte ich ab. »Immerhin ist er weiterhin von unserem Wohlwollen abhängig. Offen gestanden leuchtet mir auch nicht ein, worüber er schreiben sollte. Er war doch gar nicht in dem Grab.«

»Er braucht keine Fakten«, grummelte Emerson. »Er wird jede Menge Unsinn erfinden und in den glühendsten Farben schildern.«

Sethos betupfte sich die Lippen mit einer Serviette und legte sie wieder ordentlich gefaltet auf den Tisch. »Ich bringe mich zwar nur äußerst ungern mit meinen persönlichen Problemen in die Diskussion ein, aber habt ihr euch schon einmal überlegt, was passiert, wenn Margaret tatsächlich herkommt?«

»Sie wird uns löchern, weil sie Informationen will«, ätzte der Professor und wurde sichtlich blass. »Schreck lass nach. Du meinst –«

»Ihre Ankunft macht womöglich diejenigen hellhörig, die wissen, dass sie die Ehefrau ihres Kontrahenten ist«, folgerte ich. »Die letzten Tage wurden wir zwar nicht beobachtet, aber das kann sich schnell wieder ändern.«

»Hölle und Verdammnis«, murmelte Nefret. Sie dachte an die Kinder. »Können wir Margaret nicht irgendwie abwimmeln?«

»Wie denn?«, wollte Ramses wissen. »Wenn wir Verbindung mit ihr aufnehmen, lenken wir die Aufmerksamkeit auf uns, und das gilt es unter allen Umständen zu vermeiden.«

Ich beobachtete Sethos, der den Blick starr auf Nefrets besorgtes Gesicht heftete. Plötzlich war mir klar, was er vorhatte.

***

In den darauf folgenden Tagen hatte ich ständig ein Auge auf meinen Schwager, obwohl ich mir ehrlich gesagt nicht schlüssig war, was zu tun wäre, falls er tatsächlich heimlich verschwand. Er schien hin- und hergerissen. Letztlich entschlossen, sich den Wölfen zum Fraß vorzuwerfen, um sie von uns abzulenken, hatte er auch keine Eile. Natürlich war immer die Möglichkeit gegeben, dass seine Opferbereitschaft nutzlos verpuffte, sollten seine Verfolger uns im Besitz einer Kopie des mysteriösen Dokuments wähnen. Ramses arbeitete erneut daran und war genau wie Sethos und ich der Ansicht, dass der entschlüsselte Text womöglich Lösungen für unsere Probleme skizzierte.

Alle anderen waren mit dem neuen Grabfund beschäftigt. Am Tag nach unserem kleinen Abenteuer wurde die Wand abgetragen und Carter betrat die Vorkammer zum – wie er beteuerte – ersten Mal. Weder er noch Carnarvon verloren ein Wort über ihre nächtliche Aktion. Unerklärlicherweise konnte Rex Engelbach nicht kommen und schickte dafür seinen Assistenten Ibrahim.

Die Fährleute schipperten fleißig Touristen ans Westufer. Wir wussten aus eigener Erfahrung, dass Howard sich nicht lange bitten lassen würde, wollten Leute das Grab sehen. Als Erstes waren natürlich die formellen Besichtigungen für Regierungsbeamte sowie Antikenverwaltung angesetzt.

Beide Male wurden wir nicht eingeladen. Das war eine bewusste Ausgrenzung, zumal Merton von der *Times* sich in der zweiten Gruppe offizieller Besucher tummelte – der einzige Journalist, dem diese Ehre zuteil wurde. Ich vermochte mir bildhaft vorzustellen, wie Kevin mental auf die Barrikaden ging.

Wir bekamen sämtliche Neuigkeiten quasi druckfrisch von Daoud. Emerson machte einen Riesenbogen um das Osttal. Er war zu stolz, um zu Kreuze zu kriechen. Ich zwar nicht, aber er verbot uns ganz rigoros einzulenken. Stattdessen scheuchte er uns zur Arbeit ins Westtal, mit einer Verve, die sein früheres Desinteresse fast wieder wettmachte.

»Er hat Bedenken, Carnarvon könnte uns rauswerfen«, vertraute Cyrus mir an. Gemeinsam mit Bertie und Jumana machten wir eine kurze Pause unter der schattigen Zeltplane, die ich hatte aufstellen lassen. Cyrus zwirbelte sein Bärtchen, das verschwitzt war wie alles an ihm, und nahm sich ein Glas kalten Tee. »Was zum Kuckuck hat Emerson denn zu Seiner Lordschaft gesagt? Mittlerweile sind mir mindestens ein Dutzend unterschiedlicher Versionen zu Ohren gekommen, eine schlimmer als die andere.«

Ich seufzte. »Das hatte ich schon befürchtet. Grundgütiger, dieses Land ist eine Brutstätte für üble Gerüchte! Es war wieder mal eine der für Emerson typischen Argumentationen, Cyrus, gespickt mit Kraftausdrücken. Verständlich, dass Carnarvon wütend war – nicht zuletzt angesichts der Tatsache, dass Emersons Anschuldigungen vermutlich zutrafen.«

»Man munkelt, dass der Professor Mr Carter und die anderen bezichtigt, Juwelen aus dem Grab entwendet zu haben«, warf Jumana ein.

»Das würden sie niemals tun«, protestierte Bertie, sein aufrichtiges Gesicht bestürzt.

Jumana schüttelte den Kopf. »Du bist ja soooo naiv, Bertie.«

Der junge Mann errötete. Bevor er antworten konnte, tauchte Emerson stirnrunzelnd in der Öffnung von Ajas Grab auf und stemmte die Hände in die Hüften.

»Was macht ihr denn da?«, brüllte er. »Hopphopp, zurück an die Arbeit. Bertie, Sie können jetzt mit dem Abmessen der Grabkammer anfangen.«

Die drei anderen sprangen auf. Ich hatte meinen Tee noch nicht ausgetrunken, deshalb blieb ich sitzen. »Hast du den Boden in der Kammer denn schon komplett freigelegt?«, rief ich.

»Meinst du, ich könnte den Sarkophagdeckel mal eben locker mit einer Hand heraustragen?«

Seine Beschwerde war an den Haaren herbeigezogen, hatte er die Männer doch selbst in die Pause geschickt, gleichwohl rief Cyrus: »Komme. Ich komme ja schon«, und trottete davon.

Ich nahm einen letzten Schluck Tee und reichte das Glas mit einem anerkennenden Nicken Cyrus' hervorragendem Diener, der sich um die kleinen Erfrischungen kümmerte. Ich glaubte nicht, dass Lord Carnarvon es darauf anlegte, uns aus dem Tal zu verbannen – außerdem hatten wir von Monsieur Lacau die schriftliche Genehmigung für das Areal im Westtal. Trotzdem ließ es mir keine Ruhe, wer sich da wohl über Emersons verbalen Schlagabtausch ausließ. Carter und Carnarvon würden das nicht wagen, da sie damit zugegeben hätten, dass sie sich unbefugt in dem Grab aufgehalten hatten. Und selbst wenn wir sämtliche Skrupel über Bord geworfen hätten, konnten wir sie nicht anprangern, ohne unsere eigene Präsenz zuzugeben. Die Einzigen, die die unselige Diskussion mitbekommen hatten, waren die Grabräuber und Sir Malcolm, und vielleicht Kevin O'Connell und Bertie und Jumana ...

Einige von denen waren nicht unbedingt verschwiegen, und soweit wir wussten, waren auch noch andere Zuschauer dagewesen. Aber wenigstens waren es nur Gerüchte – unbewiesen und widerlegbar.

Eine Zeitlang waren wir eine beliebte Anlaufstelle für Besucher, die uns (verständlicherweise) zu Howards engen Vertrauten rechneten. Als wir jegliches Detailwissen oder eine etwaige Mitarbeit abstritten, glaubte man uns zunächst nicht und versuchte es mit Bestechung. Darauf postierte Emerson Wasim samt seiner museumsreifen Flinte im Wächterhäuschen.

Eigenartigerweise machten die Mitarbeiter des Metropolitan Museums keinen Abstecher nach Deir el-Bahari. Da wir schon seit vielen Jahren gute Kollegen waren, erstaunte mich das. Bis Ramses eine Erklärung dafür lieferte.

»Carter hat die Jungs um Unterstützung gebeten. Er braucht jeden Experten. Zudem unterhält er schon seit Jahren eine enge Beziehung mit diesem Museum.«

»Enge Beziehung, dass ich nicht lache«, wetterte Emerson. »Er verscherbelt Antiquitäten dorthin.«

»Die haben auch die nötigen Gelder.«, sagte Ramses gleichmütig. »Und Carter ist letztlich auch Händler. Zweifellos erhofft sich das Metropolitan im Gegenzug für die geleistete Unterstützung einen Anteil an den Artefakten. Das würde auch erklären, warum die Leute uns links liegen lassen, nachdem wir bei Carnarvon in Ungnade gefallen sind.«

Er hatte mehr oder weniger den ganzen Nachmittag in seinem Arbeitszimmer verbracht und kam jetzt zum Tee. Emerson, der den Großteil des Nachmittags geschmollt und gegrollt hatte, nickte finster.

»Sie haben die Fachleute, die er braucht«, räumte er ein. »Burton kann fotografieren, Hauser und Hall sind erfahrene Zeichner. Es ist die Rede davon ...« Er zog eine Grimasse, weil es ihm eigentlich zuwider war, ein Gerücht zu wiederholen. »Es ist die Rede davon, dass Breasted bei den Übersetzungen assistieren soll.«

»Dein alter Mentor«, sagte ich mit einem Nicken zu Ramses. »Wir könnten ihn doch einmal zum Tee einladen, oder?«

»Nein«, versetzte Emerson.

»Magst du ihn denn nicht?«, fragte Carla, nachdem sie ausgiebig die Gebäckschale inspiziert hatte.

»Dein Großvater meint damit nur, dass Mr Breasted sehr viel zu tun hat«, erklärte ich, bevor Emerson mit der Wahrheit herausplatzte. Nach seinem Dafürhalten hatte Breasted Ramses nie die verdiente Anerkennung zukommen lassen. »Kopf hoch, Emerson, die Sache renkt sich schon wieder ein. Wart's ab, bis Howard das Grab erneut verschlossen hat.«

»Wieso macht er das?«, erkundigte sich Carla, an Emersons Knie gelehnt. Er nutzte sein Privileg aus und strich ihr über die schwarzen Locken.

»Weißt du, solange er sich Ausrüstungsgegenstände und Arbeitskräfte besorgen muss, kann er es nicht offen lassen«, erklärte ich der Kleinen. »Er braucht nämlich Filmplatten, Verpackungsmaterialien und eine ganze Menge anderer Dinge. Und Leute, die Erfahrung haben im Umgang mit empfindlichen Artefakten.«

»Dann sollte er Papa und Opa um Hilfe bitten.«

»Geh und ... und wirf Amira Stöckchen, Carla. Aber draußen, ja?«

Die Hündin, die wie hingegossen im Schatten lag, sprang bellend auf. Carla rannte hinaus und umarmte das Tier, was damit endete, dass sich die beiden ausgelassen am Boden balgten. David Johns blonder Schopf war über ein Schachbrett gebeugt, Sethos sein Gegner. Der Junge hatte das Spiel im vergangenen Sommer bei seinem Onkel Walter gelernt. Es war schwierig, geeigneten Lesestoff für einen kleinen Jungen zu finden; und nachdem wir David John in *Dracula* vertieft entdeckt hatten, hatte Walter Schach als mögliche Alternative vorgeschlagen. Seinerzeit hielten wir das für eine sehr gute Idee.

Carlas Talente lagen auf anderen Gebieten. Vorwitzigkeit, zum Beispiel. Sie war eine richtige kleine Amazone. Ihr hätte ich am liebsten Pfeil und Bogen geschenkt.

»Und, Erfolg gehabt?«, fragte ich Ramses.

»Nur im negativen Sinne.« Er nahm mir die gefüllte Tasse ab und senkte die Stimme. Obwohl in sein Spiel vertieft, besaß David John die unselige Gabe, alles aufzuschnappen, was er nicht mitbekommen sollte.

»Die gebräuchlichen Codes bestehen aus den Buchstaben des Alphabets«, führte Ramses aus. »Nach einem vorgegebenen System vertauscht. *B* für *A*, *C* für *B* und so weiter. Das ist die einfachste Variante und am leichtesten zu knacken.

Und selbst komplexere Chiffrierungen lassen sich relativ einfach entschlüsseln, anhand der Buchstabenhäufigkeit und -wiederholung. Rein theoretisch könnte man dieses System auch auf Ziffern übertragen, aber – verdammt Mutter, ich bin kein Fachmann. Ich hab einfache Kodierungen ausgetüftelt, so wie ich es schon als Kind gern gemacht habe, aber das war bloß Spielerei.«

»Dann besteht also keine Aussicht auf eine Entschlüsselung der Nachricht?«, fragte ich.

Mein Sohn fuhr sich mit den Fingern durch die zerzausten Locken. »Ich denke – also es ist nur eine Vermutung –, dass sich die Zahlen auf ein Buch oder Manuskript beziehen. Die Ziffern lassen sich in Dreiergruppen aufteilen, die jeweils auf die Buchseite hinweisen, die entsprechende Zeile und den Begriff oder Buchstaben in der Zeile. Ich tippe eher auf einen Begriff. Einmal angenommen, das von Sethos gefundene Dokument war die Urfassung. Sofern Kopien an Mitglieder der Organisation verteilt worden waren, befand sich das Buch bereits in ihrem Besitz. Sie wären in der Lage, die Mitteilung zu lesen und später folgende ebenfalls. Wir haben das Buch jedoch nicht. Und was schätzt ihr, wie viele Millionen Titel es weltweit gibt?«

»Das lässt sich doch sicher eingrenzen«, gab ich zu bedenken. »Auf Titel, die in den meisten Haushalten zu finden sind.«

»Oh ja. Auf die Bibel und den Koran bin ich auch schon gekommen. Aber weißt du, wie viele unterschiedliche Ausgaben erschienen sind? Und bevor du mir jetzt mit weiteren effizienten Denkanstößen kommst«, fuhr er zunehmend ungehalten fort, »ja, ich habe erwogen, dass die Zahlen Bezug auf Verse oder Suren oder Kapitel nehmen könnten. Aber in welcher Sprache? Arabisch, Hebräisch oder vielleicht Englisch?« Mit einem missmutigen Blick zu seinem Onkel setzte er hinzu: »Du hättest ruhig mal einen Blick auf die Bücherregale des Gentleman werfen können.«

Sethos schwieg, vermutlich, weil ihm auf diesen unfairen Anwurf keine plausible Antwort einfiel. Stirnrunzelnd betrachtete er das Schachbrett. Seine Königin schien unmittelbar bedroht.

»Es ist schon spät«, meinte Nefret, »und bei Carla eine größere Reinigungsaktion erforderlich. Sie hat mit Amira auf dem sandigen Boden herumgetollt. Komm, David John. Du kannst morgen weiterspielen.«

»Ich bin fertig«, sagte David John und machte einen Zug. »Schachmatt, Sir.«

Nachdem die Kinder fort waren, sagte ich zu Sethos: »War doch nicht nötig, dass du ihn gewinnen lässt.«

»Ich hab ihn nicht absichtlich gewinnen lassen«, erwiderte mein Schwager betreten.

Aus Manuskript H

Während ihrer Aufenthalte in Ägypten hatte es ihnen an Abwechslung eigentlich nie gefehlt, aber diesmal fand Ramses, reichte es ihm völlig. Zum einen hielten sie einen gesuchten Flüchtigen bei sich versteckt, zum anderen würde die Entdeckung von Tutanchamuns Grabstätte die halbe Welt in die kleine Stadt Luxor verschlagen. Arthur Merton war am 30. November offiziell durch die Grabanlage geführt worden und hatte noch am selben Tag seinen Bericht in die Staaten telegrafiert. Inzwischen kamen auch die Journalisten der Kairoer Zeitungen. Die Hotels waren ausgebucht und einige Dragomane köderten die Touristen damit, dass sie ihnen von der großartigen Entdeckung erzählten und ihnen anboten, sie dorthin zu führen. Anfang Dezember gab es dort zwar nicht viel zu sehen, da Carter das Grab wieder zugeschüttet hatte, aber das konnte die Neugier nicht schmälern. Die exorbitanten Besucherzahlen boten Verfolgern zwangsläufig eine ausgezeichnete Tarnung. Falls Sethos' Gegner bei »Anthony Bissinghurst« noch nicht Verdacht geschöpft hatten, waren sie nicht die Profis, für die Ramses sie hielt.

Seine Mutmaßungen stellten sich als korrekt heraus, wenn auch anders als erwartet. Eines Abends, kurz nachdem das Grab erneut mit Geröll aufgefüllt worden war, saßen sie noch draußen auf der Veranda. Plötzlich hörten sie Hufgetrappel.

»Da hat es aber jemand eilig«, meinte Ramses und steuerte zur Tür. »Gute Güte, es ist Bertie. Was ist denn los?«

»Kann Nefret mitkommen? Jetzt gleich?«

»Aber natürlich.« Nefret sprang hastig auf, gleichwohl nahm ihre Stimme einen ruhig-sachlichen Ton an. »Wer ist krank, Bertie? Deine Mutter?«

»Nein, das Gott sei Dank nicht. Das heißt –« Er nahm den Hut ab. »Bitte entschuldigt. Ich glaube, ich habe überreagiert. Vermutlich ist es gar nicht so dramatisch, aber trotzdem, er sieht schlimm aus, voller Blut und so.«

»Cyrus?«, wollte Emerson wissen.

»Nein, Nadji. Er wollte heute Abend nach Luxor, und wir fingen schon an, uns Sorgen zu machen, als er blutüberströmt ins Haus wankte.«

»Ich hol nur rasch meinen Arztkoffer«, rief Nefret.

»Ich werde das Automobil starten«, erbot sich Emerson.

»Wir werden die Pferde nehmen«, sagte seine Frau.

»Aber Peabody, der Wagen läuft wie geschmiert. Selim und ich waren damit gestern auf einer kleinen Spritztour.«

»Dabei hat sich das Lenkrad gelöst.«

»Aber die Bremsen funktionierten einwandfrei«, trumpfte Emerson auf. »Und die Reparatur hat Selim auch schon –«

»Kommt nicht in Frage, Emerson. Nicht im Dunkeln und nicht auf dieser holprigen Straße.«

Ramses glitt ins Freie. Als die anderen die Stallungen erreichten, hatte er Jamad geweckt und Risha und Nefrets Moonlight gesattelt. Nefret huschte mit ihrer Tasche in den Stall, während seine Mutter darauf pochte, dass er ihr Reittier ebenfalls startklar machte. Im Grunde seines Herzens war ihm klar gewesen, dass sie mitkommen würde.

»Wir reiten schon mal voraus«, verkündete Nefret. »Mit Bertie.«

»Kommst du nicht mit?« Ramses spähte fragend zu Sethos.

Die Hände in die Hosentaschen geschoben, starrte der wenig begeistert auf die Stute, die Jamad eben sattelte, und zuckte mit den Schultern. »Doch, ich glaube schon.«

Ramses ließ ihn kurzerhand stehen und folgte seiner Frau durch das geöffnete Gatter und auf die Straße. Nefret gab ein ziemliches Tempo vor. In der Dunkelheit ragte das Schloss hell erleuchtet vor ihnen auf, die Tore standen offen. Nachdem sie hastig abgesessen waren, stürmten sie ins Haus, wo Cyrus sie schon erwartete.

»Tut mir leid, wenn wir euch zu nachtschlafender Zeit gestört haben«, meinte er. »Katherine glaubt, dass es halb so wild ist, aber Bertie war in Sorge und –«

»Sie brauchen sich doch nicht zu entschuldigen«, unterbrach ihn Nefret. »Wo ist er?«

Nadji lag in seinem Zimmer auf dem Bett. Obwohl Katherine ihm mit einem Schwamm Gesicht und Brust abgetupft hatte, bot er einen schlimmen Anblick. Sobald er Nefret gewahrte, lächelte er tapfer.

»Man hätte Sie wirklich nicht zu behelligen brauchen. Mrs Vandergelt ist eine hervorragende Krankenschwester, und ich bin auch gar nicht schwer verletzt.«

»Sie sehen schlimm aus, Nadji«, murmelte Ramses mit einem viel sagenden Blick auf die Kratzer und Abschürfungen und das verkrustete Blut in seinen Haaren. »Was ist passiert? Darf er reden, Nefret?«

Sie hatte seinen entblößten Oberkörper kurz untersucht. Darauf zog sie das Laken herunter, das ihn von der Taille an abwärts bedeckte. Trotz seiner langen Unterhosen protestierte er heftig.

»Ich geh ja schon«, sagte Katherine taktvoll. »Aber bei Frau Dr. Emerson brauchen Sie keine Bedenken zu haben, Nadji, sie ist – ähm – so etwas gewohnt.«

Bestimmt hatte ihm Cyrus oder einer der Diener beim Ausziehen geholfen, überlegte der junge Emerson. Hochrot im Gesicht vor Verlegenheit sah Nadji noch jünger aus, als er eigentlich war. Ramses schätzte ihn auf Anfang bis Mitte zwanzig. Der junge Mann schluckte und tat so, als wäre es das Natürlichste auf der Welt, von einer Frau untersucht zu werden. »Ja, natürlich. Kein Problem.«

Gottlob hatte Nefret seine untere Körperhälfte abgetastet, bevor der Rest der Truppe hereinschneite. Sie glättete fürsorglich das Laken, um dem armen Nadji aus seiner peinlichen Verlegenheit zu helfen.

»Ist noch glimpflich ausgegangen«, berichtete sie, ehe ihre Mutter auf Einzelheiten drängte. »Er hat eine hässliche Beule am Kopf, aber wohl keine Gehirnerschütterung. Sieht aus, als hätte ihm jemand mit einem Knüppel aufgelauert und ein zweiter mit einem Messer.«

»Also, was ist denn genau passiert?«, wollte der Professor über das Bett gebeugt wissen.

»Augenblick noch, Vater.« Nefret warf Tabletten in ein Glas Wasser und hielt es an Nadjis Lippen. »Trinken Sie das, es hilft gegen die Schmerzen, wenn ich die Wunden desinfiziere.«

»Ich helfe dir«, erbot sich ihre Schwiegermutter eifrig.

»Nicht nötig, Mutter.«

Mit einem erleichterten Seufzer ließ Nadji den Kopf auf die Kissen sinken. Offenbar hatte er noch mehr Manschetten vor der Sitt Hakim als vor ihrem resoluten Gatten.

»Prof. Emerson, ich berichte das Wenige, was ich weiß. Ich war in Luxor, in einem Kaffeehaus, und als ich zum Kai zurückschlenderte, griffen mich zwei Männer an. Keine Ahnung, wer sie waren, ihre Gesichter waren vermummt. Ich hielt sie für ganz gewöhnliche Diebe. Zu Anfang leistete ich

Gegenwehr, aber das war aussichtslos, und auf meine Hilferufe reagierte keiner. Also gut, dachte ich, wenn die Burschen mein Geld wollen, sollen sie es haben. Dann ging ich zu Boden. Sie traten mich und rissen an meinen Sachen, und ich hatte Visionen vom Paradies und glaubte schon, ich würde sterben. Dann …« Er runzelte die Stirn. »Dann meinte ich, ich hörte von weither eine Stimme sagen: ›Idioten. Ein Mann kann sich vielleicht größer machen, aber doch nicht kleiner.‹ Das muss ich wohl geträumt haben, denn die Worte ergeben keinen Sinn.«

Für ihn vielleicht nicht. Ramses blickte zu seinem Onkel, der sich schweigend in eine Ecke verkrümelt hatte.

»Und was passierte dann?«, bohrte Emerson.

»Ich bin ohnmächtig geworden«, sagte Nadji entwaffnend offen. »Als ich wieder zu mir kam, waren sie weg. Da hab ich mich dann auf den Heimweg gemacht. Verzeihen Sie, Mr Vandergelt, dass ich so spät dran war.«

Cyrus klopfte ihm auf die Schulter. »War nicht Ihre Schuld, mein Junge. Wie fühlen Sie sich?«

»Erschöpft.« Er zuckte kaum merklich zusammen, als Nefret ein Antiseptikum auf die Kopfverletzung auftupfte.

»Das Schlimmste ist jetzt vorbei«, tröstete sie ihn. »Sie hätten Ihren Turban tragen sollen.«

»Den haben sie mir heruntergerissen.« Nadji jaulte auf. »Und mich an den Haaren gezogen. Das tat höllisch weh.«

An jenem Abend hatte er wahrscheinlich mehr geredet als in der ganzen Zeit, die sie ihn mittlerweile kannten, überlegte Ramses. Er hatte zusammenhängend berichtet … nahezu eloquent. Als hätte er sich die Geschichte vorher zurechtgelegt.

»Ruhen Sie sich jetzt aus.« Nefret zog ihrem Patienten das Laken bis zum Kinn hoch. »Ich lass Ihnen ein paar Tabletten hier. Für morgen früh, falls Sie Schmerzen haben.«

»Wie geht es ihm? Was hatte er denn?« Suzanne wartete vor seiner Zimmertür. Sie hatte sich bislang diskret zurückgehalten, und Ramses konnte sich des Eindrucks nicht erwehren, dass sie nur aus Höflichkeit fragte. Sie schilderten ihr kurz, dass Nadji überfallen worden war und das Ganze für ihn noch glimpflich ausgegangen sei.

»Kann ich mich irgendwie nützlich machen?«, wandte sie sich mit einem bezaubernden Lächeln an Cyrus.

Ramses stellte sich Nadjis verdutztes Gesicht vor, wenn das Mädchen an seinem Bett Wache hielte, und versicherte ihr rasch, dass ihre Hilfe nicht erforderlich sei.

Cyrus' Einladung zu einem Drink lehnten sie höflich ab. Er schien versessen darauf, die abendlichen Vorkommnisse zu diskutieren. Aber nicht im Beisein von Katherine und Suzanne, dachte Ramses bei sich. Dem jungen Emerson war klar, dass sie Vandergelt über kurz oder lang ins Vertrauen ziehen müssten. Seine Mutter hatte ihm bereits brühwarm erzählt, wie Cyrus sich über Sethos geäußert hatte: »Immer wenn der Bursche auftaucht, gibt es garantiert Probleme.« Damit sprach er Ramses aus der Seele. Bislang hatten sie ihren alten Freund noch nicht eingeweiht, gleichwohl war der Amerikaner ein intelligenter Bursche. Bestimmt hatte er die enthüllende Bemerkung mitbekommen, die Nadji von seinen Angreifern aufgeschnappt hatte. Das ließ den Schluss zu, dass sie den jungen Mann mit jemand anderem verwechselt hatten. Und nach seiner wechselvollen Vergangenheit zu urteilen, war Sethos derjenige welcher.

Um sich unterhalten zu können, ritten sie im Schritttempo. Sethos schloss zu seinem Bruder auf.

»Meinen Glückwunsch«, trompetete Emerson, sobald er ihn bemerkte. »Wieder einmal hat ein Unschuldiger für dich die Prügel einkassiert.«

Sethos stritt das erst gar nicht ab. »Sie sind mir auf den Fersen. Wieso haben sie sich ausgerechnet auf ihn gestürzt?«

»Weil es nicht einmal dir glücken würde, dich in eine reizende kleine Französin zu verwandeln«, meinte Nefret spitz.

»Käme also nur noch Anthony Bissinghurst infrage, mmh?«

»Nicht unbedingt«, knirschte Ramses. Letztlich kümmerte es ihn nicht die Bohne, ob sein Onkel nervös war. »Würde mich interessieren, ob in letzter Zeit auch Touristen überfallen wurden.«

»Würde mich nicht überraschen«, meinte Sethos milde erleichtert. »Immerhin könnte es jeder sein, auch ein Urlauber oder so.«

»Bis Margaret hier aufkreuzt«, versetzte Ramses. »Ich kann mir nicht vorstellen, was sie so lange aufhält.«

»Vielleicht war sie nicht in England, als das Gerücht über den Grabfund aufkam«, meinte Nefret.

»Inzwischen weiß sie es bestimmt«, tippte Emerson. »Mertons Artikel stand in der *Times* vom Ersten. Wenn sie den nächsten Dampfer genommen hat, kann sie jeden Tag eintreffen.«

»Hmmm«, sagte seine Frau.

»Was soll das jetzt heißen?«, erkundigte sich der Professor.

»Das heißt, dass wir uns entsprechend um sie kümmern müssen. Tja, man soll den Tag nicht vor dem Abend loben.«

Und der Tag war noch nicht vorbei. Daoud und Selim erwarteten sie bereits auf der Veranda. Ersterer war aschgrau im Gesicht.

»Was habt ihr denn, ihr zwei?«, wollte Emerson wissen. Normalerweise konnte Daoud nämlich so leicht nichts aus der Fassung bringen.

»Schlechte Neuigkeiten, Vater der Flüche.«

»Von dem Überfall auf Nadji haben wir schon gehört. Wir kommen eben vom Schloss«, beschwichtigte Ramses. »Er hat nicht viel abbekommen.«

Daoud schüttelte den Kopf. »Das meine ich nicht, Ramses. Es ist schlimmer, viel schlimmer.«

»Du übertreibst«, erregte sich Selim. »Es war ein dummer Zufall, völlig belanglos –«

»Um Gottes willen«, brüllte der Vater der Flüche. »Macht es doch nicht so spannend!«

»Der goldene Vogel«, orakelte Daoud. »Er wurde von einer Kobra verschlungen, der Beschützerin des Pharao. Das bedeutet den sicheren Tod für alle, die sein Grab betreten.«

5

Aus Manuskript H (Fortsetzung)

Lord Carnarvon und seine Tochter reisten am vierten Dezember nach Kairo, und von dort mit dem Schiff nach England. Ramses war an dem fraglichen Tag zufällig in Luxor und genoss das Privileg, die Entourage mitzuerleben, die mit fürstlichem Pomp durch die Straßen zog, umringt von Bewunderern und begleitet von der Presse. Carnarvon würdigte ihn keines Blickes. Vielleicht hat er mich auch gar nicht wahrgenommen, sinnierte Ramses gnädig. Carter sah ihn jedenfalls. Er hob halbherzig eine Hand zum Gruß, bevor er weiterstapfte.

Zwei Tage darauf folgte Carter seinem Mäzen nach Kairo. Laut Daoud war er untröstlich wegen seines toten Kanarienvogels, wollte aber das grässliche Omen nicht wahrhaben, das ein sensibler Mensch wie Daoud damit verband.

»Pah«, schnaubte Emerson. »Es war doch nur ein Vogel, die fressen Kobras nun mal gern.«

»Aber die erste Prophezeiung des goldenen Vogels hat auch gestimmt«, beharrte Daoud. »Das goldene Grab wurde entdeckt. Und ist nicht die Kobra das Symbol des Monarchen?«

»Damit hat er dich aber eiskalt erwischt, Vater«, grinste Ramses.

»Ihr solltet Gott danken, dass nicht ihr diejenigen wart,

die das Grab fanden«, schloss Daoud todernst. Er verabschiedete sich eilends von ihnen. Es war die Zeit des Abendgebets. Ramses tippte darauf, dass er die gesamte Familie Emerson in seine Gebete mit einschließen würde.

»Wir hätten ihm besser gar nicht erzählt, dass wir in dem verfluchten – verzeiht – Grab waren«, seufzte er.

»Nicht nur im Grab, sondern auch in der eigentlichen Grabkammer«, bemerkte seine Mutter treffend. »Unterschätz Daoud nicht. Ich wette, er weiß es. Und jetzt hofft er inständig, dass wir nicht lange genug dort waren, um den königlichen Zorn auf unsere Häupter zu laden.«

»Und wieso hat er dann mit keinem Wort darauf angespielt?«, erkundigte sich Nefret. »Passt irgendwie nicht zu Daoud, dass er sich dermaßen bedeckt hält.«

»Unterschätz ihn nicht«, wiederholte ihre Schwiegermutter. »Daoud kann sehr wohl etwas für sich behalten, wenn er es für angeraten hält.«

An dem besagten Nachmittag bekamen sie Besuch von Herbert Winlock und George Barton. Freunde und Bekannte waren immer willkommen zum Tee, und die Crewmitglieder vom Metropolitan Museum hatten sich schon länger nicht mehr blicken lassen. Winlock war einer von denen, die für den Professor zu »der jüngeren Generation von Ägyptologen« gehörten. Ungefähr im gleichen Alter wie Ramses, wirkte er wegen seiner beginnenden Stirnglatze jedoch erheblich älter. Er war ein begnadeter Exkavator und ein brillanter Gastgeber, wann immer die Amerikaner in ihrem Basisquartier in Luxor Feste gaben. Er begrüßte sie freundlich, Ramses fiel jedoch auf, dass Barton sich irgendwie unbehaglich fühlte. Der etwas tolpatschige, zuweilen impulsive junge Mann war in Nefret »verschossen«, wie Ramses' Mutter es umschrieb, und himmelte sie bei jeder sich bietenden Gelegenheit mit unverhohlener Bewunderungan.

Nachdem Mrs Emerson den Tee herumgereicht und sich

bei Winlock nach ihren Fortschritten im Westtal erkundigt hatte, kam Barton gleich zur Sache.

»Wie ich hörte, haben Sie sich mit Carter und Carnarvon überworfen.«

»Woher wissen Sie das?«, erkundigte sich Emerson.

»Von Carnarvon.«

»Hat er Ihnen auch erzählt, dass er an jenem Abend im Tal war?«

»Das streitet er vehement ab. Behauptet, Sie hätten das nur erfunden, um zu vertuschen, dass Sie sich unbefugt Zutritt zu dem Grab verschafften und dabei einige wertvolle Artefakte mitgehen ließen.«

»Wer sich herauszureden sucht, macht sich selbst verdächtig«, murmelte Ramses.

Seine Mutter warf zutiefst empört ein: »Besser gesagt, wer andere vorschiebt, sucht sich selbst herauszureden. Wie verachtenswert!«

Barton, der nervös auf seinem Stuhl herumrutschte, räumte linkisch ein: »Wir haben ihm das auch nicht abgenommen, Ma'am. Ich meine, es ist unbestritten, dass Sie in der fraglichen Nacht im Tal waren. Die Kurnawis haben die Ibn Simsah Brüder ausgelacht, weil sie sich von Professor Emerson haben erwischen lassen. Aber wir wissen auch, dass Sie niemals etwas Unrechtmäßiges tun würden. Ich meine, Kruzifix noch mal, wahrscheinlich haben Sie das Grab davor bewahrt, dass es hemmungslos geplündert wurde. Ich denke, es ist verdammt – äh – verflixt undankbar von Seiner Lordschaft, dass er das nicht anerkennt.«

»Nehmen Sie doch noch ein Tässchen Tee«, sagte Ramses' Mutter freundlich lächelnd. »Und etwas Gebäck, bevor die Kinder kommen und alles aufessen.«

Barton bediente sich großzügig. »Waren Sie dort?«

»Anders als Seine Lordschaft beschuldigen wir niemanden vorsätzlich«, sagte Emerson überlegt. »Das ist mein letztes Wort zu dem Thema.«

»Alle Achtung.« Winlock nickte bewundernd. »George hat Recht, Professor. Sie würden niemals etwas Unrechtmäßiges tun. Aber – nun ja – Sie müssen natürlich auch unsere Position berücksichtigen.«

Emerson kramte seine Pfeife aus der Jackentasche. »Dann ist es also wahr, dass Carter Sie gebeten hat, ihn bei seiner Exkavation zu unterstützen?«

»Inoffiziell ja. Er wollte nach New York telegrafieren und Lythgoe um die offizielle Genehmigung bitten. Von daher werden Sie sicher verstehen, dass wir uns aus Ihrer Auseinandersetzung mit Carnarvon tunlichst heraushalten sollten. Aber«, betonte Winlock hitzig, »keiner, nicht einmal der Präsident der Vereinigten Staaten von Amerika, hat mir meinen Freundeskreis vorzuschreiben.«

Emerson schien zwar bewegt ob dieser Enthüllung, dennoch bemerkte er nach dem Aufbruch ihrer Gäste: »Das mit der Freundschaft ist ja alles gut und schön, aber dass Winlock das Private vom Beruflichen trennt, finde ich trotzdem befremdlich.«

* * *

»Ich hab ein Wörtchen mit Daoud zu reden«, erklärte Emerson. »Heute kommt er schon den dritten Tag in Folge zu spät.«

Wir hatten die Exkavation von Ajas Gruft abgeschlossen und den Großteil der Mannschaft zu den noch unerforschten Gräbern Nr. 24 und 25 geschickt. Zurück blieben lediglich Suzanne, die damit begonnen hatte, die Gemälde in der Grabkammer zu kopieren, und Bertie, der einen abschließenden Grundrissplan anfertigte. Das war ganz im Sinne von Jumana, denn ein Künstler galt in der Crew weniger als ein Exkavator. Folglich trug sie die Nase entsprechend hoch.

»Daoud ist bestimmt nicht arbeitsscheu«, verteidigte ich ihn. »Außerdem kann er kommen und gehen, wann er mag. Vielleicht hatte er etwas anderes vor.«

»Er lässt sich nicht in die Karten gucken«, beschwerte sich Emerson. »Das passt nicht zu ihm. Himmel noch, hoffentlich stellt der Bursche keinen Blödsinn an.«

»Vielleicht macht er irgendwas, um den Fluch des goldenen Vogels abzuwenden«, gab Nefret zu bedenken.

»Was denn zum Beispiel?«, wollte Emerson wissen.

Nefret giggelte. »Beten.«

»Dann betet er aber verdammt viel«, kam es knurrend zurück.

Suzanne trat aus der Graböffnung, bewaffnet mit ihrem Zeichenblock. Die blonden Löckchen hingen ihr schlaff ums Gesicht und ihre hübsche Bluse war verschwitzt. Mit einem gemurmelten Dankeschön nahm sie das ihr von Nefret angebotene Glas Tee.

»Sie dürfen nicht so lange da unten bleiben«, riet Letztgenannte ihr milde besorgt. »Sie sind die stickige Luft nicht gewohnt, Suzanne.«

»Die Luftnot macht mir nichts aus«, sagte Suzanne tapfer. »Das Problem ist, dass Schweiß auf das Papier tropft. Und dann verwischen die Farben.«

Missmutig betrachtete sie ihren Skizzenblock. Die Zeichnung war in der Tat verschmiert.

»Dann muss sich eben einer von den Männern neben Sie stellen und Ihnen die Stirn abtupfen«, schlug ich vor.

Die Vorstellung schien Suzanne zu belustigen. »Da käme ich mir aber albern vor. Ich versuch erst mal, allein klarzukommen.«

»Wenn Ihnen nicht gut ist, wenden Sie sich ruhig vertrauensvoll an mich«, meinte Nefret. »Ich verschreibe Ihnen dann einen Tag Ruhe.«

»Nett von Ihnen. Wenn Mr Carter zurückkommt, darf ich ja vielleicht der erneuten Graböffnung beiwohnen. Was ich bisher gesehen habe, war nämlich nicht besonders spannend.«

»Von uns geht keiner hin«, sagte Emerson.

»Tu, was du willst, mein Schatz, aber schreib anderen nicht vor, wie sie ihre Freizeit zu verbringen haben«, konterte ich.

»Haben Sie da eben über den Fluch gesprochen?«, fragte Suzanne, Emersons aufgebrachter Reaktion vorgreifend.

»Es gibt keinen Fluch«, tönte der mit dem Nachdruck eines Wanderpredigers.

»*Main non, certainement.* Das gewiss nicht, aber die Geschichte ist echt gut.« Sie schauderte in gespieltem Entsetzen und lachte dann melodisch auf.

»Was ist denn so lustig?« Cyrus gesellte sich zu der Gruppe. »Ich könnte einen guten Witz vertragen.«

»Ach, wir sprachen gerade von dem Fluch«, erklärte Suzanne. »Das Omen des goldenen Vogels.« Wieder lachte sie glockenhell. Cyrus schüttelte grinsend den Kopf. »Manche Leute nehmen dergleichen für bare Münze, meine Liebe.«

»Der Professor bestimmt auch. Er behauptet nämlich, wir dürfen uns nicht in die Nähe des Grabes wagen.« Sie bedachte Emerson mit einem schiefen Seitenblick aus ihren Basedow-Augen. Der musterte sie mit dem gleichen Ausdruck, wie die Große Katze des Re Amira, wenn die Hündin im Spaß auf ihn losging.

Am nächsten Morgen tauchte Daoud zur Frühstückszeit bei uns auf. Das tat er öfter, da er Maamans Kochkünste schätzte. Mir war jedoch auf Anhieb klar, dass seinem Besuch zwingendere Motive zugrunde lagen. Seine linke Wange war nämlich verdächtig grün eingekleistert. Ich tippte auf Khadijas fantastische Heilsalbe, die sie bei Verletzungen auftrug.

»Hat es Ärger gegeben?«, erkundigte ich mich.

»Nur mit der Lady«, meinte Daoud betreten. »Aber keine Sorge, Sitt Hakim. Ich hab sie sicher untergebracht.«

***

Margaret war zwar in Sicherheit, aber, nach den Kratzspuren in Daouds Gesicht zu urteilen, nicht eben bester Laune. Genau wie Emerson. Er schlug so heftig mit der Faust auf den Tisch, dass das Geschirr gefährlich klapperte, und brüllte: »Also das hast du die ganze Zeit getrieben! Wie kannst du es wagen, Peabody, meine Mitarbeiter für deine Zwecke zu missbrauchen und gegen mich zu intrigieren?«

»Irgendjemand musste schließlich aktiv werden«, erwiderte ich, in Vorfreude auf eine spritzige Debatte. »Und allen anderen schien Margarets Sicherheit nicht besonders am Herzen zu liegen.«

Meinem vorwurfsvollen Blick ausweichend, senkte Sethos den Kopf. Emerson wirkte nicht minder schuldbewusst. Und Nefret machte große Augen. »Margaret ist eingetroffen? Wann? Wie? Das kapiere ich nicht!«

»Es ist doch ganz einfach, Liebes«, versetzte ich. »Ich wusste, dass Margaret käme, sobald sie von dem Grabfund erfahren hätte, und dass sie ohne Zwischenstop in Kairo zu uns weiterreisen würde. Damit war es für uns so gut wie unmöglich, sie unterwegs abzufangen. Da ich unseren Opponenten eine gewisse Intelligenz zutraue, tippte ich darauf, dass sie bis zu ihrem Eintreffen in Luxor auf der Lauer liegen würden. Genau wie Daoud, der meinen Anweisungen gefolgt ist«, setzte ich mit einem provozierenden Blick zu Emerson hinzu.

Er gab zischende Geräusche von sich, wie ein brodelnder Wasserkessel. »Wieso hast du mir das nicht gesagt?«, schnaubte er.

»Weil ich es zunächst geheim halten wollte, Emerson.«

»Hmpf«, brummte selbiger. »Ach so.«

Ich bedeutete Daoud, sich zu setzen und uns alles zu berichten. Freudestrahlend ließ er sich von Fatima einen großen Teller Rührei mit Toast servieren. »Ich erkannte sie sofort, Sitt Hakim. Sie mich auch und sie freute sich über das Wiedersehen. Aber dann meinte sie, sie wolle sich ein Hotelzimmer nehmen, und als ich ihr sagte, sie müsse mit mir kommen und die Habara tragen, die du mir mitgegeben hattest, sagte sie nein, sie werde dich später besuchen, nachdem sie sich im Hotel einquartiert habe. Darauf wandte ich ein, es gebe keine Zimmer, und als sie beteuerte, sie werde schon eins finden, was hab ich da gemacht, Sitt? Ich hab sie festgehalten, Sitt, aber nur ganz sanft, worauf sie …« Er griff sich an die Wange.

»Das ist doch nicht möglich, Daoud!«, entfuhr es Nefret. »Was hast du gemacht? Sie gefesselt und geknebelt, sie in die Habara eingewickelt und mitgeschleift?«

»Die Sitt Hakim sagte ausdrücklich, dass die Lady von niemandem erkannt werden darf.« Daouds Augen füllten sich mit Tränen wie bei einem gescholtenen Kind. Er war es nicht gewohnt, von Nefret kritisiert zu werden.

»Schimpf nicht mit ihm, Nefret. Er hat lediglich meine Anweisungen befolgt«, mischte ich mich ein. »Ich hatte nämlich starke Bedenken, dass sie sich nicht herumkommandieren lassen würde.«

»Das tut sie auch nicht«, seufzte Sethos. »Danke Daoud. Du hast dich vollkommen richtig verhalten.«

»Wollen wir das Beste hoffen«, knirschte Ramses. »Wie viele Leute haben dich mit einer vermummten, strampelnden Frau unter dem Arm gesehen, Daoud?«

»Etliche. Auf ihre Fragen hin hab ich das geantwortet, was die Sitt Hakim mir eingeschärft hatte. Dass sie eine junge Cousine von mir wäre und ihrem Vater weggelaufen, um heimlich zu heiraten.«

»Nicht schlecht«, räumte Sethos ein. »Wo ist sie jetzt?«

Daoud hatte sie mit zu sich nach Hause genommen und sie der freundlichen, aber resoluten Obhut von Khadija überlassen. Folglich bestand keine Eile. Ich beendete mein Frühstück und zog dann in aller Ruhe meine Arbeitskleidung an.

Alle wollten mich begleiten (wobei Sethos' diesbezügliches Angebot vermutlich nur vorgeschoben war), aber ich überzeugte sie, dass ein großes Begrüßungskomitee nur unerwünschte Aufmerksamkeit erzeugen würde. Ramses zog sich in sein Arbeitszimmer zurück, Daoud ging mit den anderen ins Westtal und ich machte mich allein auf den Weg nach Kurna. Mein werter Schwager blieb nämlich ungerührt sitzen und schlürfte in aller Seelenruhe seinen Kaffee.

Khadija erwartete mich schon. »Verzeih, dass ich dir solche Umstände mache«, fing ich an.

Die Arme vor der Brust verschränkt, zuckte sie die kräftigen Schultern. »Das macht mir gar nichts, Sitt Hakim. Daoud hat es wohl mehr ausgemacht.« Khadija hatte Margaret in einem ihrer Gästezimmer eingeschlossen. Der Raum hatte nur ein kleines Oberlicht, war aber zweckmäßig eingerichtet mit einer bequemen Liege, einem Waschbassin sowie Krügen mit Wasser und Fruchtsaft. Ich hatte noch einiges andere beigesteuert, um den Zwangsaufenthalt angenehmer zu gestalten, darunter eine Leselampe und einige aktuelle Romane. Als ich eintrat, saß Margaret auf einem Stapel Kissen. Sie hob den Blick und rappelte sich auf.

Viele Leute, unter ihnen auch mein Gemahl, behaupteten, Margaret und ich sähen einander ähnlich. Ich fand das zwar nicht, obwohl ihre Haare genauso dicht und schwarz waren wie meine. Sie war ein paar Zentimeter größer als ich und nicht so kurvenreich gebaut, vor allem in puncto Oberweite. Ihre Gesichtszüge wirkten ein wenig herb mit den dunklen Brauen und einer ausgeprägten Kinnpartie. In diesem Augenblick schob sich ihr Kinn noch stärker vor als sonst.

»Möchtest du lieber einen schönen Sessel im Zimmer haben?«, erkundigte ich mich, zumal sie einige Schwierigkeiten mit dem Aufstehen hatte.

»Ich möchte eine Erklärung.« Sie sank auf das Bett zurück und faltete die Hände.

»Du hast doch prima mitgespielt«, sagte ich. »Daoud

meinte, nachdem er dich Huckepack genommen hätte, hättest du keinen Muckser mehr von dir gegeben.«

»Mir war klar, dass ich gegen einen Mann wie Daoud keine Chance hätte.«

»Und dass er auf meine Anweisung hin handelte.«

»Das auch. Aber bilden Sie sich ja nicht ein, Sie könnten mich hier wie eine Gefangene wegschließen, Mrs Emerson.« In ihren dunklen Augen schwelte verhaltener Zorn. »Ich komm hier schon irgendwie raus.«

Aha, auf einmal war ich nicht mehr die liebe Amelia für sie. Ich konnte es ihr nicht verübeln.

»Wenn ich es dir erkläre, wirst du verstehen, warum ich so reagiert habe. Weißt du übrigens, dass dein Mann in tödlicher Gefahr schwebt?«

»Das ist mir nichts Neues.«

»Macht dir das denn nichts aus?«

Inzwischen funkelten ihre Augen wie glühende Kohlen. »Er hat mir vor unserer Heirat versprochen, dass er seine sogenannte Karriere an den Nagel hängt. Er hat mich angelogen. Das ist seine Sache. Aber ich kann nicht in der ständigen Sorge um einen Mann leben, dem ich dermaßen gleichgültig bin.«

Ertappt biss sie sich auf die Lippe. Also empfand sie doch mehr für ihn, als sie zugab. Da war ich mir freilich nicht mehr sicher gewesen. Ihre Affäre hatte ungeheuer stürmisch begonnen. Aber eine dauerhafte Beziehung gründet nicht auf Leidenschaft, sondern auf beiderseitiger Zuneigung und Achtung. Ich musste notgedrungen einräumen, dass Sethos da streckenweise versagte.

Allerdings war dies kein geeigneter Zeitpunkt, um ihre Eheprobleme zu klären. Damit würde ich mich später befassen. Unumwunden schilderte ich ihr Sethos' derzeitige Lage. Ich nahm kein Blatt vor den Mund, zumal ich die Hoffnung hegte, dass Margaret eine konstruktive Idee haben könnte. »Unterschätz die Gefahr für dich dabei nicht«, schloss ich.

»Sollten die Leute, die hinter ihm her sind, um seine wahre Identität wissen, dann wissen sie auch, dass ihr verheiratet seid.«

Eins musste man ihr lassen: Sie war eine ebenso nüchterne Denkerin wie ich und begriff die Zusammenhänge sofort. Ihre Züge milderten sich kaum merklich, als ihr klar wurde, dass ich mir Sorgen um sie gemacht hatte.

»Eine interessante Überlegung«, räumte sie ein. »Der Angriff auf diesen bedauernswerten jungen Mann – Nadji? – und die von ihm aufgeschnappten Kommentare lassen darauf schließen, dass man ihn irrtümlich für meinen Mann hielt. Seine Kontrahenten sind demzufolge aber wohl nicht besonders helle, wenn die beiden völlig unterschiedlich gebaut sind. Heißt das, sie wissen gar nicht so genau, wie er aussieht?«

»Daran hab ich natürlich auch schon gedacht. Eher unwahrscheinlich, dass sie keine genauen Angaben haben. Aber ich gebe zu, ich kann mir den Überfall auf Nadji nicht anders erklären.«

Margaret zuckte die Achseln. »Ich wünschte, ich könnte dir irgendwie helfen, aber ich weiß nichts über seine neueren Aktivitäten. Muss ich mich hier versteckt halten, bis die Sache geklärt ist – so oder so?«

Ich war mir nicht schlüssig, wie sie das meinte, und hatte auch keine Lust nachzufragen. »Oh, das klärt sich sicher bald auf. Du kannst natürlich nicht auf unbestimmte Zeit hierbleiben. Ich lass mir da was einfallen.«

»Das muss ich dann wohl so akzeptieren. In der Zwischenzeit –«

»Ach ja, der Sessel«, versprach ich, froh über ihre einlenkende Haltung. »Möchtest du noch etwas?«

»Ja, ich möchte alles erfahren, was du über das Grab von Tutanchamon weißt.«

»Wie bitte?«, stammelte ich.

»Dieser Gangster O'Connell ist bereits hier und hört sich

um.« Margaret zog Bleistift und Notizblock aus der Jackentasche. Ihre Augen sprühten Blitze. »Während ich eingesperrt in diesem ... diesem Verlies hocke. Mir quasi aus erster Hand zu berichten, ist immerhin das Mindeste, was du für mich tun kannst.«

Dass ich ihr höchstwahrscheinlich das Leben gerettet hatte, bedeutete einer Journalistin demnach weit weniger als eine Exklusivstory. Sie und Kevin waren seit Jahren erbitterte Konkurrenten, zumal sie es als Frau ohnehin schwerer gehabt hatte, sich einen Namen zu machen. Eine vorläufige Zusage würde sie vermutlich ruhig stellen und sie auf andere Gedanken bringen. Jedenfalls entschloss ich mich, erst einmal auf Zeit zu spielen.

»Wenn du die Zeitungsberichte verfolgt hast, weißt du vermutlich mehr als wir. Man hat uns nicht zu einer Besichtigung des Grabinneren eingeladen.«

»Und warum nicht?«, fragte sie wie aus der Pistole geschossen.

»Darüber möchte ich nicht spekulieren.«

»Aber ich.« Ihre Mundwinkel verzogen sich zu einem spöttischen Grinsen. »Beruflicher Neid? Persönliche Dissonanzen? Hat Lady Evelyn Ramses schöne Augen gemacht und Nefret ihr dafür eine geklebt?«

»Also wirklich, Margaret, deine Fantasie geht mit dir durch.« Ich reichte ihr das Buch, das ich wohlweislich für sie mitgebracht hatte. »Das ist der zweite Band von Emersons *Geschichte Ägyptens*. Wieso verfasst du nicht einfach eine aufschlussreiche Biografie von Tutanchamon und seinem berühmten Schwiegervater Echnaton?«

»Für den Anfang mag das gehen.« Sie nahm das Buch. »Aber ich erwarte täglich Bericht von dir, Amelia, über das, was im Tal passiert. Und schick mir Nefret. Da sie und Khadija dicke Freundinnen sind, fällt ein Besuch von ihr nicht weiter auf.«

Als ich ging, hatte ich das Gefühl, noch relativ gut weggekommen zu sein. Margaret war wahrhaftig ein »scharfer Hund«. Oder wie immer man das in ihrem Metier nennen mochte.

Sie hatte mit keinem Wort erwähnt, ob sie Sethos sehen könnte.

Da ich ihn auch nicht sehen mochte, ritt ich geradewegs ins Westtal statt nach Hause. Emerson hatte nach mir Ausschau gehalten; er und Nefret liefen mir nämlich schon entgegen.

»Und?«, brüllte er.

»Wie geht es ihr?«, fragte Nefret mitfühlend.

»Ich habe ihr die Situation geschildert, und sie ist bereit, vorübergehend dortzubleiben.« Ich nahm mein Taschentuch und wischte mir die Schweißperlen von Stirn und Schläfen, bevor ich hinzusetzte: »Jedenfalls solange ich sie auf dem Laufenden halte, was mit dem Grab passiert.«

Die Hände in die Hüften gestemmt, überlegte Emerson mit schief gelegtem Kopf. Die Sonne zauberte schimmernde Reflexe auf seine tintenschwarzen Locken, denn er trug wie üblich keinen Tropenhelm. Schließlich sagte er: »Eins muss man dir lassen, Peabody, deine Gerissenheit stellt mal wieder alles in den Schatten. Du jubelst mir glatt das einzig akzeptable Motiv unter, das mich dazu bewegen könnte, mich erneut auf diese überhebliche Exkavatorenbande im Osttal einzulassen.«

»Ich versichere dir, Emerson, ich wäre nicht im Traum auf die Idee gekommen, bis Margaret –«

»Hmpf«, äußerte Emerson sich entschieden.

»Sie hat außerdem darum gebeten, dass Nefret sie besuchen soll.«

»Gebeten?«

»Na ja, es ging mehr in Richtung Befehl«, räumte ich ein.

»Ich hab Khadija schon länger nicht mehr gesehen«, meinte Nefret. »Natürlich gehe ich hin. Margaret muss sich schreckliche Sorgen um ihn machen.«

»Mir kam sie eher ärgerlich als besorgt vor«, versetzte ich. »Allerdings ist Verärgerung ein Katalysator für tiefe Besorgnis, laut –«

»Sie hofft, dass du mehr ausplauderst als Peabody«, sagte Emerson mit Nachdruck. Er fürchtete vermutlich, dass ich den ihm verhassten Begriff »Psychologie« ins Gespräch bringen könnte. »Also pass auf, was du sagst, Nefret.«

»Was darf ich denn nicht sagen?«, fragte meine Schwiegertochter alarmiert.

»Hmmm.« Ich räusperte mich. »Das klären wir, bevor du hingehst.«

Da ich nach Möglichkeit bei der Wahrheit bleibe, gestehe ich dem geschätzten Leser an dieser Stelle, dass mir Margarets Befehl äußerst gelegen kam. Es wurmt mich nämlich, wenn man mich irgendwo ausschließt. Das war uns natürlich auch vorher schon bei interessanten archäologischen Aktivitäten passiert (und, zugegeben, aus vergleichbarem Anlass), aber bei dieser phänomenalen Entdeckung machte es mir wirklich zu schaffen, dass wir wie Außenstehende behandelt wurden und nicht wie kompetente Fachleute. Nach meinem Dafürhalten durften wir von Lord Carnarvon nicht mehr allzu viel erwarten. Also setzte ich auf Howard – und auf die wissenschaftlichen Kollegen, mit denen wir immer gut zurechtgekommen waren.

Allerdings verschob ich meinen Besuch auf den nächsten Tag, da noch einige kritische Punkte geklärt sein wollten. Darunter auch die Frage: Was sollten wir Cyrus erzählen? Er hatte mich bereits wegen Sethos gelöchert. Ich hatte ihn bisher vertrösten können, war meinem alten Freund aber zumindest eine Teilwahrheit schuldig, nicht zuletzt auch wegen der Sache mit Nadji. Überdies musste ich mich um das Problem Sethos kümmern, desgleichen um Margaret. Ich hatte ihr erklärt, dass mir eine Lösung einfallen würde, hatte aber nicht die leiseste Ahnung, wie diese aussehen sollte.

Das Leben gestaltete sich zunehmend kompliziert. Also verzog ich mich in ein ruhiges Eckchen und fertigte eine meiner kleinen Listen an.

Aus Manuskript H

Ramses hatte den Eindruck vermittelt, dass er die Entschlüsselung des Dokuments aufgegeben hätte. Gleichwohl hatte ihn die Sache dermaßen gefuchst, dass er heimlich weiter daran tüftelte.

Welches schreckliche Geheimnis mochte sich hinter dem Code verbergen? Ein gefährlicher Coup, eine geheime Allianz, Pläne für einen Krieg? Eine Dechiffrierung würde solche Pläne vermutlich gefährden, was wiederum implizierte, dass sie von immenser Bedeutung sein mussten. Die subtilen Machenschaften des Geheimdienstes stellten für ihn jedoch nichts Neues dar – er kannte Männer, die ihre Kollegen und Kolleginnen liquidierten, aus Motiven, die sich jeder Logik verschlossen.

Ärgerlich warf er ein hebräisches Altes Testament beiseite und konzentrierte sich die nächsten paar Stunden auf seine hieratischen Übersetzungen. Irgendwann ertappte er sich dabei, dass er angestrengt darauf lauschte, ob seine Mutter denn noch nicht aus Kurna zurückkehrte. Haareraufend lehnte er sich in seinem Sessel zurück. Allmählich überspannte sie den Bogen. Margaret Minton zu kidnappen, war wirklich nicht die feine englische Art. Ihre Beweggründe hatten plausibel geklungen – mit ihren stahlgrauen Augen und ihrer überzeugenden Argumentation gelang es ihr noch jedes Mal, ihre Zuhörer regelrecht zu hypnotisieren –, aber je mehr er darüber nachdachte, umso mehr neigte er zu dem Schluss, dass seine Mutter schlicht ihrem Hang zum Melodramatischen erlegen war.

Er nahm sich fest vor, ein klärendes Gespräch mit ihr zu

führen. Wo blieb sie nur so lange? Vielleicht war sie noch ins Westtal geritten und ließ Sethos – und ihn – schmoren.

Ein kleiner Plausch mit Sethos wäre eine willkommene Abwechslung. Er warf den Stift auf den Schreibtisch und machte sich auf die Suche nach seinem Onkel. Nachdem er im Garten nachgesehen hatte, wo die Zwillinge spielten, und auf der Veranda, fand er seinen Onkel im Hof. In einer stillen Ecke, auf einer geschnitzten Bank, flankiert von dem purpurrot blühenden Hibiskus seiner Mutter, saß Sethos mit gefalteten Händen und gesenktem Kopf, als wäre er in tiefer Meditation versunken. Abrupt blickte er auf.

»Zeit für das Mittagessen?«

»Nein.« Auf der Bank war noch Platz, aber Ramses hatte keine Lust, den Eindruck eines trauten Familienidylls zu erwecken. Er setzte sich im Schneidersitz auf den Boden. »Tut mir leid, wenn ich dich bei einem Nickerchen gestört habe.«

»Ich hab nicht geschlafen.« Sethos gähnte, als wollte er seine Äußerung Lügen strafen.

Er versucht, mich zu provozieren, sinnierte Ramses. Und wenn ich nicht aufpasse, glückt ihm das auch.

»Was hast du vor?«, wollte er wissen.

»Inwiefern? Ach, du meinst Margaret? Deine Mutter hat die Fäden fest in der Hand.« Ein weiteres herzhaftes Gähnen.

»Ganz allgemein, meine ich.« Ramses kontrollierte sich mühsam. »Wir können doch nicht ewig so weitermachen.«

»Irgendwas wird früher oder später gewiss passieren.« Gedehnt setzte sein Onkel hinzu: »Ich habe einen Plan.«

»Den du mir aber bestimmt nicht auf die Nase binden wirst, stimmt's?«

Sethos rieb sich das Kinn. Er hatte sich am Morgen nicht rasiert, und Ramses sah auf einmal die tiefliegenden Augen und die Sorgenfalten in seinem Gesicht – Zeichen der inneren Anspannung. Dann glitt das gewohnt spöttische Grinsen über seine Lippen. »Mmh tja, eigentlich habe ich den

Plan auch noch nicht zu Ende gedacht. Ich empfehle dir nur eins, Ramses: Halt dich raus aus der Sache.«

»Ich steck doch schon mittendrin. Und alle anderen auch. Das haben wir dir zu verdanken.«

»Ich hab einen Fehler gemacht«, räumte Sethos ein. »Ich hätte nicht herkommen dürfen. Aber das ist Schnee von gestern.«

Das war zweifellos richtig, doch nach Ramses' Ermessen unzureichend. Sethos fuhr lapidar fort: »Willst du wissen, was ich mir bislang überlegt habe? Okay, ich komm aus der Deckung und enttarne mich.«

»Um das Augenmerk von uns auf dich zu lenken?« Ramses hob skeptisch die Brauen. »Wie edelmütig.«

»Überhaupt nicht. Schließlich interessiere ich mich wie alle anderen für dieses Grab.«

***

Diese Äußerung teilte Ramses mit finsterer Miene seiner Mutter mit, als diese aus dem Tal zurückkehrte. »Das diskutieren wir später«, lautete darauf ihre knappe Reaktion.

Sicher, sie war staubig und erhitzt und sehnte sich gewiss nach einem Bad in ihrer »hübsche Zinkwanne«, trotzdem nagelte er sie fest.

»Mutter, Sethos pocht mit Nachdruck darauf, dass man ihn bedroht. Aber stimmt das überhaupt? Wenn ich es mir genauer überlege, tragen die Angriffe auf Vater und mich und auf Nadji verdächtig seine Handschrift – melodramatisch, aber nicht lebensgefährlich. Vielleicht waren sie nur gestellt, um zu unterstreichen, dass er in höchster Gefahr schwebt. Der einzige Tote war bislang der alte heilige Mann, und das war womöglich Zufall. Jeder Zwischenfall hätte von Sethos arrangiert werden können, womöglich ist der sogenannte Code auch bloß eine Finte.«

Sie nahm den Hut ab und schob sich die verschwitzten

Haare aus dem Gesicht. »Wieso sollte er sich die ganze Mühe machen?«

»Weil er es auf Carters Grab abgesehen hat.«

»An die Möglichkeit hab ich selbstverständlich auch schon gedacht.«

Ramses versagte sich einen unschönen Kraftausdruck. Ob seines Mienenspiels lächelte sie. »Mein lieber Junge, ich gestehe, ich neige dazu, im Nachhinein zu beteuern, ich hätte das alles schon vorher gewusst. Aber in diesem Fall überziehe ich wahrhaftig nicht. Das Zusammentreffen eines prachtvollen Funds mit dem unverhofften Besuch eines ehemaligen Antiquitätendiebs muss zwangsläufig argwöhnisch stimmen. Allerdings lassen gewisse Fakten Zweifel an dieser Theorie aufkommen. Der erste Überfall auf dich und deinen Vater beispielsweise fand lange vor Howards Entdeckung statt.«

»Sethos hat seine Informanten«, argumentierte Ramses. »Vater tippte darauf, dass dort ein Grab sei, und Sethos vermutlich auch.«

»Der Malariaschub ließ sich nicht planen.«

»Womöglich war das ein willkommener Zufall, sonst hätte eben ein anderer Vorwand für seinen Besuch herhalten müssen.«

»Klingt überzeugend.« Sie tätschelte seinen Arm. »Wenn du mich bitte entschuldigst. Cyrus kommt zum Tee.«

»Willst du ihn einweihen?«

»Wird doch höchste Zeit, oder?«

Sein Vater und Cyrus trafen in Begleitung von Suzanne ein. Ramses beschlich der leise Verdacht, dass seine Mutter das Mädchen in die Einladung nicht mit einbezogen hatte, trotzdem begrüßte sie den unerwarteten und unwillkommenen Gast mit ausgesuchter Höflichkeit. Und bot Suzanne geistesgegenwärtig an, sich vor dem Tee doch ruhig noch ein bisschen »frischzumachen«.

»Könnte mir auch nicht schaden«, grinste Nefret. »Kommen Sie mit, Suzanne. Ich glaube, Sie haben unser Haus noch gar nicht gesehen.«

»Bringt die Kleinen mit«, rief Emerson ihnen nach. Er sank in einen Polstersessel und streckte die Beine aus. »Das mit dem Tee hat Zeit, Peabody. Ich möchte einen Whisky-Soda.«

Kaum merklich die Stirn runzelnd, steuerte sie zur Tür und rief nach Fatima. Die Haushälterin tauchte so unvermittelt mit dem Tablett auf, dass Ramses annahm, sie hätte gelauscht. Das tat sie öfters, wenn Sethos zu Besuch war.

Etwas abseits von den anderen sitzend, war er ganz der zurückhaltende Außenstehende; ein mildes Lächeln auf den Lippen, fixierte er Emerson, als harrte er gehorsam dessen Anweisungen.

»Ich könnte auch einen vertragen«, erklärte Cyrus. »Ohne Soda. Also, was liegt an, Amelia? Suzanne sind Sie ja sehr elegant losgeworden; sie hatte sich mehr oder weniger selbst eingeladen. Legen Sie besser los, bevor sie zurückkehrt.«

Sie zog eine ihrer kleinen Listen aus der Rocktasche. »Wo soll ich anfangen«, sinnierte sie laut, während sie das Blatt überflog.

»Vielleicht lässt du mich anfangen«, erbot sich Sethos. Er hatte seine devote Haltung aufgegeben. »Cyrus weiß immerhin, was ich mache. Von daher wird es ihn auch keineswegs überraschen, wenn ich gestehe, dass ich bei meinem letzten Auftrag in Schwierigkeiten geriet. Ich ... ähm ... hab mir da ein gewisses Dokument ausgeborgt, an dem anscheinend etliche Leute interessiert sind. Und die sind mir seitdem auf den Fersen.«

Cyrus nickte. Seine Miene grimmig, waren seine wasserblauen Augen auf Sethos fixiert. »Sie haben den armen Nadji mit Ihnen verwechselt. Dacht' ich mir's doch. Und was steht in diesem unsäglichen Dokument?«

»Das ist ja das Problem«, erwiderte Sethos. »Es ist kodiert. Ich konnte es nicht lesen.«

»Also sind Sie hergekommen, obwohl Ihnen eine Bande von Rüpeln im Nacken saß.« Cyrus nahm das ihm von Emerson gereichte Glas in Empfang. »Ganz schön mies, auch noch Familie und Freunde mit hineinzuziehen.«

»Er hatte einen Malariaanfall«, sagte Ramses und fragte sich, wieso er seinen Onkel in Schutz nahm. »Und diese großen Unbekannten hätten so oder so bei uns nach ihm gesucht.«

Das war das Stichwort für seine Mutter. »Ramses hat Recht, Cyrus. Diese Leute kennen Sethos' wahre Identität, was summa summarum bedeutet, dass sie auch um seinen Freundeskreis wissen. Und«, setzte sie hinzu, »wer seine Frau ist.«

»Grundgütiger«, entfuhr es Cyrus. »Sie wäre die perfekte Geisel, nicht wahr? Wo ist die Dame?«

Augenblicklich schossen sämtliche Blicke zu Ramses' Mutter. Sie räusperte sich. »An einem sicheren Ort, Cyrus. Ich hab sie heute Morgen noch gesehen –«

»Sie ist hier in der Nähe?« Cyrus hatte sich zwar an die unorthodoxen Methoden der Emersons gewöhnt, aber das versetzte ihm offenbar einen Schock. »Wo? Wie? Wann ist sie –«

»Bitte Cyrus, lassen Sie mich fortfahren. Ein paar von den anderen kennen den Inhalt meines Gesprächs mit Margaret auch noch nicht, wenn Sie erlauben …«

Emerson entwich ein gequältes Stöhnen, das er flugs im Alkohol ertränkte. »Das kann dauern, Cyrus. Sie kennen ja Peabodys ausufernden Erzählstil. Kommen Sie, nehmen Sie noch einen Whisky.«

»Ich mach das schon.« Sethos, der keinen angeboten bekommen hatte, ging zum Tisch und goss sich und Cyrus ein. »Wie geht's meinem geliebten Eheweib denn so, Amelia?«

»Ausgezeichnet. Und sie hat eine Mordswut.«

»Auf mich?«, erkundigte sich Sethos.

»Auf alle, aber besonders auf dich. Sie hat mir allerdings

versprochen, in ihrem Versteck zu bleiben, solange ich sie über die weitere Exkavation von Tutanchamons Grab auf dem Laufenden halte.«

»Also deshalb ist sie hergekommen«, murmelte Sethos.

»Das war doch zu erwarten, oder? Wann hat Margaret jemals eine wichtige Story sausen lassen? Nachdem sie weiß, dass Kevin in Luxor ist, verlässt sie sich darauf, dass wir ihr Exklusivinformationen verschaffen.«

»Hmpf«, seufzte der Vater der Flüche. »Da wird sie aber schwer enttäuscht sein. Damit können wir ihr nicht dienen.«

»Genau das hoffe ich morgen zu klären«, sagte seine Frau aalglatt. »Cyrus und ich, Nefret und Ramses –«

»Da kommen sie«, warf Ramses hastig ein. Die anderen hatten sie auch gehört; man hätte schon stocktaub sein müssen, um das wilde Bellen des Hundes, das Gebrüll der Kinder und dazwischen Suzannes schrilles Lachen nicht mitzubekommen.

»Kümmern Sie sich nicht um das verfl ... verflixte Grab«, sagte Cyrus rasch. »Wie gedenken Sie denn überhaupt aus dieser Misere herauszukommen?«

»Für konstruktive Vorschläge habe ich immer ein offenes Ohr«, schnaubte Emerson.

»Wie wär's, wenn Sie sich das Dokument von einem Fachmann übersetzen ließen?«, schlug der Amerikaner vor. »Wenn ich Sie richtig verstanden habe, wollen diese Burschen genau das vereiteln.«

Emerson blieb der Mund offenstehen. Auf das Naheliegende war keiner von ihnen gekommen – außer Ramses. Er war sich seines fehlenden Fachwissens zwar unangenehm bewusst, hatte den Vorschlag aber erst gar nicht gemacht; seine Mutter und sein Vater hätten die Idee bestimmt belächelt, zumal sie sonst alles ohne fremde Hilfe bewerkstelligten, Verbrechensaufklärung inbegriffen.

Zudem gab es noch andere Hürden. Derartige Spezialisten

waren dünn gesät, und die meisten, die er kannte, arbeiteten für den Geheimdienst. Wenn seine Hypothese zutraf, wäre selbst ein Experte nur dann in der Lage, die Botschaft zu entschlüsseln, wenn er um das entsprechende Buch wüsste.

Die Zwillinge platzten herein, krähten nach ihrem Tee und boten Suzanne großzügig Kekse an. Sie hatten sie ins Herz geschlossen, was ihren Vater verblüffte. Nach einem unangenehmen Vorfall vor einigen Jahren war Carla gegenüber hübschen blonden Damen misstrauisch. Vermutlich hatte Suzanne ihren ganzen Charme spielen lassen, um die beiden für sich einzunehmen. Lachend ließ sie sich von den beiden zu einem Stuhl zerren, worauf David John sein Schachspiel herausholte.

»Suzanne möchte erst einmal in Ruhe ihren Tee trinken«, sagte seine Großmutter streng. »Vielleicht mag sie gar nicht Schach spielen.«

»Oh, ich hab's ihm doch versprochen. Ich bin sicher, er wird gewinnen.« Sie schaute David John mit weit aufgerissenen Augen an, und er starrte zurück wie ein hypnotisiertes Kaninchen. Anders als seine Schwester hatte er eine Schwäche für attraktive Blondinen.

An Sethos gewandt sagte Suzanne: »David John hat mir schon erzählt, dass Sie ausgezeichnet spielen.«

»Er gewinnt jedes Mal.« Sethos zwirbelte seinen Schnurrbart und lächelte charmant. Er neigte dazu, seine Rolle zu überziehen. Suzanne strahlte zurück. Sie war nicht wirklich hübsch, überlegte Ramses unbeeindruckt; ihre Wangenknochen waren zu breit und ihr Kinn zu weich. Zugegeben, er hatte Vorurteile. Was ihn betraf, gab es keine schönere Frau als Nefret.

Nur Misur war nach Kurna aufgebrochen, um Khadija und ihren Gast zu besuchen. Gottlob war sie bei Tageslicht losgezogen und nicht erst nach dem Abendessen. Und sie hatte ihm fest versprochen, sich von Daoud nach Hause begleiten zu lassen.

Als er sich wieder den anderen zuwandte, bemerkte er, dass Sethos Emerson aus seiner brütenden Lethargie gerissen hatte, indem er ihm über das Grab berichtete. (Der Begriff bedurfte keiner näheren Erklärung – es gab zu jenem Zeitpunkt nämlich nur dieses eine neu entdeckte Grab in Ägypten.)

»Woher weißt du das?«

»Ich lese die Zeitungen, Professor. Carnarvon hat der *Times* schon vor zehn Tagen ein Statement zukommen lassen, dass das Grab in der 25. Dynastie ausgeraubt wurde.«

»Das ist doch völliger Quatsch«, erregte sich Emerson. »Wenn die Existenz des Grabes seinerzeit bekannt gewesen wäre, hätte man es komplett geplündert. Und außerdem –«

»Die Argumentation ist uns geläufig, Emerson«, unterbrach ihn seine Frau. »Das Grab kann nach der 20. Dynastie nicht mehr geöffnet worden sein; die Arbeiterhütten aus der Herrscherzeit von Ramses VI. versteckten nämlich den Eingang und wurden nicht angerührt, bis Carter sie neulich hat abtragen lassen. Wieso billigt Howard, dass Carnarvon solche fadenscheinigen Behauptungen aufstellt?«

»Ist doch offensichtlich, oder?«, warf Sethos lapidar ein. »Der Inhalt eines intakten Grabes gehört der Antikenverwaltung. Die Definition von ›intakt‹ ist sicher Interpretationssache, aber wenn der Raub während der Periode stattfand, in der die meisten anderen Königsgräber auch geplündert wurden, steht den Entdeckern ein Anteil an den Artefakten zu.«

Emerson grummelte beifällig. Suzanne schenkte Sethos ein bewunderndes Lächeln. »Wie scharfsichtig von Ihnen, Mr Bissinghurst. Sie wissen eine ganze Menge über dieses Thema.«

»Jedenfalls genug um zu wissen, dass Carter und Carnarvon Probleme bekommen werden.« Sethos neigte in gespielter Bescheidenheit den Kopf. »Bislang ist die *Times* die einzige Zeitung, die Exklusivberichte von den Exkavatoren bezieht. Alle anderen müssen sich mit Informationen aus zweiter Hand begnügen, weshalb die ägyptischen Journalisten auch fuchsteufelswild sind, weil sie schnöde übergangen werden. Und das in einem politischen Klima, in dem die Nationalisten sich erneut erheben.« Er schüttelte den Kopf.

»Und in dem Monsieur Lacau auf einen eleganten Vorwand sinnt, wie er die Statuten über den Verteilungsschlüssel von Kunstschätzen ändern kann«, setzte Emerson hinzu. »Carnarvons Konzession besagt, dass das Museum die königlichen Mumien, die Sarkophage und alle weiteren Objekte von historischer und archäologischer Bedeutung bekommt. In letztere Kategorie fällt natürlich alles, wenn man so will. Wenn es nach mir ginge, käme der gesamte Grabinhalt sowieso in das Kairoer Museum. Bei Teti-Scheris Grabfund haben wir seinerzeit auch nichts für uns beansprucht.«

»Aber wir«, seine Frau schob ihr Kinn vor, »sind nicht Carnarvon. Im Grunde seines Herzens ist er doch nichts weiter als ein Sammler.«

»Schätze, das könnten Sie von mir auch behaupten«, sagte Cyrus entwaffnend offen. »Ich hab auch nicht Nein gesagt, als Monsieur Lacau mir einen Anteil von den Artefakten aus dem Grab der Gottesgemahlinnen anbot.«

»Sie sind seit Jahren hier in Ägypten als Exkavator tätig«, sagte Emerson. »Und Sie arbeiten hart und gewissenhaft.«

Komplimente wie dieses hörte man nur selten aus Emersons Mund. Cyrus' faltiges Gesicht strahlte vor Freude. »Für Carnarvon ist die Archäologie ein reiner Zeitvertreib«, fuhr der Professor fort. »Und Carter handelt mit Antiquitäten, für seinen Mäzen und für andere. Im Grunde genommen wollen die beiden aus dem Fund doch nur Kapital schlagen.«

»Aber Emerson, wie kannst du so etwas behaupten!«, krittelte seine Frau. »Und du bist unfair zu Howard; als er noch Angestellter der Antikenverwaltung war, hat er exzellente Arbeit geleistet. Später war er dann leider von Käufern und reichen Gönnern wie Carnarvon abhängig. Behalt deine

Einschätzung bitte für dich, ja? Und lieg mir um Himmels willen nicht damit in den Ohren, dass du mich morgen ins Osttal begleiten möchtest.«

»Ich frag dich doch nicht um Erlaubnis, wenn ich irgendwas will, Peabody. Zudem kriegen mich keine zehn Pferde zu diesem unsäglichen Grab. Die Sache interessiert mich nicht mehr«, verkündete Emerson trotzig.

»Und wenn ich Sie darum bitten würde?«, fragte Cyrus hoffnungsvoll.

»Aber gern, Cyrus. Tut mir leid, aber sonst niemand.« Sie bedachte Suzanne mit einem freundlichen Lächeln, und das Mädchen schloss hastig den Mund.

»Hmpf«, machte Emerson. »Ramses, merkst du eigentlich nicht, dass sich dieses Kind hemmungslos mit Kuchen vollstopft? Nachher beim Abendessen hat sie keinen Hunger.«

Ramses entfernte seine Tochter aus der näheren Umgebung des Teetischchens, worauf ihre Gäste den Wink aufnahmen und sich verabschiedeten.

Sobald sie allein waren, ließ seine Mutter die Bombe platzen. Sie deutete auf das Posteingangskörbchen und sagte: »Heute ist ein Telegramm von David gekommen. Er kommt nach Ägypten, mit Sennia und Gargery.«

»Grundgütiger.« Unwillkürlich umklammerte Ramses das strampelnde Kind fester.

Carla kreischte vor Vergnügen. »Onkel David? Und Sennia! Und Gargery!«

»Das wird sicher schön«, murmelte David John.

»Nein, es wird … ähm, ja doch«, meinte Emerson mit erstickter Stimme. »Sehr schön sogar. Gute Güte, Peabody, ich hab Gargery unmissverständlich erklärt, dass er seinen Allerwertesten nie wieder nach Ägypten bewegen soll. Immerhin ist er unser Butler und nicht unser Leibwächter, Kruzifix noch mal!«

»Deine Ausdrucksweise, Emerson«, wies seine Frau ihn

zurecht. »Gargery wähnt sich verpflichtet, uns im Ernstfall zu verteidigen; wäre schließlich nicht das erste Mal, dass er sich mit einem Knüppel zur Wehr setzt; außerdem hat er sich im Alleingang zu Sennias persönlichem Leibwächter erklärt.«

»Der alte Zausel kann kaum noch krauchen«, stöhnte Emerson.

»Er beteuert, dass sich sein Rheuma in dem trockenheißen Klima bessert. Vom medizinischen Standpunkt kann ich das nur bejahen.«

»David leidet aber nicht an Rheuma«, knurrte der Professor. »Hölle und Verdammnis. Schätze, es ist das verfl – äh – vermaledeite Grab.«

»Sie kommen, weil sie den Jahresausklang mit uns verbringen möchten«, widersprach seine bessere Hälfte. »Ist dir eigentlich klar, dass Weihnachten vor der Tür steht?«

Damit hatte sie ihm den Wind aus den Segeln genommen. Wortlos schälte er sich aus seinem Sessel und steuerte zur Whiskykaraffe.

***

Am nächsten Morgen tauchte Cyrus zeitig auf, »in alter Frische« nannte er das. Er trank mit uns Kaffee, und auf meine Bitte hin berichtete Nefret noch einmal von ihrem Besuch bei Margaret. »Sie ist geradezu versessen auf eine Exklusivgeschichte«, gab sie stirnrunzelnd zu bedenken. »Ständig fing sie wieder von unserem Zerwürfnis mit Lord Carnarvon an. Ich hab die Sache heruntergespielt und ihre Behauptungen entkräftet, aber wir werden ihr wohl ein paar wesentliche Fakten liefern müssen, sonst wird sie über einen Skandal berichten.«

»Was für einen Skandal?«, wollte Ramses wissen. »Und welche Behauptungen?«

»Das möchtest du sicher gar nicht wissen«, sagte Nefret mit einem schelmischen Augenzwinkern zu ihrem Mann.

»Aber es hat doch gar keinen –«

»Wenn es sein muss, erfinden Zeitungsreporter und Journalisten skrupellos irgendwelche Skandale«, mischte ich mich ein. »Nefret, ich möchte, dass du mich heute ins Tal begleitest. Du hast ein Händchen für solche Gentlemen, und wieso sollte Carnarvon etwas gegen dich haben? In der fraglichen Nacht warst du gar nicht bei uns. Im Grunde genommen war Emerson der Einzige, der abgestraft wurde.«

»Stimmt das?«, erkundigte sich Cyrus. »Und wieso drücken wir uns dann hier herum, als hätten wir etwas Verwerfliches getan?«

»Wenn ich ehrlich bin«, räumte ich ein, »hab ich mich beeinflussen lassen von ... Ach, nichts für ungut. Ab jetzt verhalten wir uns so, als wäre nichts gewesen.«

Emerson hatte geschwiegen und so getan, als bekäme er die kleinen Seitenhiebe und die vorwurfsvollen Blicke in seine Richtung nicht mit. Jetzt knallte er die Kaffeetasse auf den Unterteller.

»Ich reite ins Westtal«, tat er kund. »Um dort zu arbeiten. Nördlich von WV 25 schließt sich ein interessantes Gebiet an. Ich werde die Crew anweisen, das Geröll bis zum Sedimentgestein abzutragen.«

»Viel Glück«, meinte Cyrus.

»Pah«, schnaufte Emerson.

Zum besseren Verständnis meiner geschätzten Leser möchte ich kurz auf die Nomenklatur der Gräber eingehen, ein System, mit dem um 1820 begonnen wurde. Seitdem wurden Grabstätten nach der Reihenfolge ihrer Entdeckung numerisch hinzugefügt. Die im Osttal zugänglichen wurden mit den Initialen KV versehen, die im Westtal mit WV. Von letzter Gattung existieren nur vier, doch mein werter Gemahl hatte schon immer gemutmaßt, dass sich weitere Eingänge in den zerklüfteten Felsen rings um das Tal verbargen.

Wir fanden Selim im Stall, wo er unter dem Automobil lag. Als er uns hörte, glitt er darunter hervor und glättete sittsam seine Robe. »Ich denke, ich hab den Schaden behoben, Sitt. Soll ich euch ins Tal fahren?«

»Wo ist Emerson?«, fragte ich, verblüfft, dass er die Reparaturarbeiten nicht tatkräftig unterstützte.

»Nachdem er sein Pferd gesattelt hatte, galoppierte er lauthals fluchend los«, sagte Selim. »Er wollte nicht mehr warten.«

»Auch gut«, murmelte ich. »Er hatte ziemlich schlechte Laune. Der Rest von uns will ins Osttal, allerdings hättest du Emerson besser ins Westtal begleitet, Selim. Aber nicht mit dem Wagen.«

Selim sah mich trotzig an, dennoch war ihm bewusst, dass er sich nicht mit mir anlegen durfte. »Stimmt es, dass David und die kleine Taube demnächst kommen?«

Kleine Taube war Sennias Kosename. Unsere ägyptische Familie vergötterte sie und auch David, der durch seinen Großvater mit den meisten verwandt war.

»Gargery kommt auch«, bemerkte ich.

»Ah«, meinte Selim.

Er half Jamad beim Satteln der Pferde und ritt mit uns bis zu der Straße, die ins Westtal führte. Dort machte er kehrt und winkte uns zum Abschied. Wir steuerten zum Eingang des Osttals, wo wir die Pferde auf der Koppel zurückließen und uns dem Touristenstrom anschlossen. Unterwegs trafen wir ausgerechnet auf die Person, die ich lieber von hinten gesehen hätte. Fesch mit Tropenhelm und locker gegürteter Safarijacke schloss Kevin O'Connell zu mir auf. »Guten Morgen, Mrs Emerson Ich hatte schon viel eher mit Ihnen gerechnet.«

»Ach, lassen Sie mich doch in Ruhe«, murmelte ich und versetzte ihm einen leichten Knuff mit dem Ellbogen. Kevin setzte eine beleidigte Miene auf und grinste dann.

»Ihr Wunsch sei mir Befehl, Ma'am. Man sieht sich.«

Rings um den Grabeingang waren provisorische Wände hochgemauert worden sowie ein kleiner Schuppen für

Werkzeug und Wachleute. Nach der denkwürdigen Nacht vor einigen Wochen hatte Howard seine Lektion gelernt; der Grabeingang wurde inzwischen von ägyptischen Soldaten bewacht und von Mr Callender, der auf der Mauer hockte, eine Flinte auf den Knien. Als er uns sah, setzte er sich ruckartig auf und bekam einen Hustenanfall. Die Luft war nämlich ungeheuer staubig.

Ich begrüßte ihn mit einem strahlenden Lächeln.

»Guten Morgen, Mr Callender. Wissen Sie, Sie sollten wirklich Ihren Helm aufsetzen.«

Er blickte vorsichtig von mir zu Ramses und Nefret, und von Cyrus zu Sethos. Da Emerson ganz offensichtlich nicht mit von der Partie war, entspannte er sich erleichtert und begrüßte uns höflich.

Die Schutthalden vor dem Grabeingang waren inzwischen beseitigt worden und die Arbeiter mit der Freilegung der Treppe beschäftigt. Mitten in dem Geröll stand ein Felsbrocken mit einem aufgemalten Wappen – dem Seiner Lordschaft vermutlich – da sonst niemand Wappenträger war.

»Irgendwelche Probleme?«, fragte ich beim Näherkommen.

»Nein, Ma'am.«

Ein spürbares Tippen von Sethos an meinen Ellbogen ließ mich hinzufügen: »Ich glaube, Sie haben Mr Anthony Bissinghurst noch nicht kennengelernt, einen unserer neuen Stabsmitarbeiter. Sein Fachgebiet sind demotische Schriften, er ist sozusagen Spezialist für die Amarna-Periode.«

»Sehr erfreut, Sir«, meinte Sethos hochtrabend. »Ihr Berufsethos und Ihre Kompetenz sind in Ägypten Legende geworden.«

Mein Schwager wusste genau wie ich, dass Menschen für die abstrusesten Komplimente empfänglich sind. Callender strahlte wie ein Honigkuchenpferd, sichtlich froh über ein bisschen Abwechslung. Er hievte sich auf die Füße. »Verzeihen Sie, meine Damen, dass ich nicht gleich aufgestanden bin. Möchten Sie sich auf ... auf die Mauer setzen?«

»I wo, wir möchten Sie nicht lange aufhalten«, erwiderte Nefret mit ihrem anziehenden Grübchenlächeln. »Wir wollten nur kurz Hallo sagen und Ihnen eine Flasche von Fatimas Limonade vorbeibringen.«

Es war ihre Idee gewesen mit der Limonade, die begeistert Anklang fand. Callender nahm einen durstigen Schluck. »Sehr aufmerksam von Ihnen«, murmelte er, sich mit einem schmutzigen Taschentuch den Mund wischend. »Und lassen Sie mich hinzufügen, Mrs Emerson, wie bezaubernd Sie ausschauen. Wir haben uns immerhin eine ganze Weile nicht gesehen.«

Das Kompliment galt nicht mir. Nefret erwiderte zuckrig: »Wir hatten leider keine Zeit zu kommen. Jede Menge Arbeit und so ... Aber jetzt sind wir ja da und bereit einzuspringen, wo nötig. Falls, und da sei Gott vor, Sie medizinische Hilfe brauchen, wenden Sie sich bitte vertrauensvoll an mich.«

Das war ein weiterer Punkt, den ich nicht bedacht hatte. Nefret war die kompetenteste Ärztin in ganz Luxor. Mr Callender wischte sich den Schweiß von seiner beginnenden Stirnglatze.

»Sehr nett von Ihnen, Ma'am. Ehrlich gesagt ist mir ein bisschen schwummerig.«

»Kein Wunder bei der Hitze und wenn Sie den ganzen Tag hier im Staub hocken«, meinte Nefret.

»Einer muss es schließlich machen«, sagte Callender edelmütig. »Um Aasgeier wie den da zu verscheuchen.« Mit einem missfälligen Kopfnicken deutete er auf einen der Umstehenden, der eben den Tropenhelm zurückschob und rote Locken enthüllte.

»Ist die Presse sehr lästig für Sie?«, fragte ich mitfühlend. Im Stillen beglückwünschte ich mich dazu, dass ich Kevin zu mehr Distanz verdonnert hatte.

»Der Kerl ganz besonders. Er behauptet, er sei ein Freund von Ihnen.«

Ich lachte abfällig. »Er ist bestimmt kein Freund von mir, Mr Callender. Aber Sie wissen ja, wie erfinderisch solche Zeitungsleute sind, wenn es um ihre Interessen geht.«

»Diese Burschen verschwenden lediglich ihre Zeit«, versetzte Callender. »Hier gibt es nichts Interessantes zu sehen.«

»Wann wird Mr Carter aus Kairo zurückerwartet?«, fragte Cyrus.

Callender zögerte. »Täglich.«

»Und dann wird das Grab wieder geöffnet?«, bohrte Cyrus weiter.

Ich stupste ihn heimlich mit meinem Schirm an. Direkte Fragen drängen Menschen in die Defensive.

»Wir müssen weiter«, wandte ich ein. »Kommen Sie doch mal zum Tee vorbei, Mr Callender. Sie sind immer willkommen. Hier, nehmen Sie das.« Ich öffnete den Schirm und drückte ihm den Griff in die Hand. »Ich hab noch andere.«

»Wirklich schade, dass wir kein Foto von Mr Callender machen konnten. Behütet von deinem Schirm«, kicherte Nefret hinterher.

»Der Bursche ließ aber auch gar nichts raus«, muffelte Cyrus.

»Immerhin haben wir einen Fuß in der Tür«, erwiderte ich. »Und das ist in erster Linie Nefret zu verdanken. Nun, wie dem auch sei, ich habe andere Informationsquellen.«

Ramses hatte länger geschwiegen. »War das da auf dem Felsquader etwa Carnarvons Wappen?«

»Ich nehme es an«, antwortete ich.

»Ziemlich arrogant, was?«

»Die ägyptische Regierung wird das sicher nicht gut aufnehmen«, räumte ich ein. »Anthony hat leider Recht. Carnarvon bekommt ernsthafte Schwierigkeiten, wenn er sich weiterhin so benimmt, als wäre das Grab sein Privateigentum.«

»Davis hat sich nie anders verhalten«, meinte Ramses korrekterweise.

»Die Zeiten haben sich geändert, Ramses. Seit den Unabhängigkeitsverhandlungen haben die Ressentiments gegenüber Ausländern drastisch zugenommen. Und diese Entdeckung ist ein gefundenes Fressen, um weitere Animositäten zu generieren.«

»Darf ich Sie zitieren, Mrs Emerson?«

»Unterstehen Sie sich«, fauchte ich. Auch ohne mich umzuschauen, war mir sonnenklar, wer soeben seine Lauscher aufgestellt hatte. »Verschwinden Sie, Kevin.«

»Aber Mrs Emerson, das schadet doch keinem.«

»Oh doch, und das wissen Sie so gut wie ich. Gute Güte, Kevin, sind wir eigentlich Ihre einzige Informationsquelle?«

***

Emerson hatte nicht wirklich vergessen, dass Weihnachten vor der Tür stand. Dem beugte David John schon vor: Der Kleine hatte nämlich einen Kalender an eine Kinderzimmerwand geheftet und strich die Tage nacheinander durch. Und Carla hielt uns mit Wunschzetteln auf dem Laufenden.

»Ein Bogn mit Feiln«, las ich, als ich ein solches Dokument in Händen hielt. »Deine Rechtschreibung ist ebenso indiskutabel wie dein Wunsch, Carla. Du glaubst doch nicht im Ernst, dass wir dir eine Waffe schenken.«

»Dann frag ich eben Großpapa.« Carla strafte mich mit einem bitterbösen Blick.

»Dein Großvater ist damit genauso wenig einverstanden.«

Letztlich erinnerten mich die Zettel daran, dass ich noch Weihnachtseinkäufe zu erledigen hatte. Eine weitere Pflicht neben vielen anderen. Manch einer könnte jetzt behaupten, dass ein schönes besinnliches Weihnachtsfest weniger wichtig wäre als die Befindlichkeiten von Sethos und Margaret.

Da ich keinen blassen Schimmer hatte, wie wir mit den Problemen der beiden umgehen sollten, beschloss ich, mich mit einem Einkaufsbummel auf andere Gedanken zu bringen. Mein letzter Besuch bei Margaret war ein Schlag ins Wasser gewesen. Sie hatte sich über ihr »Gefängnis« aufgeregt und mich bezichtigt, ihr keine aktuellen Informationen über das Grab zu liefern.

Als ich ankündigte, ich wolle nach Luxor fahren, erbot sich Sethos noch vor allen anderen, mich zu begleiten. »Wieso das?«, fragte ich argwöhnisch.

»Wegen der Geschenke für die Kinder natürlich.« Mein Schwager machte große Augen à la Suzanne Malraux. »Außerdem solltest du in Begleitung fahren, liebe Amelia. Wer weiß, welche kriminellen Gestalten bereits auf der Lauer liegen?«

»Du würdest doch beim kleinsten Tumult Fersengeld geben«, meckerte Emerson.

»Ich brauche keinen Aufpasser«, entschied ich. »Aber ein bisschen Gesellschaft wäre nicht schlecht. Hast du nicht Lust mitzukommen, Nefret?«

»Aber gern. Ich hab nämlich noch kein Geschenk für die Zwillinge, und ich brauche noch etwas für Tante Evelyn und Onkel Walter und für David.«

Also fuhren wir zu dritt. Sethos wirkte sehr gediegen in Flanellhose mit braunem Tweedsakko – beides stammte, wie ich sofort feststellte, von Ramses. Während Daouds Sohn Sabir das Boot startete, rief ich meinem Schwager zu: »Wie lange willst du Ramses' Sachen eigentlich noch tragen? So üppig ist sein Kleiderschrank nun auch wieder nicht gefüllt.«

»Erwartest du jetzt etwa, dass ich meinem Schneider in Kairo einen Auftrag telegrafiere?«, versetzte Sethos leicht verschnupft.

»Die Frage ist, unter welchem deiner vielen Pseudonyme? Also gut, vergiss es. Ich werde einen Auftrag für Ramses durchgeben. Zum Glück haben Davies, Bryan & Company seine Maße.«

Ich war schon länger nicht mehr in Luxor gewesen, und meine Stimmung hob sich zusehends, als Sabirs Fährboot uns über das funkelnde Wasser trug. Zuvor hatte Ramses mich beiseitegenommen und mir ins Gewissen geredet, Nefret nur ja nicht allein zu lassen und die unsicheren Stadtteile zu meiden. Das hatte ich ohnehin vor. Außerdem würde ich darauf bestehen, dass Sethos bei uns bliebe, falls er den Alleingang plante. Aber er machte keinerlei Anstalten, sondern schlenderte, untergehakt von Nefret und mir, lässig zwischen uns wie ein Tourist.

Falls er bewusst auf sich aufmerksam machen wollte, hatte er Erfolg. Wir trafen immer wieder auf Bekannte, blieben kurz stehen und hielten ein Schwätzchen. Leider Gottes auch mit einer Reihe von Leuten, die wir nicht kannten. Die Konversation verlief dann zwangsläufig nach folgendem Schema: »Ah, Mrs Emerson, ich bin sicher, Sie erinnern sich noch an mich. Miss Jones von der Familie Jones aus Berkshire. Ich hoffe doch sehr, dass wir Sie und Ihren werten Gatten alsbald einmal zum Dinner einladen dürfen.«

Ich gab allen zu verstehen, dass sie sich diesbezüglich keine Hoffnung zu machen bräuchten.

Wir machten einen Bummel durch die Geschäfte. Sethos gab sich ungemein gesellig und kaufte bergeweise Silberschmuck und Seidenschals. Das kleine Luxor bot nicht allzu viel Auswahl – hauptsächlich Souvenirs und Kopien begehrter Artefakte –, aber auch Holzschnitzereien, handgewebte Stoffe und Alabastergefäße. Wir krönten unseren Ausflug mit einem Mittagessen im Winter Palace Hotel, wo es auch europäische Waren zu kaufen gab.

»Kommt, lasst uns auf der Terrasse essen«, schlug Sethos vor. »Es ist so schön draußen.«

»Wenn wir einen Tisch bekommen«, sagte Nefret, denn die Terrasse war sehr gut besucht.

»Amelia bekommt immer einen Tisch«, meinte Sethos.

Das erwies sich als richtig. Nachdem wir glücklich saßen, durchwühlte Nefret ihre Einkäufe. »Malkasten und Buntstifte für David John, Silberketten für Carla, aber ich hab noch nichts für Onkel Walter.«

»Männer sind immer schwierig«, bekräftigte ich.

Sethos, der mit dem Profil zu uns auf seinem Stuhl saß und die Straße überblickte, sagte: »Ich hab mir schon überlegt, ob ich nach Kairo fahren soll, um sie dort zu treffen. Gib mir eine Liste mit, und dann seh ich, was ich für euch tun kann.«

»Hältst du das wirklich für eine gute Idee?«, forschte ich.

»Wieso nicht?«

»Das weißt du doch ganz genau. Ist es nicht vielleicht eher so, dass du Margaret aus dem Weg gehen willst? Du hast sie noch kein einziges Mal besucht.«

»Du warst doch diejenige, die ausdrücklich betonte, wir sollten keine schlafenden Hunde wecken. Vielleicht kann ich –«

Er brach abrupt ab, da jemand an unserem Tisch verharrte. Besagte Person zog den Hut und verbeugte sich knapp.

»Ah, Sir Malcolm«, sagte ich und sinnierte fieberhaft, wie viel er von unserem Gespräch aufgeschnappt haben mochte. »Wo haben Sie denn gesteckt? Seit unserem unerwarteten Zusammentreffen im Tal der Könige habe ich Sie nicht mehr gesehen.«

Mit Sicherheit trug er eine Perücke. Sein Haar war zu schneeweiß, zu voll.

Sir Malcolm quittierte meine kleine Spitze mit einem Lächeln. »Ein interessanter Abend, nicht wahr? Darf ich mich für ein paar Minuten zu Ihnen gesellen?«

»Aber gewiss doch«, erwiderte ich. »Erinnern Sie sich noch an Anthony Bissinghurst? Sie haben sich im letzten Jahr kurz kennengelernt.«

»Es ist mir ein Vergnügen, Sie wiederzusehen, Mr Bissinghurst.« Sir Malcolm verbeugte sich erneut, sehr galant, und fixierte Sethos intensiv. »Wie mir zu Ohren gekommen ist, sind Sie Mitglied der Emersonschen Crew. Als Exkavator oder?«

»Mein Fachgebiet sind demotische Schriften«, erklärte Sethos. »Ich werde die große Ehre haben, mein Wissen mit einem Experten wie Ramses Emerson zu vertiefen.«

Der Kellner kam, um unsere Bestellungen aufzunehmen. Ich bat ihn, einen weiteren Stuhl an unseren Tisch zu schieben. Mein Schwager musterte Sir Malcolm mit unverhohlenem Interesse und merkte sich jedes Detail. Ich konnte nur hoffen, dass er nicht vorhätte, ein weiteres Mal in die Identität des fraglichen Gentleman zu schlüpfen. Im Vorjahr hatte er das kurz probiert und war haarscharf an einer Katastrophe vorbeigeschrammt, da der echte Sir Malcolm urplötzlich bei uns auftauchte. Ich hätte mir fast gewünscht, es wäre zu einer Konfrontation der beiden gekommen – Sir Malcolm im Doppelpack, von Angesicht zu Angesicht, gleichermaßen schockiert. Da wäre selbst dem eloquenten Halbbruder meines Göttergatten nichts Gescheites mehr eingefallen, womit er sich geschickt aus der Affäre hätte ziehen können.

»Mutter.« Nefret tippte mich behutsam an. In diese reizvolle Vorstellung versunken, hatte ich den Gesprächsfaden verloren. Sir Malcolm hatte mich etwas gefragt.

»Wie bitte?«, fragte ich.

»Ich will es einmal direkter formulieren«, sagte der Sir, der meine leichte Entrücktheit irrtümlich für Verblüffung hielt. »Ich glaube, wir können uns gegenseitig helfen, Mrs Emerson. Ihr werter Gatte will doch immer noch bei diesem Grab mitmischen. Ich kann mich für ihn einsetzen.«

»Unmöglich.« Ich schüttelte den Kopf.

»Überhaupt nicht. Carnarvons Torheit, sich illegal in dem Grab aufzuhalten, bringt ihn in eine zweifelhafte Lage.

Wenn Monsieur Lacau zu überzeugen wäre, dass Seine Lordschaft und Carter wertvolle Artefakte mitgehen ließen, hätte die Antikenverwaltung jede Handhabe, ihre Konzession zu annullieren.«

Aus Nefrets Kehle rang sich ein gequältes Stöhnen, gleichwohl überließ sie es mir zu antworten. Ich schwieg beharrlich, während ich den infamen Vorschlag erwog. Sir Malcolm fuhr mit wachsender Begeisterung fort: »Bislang sind es nur Gerüchte. Aber wenn Sie und ich – sowie die weiteren nächtlichen Beteiligten – zu Monsieur Lacau gingen und wir uns gegenseitig unsere Zeugenaussagen bestätigten, dann könnte er es nicht länger ignorieren. Und wenn doch, dann müsste man ihm eben mit einer öffentlichen Enthüllung drohen. Sie haben Freunde im Zeitungsgewerbe; einer dieser Journalisten war ebenfalls Zeuge von Carnarvons Aktion. Er würde sich die Finger lecken nach so einer Story.«

»Wie ich sehe, haben Sie alles bis ins Kleinste durchdacht«, sagte ich.

»Der Professor ist eine unanfechtbare Autorität«, salbaderte Sir Malcolm unbeirrt weiter. »Seine Reputation ist außerordentlich. Niemand würde darauf kommen, dass er und ich – ähm –«

»Gemeinsame Sache machen«, murmelte ich. »Sehr richtig. Dass er Sie nicht ausstehen kann, ist schließlich ein offenes Geheimnis. Wenn Ihr Plan Erfolg hätte, würden Sie aber doch sicher erwarten, dass wir uns erkenntlich zeigen, nicht?«

Sir Malcolms fahle Wangen nahmen einen fiebrigen Rotton an. »Sie haben die Grabbeigaben gesehen. Jedes dieser Stücke wäre die Trophäe in einer Sammlung.«

Nefret konnte sich nicht mehr beherrschen. »Wie können Sie so etwas vorschlagen?«, platzte sie heraus.

»Na, na«, beschwichtigte ich. »Ich möchte ja nicht unhöflich sein, Sir Malcolm, aber ich denke, Sie gehen jetzt besser, bevor meine Tochter etwas Unüberlegtes tut. Sie ist eine ungemein integre Person, müssen Sie wissen.«

Der subtile Hinweis stieß bei Sir Malcolm auf taube Ohren. Er war ein leidenschaftlicher Sammler, ein prinzipienloser Fanatiker, aber auch ein cleverer Stratege, der wusste, wann er sein Pulver verschossen hatte. Er erhob sich, winkte seinem Diener, der zu ihm hastete und ihm seinen Spazierstock reichte.

»Überlegen Sie es sich, Mrs Emerson, und beraten Sie sich mit Ihrem werten Gemahl. Ich hoffe, ich höre alsbald wieder von Ihnen.«

Er schnippte mit den Fingern. Sein Diener öffnete einen Sonnenschirm, worauf Sir Malcolm, beschattet wie ein Fürst, davonstakste.

»Mutter«, sagte Nefret in einem äußerst bedenklichen Tonfall. »Das wirst du doch nicht tun, oder? Das kannst du nicht tun!«

Der Ober stellte einen Teller Hühnchen mit Reis vor mich. »Das sieht sehr appetitlich aus«, lobte ich. »Iss, Nefret, damit du bei Kräften bleibst. Natürlich habe ich nicht die Absicht, bei diesem abgekarteten Spiel mitzumachen.«

»Trotzdem, die Idee ist grandios«, murmelte Sethos. »Könnte glatt funktionieren.«

»Emerson würde Zeter und Mordio schreien«, informierte ich ihn. »Also versuch erst gar nicht, eigene Ideen zu entwickeln. Ich hab Sir Malcolm nur deswegen zugehört, weil ich ihm Informationen entlocken wollte. Fakt ist, dass er fest entschlossen ist, sich Objekte aus diesem Grab zu sichern. Und er wird vor nichts Halt machen. Falls sein Plan nicht aufgeht, probiert er etwas anderes, einschließlich Mord. Wir sind es Lord Carnarvon schuldig, dass wir Sir Malcolm genauestens observieren.«

»Jetzt übertreibst du«, protestierte Nefret. »Sicher, er kennt keine Skrupel, aber ein Mord?«

»Du kannst die Sammlermanie nicht nachvollziehen,

Nefret. Bei den Artefakten in Tutanchamons Grab würden noch ganz anderen Leuten die Sicherungen durchbrennen.«

»Sie hat Recht.« Sethos nickte Nefret zu. »Diese bemalte Truhe beispielsweise –«

»Frag einen, der es wissen muss«, sagte ich, meinen Schwager mit einem todbringenden Blick durchbohrend.

***

Ich hatte gehofft, Mr Callender würde den Tee mit uns einnehmen, aber es wurde sechs Uhr und er kam nicht. »Auch gut«, sagte ich zu Nefret. »Dann vielleicht morgen. Er sah gar nicht gut aus.«

Emerson, der sich zu einer Partie Schach mit David John hatte breitschlagen lassen, sah vom Brett auf. »Du hast ihm doch nichts in die Limonade getan, oder Peabody?«

»Ich wusste gar nicht, dass Nefret welche dabeihatte.«

Sethos prustete los, und Nefret sagte scharf: »Bring du sie nicht auch noch auf dumme Ideen.«

In den letzten Tagen war sie nicht gut auf Sethos zu sprechen gewesen. Und ich wurde das Gefühl nicht los, dass Margaret ihr in den glühendsten Farben all seine Verfehlungen als Ehemann geschildert hatte. Als berufstätige Frau solidarisierte sich Nefret natürlich mit anderen, voll im Berufsleben stehenden Frauen, und als Ehemann gab Sethos neben Ramses eine ziemlich mickrige Figur ab.

Margaret hatte mir durch Daoud übermitteln lassen, dass sie an jenem Abend meinen Besuch erwartete. Ich beschloss hinzugehen, obwohl ich ihr den Wunsch nach einer Exklusivgeschichte natürlich nicht erfüllen konnte. Sir Malcolms bizarren Plan durfte ich ebenfalls nicht erwähnen, obwohl sie dieser gewiss brennend interessiert hätte. Und falls Kevin eher von der Geschichte erfuhr, würde Margaret bestimmt toben.

Allerdings beschwichtigte ich mich damit, dass Kevin es

nicht wagen würde, ohne unser Einverständnis etwas zu publizieren. Nachdem ich Emerson von Sir Malcolms Vorschlag berichtet hatte, brauchte mein Gemahl erst einmal zwei Whisky-Soda zur Beruhigung. Danach ließ er seinen Zorn an seinem Bruder aus.

»Du hättest dem Kerl eine ordentliche Tracht Prügel verabreichen sollen!«

»Auf der Terrasse des Winter Palace und vor fünfzig Gästen?« Sethos hob skeptisch die Brauen.

»Hmpf«, knurrte Emerson. Und nach einem kurzen Räuspern: »Pah!«

Ich stand auf. »Ich muss nach Kurna. Einen Besuch machen.«

»Nimm deinen Schirm mit«, riet der Professor.

»Richte meiner Frau herzallerliebste Grüße aus«, flötete Sethos.

»Schachmatt«, krähte David John.

***

Die Arme über der Brust gekreuzt, stand Khadija in der geöffneten Haustür und schwatzte mit den Nachbarn.

»Ich hab dir das erbetene Medikament mitgebracht«, rief ich schon von weitem, um für die Umstehenden einen Vorwand parat zu haben.

»Danke Sitt Hakim.« Sie nahm das Fläschchen in Empfang und führte mich ins Haus. Der köstliche Duft von Lammbraten wehte von der Küche zu uns. Ich schnupperte andächtig. Khadija, die das bemerkte, fragte: »Möchtest du zum Essen bleiben, Sitt?«

»Heute besser nicht, Khadija. Ein anderes Mal gern. Wo ist Daoud?«

»Die Dame hat ihn nach Luxor geschickt, damit er ihr Zeitungen besorgt. Das ist doch in Ordnung, Sitt, oder? Wenn nicht, gebe ich sie ihr nicht.«

»Doch, doch. Wie fügt sie sich denn so in ihr Schicksal?«

»Den ganzen Tag schreibt sie in ihr kleines Buch. Und sie hat sich höflich für meine Gastfreundschaft bedankt.«

»Gut, gut«, sagte ich. Vielleicht würde unsere Unterredung doch harmonischer verlaufen, als ich mir ausgemalt hatte.

»Sie tut mir leid«, fuhr Khadija fort. »Heute bat sie mich, ihr Blumen zu bringen. Nur ein paar, sagte sie, damit sie nicht vergisst, wie schön die Welt da draußen ist.«

Von leichten Gewissensbissen geplagt, sagte ich entschieden: »Für ihre eigene Sicherheit ist es erforderlich, dass sie hier bleibt. Es dauert ja auch nicht mehr lange.« Wollen wir es hoffen, fügte ich im Stillen hinzu.

Margaret saß in den weichen Sessel gekuschelt, den Khadija ihr ins Zimmer geschoben hatte, und las. Daoud hatte ihr ihren Koffer hineingeschmuggelt, und sie trug einen unförmigen Morgenmantel in einem scheußlichen Lila. (Was ihren Geschmack in Kleiderfragen anging, bedurfte sie wahrlich einiger guter Tipps.) Neben ihr auf dem Tisch standen, hübsch arrangiert in einer Vase, Khadijas Blumen: Rosen, Hibiskus und Margeriten.

»Wie ich sehe, hast du was Spannendes gefunden«, sagte ich und schloss die Tür. Khadijas energische Schritte entfernten sich in Richtung Küche.

»Ein herrlicher Schmachtfetzen«, meinte Margaret. »Also wirklich, Amelia, dass du so etwas liest, hätte ich dir gar nicht zugetraut.«

»Ich war neugierig«, räumte ich ein. »Das Buch war im letzten Winter der Verkaufsschlager. Die – ähm – schlüpfrigsten Passagen hab ich einfach überflogen. Schlimm nicht, dieser Schmöker?«

»Grundgütiger ja. Aber immer noch besser als meine kläglichen Versuche auf dem belletristischen Sektor.« Sie senkte den Blick auf die Seiten und las laut vor: »Er fasste meine Hand, seine schwarzen Augen entbrannt in glutvoller Leidenschaft. ›Schon seit Tagen träume ich nur noch von deiner hinreißenden Schönheit‹, seufzte er, sein Atem heiß auf meinem Antlitz. ›Ich kann nicht mehr schlafen, kann nicht mehr essen. Du bist die meine, nur wir zwei, hier in den grenzenlosen Weiten der Wüste. Wo niemand deine Hilferufe hört!‹«

Erleichtert, dass sie ihr unfreiwilliges Exil mit Humor nahm, fiel ich in ihr Lachen ein. »Soweit ich mich entsinne, war dein einziger Exkurs ins romantische Genre die Schilderung, wie du Sethos kennengelernt hast – und das war in der Tat keine Fiktion.«

»Aber trotzdem ungemein romantisch«, schwärmte sie. »Wie geht es ihm?«

»Bislang bestens. Noch keine besonderen Vorkommnisse.« Ich setzte mich auf das Bett. »Wir lassen ihn nicht aus den Augen. Genau wie dich.«

Unvermittelt schauderte Margaret und riss den Kopf zu mir herum. »Da ist jemand am Fenster!«

Ich hatte nichts gehört und nichts gesehen, sie wirkte jedoch so schockiert, dass ich mich selbst überzeugen wollte. Das Fenster war so hoch, dass ich mich auf Zehenspitzen stellen musste. Palmwedel, das Mauerwerk der umliegenden Häuser, von der untergehenden Sonne in sanftes Umbra getaucht …

Plötzlich wurde es dunkel um mich.

6

Als sich mein Geist wieder erhellte, gewahrte ich ein grässliches Bild: Khadijas angstverzerrtes Gesicht nur Zentimeter vor meinen Augen. »Alhamdullilah!«, rief sie. »Gott sei es gedankt, du lebst. Du bist nicht tot.«

»So scheint es jedenfalls«, erwiderte ich, verblüfft, dass mir eigentlich nichts fehlte. Ich hatte zwar wahnsinnige Kopfschmerzen, aber meine fünf Sinne funktionierten gewohnt tadellos.

Mein Sehnerv informierte mich, dass ich immer noch in demselben Raum war und auf dem Bett lag. Vor dem Fenster wurde es bereits dunkel. Die Lampe auf dem Tisch brannte hell, aber die Vase lag auf dem Boden, die Blumen in einer Wasserpfütze verstreut. Daoud stand im Türrahmen, seine Miene fassungslos. Sobald er merkte, dass ich die Augen geöffnet hatte, zog er sich eilends zurück. Worauf ich schlagartig feststellte, dass ich nur meine Unterwäsche trug. Gottlob habe ich mich diesbezüglich nie den aktuellen Modetendenzen unterworfen; meine Garnitur, die mit Spitze und rosa Schleifchen abgesetzt war, verhüllte mich bis zu den Knien.

Da schwante es mir. »Herrschaftszeiten«, kreischte ich. »Sie hat meine Sachen stibitzt! Wie lang ist sie schon weg? Hast du bemerkt, wie sie das Haus verließ?«

»Noch nicht lange, noch nicht lange«, stammelte Khadija ziemlich aufgelöst. »Ja, Sitt, ich hab sie gesehen, aber sie ging sehr schnell und blieb auch nicht stehen, als ich nach ihr rief. Ich hielt sie zwangsläufig für dich! Es dauerte eine Weile – nicht sehr lange –, bis mir dämmerte, dass du dich nicht einmal von mir verabschiedet hattest. Das fand ich dann doch sehr merkwürdig. Also kam ich ins Zimmer und sah dich in diesem bedauernswerten Zustand. Sie hatte dir Hände und Füße gefesselt und dich geknebelt, und du hast dich erst gerührt und die Augen aufgemacht, als ich dich losgebunden hatte. Ich bekam es mit der Angst zu tun ...«

»Das ist doch jetzt egal«, brüllte ich und schob die sehnigen braunen Hände weg, die mich auf das Bett drückten. »Lauf ihr nach! Hol sie zurück!«

Ich wäre ihr selbst gefolgt, aber das duldete Khadija nicht. Und sie wich mir auch nicht von der Seite. Stattdessen schickte sie Daoud los. Als er eine ganze Weile später mit hängendem Kopf zurückkehrte, musste ich mich der Erkenntnis stellen, dass die Suche hoffnungslos war. Margaret hatte die schwarze, alles verhüllende Habara übergestreift – die ich ihr zu allem Überfluss auch noch besorgt hatte! Damit war sie von anderen ägyptischen Frauen nicht zu unterscheiden. Niemand würde sie erkennen oder von ihr Notiz nehmen, solange sie das Gesicht bedeckt hielt. Überdies hatte sie ihre gut gefüllte Geldbörse mitgenommen, ihr Notizbuch – und meinen Schirm!

Während ich Khadijas heißen, süßen Tee trank, suchte ich den am Boden zerstörten Daoud zu trösten. »Die paar Minuten Vorsprung genügten ihr, Daoud. Und die Chance, dass wir sie aufspüren, ist eher gering. Sie kennt sich in Ägypten aus und sie spricht ein paar Brocken Arabisch, damit kommt sie überall weiter.«

»Es war meine Schuld«, muffelte Khadija. »Ich hätte sie erkennen müssen.«

»In meiner Kleidung und in der Abenddämmerung, wo sie mir auch noch ähnlich sieht? Nein Khadija, das hab ich mir selbst zuzuschreiben. Ich kenne die Dame schon länger und hätte besser aufpassen müssen – vor allem nach der anrührenden Bitte um ein paar Blümchen! Vor meinem Besuch hatte sie alles minutiös geplant: ein schwerer Gegenstand, der sich als Waffe einsetzen ließe, das zerrissene Bettlaken, mit dem sie mich fesselte, ein paar hastig zusammengepackte Habseligkeiten für ihre Flucht. Herr im Himmel! Am besten, ich mache mich auf den Heimweg und informiere den Rest der Familie.«

Bei dem Versuch, meine Freunde zu trösten, hatten sich meine eigenen Empfindungen herauskristallisiert. Dass ich innerlich kochte, wäre noch untertrieben gewesen. Margaret hatte mich nach Strich und Faden geleimt. Und ich lasse mich verdammt ungern vorführen.

Khadija bestand darauf, mich von Kopf bis Fuß abzutasten. Nachdem sie notgedrungen eingeräumt hatte, dass mir bis auf die Beule am Kopf nichts fehle, zog ich eins von Margarets geschmacklosen Kleidern an und schlüpfte in ihre Schuhe. Dummerweise hatte sie mir nämlich auch die Stiefel weggenommen. Ihre Treter waren mir zu groß. Hoffentlich drückten meine Stiefel sie wenigstens so sehr, dass sie Blasen an den Füßen bekäme, überlegte ich nicht ohne eine gewisse Schadenfreude.

Ich sammelte Margarets übrige Habe zusammen und warf sie in ihren Koffer, zusammen mit den Büchern, die ich ihr gutherzig geborgt hatte. Daoud, der mich begleitete, trug mir den Koffer nach Hause. Er verließ mich an der Verandatür und verschwand in der Dunkelheit. Ich konnte es ihm nicht verdenken, wenn er Emerson nicht sehen mochte. Offen gestanden war ich auch nicht scharf darauf. Übersteigertes Selbstbewusstsein (eine Eigenschaft, die man mir öfter vorwirft) und blindes Vertrauen hatten mich zu Unvorsicht verleitet.

Er hatte uns kommen gehört und hielt mir die Tür auf. »War das Daoud?«, wollte er wissen. »Wieso kommt er nicht mit rein? Wo zum Henker warst du so lange? Du kommst zu spät zum Essen. Maaman wird –«

»Irgendetwas ist passiert«, rief Nefret und lief zur Tür. »Mutter, wo sind deine Sachen?«

Emerson war das natürlich nicht aufgefallen. Ich schwankte und griff mir an den Kopf. Emersons Verärgerung wich Betroffenheit. Er zog mich in seine Arme.

»Bist du verletzt? Peabody, sag doch was!«

Das konnte ich nicht, da er mir ungelogen die Luft abschnürte. Die anderen scharten sich um uns, und Fatima kam laut lamentierend aus dem Haus gestapft. Gerührt ob ihrer Besorgnis gelang es mir, Emersons Klammergriff etwas zu lockern und ihn tapfer anzulächeln.

»Ein Whisky-Soda würde mir jetzt guttun.«

»Leg sie auf die Ottomane, Vater«, riet Ramses, worauf er die Große Katze des Re von ebendiesem Möbelstück verscheuchte.

Emerson schob mich behutsam auf das Sofa. Von leichten Schuldgefühlen geplagt, dass ich dem armen Mann einen solchen Schrecken eingejagt hatte, setzte ich mich auf und nahm Ramses das gefüllte Glas ab.

»Danke, mein Junge. Ich hatte einen kleinen Schwächeanfall, mehr nicht.«

Sethos sprach als Erster. »Gehe ich recht in der Annahme, dass Margaret etwas mit deinem – ähm – kleinen Schwächeanfall zu tun hat?«

Der Augenblick der Wahrheit war gekommen. Nefret drängte darauf, mich in ihrer Praxis genauer zu untersuchen, und Emerson war immer noch schreckensbleich. Ich nahm einen ordentlichen Schluck Whisky und straffte die Schultern.

»Margaret ist entkommen. Sie hat mich bewusstlos geschlagen, mir die Sachen gestohlen und sich dann aus dem Haus geschlichen. Als Khadija mich fand, war Margaret verschwunden. Daoud hat nach ihr gesucht, jedoch vergeblich.«

»Grundgütiger«, erregte sich Emerson. »Hölle und Verdammnis! Sie hat dich geschlagen?«

»Halb so wild«, gab ich zurück. »Ich hab eine kleine Beule … Autsch.«

Nefret tastete fachmännisch meinen Kopf ab. »Genau hier. Gottlob, kein Schädelbruch. Wie viele Finger halte ich dir hin?«

»Vier«, erwiderte ich. »Ich habe keine Gehirnerschütterung. Macht euch nicht unnötig Gedanken meinetwegen. Wir müssen unverzüglich beraten, was wir unternehmen wollen, um sie zu finden. Das Beste wird sein, wir diskutieren das beim Abendessen. Von der ganzen Aufregung hab ich einen Mordshunger bekommen.«

***

Zuversichtlich, dass mir nichts fehlte, ging Emerson dazu über, mich zu kritisieren. »Also wirklich, Peabody. Du erstaunst mich. Wie konntest du bloß so unvorsichtig sein?«

Er stocherte aufgebracht in dem wehrlosen Fisch auf seinem Teller herum. Gräten flogen.

»Vorwürfe bringen uns nicht weiter«, meinte Ramses mit einem belustigten Blick zu mir. Er machte sich zwar Sorgen um Margaret, hatte aber bereits betont, dass sie letztlich für sich selbst verantwortlich sei. Immerhin hatten wir alles Menschenmögliche versucht, um sie in Sicherheit zu wissen.

Nachdem ich meinen Besuch und die anschließende Suchaktion umfassend geschildert hatte, wirkte Sethos kaum beeindruckt. Er aß mit gutem Appetit weiter.

»Wo kann sie bloß sein?«, fragte Nefret stirnrunzelnd. »Bestimmt trägt sie ihre – pardon, Mutters – europäische Kleidung unter der Einheimischentracht, deshalb konnte sie Kurna auch unbehelligt verlassen. Aber was dann? Als Ägypterin geht sie nicht lange durch, und sie hat keine Bekannten am Westufer. Vielleicht kommt sie her.«

»Nein«, meinte Sethos. Fatima räumte seinen Fisch – besser gesagt die Gräten – ab und stellte einen Teller mit

Fleischragout vor ihn hin. Sethos griff zu Messer und Gabel. »Nach meinem Ermessen kennt sie nur ein Ziel.«

Ramses' dichte schwarze Brauen schossen nach oben. »Mitten in den Trubel. Das Winter Palace.«

»Oder in eins der anderen Hotels.« Sethos nickte bekräftigend.

»So töricht würde sie nicht sein«, entrüstete sich Nefret.

»Oh doch.«

»Du hast Recht«, versicherte ich, da ich mich auf eine von Margarets früheren Eskapaden besann. »Aber jetzt ist Hochsaison. Sie wird nirgends ein Zimmer bekommen.«

»Gekleidet wie die Sitt Hakim und von einer frappierenden Ähnlichkeit mit jener berühmten Dame?« Sethos schob sich einen Bissen Fleisch in den Mund, kaute und schluckte, derweil wir anderen krampfhaft überlegten.

»Worauf warten wir dann noch?«, rief ich und schob meinen Teller beiseite. »Wir müssen uns umgehend auf die Suche machen.«

Emersons Augen verengten sich zu saphirblauen Schlitzen, seine Lippen entblößten strahlendweiße Zähne. »Du nicht, Peabody. Dich lass ich nicht mehr aus den Augen.«

»Sie nicht«, räumte Sethos sachlich-kühl ein. »Aber ich. Vielleicht kann ich sie ja zur Vernunft bringen. Wird auch höchste Zeit, dass ich meiner Verantwortung als Ehemann gerecht werde.«

Wie wahr, dachte ich im Stillen. Laut sagte ich: »Du willst doch hoffentlich nicht allein losziehen, mmh?«

»Wer kommt freiwillig mit?« Sethos ließ den Blick über den Tisch schweifen. »Nein, du nicht, Nefret, du bist zu weichherzig. Du auch nicht, Emerson, du würdest glatt die Nerven verlieren.«

Einen Augenblick später: »Bleib nur noch ich übrig«, murmelte Ramses.

»Genau«, bekräftigte Sethos.

Sie nahmen die Pferde. Ramses hatte genauso wenig Lust wie die anderen, für seinen Onkel den Aufpasser zu spielen, und war fest entschlossen, die Risiken weitestmöglich zu minimieren. Zu Pferd waren sie weniger angreifbar.

»Du bringst Margaret natürlich mit hierher«, sagte seine Mutter. »Vielleicht nimmst du besser noch ein Pferd mit.«

Hoch zu Ross war Sethos ein echter Augenschmaus. »Ich werf sie einfach über den Sattel«, rief er. »Das letzte Mal fand sie das ganz toll.«

Er war ein ausgezeichneter Reiter und sein wilder Galopp vereitelte jede Kommunikation. Die Felder lagen stumm und schweigend unter einem Baldachin aus flimmernden Sternen; in den Dörfern gewahrten sie kein einziges erleuchtetes Fenster; alles schlief, einzig der gleichmäßig donnernde Hufschlag durchbrach die nächtliche Stille.

Für die Bewohner des Westufers war es schon spät, gleichwohl funkelten die Lichter von Luxor verheißungsvoll über den dunklen Fluss. Ein gähnender Fährmann, um diese nachtschlafende Zeit froh um jeden Kunden, rappelte sich auf und legte die Landeplanke bereit.

»Die Tiere lassen wir bis zu unserer Rückkehr hier«, erklärte Ramses seinem Onkel.

»Du trägst doch hoffentlich eine Waffe bei dir«, murmelte Sethos.

»Nur mein Messer. Wieso ich?«

»Wie bitte?«, fragte Sethos höflich.

»Du wolltest doch, dass ich mitkomme. Warum also ich?«

Er rechnete nicht mit einer Antwort und wäre fast von der Schiffsbank geplumpst, als sein Onkel erwiderte: »Du bist ein ebenso guter Kämpfer wie dein Vater, aber bei weitem nicht so hitzig wie er.«

»Unwahrscheinlich, dass wir uns zur Wehr setzen müssen.

Es sei denn gegen Margaret«, gab Ramses zurück. »Ich hab da wenig Einfluss. Sie mag mich nicht.«

»Was dich aber ziemlich kalt lässt. Umso besser. Lass dich bloß nicht von ihr einwickeln.«

»Keine Sorge«, meinte Ramses beim Gedanken an den Brummschädel seiner Mutter. »Falls wir sie überhaupt finden.«

»Ich kann mich natürlich irren«, räumte Sethos ein. »Durchaus möglich, dass sie Kontakte in Luxor hat, von denen ich nichts weiß.«

»Ihr geht nicht besonders offen miteinander um, was?«

»Nein.« Sethos presste die Lippen zusammen.

Als sie das andere Ufer erreichten, versprach der Fährmann zu warten und kauerte sich zu einem weiteren Nickerchen zusammen. Sie kletterten die Stufen zum Kai hoch.

»Vielleicht probieren wir es als Erstes im Winter Palace.« Sethos deutete auf die hell erleuchtete Fassade des Luxushotels. »Sie hat glatt die Stirn, das nächstliegende Hotel anzusteuern.«

Da hatte Ramses so seine Zweifel, wie sich jedoch herausstellte, kannte Sethos seine Frau besser als vermutet. Der Empfangschef informierte sie, dass sie zwar spät und ohne Gepäck eingetroffen sei, er Mrs Emersons Cousine aber trotzdem hätte unterbringen können. Es sei gewiss nicht das schönste Zimmer, aber das Hotel sei ausgebucht und –«

»Meine Mutter wird es Ihnen zu danken wissen«, schnitt Ramses ihm rigoros das Wort ab. »Welche Zimmernummer?«

Auf ihr Klopfen antwortete niemand. »Vielleicht ist sie noch mal ausgegangen«, erwog Ramses.

»Sie ist da.« Sethos klopfte erneut. »Mach die Tür auf, Margaret«, rief er. »Sonst lass ich mir vom Hotelmanager aufschließen.«

Ihre Reaktion ließ auf sich warten. »Wer ist bei dir?«

»Ich«, rief der junge Emerson. »Ramses.«

»Dein Vater nicht?«

»Nein. Trotzdem kann ich dir versichern, dass der Hoteldirektor mir den Schlüssel geben wird, wenn du nicht freiwillig aufmachst.«

»Verdammt«, knirschte Margaret deutlich vernehmbar. Der Schlüssel wurde im Schloss gedreht, die Tür sprang auf.

Jählings wich sie zurück, schob sich an die hintere Zimmerwand und rieb nervös die Hände aneinander. Mit Ausnahme der Stiefel, die sie inzwischen ausgezogen hatte, trug sie die gestohlenen Sachen. Was auch sonst? Ihre eigene Kleidung hatte sie notgedrungen zurücklassen müssen. In ihrer Handtasche war lediglich Platz für ein paar Toilettenartikel, Notizbuch und Stift. Die gelösten Haare fielen ihr über die Schultern. Sie sieht aus wie Mutter, dachte Ramses. Sie hat sogar das energische Kinn.

»Probiert es ja nicht mit irgendwelchen Tricks«, warnte sie. »Sonst schreie ich das ganze Hotel zusammen.«

»Wieso sollten wir so etwas tun?«, wollte Sethos wissen.

Sie funkelte ihn an. Manche Frauen hätten barfuß, in schlecht sitzender Garderobe, vermutlich kapituliert. Nicht so Margaret. Ihre provozierend aufsässige Haltung wurmte Ramses maßlos.

»Wir haben deinen Koffer mitgebracht«, sagte er und knallte selbigen auf den Boden. »Wie ich sehe, hast du in Mutters Stiefeln Blasen bekommen. Hoffentlich tut es ordentlich weh.«

Er setzte sich unaufgefordert, und Sethos folgte seinem Beispiel. Margaret entspannte sich und kam aus der Ecke hervor, hielt aber weiterhin skeptisch Distanz. »Wie habt ihr mich so schnell gefunden?«

»Logische Kombinationsgabe«, meinte Sethos gedehnt. »Komm, setz dich zu uns.«

»Ich stehe lieber. Was wollt ihr von mir?«

»Eine Entschuldigung, als Allerërstes«, versetzte Ramses.

»Ihr fehlt doch nichts, oder? Ich hab nicht fest zugeschlagen.«

»Es war ein ganz mieser Trick. Du hast ihre Gutmütigkeit und ihr Vertrauen schamlos ausgenutzt«, erwiderte Ramses bemüht ruhig.

»In der Liebe, im Krieg und im Journalismus ist alles erlaubt – ist das nicht zufällig einer ihrer Lieblingssprüche?«

»Zum Kuckuck mit dir«, sagte Sethos unerwartet heftig. »Denkst du eigentlich immer nur an deine Karriere?«

»Und du?«, gab sie gleichermaßen pampig zurück. »Ich darf dich daran erinnern, dass du deine geliebte Amelia in Gefahr gebracht hast. Du bist für dieses ganze Desaster verantwortlich! Und was unternimmst du? Verkriechst dich im Schoß der Familie, setzt sie unnötig Risiken aus und lässt mich ohne jede Warnung ins offene Messer laufen!«

Da hatte sie nicht ganz Unrecht, fand Ramses, behielt seine Meinung aber geflissentlich für sich. Das sollten die beiden unter sich ausmachen. Sethos war aufgestanden und fokussierte ihre wutverzerrte Miene.

»Ich habe etwas unternommen. Eins noch, bis zu deiner idiotischen Flucht hatte ich alles voll unter Kontrolle. Zieh dich um. Du kommst mit uns.«

»Das könnte dir so passen!«

Er trat einen Schritt auf sie zu. Mit schreckgeweiteten Augen wich sie erneut zurück, bis ihr Rücken die Wand berührte. »Ramses«, rief sie. »Du lässt doch nicht etwa zu, dass er mich schlägt?«

»Öhm ... nö«, stammelte Ramses.

Sethos maß Ramses mit einem verblüfften Blick, als hätte er dessen Präsenz glatt vergessen. »Heiliges Kanonenrohr«, erregte er sich. »Ich hab sie noch nie geschlagen. Obwohl es mich bisweilen in den Fingern juckte.«

»Dann geh ich schon mal vor«, erbot sich Ramses. Die Emotionen waren dermaßen hochgekocht, dass er nur noch weg wollte.

Sethos gestikulierte fahrig. »Wie du willst«, und an seine Frau gewandt: »Glaub ja nicht, dass ich dich schreiend und tretend aus dem Hotel zerre. Das hättest du wohl gern, was?« Er zögerte, und als er fortfuhr, klang seine Stimme um einiges sanfter. »Tu nichts Unüberlegtes. Du kennst deine Grenzen und weißt, wann es Ärger gibt.«

»Wie rührend, dass du mich darauf hinweist.« Margaret rollte die Augen himmelwärts. »Ich kann jedenfalls besser auf mich aufpassen als du.«

Wutschnaubend stieß Sethos die Tür auf und stürmte ohne ein weiteres Wort hinaus.

»Gute Nacht«, sagte Ramses. »Schließ die Tür ab.«

»Aber selbstverständlich.« Margaret lächelte scheinheilig.

Am Fuß der Treppe holte Ramses seinen Onkel ein. Sethos rauschte wortlos weiter, bis sie wieder in dem Fährboot saßen.

Ramses setzte sich mental mit seinen Eindrücken auseinander. Soeben hatte er eine neue und faszinierende Seite seines unverbesserlichen Onkels kennengelernt. Er hatte einiger solcher Konfrontationen zwischen Margaret und Sethos hautnah miterlebt und fragte sich insgeheim, wie der Konflikt wohl ohne ihn ausgetragen worden wäre.

Aber das Thema brachte er besser nicht zur Sprache.

»Du sagtest, du habest etwas unternommen, um dieses – äh-em – Desaster zu klären«, hob er stattdessen an. »War da was Wahres dran, oder wolltest du Margaret lediglich beschwichtigen?«

Brütend starrte sein Onkel auf seine gefalteten Hände. Dann murmelte er: »Was ist mit ihm?«, und deutete auf den Fährmann.

»Er versteht nicht viel Englisch. Zudem weiß er nicht, worum es geht. Kommst du allein klar, oder muss sich Vater in die Sache einschalten?«

»Grundgütiger, das hätte mir gerade noch gefehlt. Fakt ist, dass ich in Verhandlungen stehe.«

»Mit denen? Wie? Seit wann?«

Sethos drehte sich frontal zu ihm. »Früher oder später hätte ich es dir ohnehin erzählt.«

»Ich fühle mich geschmeichelt.«

»Alles eine Frage der Logik, mein Junge. Man verhandelt nicht mit solchen Leuten, wenn man keinen hat, der einem den Rücken stärkt. Und du bist der geeignete Kandidat, die Gründe dafür hab ich bereits genannt.«

Und weil ich eher entbehrlich bin, dachte Ramses zynisch. Seine Eltern, die Kinder und Nefret bedeuteten Sethos mehr als er. Aber damit hatte er keine Probleme.

»Vor ein paar Tagen erhielt ich eine Nachricht«, fuhr Sethos fort. »Der Torwächter leitete sie direkt an mich weiter, so hatte ich ihn nämlich instruiert.«

»Schätze mal, es war keine Einladung zu einem weiteren Geheimtreffen, oder?«

»Für so ignorant halten sie mich nun mal nicht. Ich sollte einem sogenannten Mittelsmann antworten. Mein Gesprächspartner war herzerfrischend offen. Er führte aus, dass ich ihnen tot wenig nützen würde, da man zu Recht folgert, dass ich das Dokument nicht bei mir trage. Er schlug einen Austausch vor. Wenn ich das Schriftstück aushändige, lassen er und seine Leute uns künftig in Ruhe.«

»Ist ja lachhaft«, entfuhr es Ramses. »Woher wollen sie denn wissen, dass wir keine Kopien gemacht haben?«

»Hast du?«

»Na klar. Ich arbeite mit einer, da das Original ziemlich brüchig ist.«

»Das Angebot war ein Witz«, räumte Sethos ein. »Allerdings lassen sich daraus gewisse Schlüsse ziehen. Sie wissen, dass wir das Dokument noch nicht entschlüsseln konnten, aus dem einfachen Grund, weil wir noch nicht darauf reagiert haben. Eine weitere Hypothese wäre, dass es eine Terminangabe enthält. Nach einem gewissen Zeitpunkt wird die Mitteilung bedeutungslos oder so.«

»Das ist offensichtlich«, sagte Ramses scharf. »Sie wird hinfällig, weil das avisierte Ereignis stattgefunden hat oder weil die Information bekannt wurde.«

»Wenn das so offensichtlich war, warum hast du es dann nicht früher erwähnt?«

»Mich hat keiner gefragt.« Ramses grinste in die Dunkelheit, da sein Onkel bedrohlich mit den Zähnen mahlte. Er sollte Sethos in dieser kritischen Situation nicht provozieren, aber es machte ihm nun mal einen Mordsspaß, ihn aus der Fassung zu bringen.

»Und, wie hast du dich entschieden?«, forschte der junge Emerson.

»Ich hab mich auf ihre Bedingungen eingelassen.«

»Ah. Trotzdem hast du nicht die Absicht, es schon jetzt zurückzugeben, oder?«

Sethos schob sich die windzerzausten Haare aus dem Gesicht. »Das hast du also auch schon realisiert?«, fragte er angesäuert. »Ich weiß nicht, wieso ich dir mit ausufernden Erklärungen komme. Du weißt doch sowieso schon alles.«

»Ist mir eben erst durch den Kopf gegangen«, konterte Ramses. »Wenn die Leute so scharf auf das Original sind, hat es etwas an sich, was die Kopie nicht hat, sei sie auch noch so gut.«

»Und?«

»Ich hab nichts Auffälliges bemerkt. Aber du kannst dir sicher sein, dass ich mir das Original noch einmal genauer anschauen werde.«

* * *

Ramses und Sethos kehrten früher zurück als von mir erwartet, und ohne Margaret. Unsere Fragen beantwortete Sethos mit einem knappen »sie wollte nicht mitkommen«. Dann verdrückte er sich mit der Bemerkung, er müsse ins Bett. Ramses erklärte, er werde noch arbeiten, und wollte dem Beispiel seines Onkels folgen, doch dem schob ich freilich einen Riegel vor.

»Dann lagen wir also richtig mit unseren Vermutungen«, sagte ich. »Sie war im Hotel. In welchem denn?«

Resigniert seufzend setzte Ramses sich und beantwortete unsere Fragen. Selbst sein Vater sperrte interessiert die Lauscher auf.

»Im Winter Palace. Sie hat sich ein Zimmer ergaunert, indem sie sich als deine Verwandte ausgab.«

»Hoffentlich nicht als meine jüngere Schwester.« Das war ein Seitenhieb in Richtung Emerson, der mich irgendwann einmal gefragt hatte, ob ich mir auch ganz sicher sei, dass mein Papa sich in späteren Jahren keinen amourösen Fehltritt geleistet hätte. Emersons Sinn für Humor lässt bisweilen zu wünschen übrig.

»Nein, als deine Cousine«, bemerkte Ramses. Schadenfroh grinsend setzte er hinzu: »Sie war barfuß.«

»Selbst schuld, wenn sie Blasen hatte. Da kenne ich kein Mitleid«, murmelte ich. »Erzähl weiter. Sie weigerte sich also mitzukommen. Das erstaunt mich nicht wirklich.«

Ramses rückte seinen Stuhl näher an meinen. »Bei den beiden hat es mächtig gekracht«, sagte er leise. »Er wies sie an, sich umzuziehen und mitzukommen, und sie weigerte sich schlichtweg. Dem folgte ein hitziger Wortwechsel, in dem sie sich gegenseitig Rücksichtslosigkeit, Egoismus und dergleichen vorwarfen. Sie beteuerte sogar, er würde sie schlagen.«

»Was für ein Unsinn«, erregte ich mich. »Margaret hätte mit Sicherheit zurückgeschlagen und am nächsten Tag die Scheidung eingereicht. Was haben sie noch gesagt?«

Nefret hatte ihren Stuhl ebenfalls herangezogen. Ramses schien sich auf einmal unschlüssig. »Ich hätte dir das alles besser nicht erzählt. Es hat bestimmt keine Bedeutung und ist sicher nur dummes Geschwätz.«

»Das kann man nie wissen«, versicherte ich ihm. »Hat er sich besorgt um ihre Sicherheit gezeigt?«

»Schätze mal ja.« Ramses' Miene entspannte sich leicht. »Und sie weiß um seine Schwachpunkte, alle Achtung. Falls ein heftiger Streit ein Anzeichen für Zuneigung ist –«

Nefret lachte leise und fasste seine Hand.

»Hmmm«, brummte Emerson.

Während ich meine Haare bürstete, schoss mir Margarets indiskutables Verhalten erneut durch den Kopf. Laut Ramses' Aussage hatte sie es nicht einmal für nötig befunden, sich bei mir zu entschuldigen. Ich hätte nicht übel Lust verspürt, sie am nächsten Morgen im Hotel aufzusuchen und mich mit ihr auseinanderzusetzen, aber meine Ratio (und Emerson) stimmten dagegen. »Lass sie doch, wenn sie sich unbedingt lächerlich machen will«, erklärte er und nahm mir die Bürste aus der Hand. »Komm ins Bett, Liebes. Und – ähm – lass dein Haar offen, ja?«

Dazu ließ ich mich gern überreden.

Überdies gab es noch eine Reihe anderer Dinge, um die ich mich kümmern musste. Unsere Lieben würden am Donnerstag in Kairo einlaufen. Fatima war dem Putzwahn verfallen und wienerte Sennias und Gargerys kleine Suite. David würde sein früheres Zimmer beziehen, aus dem ich Sethos auszuquartieren gedachte. Er konnte bei Cyrus wohnen oder im Dienstbotentrakt oder sich selbst etwas suchen. Die *Amelia* lag in Qena vor Anker, mit Rais Hassan. Emerson hatte kürzlich angeregt, sie zu verkaufen, aber das brachte ich nicht übers Herz; zu viele Erinnerungen rankten sich um das schöne alte Hausboot, außerdem konnte es durchaus sein, dass wir irgendwann wieder den Wunsch nach einer Segeltour verspürten.

Das Problem der Unterbringung war damit geklärt. Die einzige noch offene Frage war, ob wir sie in Kairo abholen sollten oder nicht. Am nächsten Morgen, beim Frühstück, legte ich den anderen meine Entscheidung dar.

»Wir müssen David warnen, dass er sich von den Revolutionären fernhält«, hob ich an.

»Wenn du damit die Wafd-Partei meinst, so ist das eine ganz legale politische Gruppierung«, sagte Ramses milde.

»Keine Ahnung, wie die sich nennen. Ich möchte nur vermeiden, dass er sich politisch betätigt. Der Junge ist sooo naiv.«

Der Begriff passte sicher nicht auf einen Mann von Davids Alter und Reife. Was er mitangesehen hatte, hätte manch einen zum Zyniker werden lassen – Krieg, Vorurteile, Verrat, Folter –, und dennoch hatte er sich seinen glühenden Idealismus bewahrt. Idealisten sind an sich bewundernswerte Personen, aber ihr Vertrauen in das Gute im Menschen ist für sie und ihr Umfeld nicht ungefährlich.

Fatima stellte den frisch gefüllten Toastständer auf den Tisch. »Er muss unverzüglich nach Luxor kommen«, sagte sie mit Nachdruck. »Und die kleine Taube auch.«

»Dann sind wir uns ja alle einig.« Ich griff nach dem Marmeladenglas. »Oder, Emerson?«

»Du willst hinfahren, nicht?«

»Ich glaube schon.«

»Dann begleite ich dich.«

Dafür hatte er zweifellos seine Motive. Howard Carter war in Kairo. Ich hatte meine eigenen. Wir hatten nämlich nichts von Mr Smith gehört. Ich fand sein mangelndes Informationsbedürfnis höchst verdächtig.

»Und jetzt an die Arbeit«, tönte Emerson und leerte seine Kaffeetasse.

»Wenn du mich heute entbehren kannst, Vater, würde ich gern mit meinen Übersetzungen weitermachen«, meinte Ramses.

»Was? Oh. Ähm – ja sicher, kein Problem. Bisher haben wir im Westtal nichts entdeckt, was dein Fachwissen erfordert«, setzte er überlegt hinzu.

»Ich komm später nach.« Ich bat Fatima, das Frühstücksgeschirr abzuräumen.

»Du willst doch nicht etwa zu dieser Frau?«, bohrte Emerson.

»Nein, mein Schatz. Ich muss einige Listen anfertigen, bevor wir nach Kairo fahren und unsere Gäste willkommen heißen.«

Sethos hatte immer noch schlechte Laune. Dass Fatima wie üblich verschämt errötete, entrang ihm lediglich ein schiefes Grinsen und ein paar lapidare Komplimente. Er trottete Ramses hinterher, was mich misstrauisch stimmte. Ich ließ den beiden einen kleinen zeitlichen Vorsprung, bevor ich zu ihnen in den Arbeitsraum steuerte. Beide sprangen ertappt auf, und Sethos griff nach einem Schriftstück, das vor ihnen auf dem Tisch lag.

»Vor mir braucht ihr nichts zu verheimlichen.« Ich nahm mir einen Stuhl. »Ich dachte, ihr hättet die geheimnisvolle Botschaft abgehakt. Wieso dann dieses neu erwachte Interesse?«

Ramses und sein Onkel tauschten vielmeinende Blicke aus. »Ich hab dir doch gesagt, dass sie alles merkt«, sagte Erstgenannter.

»Scheint mir auch so.« Sethos nahm sich den anderen freien Stuhl, worauf Ramses stehen musste. Dann sprachen beide auf einmal.

Indem ich sie von Zeit zu Zeit unterbrach und wieder auf das eigentlich Thema lenkte, bekam ich eine zusammenhängende Schilderung. Nach meinem Dafürhalten brachte die neuere Entwicklung kein Licht in die Sache, und das gab ich auch zu bedenken.

»Diese Sache wird mit jedem Tag undurchsichtiger. Ihr habt untersucht, ob das Dokument eine versteckte Botschaft enthält, verstehe ich das richtig?«

»Ich hab es mit den gebräuchlichen Hilfsmitteln versucht.« Behutsam hielt Ramses das Dokument ins Licht. »Wärme, Zitronensaft, die einschlägigen Chemikalien. Nichts.«

»Wir dürfen es erst zurückgeben, wenn wir uns hundertprozentig sicher sind.«

Sethos lehnte sich zurück. »Sieh mal, Amelia. Ich hab keine Lust mehr. Sollen sie doch ihr wertvolles Dokument zurückhaben. Es hat nichts mit unserer Sache zu tun.«

»Ich bin geneigt, dem zuzustimmen«, warf Ramses ein. Sethos bedachte ihn mit einem spöttischen Grinsen.

»Trotz der Tatsache, dass es für irgendeine Gruppe oder Gruppierung kritisch werden könnte?«, fragte ich.

»Das wissen wir doch gar nicht«, argumentierte Ramses. »Diplomaten verschlüsseln die abstrusesten Dinge. Ob eine Regierung scheitert oder ein hoher Beamter entlassen wird, muss uns doch nicht interessieren. Wir haben alles Machbare versucht und viel riskiert. Wenn wir damit einen Schlussstrich unter die Angelegenheit ziehen könnten –«

»Das wissen wir auch nicht«, konterte ich. »Dass sie auf Rückgabe drängen, kann ein Trick sein.« Mein gestrenger Blick schoss zu meinem Schwager. »Hattest du etwa vor, die angegebene Adresse aufzusuchen und heimlich zu beobachten, wer das Schriftstück an sich nimmt?«

»Nie im Leben«, sagte Sethos prompt. »Die Gegend ist mir nämlich alles andere als sympathisch.«

»Also dann schlage ich vor, dass wir noch ein, zwei Tage abwarten. Ich habe fest vor, Mr Smith zu treffen, wenn ich in Kairo bin. Kannst du sie solange hinhalten?«

Sethos strich sich über den Bart. »Ich kann es versuchen.«

»Sag ihnen, dass wir ihr Angebot überdenken und geneigt sind zu akzeptieren, aber noch ein paar Tage brauchen.«

»Du musst mir nicht in den Mund legen, was ich zu sagen habe, Amelia«, entgegnete Sethos unerwartet heftig.

»Gut, dann sag, was du willst.« Ich erhob mich und glättete meinen Rock. »Mach inzwischen weiter mit deiner Recherche, Ramses. Ich werde mir das unsägliche Dokument später noch anschauen.«

Zwischen Ramses' Augenbrauen bildete sich eine steile

Falte. »Verzeih mir, Mutter, aber meinst du im Ernst, du weißt mehr als ich?«

Ich klopfte ihm beschwichtigend auf die Schulter. »Das wird sich noch herausstellen, mein Lieber. Erst mal abwarten und Tee trinken.«

Mit Sonnenschirm und Utensiliengürtel ausstaffiert wies ich Jamad an, meine sanfte kleine Stute zu satteln. Strahlender Sonnenschein und ein laues Lüftchen waren ideal für einen Ausritt, gleichwohl kreisten meine Gedanken um Sethos' Lagebericht. Sehr merkwürdig, dachte ich, während Eva zielsicher zu einem mit Zuckerrohr beladenen Karren trabte. Die ganze Geschichte war so verworren, dass ich mir beim besten Willen keinen Reim darauf machen konnte.

Bei meiner Ankunft im Westtal plauderte Emerson gerade mit Daoud, der kurz vor mir eingetroffen war. Er wandte sich unversehens zu mir, um mir das Neueste zu berichten.

»Die Dahabije von Professor Breasted und seiner Familie liegt in Luxor vor Anker.«

»Wie schön«, sagte ich trotz Emersons sauertöpfischer Miene. »Ich werde versuchen, sie heute Nachmittag zum Tee einzuladen. Was hältst du davon?«

»Tu, was du nicht lassen kannst«, grummelte der Professor pikiert.

»Ja, ja, mein Schatz. Nun lauf und such nach unerforschten Gräbern.«

Zu den Gegenständen an meinem Gürtel gehören nicht zuletzt auch Stift und Notizblock. Ich setzte mich auf einen einladend flachen Felsblock und brachte eine kurze Nachricht zu Papier, die ich Daoud in die Finger drückte.

»Bitte, händige das unverzüglich aus. Und noch eins, Daoud. Hast du Erkundigungen über Miss Minton eingeholt?«

»Aber ja, Sitt Hakim.« Daoud krauste die Stirn, da er sich erneut an seine gescheitere Mission erinnerte. »Sabir erzählte mir, sie habe das Hotel heute Morgen in aller Frühe verlassen und sich über den Fluss bringen lassen. Er bot ihr seine Dienste an, aber darauf sagte sie ein – ähm – schlimmes Wort zu ihm. »Stattdessen hat sie Rashid Ibn Ibrahim als Dragoman angeworben.«

»Wenigstens ist er ein grundehrlicher Mann«, entfuhr es mir erleichtert. »Und bärenstark, soweit ich weiß.«

»Halb so wild.« Daouds Miene blieb finster. »Ich kann sie zurückholen, Sitt. Du musst es nur sagen.«

»Die Idee hat was«, sinnierte ich laut. »Wäre ihr zu gönnen, nach dem, was sie sich mit mir erlaubt hat. Aber lassen wir das. Sie würde ohnehin aufpassen wie ein Luchs, dass du ihr nicht zu nahe kommst. Ich tippe darauf, dass sie ins Osttal will. Ja, ganz bestimmt. Hat Sabir gesehen, ob ihr jemand gefolgt ist?«

Daoud musterte mich fragend, worauf ich ausführte: »Irgendjemand Verdächtiges, meine ich?«

»Davon hat er nicht gesprochen.«

Dumme Frage, schalt ich mich. Sabir auf den Zahn zu fühlen, ob er etwas Außergewöhnliches bemerkt hätte, war illusorisch. Die Fähren waren morgens immer proppenvoll.

Ich bedankte mich bei Daoud und schickte ihn seiner Wege.

Mir war schrecklich langweilig. Cyrus hatte die Arbeiten an Ajas Gruft für beendet erklärt, nachdem er in der Grabkammer bis auf den Deckel des Sarkophags wenig Aufschlussreiches entdeckt hatte. Sobald Bertie den endgültigen Grundrissplan fertiggestellt hätte, würde der Eingang wieder zugeschüttet. Nicht weil es noch irgendetwas Wertvolles zu holen gab, aber die Grabräuber von Luxor waren dauernd auf der Suche nach Dingen, die sie verkaufen konnten, wie beispielsweise bemalte Relieffragmente von den Grabwänden.

Die beiden letztlich nicht fertiggestellten Gräber waren wenig reizvoll. Emerson, der sich normalerweise umfassende Notizen von den Überresten gemacht hätte, hatte diese Aufgabe an Selim und Nefret delegiert. Er selbst stapfte durch die Felsen, führte mal hier und mal dort Probegrabungen durch. Der Ärmste, er wollte partout ein Grab – irgendeines, ob vollendet oder unvollendet, ausgeraubt oder intakt –, um es in die numerische Liste einzufügen. Ihm ging es nicht um Schätze, sondern um neue Erkenntnisse für die Wissenschaft. Ich wünschte, ich könnte ihm helfen, aber wie? Immer wieder ertappte ich mich dabei, dass meine Gedanken abschweiften.

Margaret hatte sich mir gegenüber zwar scheußlich verhalten, aber das war für mich noch lange kein Grund, mich aus der Verantwortung für sie zu stehlen. Indem ich einlenkte, könnte ich vielleicht wieder ihr Vertrauen gewinnen und ihr gute Ratschläge geben. Ich suchte mir also ein schattiges Plätzchen (was in diesem kargen, von Felsen umschlossenen Tal nicht einfach ist) und nahm noch ein paar kleinere Aufzeichnungen vor.

Ich überzeugte Emerson, zeitig den Heimweg anzutreten, wozu er auch, frustriert von seiner erfolglosen Suche, gleich bereit war. Als er sich später auf der Veranda zu mir gesellte, frisch gebadet und umgezogen, inspizierte er argwöhnisch meine Vorbereitungen. Fatima brachte Platten mit Sandwiches und Teekuchen, zudem hatte sie steif gestärkte Spitzendeckchen auf die Tische gelegt.

»Was soll das?«, meinte der Professor. »Gibst du eine Party? Davon hast du mir gar nichts erzählt.«

Ich hätte nicht übel Lust gehabt, die Deckchen zu entfernen, aber damit hätte ich Fatima tief gekränkt. Für sie war das der Inbegriff eines elegant gedeckten Tisches, und sie verbrachte Stunden mit dem Stärken und Bügeln dieser Tücher.

Ich habe einige Leute eingeladen, aber zweifellos werden nicht alle kommen können.« Ich zeigte ihm ein Kärtchen, das mich nach meiner Rückkehr aus dem Westtal erwartet hatte. »Mrs Breasted entschuldigt sich vielmals, aber sie sind anderswo verpflichtet.«

»Gott sei Dank«, sagte Emerson allen Ernstes. »Sie hat noch jedes Mal abgesagt, nicht? Wieso lädst du sie überhaupt noch ein?«

»Aus reiner Höflichkeit, mein Lieber. Ich verstehe ohnehin nicht, wieso sie ihren Mann unbedingt nach Ägypten begleiten muss. Sie interessiert sich nicht für die Ägyptologie und jammert die meiste Zeit nur herum.«

»Anders als du, mein Schatz.« Emerson hauchte mir einen flüchtigen Kuss auf die Wange. »Wen erwartest du sonst noch?«

»Cyrus und seine Truppe natürlich; ich hab sie heute früh eingeladen. Selbstverständlich auch Miss Minton. Und ... Aber da ist er ja schon. Pünktlich wie die Maurer!«

Emerson stieß einen unschönen Fluch aus. »Das ist ja diese Dumpfbacke O'Connell! Warum – warum?«

»Weil ich herauskriegen möchte, was er so plant«, gab ich zurück. »Er hat sich von uns ferngehalten, wie ich es mir erbeten hatte. Bislang hat er auch nichts Kompromittierendes über uns veröffentlicht. Und ebendies macht mich sehr stutzig.«

Emersons Wutanfall verebbte. »Und jetzt willst du ihn und Miss Minton in einer brutalen Wortschlacht erleben. Keine schlechte Idee, Peabody.«

»Oh, ich halte es für fraglich, ob sie kommen wird, Emerson. Ein weiterer Grund, weshalb ich Kevin herbat. Ich möchte nämlich wissen, was sie vorhat.«

Ich steuerte zur Tür. Kevin kam eher widerstrebend angeschlendert. Als er mich sah, ging er schneller und zog den Hut.

»Ah Mrs Emerson. Kann ich ungestraft hereinkommen?«

»Es sei denn, Sie haben etwas angestellt, von dem ich noch nichts weiß.« Ich hielt ihm die Verandatür auf. Als er Emerson sah, glättete er verlegen grinsend seine windzerzausten roten Locken.

»Ich bin so unschuldig wie ein Neugeborenes, Ma'am.

Mir blieb gar nichts anderes übrig«, setzte er entwaffnend offen hinzu.

»Hmpf«, hüstelte der Professor. »Na, dann setzen Sie sich mal.«

Kevin kannte Emerson lange genug, um zu wissen, dass das eine relativ freundliche Begrüßung war. »Danke Sir. Ich hab Abstand gehalten, wie von Mrs Emerson erbeten. Darf ich fragen, wieso sie ihre Meinung geändert hat?«

Ich hatte die Hoffnung aufgegeben, mich je wieder bei Carnarvon einschmeicheln zu können; Mr Callender hatte uns nicht besucht und die Metropolitan-Crew nach jenem ersten Besuch auch nicht mehr. Mrs Breasted hatte meine Einladungen noch jedes Mal abgeschmettert, ihr Gatte war jedoch bei diversen Anlässen allein erschienen. Ich vermutete stark, dass Carnarvon und/oder Howard seine Dienste beanspruchten. Schlimmer konnte es nimmermehr werden, sagte ich mir.

Inzwischen schloss ich mich Emersons mentaler Grundeinstellung an: Ich würde mich niemandem fügen, den ich verachtete. Zum Kuckuck mit ihnen!

Gegenüber Kevin äußerte ich mich natürlich nicht so drastisch. Stattdessen appellierte ich unterschwellig an unsere langjährige Freundschaft, worauf er mir verschwörerisch zuzwinkerte.

Kurz darauf traf Cyrus mit den Seinen ein. Dass Katherine mitgekommen war, freute mich doch sehr. Ich nahm ihre Hände und drückte sie herzlich.

»Sie sehen viel besser aus, Katherine. Ich hatte mir schon Sorgen um Sie gemacht.«

»In Ägypten lebe ich richtig auf«, erklärte sie. »Und natürlich in Ihrer Gesellschaft, Amelia. Sie haben sich kein bisschen verändert. Ich dagegen« – über ihre weichen Apfelbäckchen glitt ein Lächeln – »bin rund und schwerfällig geworden. Ich möchte Nefret wegen einer entsprechenden Diät und ein bisschen Gymnastik konsultieren. Also bieten Sie mir bitte nichts von Fatimas Teegebäck an, weil ich sonst wieder schwach werde!«

Nefret betrat die Veranda, mit Ramses im Schlepptau. »Ich hab ihn von seinen Fragmenten weggezerrt«, tat sie kund.

»Nicht mal umziehen durfte ich mich«, maulte Ramses, vergeblich bemüht, seine wilden Locken zu bändigen. »Entschuldigen Sie meinen Aufzug, Katherine! Schön, Sie wiederzusehen.«

»Sie sehen gut aus, wie immer«, sagte Katherine mit einem warmherzigen Lächeln. »Nefret, kommen Sie. Setzen Sie sich zu mir. Ich möchte einen Rat von Ihnen.«

Emerson unterbrach sein Gespräch mit Cyrus. »Wo sind die Kleinen?«

»Vorübergehend außer Gefecht gesetzt«, erwiderte ihr Vater. »Irgendwie haben sie wohl Wind davon bekommen, dass Mutter Gäste eingeladen hat, und eben waren sie derart außer Rand und Band, dass sie Stubenarrest haben, bis sie wieder friedlich sind.«

Ich sah mich suchend nach Sethos um und entdeckte ihn lässig im Türrahmen stehend. »Sie ist nicht gekommen«, sagte ich milde.

»Soso.« Er hatte sich die Zeit zum Umziehen genommen und sah recht passabel aus in Ramses' Tweedanzug. Seine Schnurrbartenden hatte er bestimmt mit Brillantine nach außen gezwirbelt. Nachdem er die anderen begrüßt hatte, schlenderte er zu der Verandaseite, die in Richtung Pfad hinausging, und hielt Ausschau. Gewiss wollte er gewappnet sein, falls Margaret doch noch auftauchte. Folglich war er auch der Erste, der einen weiteren Gast entdeckte. Sein gutturales Krächzen ließ mich hochschrecken. Flugs stand ich neben ihm.

»Hast du den etwa auch eingeladen?«

»Du glaubst doch wohl nicht, dass er es wagen würde, hier ohne Einladung zu erscheinen.«

Sir Malcolm ließ sich wie gehabt von seinem Diener begleiten, der ihm mit einem riesigen Sonnenschirm Schatten spendete. Er wirkte genauso unschlüssig wie Kevin und blickte sich immer wieder nervös nach allen Seiten um.

Wie das Schicksal es so wollte, tauchten genau in diesem Augenblick die Zwillinge auf, wie üblich verfolgt von einer übermütigen Amira. Als sie Sir Malcolm sah, hetzte sie auf ihn zu und knurrte unheilvoll wie der Hund von Baskerville. Die Zwillinge brüllten die Hündin an, dass sie aufhören solle; Sir Malcolm versuchte sich hinter seinem Diener zu verstecken; der Ärmste gab prompt Fersengeld und flüchtete mit dem aufgespannten, gefährlich schwankenden Schirm.

Es war ein lustiger Anblick, gleichwohl widerstand ich der Versuchung, es zum Äußersten kommen zu lassen. Stattdessen riss ich die Tür auf und rief aus Leibeskräften: »Amira! Sitz!«

Die Hündin gehorchte sofort. Sie ließ sich vor Sir Malcolms Füße fallen. Seine Versuche, sie mit seinem Spazierstöckchen zu verscheuchen, fruchteten nicht.

»Verzeihen Sie, Sir Malcolm«, rief ich. »Bitte, kommen Sie doch rein. Sie ist wirklich ganz harmlos, sehen Sie?«

Emerson, der sich vor Lachen krümmte, wich Sir Malcolm aus, der wie von einer Hornisse gestochen durch die Tür schoss. »Einfach köstlich, was du dir da ausgedacht hast! Da sind ja auch meine kleinen Schätzchen. Kommt und sagt unseren Freunden guten Tag.«

Sir Malcolm mochte Kinder ebenso wenig wie Haustiere. Carla argwöhnisch beäugend – sie hatte einmal versucht, ihn in die Hand zu beißen, weil er ihr den Kopf tätschelte –, ließ er sich schwer atmend in einen Sessel sinken. Ich reichte ihm eine Tasse Tee.

»War das etwa geplant, Mrs Emerson?«, keuchte er scharf.

»Aber nein, Sir Malcolm. Wie können Sie so etwas von mir denken! Ich glaube, die meisten kennen Sie bereits, oder? Cyrus und Katherine Vandergelt, ihr Sohn Bertie, ihre Assistentin Jumana. Darf ich Sie mit Suzanne Malraux und Mr Nadji Farid bekanntmachen? Die beiden sind neu in unserer Mannschaft. Oh, und Mr Kevin O'Connell vom *Daily Yell.*«

Sir Malcolm hatte sich rasch wieder gefasst. Trotzdem wähnte er seine Würde angekratzt, zumal Bertie weiterhin feixte und die anderen sich mühsam das Lachen verbissen. Der mordlustige Blick, mit dem der Gentleman mich bedachte, sprach Bände.

Alles in allem war es eine laute, nervige Veranstaltung. Als gute Gastgeberin gesellte ich mich zu den einzelnen Gruppen, bot Erfrischungen an und schnappte Gesprächsfetzen auf. Margaret ließ sich nicht blicken.

Irgendwann zog Sir Malcolm den Professor beiseite. Ich bekam mit, dass er ihn zu überreden suchte, mit ihm gemeinsam eine Beschwerde bei Monsieur Lacau einzureichen. Da hatte er sich allerdings empfindlich verschätzt. Nach einem verächtlichen Blick kehrte Emerson ihm schnöde den Rücken.

»Das war kein guter Winkelzug«, kritisierte ich Sir Malcolm. »Ich hätte Ihnen gleich sagen können, dass Emerson bei so was auf stur schaltet.«

»Uns läuft die Zeit davon.« Sir Malcolm umklammerte seinen Stock, als hätte er nicht übel Lust, jemanden zu verprügeln. »Der Professor hat nicht direkt abgelehnt. Er will sich meinen Vorschlag überlegen.«

»Ach, tatsächlich?«

»Ich interpretiere es jedenfalls so, Mrs Emerson, denn die Alternative –«

Er stockte mit einem knirschenden Mahlen seines Gebisses, worauf mir entfuhr: »Grundgütiger. Soll das eine Drohung sein, Sir Malcolm?«

»Aber nein.« Er spähte zur Tür, vor der Amira lag und zu uns starrte. Sie hechelte und zeigte den überwiegenden Teil ihrer beeindruckenden Kauwerkzeuge. »Bitte, seien Sie doch so gut und entfernen Sie diese Bestie von der Tür. Ich möchte mich gern verabschieden.«

Das tat er dann auch. Nachdem er seinen schattenspendenden Lakaien nirgends entdecken konnte, zog Sir Malcolm energischen Schrittes allein los. Mir tat der arme Diener jetzt schon leid.

Logisch, dass wir, sobald Sir Malcolm außer Hörweite war, über ihn redeten.

»Er wollte nicht einmal Schach spielen«, merkte David John kritisch an.

»Ich trau dem Kerl keine zwei Meter über den Weg«, erklärte Cyrus. »Was hat er denn mit Ihnen verhackstückt, Emerson?«

»Immer dieselbe alte Leier. Wollte, dass ich mit ihm ins selbe Horn stoße und Carnarvon bei Lacau verpfeife. Hab ihn erst mal damit vertröstet, dass ich's mir noch überlegen will«, meinte Emerson schlitzohrig.

»Bravo, mein Schatz«, rief ich. »Ich frage mich ernsthaft, wie weit er noch geht. Er sprach davon, dass die Zeit knapp würde und dass er mit deiner Kooperation rechnet, weil die Alternative –«

Emerson schnappte geräuschvoll nach Luft. »Ja, und? Wie sieht die Alternative aus?«

»An diesem Punkt hüllte er sich in beredtes Schweigen.«

»Welch eindrucksvolle Drohung«, schmunzelte Nefret.

»Pah«, schnaubte der Professor. »Es gibt keine Alternative. Wenn Carter und Carnarvon irgendetwas gestehen wollten, hätten sie das inzwischen längst getan; so oder so – ich liefere die beiden jedenfalls nicht ans Messer.«

Obwohl es Kevin sichtlich in den Fingern juckte, sein Notizbuch aus der Jacke zu holen, ließ er das tunlichst bleiben.

»Sollten Sie sich unterstehen, Teile unserer Unterhaltung abzudrucken, dementieren wir alles«, raunte ich dem Journalisten zu. Gottlob kannte er den heikelsten Punkt der Geschichte nicht. Dass Carter und Carnarvon heimlich die Vorkammer betreten hatten, war noch verzeihlich. Dass sie aber in die versiegelte Grabkammer eingedrungen waren und ihre Aktion verschleiert hatten, war ein schwerer Verstoß gegen ihren Firman.

»Ja Ma'am«, erwiderte Kevin keineswegs erfreut. »Ich hab Material für einen spektakulären Exklusivbericht, und Sie lassen ihn mich nicht schreiben. Und dann ist da diese Minton, die irgendwo im Tal rumgeistert und ihre Nase überall reinsteckt und jedem zerlumpten Wächter auf den Keks geht.«

»Haben Sie mit Ihr gesprochen?«, wollte ich wissen.

»Ich hab sie begrüßt, wie es sich für einen Gentleman gehört«, sagte Kevin. Seine Nasenflügel bebten. »Sie werden es mir nicht glauben, Mrs Emerson! Aber sie versuchte, mir Informationen zu entlocken! Wir argumentierten eine Weile, und als ich sie rundheraus fragte, ob sie etwas Interessantes recherchiert hätte, grinste sie in ihrer provokanten Art und erzählte mir, dass ich das noch früh genug erführe, wenn ihr nächster Artikel veröffentlicht würde.«

Emerson bekam einen heftigen Hustenanfall. »Nimm einen Schluck Tee, mein Lieber«, riet ich ihm.

Ob Margaret tatsächlich den Mut hätte und über ihre »Entführung« und »Gefangenschaft« schreiben würde, wie sie das sicher reißerisch bezeichnete? Bei unserem Bekanntheitsgrad würde eine solche Geschichte wie eine Bombe einschlagen. Zudem würde sich Kevin maßlos ärgern, weil wir nicht ihn »entführt« und mit exklusiven Details gefüttert hatten.

Je nachdem wie Margaret die Motive für ihre Verschleppung formulierte, war es nicht gänzlich ausgeschlossen, dass eine solche Story die fraglichen Individuen hellhörig machte, vor denen wir sie eigentlich hatten schützen wollen. Würde sie wirklich so weit gehen, dass sie das Leben ihres Mannes für einen Sensationsartikel aufs Spiel setzte?

Ich fing Sethos' Blick auf und wusste, dass er dasselbe dachte wie ich – und dass er zu dem gleichen Schluss gelangt war.

***

Alle wollten mich begleiten, um unseren lieben David und Sennia (und Gargery) willkommen zu heißen. Die Zwillinge kamen natürlich nicht mit, obwohl David John maulte, das sei unfair, und Carla wie eine Miniaturausgabe Medeas wütete. Nefret beschloss, mit ihnen daheim zu bleiben, und nach kurzer Diskussion einigten wir uns darauf, dass Ramses mit mir fahren sollte und nicht Emerson. Das passte mir ausgezeichnet. Zum Einen war mein Mann nicht unbedingt der angenehmste Reisebegleiter, zum Anderen schien es nur recht und billig, dass unser Sohn als Erster seinen besten Freund begrüßte.

Emerson und Daoud ließen es sich nicht nehmen, uns zum Bahnhof zu eskortieren. Trotz der späten Stunde drängelten sich wahre Menschentrauben auf dem Bahnsteig. Nicht wenige schätzten den Nachtexpress, der aus Assuan kam und hinter Luxor nur noch selten hielt. Die fahrenden Händler von Luxor waren unterwegs, um vielleicht doch noch ein paar gefälschte Skarabäen und Uschebtis loszuwerden. Ein Gaukler jonglierte mit bunten Bällen, ein Schlangenbeschwörer hockte vor dem Korb, in dem sein lebendes Inventar eingesperrt war. Daoud, dem Züge suspekt waren, drückte uns schützende Amulette in die Hand. Emerson (dem ich gelegentlich suspekt war) sah mich an, als überlegte er, ob er nicht besser doch mitkommen sollte.

»Lass sie nicht aus den Augen«, verdonnerte er Ramses, der sich um unser Gepäck gekümmert hatte. »Nicht eine Sekunde.«

Statt darauf einzugehen, stupste ich Ramses an, küsste Emerson und kletterte in das Abteil. Sobald der Zug fuhr, gingen wir an die Bar und genehmigten uns einen Whisky-Soda.

»Du siehst sehr elegant aus, Mutter.« Ramses prostete mir zu. »Willst du damit unseren Freund Smith beeindrucken?«

»Korrekt. Ich spiele mit dem Gedanken, ihn aufzusuchen.« Ich quittierte das Kompliment mit einem Lächeln und rückte meinen Hut zurecht – ein breitkrempiges Exemplar aus weißem Stroh, das ich mit ein paar roten Seidenrosen verschönert hatte. »Wir haben ihm fest zugesagt, ihn auf dem Laufenden zu halten, ihm Sethos' Auftauchen aber noch gar nicht berichtet.«

»Meinst du, dass das richtig ist?«

Das klang eher so, als hielte er es für falsch.

»Ich teile deine Zweifel, Ramses, und bin froh, dass ich die Sache vorab mit dir diskutieren kann.«

Stirnrunzelnd ließ Ramses sein Zigarettenetui aufschnappen und hielt es mir hin. Um eine entspannte Atmosphäre bemüht, nahm ich mir eine und ließ mir von ihm Feuer geben.

»Hast du dir die Theorie mal durch den Kopf gehen lassen, über die wir neulich sprachen?«, wollte er wissen.

Ich musste in meiner Erinnerung kramen. »Ach, du meinst die Theorie, dass – ähm – dein Onkel uns bewusst hinters Licht geführt hat?«

»Ich würde es noch ganz anders bezeichnen«, knirschte Ramses.

»Tu's nicht. Womöglich werden wir belauscht.« Der Kellner fragte uns, ob er uns einen Tisch für das Abendessen reservieren solle. »Ach ja, gute Idee«, antwortete ich. »Dann setzen wir die Diskussion beim Essen fort.«

»Die Theorie lässt sich freilich nicht belegen«, murmelte Ramses, nachdem wir unsere Plätze eingenommen hatten. »Ich räume ein, dass meine ursprüngliche These Ungereimtheiten aufweist.«

Die hatten auch alle weiteren von uns ersonnenen Szenarien: dass Sethos zum Verräter geworden war und vom britischen Geheimdienst verfolgt wurde; dass Smith zum Verräter geworden war und zu vereiteln suchte, dass Sethos ihn enttarnte; dass Sethos statt eines Staatsgeheimnisses ein kostbares Artefakt von einer der geplünderten Stätten in Syrien oder Palästina hatte mitgehen lassen. Letztendlich musste ich Ramses Recht geben, dass wir uns Smith erst einmal nicht anvertrauen sollten. Mein Vorschlag, einen Plausch mit dem Gentleman zu halten, fand wenig Anklang.

»Nachher verplapperst du dich noch«, gab Ramses zu bedenken. »Was, wenn er gezielt danach fragt, ob wir von Sethos gehört haben? Du lügst doch bekanntlich nie.«

»Es sei denn, es ist unumgänglich.«

Mein Sohn lachte. »Ja, ja, schon klar. Aber lassen wir das fürs Erste. Du siehst müde aus, Mutter. Möchtest du einen Kaffee?«

»Nein danke. Müde bin ich zwar nicht, aber ich sollte mich trotzdem ein paar Stündchen aufs Ohr legen.«

Wir trennten uns an der Tür zu unseren jeweiligen Schlafabteilen. Während des Abendessens hatte der Nachtschaffner die Liegen bezogen. Das Bett sah sehr einladend aus, trotz der Tatsache, dass die Laken nicht ganz frisch waren. Obwohl es im Raum stickig war, ließ ich das Zugfenster geschlossen, zumal die kühlere Luft zwangsläufig auch Staub und Sand in das Abteil wirbelte. Ich beließ es bei einer Katzenwäsche, denn um ehrlich zu sein, war ich doch ziemlich müde. Nachdem ich ein Nachthemd übergestreift hatte, schwang ich mich auf die Liege und starrte an die Decke, die wenig kunstvoll, dafür aber mit altägyptischen Symbolgestalten bemalt war. Der Schakalgott Anubis funkelte mich aus einer schreiend violetten Lotusblüte an. Kein beruhigender Anblick, dennoch schlief ich fast auf der Stelle ein und wachte erst wieder auf, als der Schaffner lauthals verkündete, dass der Zug in Kürze in Kairo einlaufe.

Gegen Mittag trafen wir in Alexandria ein, wo wir erfuhren, dass das Schiff im Hafen lag und die Passagiere mit Tenderbooten ans Ufer gerudert würden. Wir steuerten unversehens zum Zollhäuschen, wo David uns bereits erwartete. Als er Ramses entdeckte, der die Menge genau wie er um einen guten Kopf überragte, begann er hektisch zu winken. Beim Anblick des kantigen braunen Gesichts und der tintenschwarzen Locken, wie sie auch mein Sohn hatte, durchflutete mich tiefe Zuneigung.

»Wo sind Sennia und Gargery?« Ich stellte mich auf Zehenspitzen.

Wie eine Kleinausgabe der dem Meer entsteigenden Venus wurde Sennia hoch über Davids Kopf gehalten. Sie winkte und rief irgendwas, das ich bei all dem Lärm jedoch nicht verstand.

Gargery entdeckte ich erst, nachdem die drei die Passkontrolle passiert hatten. Schwer auf seinen Stock gestützt, hinkte er auf mich zu. »Ich hab sie wohlbehalten hergebracht, Madam.«

»Das sehe ich«, keuchte ich nach einer stürmischen Umarmung von Sennia.

In den wenigen Monaten schien sie um einiges gewachsen zu sein und war mit dreizehn schon eine richtige kleine Dame – ausstaffiert mit weißen Handschuhen, Sonnenschirm und dergleichen. Halb englisch, halb ägyptisch hatte sie die samtig braune Haut und die dicht bewimperten dunklen Augen ihrer Mutter und – gottlob – kaum Ähnlichkeit mit ihrem Vater.

»Wo sind denn die anderen?«, forschte sie. »Der Professor und Tante Nefret, die Zwillinge, Selim, Daoud und Fatima?«

»Die siehst du morgen«, erwiderte ich, während ich ihr eine Haarschleife zurechtzupfte. »Wir nehmen den Abendzug nach Luxor.«

Gargery stöhnte inbrünstig. »Oh Madam, ich hatte so gehofft, wir könnten uns einen Tag ausruhen. Nach der grässlichen Schiffsreise.«

»Sie waren seekrank, stimmt's?«, tippte ich. »Gargery, das

ist zwar bedauerlich, aber nicht zu ändern. Sie hätten ja nicht mitzukommen brauchen.«

Der arme alte Kerl tat mir zwar leid, aber ich wusste aus Erfahrung, dass er bei Mitleidsbekundungen nur noch lauter stöhnte. Zugfahren bekam ihm freilich auch nicht; als wir Kairo erreichten, war er so blass und zittrig, dass wir erst einmal einen Zwischenhalt im Shepheard's einlegten, wo er es sich in der Lobby bequem machte.

»Wir nehmen den Tee hier ein und nicht auf der Terrasse«, sagte ich halb mitfühlend, halb ärgerlich. »Der Zug fährt erst in ein paar Stunden weiter. Gönnen Sie sich also ruhig ein Nickerchen, Gargery.«

»Ich bin überhaupt nicht müde, Madam«, meinte Gargery patzig. Nicht lange und er schloss die Augen, das weißhaarige Haupt sank ihm auf die Brust. Er rührte sich erst wieder, als der Ober den Tee und eine köstliche Gebäckauswahl brachte. Sennia vergaß ihre guten Manieren und stürzte sich auf das Konfekt.

»Dieser halsstarrige alte Gauner gefällt mir gar nicht«, murmelte ich. »Er bekommt ein Einzelabteil. Sennia kann mit zu mir und du mit zu Ramses, David. Wie ich euch kenne, werdet ihr ohnehin die ganze Nacht verplaudern.«

»Ich kümmere mich um Gargery«, meinte Sennia. Sie führte die von mir gefüllte Teetasse mit vornehm abgespreiztem Finger zum Mund. »Ach ist das schön, wieder hier zu sein! Wie wär's, wenn wir das Museum besuchten? Und den Souk?«

»Ich möchte auf gar keinen Fall den Zug verpassen.« Wenn sie mich so wie jetzt mit ihren riesigen schwarzen Augen flehend anblickte, konnte ich ihr schwerlich etwas abschlagen.

»Das dauert vermutlich zu lange«, wandte Ramses ein. »Du möchtest einen Einkaufsbummel machen, nicht, Sennia? Würde dir ein kurzer Spaziergang über die Muski reichen?«

Sennia, die sich den Mund mit Kuchen vollgestopft hatte, nickte heftig.

»Ein kleiner Bummel wäre gewiss nicht schlecht«, räumte ich ein.

Ramses spähte auf die Uhr. »Ich muss noch jemanden anrufen. Bin aber rechtzeitig zurück. David, begleitest du die Damen?«

David bedachte ihn mit einem skeptischen Blick, nickte dann aber so bereitwillig, dass ich mich fragte, wie viel Ramses ihm berichtet haben mochte. Zumal sie kaum Gelegenheit gehabt hatten, sich vertraulich auszutauschen.

»Was ist mit Gargery?«, fragte ich.

»Der schläft noch Stunden«, meinte David. Er legte dem alten Mann sanft eine Hand auf die Schulter, worauf der mit einem leisen Schnarcher reagierte. »Wir sind ja nicht lange weg. Vielleicht schreibst du ihm eine kurze Notiz, Tante Amelia.«

Das machte ich. Dann bat ich den Oberkellner, in der Zwischenzeit nach unserem Freund zu sehen.

Da Sennia ausgelassen neben mir herumhüpfte und pausenlos plapperte, hatte ich keine Chance, mich mit David zu unterhalten. Er stand geduldig dabei, während wir beide Weihnachtsgeschenke kauften. Sennia hatte ein großes Herz und hätte, wenn ich nicht irgendwann eingeschritten wäre, ihre kleine Barschaft in Geschenke für die Zwillinge investiert. Ihr Geschmack ließ gelegentlich zu wünschen übrig. So musste sich David in einem Geschäft umdrehen, während sie mit dem Verkäufer um eine grässliche Krawatte mit veilchenblauen und himbeerroten Skarabäen feilschte.

Die Arme voller Päckchen kehrten wir ins Hotel zurück. Zufällig stieg Ramses gerade aus einem Taxi, worauf wir gemeinsam die Empfangshalle betraten. Sennias Plappermäulchen stand nicht still.

»Wir machen uns jetzt besser auf den Weg zum Bahnhof«,

schlug ich vor. »Der Zug kann jede Minute eintreffen. Kommt, wecken wir Gargery.«

Aber der Sessel, in dem er gesessen hatte, war leer und er nirgends zu entdecken.

David verschwand, um die naheliegenden Lokalitäten zu inspizieren. Als er zurückkehrte, wirkte er besorgt. »Hmmm, es wurde niemand gesehen, auf den Gargerys Beschreibung passt.«

Sobald er uns bemerkte, schoss der Oberkellner zu uns. »Suchen Sie Ihren Bekannten, Mrs Emerson? Er ist schon vorgegangen.«

»Gute Güte«, rief ich. »Wohin denn?«

»Er murmelte irgendetwas von einem Bahnhof, Madam.«

»Wie lange ist es her, dass er das Hotel verließ?«, bohrte ich.

»Kurz nach Ihnen, Madam. Natürlich hatte ich ein Auge auf den alten Herrn, aber – na ja, wir hatten heute Nachmittag viel zu tun. Ich bemerkte erst, dass er aufgestanden war, als er mich von hinten mit seinem Stock antippte und darum bat, ich solle Ihnen ausrichten, er sei schon vorgegangen. Er redete leise mit sich selbst, Madam. Ich glaube, er beklagte sich bitterlich.«

Wir starrten einander betreten an. Im Beisein von Sennia mochte ich meine tiefe Besorgnis verständlicherweise nicht äußern. Sie kicherte. »Bisweilen ist er ein bisschen verwirrt«, erklärte sie.

»Vielleicht ist es ganz harmlos«, beschwichtigte Ramses. »Am besten suchen wir auf dem Bahnhofsgelände nach ihm.«

»Uns bleibt keine Alternative«, erwiderte ich unbehaglich. »Wir müssen nämlich unverzüglich aufbrechen. Barkins, falls der alte Trottel – der alte Herr – noch einmal zurückkommt, halten Sie ihn fest und schicken schleunigst jemanden zum Bahnhof, um uns zu informieren.«

Um unser Gepäck hatte man sich bereits gekümmert, folglich zwängten wir uns mit unseren Einkäufen in ein Taxi. Es dämmerte bereits und die einsetzende Dunkelheit steigerte meine Nervosität. Die Notiz, die ich für Gargery zurückgelassen hatte, war ebenfalls unauffindbar. Er hatte sie wohl mitgenommen. Trotzdem blieb es mir ein Rätsel, wieso er meine Anweisungen derart missverstanden hatte.

Als wir den Hauptbahnhof erreichten, war auch mein Stimmungstief erreicht. Einmal angenommen, Gargery hatte den Bahnhof überhaupt gefunden, wie sollten wir ihn bloß in den drängelnden, lärmenden Menschenmassen aufspüren? Wir fanden den Bahnsteig, wo unser Zug wartete. Noch eine halbe Stunde bis zur Abfahrt. Einige Reisende schoben Gepäck in ihre Abteile, andere plauderten noch mit Freunden. Gargery hätte gar nicht einsteigen können, da wir seine Fahrkarte hatten.

»Setzt euch schon mal in euer Abteil«, wies Ramses Sennia und mich an. »Wir suchen weiter nach ihm.«

Er wartete, bis wir eingestiegen waren, ehe er und David in unterschiedliche Richtungen losmarschierten. Kofferträger kümmerten sich um das Gepäck; ich entdeckte unseres und ließ es in unsere Abteile bringen. Durch das offene Zugfenster inspizierte ich die Passanten und antwortete abwesend auf Sennias fröhliches Geschnatter. Eine Viertelstunde verging. Die meisten Fahrgäste waren mittlerweile eingestiegen.

Dann sah ich Ramses und David, die auf den Zug zusteuerten. Als sie mich am Fenster entdeckten, beschleunigten sie ihre Schritte. Ich brauchte gar nicht erst nachzufragen, ob sie ihn gefunden hätten. Sie kamen nämlich allein.

»Ich bleibe hier«, erklärte Ramses, bevor ich mich artikulieren konnte. »David, spring rein und wirf mir meine Tasche raus, ja?«

»Wir können doch nicht ohne Gargery losfahren«, rief Sennia. »Wo ist er bloß?«

»Schätze, er hat sich verlaufen oder so.« Ramses grinste

gequält. »Fahrt ihr schon mal vor; ich finde ihn bestimmt noch und dann bringe ich ihn morgen mit nach Hause.«

Ich konnte mich nicht mehr beherrschen. »Ramses, meinst du wirklich –«

»Er hat sich bestimmt verlaufen«, sagte Ramses laut und vernehmlich. »Keine Sorge, Sennia, ich werde –«

Sie unterbrach ihn mit einem Freudenschrei. »Nein, hat er nicht! Da ist er ja!«

David, der im nächsten Abteil stand, ließ prompt Ramses' Koffer aus dem Abteilfenster fallen und starrte entgeistert hinaus. Ramses drehte sich um. Da war er in der Tat; ohne Hut, das schlohweiße Haar wirr vom Kopf abstehend, schob er sich durch die Menschen, die gutmütig grinsend zurückwichen. In Ägypten respektiert man das Alter.

Ramses behielt wie üblich einen kühlen Kopf. Er schob den Koffer wieder durch das Fenster, packte Gargery blitzschnell und schleifte ihn in Richtung Zug. Gargery schwenkte seinen Stock und redete unverständliches Zeug. Das ungleiche Paar strebte zum Waggon. Ich schloss das Fenster und trat, innerlich aufgewühlt, an die Abteiltür. Zum Glück erwiesen sich meine schlimmsten Befürchtungen als unbegründet. Der alte Knabe hatte sich vermutlich nur verlaufen und mir damit eine Mordsangst eingejagt. Zumal er im sprichwörtlich letzten Augenblick wieder aufgekreuzt war. Ein schriller Pfiff und die Lokomotive setzte sich stampfend in Bewegung. Gargery und Ramses schaukelten durch den Gang in unsere Richtung.

Sennia zwängte sich an mir und einer rundlichen Dame mit einem federbesetzten Umhang vorbei und stürzte sich auf Gargery. »Das war aber nicht nett von Ihnen, Gargery. Wir hatten schon schwerste Bedenken, dass Sie sich verspäten könnten.«

* * *

»Es war nicht meine Schuld, Sennia. Warten Sie, bis ich Ihnen alles erzähle.« Der Zug ruckte und unser Butler taumelte. Ramses schob ihn kurzerhand in die ausgestreckten Arme von David, der in ihrer Abteiltür stand. »Da hinein, Gargery. Setzen Sie sich und seien Sie still.«

Wir zwängten uns alle in besagtes Abteil. Die beiden langen Bänke, die sich zu Betten umfunktionieren ließen, boten sechs Leuten Platz. Gargery sank mit einem Stoßseufzer auf einen der Sitze. Inzwischen sah er schon wieder besser aus. Seine Lippen verzogen sich zu einem breiten Grinsen und enthüllten ein Prachtexemplar von einem Gebiss, das wir ihm finanziert hatten. »Ich bin ihnen entwischt«, erklärte er. »Schwuppdiwupp! Sie haben nämlich einen großen Fehler gemacht. Zu denken, sie könnten ein Mannsbild wie mich gefangen halten, pah!«

Sennias Augen wurden groß wie Unterteller. (Kleine Unterteller.) Sie umklammerte seinen Arm. »Man hat Sie gefangen gehalten? Oh Gargery, sind Sie verletzt?«

»Teufel noch«, knurrte Ramses. Er riss sich den Hut vom Kopf, schleuderte ihn durch das Abteil und raufte sich die Haare.

Jetzt war es zu spät. Man hätte Gargery schon knebeln müssen, um zu verhindern, dass er seine heldenhafte Flucht herausposaunte. Seine Gefangennahme ließ er wohlweislich außen vor, und erst als wir ihm einen großzügig bemessenen Whisky-Soda spendiert hatten, bekamen wir eine plausible Schilderung der Ereignisse von ihm.

Er war von einem Boten aufgeweckt worden (»aus brütenden Gedanken herausgerissen«, wie er das nannte), der ihm eine Notiz folgenden Inhalts ausgehändigt hatte: »Triff uns am Bahnhof.« Auf Anraten dieser hilfsbereiten Person hatte er den Ober von seinem Vorhaben in Kenntnis gesetzt und war dem Boten aus dem Hotel gefolgt, wo eine geschlossene Kutsche wartete. In dem festen Glauben, dass wir diese geschickt hätten (was durchaus nachvollziehbar war), hatte er erst Verdacht geschöpft, als man ihn zwischen zwei stämmige Maskierte zwängte. Besagte Individuen hätten ihn gefesselt und geknebelt. Die Dolchspitze an seiner Kehle sei ihm Warnung genug gewesen, sich nicht weiter zur Wehr zu setzen – denn, so versicherte er uns, er habe wie ein Löwe gekämpft.

»Wo brachten sie Sie hin?«, fragte ich, als Gargery Atem schöpfte.

»Nirgendwohin, Madam.« Für den Herzschlag eines Augenblicks vergaß er seine guten Manieren und wischte sich mit dem Hemdsärmel über den Mund. »Wir fuhren stundenlang herum, Madam. Ich dachte ständig, sie könnten mir die Kehle aufschlitzen. Aber ich hatte keine Angst, Madam, ich spielte lediglich auf Zeit. Schließlich hielt die Kutsche an.«

Gargery nahm einen weiteren Schluck Whisky und schien intensiv nachzudenken.

»Und dann?«, drängte ich.

»Und dann ...« Leicht entrückt nahm er den Gesprächsfaden wieder auf. »Wissen Sie, Madam, inzwischen hatte ich meine Hände befreit. Einer der Kerle sprang aus der Kutsche, ließ den Verschlag offen und ich – öhm – versetzte dem anderen Schurken einen Schwinger mit meinem Stock, band mir die Füße los und schwang mich hinaus. Immerhin waren sie zu dritt, Madam, wenn man den Kutscher hinzunimmt! Und ... und ... und dann sah ich den Bahnhof direkt vor mir. Ich lief so schnell ich konnte, bis Mr Ramses mich entdeckte.«

Wir waren sprachlos, bis auf Sennia, die die Arme um Gargery schlang und ihm versicherte, dass er ein Held sei.

»Soso«, sagte Ramses. Er hatte seine Stimme unter Kontrolle, doch seine Miene sprach Bände. »Gargery, was halten Sie davon, wenn Sie Sennia in den Speisewagen begleiten? Stärken Sie sich ein bisschen. Wir kommen gleich nach.«

»Appetit hätt' ich schon«, gestand Gargery. »Nach so einem dramatischen Zwischenfall.« Mithilfe seines Stocks rappelte er sich auf und strahlte uns mit seinen blitzenden Porzellanbeißerchen an.

»Es ist schön, wieder in Ägypten zu sein, Madam!«

David sah den beiden nach, als sie durch den Gang tippelten, und schloss die Abteiltür. Seine Lippen zuckten verdächtig.

»David, du lachst doch nicht etwa, oder?«, forschte ich.

»Ich kann nichts dafür. Dieser Hagestolz lebt richtig auf. Er sieht um zehn Jahre jünger aus.«

»Jedenfalls hat er eine blühende Fantasie«, sagte ich sarkastisch. »Kannst du dir vorstellen, dass er einen Ganoven mit einem Stockhieb ausschalten könnte? Der alte Trottel hat doch keinen Mumm mehr in den Knochen.«

»Trotzdem hat er sich seinen Abenteuergeist erhalten«, meinte Ramses. Er lachte nur selten, aber jetzt erhellte ein entspanntes Lächeln seine Züge. »Bestimmt musste er sich nicht gewaltsam befreien. Sie haben ihn laufen lassen. Nachdem sie ungefähr zwei Stunden herumkutschiert waren, haben sie ihn am Bahnhof herausgelassen und sind weitergefahren. Zweifellos fanden sie unsere Nachricht, bevor er aufwachte.«

David setzte sich und kramte seine Pfeife heraus. »Ob das die unbekannten Individuen sind, die euch auch behelligt haben?«

»Das kann man wohl sagen. Behelligen ist der treffende Ausdruck dafür«, bekräftigte ich.

»Ramses hat mir grob geschildert, was in der Zwischenzeit passiert ist«, bemerkte David. »Würde mich nicht wundern, wenn Sethos wieder seine alte Masche durchzieht. Andererseits kann ich mir nicht vorstellen, dass er so eine himmelschreiende Geschichte erfindet oder fadenscheinige Übergriffe auf euch inszeniert.«

»Da hast du aber wesentlich mehr Vertrauen zu ihm als ich«, gab Ramses zu bedenken.

»Du lässt dich von deinen Ressentiments gegenüber Sethos beeinflussen«, argumentierte David. »Du hast nicht den kleinsten Beweis gegen ihn. Zudem mag er euch alle sehr.«

»Und was hast du als Erklärung zu bieten?«, fragte Ramses.

David zuckte die Achseln. »Bislang nichts.«

»Ich auch nicht«, versetzte ich. »Was mit Gargery passiert ist, macht das Ganze nur verworrener. Wieso schleppt man ihn erst fort und bringt ihn dann wohlbehalten zurück?«

»Ist doch einleuchtend, oder?« Ramses war wieder ernst geworden. »Das war eine weitere Warnung. Diesmal traf es Gargery. Das nächste Mal vielleicht jemand anderes.«

Aus Manuskript H

Ramses und David lagen die halbe Nacht wach und plauderten. Nachdem Sennia und Gargery im Bett verschwunden waren, gesellte die Sitt Hakim sich zu ihnen. Sie trug einen flauschig weiten Morgenmantel und ein Nachthäubchen auf ihren adrett geflochtenen Zöpfen. Ramses fand ihre feminine Attitüde immer wieder belustigend; gleichwohl waren ihre Augen hart und wachsam und sie kam unversehens zum Kern der Sache.

»Ich möchte Sennia nicht allzu lange unbeaufsichtigt lassen. Wo warst du heute Nachmittag?«

»Das wollte ich David eben erzählen«, sagte ihr Sohn.

»Ach, und mir nicht?« Sie setzte sich ans Fußende seiner Liege.

»Ich wusste doch genau, dass du hier auftauchen würdest.« Ramses grinste. »Zudem gibt es da nicht viel zu erzählen. Wir beide waren uns ja einig, Smith nicht direkt zu kontaktieren. Folglich machte ich die Runde – ich war im Turf Club, im Gezira und in ein paar anderen von ihm bevorzugten Lokalitäten – und traf auf einige vertraute Gesichter, aber nicht auf ihn. Komisch, nicht? Keiner seiner Bekannten will ihn in letzter Zeit gesehen haben.«

»Vielleicht ist er krank. Warst du in seinem Büro?«

»Nein. Das wäre zu auffällig gewesen. Aber ich hab Russell getroffen.«

»Kein schlechter Zug«, meinte sie, leicht pikiert, dass sie darauf nicht selbst gekommen war. »Der Mann ist integer, was man von etlichen deiner Agentenkollegen nicht behaupten kann, und als Polizeikommandant hat er in ganz Ägypten seine Informanten. Du warst doch hoffentlich diskret mit deinen Andeutungen, hm?«

»Ich hab weder Sethos noch das rätselhafte Dokument erwähnt, wenn du das meinst. Offen gestanden hat er mir ein ziemlich düsteres Bild von der derzeitigen politischen Lage gemalt. Die Mordanschläge auf britische Beamte häufen sich, und Russell weiß nicht, wer dahinterstecken könnte. Die meisten Angriffe finden auf dem Weg in die jeweiligen Behörden statt, und obwohl die Würdenträger mit Wagenkolonnen und Leibwächtern unterwegs sind, schießen die Attentäter wild dazwischen. Und dann machen sie sich blitzartig aus dem Staub. Russell ist natürlich nur insoweit involviert, wie es sein Aufgabengebiet berührt, gleichwohl herrscht im gesamten Mittelmeerraum Unzufriedenheit, und das ist ein hochexplosives Pulverfass.«

»Das ist uns keine große Hilfe.«

»Mehr bekam ich nicht aus ihm heraus, ohne selbst Informationen preiszugeben.«

»Ja, mein Lieber, ich verstehe schon. Ich wollte dich auch nicht kritisieren.« Leise grummelnd und verständnislos den Kopf schüttelnd wünschte sie ihnen eine gute Nacht und ging hinaus. Ramses verharrte an der Tür, bis sie in ihrem Abteil verschwunden war und er das leise Schaben des zuschnappenden Riegels vernahm.

»Also, was ist jetzt mit dem sagenhaften Grab?«, wollte David wissen.

»Hast du etwa deswegen die lange Reise auf dich genommen? Ich weiß zwar, dass du sehr an uns hängst, aber mit Lia und den Kindern können wir gewiss nicht konkurrieren.«

David lachte. »Alter Zyniker! Die *Illustrated London News* hat mir ein nettes Sümmchen angeboten, wenn ich Ihnen Zeichnungen der Objekte liefere.«

»Tut mir leid, wenn ich dich enttäuschen muss, aber deine Chancen stehen nicht besonders gut. Vater hat sich mit Carnarvon verkracht, und seitdem haben wir keinen Zutritt mehr zu der Gruft.«

»Das hab ich schon läuten hören. Hat der Professor ihn wirklich zur Schnecke gemacht?«

»Zieh es nicht ins Lächerliche.« Ramses schüttelte den Kopf. »Das Verbot schließt die gesamte Familie ein sowie einen Teil unserer Freunde. Wahrlich jammerschade. Bei manchen Artefakten gehen dir die Augen über. Keine Ahnung, ob Carnarvon dir Zeichenstudien gestatten würde, wenn er sich nicht mit Vater überworfen hätte. Soweit ich informiert bin, will er der *Times* die Exklusivrechte einräumen.«

»Erzähl mir von dem Grab.« David klopfte seine Pfeife aus und streckte sich auf dem Bett aus, die Hände hinter dem Kopf verschränkt.

Es war wie in alten Zeiten, wenn sie die ganze Nacht erzählt hatten, über Gräber, Schätze und Mumien diskutiert oder irgendeinen aufregenden Plan ausgeheckt hatten. Ganz früher, ehe David und er in heiklere Missionen verstrickt worden waren, hatte Nefret oft an ihren Abenteuern teilgenommen. Bisweilen fragte er sich, ob sie diese Jahre nicht auch ein bisschen vermisste. Sie waren so verdammt jung gewesen und überzeugt, jeder noch so kritischen Situation gewachsen zu sein.

Er vertraute keinem so wie David, deshalb er erzählte er ihm die ganze Geschichte, angefangen mit Emersons Entdeckung der Grabstufen über sein Zerwürfnis mit Carnarvon bis zu dem Umstand, dass sie selbst unautorisiert in die Schatzkammer eingedrungen waren. An manchen Stellen hielt David sich den Bauch vor Lachen, er fasste sich jedoch wieder, sobald Ramses ihm beschrieb, was sie in jener denkwürdigen Nacht gesehen hatten. Er drängte ihn, ihm Genaueres von den imposanten Sänften, der goldenen Göttin, dem versiegelten Schrein und den schwarzgoldenen Statuen der Pharaonenwächter vor der Grabkammer zu berichten. Als Ramses unvermittelt gähnte, sagte er schnell: »Du kannst auch morgen weitererzählen. Besser, wir hauen uns eine Runde auf's Ohr, zumal die Familie sowieso in aller Frühe hier hereinschneien wird.«

David war innerhalb von Minuten eingeschlafen und atmete ruhig und gleichmäßig. Schön, dass er wieder bei ihnen war, ging es Ramses durch den Kopf. Nicht lange und er folgte dem Beispiel seines Freundes.

7

»Dieser Halunke Carter hat ein Automobil gekauft!«, wetterte Emerson. »Ist es denn zu fassen!«

Eindrucksvoll wie die Statue eines römischen Feldherrn stand er breitbeinig da, die Hände in die Hüften gelegt, sein schwarzer Lockenkopf von einem feinen Staubfilm gepudert. Seine befehlsgewaltige Präsenz generierte allein schon Aufmerksamkeit; sein lautstarkes Gebrüll sorgte dafür, dass ihn sämtliche Reisenden auf dem Bahnsteig anstarrten.

»Was ist das denn für eine Begrüßung?«, tadelte ich, derweil ich mit Ramses' Hilfe aus dem Abteil schwebte. »Wir sind kaum da, haben liebe Gäste mitgebracht, und du freust dich noch nicht einmal, uns zu sehen.«

»Oh«, entfuhr es Emerson. »Jesses, natürlich bin ich froh, sie zu sehen. David, mein Junge! Sennia, meine liebe Kleine, gib mir einen Kuss. Hallo Gargery.«

Alles hatte sich auf dem Bahnhof eingefunden, einschließlich der Zwillinge. Ganz kleiner Gentleman reichte David John David feierlich eine Hand, während Carla auf Daouds Arm herumzappelte und Zeter und Mordio schrie.

»Emerson hätte sie nicht mit herbringen sollen«, raunte ich Ramses zu.

»Carla kann ihn eben um den Finger wickeln«, erwiderte mein Sohn.

»Und Daoud auch. Nimm du sie besser, Ramses, und pass auf, dass sie sich nicht losreißt.«

Das war leichter gesagt als getan. Nachdem sie ihren Vater so stürmisch umarmt hatte, als wäre er einen ganzen Monat lang weggewesen und nicht nur zwei Tage, versuchte Carla hartnäckig, sich aus dem väterlichen Klammergriff zu befreien. Kurz entschlossen nahm ich ihm das Kind ab, damit er seine Frau begrüßen konnte. Ich lächelte stillvergnügt, da die beiden in inniger Umarmung verharrten und er ihr etwas ins Ohr flüsterte, worauf sie kaum merklich errötete.

»Na, was haltet ihr davon?«, wollte Emerson wissen, während er Sennia auf seine breiten Schultern hob. »Dieser Ganove Carter –«

»Du klingst ja, als hätte er das nur getan, um dich zu ärgern«, krittelte ich.

»Was denkst du denn? Schamlose Nachäfferei, genau das ist es. Ein Automobil ist hier in der Gegend so überflüssig wie nur was.«

Sich schlagartig gewärtig, dass er damit ein Eigentor geschossen hatte, redete er hastig weiter, bevor ich ihn darauf festnageln konnte. »Wisst ihr was? Lasst uns schleunigst aus diesem Mief hier verschwinden, ja? Peabody, wieso stehst du eigentlich noch hier und tratschst, obwohl unsere Gäste gern nach Hause möchten?«

Jemand – vermutlich Selim – hatte den Geistesblitz gehabt, mehrere Kutschen für uns und das Gepäck zu bestellen. Wir verteilten uns auf die Fuhrwerke, und ich fand mich neben Emerson und Daoud wieder.

An Letztgenannten gewandt sagte ich: »Ich möchte wetten, du warst derjenige, der das mit dem Automobil herausgefunden hat.«

Daoud strahlte vor Stolz. »Es kam mit dem Zug, zusammen mit einem Eisentor für das Grab.«

Der Kutscher lauschte eifrig. Daouds Ansehen als allwissendes Orakel war in den letzten Wochen noch gestiegen. Manch einer unter den abergläubischen Arbeitern schien überzeugt, er hätte übernatürliche Informationskanäle. Wir wussten jedoch, dass er die meisten Neuigkeiten von seinem Sohn Sabir erfuhr, der erfolgreich seine Fährdienste über den Nil betrieb.

»Dann ist Mr Carter wieder da?«, fragte ich.

»Oh ja. Er fuhr vom Bahnhof direkt zu der Dahabije von Professor Breasted.«

»Mmh, also deshalb haben sie meine Einladung zum Tee ausgeschlagen«, sinnierte ich laut. »Howard muss Breasted von dem Grab geschrieben, ihm eine Mitarbeit angeboten und ihn gleichzeitig vor uns gewarnt haben.«

»Ich verbiete es dir, deine Einladung zu wiederholen«, sagte Emerson mit Nachdruck.

»Ich bin es nicht gewohnt, mich in den Vordergrund zu schieben, Emerson.«

»Das ist mir schon aufgefallen, Peabody.«

»Wann will Carter das Grab wieder öffnen?«, wollte ich wissen.

Selbstverständlich war Daoud bestens informiert. »Morgen, heißt es. Effendi Callender hat bereits mit der Schuttbeseitigung begonnen.«

»Na dann viel Spaß«, ätzte der Professor.

Sabirs Fährboot erwartete uns am Ufer; er hatte es mit frischen Blumen und anderem Festschmuck dekoriert, viele Familienangehörige begleiteten ihn. Ein weiteres Begrüßungskomitee, wenn man so will; die Familie hielt nämlich große Stücke auf David, der wiederum mit den meisten von ihnen verwandt war und sie länger nicht gesehen hatte. Das freudige Wiedersehen dauerte bis zum Haus an.

Nachdem zum guten Schluss das Personal sowie Amira die Ankömmlinge willkommen geheißen hatten, riss Emerson der Geduldsfaden. »Genug jetzt!«, knurrte er. »Fatima, kümmere dich lieber um das Mittagessen und lass die arme Sennia in Frieden. Grundgütiger, wir haben zwei Stunden gebraucht, um von Luxor hierher zu kommen. Es ist nicht zu fassen. Ich hab noch kein Wort mit David geredet. Mein Junge, du wirst es nicht glauben, was Howard Carter –«

»Später«, unterbrach ich ihn. »Sie möchten sich bestimmt frischmachen und ausruhen.«

»Ich möchte nicht ausruhen«, entgegnete Sennia. »Ich möchte mein Zimmer sehen und die Große Katze des Re.«

Gargerys melodramatische Geschichte schien sie überhaupt nicht zu berühren. Natürlich wusste ich von meinem Studium der jugendlichen Psyche (und Jahren schmerzlicher Erfahrung), dass junge Menschen alles verdrängen, was sie nicht unmittelbar betrifft.

»Nimm Gargery gleich mit«, wies ich sie an.

»Aber Madam! Ich hab dem Professor doch noch gar nicht erzählt –«

»Später! Trollen Sie sich, Gargery. David John, magst du den Gentleman ein bisschen stützen? Carla, schau doch mal, ob du den Kater findest. Höchstwahrscheinlich hat er sich irgendwo unter den Möbeln verkrochen.«

David John streckte feierlich ein Ärmchen aus, und Gargery hatte immerhin so viel Feingefühl, es behutsam zu fassen.

»Grandios, wie du die Kinder losgeworden bist, Mutter«, sagte Ramses lachend, nachdem die vier endlich verschwunden waren.

»Der alte Knochen hält sich tapfer.« Emerson nickte anerkennend. »Was hat er denn da die ganze Zeit gefaselt?«

»Puren Unfug«, erwiderte Ramses. »Er verschwand aus dem Hotel, wo er eigentlich auf uns warten sollte, und tauchte gerade noch rechtzeitig wieder am Bahnhof auf.«

»Er wird senil«, meinte der Professor stirnrunzelnd. »Schöne Bescherung. Wir werden auf ihn aufpassen müssen wie auf ein Kind.«

Seine Interpretation war gewiss naheliegend. Und Gargerys Entführungsvariante klang noch hanebüchener, wenn man sie – wie Ramses jetzt – auf das Wesentliche reduzierte.

»Er sagte, er wäre mit einer fingierten Nachricht aus dem Hotel gelockt, in eine Kutsche gezwängt und von zwei Schlägertypen festgehalten worden. Er konnte fliehen und erreichte eben noch pünktlich den Bahnhof.«

»Was für ein Quatsch!«, rief Emerson. »Er hat die Geschichte nur erfunden, um von seiner Vergesslichkeit abzulenken und damit er wie ein Held dasteht.«

»Möglich«, murmelte David. »Wir haben nur seine Version.«

»Richtig«, trumpfte Emerson auf. »Wieso sollte ihn jemand entführen und wieder laufen lassen, häh? David, wie ich eingangs schon andeutete, hat Carter ...«

Für Emerson war es ein Leichtes, Gargerys Schilderung anzuzweifeln. Im Gegensatz zu mir war er schließlich nicht dabeigewesen. Gewisse Details waren vermutlich unwahr, wie beispielsweise seine Flucht aus den Fängen mehrerer bewaffneter Männer, andererseits war es so gut wie unmöglich, dass er einen mentalen Aussetzer gehabt und den Zug trotzdem noch rechtzeitig erreicht hatte.

Sethos trank seinen Kaffee aus und erhob sich. »Ich bin sicher, David wird dieses Thema brennend interessieren. Ramses, kann ich dich mal kurz allein sprechen?«

Er deutete zur Tür, worauf Ramses ihm ins Haus folgte. Ich klemmte mich hinter meinen Sohn, während Emerson sich vor David erbittert über Howard Carter, das Grab und das Automobil ausließ.

Wie nicht anders zu erwarten steuerte Sethos geradewegs in Ramses' Arbeitsraum. »Wir sollten einen kleinen Kriegsrat einberufen«, schlug ich vor.

»Ah Amelia«, sagte Sethos in gespieltem Erstaunen, als hätte er mich just in diesem Augenblick bemerkt. »Komm, setz dich zu uns. Ich vermute, du teilst Emersons Auffassung nicht, dass Gargery einen mentalen Aussetzer hatte?«

Ich machte eine wegwerfende Geste. »Der Zwischenfall war genau wie die vorherigen bedenklich, aber nicht wirklich bedrohlich. Allmählich habe ich diese Spielchen satt. Wird Zeit, dass wir etwas dagegen unternehmen.«

»Womit du grundsätzlich Recht hast.« Sethos nickte. »Was schlagt ihr vor?«

»Wir geben das Dokument zurück«, meinte Ramses.

»Das geht mir irgendwie gegen den Strich«, murmelte ich. »Zudem dürfen wir nicht davon ausgehen, dass sie das zufriedenstellt. Wir müssen wachsamer werden, vor allem im Hinblick auf die Familienmitglieder, mit denen sie ein leichtes Spiel haben.«

»Und um das zu beweisen, stürzten sie sich auf den senilen Gargery?«, wollte Sethos wissen.

»Wenn sie es darauf anlegen, dass wir Stillschweigen über die Sache bewahren, brauchen sie eine Geisel«, stellte Ramses sachlich fest. »Jemand, der in ihren Augen mehr hergibt als Gargery, zumal der für sie »bloß« ein Diener ist. Aber wieso sind sie weiterhin versessen auf die Rückgabe des Originaldokuments, wo sie doch davon ausgehen können, dass wir uns mit Sicherheit Kopien gemacht haben?«

Ich schnaubte verächtlich. »Ein reines Ablenkungsmanöver. Um uns zu verunsichern vielleicht? Dass wir unaufmerksam werden oder kostbare Zeit verplempern, um irgendwelche Erkenntnisse zu gewinnen, die es gar nicht gibt? Eins dürfte uns jedenfalls klar sein – wir alle müssen höllisch aufpassen. Ich werde Cyrus ins Gewissen reden, dass er seine Familie besser schützt.«

An den Schreibtisch gelehnt, die Arme verschränkt, trat Sethos unbehaglich von einem Fuß auf den anderen. »Was ist mit Margaret?«

»Sie ist gewarnt«, sagte Ramses. »Mehr kann man nicht tun.«

»Aber mein Lieber, sei doch nicht so hart mit ihr«, gab ich zurück. »Vielleicht sollte ich mich noch einmal mit Margaret unterhalten.«

»Lad sie doch zum Tee ein«, schlug Sethos sarkastisch vor.

»Genau das werde ich tun.«

Allerdings lud ich sie nicht zu uns nach Hause ein, sondern in eines der großen Hotels. Sie schickte mir ein Kärtchen mit ihrer Zusage.

Der nächste Punkt auf meiner (ständig) aktualisierten Liste befasste sich mit Selim. Glücklicherweise traf ich ihn gemeinsam mit David und Emerson auf der Veranda an. Mein Mann hatte ihn zum Mittagessen eingeladen. Sie rauchten, tranken Kaffee und plauderten über Tutanchamon. Es dauerte eine Weile, bis ich mich in die Unterhaltung einzuklinken vermochte; um ehrlich zu sein, musste ich deswegen schnöde Emersons Redefluss unterbrechen.

»Habt ihr Selim schon erzählt, was Gargery passiert ist?«, erkundigte ich mich.

Mitten in seinem Vortrag gestört, begriff Emerson zunächst nicht. »Was denn?«

Ich schilderte es Selim, der sich gedankenvoll über den Bart strich. »Das kapiere ich nicht, Sitt Hakim. Was hat das zu bedeuten?«

»Das bedeutet, dass dergleichen jedem von uns passieren kann. Folglich möchte ich zusätzliche Wachleute rings um das Haus postieren. Und ich möchte, dass die Kinder einen Leibwächter bekommen.«

Emerson wollte schon protestieren, da ihn das wertvolle Arbeitskräfte kosten würde. Er setzte bei der Erwähnung der Kinder jedoch eine sorgenvolle Miene auf.

»Aber sie haben doch Elia und den Hund«, begann er.

»Amira ist erwiesenermaßen kein besonders guter Wachhund, und Elia zwar ein begnadetes Kindermädchen, aber kein Leibwächter.«

»Hmpf«, machte Emerson. »Stimmt, Peabody. Kümmerst du dich darum, Selim?«

»Ja, Emerson. Obwohl ich nicht glaube, dass den Kindern von einem Ägypter Gefahr drohen könnte. Den würden sich die Männer aus Kurna schnappen und in Stücke reißen.«

Seine sachlich-überzeugende Argumentation beruhigte mich. Mir fiel ein Stein vom Herzen. »Ganz recht«, murmelte ich. »Danke Selim.«

* * *

David, der Ärmste, war heiß begehrt und wurde mithin von allen Seiten belagert. Die Zwillinge, die ausnahmsweise mit uns zusammen das Mittagessen einnehmen durften, wollten, dass er mit ihnen das Haus weihnachtlich schmückte. Emerson schlug einen Nachmittagsausflug zu den Stätten vor, die Monsieur Lacau uns für die kommende Saison angeboten hatte, und Cyrus schickte uns eine Nachricht, mit der er uns am Abend zum Dinner einlud und anfragte, ob David am Nachmittag mit uns ins Westtal käme. Daoud wollte wissen, wann David einen Besuch bei Khadija und seiner umfangreichen Verwandtschaft in Kurna eingeplant hätte; und Sennia, die untadelige Tischmanieren demonstrierte (vermutlich um den Zwillingen Vorbild zu sein), informierte uns, dass sie uns auf jeden Fall begleiten wolle – egal wohin. Da der gutmütige David niemanden vor den Kopf stoßen wollte, nahm ich ihm die Entscheidung ab.

»Wir sind heute Nachmittag zum Tee im Winter Palace – doch Emerson, keine Widerrede –, und essen heute Abend mit den Vandergelts – ich hab bereits zugesagt –, demnach bleibt nicht mehr viel Zeit für anderes. Sennia, ich möchte, dass du dich vorher noch ein bisschen in deinem Zimmer ausruhst. Und Fatima soll dein bestes Kleid aufbügeln, immerhin gehst du heute Abend mit zu den Vandergelts.«

»Ich auch, ich auch«, rief Carla.

»Nein, du nicht.«

Carlas Gesicht nahm einen ungesunden Rotton an und sie entblößte die weißen Zähnchen zu einem trotzig cholerischen Kreischen. »Erst wenn du lernst, dich wie eine Dame zu benehmen, darfst du die Erwachsenen begleiten«, übertönte ich ihr Geschrei.

Carla wurde von Ramses weggezerrt – er war der Einzige außer mir, der mit ihr fertig wurde, wenn sie einen ihrer kleinen Wutanfälle hatte. Gemeinsam mit Sennia schaute ich nach Gargery. Ich hatte abgelehnt, als er anbot, das Mittagsmahl zu servieren, und da er nicht mit uns am Tisch sitzen mochte, hatte ich ihm sein Essen aufs Zimmer bringen lassen. Er kauerte über dem Tablett wie ein alter Raubvogel und knurrte mich an, als ich mich nach seinem Befinden erkundigte. Immerhin hatte er alles aufgegessen.

Später fand ich mich in Ramses' Arbeitszimmer ein, wohin ich die Übrigen zu einem Treffen bestellt hatte. »Wir müssen dringend die Angelegenheit mit dem Dokument klären«, informierte ich die Runde und setzte mich auf den Stuhl, den Sethos mir hinschob. »Ich habe es mir angesehen und nichts Aufschlussreiches entdecken können. Ich schlage vor, wir schicken es umgehend an die Adresse, die Sethos mitgeteilt wurde.«

Stirnrunzelnd nahm Emerson sich das Dokument. Das Papier war vergilbt, zerknittert und fleckig (und an mehreren Stellen versengt, da ich es zu nah an die Kerzenflamme gehalten hatte). »Ich sehe keinen Grund, der dagegen spricht«, räumte er ein. »Sethos?«

»Ganz im Gegenteil, ich sehe eine Reihe von Gründen, weshalb wir es tun sollten«, lautete dessen Antwort. »Ich würde überdies eine Absichtserklärung beifügen, dass wir von weiteren Aktionen absehen, sofern sie das auch tun.«

Nefret sagte: »Glaubst du, die halten Wort?«

»Vermutlich nicht«, erwiderte Sethos. »Aber es ist einen Versuch wert. Was meinst du, David?«

»Einverstanden«, sagte David knapp.

»Wir überlassen es ganz dir«, versetzte ich mit einem Nicken zu meinem Schwager.

***

Der Teesalon des Winter Palace ist ein geräumiger, geschmackvoll möblierter Raum mit Polstersesseln, weichen Orientteppichen und hohen Fenstern, die in den berühmten Park hinausgehen. Für gewöhnlich ist die Unterhaltung gedämpft, das Klappern des Geschirrs kaum hörbar, aber an dem fraglichen Nachmittag war es sehr voll und der Geräuschpegel höher als sonst.

»Ich sehe kaum Journalisten«, bemerkte ich gegenüber Ramses.

»Die ziehen die Bars vor«, erwiderte er. »Außer dieser Person da.«

Er deutete auf Margaret, die aufgestanden war und uns winkte.

Mit einem ironischen Lächeln musterte sie unsere bunt gemischte Entourage. »Das erinnert mich an Königin Viktoria«, sagte sie. »Eine – ähm – reizende, vornehme Dame, begleitet von ihren Wachen und einer hübschen kleinen Nachfolgerin. Ich fühle mich geehrt.«

Nefret fand diese Umschreibung ungeheuerlich. Zudem nahm sie es Margaret sehr übel, dass sie mich böswillig ausgetrickst hatte. Die Lippen zusammengepresst, setzte sie sich auf den Stuhl, den Ramses ihr zurechtrückte. Ich nahm ebenfalls Platz. Der kleine Tisch stand zwischen einem samtbezogenen Sofa und zwei Stühlen. Margaret blieb auf der kleinen Couch sitzen. »Mit so vielen hatte ich wahrlich nicht gerechnet«, setzte sie mit spöttischem Bedauern hinzu.

»Wir bleiben aber trotzdem«, brummelte Emerson. Er winkte einem der Kellner. »Abdul, bring uns bitte noch drei Stühle.«

Abdul schleppte Stühle samt Tisch an, den er geräuschvoll an den anderen heranrückte, sehr zum Missfallen der übrigen Gäste. Als wir endlich saßen, fragte ich: »Wen hatten Sie denn erwartet?«

»David jedenfalls nicht.« Margaret reichte ihm die Hand und bedachte ihn mit einem freundlichen Lächeln. »Ich wusste nicht, dass er hier ist. Wie geht es Lia und den Kindern?«

»Lassen wir den höflichen Schnickschnack«, wandte Emerson ein. »Miss Minton, wir haben Grund zu der Annahme, dass unsere Kontrahenten weiterhin aktiv sind. Sie wären gut beraten, wenn Sie zusätzliche Vorsichtsmaßnahmen ergriffen.«

Er leerte seine Tasse, knallte sie auf den Unterteller und stand auf.

»Ich bewundere Ihre Art, Professor«, sagte Margaret. »Kurz und bündig. Ist das alles?«

»Von wegen«, schaltete ich mich ein. »Setz dich, Emerson, bitte.«

Abdul, der sich mit Emersons Marotten bestens auskannte, brachte eine frische Tasse, und ich schenkte nach.

»Was gibt es denn da noch zu sagen?«, wollte mein Mann wissen. Allerdings setzte er sich und nahm mir die Tasse ab.

»Haben *Sie* – ähm – irgendetwas Ungewöhnliches bemerkt, Miss Minton?«, forschte ich.

»Was soll denn diese Förmlichkeit?«, rief jene Lady. »Unser kleines Missverständnis ist doch längst vergessen und vergeben, oder?«

»So?«, sagte ich spitz.

»Na ja«, meinte Margaret gedehnt. »Ich gebe zu, es war nicht besonders nett von mir.«

Ich war fast geneigt, ihre halbherzige Entschuldigung anzunehmen, aber Emerson und sein Bruder wirkten zusehends verärgert. Sethos, den Margaret geflissentlich ignorierte, machten seinen Gefühlen Luft.

»Du weigerst dich, Amelias Warnung ernst zu nehmen?«

Margaret schob trotzig ihr Kinn vor. »Ich kann sehr gut auf mich allein aufpassen.«

»Wie seinerzeit in Hayil«, konterte Sethos. »Wenn ich dich da nicht rausgeholt hätte –«

»Mir wäre bestimmt nichts passiert.« Sie blitzte ihn an. »Das hast du selbst gesagt.«

»Vielleicht habe ich gelogen.«

»Das kannst du ja ohnehin am allerbesten.«

»Aber, aber«, suchte ich zu beschwichtigen.

»Sie interessiert sich nur für ihre verdammte Story«, sagte Sethos heftig. »Margaret, untersteh dich, das mit der vermeintlichen Entführung zu publizieren –«

»Dann liefer mir doch eine andere Geschichte!«

»Bitte, seid leiser«, wies ich sie an. »Die Leute starren schon zu uns her.«

Nicht zuletzt auch Kevin O'Connell, den flammendroten Schopf gereckt, wandte er uns sein sommersprossig-sonnenverbranntes Konterfei zu. Er musste nach uns gekommen sein, womöglich war er uns gefolgt. Als er meinen Blick auffing, hob er seine Tasse, als wollte er mir zuprosten.

»Seht ihr?«, zischte Margaret. »Der ist ständig hinter mir her. Ihr habt mir versprochen, mich auf dem Laufenden zu halten.«

Seine Wangen fast so rot wie Kevins, richtete sich Emerson auf. »Und Sie, Madam, haben Ihr Versprechen als Erste gebrochen, indem Sie handgreiflich geworden sind gegen meine Frau – Ihre Freundin. Komm Peabody. Sie ist gewarnt. Soll sie doch machen, was sie will!«

»He, Emerson, nicht so hastig. Ich bin mir ganz sicher, dass Margaret dergleichen niemals publizieren würde.«

»Jedenfalls nicht ohne die anhängige Verleumdungsklage«, erregte sich Ramses. »Die Beteiligten würden nämlich alles dementieren.«

Margarets Lippen bewegten sich, als würde sie leise die Namen der Beteiligten rekapitulieren. »Hmmm, du auch, Nefret?«

»Mit Sicherheit«, sagte Nefret kalt.

»Fragen darf man doch wohl noch, oder?«, gab Margaret zurück.

Ihr arrogantes Lächeln war zu viel für Emerson. Da er sich als Kavalier alter Schule nicht mit Margaret anlegen mochte, richtete sich sein Zorn gegen seinen Bruder. »Du Blindgänger – Schwächling – Versager, die eigene Frau nicht im Griff zu haben, tsts«, zischte er. Vermutlich wären ihm noch einige weitere blumige Umschreibungen eingefallen, hätte ich die Veranstaltung nicht mit einem vernehmbaren »Einen schönen Nachmittag noch, Margaret. Komm, Emerson« beendet.

Demütig schweigend ließ Emerson sich abführen. »Also ehrlich«, flüsterte ich. »Warum posaunst du nicht gleich ihre ganze Lebensgeschichte heraus?«

»Außer euch hat mich doch keiner gehört«, wiegelte der Professor ab. »Außerdem war es eine – öhm – eine Verallgemeinerung.«

»Aber eine sehr unhöfliche und unpassende«, gab ich zurück. »Eine Beleidigung für alle Frauen, nicht zuletzt für deine bessere Hälfte.«

»Ach komm, Peabody«, protestierte der Professor. »Ich hab's nicht so gemeint. Ich wollte ihm bloß –«

»Eins auswischen«, sagte ich mit einem schiefen Seitenblick zu Sethos. »Diesmal verzeihe ich dir noch, Emerson. Margaret ist zweifellos eine schwierige Frau, und ich könnte nicht behaupten, dass wir heute Nachmittag viel erreicht hätten. Aber gut, wir haben unsere Pflicht erfüllt.«

Kevin war uns in die Hotelhalle gefolgt. »Was war das denn eben?«, wollte er wissen.

»Das geht Sie verdammt noch mal nichts an«, knurrte Emerson.

Ich stupste ihn mit meinem Sonnenschirm an. »Miss Minton hat uns zum Tee eingeladen und wir kamen in dem festen Glauben, dass dies eine freundliche Geste sei. Aber sie wollte uns nur aushorchen.«

»Sie haben ihr doch hoffentlich nicht von Ihrem geheimen Grabbesuch erzählt?« Kevin trottete neben Emerson her, bemüht, mit dessen langen Schritten mitzuhalten.

»Wie Sie vielleicht bemerkt haben, haben wir uns im Unguten getrennt«, erwiderte ich.

»Carter öffnet morgen wieder das Grab.« Das sagte Kevin in einem Ton, als erwartete er prompt ein Riesenlob von uns.

Emerson blieb abrupt stehen. »Das weiß ich. Aber woher wissen Sie es?«

»Ich habe meine Quellen.« Kevin zwinkerte ihm komplizenhaft zu. »Werden Sie da sein, Sir?«

»Nein«, erwiderte der. »Los komm, Peabody.«

Bei unserer Rückkehr erwarteten uns die Zwillinge bereits frisch gewaschen und gekämmt. Carla, die aussah, als könnte sie kein Wässerchen trüben, entschuldigte sich überschwänglich für ihren Temperamentsausbruch. Die zwei gaben ein hübsches Bild ab: Hand in Hand, ein blaues und ein dunkles Augenpaar treuherzig aufblickend, schwarze und goldene Locken, die sich ineinander verwoben, so dicht standen sie beisammen. Die Teezeit mit der Familie entbehren zu müssen, war für die beiden Kleinen die schlimmste Strafe gewesen. Dass David John zudem für das schlechte Betragen seiner Schwester leiden musste, war zwar unfair, aber er trug es mit Fassung. Trotz ihrer Verschiedenheit mochten sie einander nämlich sehr. Während sie weiterhin Hand in Hand davonspazierten, hörte ich, wie David John seiner Zwillingsschwester vorschlug: »Ich les dir gern noch was aus dem Märchenbuch vor, Carla, denn du hast dich wirklich ganz lieb entschuldigt.«

Auf mein Betreiben hin warfen wir uns alle in Schale für das Dinner mit den Vandergelts. Es ist nahezu unmöglich, Emerson formelle Abendgarderobe aufzuzwingen, gleichwohl sah er recht anziehend aus in dem von mir ausgesuchten, saloppen Tweedanzug (mit eingewebtem blauem Wollfaden, passend zu seiner Augenfarbe). Die Sachen, die ich notgedrungen für Ramses bestellt hatte, waren eingetroffen, und Sethos hatte sich großzügig bedient: Er trug ein elegantes Dinnerjackett mit schwarzer Fliege. Vermutlich um Emerson zu ärgern. Nefrets Kleid war an Ausschnitt und Saum mit goldschimmernden Perlen bestickt. Sennia musterte sie neidisch. »Ich wünschte, ich hätte so ein Kleid!«, seufzte sie.

Nefret umarmte sie flüchtig. »Wenn du ein bisschen älter bist. Dein Kleid steht dir doch sehr gut.«

Nach meinem Dafürhalten war es zu sehr gerüscht. Sennia liebte Rüschen. Nun ja, zu einem jungen Mädchen passte es, und das Blassrosa unterstrich ihr schwarzes Haar und den karamellfarbigen Teint.

Zu Ehren der neu eingetroffenen Gäste hatten Cyrus und Katherine sich mächtig ins Zeug gelegt: Feinstes Porzellan, Kristall und Blumengebinde in silbernen Vasen schmückten den Tisch. Es war Sennias erster Ausflug ins Erwachsenenleben, und Bertie führte sie an ihren Platz. Sie setzte sich anmutig und betrachtete andächtig die schön gedeckte Tafel.

»Ich weiß, welche Gabel ich wann benutzen muss«, raunte sie Bertie sachverständig zu.

»Dann zeig es mir bitte auch«, bat Bertie. Sie waren die weltallerbesten Freunde, nachdem sie ihn, als er an seiner Kriegsverletzung litt, betreut und bei Laune gehalten hatte. Ob ihre jugendliche Schwärmerei inzwischen ihm galt, überlegte ich, ihr Lächeln und ihren flirtenden Blick interpretierend. Als Kind hatte sie Ramses heiraten wollen, den sie abgöttisch verehrte. Jetzt war sie dreizehn und damit in einem Alter, wo Heranwachsende allmählich Gefallen am anderen Geschlecht finden.

»Und mir bitte auch«, sagte Jumana über den Tisch. Sie und Sennia gluckseten verschmitzt. Sie hatten sich nicht immer gut verstanden, waren sich aber dieses Mal einig, dass sie Suzanne von ganzem Herzen verabscheuten. Die junge Französin hatte nämlich den fatalen Fehler begangen, Sennia wie eine Sechsjährige zu behandeln. Sie hatte sich nach ihren Puppen erkundigt und gelacht, als Sennia schlagfertig geantwortet hatte, sie habe es mehr mit Uschebtis.

Nadji hatte einen positiveren Eindruck hinterlassen. Er begrüßte Sennia wie uns andere mit knapper Verbeugung und Handschlag und hielt sich dann wie üblich bescheiden zurück. Meine verstohlenen Blicke zu ihm signalisierten mir jedoch, dass er aufmerksam lauschte und beobachtete. Sein starres, liebenswürdiges Lächeln war mir irgendwie nicht geheuer. War er wirklich so schüchtern, wie er immer tat, oder verbarg er etwas vor uns? Laut Cyrus arbeitete er fleißig und gewissenhaft. Selbst mein pedantischer Mann fand nichts an ihm auszusetzen.

Wie nicht anders zu erwarten, kreiste die Unterhaltung alsbald um Tutanchamons letzte Ruhestätte. Und jeder wusste etwas anderes zu berichten.

»Irgendwann kann er nicht mehr anders, dann muss er gewisse Leute reinlassen«, meinte Cyrus. »Die Honoratioren der Stadt haben sich schon beschwert.«

»Sie auch?«, wollte Nefret wissen.

Cyrus hüstelte selbstgefällig. »Um ehrlich zu sein, hab ich Carter in einem netten Brief zu dem Fund beglückwünscht. Ich dachte, er antwortet mir oder reagiert mit einer Einladung, aber Pustekuchen! Na ja, er war ja auch länger weg.«

»Sie brauchen ihn nicht auch noch in Schutz zu nehmen«, erregte sich Sethos. »Ich denke, er schert alle über einen Kamm: Sie, uns, die Würdenträger von Kairo wie von Luxor. Sagen wir mal so, er benimmt sich, als wäre das Grab sein und Carnarvons privates Eigentum. Etliche Leute haben sich schon beschwert und die ägyptische Presse läuft mittlerweile Sturm.«

»Er steht unter höchster Anspannung«, meinte Ramses. »Ihr wisst doch aus eigener Erfahrung, wie nervenaufreibend es ist, wenn einen andauernd neugierige, bildungshungrige Zeitgenossen umlagern.«

»Vermutlich ist die Sache noch komplexer«, gab ich zu bedenken. »Nein, Emerson, kein Grund zur Aufregung, das hat nichts mit Tiefenpsychologie zu tun, sondern mit dem gesunden Menschenverstand, über den ich nun einmal verfüge. Nach all den Jahren der Anfeindung und Kritik hat Carter jetzt den Vogel abgeschossen. Dass ihm das zu Kopf gestiegen ist, erstaunt mich nicht. Die Leute, die sich über seine einfache Herkunft und über seine Umgangsformen mokierten, buhlen inzwischen um seine Gunst. Unterbewusst – ähm – ich meine, ohne dass er es selbst realisiert hat, lehnt Howard deswegen vielleicht sogar unsere Mithilfe ab.«

»Gegen mich kann er aber doch nichts haben«, protestierte Cyrus. »Ich hab ihn nie belächelt und ich bin auch kein neugieriger Müßiggänger.«

»Aber Sie sind ein ernstzunehmender Kontrahent in Lord Carnarvons Sammlerzirkus«, führte Sethos aus. »Er wurde förmlich grün vor Neid, als Sie im letzten Jahr die Tutanchamon- Statuette erwarben.«

»Das ist doch kein Grund, mir die Besichtigung des Grabes zu verbieten.« Cyrus blieb uneinsichtig. »Donnerlittchen, ich gäbe eine Menge dafür, wenn ich mal einen Blick riskieren dürfte. Die Artefakte interessieren mich dabei weniger.«

Suzanne, Berties andere Tischdame, hatte hartnäckig geschwiegen, während er und Sennia schwatzten und lachten. Sie hatte sich große Mühe mit ihrer Abendtoilette gegeben, Make-up aufgelegt und ihre Haare mit einer silbernen Spange zusammengesteckt. Ihr elegantes Seidenkleid war sicher nicht ganz billig gewesen. Dass Bertie einer Dreizehnjährigen den Vorzug gab, passte ihr bestimmt nicht ins Konzept.

»Vielleicht kann ich Ihnen behilflich sein«, sagte sie unvermittelt.

Alle merkten auf und starrten sie ungläubig an. Jumana verdrehte die Augen und Emerson platzte heraus: »Sie?«

Suzannes Lippen verzogen sich zu einem katzenhaften Lächeln. »Mein Großvater mütterlicherseits ist ein Nachbar von Lord Carnarvon. Die beiden sind gute Freunde. Er hat mir vorige Woche telegrafiert, dass er die Weihnachtstage mit mir verbringen möchte. Und natürlich möchte er sich das Grab ansehen.«

Katherine erholte sich als Erste von ihrer Verblüffung. »Er ist herzlich willkommen bei uns.«

»Oh, nein, nein, er würde sich nie aufdrängen; ich habe im Luxor eine Suite für ihn reserviert. Er freut sich darauf, Sie alle kennen zu lernen. Ich habe ihm viel von Ihnen geschrieben, nicht zuletzt über Ihre liebenswürdige Gastfreundschaft, Mr und Mrs Vandergelt.«

»Wer zum Teu – wer ist denn Ihr Großvater?«, wollte Emerson in seiner unverblümten Art wissen. Er hätte seine Frage ruhig etwas höflicher formulieren können, fand ich.

»Sir William Portmanteau. Vielleicht kennen Sie sich bereits, Sir?«

Die Frage galt Cyrus. Mit einem nachdenklichen Stirnrunzeln antwortete er: »Ich hatte vor einigen Jahren geschäftlich mit ihm zu tun, bevor ich mich zur Ruhe setzte. Seinerzeit war er noch nicht in den Ritterstand erhoben.«

»Seine Majestät hat ihn für seine Verdienste um England während des Krieges geehrt«, sagte Suzanne stolz.

»Ach ja, richtig«, bekräftigte Cyrus. »Nun meine Liebe, vielleicht möchte er das Weihnachtsfest mit uns gemeinsam verbringen. Und wenn er Einfluss auf Seine Lordschaft hat ...«, rutschte es ihm unwillkürlich heraus.

»Er würde bestimmt ein gutes Wort für Sie einlegen«, meinte Suzanne.

»Ist ja fantastisch«, entfuhr es Bertie. »Das ist aber nett von Ihnen, Mademoiselle Malraux.«

»Ich bitte Sie.« Sie richtete ihre Glupschaugen auf ihn. »Wir waren doch schon beim Vornamen.«

Jumana und Sennia tauschten vielmeinende Blicke aus.

Emerson schmollt nur selten (er zieht direktere Methoden der Gefühlsäußerung vor), und er hätte Suzannes Angebot, für ihn ebenfalls Fürsprache einzulegen, bestimmt abgelehnt. Gleichwohl sah man ihm an, dass es ihn maßlos fuchste, übergangen zu werden. Vehement beteuernd, dass er genug über den bedeutsamen Tutanchamon gehört hätte, beschrieb er David unsere Arbeit im Westtal.

»Vielleicht kannst du Suzanne bei den Szenen in Ajas Grab zur Hand gehen«, sagte er mit einem vernichtenden Blick in deren Richtung. »Mit den Zeichnungen scheint sie gewisse Schwierigkeiten zu haben.«

»Es ist schwierig, unter diesen Bedingungen zu arbeiten«, antwortete David mit einem freundlichen Lächeln zu Suzanne.

»Und es gibt nur wenige Künstler mit Ihrer Begabung«, erwiderte Suzanne errötend. »Für Tipps und Anregungen wäre ich Ihnen überaus dankbar.«

»Morgen früh«, brummte der Professor. »Sechs Uhr.«

* * *

Was Emerson sagt, ist Gesetz. So waren wir alle vor Sonnenaufgang auf den Beinen und zu der von Emerson festgesetzten Uhrzeit startbereit. Alle bis auf Sennia, die länger schlief, weil sie von ihrem ersten gesellschaftlichen Ereignis völlig aufgekratzt heimgekommen war und Gargery erst noch haarklein darüber hatte berichten müssen. Fatima beabsichtigte, mit der Weihnachtsbäckerei zu beginnen, und ich hoffte, das würde die Kinder und Sennia bis zu unserer Rückkehr beschäftigen. Ich hatte mir viel vorgenommen für diesen Tag.

Aus Cyrus' Crew fehlte nur Suzanne. »Ich hab ihr erlaubt, ihren Großvater vom Bahnhof abzuholen«, erklärte er.

»Er trifft heute ein?«, fragte ich verblüfft. »Warum hat sie das gestern Abend nicht erwähnt?«

»Wollte vermutlich nicht, dass wir uns verpflichtet fühlen, ihn willkommen zu heißen oder so«, meinte Cyrus.

»Ist doch auch piepegal«, grummelte Emerson. »Wir verplempern nur unsere Zeit. David, ich möchte dir das von uns erforschte Gelände zeigen. Vielleicht fällt dir noch etwas auf, das wir übersehen haben.«

Er stob davon, und die anderen folgten ihm wie Küken einer Henne.

Ich wartete, bis die Picknickkörbe freigegeben wurden, ehe ich mit meinen Plänen herausrückte. Emerson wirkte wenig überrascht, seine Proteste eher fadenscheinig.

»Du brauchst nicht mitzukommen«, sagte ich, derweil ich mir ein Gurkensandwich sicherte. »Aber David hat das berühmte Felsengrab noch nicht gesehen. Bis morgen hat es sich bestimmt herumgesprochen, dass es wieder geöffnet wird, und dann ist ganz Luxor auf den Beinen.«

»Darf ich mitgehen, Sir?«, fragte Jumana.

»Aber sicher«, meinte Cyrus. »Ich würde mich dem auch gern anschließen.«

»Oh, dann geht doch, meinetwegen alle, der ganze Haufen!«, tobte Emerson. »Selim und ich schaffen das hier schon alleine.«

Selim, der auch gern mitgekommen wäre, schien am Boden zerstört. Mit einem verschwörerischen Augenzwinkern klopfte ich ihm auf die Schulter.

Für gewöhnlich verließen die Touristen um die Mittagszeit das Tal, um in ihre Hotels am anderen Flussufer zurückzukehren oder in Cook's Rasthaus nahe Deir el-Bahari. Ich wartete bis zum Nachmittag, bis sich die Menschenmassen zerstreut hatten. Letztlich waren wir selbst eine große Gruppe, denn außer Emerson wollten mich alle begleiten. (Selim hatte er zähneknirschend die Erlaubnis gegeben.) Er ritt mit uns bis zum Rand des Westtals, von wo aus er hoch erhobenen Hauptes zurückgaloppierte. Ich mutmaßte, dass er irgendetwas im Schilde führte.

In der Nähe des Grabeingangs trafen wir auf Kevin O'Connell. »Ich hatte Sie schon erwartet, Ma'am.« Höflich lüftete er den Tropenhelm.

»Ach, verschwinden Sie, Kevin«, sagte ich automatisch.

»Warum?« Er lief neben mir her und nickte David freundlich zu, der auf meiner anderen Seite ging. »Vergessen Sie nicht, Sie sind Persona non grata. Seien Sie nett zu mir, Mrs Emerson, dann bin ich auch nett zu Ihnen. Carter hat den Grabeingang großräumig freigelegt.«

»Wo ist Miss Minton?«

»Sie hockt über der Graböffnung«, meinte Kevin dumpf. »Hat zweimal versucht, an Carter ranzukommen, war aber genauso erfolglos wie ich. Ich muss sagen, seine Manieren lassen erheblich zu wünschen übrig.«

Manche Menschen finden die monotone Felslandschaft des Tals der Könige, die Wasser und jeglicher Vegetation entbehrt, karg und unheimlich. Gleichwohl hat sie ihre eigene Schönheit. Von Wind und Witterung geformt, haben die Betten der schmalen Wadis bizarre Formen gebildet, die im Spiel von Licht und Schatten faszinierende Farbnuancen annehmen: von Helllila bis Graublau, je nach Sonnenstand. Nach meinem Dafürhalten war es jedoch längst nicht mehr so eindrucksvoll, nachdem Howard Carter und Konsorten das Geröll großflächig entfernt, die Wege begradigt, die bekanntesten Gräber mit Licht ausgestattet und Mauern um die Grabeingänge hochgezogen hatten. Letztgenannte Maßnahme war zwingend erforderlich, um das Regenwasser daran zu hindern, von den Klippen in die Gräber zu sickern. Unwetter waren in Luxor zwar selten, gleichwohl hatte ich einige miterlebt und wusste, welche immensen Schäden sie anrichteten. Trotzdem war es für mich der Inbegriff der Romantik, über umgestürzte Felsquader zu klettern; nur mit einer flackernden Kerze ausgestattet durch eng gewundene, von Fledermäusen bewohnte Gänge zu kriechen; zu den Ersten zu zählen, die eine Grabkammer mit den zerbrochenen Schätzen ihres verblichenen Bewohners bewunderten, nicht zu vergessen die Mumie selbst – ein abgerissener Arm, die Finger zu Klauen gespreizt, ein Gesicht mit halb geöffneten Lidern, in denen sich im Schein der zuckenden Kerzenflamme das Weiße des Augapfels zu spiegeln schien …

Ich durfte mich wahrhaftig glücklich schätzen, dass mir derart erhebende Erfahrungen vergönnt gewesen waren! Auf mein tiefes Seufzen hin musterte David mich fragend. »Alles in Ordnung mit dir, Tante Amelia?«

»Ich dachte eben an die gute alte Zeit. Wusstest du eigentlich«, sagte ich verträumt, »dass man den Mumien gelegentlich Zwiebeln unter die Augenlider steckte, damit es lebensechter aussah?«

David, der sich das durchaus vorzustellen vermochte, lachte milde und legte einen Arm um mich. »Das muss ein appetitlicher Anblick gewesen sein.«

Die Stufen zum Grabeingang befanden sich in einer Senke, etwa sechs Meter unter Bodenniveau. Hier wurde ganze Arbeit geleistet, dachte ich mit Bedauern, derweil ich die freigelegte Fläche vor der Treppe inspizierte, den hingezimmerten Schuppen, das Elektrokabel, das sich schlangenartig durch das Geröll wand. Man hatte mehrere Zelte aufgestellt, vermutlich für die Wachleute. Dass Seine Lordschaft oder Howard sich mit derart primitiven Unterkünften zufrieden geben könnten, bezweifelte ich doch stark. Ein Stück oberhalb und etwas hinter der Senke gähnte die rechteckige Öffnung des Grabes von Ramses VI. Eine niedrige Mauer aus aufeinandergeschichteten Steinen umgab die Fragmente.

David und ich stellten uns vor dem Grabeingang zu unserer Gruppe. Howards Aktivitäten waren natürlich nicht unbemerkt geblieben, und einige hartnäckig interessierte Zeitgenossen hingen weiterhin gebannt über ebendieser Mauer. Wenn man so will, belebten sie das trostlose Tal, allerdings nicht mit ihrem Esprit: Einige Damen trugen schrillgelbe oder nilgrüne Flatterkleider, die Herren modisch gestreifte Sommeranzüge mit schreiend bunten Bindern. Viele hielten ihre Kameras gezückt. Darunter mischten sich auf den Pfaden, die über die Schutthalden führten, Würdenträger und Dorfbewohner mit turbangekrönten Häuptern und wehenden Galabijas. Margaret Minton, dicht an das raue Mauerwerk geschmiegt, hob den Arm und winkte. Ich winkte nicht zurück.

Mr Callender versuchte verzweifelt, die klickenden Kameras zu ignorieren, während er einer Gruppe von Arbeitern Anweisungen erteilte.

»So sieht das also aus«, sagte David leise.

»Nicht besonders aufregend.«

»Ach komm«, murmelte David. »Können wir näher herangehen?«

»Unter den Wachleuten sind auch ein paar von deinen Cousins«, sagte ich mit einem vielmeinenden Grinsen.

Seine Ankunft war nicht unbemerkt geblieben. Als er zu einem der Männer trat, scharten sie sich alle um ihn, umarmten und begrüßten ihn. Sobald Callender das laute Stimmengewirr vernahm, schnellte sein Kopf hoch, und er wollte wissen, wieso die Männer ihre Posten verlassen hatten.

»Gestatten Sie, dass ich Sie mit meinem angeheirateten Neffen Mr David Todros bekannt mache«, sagte ich und trat vor. »Sicherlich kennen Sie seine Arbeit. Wo ist Howard?«

»Er hat für heute Schluss gemacht«, erwiderte Callender. »Und ich habe vor, das Gleiche zu tun. Ähm – Todros. Sind Sie Journalist?«

»Nein Sir«, antwortete David.

»Ägyptologe«, meinte ich betont. »Und ein angesehener Künstler. Er hat eben ein paar von seinen Landsleuten begrüßt, das war alles.«

»Stimmt, ich habe von ihm gehört. Er war mit Ihrem früheren Rais Abdullah verwandt, nicht?« Nachdem er David als »Eingeborenen« abqualifiziert hatte, nickte er schroff und wandte sich zu den Umstehenden: »Hier wird jetzt geschlossen. Verlassen Sie umgehend das Tal.«

»Wie unhöflich«, sagte Nefret spitz. Callender warf ihr einen gehetzten Blick zu und sprang über den Pfad zum Eingang. Für einen so bulligen Mann bewegte er sich sehr geschmeidig. Mit derselben blasierten Stimme verkündete Nefret: »Diese Anweisung gilt nicht für uns.«

Sobald Callender außer Sichtweite war, atmeten alle auf. Die Arbeiter legten ihre Werkzeuge weg und zündeten sich Zigaretten an, Rais Gurgar plauderte mit David. Ein Teil der Zuschauer entfernte sich; die Wachen sammelten Bakschisch von denjenigen ein, die noch bleiben wollten; Margaret Minton setzte sich auf die Mauer und kritzelte in ihr Notizbuch, derweil sie Kevin und Sethos bewusst ignorierte. Cyrus starrte weiterhin sehnsüchtig auf die in den Fels gehauenen Stufen, die anderen verloren jedoch das Interesse und trollten sich. Jumana schloss sich Nadji an und schlenderte mit ihm los.

»Ich kann mich eines starken Déjà-vu-Eindrucks nicht erwehren«, raunte ich Ramses zu. »Hier lungern zu viele Leute rum, und das Grab ist wieder zugänglich. Wieso hat Carter das Tor nicht angebracht?«

»Das ist gar nicht so einfach«, bemerkte Ramses genauso leise. »Zunächst einmal müssen sie nämlich den Rahmen in dem massiven Felsgestein verankern. Wie dem auch sei –«

Er stockte und blickte skeptisch zu Kevin, der uns schamlos belauschte. »Sie rechnen mit Problemen?«, fragte Letzterer, hellhörig geworden.

»Ach, verschwinden Sie, Kevin«, fauchte ich.

Aufmerksam das Gelände inspizierend, schlenderte Ramses über den Pfad. Ich hastete zu ihm. Wir waren noch nicht weit gekommen, als ein grässlicher Knall die Luft zerriss – er kam nicht aus der Richtung von Tutanchamons Grab, sondern vom Eingang eines der Seitenwadis weiter vor uns. Eine helle Staubwolke erhob sich. Ramses rannte los. »Bleib hier«, brüllte er.

Natürlich folgte ich ihm, so schnell ich konnte. Als ich ihn erreichte, legte sich die Staubdecke allmählich wieder. Ein ausgezacktes Loch gähnte in dem von Felsgestein gesäumten Pfad. Abgeplatztes Geröll lag am Boden verstreut. Geröll und …

Ich sah weg. »Wer?«, hauchte ich.

Ramses drehte irgendetwas mit seinem Fuß um. Wieder wirbelte Sand auf. »Farhat Ibn Simsah.«

»Bist du sicher?«

»Ganz sicher. Sieh nicht hin, Mutter.«

Ich versuchte es, doch wurde mein Blick gleichsam zwanghaft auf den grauenvollen Anblick gelenkt. Ramses brachte sich zwischen mich und die zerfetzte, blutüberströmte Leiche und stützte mich, da ich taumelte. Ich vernahm Stimmen und eilende Schritte, hörte, wie Ramses den anderen befahl zurückzubleiben; dann packte mich ein Paar starker Arme, wie ich sie nur bei einem einzigen Menschen kenne.

»Oh Emerson«, schrie ich. »Du bist hier. Ich wusste doch, dass du kommen würdest!«

»Zum Kuckuck mit dir«, knirschte Emerson. Von tiefen Gefühlen überwältigt, versagte ihm die Stimme. Gleichwohl wusste ich, was er ansonsten gesagt hätte, und seine tröstliche Umarmung gab mir Halt.

»Ich bin nicht verletzt, Emerson. Mir geht es blendend. Du kannst mich runterlassen.«

»Einen Teufel werde ich tun«, sagte mein Mann und trug mich fort.

Aus Manuskript H

Ramses war klar gewesen, dass Nefret darauf bestehen würde, Farhats Leichnam genauer zu inspizieren. Ein kurzer Blick bestätigte der gewissenhaften Ärztin jedoch, dass für diesen Mann jede Hilfe zu spät käme.

»Er muss sich darüber gebeugt haben … was immer es war … als es hochging.« Sie erhob sich vom Boden. »Die

Wucht der Explosion hat ihn an Brust und Kopf getroffen. Dynamit vielleicht?«

»Keine Ahnung. Wir dürfen nichts verändern, bis die Polizei eintrifft.« Er fasste ihren Arm. »Komm weg, Liebes. Mutter braucht dich eventuell auch.«

Nefrets Wangen waren eine Spur blasser als sonst, dennoch versuchte sie ein Lächeln. »Mutter doch nicht. Sie wird an ihrem Brandy nippen und den anderen in epischer Breite von der Sache berichten.«

Im Schatten der westlichen Erhebungen saß der übrige Trupp um seine Mutter versammelt. Sie thronte auf der Eingangsmauer zum Grab von Ramses III., erzählte und gestikulierte mit der Hand, in der sie den Flachmann mit ihrer therapeutischen Brandyration hielt. Jumana umklammerte Berties Arm. Erleichtert, dass seiner besseren Hälfte nichts fehlte, hatte Emerson sich mitten auf den Weg gepflanzt und verscheuchte die Neugierigen mit gebieterischem Gebrüll und dem einen oder anderen kleinen Knuff.

»Alle zurücktreten. Die Polizei ist bereits informiert.«

»Aziz?«, fragte Ramses seinen Vater.

»Du glaubst doch wohl nicht, dass die englischen Behörden sich um den Tod eines Einheimischen scheren, oder?« Die Stimme seines Vaters troff vor Sarkasmus.

»Howard Carter denkt da sicher anders.«

Sein Vater kniff die Augen zusammen. »Du denkst in diese Richtung, was? Hmmm, lass uns das später diskutieren. O'Connell, bleiben Sie, wo Sie sind!«

Ein sanfter Schubs von Emerson und Kevin taumelte rückwärts. Sein Tropenhelm segelte zu Boden. Jemand lachte, worauf O'Connell wutschnaubend hochging. »Sie behindern die Freiheit der Presse, Professor«, tobte er.

»Ganz recht«, sagte Margaret Minton, ihr Notizbuch gezückt. Sie war diejenige, die gelacht hatte. Sie glitt an Emerson vorbei, wich Sethos' ausgestreckter Hand aus und steuerte in Richtung des … Unfalls? Sethos lief ihr nach, blieb aber nach wenigen Schritten stehen und verschränkte die Arme vor der Brust, seine Miene kryptisch.

Kevin suchte sich von Emerson loszureißen, der ihn mit einer Hand gepackt hielt. »Sie lassen sie passieren!«, keuchte Kevin. »Das ist eine ungeheuerliche Diskriminierung! Mrs Emerson, ich flehe Sie an!«

»Lass ihn los, Emerson«, antwortete sie lässig. »Er wird schon sehen, dass das keine Sensation ist. Bloß der tragische Tod eines Dorfburschen.«

»Willst du ihn dir nicht mal anschauen?«, fragte Ramses seinen Onkel.

»Anders als meine ... anders als Miss Minton hab ich für blutüberströmte Leichen nichts übrig«, meinte der. »Amelias Beschreibung reicht mir völlig aus. Wer bewacht denn jetzt eigentlich das Grab. Die meisten Wachleute scheinen hier bei uns rumzustehen.«

Margaret tauchte mit leicht grünlichem Gesicht wieder auf. »Wie hieß er?«, fragte sie relativ gefasst.

»Was kümmert dich das?«, erwiderte Sethos. »Er war ein Dorfbewohner, nichts weiter.«

»Was ist mit ihm passiert?« Margaret richtete die Frage an Ramses.

Würgegeräusche drangen zu ihnen, kurz darauf kehrte Kevin zurück. »Was ist mit ihm passiert?«, presste er mit unerschütterlichem Journalistenehrgeiz hervor.

Emerson schnellte herum. »Offenbar hat der bedauernswerte Kerl irgendwelchen Sprengstoff gefunden und die Ladung irrtümlich in Gang gesetzt. Das ist alles. Die Polizei ist auf dem Weg hierher. Und jetzt Abmarsch, aber dalli.«

Margaret rührte sich nicht, bis Emerson auf sie zusteuerte. »Sie legen sich mit der Presse an, Professor«, stammelte sie, während sie zurückwich.

»Da liegen Sie verdammt richtig«, bekräftigte Emerson. »Und jetzt verschwinden Sie oder ich lasse Sie wegtragen. Ich möchte, dass alle das Tal unverzüglich verlassen.«

Seine Frau sprang auf. »Zeugen, Emerson. Verdächtige! Wir müssen alle Anwesenden verhören.«

»Aber doch wohl jetzt nicht!?«, meinte Emerson entgeistert.

»Zumindest nehmen wir ihre Namen und Adressen auf.« Sie steckte den Flachmann weg und zog Papier und Stift aus ihrem Gürtel.

Nach ihrer Ankündigung leerte sich der Schauplatz des Geschehens schneller als mit Emersons wüsten Tiraden. Ramses war sich sicher, dass sie genau das einkalkuliert hatte; als »profunde Kennerin der menschlichen Psyche« wusste sie, dass die meisten nichts mit der Polizei zu tun haben wollen. Etliche Zuschauer räumten das Feld. Fluchend zerrte Emerson ein paar Unbekehrbare aus ihren Verstecken und schob sie in Richtung Ausgang. Als nur noch ihre Gruppe übrig geblieben war, wandte er sich an Gurgar. »Alles unter Kontrolle?«

»Ja, Vater der Flüche.« Der Rais schien sichtlich betroffen. »Besteht eine Gefahr für das Grab, was meinst du? Soll ich Effendi Carter benachrichtigen?«

»Es besteht keine Gefahr, solange ihr eure Arbeit anständig macht«, sagte Emerson streng. »Ja, Carter sollte informiert werden. Schick ihm schleunigst einen deiner Männer.«

»Ich bleibe, bis Aziz eintrifft«, erklärte Ramses.

Sein Vater nickte. In Ordnung. Die anderen können jetzt gehen. Ich empfehle eine Runde Whisky für alle, außer für dich, Peabody.«

»Das ist zwar lieb gemeint, aber völlig unnötig.« Mit einem zusammengefalteten Taschentuch betupfte sie sich vornehm die Stirn. »Sollten die anderen Ibn Simsahs nicht besser über Farhats Tod in Kenntnis gesetzt werden?«

»Vermutlich wissen sie es schon«, sagte Emerson grimmig. »Komm jetzt. Cyrus, Jumana, Bertie … Nefret?«

»Ich bleibe hier.« Nefret stellte sich zu Ramses. »Vielleicht hat Mr Aziz noch Fragen an mich.«

»Ah.« Ihre Schwiegermutter bedachte sie mit einem gedankenvollen Blick. »Richtig. Dann bis bald, meine Lieben.«

»Meinetwegen musst du nicht bleiben, Schätzchen«, murmelte Ramses, als die anderen fort waren. »Ich hab alles unter Kontrolle.«

»Von wegen. War es ein Unfall?«

»Ich glaube nicht, dass er sich mutwillig in die Luft gejagt hat«, erwiderte ihr Mann. »Komm, setz dich, hier ist ein schönes Plätzchen. Es dauert sicher seine Zeit, bis Aziz eintrifft.«

Das schöne Plätzchen befand sich außer Sichtweite des Grabes und der Wächter. Ramses legte den Arm um seine Frau, die sich zärtlich an ihn kuschelte.

»Endlich mal allein«, murmelte sie. »Die Gelegenheit haben wir nicht so oft.«

»Schon gar nicht in dieser romantischen Umgebung«, meinte Ramses sarkastisch. »Noch dazu mit einer zerfetzten Leiche.«

Sie wandte das Gesicht zu ihm. Im Dämmerlicht schimmerten ihre Haare blassgolden. »Ein neues Jahr, eine neue Leiche«, wie Abdullah zu sagen pflegte. Ich möchte nicht emotionslos klingen, aber man gewöhnt sich daran.«

»Ich bin der glücklichste Mann auf der ganzen Welt«, murmelte Ramses.

Nefret lachte. »Wie kommst du denn jetzt darauf?«

»Ich kann es gar nicht oft genug sagen. Die wenigsten Frauen würden sich an das bizarre Leben meiner Familie gewöhnen – und es überdies noch genießen.«

»›Genießen‹ ist vielleicht nicht der treffende Ausdruck. Trotzdem würde mir etwas fehlen, wenn es nicht so wäre.« Lächelnd, ihre Züge weich im diffusen Licht, sah sie wieder so aus wie das junge Mädchen, in das er sich in den Schluchten des Heiligen Berges verliebt hatte. Er zog sie fester an sich.

Sie hatte Recht – sehr, sehr Recht. Sie hatten kaum Zeit füreinander, mit den Zwillingen und seinen Eltern. Irgendeiner wollte immer irgendetwas von ihnen. Wann hatte er ihr das letzte Mal gestanden, wie unendlich viel sie ihm bedeutete? Gewiss, ihre Beziehung hatte Höhen und Tiefen, aber das machte sie nur reizvoller.

Unvermittelt traf Ramses eine Entscheidung, die er seit Wochen vor sich herschob. Er würde mit Nefret darüber diskutieren müssen – allerdings nicht jetzt, da ihre Wärme in seinen Körper flutete und er ihren sanft wogenden Atem auf seiner Haut spürte. Er seufzte tief, als Gurgars lautes Rufen das Eintreffen der Polizei ankündigte.

Aziz führte ein straffes Regiment. Seine Männer, adrett in weißen Uniformen, ließen die Soldaten in ihrem staubigen, schlecht sitzenden Schwarz noch schäbiger aussehen. Der Bereich vor Tutanchamons Grab war hell erleuchtet, eine Sicherheitsvorkehrung, die Ramses begrüßte. Er schüttelte Aziz die Hand, dessen bärtiges olivfarbenes Gesicht eine gewisse Befriedigung spiegelte. Die Aufgabe der Grabüberwachung war der Armee zugefallen und nicht ihm. Damit besaß er die übergeordnete Autorität.

Nefret und Aziz waren inzwischen gute Bekannte; sie hatte der Polizei bei einer Reihe von Obduktionen assistiert und hielt große Stücke auf den Mann. Ramses mutmaßte jedoch, dass Aziz' Empfindungen für sie über die reine Bewunderung hinausgingen. Stets der vollkommene Gentleman, beugte sich der Polizeibeamte über ihre Hand, bevor sie zum Dienstlichen kamen.

»Berichten Sie mir, was Sie gehört und gesehen haben. Bitte beschränken Sie sich auf das Wesentliche.«

Ramses lieferte ihm eine kurze Schilderung des Vorfalls, worauf Aziz anerkennend nickte. »Bitte, zeigen Sie mir alles.«

Die Klippen des engen Seitenwadis sperrten das Licht der Sterne und des aufgehenden Mondes aus. Erhellt von dem

Schein der Taschenlampen wirkte der Tote noch grässlicher, noch monströser.

Nach einer kurzen, sachverständigen Bestandsaufnahme strich Aziz sich über den ordentlich gestutzten Bart und sagte: »Fürchte, es wird schwierig werden, Fotos zu machen. Tja, wir müssen es trotzdem probieren.«

»Herrje«, murmelte Nefret betroffen. »Die hätte ich doch längst machen können, Mr Aziz.«

»Sie haben sich nichts vorzuwerfen, Madam. Gewiss haben Sie den Leichnam untersucht, mmh?«

»Nur oberflächlich. Ich wollte hier nichts verändern. Für ihn kam ohnehin jede Hilfe zu spät, und an der Todesursache besteht kein Zweifel. Die Wucht der Explosion zerfetzte ihm Kopf und Brustkorb.«

»Dann hielt er den Sprengstoff fest oder beugte sich darüber. Das ist mir gelinde gesagt unerklärlich«, meinte Aziz trocken. »Die Leute hier wissen mit Dynamit umzugehen. Er wäre doch nicht dabei stehen geblieben, nachdem er die Lunte gezündet hatte.«

»Es war kein Dynamit«, wandte Ramses ein. Er richtete den Strahl der Taschenlampe auf einen Gegenstand am Boden. Etwas blitzte auf. »Das ist Glas, beziehungsweise der Rest eines kleinen Glaskolbens. Und da sind ... Splitter von einem Rohr.«

»Ein Rohr?«, entfuhr es Aziz. »Eine Splitterbombe? Ich hab zwar von solchen Dingen gehört –«

»Eine äußerst simple Bombe«, bekräftigte Ramses. »Und kinderleicht herzustellen. Sie nehmen ein Stück Eisenrohr mit verschraubten Kappen. Darin befindet sich eine Metallhülse, gefüllt mit Pikrinsäure. Nun stecken Sie einen schmalen Glaskolben in ein Ende des Rohrs. Dieser enthält Nitriersäure und wird mit einem Wattepfropfen verschlossen. Die Mischung ist völlig harmlos, solange das Rohr aufrecht steht; wird es aber geneigt, sickert die Nitriersäure durch die Baumwolle und vermischt sich mit der anderen Chemikalie und –«

»– dann explodiert das Gemisch«, schloss Aziz. »Kennen Sie sich mit dergleichen aus?«

Er klang argwöhnisch, aber das war typisch für Aziz. »Sprengstoffe gehören nicht zwangsläufig zu meinem Interessengebiet«, versetzte Ramses trocken. »Thomas Russell, der Kairoer Polizeikommandant, sprach vor nicht allzu langer Zeit von derartigen Substanzen und erklärte mir die Wirkungsweise.«

Aziz' verkniffene Miene löste sich. Thomas Russell Pascha war zwar nicht überall beliebt, fand aber volle Akzeptanz bei den ägyptischen Polizeibeamten.

»Woher wusste Farhat dergleichen?«, fragte Nefret. »Selbst wenn solche Explosionsgemische leicht herzustellen und die Materialien einfach zu beschaffen sind, konnte er als laienhafter Analphabet schwerlich ahnen, wie man das bewerkstelligt, oder?«

»Sie unterschätzen die kriminelle Energie, Madam«, gab Aziz zu bedenken. »Diese Halunken kommunizieren miteinander und geben die Informationen mündlich oder anhand von Beispielen bis in das entlegenste Dorf weiter. Anders als seine Brüder, die so feige wie skrupellos sind, war Farhat ein abgebrühter Ganove. Nur eben kein besonders intelligenter. Entweder hatte er die Warnhinweise nicht kapiert oder er war schlicht unvorsichtig. Er ist kein großer Verlust.« Aziz klopfte sich den Staub von den Händen.

»Außer vielleicht für seine Mutter«, murmelte Nefret.

Über Aziz' ernste Miene glitt ein sprödes Lächeln. »Verzeihen Sie, Madam. Sie sind ebenfalls Mutter, und Sie haben ein gutes Herz. Zerbrechen Sie sich nicht den Kopf. Überlassen Sie alles Weitere mir.«

Damit hatte er ihnen höflich, aber bestimmt zu verstehen gegeben, dass er sie nicht mehr brauchte.

Auf dem Rückweg zum Eingang des Tals und zu den wartenden Pferden kreisten Ramses' Gedanken um die Frage, wieso Aziz nicht auf das Naheliegende zu sprechen gekommen war, nämlich was Farhat mit seiner selbst gebastelten Bombe eigentlich vorgehabt hatte.

***

»Dann war Carter nicht mal da?«, wollte Emerson wissen. Er reichte Ramses einen Whisky-Soda.

»Jedenfalls nicht, solange wir dort waren.« Ramses verscheuchte die Große Katze des Re und setzte sich neben seine Frau auf das Sofa. »Er wusste doch, dass das Grab gesichert war, dass Gurgar und seine Leute ihren Tätigkeiten nachgingen und dass Aziz mit mehreren Polizisten anrücken würde.«

»Ich weiß, mein lieber Emerson«, räumte ich auf sein unverständliches Gebrummel hin ein. »Du würdest Nacht für Nacht persönlich vor dem Grab patrouillieren. Allerdings besteht kein Anlass zu Mutmaßungen, dass Farhat es mit seiner kleinen Bombe auf das Grab abgesehen haben könnte. Eine äußerst effektive Waffe, das muss ich schon sagen. Kinderleicht herzustellen …«

»Komm mir nicht auf dumme Ideen, Peabody.«

»Wieso um alles in der Welt sollte ausgerechnet ich eine Bombe basteln wollen, Emerson?«

»Das weiß nur der liebe Gott«, meinte Emerson gedehnt.

Die Carnarvon-Bande, wie Cyrus sie inzwischen nannte, hatte meine Einladung zum Tee ausgeschlagen. Selbst die couragierte Jumana wirkte am Boden zerstört, und ich war auch nicht gerade bester Stimmung. Wir brachten die Kinder zu Bett und verdonnerten Sennia dazu, den Abend mit Gargery zu verbringen. Als Ramses und Nefret zurückkehrten, konnten wir uns endlich ungestört unterhalten.

»Was hatte er damit vor?«, wollte Sethos wissen.

»Wer?« Emerson riss sich aus seinen Gedanken, die, nach seinem Mienenspiel zu urteilen, nicht unbedingt positiv waren.

In einen Sessel gefläzt, die Beine lang ausgestreckt und die Hände über dem Brustkorb gefaltet, meinte Sethos: »Farhat. Was wollte er damit in die Luft jagen?«

Nach Ramses' Beschreibung des Sprengkörpers hatte ich meine anfängliche Theorie verworfen. »Dich vielleicht«, sagte ich spitz. »Diese Art von Sprengstoff ist typisch für revolutionäre Zellen, aber nicht für Grabräuber.«

Sethos schnaubte abfällig, worauf Ramses bemerkte: »Farhat war kein Rebell und nach meinem Ermessen auch nicht von Kräften aus dem Untergrund angeheuert. Allerdings gehe ich stark davon aus, dass Farhat die Bombe nicht selbst gebaut hatte.«

»Sir Malcolm war heute im Tal«, spekulierte ich. »Sah sich interessiert um. Er hat einen neuen Dragomanen. Der andere hatte gewiss die Nase voll von ihm.«

»Der treibt sich doch dauernd im Tal herum«, grummelte Emerson. »Du willst ihm nur wieder irgendetwas anhängen, Peabody. Was hätte er denn davon, wenn er eine Bombe in Tutanchamons Grabstollen hochgehen ließe?«

»Stimmt, damit würde er einen nicht unerheblichen Schaden an den Artefakten in Kauf nehmen«, gestand ich.

»Oder den Grabeingang blockieren«, sagte mein Sohn. »Ich tippe eher auf Mutters Vermutung von vorhin. Das riecht verdächtig nach Politik und nicht nach Diebstahl.«

»Das Essen ist serviert«, rief Fatima von der Tür her.

Als wir uns zu Tisch setzten, zupfte sie mich am Ärmel. »Ist er in Gefahr, Sitt? Galt die Bombe ihm?«

»Wir wissen es nicht, Fatima. Hab Vertrauen zu Gott.«

Ihre angespannte Miene hellte sich auf. »Ja Sitt, du hast Recht. Allah würde so einen guten Menschen nicht zu Schaden kommen lassen. Ich habe Amulette in seinem Zimmer verteilt.«

Schwer zu sagen, ob Sethos unseren kurzen Austausch belauscht hatte. Als Fatima die Suppe auftrug, meinte er jedenfalls betont beiläufig: »Irgendwie lässt mich diese Geschichte nicht los. Ist euch eigentlich auch schon aufgefallen, dass die Bespitzelungen und Anschläge nicht wirklich viel bewirken? Bislang wurde niemand ernsthaft verletzt oder getötet, bis auf den alten heiligen Mann, dessen Tod aber Zufall gewesen sein kann. Wir sind uns doch einig, dass Farhats – ähem – Unfall nichts mit uns zu tun hat, oder?

Er bediente sich einer vergleichbaren Argumentation, wie ich sie seinerzeit gegenüber Ramses vorgebracht hatte – mit Sethos als Verdächtigem. »Und was soll das Ganze dann bezwecken?«, gab ich zurück.

Mein Schwager nahm einen letzten Löffel Suppe, bevor er antwortete: »Keine Ahnung. Aber vielleicht waren unsere Bedenken völlig grundlos. Nehmen wir mal die einzelnen Vorkommnisse: Ramses und Emerson schwebten nie ernsthaft in Gefahr, zumal sich das Feuer problemlos löschen ließ und dergleichen. Der alte Mann ist womöglich aus lauter Angst gestorben, weil man ihn gefilzt hatte. Nadji ließen sie laufen, nachdem sie ihn irrtümlich für mich gehalten hatten, und Gargery traf wohlbehalten und gerade noch rechtzeitig am Bahnhof ein.«

Ich mochte Fatima wirklich nicht beunruhigen (offen gestanden schien sie besorgter um ihn als um uns andere!), gleichwohl war ich neugierig auf seine weiteren Ausführungen. »Du wurdest angeschossen und verwundet«, betonte ich. »Zudem hat man versucht, dich vor einen fahrenden Zug zu stoßen.«

»Ach, das ist Schnee von gestern. Der Punkt ist doch der, dass sonst niemand bedroht wurde, und ich rechne auch nicht damit. Schon gar nicht die Kinder. Wer die Familie kennt, weiß, dass der gesamte östliche Mittelmeerraum Rache nähme, würde den Zwillingen auch nur ein Haar gekrümmt.«

Abwartend blickte er in die Runde. Aber niemand widersprach ihm. Gut gebrüllt, Löwe, dachte ich bei mir. Er ist einfach blendend in seiner Argumentation. Selbst Ramses schien beeindruckt. Nefrets blaue Augen strahlten, und David nickte unwillkürlich.

»Demnach«, sagte Sethos mit einem Hauch von Arroganz, »ist die logische Folgerung, dass unsere ›Freunde‹ wissen, dass wir das Dokument noch nicht dechiffriert haben, da wir sonst entsprechend reagiert hätten. Sie haben – korrekterweise – geschlossen, dass wir dazu nicht in der Lage sind, anderenfalls wäre es längst geschehen.«

»Du willst doch nicht etwa anregen, dass wir unsere Vorsichtsmaßnahmen lockern, was?«, polterte Emerson los.

»Aber überhaupt nicht. Ich deute damit nur an, dass wir Ruhe bewahren sollen, dann tut die andere Seite das hoffentlich auch. Hmmm, was ist das denn Leckeres? Ah, Maamans berühmter Lammeintopf. Danke Fatima. Und, bist du jetzt beruhigter?«

»Oh ja. Solange du das Amulett trägst.«

»Was? Was für ein Amulett?«, erkundigte sich Ramses verdutzt.

Das dünne seidene Band um Sethos' Hals war selbst mir noch nicht aufgefallen. Als ihn alle anstarrten, fischte er den kleinen Anhänger unter seinem Hemd hervor. Es war ein silberner Köcher, wie ihn für gewöhnlich Frauen trugen, zylindrisch geformt mit einer winzigen Schriftrolle im Innern, auf der religiöse Verse oder eine Fürbitte geschrieben standen.

»Sehr hübsch«, merkte ich an. Emerson kaute hektisch auf seiner Unterlippe herum und versagte sich einen spitzen Kommentar, der Fatima bestimmt gekränkt hätte. David meinte sanft: »Tja Fatima. Und was ist mit uns?«

»Ihr seid nicht in Gefahr«, erwiderte Fatima mit Nachdruck, während sie seelenruhig Lammeintopf verteilte.

Das Essen war köstlich, aber ich hatte keinen Hunger. War Sethos sich so sicher, dass er gar nicht mehr merkte, wie stark er den Verdacht mit seiner Argumentation auf sich selbst lenkte? Seine Äußerungen ließen sich spielend leicht auf ihn projizieren, womöglich hatte er sich sogar selbst angeschossen. Zwar hatte er mir einmal in einer schwachen Stunde gestanden, dass er einen Mordshorror vor körperlichen Schmerzen habe, aber die Verletzung war ja auch nicht weiter tragisch. Ich konnte ihn mir lebhaft vorstellen, wie er mit zusammengekniffenen Augen und zitternder Hand zielte und abdrückte.

***

Es war schon eine ganze Weile her, seit ich zuletzt von Abdullah geträumt hatte. Als ich ihn jetzt aus dem Tal der Könige auf mich zuschreiten sah, war ich so perplex, dass ich das Dümmste fragte, was mir gerade einfiel.

»Wo bist du gewesen?«

»Hier«, sagte Abdullah und strich sich über seinen schwarzglänzenden Bart.

Gar kein so übler Ort für ein Leben nach dem Tod. Karg erstreckte sich das felsige Plateau hinter ihm, der Wind blies frisch vom Fluss herüber und das Tal breitete sich wie ein weicher Teppich unter uns aus – silbrig schimmernder Sand gesäumt von smaragdgrünen Feldern und funkelndem Wasser, getupft mit kleinen Dörfern und den Ruinen der verfallenen Tempel am Rande der fruchtbaren Ebene. Dort, wo wir zu seinen Lebzeiten so oft verweilt hatten, trafen wir uns auch jetzt.

»Hmpf«, meinte ich gedehnt.

Abdullah schmunzelte. »Das hätte von Emerson stammen können. Hast du dich nie gefragt, Sitt, wieso ich zu dir komme und nicht zu ihm, der mir so nahe stand wie ein Bruder?«

»Nein.«

Mehr gab es dazu nicht zu sagen. Für den Herzschlag eines Augenblicks verharrten wir schweigend und sahen einander tief in die Augen.

»Ich möchte dir nicht zu nahe treten«, hob ich an. »Aber ich brauche dringend einen Rat. Gute Güte, Ärger und Aufregung sind bei uns an der Tagesordnung, aber so verunsichert wie diesmal war ich noch nie. Ich weiß nicht, wem ich trauen kann und was ich tun soll.«

»Ich soll dir sagen, was du zu tun hast?«, fragte Abdullah halb erstaunt, halb entgeistert.

Der Augenblick war vorbei. Die spirituelle Verbundenheit verpufft, sei's drum.

Ich setzte mich auf den Boden und zog die Füße unter mich. Hoffentlich hatte ich nachher keine Probleme mit dem Aufstehen! Ich konnte nämlich gut darauf verzichten, dass Abdullah wieder eine seiner spitzen Bemerkungen über mein Alter und irgendwelche Gebrechen losließ.

»Dann will ich das tun«, murmelte Abdullah. Geschmeidig sank er neben mir in den Schneidersitz. »Feiert Weihnachten und macht den Kindern schöne Geschenke. Aber komm bloß nicht auf die Idee, der kleinen Amazone Pfeil und Bogen zu schenken.«

»Aber Abdullah, wo denkst du hin!«

»An Weihnachten sollen alle mein Grab besuchen. Und ein kleines Präsent dalassen«, meinte Abdullah selbstgefällig. »Ein Porträt von mir, gemalt von dem kleinen Künstler, und ein silbernes Kettchen von Carla – die Kleine wird zu besitzsüchtig, und von Sennia wünsche ich mir eine ihrer hübschen Haarspangen. Und Geld für die Armen, in meinem Namen.«

Ich betrachtete ihn mit missfälliger Verwunderung. »Deine Heiligkeit ist dir wohl zu Kopf gestiegen, Abdullah. Oder versuchst du nur, mich vom Wesentlichen abzulenken?«

»Es ist wichtig, die Kleinen zu erfreuen, Sitt, aber auch, sie Demut und Liebe zu lehren. Der Heilige Koran und eure Heilige Schrift vermitteln uns, dass wir mit denjenigen teilen sollen, die von der Vorsehung nicht begünstigt wurden.«

Die Lippen gespitzt, den Blick zum Himmel gerichtet, wirkte er so frömmlerisch, dass ich mir das Lachen versagen musste. Zu seinen Lebzeiten hatte er sich zwar an die Lehren des Korans gehalten, es mit der Gläubigkeit aber nie übertrieben. Wer weiß, vielleicht hatte er zu religiöser Erleuchtung gefunden, nachdem er posthum zum Heiligen erklärt worden war.

»Das ist wohl wahr, Abdullah, und ich werde deine Wünsche beherzigen. Und was ist jetzt mit praktischen Ratschlägen?«

»Du mischst dich in Dinge ein, die dich nichts angehen, Sitt. Lass das.«

»Das hab ich doch schon mal irgendwo gehört«, sagte ich trocken. »Wenn du vielleicht die Güte haben würdest, ein bisschen spezifischer zu werden. Welche Dinge betreffen mich denn überhaupt?«

»Lediglich zwei. Das Glück der Kleinen und das Pharaonengrab.«

»Ich habe mich darum gekümmert, dass sie rund um die Uhr beaufsichtigt werden.«

»Das meine ich nicht. Die Kinder sind nicht in Gefahr. Kein Ägypter würde es wagen, sie auch nur anzurühren, aus Angst vor dem Zorn des Vaters der Flüche.«

»Das hat Selim auch beteuert.«

»Selim hat Recht – diesmal«, bekräftigte Selims Vater. »Mach sie fröhlich und bewach das Grab.«

Mit einer fließenden Bewegung erhob er sich. Wie üblich wollte er sich eilends davonmachen, deshalb rappelte ich mich mühsam auf.

»Warte! Mit der Bewachung von Tutanchamons Grab haben wir rein gar nichts zu tun, Abdullah. Es gehört Lord Carnarvon.«

Mit wehend weißen Galabijaschößen wirbelte Abdullah zu mir herum. Seine Miene düster, zischte er ungewöhnlich heftig: »Es gehört nicht ihm und es gehört nicht euch. Es gehört den Ägyptern und allen Menschen auf dieser Welt. Sitt, du bist doch sonst nicht so begriffsstutzig. Bewache das Grab, nicht nur vor gewieften Plünderern wie den Ibn Simsahs, sondern auch vor den raffgierigen Männern, die die Schätze für sich allein haben wollen.«

8

»Damit bezog er sich auf Carter und Carnarvon«, erklärte ich.

Beim Frühstück hatte ich der versammelten Familie von meiner nächtlichen Begegnung mit Abdullah erzählt. Anfangs hatte ich diese Träume geheim gehalten, doch mittlerweile wussten alle, einschließlich der Dorfbewohner am Westufer, davon, und mögliche Skepsis oder Konsterniertheit ließ mich längst kalt. Nicht dass ich damit des Öfteren konfrontiert worden wäre. Für die Kurnawis war Abdullah eben ein Heiliger. Ramses und Nefret verhielten sich neutral – aufgeschlossen, sollte ich vielleicht besser sagen. Emerson beschränkte seine Zweifel inzwischen auf ein Hochziehen der Brauen und unzusammenhängendes Gegrummel. Meistens jedenfalls.

»Nicht nur auf die beiden«, meinte Ramses, während er Fatima ein Schälchen Porridge abnahm. »Das Metropolitan Museum wird seinen Anteil bekommen, wie das in der Vergangenheit bei solchen Institutionen gängige Praxis war.«

Nefret schmunzelte. »Hättet ihr etwa gedacht, dass der gute alte Abdullah nationalistische Sympathien hegen könnte?«

»Verdammt ähnlich denen, die Peabody hat«, knurrte Emerson.

»Immer schön fröhlich bleiben, mein Lieber«, versuchte

ich ihn aufzuheitern. »Entweder treffen meine Visionen zu oder Abdullah ist ein Produkt meines Unterbewusstseins.«

»Unterbewusstsein – so ein Kokolores«, schnaufte der Professor.

»Wie du meinst«, gab ich lächelnd zurück.

»Wir haben kaum noch Speck«, meinte Fatima. »Und ich brauche Rosinen für die Weihnachtsbäckerei. Würde es dir etwas ausmachen, Vorräte für mich zu bestellen, Sitt?«

»Mach ruhig eine Einkaufsliste«, schlug ich vor. »Die schick ich dann nach Kairo weiter.«

Ihr Versuch einer Gesprächswendung klappte nicht. Prompt schlug Emerson in die Kerbe und erkundigte sich sarkastisch: »Wieso bestellst du nicht gleich bei Fortnum & Mason? Seine Lordschaft ordert ebenfalls dort. Räucherlachs, Zunge in Aspik und Rebhuhnragout in Dosen, gute Güte, der Armleuchter.«

»Das wäre wirklich übertrieben, Emerson«, entgegnete ich. »Um noch einmal auf mein Gespräch mit Abdullah zurückzukommen. Seine andere Empfehlung lautete, dass wir den Kindern diesmal ein besonders schönes Weihnachtsfest ausrichten sollen. Uns bleibt nur noch eine Woche für die Vorbereitungen, dafür aber jede Menge zu tun. David John muss mit dem Porträt anfangen. Das hat Abdullah sich ausdrücklich gewünscht.«

»Wie soll der Kleine denn ein Bild von einem Mann malen, den er nie gesehen hat?«, erkundigte sich Emerson skeptisch.

»Wir haben Fotos«, sagte ich leichthin. »David kann ihm dabei helfen. Nicht wahr, David?«

»Selbstverständlich. David John ist ein talentierter kleiner Künstler.«

Als wir mit dem Frühstück fast fertig waren, stürmte Sennia herein. Ich stellte fest, dass sie ihre »Arbeitsgarderobe« trug, die meiner und Nefrets verdächtig ähnlich sah, nur dass sie einen weiten Rock statt einer Hose anhatte.

»Wieso habt ihr mich nicht geweckt?«, maulte sie. Sie glitt auf den Stuhl, den Ramses ihr hinschob. »Ich komme heute mit euch.«

»Eine Heranwachsende braucht ihren Schlaf«, erwiderte ich. »Möchtest du Fatima nicht lieber helfen, das Haus zu schmücken und Weihnachtsplätzchen zu backen?«

»Das können die Kinder machen«, versetzte Sennia überheblich. »Ich möchte mir lieber Tutanchamons Grab anschauen.«

»Wir gehen aber gar nicht dorthin«, sagte Emerson. Er klang wenig überzeugend. Nachdem wir Sennia schon im zarten Alter von zwei Jahren zu uns genommen hatten, mochte der Gute ihr so leicht nichts abschlagen.

»Vielleicht sollten wir das doch tun, Vater«, schlug Nefret vor. Sie schob sich einen Bissen Toast in den Mund und nahm sich eine weitere Scheibe. »Ich dachte, Mr Aziz würde sich bis heute Morgen bei mir melden, aber es kam keine Nachricht.«

»Er ist sehr zurückhaltend in solchen Dingen«, sagte ich. »Gut möglich, dass er darauf wartet, dass du ihm von dir aus Unterstützung anbietest.«

»Was kann sie denn schon groß tun?«, gab der Professor zu bedenken. »War doch nicht mehr viel übrig von dem Burschen, außer ein paar … ähm …«

»Die Explosion hat ihn in Stücke gerissen«, murmelte Sennia, die mit gesundem Appetit ihren Porridge weiterlöffelte.

»Beim Hades«, erregte sich Emerson. »Wer hat dir das erzählt? Du etwa, Fatima? Hoffentlich hast du diese anschauliche Beschreibung nicht vor den Zwillingen geäußert.«

»Grundgütiger, was bist du heute Morgen gereizt, Emerson«, krittelte ich. »Das würde Fatima nie tun. Wahrscheinlich war es Kareem oder einer von den anderen.«

»Danke Sitt«, murmelte Fatima mit einem entrüsteten Blick zu dem Hausherrn. Majestätisch wie eine Königin entschwebte sie dem Raum – die Kaffeekanne nahm sie gleich mit.

»Sie schleppt jedes Mal die Kaffeekanne weg, wenn sie böse mit mir ist«, murrte Emerson, wehmütig in seine leere Tasse spähend.

Nachdem er sich bei ihr entschuldigt hatte, schenkte Fatima ihm gnädig nach. Zudem ließ sich der Professor überreden, mit uns ins Tal zu kommen.

»Na schön, da Sennia sich das Spektakel unbedingt ansehen will«, grummelte er. »Ich muss ohnehin sicherstellen, dass Carter das Tor noch heute anbringt. Dem Kerl traue ich nicht.«

Das war unfair gegenüber Howard, aber das sagte ich natürlich nicht, nachdem er auch nicht gerade fair mit uns umgesprungen war.

David blieb mit der Begründung zurück, er habe Cyrus versprochen, noch ein paar Skizzen von Ajas Grab anzufertigen. »Suzanne hat sich ein paar Tage frei genommen, für Unternehmungen mit ihrem Großvater, wisst ihr. Ihre Arbeit war nicht ... also, sie war ziemlich –«

»Sag doch gleich, dass sie nicht passabel war.« Ich klopfte ihm freundlich auf die Schulter. »Du bist sehr rücksichtsvoll, was die Arbeit der jungen Frau angeht.«

»Pah«, entfuhr es Emerson. Er schob geräuschvoll seinen Stuhl zurück. »Das Mädchen ist eine komplette Niete. Ich begreif nicht, wie du die einstellen konntest, Peabody.«

»Du hast sie eingestellt, Emerson.«

»Auf deine Empfehlung hin.«

Vermutlich hatte er nicht mal einen Blick auf ihre Zeugnisse geworfen. Wie dem auch sein mochte, die Verantwortung blieb wie üblich an mir hängen. »Es ist gar nicht so einfach, herausragende Künstler zu finden, Emerson«, versuchte ich mich zu verteidigen. »Die werden nämlich inzwischen schon von Fotografen verdrängt. Über kurz oder lang wird sich die Farbfotografie durchsetzen, und dann –«

»Noch ist es nicht so weit«, brummte der Vater der Flüche. »Und sie wird nie das geschulte Auge eines präzisen Beobachters wie David ersetzen können. Wo wir gerade davon sprechen, mein Junge, kannst du nicht noch ein paar –«

Da mir sonnenklar war, was er als Nächstes fragen würde, und ich dies zu vereiteln suchte, fiel ich ihm kurzerhand ins Wort: »Sethos, was ist mit dir?«

Sethos lehnte sich zufrieden seufzend auf seinem Stuhl zurück. »Ich helfe Fatima bei der Weihnachtsbäckerei.«

* * *

Wir waren nicht die Einzigen, die es immer wieder an Tutanchamons Grab zog – wie die Fliegen aufs Marmeladenbrot. Inzwischen war es wieder geöffnet, und der Transport der Artefakte sollte in Kürze beginnen. Erwartungsvolle Zuschauer mit gezückten Kameras säumten die Schutzmauer. Sie hofften, goldene Schätze zu sehen, die nach ihrer Bergung über den gewundenen Pfad in das Grab von Sethos II. gebracht werden sollten, das als Zwischenlager und zu Präparationszwecken diente. Diesbezüglich stand ihnen eine herbe Enttäuschung bevor, wenigstens für die nächsten Tage. Wollte Howard nämlich nach wissenschaftlichen Methoden vorgehen, so hieß das, dass die Objekte erst noch an ihrem angestammten Ort fotografiert und detailliert skizziert werden müssten. Und die chaotisch aufeinandergestapelten Grabbeigaben in der Vorkammer waren ein echtes Geduldsspiel, sie mussten sorgfältig voneinander getrennt werden, und manche schienen in einem äußerst fragilen Zustand. Eine zu heftige Berührung könnte sie zerstören.

Mein Herz war bei meinem geliebten Emerson, der die Aktivitäten rund um das Grab mit dem Mut eines Verzweifelten verfolgte.

»Er hat noch nicht mal ein vernünftiges Dokumentationssystem«, sagte er mehr zu sich selbst. »Jede Scherbe, jedes

Artefakt muss nummeriert, skizziert, fotografiert und katalogisiert werden. Er wird alles durcheinanderbringen, Peabody, das seh ich jetzt schon kommen.«

»Dann schau ihm doch wohlwollend über die Schulter.« Ich fasste seinen Arm und drückte ihn mitfühlend.

»Wenn er einen Funken Verstand hätte, würde er sich mit Vater beraten«, sagte Nefret ärgerlich.

»Immerhin hat er sich renommierte Assistenten zugelegt«, meinte Ramses mit einem schiefen Grinsen: »Anwesende natürlich ausgeschlossen. Hall und Hauser sind hervorragende Zeichner, und Mr Lucas soll angeblich auch noch hinzugezogen werden.«

»Ich frag mich, ob Mr Lucas schon mal was von Paraffin gehört hat«, sinnierte ich laut.

»Als Direktor der staatlichen ägyptischen Abteilung für Chemie kennt er sich bestimmt aus. Zudem hat er Ahnung von empfindlichen Artefakten, hoff ich zumindest«, sagte Ramses. »Du wirst ihn sicher darauf hinweisen, nicht?«

»Natürlich«, erwiderte ich.

»Callender hat das Eisentor angebracht«, sagte Ramses, um Emerson zu beschwichtigen, der darauf mit einem Knurren reagierte.

»Da kommt Howard«, bemerkte Nefret.

Stirnrunzelnd näherte sich dieser. Unwirsch schob er mehrere Leute beiseite, die ihn mit Fragen bestürmten. Ich rechnete fest damit, dass er uns ebenfalls ignorieren würde. Aber, oh Wunder, er blieb stehen und zog sogar den Hut.

»Soweit ich informiert bin, waren Sie gestern Abend hier, als der Unfall passierte«, meinte er nach einem angedeuteten Nicken.

»Das ist richtig«, bekräftigte ich.

»Einer der Ibn Simsahs, wurde mir gesagt?«

»Auch das ist richtig.«

»Und dieser Mann ist auf Ihr Ersuchen hin hier?« Er deutete auf Mr Aziz, der ihm mit kurzem Abstand folgte.

»Mr Aziz ist Chefinspektor bei der Polizei von Luxor und wegen eines ungeklärten Todesfalles hier.« Vorsichtshalber rammte ich Emerson meinen Sonnenschirm in die Rippen, damit er den Mund hielt.

»Ach ja, soso. Nun, der Leichnam wurde entfernt und ich sehe keine Veranlassung, warum dieser Mann weiterhin hier tätig sein muss. Allerdings weigert er sich, meine Anweisungen zu befolgen«, fuhr Howard mit einem überheblichen Blick zu Aziz fort. »Aber vielleicht hört er ja auf Sie.«

»Teufel noch, Carter, Sie sind in keiner Weise autorisiert, diesem Mann Anweisungen zu geben«, platzte der Professor heraus. »Wenn Sie auch nur einen Funken Taktgefühl im Leib –«

Ich stieß Emerson fester in den Rippenbogen, worauf er mit einem schmerzvollen Grunzen stockte. Er war sicherlich im Recht, aber dass er jemand anderem einen Vortrag über Taktgefühl halten wollte, war gelinde gesagt unangemessen.

»Wir sprechen mit dem Inspektor«, erbot ich mich. »Wollen Sie nicht vielleicht doch lieber, dass einer seiner Leute hier Wache hält?«

»Nein«, sagte Howard knapp. Zähneknirschend setzte er hinzu: »Ähm – danke für Ihre Mühe.«

»Mr Carter«, erklang eine allseits vertraute Stimme. »Darf ich Ihnen eine Frage stellen?«

Mit einem missfälligen Schnauben, das Emersons Gefühlsaufwallungen alle Ehre machte, verschwand Howard über den geschlängelten Pfad im Grabschacht. Ich schnellte zu Kevin herum.

»Setzen Sie Ihren Hut auf«, riet ich ihm. »Ihre Nase schält sich schon. Kein Glück gehabt?«

»Ich nicht und die anderen auch nicht«, sagte der unverbesserliche O'Connell. Seufzend rieb er sich die juckende Nase. »Und der feine Hüter des Gesetzes wollte auch nichts Interessantes rausrücken. Also werd ich mich selbst um den Fluch kümmern.«

»Um Himmels willen, wovon reden Sie da?« Derweil beobachtete ich, wie Ramses und Nefret mit Aziz diskutierten. Das Gesicht des Inspektors war leicht gerötet und er gestikulierte hektisch.

»Och, das wird eine nette kleine Geschichte«, salbaderte O'Connell. »Erst der Exitus von Carters goldenem Vögelchen durch eine Königskobra; und dann der mysteriöse Tod eines Einheimischen – der Name spielt keine Rolle – an dem Tag, als das Grab wieder offen ist und die Schätze des Pharao aus seiner letzten Ruhestätte geborgen werden sollen, von den frevelhaften Händen ausländischer Ungläubiger.«

Ich wartete gespannt darauf, dass er fortfuhr. Nach einem Blick in Emersons finsteres Gesicht und Sennias aufgerissene schwarze Augen sah er jedoch geflissentlich davon ab, spezielle Flüche gegen einen bestimmten Personenkreis zu erwähnen. »Das ist ein Haufen Unsinn«, bemerkte ich.

»Das ist der Stoff, aus dem packende Geschichten gemacht sind, Mrs Emerson. Bedeutungslose Tatsachen verquickt mit einer ungeheuren Fantasie. Ich muss es wissen, ich hab eine Menge solches Zeug zu Papier gebracht.«

»Ich mag Geschichten über Flüche«, meinte Sennia. Sie sah sehr professionell aus in ihrem adretten Arbeitskostüm. »Trotzdem sind sie Unfug, Mr O'Connell.«

»Verschwinden Sie, Kevin«, sagte ich.

Natürlich tat er mir den Gefallen nicht. Mit einem Sicherheitsabstand zu Emerson folgte er uns zu der Stelle, wo Aziz und meine Kinder plauderten.

»Waren Sie etwa die ganze Nacht hier«, fragte ich, denn Aziz ansonsten gepflegter Bart wirkte etwas struppig.

»Wie es meine Pflicht war, Madam. Mr Carter hat mich allerdings wissen lassen, dass ich mit meinen Männern nicht länger erwünscht bin.«

»Ich anscheinend auch nicht«, sagte Nefret lächelnd. »Mr Aziz hat die sterblichen Überreste des armen Farhat für die

Bestattung freigegeben. Nach seinem Dafürhalten ist eine weitere Obduktion nicht erforderlich.«

»Die Todesursache leuchtet sogar einem ignoranten Einheimischen wie mir ein«, versetzte Aziz. Seinen ruppigen Ton bereuend, neigte er entschuldigend den Kopf. »Er bot einen scheußlichen Anblick, selbst für eine erfahrene Ärztin wie Sie.«

»Dann wird er heute noch bestattet?«, wollte ich wissen. »Ich überlege nämlich, ob wir an der Trauerfeier teilnehmen sollten.«

Emerson grummelte, Ramses hob skeptisch die Augenbrauen und Aziz' kontrollierte Züge zeigten Verblüffung.

»Vielleicht besser nicht«, schloss ich.

»Die Beteiligung wird sicher nicht sehr rege sein«, meinte der Polizeichef mit einem Anflug von Ironie. »Er war äußerst unbeliebt, weil er Schande über seine Familie brachte. Ich gehe hin, für den Fall, dass seine Brüder kommen.«

»Meinen Sie, dass die beiden irgendetwas mit seinem Tod zu tun haben?«, fragte Ramses.

»Sie waren von jeher an Farhats Missetaten beteiligt. Ich möchte sie verhören. Wenn Sie mich jetzt bitte entschuldigen, ich muss meine unerwünschte Präsenz entfernen.«

Er trommelte seine Männer in schroffem Befehlston zusammen und führte sie weg.

»Ach du liebe Güte«, seufzte ich. »Man könnte fast den Eindruck gewinnen, dass Howard sich mit allen anzulegen versucht. Emerson, wieso zeigst du Sennia nicht rasch das Grab und schilderst ihr die weitere Vorgehensweise?«

Vertun Sie sich nicht, werte Leser: Kinder begeistern sich für schauerliche Szenarien und grausliche Anblicke. Ich kenne kein Kind, das Mumien nicht faszinierend fände. Trotzdem hatte die kleine Sennia nach meiner Ansicht genug Scheußlichkeiten gehört und gesehen und brauchte nicht auch noch Farhats übel zugerichteten Leichnam zu begutachten. Emerson war mit meinem Vorschlag einverstanden und begleitete Sennia zum Grab. Ich dagegen lief zu der Unfallstelle.

Letztendlich gab es da nicht viel zu sehen. Aziz hatte mit akribischer Gründlichkeit alles beseitigt, sogar die herumliegenden Glassplitter. Geblieben waren einzig die dunklen Blutspuren.

»Todesursache war die Explosion«, sagte ich zu Nefret. Wäre er schon vorher tot gewesen, gäbe es nicht so viel Blut.«

»Es sei denn, er erlag kurz zuvor einer letalen Verletzung«, argumentierte Nefret.

»Selbstverständlich schließe ich mich deiner medizinischen Sachkenntnis an.« Ich nickte bekräftigend. »Aber vom logischen Standpunkt her ist das eher unwahrscheinlich. Dann hätten wir zumindest einen Schuss gehört oder Lärm von einer handgreiflichen Auseinandersetzung, womöglich sogar Hilfeschreie. Wenn ich die Wirkungsweise dieser gefährlichen Substanz richtig interpretiere, explodiert sie, sobald sich die Säuren miteinander vermischen.«

Ich blickte fragend zu Ramses, der überlegt antwortete: »Es dauert ein paar Sekunden, bis die Nitriersäure die Baumwolle durchdringt. Dieser Vorgang setzt ein, sobald das Rohr gekippt wird. Ich bezweifle, dass ein Mörder dieses Risiko eingegangen wäre.«

»Ganz zu schweigen von dem fehlenden Mordmotiv«, gab ich zu bedenken. »Zumindest kann ich mir keins vorstellen.«

»Höre ich da ein gewisses Bedauern aus deiner Stimme?«, fragte Ramses bierernst.

Das war mal wieder einer seiner kleinen Scherze. »Ich jedenfalls würde einen hübschen kleinen Mord unserem derzeitigen Unkenntnisstand vorziehen«, erwiderte ich schlagfertig.

Ich hatte Kevin völlig verdrängt, der sich – typisch Journalist – geräuschlos an seine Opfer heranpirschte. Ein leises

Kratzen auf Papier und ich besann mich wieder seiner Gegenwart.

»Sie dürfen mich nicht zitieren«, entschied ich mit einem Blick auf sein aufgeschlagenes Notizbuch.

»Ganz wie Sie meinen, Mrs Emerson.«

Zu Kevins Verteidigung muss ich hinzufügen, dass er das auch nicht tat. Als sein Artikel erschien, war er folgenden Wortlauts: »Mrs Emerson ist bekannt dafür, dass sie Mord anderen Verbrechen vorzieht. Des weiteren ist sie eine ausgewiesene Expertin für altägyptische Flüche.« (Mein Anwalt informierte mich, dass man dagegen keine gerichtlichen Schritte einleiten kann.)

Aus Manuskript H

»Ekelhaft, wie Mr Carter die Leute verprellt«, erklärte Nefret. »Müssen wir uns eigentlich gefallen lassen, dass er uns wie Luft behandelt?«

Ramses war mit ihr einer Meinung, obwohl er durchaus nachvollzog, mit welchen Schwierigkeiten sich Carter konfrontiert sah. Sie hatten über ein Jahr für Teti-Scheris Grab gebraucht, und da hatte es sich wohlgemerkt um eine einzige Kammer gehandelt. Carter stand vor der wissenschaftlichen Erforschung von mindestens vier Kammern, jede randvoll gefüllt mit einzigartigen Objekten von unschätzbarem Wert – und womöglich mit der Mumie des Pharao. Der Blick der Öffentlichkeit ruhte kritisch auf ihm. Zudem würden ihn Besucher, Journalisten und Würdenträger belagern, die er unmöglich alle wegschicken könnte. Emerson hätte das an seiner Stelle natürlich gnadenlos getan. Carter war dazu nicht befugt. Er durfte es sich mit seinem Gönner Carnarvon nicht verscherzen, und der schien geradezu versessen darauf, »seinen« Fund der Öffentlichkeit zu präsentieren.

Dass sein Vater die bislang größte Herausforderung in der altägyptischen Forschung gern für sich verbucht hätte, war zwar verständlich, gleichwohl war Ramses sich sicher, dass Carter gute Arbeit leisten würde. Howard war ein erfahrener Exkavator, und er hatte ein hochrangiges Expertenteam um sich versammelt. Die Emersons hatte er dabei wissentlich übergangen, dagegen konnten sie nun einmal nichts tun. Derweil er das geschäftige Treiben rings um das Grab beobachtete, fühlte Ramses einen bohrenden Stich – weil man seinen Vater ausgeschlossen hatte, redete er sich ein.

»Wir können genauso gut gehen«, sagte er zu Nefret.

Sennia war sofort einverstanden. »Hier gibt es sowieso nichts Spannendes zu sehen«, beschwerte sie sich. »Außerdem hab ich Hunger.«

Auf dem Rückweg zum Eselpark trafen sie auf ein weiteres Mitglied des Met-Stabes – Harry Burton, ein schlanker, attraktiver Mann und fraglos der beste Antiken-Fotograf in Ägypten. Der Dokumentar, der auch schon für sie gearbeitet hatte, zog höflich den Hut und begrüßte sie mit Handschlag.

»Wollten wohl auch einen kleinen Blick riskieren, was?«, fragte er freundlich grinsend. »Ich fange zwar erst morgen mit der Arbeit an, aber ich konnte der Versuchung einfach nicht widerstehen.«

»Da haben Sie sich aber viel vorgenommen«, meinte Emerson, unschlüssig, ob sie nicht besser weitergehen sollten.

»Nach allem, was man so hört«, warf seine Frau hastig ein.

»Ich kann es kaum erwarten. Ich will ein paar bewegte Bilder machen und eventuell ein bisschen mit der neuen Farbfotografie experimentieren.«

»Faszinierend«, sagte Nefret.

Ihre bemühte Begeisterung und die Reserviertheit der Emersons blieben von Burton nicht unbemerkt. Von einem zum anderen schauend, sagte er: »Ich hoffe doch sehr, dass Sie mich irgendwann noch einmal zum Tee bitten.«

»Sind Sie denn nicht gewarnt, sich tunlichst von uns fernzuhalten?«, platzte der Professor heraus.

Wie so häufig war Emersons Direktheit wie ein kleines Gewitter, das die Luft reinigte. Burton musste unwillkürlich grinsen. »Carter erwähnte, dass Carnarvon einen Groll gegen Sie hegt. Seine Lordschaft ist manchmal – ähm – ein wenig cholerisch veranlagt.«

»Sie sind uns jedenfalls immer herzlich willkommen«, meinte Ramses' Mutter gedehnt. »Vorausgesetzt, Sie mögen das Risiko auf sich nehmen, sich mit ihm zu überwerfen.«

»Mit dem größten Vergnügen, Mrs Emerson. So schnell findet er nämlich keinen neuen Fotografen, und die Vorkammer kann er erst räumen, nachdem die Objekte an Ort und Stelle fotografisch dokumentiert wurden.«

»Einen so guten wie Sie findet er sowieso nicht«, sagte Nefret ernst. »Ich werde nie vergessen, welche großartige Leistung Sie in der vollgestopften Grabkammer der Gottesgemahlinnen bewerkstelligt haben.«

Burton legte eine Hand aufs Herz und verbeugte sich. »Wie dem auch sei, ich dulde nicht, dass Lord Carnarvon und Howard Carter sich in irgendeiner Weise in meine Privatangelegenheiten einmischen. Impertinenter Mensch, dieser Carter«, setzte er mit einem Naserümpfen seines aristokratischen Riechkolbens hinzu. »Nun, ich möchte Sie nicht länger aufhalten. Ich hoffe, wir sehen uns bald wieder. Vielleicht bei einem Pflaumenkuchen zum Tee?«

Er zwinkerte Sennia zu, die ihm versicherte, dass sie sich darum kümmern werde. Dann stapfte er davon.

»Was für ein netter Mann«, sagte Sennia.

»Hmmm, er ist wirklich kein schlechter Kerl«, räumte Emerson ein. »Aber Winlock hat fast das Gleiche gesagt, und der hat sich auch nie wieder blicken lassen.«

»Margaret Minton hat sich heute auch nicht blicken lassen«, sagte seine Frau. »Eher untypisch für sie. Hoffentlich steckt sie nicht in irgendwelchen Schwierigkeiten.«

»Vermutlich jagt sie einer anderen Story hinterher«, meinte Nefret. »Auch kein aufbauender Gedanke.«

Sethos war ebenfalls nicht ins Tal gekommen. Ob er seinem Onkel vielleicht doch Unrecht tat?, überlegte Ramses. Womöglich war er wirklich zu Hause geblieben, um Weihnachtsplätzchen zu backen.

* * *

Der köstliche Duft von geschmolzenem Zucker und feinen Gewürzen stieg uns verführerisch in die Nase, als wir uns dem Haus näherten. Die Kinder kamen uns nicht einmal zur Begrüßung entgegengelaufen. Alle scharten sich in der Küche um Fatima; die Hitze und der Geräuschpegel waren unerträglich. Jemand hatte Amira hereingelassen, und Fatima versuchte, sie mit einem Kochlöffel zu verscheuchen.

Obschon Fatima anderen Glaubens war, liebte sie Weihnachten. Der Herr Jesus war schließlich ein anerkannter Prophet, und für Fatima gab es nichts Schöneres als andere Menschen glücklich zu machen. Sie war die ungekrönte Herrscherin über Heim und Herd, den Maaman ihr kampflos überließ.

»Gute Güte«, stöhnte Emerson. »Was für ein katastrophales Durcheinander! Hattet ihr wenigstens eine schöne Zeit, meine Lieben?«

Carla patschte mit ihren bemehlten Fingerchen auf seinem Hemd herum. »Du musst den Weihnachtskuchen rühren«, rief sie. »Das bringt Glück.«

»Ich hab ihn doch schon gerührt«, sagte Sethos mit einer Miene, als würde ihm das Wasser im Munde zusammenlaufen. Gargery saß neben ihm am Tisch und entkernte Trauben.

Überall war Mehl, auf dem Boden, dem Tisch und sogar auf dem Hund; aber das tat der Stimmung keinen Abbruch. Fatima prustete los, als ich Amira aus der Küche warf.

»Sie hat das ganze Tablett Plätzchen verputzt, das zum Auskühlen am Fenster stand. Bestimmt hat sie sich die Zunge verbrannt.«

Wir mussten alle einmal den Kuchenteig umrühren, auch David, der eben aus dem Westtal zurückkehrte.

»Ich hoffe doch sehr, es gibt irgendwas Gescheites zum Mittagessen«, brummte Emerson, einen Löffel Teig naschend.

»Salate und kalte Platten«, antwortete Maaman. »Ich musste ja Fatima helfen.«

»Ich serviere euch das Essen«, sagte Kareem eifrig.

Das lehnte Fatima entschieden ab. Sie beauftragte eine ihrer Hilfen, Badra, eine füllige junge Frau, damit und schob uns aus der Küche.

Fatimas Fröhlichkeit war ansteckend. Gut gelaunt warteten wir auf der Veranda auf das Essen, und nicht einmal Emerson knüpfte an das vermaledeite Grab an.

»Wird Zeit, dass wir uns auf die unsä ... segensreichen Feiertage einstimmen«, erklärte er mit einem provokanten Blick zu mir. »Was meinst du, Peabody?«

Von wegen segensreich. Welch eine Blasphemie, dachte ich bei mir. Emerson hielt Weihnachten nämlich für ein Relikt aus heidnischer Zeit, als man die Wintersonnenwende gefeiert hatte. Und er war irgendwie selbst ein Heide. Auf meinen ausdrücklichen Wunsch hin behielt er seine Glaubenseinstellung gegenüber den Kindern für sich, und da sie anwesend waren, ging ich auf seine Provokation nicht ein.

»Wie du sicher bemerkt hast, Emerson, sind die Vorbereitungen in vollem Gange«, erwiderte ich.

»Wir brauchen einen Baum«, meinte mein Mann.

»Und Geschenke«, krähte Carla.

»Sollen wir nicht mal nach Luxor fahren und ein bisschen bummeln gehen?«, schlug Emerson in einem Tonfall vor, als hätte er soeben das Rad neu erfunden.

Die Idee wurde mit stürmischem Beifall begrüßt. Sennia

vergaß vorübergehend ihre damenhafte Würde und klatschte begeistert in die Hände.

Emersons gute Laune bekam allerdings einen leichten Dämpfer verpasst, da Gargery unbedingt mitkommen wollte. Der alte Knabe hatte mir erklärt, dass er Geschenke mitgebracht hätte; gleichwohl hielt er es für seine Pflicht, auf Sennia aufzupassen, nicht zuletzt wegen seiner schlechten Erfahrungen in Kairo. »Sie ist doch noch ein wehrloses Kind, Sir und Madam«, sagte er.

»Und Sie meinen, Sie können sie beschützen?«, wollte Emerson wissen. »Wenn Sie derart pflichtbewusst sind, wieso ist sie dann ohne Sie im Tal gewesen?«

»Das war etwas ganz anderes, Sir.« Unser betagter Butler straffte seine eingesunkenen Schultern.

»Ah, pah«, brummelte Emerson. »Also gut, von mir aus.« Als Gargery sich feixend trollte, fügte er hinzu: »Wir dürfen den alten Knacker keine Sekunde lang aus den Augen lassen.«

Trotz Emersons ahnungsvoller Skepsis (die er selbst wohlweislich mit »gesundem Menschenverstand« umschrieben hätte) hatten wir kein Problem damit, auf Gargery aufzupassen. Fröhlich beschwingt hielt er Schritt mit Sennia, die ihm nicht von der Seite wich. Wir einigten uns darauf, uns zum Tee im Winter Palace einzufinden. Und nachdem wir uns in Grüppchen aufgeteilt hatten, zog ich gemeinsam mit Carla, Ramses und David los.

Carla wirkte ungewöhnlich still. Ihre kleine Handtasche umklammernd, inspizierte sie die auf der Corniche feilgebotenen Waren ohne großes Interesse. »Ich möchte David John ein Buch schenken«, wisperte sie. »Aber er hat schon alles gelesen.«

Lachend umarmte ich sie. »Du brauchst nicht zu flüstern. Er ist nicht hier.«

»Wir haben einige Bücher für ihn mitgebracht«, sagte David. »Und in den Weihnachtspäckchen aus England sind sicher auch noch welche.«

»Aber sie sind nicht von mir.« Carla war untröstlich. »Und ich hab nicht genug Geld, um schöne Geschenke für Opa und Mama und Sennia und Selim und Fatima und Kareem und all die anderen zu kaufen.«

»Vielleicht hast du einfach zu viele Freunde«, resümierte ich.

Carla fand das überhaupt nicht lustig. Unwillig ihr Lockenköpfchen schüttelnd, gab sie zurück: »Du sagst doch immer, dass man nie genug Freunde haben kann, Großmama.«

»Das ist richtig.« Ich bedauerte meinen kleinen Scherz, denn sie schien ehrlich betrübt. Trotz der vielen Flausen, die sie im Kopf hatte, war sie nämlich ein reizendes kleines Seelchen.

»Deine Freunde wollen gar keine teuren Geschenke«, warf Ramses ein. »Was hältst du davon, wenn du allen, die du sehr magst, einen lieben Brief schreibst?«

»Ein fabelhafter Einfall«, bekräftigte ich. Zudem könnte sie sich damit stundenlang beschäftigen.

»Ich kann keine Bilder malen und ich hab auch keine besonders schöne Schrift«, maulte Carla. »Ich bin eben nicht so klug wie David John.«

Ich fing Ramses' Blick auf und entdeckte darin einen Anflug von Schuldbewusstsein. Mir ging es ähnlich. Wieso hatten wir nicht bemerkt, dass sich Carla zurückgesetzt fühlte, weil wir sie dauernd (und häufig zu Recht) tadelten, während wir David John mit Lob überschütteten? Als begeisterter Hobbypsychologin hätte mir klar sein müssen, dass das zu Frustration und Trotzreaktionen führte.

»Doch, das bist du«, sagte ich mit Nachdruck. »Du hast andere Begabungen, aber sie sind genauso wertvoll wie die deines Bruders.«

Ramses bestätigte dies, ohne jedoch erkennbaren Eindruck bei seiner untröstlichen Tochter zu hinterlassen.

»Ich hab's, Carla«, schaltete sich David ein. »Wir zwei setzen uns zusammen und überlegen uns was. Soweit ich weiß, kannst du prima mit der Schere umgehen. Vielleicht hat deine Großmama noch ein paar alte Zeitschriften. Wir können die hübschesten Fotos ausschneiden und kleine Bücher daraus binden.«

»Wir helfen alle«, sagte ich mit einem dankbaren Nicken zu David.

»Aber nur ein bisschen.« Carlas Gesichtchen hellte sich auf. »Sonst sind es ja nicht meine Geschenke.«

Mit Carlas begeisterter Unterstützung kauften wir die erforderlichen Materialien für die kleinen Bücher – Buntpapier, Farbstifte und leuchtende Bänder, um die Seiten zusammenzuhalten – und schauten kurz bei meiner Freundin Marjorie Fisher vorbei, die uns packenweise alte Zeitschriften mitgab. Zum Dank umarmte Carla sie stürmisch.

Auf dem Rückweg zum Winter Palace war Carla wieder ganz die alte. An der Hand ihres Vaters über den Gehsteig hüpfend, malte sie sich in glühenden Farben die Süßigkeiten auf ihrem Weihnachtsteller aus. David und ich folgten den beiden. Wir trugen Carlas Einkäufe, damit niemand merkte, dass sie von ihr waren. (Dank heimlicher Verhandlungen mit den Ladenbesitzern hatte ihre kümmerliche Barschaft letztlich doch gereicht.)

»Danke David«, sagte ich mit gesenkter Stimme. »Ich schäme mich richtig, dass ich Carlas Talente nicht öfter gewürdigt habe. David John wird von allen über den grünen Klee gelobt.«

»Ich bin Fachmann für eifersüchtige Geschwister.« David lachte. »Das ist anstrengender als jede Exkavation.«

Die anderen waren noch nicht eingetroffen. Wir belegten einen Tisch auf der Terrasse und warteten. Luxor war bereits festlich geschmückt, da die Hotels sich auf die Gewohnheiten der ausländischen Gäste einstellten und die koptischen Händler die Idee aufgegriffen hatten und Weihnachten mit Krippen, Kerzenlicht und scheußlich-schönen Heiligenstatuen feierten.

Ich gestehe, ich genieße es, heimlich Menschen zu beobachten. Ein Paar stand unten auf der Eingangstreppe zum Hotel, sie in einem modischen Flanellkostüm, er im teuren Maßanzug, beide hochrot im Gesicht und vermutlich im Streit. Stand es mit ihrer Ehe nicht zum Besten oder waren sie lediglich gereizt von einem langen, heißen Wüstentag? Ein hochgewachsener bärtiger Ägypter in eleganter Robe mit grünem Turban plauderte lachend mit einer schwarz gewandeten Frau und einem kleinen Kind, das hinter ihnen hertrottete. Pferdefuhrwerke rollten gemächlich vorbei. Wir hatten den Droschkenkutschern ins Gewissen geredet, dass sie auf die Peitsche verzichteten, auch wenn einige Passanten es gern etwas zügiger gehabt hätten.

Nach einer Weile entschuldigte ich mich und glitt in das Hotelinnere. Als ich mich am Empfang nach Miss Minton erkundigte, sagte der Portier, sie sei schon früh am Morgen aufgebrochen und noch nicht zurückgekehrt. Nein, ein Ziel habe sie nicht genannt.

»Möchten Sie der Dame eine Nachricht hinterlassen, Mrs Emerson?«, erkundigte er sich höflich.

»Danke, nein.« Ich drückte dem Angestellten ein beachtliches Bakschisch in die Hand. »Bitte informieren Sie mich doch, wenn sie zurückkehrt. Und – ähm – die Dame braucht das nicht zu wissen.«

Inzwischen hatten sich die anderen auf der Terrasse eingefunden. Nach einigem Stühle- und Tischerücken bestellten wir den Nachmittagstee. Dann redeten alle auf einmal, wobei sie versteckte Hinweise auf ihre Einkäufe gaben. Sogar Gargery hatte ein paar Päckchen erstanden, gut verpackt in Zeitungspapier. Er war in Bestform und beteuerte, er hätte mindestens einen potenziellen Entführer abgewehrt. Emerson schnitt ihm kurzerhand das Wort ab und fragte Carla rundheraus, was sie denn für ihn gekauft habe.

Ich saß neben Sethos. »Das mit dem potenziellen Entführer war gewiss reine Einbildung?«, zischelte ich ihm zu.

»Ein abgerissener alter Hausierer wollte Sennia gefälschte Uschebtis verkaufen. Gargery wäre ihm an die Gurgel gegangen, wenn ich nicht eingegriffen hätte.« Er rührte Zucker in seinen Tee. »Ist sie wieder da?«

Er hatte gesehen, wie ich mich davongestohlen hatte, und auf das Naheliegende getippt. »Nein«, erwiderte ich. »Sie war nicht im Tal, wenigstens nicht, solange wir dort waren.«

»Das weiß ich bereits.«

»Hast du eine Vorstellung, wo sie sein könnte?«

»Ich? Woher denn!?«

David John zupfte mich am Ärmel. »Carla will mir nicht verraten, was sie für mich gekauft hat, Omi.«

»Weihnachten ist die schöne Zeit der kleinen Geheimnisse«, erklärte ich.

***

In den nächsten Tagen genossen wir die vorweihnachtliche Stimmung. Abdullah hatte Recht: Was kümmerten uns profane Ablenkungen wie Pharaonengräber und kriminelle Energien? Irgendwann würden sie ihren Platz in der endlosen Liste von Abenteuern finden, die wir mit Bravour überstanden hatten. Wir hatten wahrhaftig allen Grund, von Herzen dankbar zu sein.

Als ich meine Empfindungen gegenüber Emerson anklingen ließ, sagte der nur: »Bitte, wiederhol dich nicht laufend, Peabody. Ich kann diesen gequirlten Unsinn nur wohldosiert verkraften.«

Da Weihnachtsbäume in Ägypten schwer zu bekommen waren (um genau zu sein: gar nicht), begnügten wir uns mit einer Tamariske, deren dünne Zweige wir opulent schmückten. Die Kinder halfen uns eifrig dabei und probierten nachher im wahrsten Sinne des Wortes, den Baum anzustecken.

»Es ist eine wirklich aufregende Zeit«, seufzte Ramses, nachdem er in letzter Minute einen Großbrand vereitelt hatte. Von nun an war es Carla strikt untersagt, unbeaufsichtigt Kerzen anzuzünden.

»Das gilt auch für dich«, sagte ich mit einem gestrengen Blick zu David John.

»Aber Großmama, ich hab doch gar nichts gemacht.«

»Der Vorschlag stammte aber doch wohl von dir, oder?«

David John schwindelte nie. Genau wie sein Vater griff er dann vorzugsweise zu eloquenten Ausflüchten. In diesem Fall erlaubte die direkte Frage aber nur eine ehrliche Antwort. Die blauen Augen vor Verblüffung geweitet, nickte er. »Ja, Großmama.«

»Dann hast du ihr also auch die Streichhölzer besorgt?« Carla wäre es nie geglückt, heimlich in der Küche Streichhölzer zu stibitzen. Darüber wachte Fatima mit Argusaugen, während sie bei David John nie so genau hinschaute.

»Ja, Großmama.«

»Und wo sind die restlichen?«

David wühlte in seiner Hosentasche und brachte eine Handvoll der fraglichen Objekte sowie Nägel, eine tote, behutsam in Seidenpapier gewickelte Maus, diverse Kreidestücke und die Streichholzschachtel zutage. Ich konfiszierte sie, die Nägel (aus Prinzip) und die Maus und hielt ihm einen ernsten Vortrag über Brandgefahren. Der Kleine senkte betroffen den Kopf.

»Ich hätte ja nicht mitzumachen brauchen«, sagte Carla und schlang die Arme um ihren Bruder.

»Das ist wohl wahr«, murmelte ich. »Hoffentlich weiß dein Bruder diesen schwachen Trost zu schätzen. Letztlich seid ihr beide schuld. Im Hinblick auf Weihnachten will ich es dieses Mal aber bei einer Ermahnung belassen. Und dass mir das nie wieder vorkommt, ja?«

»Danke Großmama«, sagte David John. »Ganz sicher nicht, versprochen. Dürfen wir jetzt die Maus beerdigen?«

»Aber nicht in meinen Blumenbeeten, hört ihr?« Ich reichte ihnen die Verblichene.

Angeregt über die Bestattungszeremonie diskutierend, trollten sich die beiden. Ramses, der andächtig schweigend zugehört hatte, meinte: »Mutter, du überraschst mich doch immer wieder. Woher wusstest du das jetzt wieder?«

»Psychologie, mein Lieber.«

***

Der handgeschnitzte Weihnachtsschmuck, den David vor vielen Jahren gefertigt hatte, sowie winzige Zinn- und Keramiktierchen wurden feierlich an unserem Ersatzchristbaum befestigt. In die Zweige hängten die Kinder Papiergirlanden, die Carla kunstvoll gebastelt hatte. Ich lobte sie entsprechend. Sie verbrachte viel Zeit mit David, vermutlich half er ihr bei den kleinen Geschenkbüchern. Das ganze Haus klebte, und bis in die hintersten Ritzen fanden sich feinste Mehlspuren.

Sethos beteiligte sich rege an den Vorbereitungen. Er fachsimpelte mit Fatima, probierte die unterschiedlichen Köstlichkeiten, half bei den Bastelarbeiten und schmetterte gelegentlich auch einmal ein Lied. Er hatte einen angenehmen Bariton und konnte, anders als sein Bruder, den Ton halten.

Natürlich fragte ich mich, was in seinem Kopf vorging. Offenbar war er fest entschlossen, sich nicht zum Sündenbock zu machen. So artikulierte er sich jedenfalls, als ich ihn rundheraus darauf ansprach. Die Rückgabe des Dokuments hatte unsere unbekannten Widersacher wohl zufriedengestellt, denn sie rührten sich nicht mehr. Margaret war unversehrt zurückgekehrt – wo auch immer sie gesteckt haben mochte –, und trieb sich mit schöner Regelmäßigkeit wieder im Tal herum.

»Sollen wir sie an den Feiertagen nicht zu uns einladen?«, wollte ich von Sethos wissen, der gemeinsam mit mir Weihnachtskarten schrieb.

»Dazu sehe ich ehrlich gesagt keine Veranlassung. Sie hat

sich nicht mal entschuldigt, dass sie dir eins über den Schädel gezogen hat.«

»Ist doch traurig, wenn man Weihnachten allein verbringen muss. Als gute Christin habe ich ihr längst verziehen.«

»Sieht dir ähnlich«, versetzte Sethos. Dabei fabrizierte er einen Tintenklecks auf das Blatt, das er gerade beschrieb.

»Dann wäre da noch Kevin O'Connell«, sagte ich nach einem Blick auf meine Liste. »Schätze, es hat nicht viel Sinn, Howard oder die Mitarbeiter vom Metropolitan Museum herzubitten.«

Sethos zerknüllte das beschmierte Blatt und warf es in den Papierkorb. »Daoud meinte, sie veranstalten ihre eigene Weihnachtsfeier im Metropolitan House. Die laden uns bestimmt auch nicht ein.«

»Trotzdem schicke ich ihnen eine Einladung.« Ich schrieb eifrig. »So will es die christliche Nächstenliebe. Wenn sie ablehnen, ist das ihre Sache.«

Sethos bekleckste einen weiteren Bogen und warf ihn in den Müll.

Der einzige Mitarbeiter des »anderen Lagers«, der christliche Nächstenliebe (oder schlicht gute Umgangsformen) bewiesen hatte, war Harry Burton. Er hatte uns wie versprochen zum Tee besucht und freimütig darüber geplaudert, was die Exkavatoren so machten. Damit glückte es ihm wundersamerweise, Emersons Laune zu heben. Mir war nämlich klar, dass mein geschätzter Gemahl trotz seiner glühenden Begeisterung für die Weihnachtsvorbereitungen ständig über Howard und das Grab nachgrübelte. Wir wussten von Daoud, dass Professor Breasted das Grabinnere hatte besichtigen dürfen, zusammen mit Mr Winlock und einigen anderen Herren; dass Mr Burton mit der Fotodokumentation begonnen hatte und dass Lucas aus Kairo eingetroffen war. Mr Burton versorgte uns bereitwillig mit genaueren Informationen.

»Wir haben KV 55 geöffnet, um es als Dunkelkammer zu

benutzen«, erklärte er einem andächtig lauschenden Publikum. »Überaus praktisch, es liegt direkt am Weg.«

»Ganz recht«, murmelte Emerson. »Ich nehme doch stark an, dass Carter zusätzlich zu den Fotos detaillierte Zeichnungen anfertigt, bevor er die Objekte entfernt?«

»Damit hat er bereits begonnen. Wie Sie wissen, ist er ein guter Zeichner, zudem hat er Hall und Hauser.« Burton nippte an seiner Teetasse. »Er hofft, dass er die ersten Artefakte kurz nach Weihnachten abtransportieren lassen kann. Sie werden in dem Grab von Sethos II. zwischengelagert, das auch zu Präparationszwecken dient.«

»Finde ich nicht so praktisch«, krittelte Emerson um der Kritik willen.

»Es ist zwar ein Stück entfernt, hat aber gewisse Vorteile, wie beispielsweise die große Graböffnung. Soweit ich informiert bin, braucht Lucas ab und an ein Näschen frische Luft; die Chemikalien, mit denen er präpariert, sind nicht ganz ungefährlich.«

»Bestimmt hat er schon von Paraffin gehört«, versetzte ich. »Nehmen Sie doch noch ein Stückchen Pflaumenkuchen, Mr Burton.«

»Sie schwören darauf, nicht?« Burton hielt Sennia den Dessertteller hin und nickte freundlich.

»Es gibt nichts Besseres«, erklärte ich. »Vor allem für Perlen und beschädigte Einlegearbeiten.«

Burton griff den Hinweis gern auf. »Und davon gibt es in dem Grab mehr als genug. Die Truhen sind bis zum Rand gefüllt mit Schmuck und Kleidung. Sandalen, fein gewirkte Stoffe, perlenbesetzte Roben – alles wurde wahllos hineingestopft und -gezwängt.«

Keiner unterbrach ihn, derweil er mit seinen Ausführungen fortfuhr. Howard habe jedes Objekt im ersten Raum, den er als Vorkammer bezeichne, mit einer Nummer versehen und in einen offiziellen Index aufgenommen. Diese Ziffern seien so groß, dass sie auf den Fotos sichtbar seien. Die

Objekte würden nacheinander entfernt werden, wobei man von nördlicher nach südlicher Richtung vorginge. Die riesigen Sänften würden dazu in Einzelteile zerlegt, da sie sonst nicht durch den Zugangskorridor passten, und später wieder zusammengesetzt. Die Bergung der Streitwagen würde den Schluss bilden, da diese kritischen Artefakte teilweise zerbrochen und goldene Verzierungen wie wertvolle Einlegearbeiten herausgefallen seien. In der Zwischenzeit werde Mr Lucas die Truhen leeren. Ich wusste aus Erfahrung, was für eine faszinierende Aufgabe da vor ihm lag. Laut Mr Burton (und unserer eigenen Beobachtungen, die ich natürlich nicht erwähnte) befand sich der Inhalt der Truhen nicht im Originalzustand. Plünderer sind nicht eben zimperlich; auf der Suche nach Gold hatten sie in aller Eile und Angst vor Entdeckung die Truhen geleert. Und die Priester, die nachher wieder Ordnung herstellen wollten, waren genauso hastig vorgegangen, indem sie die ringsum verstreuten Dinge in das nächstbeste Behältnis gestopft und gewaltsam den Deckel geschlossen hatten.

Sethos lauschte genauso entrückt wie alle am Tisch. Ich wusste, dass er an seinen »Restaurator« dachte, ein Mitglied seiner Kriminellenorganisation. Signor Martinelli, der uns seinerzeit überaus kompetent bei den fragilen Objekten assistiert hatte, die wir im Grab der Gottesgemahlinnen entdeckten, war später ermordet worden. So etwas passiert den Menschen, die uns zur Hand gehen, leider Gottes häufiger, aber bei Martinelli lag es einzig daran, dass er sich mit der falschen Frau eingelassen hatte. Pech gehabt, kann man da nur sagen.

Mr Lucas war über solche Schwächen erhaben. Ich konnte nur hoffen, dass er seinen Job gut machte. Es ist trauriger Fakt, dass ehrlichen Menschen bisweilen die Erfahrung der skrupelloseren Spezies fehlt.

Mr Burton verputzte ein drittes Stück Pflaumenkuchen, bevor er erklärte, er müsse den Rückweg antreten. »Ach übrigens«, meinte er ganz nebenbei, »Breasted hat die Kartuschen gelesen und bestätigt, dass sie von Tutanchamon sind.«

»Sie erneut gelesen, meinen Sie«, konterte Emerson.

»Aha.« Burton nickte. »Ich hatte mich schon gewundert.«

Darauf sagte er nichts mehr, schüttelte Ramses aber besonders herzlich die Hand.

»Zumindest einer erkennt unsere Mitwirkung an«, maulte ich.

»Oh, da gibt es bestimmt noch andere.« Sethos grinste boshaft. »Carter kommt mit Menschen nicht gut klar und kann schlecht kooperieren. Bedenkt meine Worte. Bevor er fertig ist, hat er eine Menge Leute gegen sich aufgebracht, angefangen von den Journalisten über die Antikenverwaltung bis hin zu seinen Kollegen.«

Ich vertraue den Seiten dieses Tagebuchs an, dass ich in diesem Fall inständig hoffte, Sethos möge Recht behalten. Wir gehörten zu den wenigen – den einzigen außer Cyrus –, die keine formelle Einladung zu einer Grabbegehung erhalten hatten. Die Breasteds und ihr Sohn Charles, Mrs Burton, ja selbst die Kinder der Winlocks hatten sich in der Vorkammer umsehen dürfen. Da war es uns ein schwacher Trost zu wissen, dass wir auf eigene Faust einen Blick riskiert hatten – aber das durften wir wahrhaftig niemandem auf die Nase binden. Ich hätte David so gern eine Besichtigung der herrlichen Artefakte gegönnt. Wie er unter den gegebenen Voraussetzungen seinen Auftrag für die *Illustrated London News* erfüllen sollte, war mir schlichtweg ein Rätsel. Howard wachte wie ein Geier über die Foto- und Reproduktionsrechte. Hämische Zungen behaupteten, Carnarvon wolle sie an den Meistbietenden verhökern, doch das mochte ich einfach nicht glauben, nicht einmal von einem Individuum, das sich uns gegenüber zutiefst charakterlos verhalten hatte.

Cyrus schien ähnlich zu empfinden. Wir hatten die Vandergelts länger nicht mehr gesehen; vermutlich waren auch sie fleißig mit den Weihnachtsvorbereitungen beschäftigt. Zwei Tage vor dem Fest schneite Cyrus bei uns herein, »weil es ihm im Schloss zu bunt geworden war«.

»Katherine stellt das ganze Haus auf den Kopf«, erklärte er, »und alle helfen ihr bereitwillig dabei, sogar Nadji. Zuweilen wünsche ich mir, man hätte unseren Erlöser irgendwo im Schilf entdeckt, so wie Moses, Geburtsdatum unbestimmt.«

Emerson verschluckte sich fast vor Lachen. Ich versagte mir jeden Kommentar, zumal die Kinder nicht zugegen waren. »Wie viele Gäste erwarten Sie?«, forschte ich.

»Katherine führt die Gästeliste. Vermutlich halb Luxor und sämtliche Touristen von der Straße. Sie kommen doch auch, oder?«

»Das würden wir uns niemals entgehen lassen«, erwiderte Sethos.

Cyrus bedachte ihn mit einem knappen Nicken. Zwar hatten wir unserem Freund dargelegt, dass Sethos sich mit seinen Kontrahenten geeinigt hätte und wir nicht mit weiteren Übergriffen rechneten, gleichwohl blieb er weiterhin skeptisch.

»Und Sie kommen doch sicher Heiligabend zu uns?«, erkundigte ich mich. »Katherine fragte nämlich, ob Suzannes Großvater mitkommen dürfe, was für mich selbstverständlich ist. Wie ist er denn so?«

»Ein reizender alter Herr«, gab Cyrus mit einem Hauch von Ironie zurück. »Er mag alles und jeden. Sogar zu Nadji ist er nett.«

»Wie meinen Sie das?«, bohrte Ramses.

»Nun, er ist ein typischer Vertreter seiner Generation und Nation«, versetzte Cyrus. »Und soweit ich weiß, ein richtiger Tycoon. Immerhin zeigt er sich von seiner besten Seite; hier und da mal ein kleiner Ausrutscher, gelegentliche Allgemeinplätze über das riesige British Empire und seine Zivilisierungs-Mission.«

»Verspricht interessant zu werden, wie er Selim und Daoud behandelt.« Nefret blies gedankenvoll die Backen auf. »Sollte er unangenehm auffallen, setze ich ihn vor die Tür.«

Das ließ Emerson unkommentiert im Raum stehen. Stattdessen wandte er sich einem heikleren Punkt zu: »Gehe ich recht in der Annahme, dass er Ihnen noch keine Zugangserlaubnis für das Grab beschafft hat?«

»Bisher noch nicht. Er hatte ein Schreiben von Carnarvon, das er umgehend an Carter weiterleitete. Dessen Antwort steht noch aus.«

»Ich weiß eine Möglichkeit, wie Sie reinkommen können.« Emerson kaute auf seinem Pfeifenmundstück herum. »Beschweren Sie sich bei Carter über mich. Erzählen Sie ihm, Sie hätten jeden Kontakt mit uns eingestellt.«

Cyrus zündete sich eben genüsslich ein Zigarillo an. »Sie glauben doch wohl nicht, dass ich auf diese Stufe sinken könnte!«, echauffierte er sich.

»Emerson hat doch nur einen kleinen Scherz gemacht, Cyrus«, beschwichtigte ich ihn. »Wenn auch keinen besonders lustigen.«

»Hmm-tja«, nuschelte der Professor.

»Verstehe.« Cyrus blies das Streichholz aus. »Es würde mir längst nicht so viel ausmachen«, platzte er heraus, »wenn ich nicht wüsste, dass Carnarvon einige von den Artefakten bekommt.«

»Ganz zu schweigen vom Metropolitan Museum«, bekräftigte Ramses. »Sie glauben doch nicht, dass die Museumsdirektion ihre Mitarbeiter aus purem Altruismus dort einsetzt, oder? Man hat sich bestimmt schon mit Carnarvon und Carter geeinigt.«

»Jedenfalls bekommt Sir Malcolm nicht das Schwarze unterm Fingernagel«, rief ich, um Cyrus zu trösten.

»Da wäre ich mir nicht so sicher«, sagte Emerson dunkel. »Er streicht um das Grab wie eine Katze um ein Mauseloch. Gestern fiel ihm die Perücke runter. Vermutlich vergaß er vor lauter Anspannung, sie ordentlich festzukleben. Als sein bedauernswerter Diener ihm das gute Stück zurückreichte, bekam er eine Backpfeife zum Dank.«

Meine Belustigung über Sir Malcolms Missgeschick wich Verärgerung. »Unerhört«, entrüstete ich mich. »Der Gentleman kann sich auf ein ernstes Wort von mir gefasst machen. So geht es nun wirklich nicht! Woher weißt du das überhaupt, Emerson? Bestimmt nicht von Daoud, er hätte es uns allen erzählt. Grundgütiger – hast du etwa den jungen Azmi bestochen, dass er dich heimlich mit Informationen versorgt? Ich sah ihn gestern in der Küche herumlungern und nahm an, dass er sich ein paar von Fatimas Plätzchen holen wollte. Die Gute freut sich immer, wenn es den Leuten schmeckt.«

»Was ist daran schlimm?«, wollte Emerson wissen.

»Ich habe nichts dagegen, dass sie Kindern Plätzchen schenkt, aber du solltest ihn nicht dazu ermutigen herumzuspionieren und zu lauschen.«

»Das mit Azmi ist nur zu Carters Vorteil«, beteuerte Emerson mit Nachdruck. »Montague gibt nicht auf. Womöglich plant er sogar ein weiteres Eindringen in das Grab.«

»Haha«, fauchte ich.

»Zuzutrauen wäre es ihm«, meinte Cyrus gedehnt. »Allerdings hat Carter alle erdenklichen Sicherheitsvorkehrungen getroffen. Das Grab wird rund um die Uhr bewacht, und jeder Wachtrupp muss einer anderen Instanz Bericht erstatten, damit sie nicht untereinander kollaborieren. Die Schlüssel zu den Toren verwaltet er beziehungsweise einer seiner Stabsmitarbeiter.«

Sethos legte eine Papiergirlande beiseite, die er gerade hatte aufhängen wollen, und räusperte sich hörbar.

»Schätze, du überlegst, wie du an diese Schlüssel kommen kannst«, tippte der Professor.

»Ich kann dir aus dem Stand mindestens drei verschiedene Methoden darlegen«, versetzte sein Halbbruder leicht entrückt. »Und zwei Möglichkeiten, um die Wachen abzulenken.«

»Dann ist es ja gut, dass du dich inzwischen geläutert hast«, ätzte ich.

Cyrus machte ein Gesicht, als fände er das plötzlich gar nicht so gut.

* * *

Auf meiner Liste waren noch einige private Erledigungen vermerkt. Da sie nicht im Entferntesten mit den Weihnachtsvorbereitungen zu tun hatten, erwähnte ich sie auch nicht im Kreise der Familie. Allerdings brauchte ich für meine diversen Fahrten nach Luxor einen glaubwürdigen Vorwand. Also erklärte ich Emerson, dass ich Besuche machen wollte. Was ich sonst noch vorhatte, ließ ich im Dunkeln.

Leider sah man mich beim Verlassen des Leichenschauhauses, was Emerson natürlich prompt zugetragen wurde. Er wartete, bis wir allein waren und uns auf die Nachtruhe vorbereiteten, bevor er zum Angriff überging.

»Kannst du dich nicht wenigstens in der Weihnachtszeit von irgendwelchen Leichen fernhalten?«, wetterte er.

»Die Leichen interessierten mich nicht, Emerson.«

»Kann ich mir nicht vorstellen. Weshalb warst du sonst dort?«

Ich mochte ihn nicht anlügen. Emerson war gerade aus dem Badezimmer zurückgekehrt. Die frisch gebürsteten Haare fielen ihm wellig in die Stirn und sein anziehendes Äußeres verströmte einen zarten Seifenduft.

»Ich möchte es dir lieber nicht erzählen.«

»Du möchtest?« Emerson atmete tief durch. Seine Muskeln spannten sich an. Seine Nackensehnen ebenfalls. Ich wartete auf den Tobsuchtsanfall, der gleich folgen würde.

Aber falsch gedacht. Emerson ließ geräuschvoll den Atem entweichen und legte mir sanft, aber bestimmt eine Hand auf die Schulter.

»Peabody, Schätzchen, im letzten Jahr hätte ich dich beinahe verloren. Mir wäre es wahrhaftig lieber, ich könnte dich begleiten und beschützen. Ich wünschte mir, du würdest dergleichen nicht machen.«

Ich wünschte mir, er würde damit aufhören. Mit dieser Tour war es ihm nämlich noch jedes Mal gelungen, mir ein schlechtes Gewissen einzuimpfen. Ich sank in seine ausgebreiteten Arme und murmelte: »Ich versichere dir hoch und heilig, mein Schatz, dass ich nichts gemacht habe, was deines Schutzes bedurft hätte.«

»Hmpf«, meinte Emerson – dem folgte beredtes Schweigen.

Aus Manuskript H

Abdullahs Grab war den Kindern ein Begriff. Ramses' Mutter hatte (wie üblich) Recht behalten mit ihrer Beteuerung, dass es nichts Anrüchiges hätte, der geschätzten Toten zu gedenken. Die Zwillinge und Sennia kannten die Geschichten, die sich um den Heldenmut und die Loyalität des verstorbenen Rais rankten; für sie war er eine Art Legende wie König Artus. Sie freuten sich auf den Besuch, zumal die ganze Familie mitging und sie ihm Opfergaben mitbringen durften.

Mächtig in Schale geworfen, strebten sie zu dem kleinen Friedhof mit Abdullahs beeindruckendem Grabmal. David hatte das hübsche kleine Monument entworfen, mit schlanken Säulen, die das Dach stützten. Der Grabwächter erhob sich von seinen Gebeten und ging ihnen entgegen. Etliche Dorfbewohner hatten sich ebenfalls eingefunden, sei es, um ihren Lokalheiligen zu feiern, oder um das stilvolle Schauspiel zu betrachten, für das die Emersons bereits bekannt waren.

Daoud übertraf alle anderen an Eleganz, mit seinem neuen Kaftan und dem vornehm verschlungenen Turban. Cyrus kam in Begleitung von Jumana und Nadji. Zu Ramses' Verblüffung hatte er überdies Suzanne mitgebracht.

Quer über dem offenen Eingang hingen die üblichen Opfergaben – Amulette und Perlen und schmal geflochtene Bändchen. Ramses hob Carla hoch, damit sie ihr Geschenk an den gespannten Schnüren aufhängen konnte. Sie hatte sich für eines der kleinen gebastelten Bücher entschieden. Nachdem David sie behutsam darauf hingewiesen hatte, dass Abdullah Glanzbildchen von Damen mit kurzen Röcken nicht mögen würde, waren die Seiten mit Familienfotos beklebt. David John war der Nächste. Strenggenommen verstieß sein Porträt gegen das Verbot der bildlichen Darstellung von Heiligen und es hatte auch eine starke Ähnlichkeit mit Monsieur Lacau (bis auf den Turban), gleichwohl lächelten die Umstehenden wohlwollend, genau wie bei Sennia, die ein besonders breites, buntes Band opferte. Nachdem die entsprechenden Gebete rezitiert worden waren, leisteten sie ihren monetären Beitrag für Grabpflege und Wächter und machten sich auf den Rückweg.

»Ach, war das schön«, seufzte Cyrus, der großzügig gespendet hatte. Er setzte seinen Hut auf. »Ich hoffe, Abdullah hat es gefallen.«

Wie üblich sprachen sie von ihm, als weilte er noch unter ihnen. Zweifellos hatte Ramses' Mutter das angeregt. »Ganz bestimmt sogar«, sagte sie.

»Er war ein großartiger Mensch«, sagte Nadji ernst. »Ich habe viel von ihm gehört.«

»Auch die Geschichte, dass er Großmama das Leben gerettet hat und dabei gestorben ist?«, fragte David John eifrig. »Wenn nicht, erzähl ich sie dir.«

Nadji nickte dem Kleinen lächelnd zu. »Ich würde sie gern hören.«

Emerson entfernte sich elanvollen Schrittes. Die Vermutung, dass er eifersüchtig war auf seine Frau und Abdullah, wäre sicher absurd gewesen, trotzdem war da irgendetwas …

***

Am Heiligabend erreichte die allgemeine Aufregung ihren Höhepunkt. Eigentlich hätte man doch meinen können, dass es nach tagelangen Vorbereitungen nichts mehr zu tun gäbe, aber Carla fielen im letzten Augenblick noch etliche Freunde ein, die ebenfalls ein Büchlein bekommen sollten, und Fatima war überzeugt, dass die von ihr vorbereiteten kulinarischen Genüsse nicht ausreichen würden für das Fest. Gekreische und Geschimpfe drangen aus der Küche, untermalt von Maamans jammervollem Schluchzen, denn eine gereizte Fatima brachte einen wirklich an den Rand des Nervenzusammenbruchs. Als Kareem eine volle Kaffeekanne auf den Frühstückstisch fallen ließ, sprang der Professor jaulend auf.

»Ich gehe ... ins Tal«, verkündete er, derweil er sich mit einer Serviette die Flecken von Hemd und Hose rieb.

»Eine ausgezeichnete Idee«, sagte seine Frau mit einem vielsagenden Blick zu Nefret.

»Ja, geht ruhig alle, ihr Männer«, sagte Nefret geistesgegenwärtig. »Von diesen Dingen hier versteht ihr sowieso nichts.«

»Schließen Sie mich da mit ein, Madam?«, erkundigte sich Gargery, der sich nach langem Hin und Her überzeugen ließ, die Mahlzeiten gemeinsam mit ihnen einzunehmen – solange keine Gäste anwesend waren.

»Ja«, meinte Nefret.

»Nein«, versetzte Emerson.

Schließlich scheuchten die Frauen sämtliche Männer bis auf Gargery aus dem Haus. Der Professor hatte explizit darauf hingewiesen, dass sie die Esel nehmen würden. Und einem Eselritt konnte ihr Butler partout nichts abgewinnen.

»Prima Einfall, Vater«, lobte Ramses, als sie aus dem Stall ritten.

»Will mir nicht in den Kopf, wieso Frauen an Feiertagen immer verrückt spielen müssen«, grummelte der.

»Wohin reiten wir?«, erkundigte sich Sethos. Er hatte

eigentlich nicht mitkommen wollen, war aber genau wie die anderen vor die Tür gesetzt worden. »Cyrus arbeitet heute bestimmt nicht im Westtal.«

»Na und?« David rückte den Tropenhelm zurecht und schloss die Schnalle unter dem Kinn. Es wehte ein heftiger Wind, die Sonne hatte sich hinter einer dichten Wolkendecke versteckt.

Emerson murmelte etwas Unverständliches, worauf Ramses zu bedenken gab: »Mit ziemlicher Sicherheit arbeitet Carter heute auch nicht.«

»Interessiert mich nicht die Bohne, was der macht«, knurrte sein Vater.

Also ritten sie ins Osttal, was Emerson vermutlich von Anfang an so geplant hatte. Er war mehrere Tage nicht mehr dort gewesen und brannte vor Neugier.

Emerson ritt mit David voraus, Ramses schloss zu seinem Onkel auf. Sethos ritt mit der gewohnten Lässigkeit, wirkte aber gleichsam angespannt. Getönte Sonnengläser verliehen seinen Augen einen dunklen Braunton.

»Gestern wurde dir eine weitere vertrauliche Mitteilung ausgehändigt«, hob Ramses an.

»Ich hatte Hassan doch bestochen, dass er mit niemandem darüber reden soll«, erwiderte Sethos.

»Von mir bekam er Geld, dass er mich über alles informiert.«

»Gute Güte«, seufzte Sethos, ehrlich betroffen. »Vertraust du mir denn gar nicht?«

»Warum sollte ich?«

Sethos griff in seine Brusttasche und zog ein gefaltetes Stück Papier heraus, das er Ramses gab.

Die Nachricht war kurz und prägnant. »Bestätigen Erhalt. Unternehmen Sie keine weiteren Schritte.«

»Englisch«, murmelte Ramses.

»Brillant kombiniert.«

»Spar dir den Sarkasmus«, meinte Ramses säuerlich. »Welche Laus ist dir denn über die Leber gelaufen? Diese Reaktion hatten wir doch letztlich erwartet.«

»Exakt.« Ein geräuschvoller Nieser wurde von den Stoffmassen seines Taschentuchs gedämpft.

»Hast du dich erkältet?«

»Scheint so.«

»Du könntest Margaret damit anstecken«, schlug Ramses vor.

Sein Onkel richtete die Augen hinter der dunklen Sonnenbrille auf ihn und lachte unvermittelt. »Eine verlockende Idee. Gibst du mir Rückendeckung, wenn ich sie innig umarme und ihr meine Bazillen einhauche?«

»Vermutlich ist sie heute Morgen wieder im Tal.«

»Mag sein.« Seufzend betupfte Sethos sich die Nase. »Du weißt genau, dass ich derzeit nicht unbedingt versessen auf eine Begegnung mit ihr bin. Von der Nachricht hätte ich mir eine positivere Aussage gewünscht, irgendetwas in dem Wortlaut wie ›Sie können sich auf uns verlassen, wir halten uns zurück‹ oder so.«

»Oder ein schlichtes ›Fröhliche Weihnachten‹?«

Sethos' Mundwinkel zuckten. »Der Punkt geht an dich. Also gut, ich versuche, das Ganze nicht überzubewerten. Schließlich besteht kein Grund zu der Annahme, dass die großen Unbekannten, die sich im Übrigen fehlerfrei in Englisch artikulieren, uns nochmals behelligen. Und Margaret? Was schert mich Margaret? Sie schert sich doch auch nicht um ... sie schert sich um nichts außer um ihre verfluchte Zeitung.«

Über Carter hatte Ramses sich getäuscht. Er arbeitete, unterstützt von mehreren seiner Crewmitglieder. Hochnäsig stapfte Emerson an dem Grab vorbei, ohne es auch nur eines Blickes zu würdigen, während Ramses und die anderen sich zu einem größeren Publikum gesellten. Zu sehen gab es nicht viel, da die meisten Aktivitäten in den unterirdischen Gewölben stattfanden.

»Ja, sie fertigen Skizzen an und machen Fotos«, erklärte einer der Wachleute auf Davids Frage. Auf seine Flinte gestützt, gähnte er.

»Wenig zu tun«, sagte Ramses. »Langweilige Arbeit, was?«

»Langweilig?« Der Mann kratzte sich den Bart. »Es gibt schlimmere Aufgaben, Bruder der Dämonen. Sobald die Gentlemen aufbrechen, können wir uns hinlegen, plaudern und rauchen und ein Nickerchen machen. Morgen habt ihr ein Fest, nicht? Dann haben wir einen freien Tag.«

»Vermutlich zwei«, sagte David.

»Ist dem so?«

»Am zweiten Weihnachtstag geben die Engländer denjenigen Geschenke, die gut für sie gearbeitet haben«, erklärte David.

»Das hab ich schon gehört. Aber wir bekommen gewiss nichts.«

»Da hat er wohl Recht«, meinte Ramses, derweil er mit David weiterschlenderte.

»Man kann auch kaum erwarten, dass Carter die ganze Bande beschenkt«, gab David zurück.

Es waren wahrhaftig etliche Wachen. Sie säumten die rings um das Grab hochgezogene Mauer, trugen unterschiedliche Uniformen und Kopfbedeckungen. Ramses erkannte das Khaki der örtlichen Truppen und die Feze der Ministerialbeamten. Margaret und Kevin O'Connell waren anscheinend nicht gekommen. Sethos und seinen Vater entdeckte er ebenfalls nicht.

»Wo ist Vater?«, erkundigte er sich bei seinem Freund.

Er bekam postwendend Antwort, allerdings nicht von David. Wortfetzen einer lautstarken Auseinandersetzung drangen an seine Ohren. Stark anzunehmen, dass Emerson einer der Beteiligten war.

Er lief mit David in Richtung der Geräuschquelle – es war der Vorplatz zu dem etwas abseits liegenden Grab von Sethos II. Dieses befand sich am Ende eines Pfades, der in das belebtere Wadi mündete, welches zu dem Grab von Thutmosis III. führte.

Es gehörte schon ein lautes Organ wie das seines Vaters dazu, um diese Strecke überbrüllen zu können, sinnierte Ramses. Natürlich half das Echo dabei.

Emersons Kontrahent war kein anderer als Sir Malcolm Page Henley de Montague. Seinen Spazierstock wie ein Duellierschwert haltend, brüllte er zurück, sobald Emerson Luft holte. »Stimmt nicht!« und »Wie können Sie es wagen?«, lautete der Grundtenor seiner Aussage. Sein Groll schien noch größer als seine Manschetten vor dem Professor – vermutlich rechnete er damit, dass einer der drei Anwesenden eingreifen würde, falls Emerson mit physischer Gewalt konterte. Diesbezüglich, überlegte Ramses, irrte er gewaltig. Margaret Minton zur Rechten und O'Connell zur Linken der Kombattanten schrieben fleißig mit.

Sobald er Ramses und David gewahrte, sank Montagues Diener auf die Knie und rang die Hände. »Bruder der Dämonen, hilf meinem Herrn! Effendi Todros, sprich du mit dem Vater der Flüche!«

Emerson schnellte herum. »Ach, ihr seid das«, keuchte er. »Wisst ihr schon, was dieser Mistfink hier vorhatte?«

»Nein.« Sein Sohn schüttelte den Kopf. »Was denn?«

»Äh ... hmpf.« Emerson kratzte sich am Kinn.

»Ich bin durchaus befugt, mich hier aufzuhalten.« Sir Malcolms schrille Stimme überschlug sich fast.

Seit Ramses ihn das letzte Mal gesehen hatte, hatte sich sein äußeres Erscheinungsbild sehr zum Nachteil verändert. Bart und Perücke hatten einen Grauschimmer, seine Krawatte war nicht gebügelt.

Offenbar hatte sein derzeitiger Lakai, ein zupackender junger Mann von beachtlicher Statur, keinerlei Eignung zum Kammerdiener. Seine Robe war schäbig, die Sandalen geflickt.

»Dieses Grab wird als Zwischenlager und Laboratorium

benutzt«, sagte Emerson. »Erzählen Sie mir bloß nicht, dass Sie ganz zufällig hier herumlungern!«

»Selbstverständlich nicht.« Sir Malcolm klopfte sich den Staub vom Jackett. »Genauso wenig wie Sie. Ich war neugierig. Das ist doch nicht verboten, oder?«

In dem darauffolgenden Schweigen hörte Ramses, wie O'Connell leise vor sich hinmurmelnd weiterschrieb.

»Hören Sie auf, sich Notizen zu machen, O'Connell«, rief Ramses. »Das hier ist wahrlich nichts Neues.«

»Aber die Leser lieben nun mal Berichte über Professor Emersons kleine Auseinandersetzungen«, sagte Margaret scheinheilig. »Ist es nicht so, O'Connell?«

»In der Tat. Und die *Times* bekommt es diesmal nicht exklusiv!«

Sich plötzlich bewusst, was er angestellt hatte – und wie seine Frau darauf reagieren würde, übte Emerson sich in Schadensbegrenzung. Das aufgesetzte Grinsen, mit dem er Sir Malcolm bedachte, nährte den Verdacht, ihm könnte jeden Augenblick der Kiefer knacken.

»War doch nur eine freundschaftliche Diskussion unter – öhm – guten alten Bekannten«, erklärte er. »Stimmt doch – ähm – altes Haus?«

Der gute Sir Montague fand es noch weitaus desaströser als Emerson, auf den Seiten des *Daily Yell* oder der Konkurrenz zitiert zu werden. »Sicher, sicher – ähm – alter Knabe. Wir setzen unsere – öhm – Diskussion ein anderes Mal fort, ja?«

Darauf flüchtete er, gefolgt von seinem Diener, der Ramses ein dankbares Lächeln schenkte. Das Gesicht des Burschen kam ihm bekannt vor, trotzdem wusste Ramses auf Anhieb nicht, woher.

»Bedaure«, sagte der junge Emerson zu Margaret. »Aber es wird keine Story geben.«

O'Connell fluchte inbrünstig, doch Margaret lächelte nur nachsichtig. »Was ist denn mit dem Grab?«, bohrte sie. »Was ist daran so interessant?«

Da er keinen Grund sah, ihr die Antwort vorzuenthalten, erklärte Ramses es ihr. Margaret starrte ihn mit der wissbegierigen Miene der Vollblutjournalistin an. »Das heißt, sie transportieren die Artefakte über diesen Pfad?«

»Sie werden schwer bewacht«, setzte Ramses hinzu.

»Oh, ich wollte auch nichts stehlen«, gab Margaret zurück. »Was mich an etwas erinnert: Ich habe meinen – Mr Bissinghurst heute noch gar nicht gesehen. Ist er nicht mitgekommen?«

»Er fühlte sich nicht gut«, antwortete Ramses.

»Hoffentlich ist es was Ernstes. Meinetwegen kann er daran krepieren.« Energisch ließ sie ihr Notizbuch zuschnappen und stob davon. Nach einem skeptischen Blick auf Emersons düstere Miene folgte O'Connell ihrem Beispiel.

»Sag jetzt nichts«, brummte Emerson.

»Du hast dich doch elegant aus der Affäre gezogen«, meinte Ramses.

»Ja, hab ich, nicht?« Emerson fingerte an seinem Kinngrübchen herum. »Folglich besteht überhaupt kein Grund, Peabody auch nur ein Sterbenswort zu sagen.«

»Nein Sir«, antworteten Ramses und David wie auf Knopfdruck.

Emerson war noch nicht fertig mit dem Grab von Sethos II. »Carter wird auch hier Wachen brauchen. Und ein abschließbares Tor.«

Verwunderlich, fand Ramses, dass Howard ausgerechnet dieses Grab als Zwischenlager ausgesucht hatte. Sethos II. war einer jener rätselvollen Pharaonen, wie seine Mutter eine Reihe von Herrschern umschrieb, von denen man nicht viel mehr wusste, als dass sie sich gegenseitig vom Thron gestürzt hatten. Sethos' Mumie hatte man in einem der königlichen Verstecke entdeckt; das Grab selbst war hübsch ausgestaltet, vor allem der Eingangsschacht. Die Reliefe würden allerdings darunter leiden, dass hier in Kürze ständig Leute ein- und ausgingen. Das Felsengrab war seit der Frühzeit zugänglich, und

Carter hatte es 1902 fachmännisch freigelegt. Wie fachmännisch, wusste Ramses nicht zu beurteilen. Der Vorteil der Anlage war eindeutig erkennbar: Es gab keine steilen Treppen, denn der Eingang war direkt in den Fels geschnitten und der Korridor führte mit einem leichten Neigungswinkel in die unteren Gefilde.

Während Emerson noch über den Darstellungen der Maat im Eingangsbereich brütete, traten David und Ramses den Rückweg über den Pfad an. »Es ist ein ganzes Stück«, meinte David nachdenklich. »Vielleicht reicht es, wenn ich mir die Objekte während des Transports anschaue.«

Insgeheim verwünschte Ramses Seine Lordschaft und Carter. Von Rechts wegen hätte er seinen Vater gleich mit einschließen müssen; wären dem Professor nämlich nicht die Nerven durchgegangen, hätten sie vermutlich ungehindert Zutritt zu der Grabanlage. Auf alle Fälle war es nicht fair gegenüber David oder Cyrus, sie mit den Emersons über einen Kamm zu scheren. Ob es nicht vielleicht doch eine Möglichkeit gab, überlegte der Bruder der Dämonen.

Als sie eben losziehen wollten, gesellte Sethos sich zu ihnen. »Margaret kam eben aus dieser Richtung«, meinte er beiläufig. »Ist irgendwas vorgefallen?«

»Nicht wirklich«, murmelte Ramses. »Was hast du gemacht?«

»Herumgelungert.« Sethos putzte sich die Nase.

»Erkältet, was?«, erkundigte sich Emerson.

»Irgendwas in der Art. Aber deswegen krepier ich noch lange nicht.«

Aha, er war also nah genug gewesen, um ihr Gespräch aufzuschnappen, schoss es Ramses durch den Kopf.

»Du wolltest Margaret nicht begegnen, stimmt's?«, fragte er. Und setzte leise hinzu: »Feigling.«

Sethos ging geflissentlich darüber hinweg. »Irgendwas Interessantes über dieses Grab herausgefunden?«, fragte er Emerson.

»Nichts, was dich interessieren müsste«, versetzte der Professor scharf.

»Über kurz oder lang wird sich jeder Ganove für dieses unerquickliche Grab interessieren«, erwiderte Sethos mit einem bedeutungsvollen Zucken seiner Brauen. »Ob meiner nicht unerheblichen Erfahrung möchte ich behaupten, dass ich lieber dieses Grab als das von Tutanchamon plündern würde. Man beachte nur den schönen großzügigen Eingangsbereich und die sanft geneigte Rampe. Die Objekte werden bestimmt sachgemäß für eine Verschiffung verpackt. Wenn man genügend Leute hätte und die Wachen in Schach halten würde, könnte man die fertig gepackten Kisten durch den Gang sogar direkt nach oben auf den Gebel befördern. Damit ließe sich überdies der umständliche Rücktransport zum Eingang einsparen. Ganz praktisch.«

»Grundgütiger«, entfuhr es Emerson.

»War nur so eine Idee«, murmelte Sethos. Er steckte die Nase in sein Taschentuch und schnäuzte sich geräuschvoll.

9

Ohne Emerson klappte es mit den Vorbereitungen wie am Schnürchen. Wenn ich allerdings freie Hand gehabt hätte, hätte ich die Zwillinge samt Amira in der Hundehütte unterbracht und Gargery in seinem Zimmer eingesperrt. In Ägypten blühte der alte Gauner förmlich auf; er hatte sich von jeher für die Haushaltsführung zuständig gefühlt und war schon mehrfach heftig mit Fatima aneinandergerasselt. Ganz formvollendeter Butler schnüffelte er überall im Haus herum, stolzierte von der Küche in den Salon, arrangierte den Weihnachtsschmuck um und gab leutselige Ratschläge, die keiner hören mochte. Als die Männer um die Mittagszeit zurückkehrten, war jedoch alles hervorragend auf den Weg gebracht, und ich setzte mich zu einem kalten Imbiss aus Salaten und Sandwiches mit ihnen zu Tisch. Sie waren sehr einsilbig, erst auf mein gezieltes Nachfragen räumte Ramses ein, dass sie Kevin und Margaret getroffen hätten.

»Beide haben meine Einladung angenommen«, erklärte ich. »Haben Sie nicht erwähnt, dass sie kommen werden?«

»Wir sprachen über andere Dinge«, meinte Ramses ausweichend und biss herzhaft in ein Geflügel-Sandwich.

Begleitet von David nahm er die Zwillinge (und den Hund) mit zu sich ins Haus und versprach, bis zum Beginn der Feier auf sie aufzupassen. Carla hatte sich verdächtig gut benommen (einmal abgesehen davon, dass sie statt ihrer Bildchen versehentlich den Sessel eingekleistert hatte und selbst kleben geblieben war) und ich rechnete fest mit einem Rückfall. Von einer Fünfjährigen darf man halt nicht allzu viel erwarten. Emerson zog sich in sein Arbeitszimmer zurück und Sethos in sein Zimmer, versorgt mit einigen Aspirin und sauberen Taschentüchern.

Um sechs Uhr war alles fertig, und ich inspizierte das Haus mit einer gewissen Selbstzufriedenheit, die man mir verzeihen möge. Ich hatte Frieden zwischen Fatima und Gargery geschlossen und Emerson in seinen besten Anzug gesteckt. Der Tisch im Speisezimmer war mit funkelndem Kristall und Limoges-Porzellan eingedeckt, der Salon mit Pflanzen und Papiergirlanden geschmückt und am Baum glitzerten die Kerzen.

»Das Fest kann beginnen!«, rief ich.

»Hmpf«, räusperte sich Emerson.

Sethos schnäuzte sich die Nase.

Wir wollten um acht Uhr zu Abend essen, hatten aber einige unserer engeren Freunde gebeten, schon früher zu kommen, um den Kindern beim Geschenkeöffnen zuzuschauen. Selim und Daoud waren da, Khadija hatte sich allerdings entschuldigen lassen, da sie sich in einem größeren Kreis von Fremden unwohl fühlte. Um viertel nach sechs trudelten die Vandergelts ein, und ich lernte Suzannes Großvater Sir William Portmanteau kennen.

Cyrus hatte ihn treffend charakterisiert. Er hätte als Double für den Weihnachtsmann durchgehen können, mit seinem schneeweißen Rauschebart und den verschmitzt zwinkernden Augen. Die wohlwollende Miene, mit der er die Kinder betrachtete, entbehrte jeder Beschreibung.

»Es gibt doch nichts Schöneres als Enkelkinder«, erklärte er. »Ist es nicht so, Professor Emerson?«

»Ganz recht«, setzte Emerson sich über Carlas Begeisterungsstürme hinweg. Ein Pfeil surrte in seine Richtung und fiel ihm genau vor die Füße.

»Wer …«, hob ich an. Natürlich wusste ich genau wer.

Ramses nahm seiner Tochter den Bogen ab und erklärte ihr, dass er nur im Freien verwendet werden dürfe, worauf Carla sich auf das nächste Päckchen stürzte.

Dann durften wir ihre Gaben aufmachen; ich muss dazu sagen, dass die Zwillinge gern Geschenke machten, wenn sie auch lieber welche bekamen. Carlas kleine Bücher waren ein voller Erfolg. Hingerissen betrachtete Daoud die Abbildungen von Stonehenge und vom Buckingham Palace. Sir William freute sich über die ihm zugedachte Kollektion modebewusster Damen und lobte David Johns Zeichnung, die einen Pharao auf einem Streitwagen darstellte.

Bevor die Kinder zu Bett gebracht wurden, sangen wir ein paar Weihnachtslieder, begleitet von Sennia am Klavier. Nefret hatte beteuert, sie sei aus der Übung, dies vermutlich nur, um Sennia den Vortritt zu lassen. Das reizende junge Mädchen spielte die einfachen Melodien schon recht hübsch; ihre Wangen glühten vor Stolz. Der glockenhelle Sopran der Kleinen vermischte sich mit den tieferen Stimmen, selbst Emersons enthusiastischer grottenfalscher Bassbariton konnte die Gesangsdarbietung nicht (sonderlich) schmälern. Selim, Daoud und Nadji lauschten mit lächelnden Gesichtern, und Sethos schniefte sich durch *Alle Jahre wieder*. Sir William sang nicht mit, er trommelte mit den Fingern den Takt und lächelte salbungsvoll. Allmählich begriff ich, wieso Cyrus dem alten Herrn mit einem gewissen Zynismus begegnete. Nach einer Weile ging einem das aufgesetzte Feixen nämlich gewaltig auf den Wecker.

Carla bestand darauf, jedem einen Gutenachtkuss zu geben. Sir Williams wohlwollendes Grinsen verrutschte kurz, als ihre pfefferminzschokoladenbeschmierte Wange seinen Bart streifte. Aber das konnte man ihm nicht unbedingt verübeln. Er hatte sich bisher wie ein vollendeter Gentleman verhalten, Selim und Daoud korrekt, wenn auch nicht besonders herzlich begrüßt. Auch das konnte man ihm nicht unbedingt übelnehmen.

Sobald die Kinder verschwunden waren, räumte Fatima das zerrissene Einwickelpapier und die überall verstreuten Geschenkbänder weg und Emerson goss den Whisky ein.

»Das klappte doch prima«, erklärte er mit der Selbstgefälligkeit eines Menschen, der wenig dazu beigetragen hatte. »Wer kommt denn noch alles, Peabody?«

»Nicht so viele wie in früheren Jahren.«

»Hmmm tja«, meinte Emerson. »Du hast nicht zufällig Einladungen an –«

»Ich habe nur die eingeladen, die keine anderweitigen Verpflichtungen hatten«, versetzte ich, denn ich sah keine Veranlassung, »Carters Kumpane« (Originalton Emerson) namentlich zu erwähnen.

»Was ist mit diesem Burschen Montague? Den hast du doch wohl nicht –«

»Nein Emerson, keine Sorge.«

Sir William schaute von seinem Glas auf, dessen Inhalt er fleißig zusprach. »Meinen Sie Page Henley de Montague?«

»Ja«, antwortete ich. »Kennen Sie ihn?«

»Nicht näher. Wir haben in mehreren Komitees zusammengearbeitet. Mr Vandergelt erwähnte ihn«, setzte er feixend hinzu, »etwas despektierlich.«

Nach und nach trafen die anderen Gäste ein: Marjorie Fisher und Miss Buchanan aus Luxor, Rex Engelbach, und schließlich Kevin O'Connell und Margaret Minton. Dass sie zusammen gekommen waren, verblüffte mich. Aber dann erhaschte ich Margarets amüsierten Blick. Sie wollte unter gar keinen Umständen riskieren, dass er sie noch einmal abhängte.

Ich mutmaßte, dass sie ihre beste Garderobe trug, fröhlich mausgrau wie die meisten ihrer Kleider. Ein weinroter, locker um den Hals geschlungener Schal und kleine goldene Kreolen waren ihr einziges modisches Zugeständnis. Verglichen mit den anderen anwesenden Damen in ihren eleganten Seiden- und Brokatensembles wirkte sie wie eine Gouvernante.

Selbst Miss Buchanan, die schlichte Garderobe bevorzugte, trug eine Perlenkette und Schildpattkämme.

Auf dem Weg ins Speisezimmer zog ich Margaret kurz beiseite.

»Kleidest du dich absichtlich so geschmacklos?«, wollte ich wissen. »Wenn ich mich richtig entsinne, trugst du in deiner Jugend nämlich immer den letzten Schrei.«

Ihre Augen glitzerten verschlagen. »In meiner Jugend – und in mittleren Jahren – war ich eine Idiotin. Was hat man schließlich davon, wenn man sich herausputzt, um mit dummen Frauen zu konkurrieren und bornierte Männer zu becircen?«

Ich trug Scharlachrot, Emersons Lieblingsfarbe, und dazu die Diamantohrringe, ein Geschenk von ihm. Nicht die Spur gekränkt wegen ihrer unterschwelligen Kritik, drapierte ich lächelnd ihren Schal, bis er ihr Gesicht vorteilhafter unterstrich.

Nach langem Hin und Her hatte ich zugestimmt, dass Gargery den Wein servieren sollte, und ihn angewiesen, großzügig nachzuschenken. Der werte Leser möchte sicher wissen warum. *In vino veritas,* kann ich da nur sagen.

Ich erfuhr mehr Wahrheiten, als mir lieb war. Margaret wurde zunehmend aufmüpfig und fetzte sich während der diversen Gänge mit Kevin. Rex Engelbach und Emerson argumentierten lautstark über Howard Carter, wobei mein Gemahl aus schierer Provokation für Carter Partei nahm. Jumana – sehr hübsch in Blassgelb – erklärte David lang und breit, dass seine Kopien von Ajas Grabmalereien die schönsten seien, die sie je gesehen habe. Suzanne wiederum empfahl Jumana wärmstens, sie solle sich einen netten ägyptischen Ehemann suchen. Irgendwann in einer jener unangenehmen Gesprächspausen wollte Sir William von Ramses wissen, ob Sennia seine uneheliche Tochter sei.

Er drückte sich anders aus. »Ein kleiner Fehltritt«, gackerte er augenzwinkernd.

Das üble Gerücht stammte noch aus der Zeit, als Ramses sich um das vernachlässigte Mädchen gekümmert und wir die Adoption eingeleitet hatten. Ich habe bestimmt schon erwähnt, dass sie das Kind meines nichtsnutzigen Neffen Percy mit einer ägyptischen Prostituierten war. Es war betrüblich, aber kaum verwunderlich, dass diese Falschinformation immer noch kolportiert wurde. Böser Wille ist oft stärker als die Wahrheit.

Sennias Augen füllten sich mit Tränen. Sie wusste genau, was der Gentleman damit meinte; in der Schule, in Kairo, hatte man sie noch schlimmer gehänselt. Emerson verschüttete seinen Wein und Ramses bekam bleiche Lippen vor Zorn.

»Sie ist meine kleine Adoptivschwester, und ich mag sie sehr«, sagte Ramses gefährlich ruhig. »Cyrus, hat Vater Ihnen eigentlich schon von seiner Theorie erzählt, dass er ein weiteres unbekanntes Grab im Tal vermutet?«

Die Theorie war gar nicht auf Emersons Mist gewachsen, sondern Abdullah hatte etwas in der Art erwähnt. Cyrus, zornesrot im Gesicht, nahm seinen Gesprächsfaden auf, und alle beteiligten sich lebhaft.

Der Rest des Abendessens verlief ohne weitere Zwischenfälle. Sethos hatte sich bei Tisch entschuldigt, mit der Begründung, er wolle niemanden anstecken.

Als erprobte Gastgeberin sorgte ich dafür, dass sich die Unterhaltung auf die Ägyptologie konzentrierte, zumal Emerson kein anderes Thema geduldet hätte. Ich musste mich mehrfach bremsen, als unsere Gäste über die prachtvollen Artefakte in der Grabkammer spekulierten, ein- oder zweimal bemerkte ich, wie Jumana zusammenzuckte, da ihr jemand warnend auf den Fuß getreten hatte. Auch sie durfte schließlich nicht verraten, dass sie diese Objekte mit eigenen Augen gesehen hatte. Immerhin kursierten schon die wildesten Geschichten, und Rex Engelbach war gern bereit, uns nähere Aufschlüsse zu geben.

»Carters Geheimnistuerei halte ich für völlig unbegründet«, erklärte er. »Sicher, er kann nicht so viele Leute hineinlassen, weil die Artefakte womöglich Schaden nehmen. Aber er kann sie doch beschreiben oder Abzüge von Burtons Fotos herumreichen, nicht?«

»Wie ich gehört habe, will Carnarvon die Fotos an den Meistbietenden verkaufen«, meinte Cyrus.

Auf derartige Mutmaßungen ging Rex nicht näher ein. Dass er meiner Einladung gefolgt war, zeigte mir allerdings, dass er mit Howard und seinem Mäzen nicht sonderlich gut konnte. Seine Aufgabe war schwierig. Theoretisch oblag ihm die Autorisation sämtlicher archäologischer Aktivitäten in Oberägypten, das Tal der Könige eingeschlossen. Allerdings hatte die Antikenverwaltung ausländische Exkavatoren und Expeditionen noch nie großartig kontrolliert, und Rex Engelbach waren mehr oder weniger die Hände gebunden. Er konnte Carnarvon nicht vorschreiben, an wen er die Fotos verkaufen sollte, allerdings äußerte er seine Verärgerung, indem er Details diverser Objekte preisgab.

»Da ist beispielsweise dieser Sessel – ein Thron wohl eher –, der würde Ihnen glatt den Atem verschlagen. Komplett vergoldet und mit Intarsien versehen. Auf der Rückseite befinden sich Reliefe von Tutanchamon und seiner Königin. Ihre Gesichter und Körper sind Einlegearbeiten aus rötlich-braunem Glas, die Perücken und andere Details aus Halbedelsteinen, ihre Roben aus massivem Silber gegossen.«

David beugte sich vor, seine Augen leuchteten. Selbst wenn Carter Fotos herausrückte, würden sie niemals die Schönheit solcher Schätze einfangen können.

Howard verhielt sich wahrhaft egoistisch und rücksichtslos. Als ich Davids schwärmerischen Gesichtsausdruck sah, nahm ich mir fest vor, ihn in dieses Grab einzuschleusen, egal wie.

Suzannes Großvater hatte uns zwar nicht den Abend verdorben, dennoch war unsere Festtagsstimmung leicht getrübt. Cyrus brachte ihn früh nach Hause. Der alte Streithammel schien sich keiner Schuld bewusst; ganz souverän und jovial grinsend verabschiedete er sich von uns.

Die anderen Gäste blieben auch nicht mehr sehr lange, Kevin und Margaret einmal ausgenommen. Sobald alle weg waren, diskutierten wir über Sir William. Ich erlaubte Sennia aufzubleiben, weil sie unsere Meinung über solche Personen und ihre Einstellungen ruhig hören konnte. Kevin titulierte Sir William mit einigen blumigen irischen Spitznamen, Daoud erbot sich, den Herrn einige Tage bei Wasser und Brot einzusperren. Gargery, dem das schlohweiße Haar im wahrsten Sinne des Wortes zu Berge stand, erklärte, er wolle den alten Schaumschläger zu einem Faustkampf herausfordern. Dieses noble Angebot kurierte Sennia; sie verbiss sich das Lachen (denn damit hätte sie die Gefühle ihres edlen Ritters verletzt) und führte unseren Butler aus dem Zimmer.

»Wenigstens war der greise Trottel noch nicht in dem Grab«, sagte Emerson mit Genugtuung. »Sonst hätte er bestimmt damit rumgeprotzt.«

»Noch nicht«, gab ich zurück. »Wie lange bleibt er überhaupt?«

»Ich hab ihn nicht danach gefragt«, meinte der Professor.

»Er reist am zweiten Weihnachtstag wieder ab«, sagte Nefret. »Demnach werden wir nicht mehr das Vergnügen seiner Gesellschaft haben.«

»Doch, morgen Abend bei Cyrus«, versetzte ich. »Allerdings sind dort so viele Leute, dass er uns hoffentlich erspart bleibt.«

Margaret war sehr einsilbig gewesen. Sie hatte sich in eine stille Ecke zurückgezogen und schrieb eifrig in ihr Notizbuch. Da nichts Berichtenswertes passiert war (Sir Williams Affront war leider nichts Ungewöhnliches), nahm ich an, sie würde sich Stichpunkte zu den Artefakten notieren, die Rex beschrieben hatte.

»Singt ihr jetzt noch ein paar Lieder?«, fragte Daoud. Er liebte jede Art von Musik und das Pianoforte hatte es ihm angetan.

»Nefret sieht müde aus«, sagte ich. »Und Sennia ist schon zu Bett gegangen. Du spielst doch nicht, oder, Margaret?«

»Sie spielt sehr gut«, drang eine Stimme von der Tür her. »Aber es ist gegen ihre Prinzipien, weibliche Tugenden zu demonstrieren.«

Margarets Stift schabte unbeirrt über das Papier. »Wie lange stehst du schon da?«, wollte ich wissen.

»Eine ganze Weile. Ich hab gelauscht, was dagegen?«, erklärte Sethos. »Ich wollte Sennia noch eine gute Nacht wünschen. Und, Margaret? Du wirst Daoud doch nicht enttäuschen, hm?«

Ihr Blick glitt von Sethos zu Daoud. Der erhob sich eilends. »Nein, nein, keine Ursache. Ich muss jetzt gehen.«

Und das tat er nach einem hastigen, aber herzlichen Lebewohl. Margaret schloss ihr Notizbuch. Der rote Schal hing ihr schlaff um den Hals, als hätte sie daran herumgezerrt. »Wie sieht's aus, O'Connell?«

»Seid doch nicht so ungesellig«, rief Sethos. »Kommt, trinkt noch einen Whisky mit.«

»Na gut, eh' ich mich schlagen lass«, meinte Kevin mit leicht schleppender Stimme.

Margaret schnappte sich ihren Umhang. »Danke für einen bezaubernden Abend«, schnaubte sie und stapfte aus dem Zimmer.

»Begleiten Sie sie nicht zurück ins Hotel?«, fragte ich Kevin.

»Nicht nötig, nicht nötig, Mrs Emerson. Die Droschke, die wir uns gemietet hatten, wartet draußen. Ich gehe jede Wette ein, dass Miss Minton sie nimmt und mich hier sitzen lässt.«

Ich wandte mich zu meinem Sohn und stellte fest, dass er wohl mit hinausgegangen war. Er kehrte kurz darauf zurück und berichtete, dass Margaret tatsächlich in eine wartende Kutsche eingestiegen und losgefahren sei.

Nefret räumte ein, sie sei müde – verständlich nach einem solchen Tag – und Ramses schloss sich ihr an. Wir anderen gingen zum gemütlichen Teil des Abends über. Emerson bestand darauf, ein Lied anzustimmen, und sang sehr laut und sehr falsch. Kevin und Sethos schlossen sich den Gesangsdarbietungen an. Gemeinsam lobpreisten wir die Geburt des Herrn, bevor wir Kevin zur Tür bugsierten. Unter dem Vorwand, die frische Luft täte ihm gut, lehnte er Emersons Angebot ab, ihn mit dem Automobil zum Fluss zu bringen. Dann stampfte er davon, kaum merklich schwankend, während wir ihm »Fröhliche Weihnachten« nachbrüllten, denn an diesem besonderen Tag wollten wir Barmherzigkeit üben und Kevin seine sämtlichen Missetaten verzeihen.

Ich streite nicht ab, dass der Whisky unsere mentale Befindlichkeit beeinflusste.

Emerson trinkt nur selten einen über den Durst, aber wenn, dann ist er am nächsten Morgen ein anhänglicher Brummbär, der Wärme und Zuneigung braucht (während er vehement leugnet, zu viel getrunken zu haben, versteht sich!).

»Sethos hat mich mit seiner vermaledeiten Erkältung angesteckt«, beteuerte er.

»Ich hab dich noch kein einziges Mal niesen gehört«, gab ich zurück. »Eine kalte Dusche und ein paar Aspirin machen dich wieder fit. Reiß dich zusammen. Die Kinder frühstücken mit uns zusammen.«

Gekränkt, dass ich seine Wunden nicht leckte, befolgte er meinen Rat, und als wir uns schließlich um den Baum und die restlichen Geschenke versammelten, war er wieder fast der Alte. Sethos nahm sich ebenfalls zusammen, obwohl er bei jedem Kreischen der Kinder schmerzvoll zusammenzuckte.

»Das Schlimmste hast du wohl überstanden«, meinte ich zu ihm. »Was macht dein Kopf?«

»Fatima hat mir Aspirin gegeben.« Wehleidig presste er die Fingerspitzen an die Schläfen.

In den vergangenen Wochen waren mehrere Pakete aus England angekommen; die hatten wir für den Weihnachtsmorgen aufgespart, wohlwissend, dass die meisten Geschenke für die Zwillinge sein würden. Keiner außer der lieben Evelyn bedachte Emerson. Freudestrahlend öffnete er ihr Päckchen, ein Paar Handschuhe, die er behutsam beiseite legte. Er hatte keine mehr, da er sie dauernd verlor, und ich gab diesen auch nicht lange.

Auf meinen Vorschlag hin hatten die Tanten, Onkel und Cousins Bücher für David John gekauft. Ich hoffte, mit diesem Vorrat würde er eine Weile auskommen, zumal es schwierig war, in Luxor englische Kinderbücher zu bekommen. Manche hatte er allerdings schon, andere waren noch zu kompliziert für ihn. Ich legte David John jedoch ans Herz, sich entsprechend zu freuen und die doppelten nicht zu erwähnen.

Traditionell bestand ich darauf, dass die Zwillinge gleich nach dem Erhalt der Geschenke Dankesbriefe schrieben. Das gehört sich einfach so. Und hatte den nicht zu unterschätzenden Nebeneffekt, dass sie sich dafür auf einen Stuhl und an einen Tisch setzen mussten, was ihren Bewegungsdrang vorübergehend zügelte.

Nach Fatimas ausgedehntem, verspätetem Frühstück gönnten wir uns alle ein bisschen Ruhe. Dann wurde es schon wieder Zeit, sich für Cyrus' Abendgesellschaft schick zu machen. Dummerweise war es Emerson und Selim geglückt, das Automobil wieder fahrtüchtig zu machen. Gottlob passten wir nicht alle in das Vehikel. Nefret, Fatima und ich stiegen in Cyrus' Kutsche. Ich wollte weder, dass das Automobil vor uns herfuhr und uns in eine Staubwolke hüllte, noch, dass es uns folgte, da Emerson und Selim uns womöglich im Geschwindigkeitsrausch gerammt hätten. Nach längerem Für und Wider entschieden sie sich für die

Pferde. Selim war ein hervorragender Reiter und Emerson heilfroh, dass er Reitgarderobe tragen durfte.

Wir gehörten zu den letzten Gästen (dank der Diskussion um das Automobil). In Cyrus' riesigem Salon scharten sich elegant gekleidete Menschen. Das vornehme Schwarz und Weiß der Herren wurde von den leuchtend bunten Abendkleidern der Damen aufgelockert wie auch von den eleganten Roben der ägyptischen Gäste. Sir William stand am Büfett, ein Glas Champagner in der Hand, und plauderte (glucksend zweifellos) mit einem Gentleman, den ich nicht kannte.

»Ich muss mich bei Ihnen entschuldigen, Amelia«, sagte Cyrus, der meinen Blick auffing. »Hatte gestern Abend keine Gelegenheit mehr dazu.«

»Um Himmels willen, Cyrus! Sie konnten schließlich nichts dafür.«

»Sie haben Sennia nicht mitgebracht.«

»Ich hielt das für besser.«

»Ich mach es wieder gut bei ihr«, versetzte der Amerikaner heftig. »Mit einem verspäteten Weihnachtsgeschenk oder so. Was möchte sie denn haben?«

»Nur Ihre Sympathien, werter Cyrus. Und sie weiß, dass ihr die sicher sind.«

An diesem Punkt trat Emerson zu uns. Obwohl er auf den obligatorischen Abendanzug verzichtet hatte, machte er eine gute Figur in Stiefeln und Reithose und maßgeschneidertem Tweedsakko. Das bewiesen nicht zuletzt die Blicke etlicher Damen, die bewundernd an ihm klebten.

»Ich habe es satt, einen höflichen Umgang mit diesem unsäglichen Portmanteau zu pflegen«, tat er kund. »Wie lange müssen wir uns eigentlich noch mit dem abgeben?«

»Schrei doch nicht so.« Ich versetzte Emerson einen kleinen Knuff. »Soweit ich informiert bin, reist er morgen ab.«

»Den Gefallen tut er uns leider nicht«, meinte Cyrus. »Er will noch ein paar Tage dranhängen. Aber er wird uns nicht weiter behelligen, da er mit Suzanne nach Abydos und Dendera fährt. Gut möglich, dass er sie überreden möchte, mit ihm nach England zurückzukehren.«

»Das kann sie nicht machen«, sagte ich entschieden. »Jedenfalls nicht ohne meine Zustimmung. Ich – pardon – wir haben sie für die ganze Saison engagiert.«

»Dann käme ich wirklich in ernste Verlegenheit«, räumte Cyrus ein. »Sie hat die Zeichnungen der Reliefe in Ajas Grab noch nicht fertiggestellt. Nun ja, besonders gut waren sie zwar nicht, aber ich vermute mal, dass David keine –«

»Verzeihen Sie«, sagte ich rasch. »Katherine winkt mir. Ich muss weiter.«

Cyrus war immer ein exzellenter Gastgeber gewesen, und Katherine setzte die eleganten Akzente, für die sie als aufmerksame Hausfrau ein Händchen hatte. Kerzen brannten in den funkelnden Kristallhaltern und Windlichtern, Kübel mit üppigen Grünpflanzen bildeten lauschige Ecken für Zwiegespräche, auf den ringsum verteilten Tischchen standen frische Blumen. Einige Archäologenkollegen waren gekommen, allerdings niemand vom Metropolitan. Demzufolge schloss ich, dass die Amerikaner Cyrus' Einladung genauso abgelehnt hatten wie meine. Die anwesenden Touristen kompensierten deren Nichterscheinen, zumindest zahlenmäßig. Da sie unisono auf Neuigkeiten von Tutanchamon brannten, schlenderte ich von einer Gruppe zur anderen und streute Informationshäppchen – Anfragen, ob ich den Herrschaften eine Besuchserlaubnis für das Grab besorgen könnte, überhörte ich geflissentlich. Der Gentleman, mit dem sich Sir William unterhalten hatte, war besonders hartnäckig. Als Vorstandsvorsitzender irgendeines Großunternehmens meinte er, besondere Privilegien zu genießen.

Nach einigen Gläsern Champagner bekam ich Hunger. Ich steuerte zum Büfett, wo ich meinen Schwager antraf.

»Was möchtest du?«, fragte er und nahm mir den Teller

aus der Hand. »Gänseleberpastete, geräucherte Austern ... Ach was red ich. Ein Gurkensandwich?«

Nachdem ich ausgewählt hatte, begleitete er mich galant an einen Tisch. »Ich habe eben mit Nadji geplaudert«, sagte er. »Auf mich wirkte er eine Spur deprimiert.«

»Du entpuppst dich noch als gute Seele des Hauses«, meinte ich spöttisch.

»Verflucht langweiliger Haufen hier.« Sethos lehnte sich zurück. »Zu viele Millionäre mit ihren aufgetakelten Gattinnen.«

Da ich gerade kaute, versagte ich mir eine Antwort. Ich ließ den Blick über funkelnde Juwelen und kostbare Roben schweifen und stimmte ihm heimlich zu. Erleichtert stellte ich fest, dass Ramses und Nefret sich Emersons angenommen hatten, der mit wachsender Begeisterung hitzige Debatten vom Zaum brach, wenn man nicht auf ihn aufpasste. Nefret sah absolut umwerfend aus an jenem Abend, eine strahlende Schönheit, ihre Locken schimmernd wie feingesponnenes Gold.

»Ich habe Margaret noch gar nicht gesehen«, sagte ich.

»Vielleicht hatte sie noch genug von gestern.«

»Von einer versierten Journalistin erwartet man aber doch, dass sie kommt, weil sie sich den aktuellen Klatsch und Tratsch nicht entgehen lassen will.« Kevins Karottenkopf glitt wie ein Kometenschweif durch die Menge, und ich entdeckte im Gewühl noch mehrere weitere Mitglieder der schreibenden Zunft. Ich erkenne sie stets an ihren ausgebeulten Jackentaschen, die verdächtig auf Notizbücher hinweisen, und an den sensationshungrigen Blicken. Die Herren Bradstreet von der *New York Times* und Bancroft von der *Daily Mail* kannte ich sogar persönlich (das hatte sich leider Gottes irgendwann so ergeben).

Kurz vor Mitternacht steuerte Emerson auf mich zu, »Können wir jetzt gehen?«

»Wenn du möchtest, mein Schatz.«

»Ich möchte. Hier sind mir zu viele bornierte Journalisten und nicht genug Ägyptologen, und wenn ich nicht bald aufbreche, sehe ich mich ernsthaft genötigt, Sir William zu erklären, was ich von ihm halte. Hast du gesehen, wie er Fatima anstarrt, als wäre sie eine Dienerin, die nicht weiß, wo sie hingehört.«

Emersons Drohung durfte man nicht auf die leichte Schulter nehmen. Ich hakte mich bei ihm unter. »Komm, wir verabschieden uns erst noch von Cyrus und Katherine. Und dann suchen wir die anderen.«

Fatima war froh, dass wir sie endlich erlösten. Größere Gesellschaften schüchterten sie ziemlich ein, und sie war auch nur mitgekommen, weil sie Cyrus nicht vor den Kopf stoßen wollte. Sethos, Nefret und Ramses hatten sich allerdings rührend um sie gekümmert. Die Kinder und David schlossen sich uns an, nur mein Schwager wollte noch ein bisschen bleiben. Selim amüsierte sich ausgezeichnet, er flirtete mit den Damen, die sich das gern gefallen ließen. Also ließen wir ihn ebenfalls dort.

An Nefrets Schulter gelehnt, schlief Fatima in der Kutsche augenblicklich ein. »Sie arbeitet zu viel«, sagte Nefret leise. »Wir müssen ihr eine Hilfe besorgen.«

»Das hab ich versucht, Nefret. Aber es ist zwecklos, sie möchte allein schalten und walten.«

»Wir sollten zumindest dafür sorgen, dass die Zwillinge sie nicht dauernd behelligen. Zwar vergöttert sie die Kinder, aber die können ganz schön anstrengend sein.«

»Ein bisschen Unterstützung bekäme dir auch nicht schlecht«, meinte ich darauf. »Wird nämlich höchste Zeit, dass die Kinder Schulunterricht bekommen.«

Von Nefret kam keine Reaktion. Sie hatte die Augen geschlossen, ihr Kopf war vornüber gesunken.

***

Am zweiten Weihnachtstag erholten wir uns von den Strapazen der vorangegangenen Feste. Uns verband die stillschweigende Übereinkunft, dass wir die Feiertage zwar genossen, aber gleichsam froh waren, wenn sie hinter uns lagen und der Schaden sich mit einem angekokelten Baum in Grenzen hielt.

»Wenn's weiter nichts ist«, meinte ich. »Trotzdem, Emerson, ich begreife nicht, welcher Teufel dich geritten hat, dass du Carla Pfeil und Bogen schenken musstest.«

Emerson hatte sich in sein Arbeitszimmer zurückgezogen und ich war ihm gefolgt. »Kann ein vielbeschäftigter Mann nicht mal mehr in Ruhe seiner Arbeit nachgehen?«, klagte er. »Ich habe diesen ganzen Affenzirkus tagelang bereitwillig und ohne zu murren mitgemacht, Peabody. Jetzt lass mich bitte allein.«

Der Stift in seiner Hand glitt mit einer beachtlichen Geschwindigkeit über das Papier. Ich setzte mich auf die Schreibtischkante.

»Du hast Artifakte statt Artefakte geschrieben«, krittelte ich.

»Hölle und Verdammnis!« Emerson sah sich hektisch nach einem Gegenstand um, den er mit seinem Füllhalter traktieren konnte. Ich nahm ihm das Schreibgerät weg, um weiteren Tintenflecken auf dem Mobiliar vorzugreifen.

»Da du Carla dieses gefährliche Spielzeug geschenkt hast, bist du dafür verantwortlich, dass sie keinen Unsinn damit macht.«

Emerson ließ betroffen die Schultern hängen und seine strahlend blauen Augen umwölkten sich. »Ich kann es ihr doch nicht wegnehmen, Peabody. Das schaff ich einfach nicht.«

»Ich weiß. Es wäre grausam und herzlos, ein Geschenk zurückzufordern. Wie wäre es, wenn du dich mit ihr einigst, dass du die Sachen wegschließt und sie nur unter deiner Anleitung damit spielt?«

»Mit mich?«, fragte Emerson und in seiner Verblüffung grammatikalisch unkorrekt. »Ich hab keinen blassen Schimmer vom Bogenschießen. Nefret war mal sehr gut darin.«

»Dann bitte sie doch einfach um Hilfe.«

Grummelnd, aber dennoch einsichtig, begab Emerson sich auf die Suche nach Nefret. Das liebe Mädchen erklärte sich sofort bereit mitzumachen (ich hatte sie bereits darauf eingeschworen), und wir gingen geschlossen in die ans Haus angrenzende Wüstenebene, wo wir Heuballen aufstellten, auf die wir von David bunt bemalte Zielscheiben steckten. Carla war so glücklich, im Mittelpunkt der Aufmerksamkeit zu stehen, dass sie die Anweisungen ihrer Mutter brav befolgte und sogar David John mitmachen ließ. Ich glaube, sie empfand eine gewisse Genugtuung, als er sich dabei ungeschickter anstellte als sie.

Am Nachmittag verteilten wir Geschenke an die Dorfbewohner und Süßigkeiten an ihre Kinder. Ich erwischte Emerson dabei, wie er Azmi heimlich ein Bakschisch in die Hand drückte. Zu diesem Zeitpunkt befand ich mich auf der Terrasse und wartete auf den Tee.

»Wofür hast du ihn entlohnt?«, wollte ich wissen. »Ich hab dich bereits darauf hingewiesen, dass du ein Kind nicht zum Spionieren und Herumschnüffeln ermutigen darfst.«

»Der Junge lernt eine wichtige Lektion«, meinte Sethos, der amüsiert gelauscht hatte. »Dass Spionieren nämlich mehr Geld einbringt, als schwere Wasserkrüge zu schleppen.«

Da dem nichts hinzuzufügen war, schnaubte ich nur empört und widmete mich wieder der Tageszeitung.

»Du liest Zeitung?«, fragte mein Schwager. »Gute Güte, Amelia. Was ist denn in dich gefahren?«

»Reine Zeitverschwendung.« Emerson setzte sich und kramte seine Pfeife aus der Jackentasche. »Wann gibt es Tee?«

»Gleich. Ich wollte nur einen kurzen Blick auf die Gesellschaftsspalten werfen. Schätze, das Gros der Honoratioren und Sirs und Lordschaften wird bald in Luxor eintreffen.«

»Gibt es sonst noch was Neues?«, forschte Sethos.

»Unruhen im Delta und die versuchte Entführung des Ministers für Öffentlichkeitsarbeit«, erwiderte ich und vergaß dabei, dass ich ja nur einen »kurzen« Blick in die fraglichen Spalten geworfen hatte.

Ungeduldig sprang Emerson auf und steuerte ins Haus, um nach Fatima und dem Teetablett Ausschau zu halten. Vertraulich zu mir vorgebeugt, zischelte Sethos: »Du rechnest weiterhin mir irgendeiner dramatischen Aktion von ... ihnen, nicht? Zerbrich dir deswegen nicht dein hübsches kleines Köpfchen, werte Amelia. Sie lassen uns in Frieden wie ausgemacht.«

Ich warf die Zeitung beiseite. »Ich bin mir ganz sicher, dass irgendwas passieren wird. Ich fühle mich, als säße ich auf einer tickenden Bombe, die jeden Augenblick hochgehen kann.«

»Selbst wenn, würdest du es nicht aus einer alten Zeitung erfahren«, versetzte mein Schwager.

Da hatte er Recht. Am nächsten Morgen sollte ich Näheres erfahren und das ausgerechnet von Kevin O'Connell.

Wir wollten uns erneut der Exkavation im Westtal widmen. Emerson begeisterte sich für eine neue Theorie, nämlich dass das schmucklose Grab 25 für Echnaton bestimmt gewesen sei. Dies schilderte er uns beim Frühstück in epischer Breite.

»Echnaton verlegte seine Residenz erst im fünften Jahr seiner Herrschaft nach Amarna. Bis dahin hatte er längst sein Grab in Theben anlegen lassen. Wo sonst als im Westtal, wo schon sein Vater begraben lag? Es wurde allerdings nie fertiggestellt, da er in Amarna eine weitere Grabstätte bauen und vollenden ließ.«

»Das klingt plausibel«, sagte Ramses höflich. »Dennoch gibt es dafür keine Belege.«

»Die finde ich schon noch«, erklärte Emerson und warf die zerknüllte Serviette auf den Tisch. »Ich habe Nummer

25 im letzten Jahr nur flüchtig inspiziert; dieses Mal werde ich alles bis auf den letzten Gesteinskrümel unter die Lupe nehmen.«

»Viel Vergnügen und viel Glück«, ätzte Sethos, derweil er sich von Fatima Kaffee nachschenken ließ.

»Kommst du nicht mit?«, wollte der Professor wissen.

»Och, das schon. Aber erst wenn ich diesen hervorragenden Kaffee ausgetrunken hab.«

David hatte Cyrus versprochen, die Reliefe in Ajas Grab zu kopieren, und nachdem Sethos seinem Kaffeegenuss gefrönt hatte, ritten wir los. Unterwegs ereignete sich ein unangenehmer Zwischenfall. Ohrenbetäubendes Motorengeheul und Hupgeräusche ließen die Pferde scheuen. Als ich mich umsah, entdeckte ich ein Automobil, das mit ziemlicher Geschwindigkeit auf uns zusteuerte, wobei es Karren und aufgeschreckte Esel brutal von der Straße fegte.

Wir konnten noch rechtzeitig ausweichen, gleichwohl hätte es Emerson vermutlich ernsthaft erwischt, wenn Ramses nicht geistesgegenwärtig in die Zügel gegriffen und das Pferd seines Vaters beiseitegerissen hätte. Das Automobil passierte uns in einer dichten Staubwolke und torpedierte uns mit aufpeitschendem Sand. Neben dem Chauffeur thronte Howard, der angestrengt seinen Hut festhielt. Im Fond saßen Harry Burton, der uns fröhlich zuwinkte, der Chemiker Mr Lucas sowie Arthur Mace, ein Mitarbeiter des Met-Stabs, der bereits in Unterägypten exkaviert hatte. Er war so intensiv mit seiner fluchtbereiten Kopfbedeckung beschäftigt, dass er uns nicht erkannte, sonst hätte er uns bestimmt auch gegrüßt. Er war ein angenehmer, höflicher Zeitgenosse, hatte reichlich Erfahrung mit fragilen Objekten und schwor genau wie ich auf geschmolzenes Paraffin. Folglich war das Metropolitan ernsthaft mit im Geschäft, sinnierte ich.

Emersons Kommentar möchte ich an dieser Stelle nicht wiedergeben. Meine geballten Überredungskünste waren nötig, um ihn davon abzuhalten, nach Hause zu galoppieren und Howard dann mit unserem Wagen ein heißes Rennen zu liefern.

»Du holst ihn doch sowieso nicht mehr ein«, beteuerte ich.

»Das hat er absichtlich gemacht, um mich zu brüskieren«, schimpfte Emerson.

»Wenn er sich so kindisch aufführt, musst du ihn nicht auch noch nachahmen.«

»Pah.« Der Professor biss die Kiefer zusammen, seine Augen wurden schmal.

Ich überlegte ernsthaft, ob ich nicht heimlich ein wichtiges Teil aus unserem Automobil ausbauen und verstecken sollte.

Nachdem wir uns den Staub von Howards Sanddusche abgeklopft hatten, setzten wir den Weg fort. Selbst um diese unchristliche Uhrzeit füllte sich die Straße zum Haupttal bereits mit Touristen; sobald wir ins Westtal einbogen, kehrte himmlische Ruhe ein, einmal abgesehen von Emersons Schimpftiraden. Noch jedes Mal hatte uns das Westtal mit seinem eigenwilligen Charme bezaubert. Wie ein gigantisches Amphitheater, eingefräst in die von Wind und Wasser bizarr geformte Felslandschaft, ist es ein Ort erhabener Stille, einzigartig in seiner zerklüfteten Großartigkeit. Während wir weiterritten, glitt die Sonne die östlichen Klippen entlang, überhauchte sie mit perlmuttfarbenem Schimmer. Es schien so friedvoll, als wären wir und unsere Pferde die einzig lebenden Kreaturen auf diesem Globus.

Unser Betätigungsfeld lag etliche Kilometer vom Eingang entfernt. Cyrus und seine Crew waren kurz vor uns eingetroffen.

Emerson packte Cyrus am Arm und beschwerte sich bitterlich, wie Howard es hatte wagen können, mit seinem Auto über eine belebte Straße zu fahren.

»Aber, aber«, beschwichtigte Cyrus, als Emerson die Luft ausging. »Das lässt sich nun mal nicht ändern, was? Können wir anfangen?«

»Was? Oh.« Emerson rieb sich verlegen das Kinn. »Sie brauchen David, nicht wahr? Ihr anderen verteilt euch großflächig. Ich habe einen Plan gemacht.«

Augenzwinkernd und mit einem Nicken zu mir verschwand David in den Tiefen von Ajas Grab, begleitet von mehreren Arbeitern mit Taschenlampen. Nach einem kurzen Vortrag über Grab 25 wies der Professor die Männer an, die Stufen erneut freizulegen, die innerhalb einer Saison wieder unter Treibsand und Geröll verschwunden waren. Fazit: Ich durfte abermals das Geröll sieben, das wir im Vorjahr beseitigt hatten.

Es gibt nichts Langweiligeres als eine Aufgabe, die man schon einmal bewältigt hat. Folglich ließ meine Aufmerksamkeit nach und ich stand immer häufiger auf, um meine verkrampften Gliedmaßen zu strecken. So kam es, dass ich als Erste den jungen Azmi entdeckte, der sich zügig über den holprigen Weg näherte. Er ritt auf einem Esel, den er mit lautem Gezeter und – wie ich beim Näherkommen bemerkte – mit Stockhieben antrieb.

Er wäre an mir vorbeigeprescht, hätte der Esel nicht spontan Halt gemacht. Zweifellos erkannte er seine Wohltäterin. Ich packte Azmi am Kragen. »Du weißt doch, dass wir Tiere nicht schlagen«, sagte ich streng.

»Ich will es nicht mehr wieder tun, Sitt Hakim«, erklärte der Junge. Er kratzte sich am Hals, fing einen Floh, dem er zwischen zwei Fingernägeln den Garaus machte.

Er versuchte sich loszureißen, aber ich hielt ihn gnadenlos gepackt. »Wieso bist du überhaupt hergekommen?«

»Um mit dem Vater der Flüche zu sprechen. Ich habe Neuigkeiten.«

»Dann erzähl sie zuerst mir.«

Unsere Diskussion blieb nicht unbemerkt. Hellhörig geworden, schlurften die Männer, die ein mögliches Drama witterten, zu uns, Emerson eilte an meine Seite.

»Was ist denn los?«, wollte er von dem Jungen wissen.

»Die Sitt hat befohlen, dass sie es als Erste erfährt.« Azmi genoss es sichtlich, im Mittelpunkt der Aufmerksamkeit zu stehen.

»Ähm – dann erzähl es uns beiden«, wies der Professor ihn an. Anscheinend hatte er die Hoffnung auf eine vertrauliche Unterredung mit seinem jugendlichen Informanten längst aufgegeben. David schien mittlerweile ebenfalls informiert, er kletterte aus dem Grab und gesellte sich zu uns.

Azmis schmales braunes Gesichtsoval verzog sich zu einem Grinsen. Für das Zahnproblem, unter dem etliche Ägypter litten, war er noch zu jung: Seine Zähne schimmerten makellos perlweiß. Er führte in einem krächzenden Flüsterton aus: »Sie holen die Schätze aus dem Grab. Heute noch. Gleich. Sofort!«

»Und was jetzt?«, wollte Ramses wissen.

»Die Sache interessiert mich nicht«, versetzte Emerson. Das war eine seiner weniger überzeugenden Lügen. Unbekümmert hielt Azmi ihm eine schlanke braune Hand hin, und nach einem schiefen Seitenblick zu mir drückte Emerson ihm ein paar Münzen in die Finger.

»Und jetzt troll dich«, knurrte er. »Los, wieder an die Arbeit, alle!«

»Unfug«, zischelte ich. »Wie soll sich denn jetzt einer auf seine Tätigkeit konzentrieren können? Denk mal an David; womöglich ist dies die optimale und einzige Gelegenheit für ihn, um einen Blick auf die Artefakte zu werfen.«

»Und für mich«, rief Cyrus. »Los kommt, worauf warten wir noch?«

Wir übergingen Emersons fadenscheinige Einwände und machten uns auf den Weg, angeführt von Azmi, der fleißig die Hand aufhielt und mich triumphierend angrinste. Er war ein gewinnendes Kerlchen, und ich konnte ihm einfach nicht böse sein. Für die Ärmsten der Armen ist Moral definitiv Luxus.

Ramses blieb neben mir. Nefret, eine weitaus bessere Reiterin als ich, ritt mit Cyrus und David voraus.

»Dann hat Mr Burton die Fotodokumentation gewiss abgeschlossen«, bemerkte ich. »Sonst würde Howard doch nicht mit dem Abtransport der Objekte beginnen, oder?«

»Selbst Vater räumt in seinen schwachen Momenten ein, dass Carter ein verantwortungsbewusster Exkavator ist«, erwiderte Ramses. »Ich habe keinen Zweifel daran, dass Howard korrekt vorgeht.«

»Ich bin gespannt, welche Artefakte er zuerst entfernen lässt.«

»Er wird systematisch vorgehen«, meinte Ramses. »Von einem Ende der Kammer zum anderen. Die sperrigeren, heikleren Stücke folgen zuletzt. Ich beneide ihn nicht um den Job.«

Er vielleicht nicht, aber sein Vater. Da man jedoch das Positive sehen sollte (dafür plädiere ich stets), hatte es womöglich sein Gutes, dass die Aufgabe nicht Emerson zugefallen war. Carter hatte einen kompetenten Stab zusammengestellt, der seinesgleichen suchte. Unwahrscheinlich, dass das Metropolitan Museum oder irgendeine vergleichbare Institution uns in der Weise unterstützt hätten. Das Met kalkulierte mit einem Anteil an den Schätzen, womit Emerson sich niemals einverstanden erklärt hätte. Lieber hätte der Professor jedes Familienmitglied mit eingespannt. Zwangsläufig hätte die Bergung der Artefakte dann Jahre gedauert, womit Davids junge, vielversprechende Karriere und meine Pläne für Ramses und Nefret in weite Zukunft gerückt wären.

Wie heißt es doch so schön: Es findet sich immer ein Silberstreif am Horizont.

Die Nachricht von Howards Plänen musste wie ein Lauffeuer die Runde gemacht haben, da das Grab von Touristen und Journalisten umlagert war. Letztgenannte hatten bei Howard wohl nicht landen können, weshalb sie sich mit gezückten Notizbüchern auf uns stürzten.

»Wir wissen gewiss nicht mehr als Sie«, erwiderte ich. »Nämlich dass Mr Carter die ersten Objekte heute bergen lässt. Sie werden zum Grab von Sethos II. transportiert, wo sie für eine mögliche Verschiffung verpackt und gegebenenfalls von den Herren Lucas und Mace präpariert werden. Viele sind in einem heiklen Zustand.«

Sie schrieben alles akribisch auf, als hätte ich den Stein der Weisen gefunden. Mr Bradstreet bat mich um weitere Ausführungen. »Es ist zwar ein komplexes Sujet, aber ich werde es so einfach wie möglich erklären«, erwiderte ich gutmütig. »Sobald Luft in ein bis dato versiegeltes Grab gelangt, werden sämtliche Substanzen außer Metall und Keramik angegriffen. Mosaike können reißen und abplatzen, Farbe blättert, Stoffe zerfallen. Dann wird der Einsatz von Chemie erforderlich – ich schwöre auf geschmolzenes Paraffinwachs –, um den Erhalt der Kunstschätze zu gewährleisten.«

»Teufel noch, was machst du da eigentlich?«, trompetete Emerson mir direkt ins linke Ohr.

»Wieso sollte ich diesen reizenden Gentlemen nicht Rede und Antwort stehen?«, fragte ich. »Sie haben ein Recht auf die Fakten. Es ist nicht Lord Carnarvons Grab; es gehört Ägypten und der ganzen Welt!«

Mr Bradstreet quittierte diese Bemerkung mit einem ironisch anmutenden Auflachen. »Mir scheint, Sie haben die Seite gewechselt, Mrs Emerson? Früher betonten Sie doch immer, dass die Presse absolut kein Recht auf Vorabinformationen habe. Lässt sich Ihr Gesinnungswandel etwa damit erklären, dass die Trauben für Sie zu hoch hingen?«

»Wenn die Presse meine Darstellungen falsch wiedergibt, darf sie sich nicht wundern, wenn ich mich nur ungern zitieren lasse«, gab ich überlegt zurück.

Ich glaube, er wollte sich bei mir entschuldigen, als ein Raunen durch die Menge ging und die Anwesenden wie gebannt zum Grabeingang starrten. Die Herren von der Presse ließen mich stehen und schoben sich mit gezückten Kameras durch das Gewühl. Ein Abordnung Soldaten ging an der Schutzmauer in Stellung. Dann kam Howard ins Bild. Den Tropenhelm keck über einem Ohr, sein Schnurrbart sorgfältig gebürstet, hielt er in einer Hand einen Spazierstock, mit den Fingern der anderen eine Zigarettenspitze.

»Zurück!«, brüllte er, und schwenkte sein Stöckchen militärisch zackig. »Alle zurücktreten.«

Auf einer hölzernen Trage, mit Stoffstreifen befestigt, tauchte im Eingang das erste Objekt auf: die wunderschön bemalte Truhe mit den Szenen des Königs in seinem Streitwagen. Entzückensschreie erhoben sich im Publikum; Kameras klickten ununterbrochen. David stand wie paralysiert neben mir, fasziniert und gleichsam fassungslos.

»Komm weiter.« Ich fasste ihn am Arm. »Von dort oben hast du einen besseren Blick.«

Wir waren die ersten, die sich über den Pfad in Bewegung setzten; etliche Zuschauer liefen hinter den Trägern her, um das hübsche Kleinod näher in Augenschein zu nehmen. Einige versuchten sogar, es zu berühren, und wurden von den Soldaten verscheucht.

Wie in Trance folgte David der Prozession, den ganzen Weg bis zum Zwischenlager. Ich fühlte mit ihm. Die Truhe war einzigartig.

Blass vor Nervosität gesellte er sich wieder zu mir. »Sie ist noch schöner, als du sie beschrieben hast, Tante Amelia«, japste er. »Aber so etwas kann man auch gar nicht in Worte fassen. Ich würde meine rechte Hand dafür hergeben, wenn ich sie zeichnen dürfte!«

»Ohne deine rechte Hand könntest du das gar nicht«, versetzte ich scherzhaft, um ihn wieder auf den Boden der Tatsachen zurückzuholen. Und richtig, er fasste sich wieder und hakte sich bei mir unter.

»Verzeih mir, Tante Amelia. Ich hätte dich nicht allein in dieser johlenden Menge zurücklassen dürfen.«

»Schon gut, mein lieber Junge«, beschwichtigte ich. »Wie du weißt, komme ich auch hervorragend allein zurecht. Sollen wir umkehren? Howard bringt vielleicht noch andere schöne Stücke nach oben.«

»Ich glaube nicht, dass ich noch etwas anderes sehen möchte«, sagte David leise. »Nicht heute. Das könnte ich nicht verkraften.«

»Dann gehen wir nach Hause, mein Junge.«

»Du verstehst mich?«

»Natürlich. Deine Künstlerseele ist tief berührt. Du brauchst Ruhe und Abgeschiedenheit, um das Wunder zu begreifen, das du mit eigenen Augen gesehen hast. Und«, setzte ich hinzu, »vielleicht einen kleinen Whisky-Soda.«

Die meisten Zuschauer waren zum Grab zurückgeschlendert, Kevin O'Connell hatte jedoch auf uns gewartet. »Was soll das, Mrs Emerson. Wieso stehen Sie meinen Erzrivalen Rede und Antwort und mir nicht?«

»Seien Sie nicht töricht, Kevin«, antwortete ich. »Ich habe nichts erzählt, was nicht schon allgemein bekannt wäre. Außerdem haben Sie alles mitgeschrieben. Mich wundert bloß, dass ich Margaret Minton nirgendwo entdecke.«

»Sie ist heute nicht aufgetaucht«, sagte Kevin, der sich unserem Tempo anpasste. »Wenn ich es mir recht überlege, hab ich sie seit Ihrer Party nicht mehr gesehen.

* * *

»Wir hätten niemals billigen dürfen, dass sie ohne Begleitung aufbricht«, erregte ich mich.

Natürlich stellte ich unverzüglich Nachforschungen an, und diese bestätigten Kevins Aussage. Keiner hatte Miss Minton seit Heiligabend zu Gesicht bekommen. Der Nachtportier des Winter Palace beteuerte, sie sei an dem fraglichen Abend nicht ins Hotel zurückgekehrt. Er habe sich nichts dabei gedacht. Wenn eine ausländische Dame nachts anderswo übernachtete, sei das nicht seine Angelegenheit.

Kevin war mit den anderen zu uns nach Hause geritten und harrte meiner Rückmeldung.

»Ich hätte auf sie achtgeben müssen«, meinte er niedergeschlagen. Nach einem weiteren tiefen Schluck Whisky-Soda hellte sich seine Miene auf. »Aber Mrs Emerson, Sie glauben doch nicht etwa, dass ihr irgendwas passiert ist, oder? Miss Minton ist dauernd allein unterwegs, weil sie denkt, sie kann uns anderen eine gute Story wegschnappen. Zudem war sie bei ihrem Aufbruch stocknüchtern und nicht allein. Was hat denn der Droschkenkutscher gesagt?«

»Wir haben ihn noch nicht gefunden«, räumte Emerson ein. Wir tigerten beide nervös durch den Salon, ohne uns dabei in die Quere zu kommen. Das hatte uns langjährige Erfahrung gelehrt.

Anders als Kevin waren wir davon überzeugt, dass Margaret diesmal nicht aus freien Stücken unterwegs war. Eine Entführung vielleicht? Von den Bootsleuten hatte sie angeblich keiner über den Fluss gebracht, folglich musste sie sich noch irgendwo am Westufer befinden. Der Kutscher blieb ebenfalls verschollen. Selim, der diese Seite des Flusses bis auf den letzten Winkel kannte, war bei dem Burschen zu Hause gewesen und hatte leider Gottes feststellen müssen, dass der Vogel ausgeflogen war.

Als ich mich auf halbem Wege mit Emerson traf, raunte er mir zu: »Sorg dafür, dass der Kerl die Biege macht, Peabody.«

Kevin hatte ihn gehört wie übrigens alle im Salon. Er stellte sein Glas auf den Tisch und erhob sich ungemein würdevoll. »Ich habe den Wink verstanden, Professor.«

»Hätte ich Ihnen gar nicht zugetraut«, gab der zurück.

Kevin verdrückte sich, soll heißen, er stellte höchstwahrscheinlich eigene Erkundigungen an. Sollte Margaret einer brisanten Geschichte auf der Spur sein, dann war Kevin ihr auf der Spur.

Wir saßen natürlich am längeren Hebel. David und Ramses hatten das Flussufer abgesucht und noch einige andere Fährleute befragt. Sethos begleitete die beiden. Er hatte rigoros darauf gepocht, dass wir Margaret suchen müssten.

»So viel zu den Versprechungen unserer Gegner«, sagte ich bitter. »Wir haben unsere Schutzmaßnahmen gelockert, und schon haben wir den Salat.«

»O'Connell hat vielleicht doch Recht«, sinnierte Emerson laut. »Womöglich hat sie an dem fraglichen Abend irgendetwas aufgeschnappt, und jetzt jagt sie irgendeiner Exklusivgeschichte hinterher.«

»Unsinn. Sie hatte doch nichts dabei außer einer kleinen Abendtasche und die Kleider, die sie am Leib trug. Das Verschwinden des Kutschers finde ich höchst suspekt. Er steckte mit den Entführern unter einer Decke – und wurde umgebracht, damit er nicht plaudern konnte.«

»Setz dich doch mal hin, Mutter«, bat Nefret, während Emerson und ich einander wie Hund und Katze umschlichen. »Du machst mich ganz nervös. Wenn die von dir Verdächtigten Margaret entführt haben, werden sie ihr nichts tun. Mit ihr als Geisel sichern sie sich unser Stillschweigen.«

Sie steuerte zum Büfett und goss einen Fingerbreit Whisky in ein Glas. Ich nahm ihr das göttliche Getränk ab und sank in einen Sessel.

»Wir könnten doch sowieso nichts ausplaudern, da wir ihre Pläne gar nicht kennen«, bemerkte ich zutreffend. »Aber das hilft uns jetzt auch nicht weiter. Wir müssen Ruhe bewahren und reflektieren, was wir bislang wissen.«

»Nicht viel«, meinte Emerson trocken.

»Eins steht jedenfalls fest: Sie wissen um Sethos' wahre Identität, sonst hätten sie nicht seine Frau entführt.«

»Die Sache hat ihn ziemlich mitgenommen«, seufzte Nefret. »Er kämpfte mit den Tränen.« Ihre kornblumenblauen Augen spiegelten tiefes Mitgefühl.

»Er hätte besser mehr Gefühl bei ihr gezeigt. Jetzt ist es womöglich zu spät«, grummelte Emerson.

»Wir wollen hoffen und beten, dass es das noch nicht ist«, murmelte ich betreten.

David und Ramses kehrten mit der Nachricht zurück, dass sie weder Margaret noch den Kutscher aufgespürt hätten. Das klang doch immerhin beruhigend, nachdem mich bereits alptraumhafte Bilder von aufgedunsenen Wasserleichen verfolgten. Die von einem Unternehmen in Luxor gemietete Kutsche war in der Nähe der Fährkais aufgefunden worden – leer.

»Mir scheint, wir sind in einer Sackgasse gelandet«, sagte ich. »Wo ist Sethos?«

»Er ist allein losgezogen, meinte, er hätte eine Idee, wo sie sein könnte.« Ramses lehnte den angebotenen Whisky mit der Begründung ab, er wolle auf den Tee warten. »Nachher kam mir der Gedanke, dass er womöglich einen Geiselaustausch vorschlagen will. Er anstelle von Margaret.«

»Das ist das Mindeste, was er für sie tun kann«, knurrte der Professor. »Kruzifix, jeder Mann, der was für seine Frau übrig hat, würde so handeln.«

»Er weiß, wie er mit ihnen kommunizieren kann«, gab ich zu bedenken. »Einmal angenommen, sie sind weiterhin über die Adresse erreichbar, die er hatte. Ach du liebes bisschen! Ein solcher Austausch brächte uns keinen Schritt weiter!«

Ramses legte tröstend eine Hand auf meine Schulter. »Sicher besteht nicht der geringste Anlass zur Sorge, Mutter. Die Entführer lassen sie wieder frei, sobald sie Margaret nicht mehr brauchen.«

Nachdem ich etwas Abstand gewonnen und ein, zwei Schlückchen Whisky intus hatte, stellte sich mein logisches Denkvermögen wieder ein. »Bedeutet dieser Zwischenfall etwa, dass ein solcher Zeitpunkt in unmittelbare Nähe gerückt ist?«, wollte ich wissen.

»Das frage ich mich auch«, räumte Ramses ein. »Aber selbst wenn das der Fall sein sollte, haben wir nicht die Spur einer Chance, etwas dagegen zu unternehmen.«

Ich legte warnend den Zeigefinger auf die Lippen. »Ich glaube, die Kinder sind im Anmarsch. David, mein Junge, du siehst erschöpft aus. Zudem hattest du nicht eine Minute Zeit, um über die wunderschöne Truhe nachzudenken. Wenn du dich zurückziehen möchtest, bringt Fatima dir bestimmt den Tee und etwas Gebäck aufs Zimmer.«

»Ich warte, bis Sethos sich meldet«, murmelte David. »Ich mag mich jetzt nicht auf ästhetische Genüsse konzentrieren. Gräm dich nicht, Tante Amelia. Ich bin mir sicher, ihr passiert nichts.«

Noch so eine Beteuerung und ich schreie, dachte ich. Woher wollte er das wissen? Oder einer von uns anderen?

Die Kinder stürmten samt Hund ins Zimmer. Fatima servierte den Tee, sowie diverse Leckereien – eine Angewohnheit von ihr, um uns in Krisensituationen bei Laune zu halten. Wie versprochen hatte ich Cyrus eine Notiz geschickt, dass wir noch keinen Schritt weitergekommen seien. Danach hieß es Warten, Warten, Warten.

Das Geplapper der Kleinen lenkte uns vorübergehend ab. Wie erwartet forderten mehrere Tage Bravsein ihren Tribut: Carla warf das Schachbrett mitsamt Figuren um, und David John trat dafür nach ihr. Sie fielen übereinander her. Der Hund fing an zu kläffen. Als ich die Meute auseinanderzubringen suchte, klopfte es an der Tür.

»Kann ich reinkommen?«, rief Sethos.

»Halt aber den Hund in Schach«, japste ich, während ich geistesgegenwärtig Carlas Arm fasste.

»Sie hält mich bereits in Schach«, stöhnte Sethos. »Was ist denn los da drin?«

In meiner sicheren Umklammerung hörte Carla sofort auf sich zu wehren; ich muss ihr zugute halten, dass sie nur ihren Bruder trat oder biss, aber niemanden von uns. David

John hatte sich weinend in die Arme seines Vaters geflüchtet. Amira stellte das Kläffen ein und fing an zu jaulen. Sie war nicht bissig; sie hatte bei Sethos nur spielerisch zugeschnappt und eine unschöne Speichelspur auf seinem Ärmel hinterlassen.

Die Kinder wurden ins Bett geschickt und der Hund ermahnt. »Irgendwelche Neuigkeiten?«, fragte ich meinen Schwager.

»Nein. Danke Fatima, keinen Tee für mich. Darf ich?«

»Ja, ja.« Emerson nickte bekräftigend. »Bedien dich. Peabody, willst du auch noch einen?«

»Ja gern.«

»Du siehst besorgt aus«, meinte Sethos. »Ich hatte ja keine Ahnung, dass du so an Margaret hängst. Schließlich hat sie dir ziemlich übel mitgespielt.«

»Wie kann ich ihr das nachtragen? An ihrer Stelle hätte ich vermutlich genauso reagiert. Natürlich mag ich diese unsägliche Frau.«

»Ich versichere dir, Amelia«, sagte Sethos allen Ernstes, »es besteht kein Anlass zur Besorgnis.«

»Hölle und Verdammnis!«, brüllte ich.

Alle zuckten erschrocken zusammen und Fatima ließ eine Tasse fallen.

»Peabody!«, entfuhr es Emerson halb entsetzt, halb erstaunt.

»Ich bitte vielmals um Entschuldigung.« Ich nahm einen nervenstärkenden Schluck Whisky und holte tief Luft. »Fatima, hör auf, verzweifelt die Hände zu ringen, es war meine Schuld. Ich habe es nämlich satt, mir ständig fadenscheinige Beteuerungen anzuhören. Woher zum Teufel – Verzeihung – willst du eigentlich wissen, dass meine Bedenken unbegründet sind? Wieso bist du nicht besorgt um sie?«

»Wie kommst du darauf, dass ich das nicht bin?«, bohrte Sethos. Er sank schwer in einen Sessel, und bei näherem Hinsehen entdeckte ich die dunklen Ringe unter seinen Augen. Das Haar windzerzaust, der Schnurrbart schlaff herunterhängend, die Kleidung zerknittert, war er der Prototyp des gramgebeugten Ehemannes.

»Ich wollte dich nur beruhigen«, lenkte er mit gesenktem Blick ein. »Wir haben bislang keinen Beweis dafür, dass Margaret meinen Widersachern in die Hände gefallen ist. Und selbst wenn, müssen sie ihr nicht zwangsläufig Gewalt antun.«

»Dein Vertrauen in ihre Menschenfreundlichkeit entbehrt jeder Grundlage«, erregte ich mich. »Ihre Aktionen sprechen dagegen. Sie halten sich nicht an ihre Zusage, uns in Ruhe zu lassen.«

»Womöglich glauben sie, dass wir die Vereinbarung ebenfalls ignorieren«, sagte Sethos.

»Und, hast du?«

»Nein.«

Mitfühlend hielt Fatima ihm eine Platte Zuckerplätzchen hin. Süßes Gebäck passt zwar nicht zu alkoholischen Getränken, trotzdem nahm er sich eins.

»Das möchte ich genauer wissen.« Emerson zog die Pfeife aus der Tasche. »Du« – er deutete auf seinen Bruder –, »du sagst, du hast nichts gemacht, was eine solche Reaktion provozieren könnte. Wie steht es mit euch anderen?«

»Du bist auf dem falschen Dampfer, Vater«, gab Ramses zu bedenken. Emerson blinzelte verwirrt ob dieser ungewohnten Taktlosigkeit, doch sein Sohn fuhr unbeirrt fort: »Verzeih mir, aber sieh es einmal so. Angenommen, wir hätten eine plötzliche Erleuchtung gehabt, was leider Gottes nicht der Fall war. Wie hätten wir uns verhalten?«

»Wir hätten die Behörden informiert«, schaltete ich mich ein.

»Und wie?« Er wartete die Antwort gar nicht erst ab. »Per Telegramm oder persönlich, richtig? Höchstwahrscheinlich Letzteres. Telegramme gehen im Dschungel der Bürokratie gelegentlich verloren oder werden unterschlagen. Nein, wir wären direkt nach Kairo gefahren und hätten Thomas Russell oder den Hochkommissar aufgesucht. Dass das nicht passiert ist, wissen sie, denn sie bespitzeln uns nach wie vor. Irgendjemand in unserem näheren Umfeld gibt umgehend jede Information über unsere Aktivitäten weiter.«

Seine Argumentation war zwar niederschmetternd, aber deswegen nicht minder überzeugend. Während wir das Gesagte verdauten, hob Sethos sein angespanntes Gesicht. »Verdächtigt ihr mich etwa, meine eigene Frau entführt zu haben?«

»Er meint nicht dich«, sagte ich. »Fremde in unserem unmittelbaren Umfeld ... Nadji oder Suzanne? Aber wer von beiden?«

Aus Manuskript H

Nefret saß an ihrem Toilettentisch und frisierte sich die Haare. Die von ihr ausgewählte Garderobe lag ausgebreitet auf dem Bett. Es war eines von Ramses' Lieblingskleidern, himmelblau mit weißem Streublümchenmuster, obwohl sie ihm, so wie jetzt, nur mit einem knappen Seidenslip bekleidet, genauso gut gefiel.

»In letzter Zeit siehst du absolut umwerfend aus.« Er musterte sie von den milchweißen Schultern bis hin zu den kleinen nackten Füßen. »Ich mag dieses Kleid. Wieso machst du dich so schick?« Zärtlich spielte er mit ihren Locken, drehte spielerisch eine um seinen Finger.

»Ich muss mich ein bisschen aufheitern. Und Mutter vermutlich auch.«

»Da habt ihr Frauen mehr Glück als wir. So leicht schaffen wir das nicht.«

»Ihr seid selbst schuld, dass Herrenmode so langweilig ist. Geh und sag David, dass es gleich Abendessen gibt, ja? Er brütet schon seit Stunden in seinem Zimmer vor sich hin.«

Auf sein Klopfen erhielt Ramses keine Antwort. Nach

einem zweiten, lauteren Klopfen öffnete er die Tür. Drinnen war niemand. Ein Zeichenblock lag aufgeklappt auf dem Schreibtisch; David hatte mit einer Skizze der bemalten Truhe begonnen. Obwohl sie noch nicht fertig war, trug sie Davids unnachahmliche Handschrift.

Während Ramses sie bewunderte, kam ein Diener mit einem Stapel frischer Handtücher ins Zimmer.

»Wo ist Mr David?«, wollte Ramses wissen.

»Keine Ahnung. Er bat mich, dir das hier zu geben«, sagte er und reichte ihm ein gefaltetes Stück Papier.

Ramses las die kurze Mitteilung und fluchte leise. »Wann hat er das Haus verlassen?«

»Gerade eben, Bruder der Dämonen.«

Ramses lief zurück in sein Zimmer.

»Was –«, hob Nefret mit großen Augen an.

»Lies das mal.« Er gab ihr die Notiz.

Sie las laut vor. »Bin spazieren gegangen. Bleibe nicht lang weg. Macht euch keine Sorgen. – Was heißt das, wir sollen uns keine Sorgen machen? Es passt nicht zu David, dass er auf eigene Faust loszieht.«

»Nein, ich gehe ihm nach.« Er schnallte sich den Gürtel mit dem Messer um.

»Aber nicht allein!« Nefret sprang auf und lief zu ihm.

»Ich muss sofort los. Immerhin hat er schon einige Minuten Vorsprung.«

»Ich komme mit.«

»Nein.« Er fasste sie bei den Schultern. »Diesmal nicht, mein Schatz. Ich will ihn doch nur suchen und ihm ins Gewissen reden, dass er nicht allein draußen im Dunkeln herumlaufen soll. Im Augenblick ist das viel zu gefährlich.«

Bevor sie reagieren konnte, war er über den Sims und aus dem Fenster. Er erhaschte noch einen Blick auf ihr besorgtes Gesicht und die entgeistert geöffneten Lippen, ehe er um die Hausecke spurtete.

Ramses steuerte in den Stall, wo er Jamad schlafend vorfand und alle Pferde in ihren Boxen. Demnach war David zu Fuß unterwegs. Und er hatte mindestens fünf Minuten Vorsprung. Falls sein Freund nach Kurna oder zu den westlichen Klippen wollte, würde er ihn ohnehin nicht mehr erwischen. Wenn er allerdings zum Flussufer gegangen war, um nach Luxor überzusetzen, hätte er noch die Chance, ihn einzuholen. Ohne lange nachzudenken, rannte er die Straße hinunter.

Er hatte mehrere plausible Erklärungen für Davids Verhalten parat. Gut möglich, dass er einfach ungestört sein wollte; die Familie konnte gelegentlich ganz schön anstrengend sein.

Seine scharfsichtigen Augen nahmen ein Stück weiter vor ihm auf der Straße eine Gestalt wahr. Er brauchte das Gesicht nicht zu sehen, um zu wissen, dass es David war. Wegen einer Kriegsverletzung hinkte sein Freund, wenn er schnell lief.

So viel zu den plausiblen Erklärungen. David hatte sicher einen triftigen Grund für seinen Alleingang, weshalb Ramses beschloss, ihn nicht aufzuhalten. Hauptsache, er behielt ihn im Blick. Ganz egal, welche Motive seinen Freund dazu bewogen, nachts allein durch die Straßen von Luxor zu streifen – dergleichen schrie nach Ärger.

Ramses verlangsamte sein Tempo und überlegte, was er tun sollte. Bislang hatte David ihn noch nicht bemerkt, wenn er ihm aber mit dem Boot folgte, wäre er so unauffällig wie eine Kamelkarawane. Um diese Uhrzeit herrschte kaum noch Fährverkehr auf dem Fluss, da die meisten Touristen bereits in ihre Hotels zurückgekehrt waren.

Am Ufer hinter einen Kahn geduckt, beobachtete er, wie David mit einem Bootsbesitzer verhandelte und an Bord sprang. Statt sich zu setzen, blieb er stehen und starrte die Straße hinauf. Da ihm nichts anderes einfiel, glitt Ramses notgedrungen ins Wasser. Ein paar kräftige Schwimmzüge und er klammerte sich behutsam an die Schiffsplanken.

Keine besonders angenehme Art, den Fluss zu überqueren. Sein Kopf war die meiste Zeit unter Wasser, die nassen Sachen klebten ihm am Körper. Ab und an hörte er, wie der Fährmann fluchte. Der Bursche merkte natürlich, dass sein Boot schwergängiger war als sonst, kam aber gottlob nicht auf die Idee, dass ein blinder Passagier an seinem Kahn hing.

Ohne das Auslegen des Landungsstegs abzuwarten, sprang David auf der anderen Seite des Nils heraus. Er watete durch die brackige Brühe zum Ufer. Ramses duckte sich, bis er den Kai hochgeklettert war, dann zog er sich aus den Fluten und schob sich die nassen Haare aus den Augen. Prompt traf er auf den entgeisterten Blick des Bootsmannes. Dem fiel der Kinnladen nach unten.

»Still«, wisperte Ramses. »Kein Wort. Du bekommst ein Bakschisch von mir, Ali Ibrahim. Morgen.«

Das Wort eines Emerson war überall am Fluss Gesetz. Der Mann nickte dumpf. Ramses wrang sich das Wasser aus den Hosenbeinen und stieg die Stufen zur Straße hinauf.

Auch wenn der kurze Abstecher in den Nil für Ramses höchst unangenehm gewesen war, hatte er David immerhin überzeugt, dass ihm keiner folgte. Der junge Emerson zog neugierige Blicke auf sich, als er tropfnass über den Gehsteig schlich, aber sein Freund sah sich nicht einmal um. Er bewegte sich zielstrebig, passierte das Winter Palace und blieb erst stehen, als er sich im ruhigeren Teil der Straße befand.

Ringsum standen nur noch ein paar vereinzelte Häuser. Da er keine gescheite Deckung fand, hatte Ramses sich flach auf den Boden geworfen, sobald David verharrte. Er spürte, wie sich die Nässe in seinen Kleidern mit dem Straßenstaub vermischte.

David steuerte auf eines der Gebäude zu – es war recht beeindruckend, mit mehreren Stockwerken und einer großzügigen Außentreppe, die zu dem säulenbewehrten Portal führte. Ramses sprang auf. Schmutzige Rinnsale liefen ihm über die Haut. Teufel noch, dachte er. Ich muss mit ihm reden, ihn fragen, was er hier verloren hat.

Er schaffte es bis zum Treppenabsatz. Arme packten grob seinen Körper. Er schnellte herum, befreite einen Arm und schlug zu. Seine Faust prallte auf eine steinharte Oberfläche. Jemand brach in einen Schwall arabischer Schimpfwörter aus, ein anderer schloss sich der Tirade an. Zwei Hände schmiegten sich plötzlich bedrohlich fest um seinen Hals. Schließlich ertönte eine eindringliche Kommandostimme: »Aufhören!«

Er erkannte die Stimme wieder. Dieses Aha-Erlebnis und der Würgegriff an seiner Kehle bewogen ihn, seine Gegenwehr einzustellen. Jemand schob ihn ins Haus und knallte die Tür zu. Im Innern war es dämmrig, gleichwohl nahm er noch stuckverzierte Wände und eine kurze Lichtreflexion wahr, vermutlich ein Spiegel, bevor man ihm die Augen verband. Dann zerrten und zogen sie ihn in einen weiteren Raum und verriegelten die Tür hinter ihm. Am Boden kauernd vernahm er eine leise gemurmelte Unterhaltung, die von außen zu ihm drang.

Sie hatten ihm die Hände nicht gefesselt. Er riss sich die Augenbinde herunter – einen schmuddeligen Lappen, der nach Schweiß stank – und stellte fest, dass man ihm das Messer weggenommen hatte. Dann ging die Tür auf. Ein Mann trat mit einer Lampe ein, die er auf einen Tisch stellte. Der Raum war klein und dürftig möbliert, mit einer schmalen Pritsche und ein paar Schemeln und Tischchen. Ein winziges Oberlicht war in die hohe Decke geschnitten.

»Bist du verletzt?«, fragte David besorgt.

Ramses rappelte sich mühsam auf. Er war von oben bis unten verdreckt, seine Kehle brannte. Sein Arm schien ein Eigenleben zu entwickeln. Er holte unbewusst aus und versetzte David mit dem Handrücken einen harten Schlag vor den Kopf. Sein Freund taumelte zurück, warf die Hände vors Gesicht. Blut sickerte zwischen seinen Fingern hervor.

»Also warst du es«, zischte Ramses. »Du warst es die ganze Zeit.«

10

Wir warteten im Salon, bis das Abendessen aufgetragen würde, als Nefret hereinschneite.

»Wo sind David und Ramses?«, fragte ich. »Das Essen ist gleich fertig.«

»Weggegangen.« Nefret strich sich eine vorwitzige Haarsträhne hinters Ohr.

Vermutlich waren wir alle ein wenig durch den Wind – mag sein, dass es auch an ihrem Tonfall lag. Jedenfalls blickte Sethos stirnrunzelnd auf und Emerson erhob sich blitzartig.

»Um diese Uhrzeit?«, wunderte ich mich. »Was ist denn passiert?«

Nefret nahm ein gefaltetes Stück Papier aus der Rocktasche und gab es mir. »Nichts«, sagte sie. »Es sei denn – ach, keine Ahnung, Mutter. Ich konnte ihn nicht aufhalten, er war einfach zu fix. Schwupps, aus dem Fenster und weg war er. Zudem war ich noch nicht angezogen.«

»Beruhige dich, Liebes.« Ich reichte Emerson den Zettel. »Schätze, mit ›er‹ meinst du Ramses. David war schon weg, hm?«

»Ja.«

»Er schreibt, er wolle einen Spaziergang machen«, murmelte Emerson. »Das ist zwar ungewöhnlich, aber doch nichts Beunruhigendes. Nefret, Liebes, setz dich. Ich hol dir ein Glas – öhm – was möchtest du denn?«

Sethos, der die Notiz als Letzter gelesen hatte, öffnete die Lippen und schloss sie wieder. Nach einem raschen Seitenblick zu ihm sagte ich: »Emerson hat Recht, Nefret. Du darfst dich nicht aufregen.«

Für den Herzschlag des Augenblicks dachte ich, dass Nefret nach diesem Satz genauso aus der Haut fahren würde wie ich zuvor. Sie lehnte den Whisky ab, den Emerson ihr kredenzen wollte, und holte tief Luft. »Wenn es dir nichts ausmacht, Vater, möchte ich lieber einen Sherry.«

»Oh«, murmelte der Professor. »Ah ja. Aber sicher.« Er reichte mir den Whisky und ihr das Gewünschte.

»Hast du gesehen, wohin Ramses gegangen ist?«, erkundigte ich mich betont beiläufig.

»Nicht genau.« Sie rang um Fassung, platzte aber nach einem Schluck Sherry heraus: »Wieso stiehlt David sich klammheimlich aus dem Haus? Er weiß doch, dass wir uns Sorgen um ihn machen. Ramses meinte, er wolle ihn bloß zurückholen, trotzdem nahm er sein Messer mit, und er wollte weder mich noch euch dabeihaben, und diese Teufel haben Margaret entführt, und sie sind irgendwo da draußen und beobachten uns und – und da sagst du zu mir, ich soll mir keine Sorgen machen?«

»Ich geh sie suchen«, tat Emerson kund.

»Und wo, bitteschön?«, wollte Nefret wissen. »Sie können überall sein. Verflixt und zugenäht! Ich wäre Ramses besser halb angezogen und mit nackten Füßen gefolgt!«

Ihre Augen füllten sich mit Tränen.

»Nefret, nicht.« Ihr Onkel erhob sich und schlenderte zu ihr. »Glaub mir, es besteht kein Grund ... Schon gut, schon gut, ich sag's nicht mehr. Ich weiß nicht, was in Ramses und David gefahren ist, aber sie sind bestimmt bald zurück. Was Margaret angeht –« Er stockte.

Eine Träne rollte über Nefrets Wange. Sie gehört zu den Frauen, die wunderschön weinen können, ohne fleckiges Gesicht oder gerötete Lider. Sie hob die strahlendblauen Augen zu Sethos. »Ach verdammt«, stöhnte er. »Margaret ist gar nicht verschwunden. Ich weiß genau, wo sie ist, und ich versichere euch, sie ist unverletzt. Fuchsteufelswild, aber putzmunter.«

Schlagartig herrschte betretenes Schweigen. Emerson erholte sich als Erster, und seine Reaktion war wieder einmal typisch für ihn – mit einem harten Schwinger streckte er Sethos zu Boden.

»Also«, dröhnte Emerson unheilvoll wie ein Donnergrollen. »Du warst das. Du warst es die ganze Zeit.«

Aus Manuskript H

»Nein.« David wischte sich mit dem Hemdsärmel die blutende Nase. »Nein, nicht die ganze Zeit, Ramses –«

»Bedaure, dass ich dir kein Taschentuch anbieten kann, aber meins ist nicht mehr besonders hygienisch.« Dass er seinem Freund die Nase blutig geschlagen hatte, brachte ihn wieder halbwegs zur Vernunft, trotzdem zitterte ihm die Stimme.

David kramte in seiner Hosentasche und brachte sein eigenes zum Vorschein. »Ich kann es dir nicht verübeln, dass du sauer auf mich bist. Und jetzt hör mir mal kurz zu.«

»Ich höre dir zu. Mir bleibt wohl nichts anderes übrig, oder? Wäre vermutlich auch idiotisch, wenn ich mich hier gewaltsam rauszuboxen versuchte.«

»Du siehst schlimm aus. Komm, setz dich.«

Er trat zur Tür und rief leise nach draußen. Die Tür wurde einen Spaltbreit geöffnet; eine Hand schob einen Tonkrug ins Innere. Inzwischen verspürte Ramses höllische Muskelschmerzen, sein ganzer Körper fühlte sich an wie rohes Fleisch. Er sank auf die schmale Pritsche und nahm einen Schluck Wasser. David hockte sich mit gekreuzten Beinen auf den Boden und bot ihm eine Zigarette an. Er hätte das

Friedensangebot lieber abgelehnt, aber das kam ihm kindisch vor. Todros sah aus wie immer, sein gutgeschnittenes Gesicht besorgt, die sanften braunen Augen betroffen. Sein bester Freund, der Mann, dem er mehr als jedem anderen vertraute.

»Und?«, sagte er, nachdem David ihm die Zigarette angezündet hatte.

»Ich erzähl dir alles.«

»Das wäre doch mal ein netter Zug von dir.«

Um Davids Mundwinkel zuckte es missmutig. »Schwamm drüber, dass du mich geschlagen hast, aber den Ton kannst du dir sparen. Es ist nicht so, wie du denkst, Ramses. Bis zu meiner Ankunft in Kairo wusste ich nichts von dieser Geschichte. Du hast mich kurz eingeweiht; viel Zeit blieb uns ja auch nicht für ein privates Gespräch, da dauernd irgendwer in der Nähe war. Und du bist nicht eine Minute lang von meiner Seite gewichen. Wie ich später erfuhr, gab es in Kairo eine ganze Reihe von Leuten, die es auf eine persönliche Unterredung mit mir abgesehen hatten. Du hast dich gefragt, wieso sie sich Gargery schnappten? Weil sie hofften, wir würden uns trennen, um ihn zu suchen – das haben wir ja auch gemacht. Sobald du weg warst, trat jemand an mich heran. Erinnerst du dich noch an diesen Typen, den du unter dem Namen Bashir kanntest?«

»Einer von diesen Radikalen, an die wir während des Krieges gerieten? Ich ging davon aus, man hätte ihn und seine Revoluzzerbande ins Gefängnis gesteckt.«

»Hat man auch. Das war nur sein Deckname; eigentlich heißt er Mohammed Fehmi und stammt aus einer angesehenen Familie. Nach dem Krieg wurde er auf Betreiben seines Vaters aus der Haft entlassen. Inzwischen ist er ein ehrenwertes Mitglied der Gesellschaft und arbeitet in einem der Ministerien. Um es kurz zu machen: Er erzählte mir rundheraus, dass er und seine Partei einen Staatsstreich planen. Einen unblutigen Coup. Sie haben genug von Fuad und seinen undurchsichtigen Plänen; sie wollen ihn durch jemanden ersetzen, der mit ihren Anschauungen und Zielen sympathisiert.«

Ramses blies gedankenvoll die Backen auf. »Ich weiß, was du jetzt denkst«, sagte David schnell. »Aber ich hatte keinen Grund, ihm nicht zu glauben. Er beteuerte, sie hätten niemanden verletzt und dies auch nicht vor. Ich sicherte ihm erst mal Stillschweigen zu. An diesem Punkt kannte ich die ganze Geschichte noch nicht.«

»Du erfuhrst sie aber an dem fraglichen Abend.«

David nickte. »Was du mir erzählt hast, bestätigte Bashirs Behauptungen. Er räumte offen ein, dass ein paar seiner Leute überreagiert hätten, nachdem Sethos ihr kostbares Dokument an sich gebracht hatte. Seitdem bespitzeln sie dich und die Familie rund um die Uhr.

Ich wollte es dir schon viel eher beichten, Ramses, Ehrenwort. Aber – na ja, ich bin nicht so naiv, wie du denkst. Bashir warf mir blödem Esel sozusagen ein paar schmackhafte Möhren hin, hielt die Gerte aber vielleicht noch im Ärmel versteckt. Kurzum, ich wollte mehr erfahren über ihr Vorhaben, deswegen erschien es mir am sinnvollsten, schön Wetter zu machen. Ich ließ sie in dem Glauben, ich wäre auf ihrer Seite.«

Du bist auf ihrer Seite, überlegte Ramses, dem auffiel, dass David beständig seinem Blick auswich, wenn auch nicht rückhaltlos. Du glaubtest Bashir, weil du an einen unblutigen Coup glauben wolltest, mit dem sich deine sehnlichsten Hoffnungen für dein Land erfüllen würden, und weil du eine Sache unterstützen wolltest, für die du dich zeitlebens eingesetzt hast.

Aber so ein Staatsstreich würde nicht unblutig verlaufen. Das war selten der Fall.

Jenes Gefühl der inneren Zerrissenheit war Ramses nicht fremd. Er selbst hatte seine Familie und nicht zuletzt Nefret im Ungewissen lassen müssen, als er im Krieg als Agent tätig gewesen war. Er hatte den Verrat, seine Vorgesetzten und sich selbst verabscheut – vermutlich ging es David momentan nicht anders.

»Und, wie hast du dich entschieden?«, fragte er eine Spur sanfter.

Sensibel auf jede Nuance in Ton und Mienenspiel seines Freundes reagierend, lächelte David verhalten.

»Als ich heute Abend das mit Margaret erfuhr, entschied ich, dass ich vermutlich naiver war, als ich dachte. Bashir hatte mir sein Wort gegeben, dass nichts mehr passieren würde. Also kam ich her, um eine Erklärung zu fordern. Die Adresse hatten sie mir für den Ernstfall genannt.«

»Was haben sie mit Margaret gemacht?«, fragte Ramses und nahm sich eine weitere Zigarette.

»Sie leugnen, dass sie sie entführt haben.«

»Glaubst du das?«

»Ich weiß nicht, was ich noch glauben soll.« David rieb sich fahrig über die Wangen. »Außer dass ich vermutlich den größten Fehler meines Lebens gemacht habe. Was sollen wir jetzt tun?«

»Ich gehe nicht davon aus, dass deine Schlägertypen mich unter überschwänglichen Entschuldigungen wieder vor die Tür setzen?«

»Dann würdest du zur Polizei gehen, nicht?«

Er mochte David nicht anlügen. Warum auch? »Ja«, antwortete er wahrheitsgemäß.

»Ich wusste, dass du das sagen würdest. Ich hol dich hier raus, Ramses, ich schwör's. Das hab ich nicht gewollt.«

»Schon gut, schon gut. Kann passieren. Wie wär's, wenn du ein Wörtchen mit den Typen redest und herausfindest, was die mit mir oder besser gesagt mit uns beiden vorhaben?«

»Sie haben keine Veranlassung, mir nicht zu vertrauen«, meinte David gedehnt. »Dass ich sie nicht bei deiner Festnahme unterstützte, werden sie mir sicher nicht ankreiden. Ich hatte auch kaum Gelegenheit, großartig Fragen zu stellen.« Er grinste säuerlich und erhob sich. »Mag sein, dass ich mich irre. Ich berichte dir später.«

Und schon war er zur Tür hinaus. Er hatte das Päckchen Zigaretten und den Wasserkrug dagelassen. Ramses trank noch einen Schluck, wusch sich Hände und Gesicht und inspizierte sein provisorisches Gefängnis. Fenster und Tür waren verriegelt – die übliche Vorsichtsmaßnahme gegen Diebe. Jemand hatte den Raum noch vor kurzem benutzt, überall lagen persönliche Sachen herum.

Was ihn jedoch nicht weiterbrachte. Eins stand jedenfalls fest: Sie würden ihn nicht freiwillig laufen lassen. Er wusste, wo ihr Hauptquartier war. Er und David würden einen Fluchtplan ersinnen müssen. Und was war mit Margaret? Die Zeit lief ihnen davon. Er rieb den Schmutz von seinem Uhrglas und stellte prompt fest, dass die Uhr das nasse Abenteuer nicht überlebt hatte. Nefret würde sich schon Sorgen machen. Mist, er machte ihr ständig Probleme.

Manche hätten ihm jetzt Naivität vorgeworfen, weil er von Davids Gesinnungswandel überzeugt war. Da täuschten sie sich aber gewaltig. Selbst wenn er gewollt hätte, hätte David ihn nicht irreführen können. Dafür kannte er seinen Freund zu gut. »Wir«, hatte David gesagt. »Was sollen wir jetzt tun?«

Schon früh hatten sie ein unzertrennliches Abenteurer-Trio gebildet: David, Nefret und er, jugendlich-naiv und waghalsig. Und Nefret war genauso mutig wie sie gewesen; damit hatte sie ihn des Öfteren auf die Palme gebracht. Einmal hatte sie David und ihn so lange bestürmt, bis sie sie in die wüsteste Gegend von Kairo mitnahmen. Seinerzeit waren sie einem kostbaren Manuskript auf der Spur gewesen und nur mit letzter Anstrengung (und dem Manuskript) heil herausgekommen. Einzig Nefrets couragierter Reaktion war es zu verdanken, dass der arme David jene Nacht überlebt hatte. Dieses enge freundschaftliche Band hatte sie stets zusammengeschweißt.

Bei Davids Rückkehr lief Ramses nervös in dem kleinen Raum hin und her. Bevor er sich äußern konnte, sagte sein Freund laut: »Ich hab dir etwas zu essen mitgebracht. Setz dich und nimm die Hände nach vorn. Wenn du Ärger machst, muss ich dich fesseln.«

»Ich mach keinen Ärger.« Ramses schlenderte zu der Pritsche und schwang sich darauf.

Die leicht angelehnte Tür wurde geschlossen. David reichte ihm einen Teller. Wenig begeistert starrte Ramses auf seine Mahlzeit. Bohnenbrei und ein Stück Brot dazu. Kein Besteck. Da es ihm nichts ausmachte, wie die Einheimischen zu essen, tunkte er kurzerhand die Finger in den Brei.

»In ein paar Tagen lassen sie dich laufen«, sagte David, der sich neben ihn gesetzt hatte. »Unversehrt. Das hab ich zur Bedingung für meine weitere Kooperationsbereitschaft gemacht. Sobald sie ihre Ziele erreicht haben, brauchen sie dich nicht mehr.«

Er senkte vorsichtshalber die Stimme. Ramses kapierte. »Wie lange noch?«, fragte er leise.

»Zwei, drei Tage höchstens. Margaret ist nicht hier. Ich konnte das ganze Haus inspizieren.«

»Vielleicht halten sie sie woanders fest. Wenn wir einen von denen gefangen nehmen können, redet der vielleicht.«

Obwohl er sich nach seiner Frau sehnte, war Ramses wieder gefasster. David auf seiner Seite zu wissen war so gut wie eine ganze Armee im Rücken – wenn nicht sogar besser.

»Auch auf die Gefahr hin, dass ich roh und gefühllos klinge, aber wir können uns jetzt nicht um Margarets Verbleib kümmern. Wird erst mal schwierig genug werden, unseren Allerwertesten zu retten. Hier. Ich hab dein Messer gefunden.«

Irgendetwas drückte gegen seine Hüfte, weswegen er kaum merklich seine Sitzhaltung veränderte und den kühlen Gegenstand unter seinem Hemd verbarg. Zwar hatte er keine Gucklöcher in den Wänden entdecken können, aber das Schlüsselloch war riesig groß.

»Wir müssen warten, bis die Burschen sich aufs Ohr legen«, fuhr David fort. »Zwei Männer halten Wache. Bashir ist vorhin weggegangen. Ich hab mich bereiterklärt zu bleiben. Hab sogar darauf bestanden, als sie meinten, ich könnte ruhig gehen. Merkwürdiges Entgegenkommen, nicht?«

»Ein Test vielleicht.«

»Das dachte ich mir auch. Die Tür ist verschlossen und verriegelt. Freilich sind sie nicht so gutgläubig, dass sie mir den Schlüssel anvertrauen. Aber vielleicht kann ich irgendwas mit dem Schloss tricksen. Wenn nicht, musst du die Tür einschlagen.«

»Ich kann es kaum erwarten.« Ramses rieb sich die schmerzende Schulter. »Wie spät ist es?«

»Gleich elf. In einer Stunde schlafen die Typen sicher.«

Ramses stöhnte. »Verdammt. Nefret ist inzwischen bestimmt krank vor Sorge.«

»Von deinen Eltern gar nicht zu reden«, setzte David hinzu. »Nachher taucht Tante Amelia noch hier auf, mit gezücktem Sonnenschirm.«

»Wie denn? Oberschlau wie ich war, hab ich darauf geachtet, dass mich niemand verfolgte.«

»Ich geh jetzt besser und zieh eine überzeugende Sympathisantenschau vor ihnen ab.« David streckte die Hand aus. »Ich darf den Teller nicht hierlassen.«

»Angst, ich könnte ihn zerschlagen und mir mit den Scherben einen Weg in die Freiheit graben? Da, lass es dir schmecken.«

David nahm den Teller und ging wortlos. Sie würden zusammenarbeiten und, wenn notwendig, gemeinsam kämpfen, reibungslos funktionieren, wie sie es voneinander gewohnt waren.

Der Schlüssel drehte sich klickend im Schloss. Jetzt konnte er nur noch warten.

* * *

Breitbeinig stand Emerson über seinem Bruder, die Fäuste geballt, seine Miene mordlustig.

»Denk an den Ehrenkodex«, sagte Sethos. Er hielt sich bemerkenswert wacker. »Schlag keinen Mann, wenn er am Boden liegt.«

»Dann steh gefälligst auf!«

»Wenn du nichts dagegen hast, bleibe ich lieber liegen.«

Die Tür sprang auf und Fatima steckte den Kopf ins Zimmer. »Das Abendessen ist –« Sobald sie Sethos bemerkte, lief sie wie ein aufgescheuchtes Huhn zu ihm. »Hatte er wieder einen Malariaschub?«

»Nein, ich hab ihn bloß verprügelt«, stieß der Professor zwischen zusammengebissenen Kiefern hervor. »Und wenn er noch einen Muckser von sich gibt, schlag ich wieder zu.«

»Das macht er nicht«, kreischte Fatima. »Schlag ihn nicht!«

Nach einem argwöhnischen Blick zu Emerson setzte Sethos sich auf und rieb sich die schmerzende Kinnpartie. »Du brauchst mich gar nicht erst zu verhören, Amelia, ich stehe freiwillig Rede und Antwort, soweit meine Verletzungen das erlauben. Whisky soll, glaube ich, eine Wunderwaffe gegen ausgerenkte Kiefer sein.«

Emerson schnaubte vernichtend. »Dann gib ihm einen«, sagte ich ungehalten. »Und lass mich eins betonen, Sethos, deine Scherze sind hier definitiv fehl am Platz. Was hast du mit Margaret angestellt?«

Freilich, meine sehr geschätzten Leser, hatte ich zwei und zwei zusammengezählt. Am Abend der Party hatte Sethos Margaret bewusst aus dem Haus geekelt und Kevin zum Bleiben animiert. Seinerzeit hatte ich mir dabei nichts gedacht und ich machte mir auch keinerlei Vorhaltungen. Im Nachhinein weiß ich natürlich, wie naiv ich war. Dummerweise war mir noch etwas anderes entgangen.

»Daoud!«, rief ich. »Ist Daoud etwa beteiligt?«

Fatima, die Sethos dienstbeflissen einen Whisky eingegossen hatte, entfuhr ein gedämpfter Protestlaut.

»Er war kaum zu bremsen«, grinste Sethos. »Hast du ihm gegenüber nicht selbst erwähnt, du würdest Margaret liebend gern noch einmal entführen lassen?«

»Peabody!«, bellte Emerson. »Ist das wahr?«

»Schöner Mist«, entfuhr es mir undamenhaft. »Ja, ich hab so was in der Art gesagt. Aber es war ein Ausdruck des Bedauerns und kein Befehl.«

»Derart diffizile Unterscheidungen darfst du von Daoud kaum erwarten«, versetzte Sethos. Sein Feixen verwandelte sich in ein scheinheiliges Grinsen. »Hinterher kamen Daoud ein paar Zweifel. Du hast sicher bemerkt, dass er dir in den letzten Tagen geflissentlich aus dem Weg geht. Du darfst ihm das nicht krummnehmen, denn er glaubte, er würde dir einen Gefallen tun.«

»Ich nehme ihm das nicht übel«, versetzte ich. »Oder dem Kutscher, der zweifellos Daouds Anweisungen befolgte und sich gut versteckt hält. Wohin hat er sie denn gebracht? Doch bestimmt nicht in sein Haus, das hätte Khadija mir erzählt.«

»Daoud und ich waren uns einig, dass wir das nicht riskieren dürften«, erzählte Sethos. »Margaret ist bei einem seiner zahllosen Verwandten untergebracht. Der Mann ist stocktaub und schwer von Begriff und seine Frau eine zänkische alte Giftnatter, die sich mit jeder Frau im Dorf anlegt. Sie wurde fürstlich entlohnt, dass sie sich um Margaret kümmert. Ich glaube, meine geliebte Gattin genießt dort jeden nur denkbaren Komfort.«

»Glaubst du es oder weißt du es?«, fragte ich alarmiert. »Warst du noch nicht zu einem Besuch dort?«

»Tja, weißt du, ich hatte einen Einfall«, erklärte mein Schwager, lässig an eine Wand gelehnt. »Ich dachte mir, dass Margaret vielleicht noch einmal umworben werden möchte. Wenn sie es auch nie zugeben würde, aber sie hat nun einmal eine Schwäche für Romantisches. Du hast mich doch selbst darauf gebracht, dass ich mich bei ihr mehr ins Zeug legen soll.«

»Heißt das, du willst mir das Unglück in die Schuhe schieben?«, erkundigte ich mich spitz.

»Aber überhaupt nicht, liebste Amelia. Du hast einen konstruktiven Vorschlag gemacht, den ich brav befolgt habe. Ich wollte eine dramatische Rettungsaktion inszenieren und sie aus den Händen ihrer Peiniger befreien.«

»Grundgütiger!«, brüllte Emerson. »Willst du damit andeuten, dass Margarets Entführung nichts mit der anderen Sache zu tun hat?«

»Korrekt«, bekräftigte Sethos. »Ich musste es euch sagen, damit Nefret sich nicht unnötig aufregt. Es ist durchaus möglich, dass David Wind von meiner spontanen Aktion bekommen hat und sich ritterlich auf den Weg macht, die gefangene Prinzessin zu befreien.«

»Möglich wär's«, murmelte Nefret hoffnungsvoll. »David hat Verwandte in Kurna, die ihn schätzen und unterstützen.«

»Ich muss auf der Stelle zu ihm.« Emerson sprang auf.

»Und die arme Margaret befreien«, fauchte Nefret mit einem todbringenden Blick zu Sethos.

»Das Abendessen ist serviert«, sagte Fatima.

Mir schwirrte der Kopf vor lauter unbeantworteten Fragen und Ungereimtheiten.

»Warte Emerson«, bat ich. »Wir müssen das erst diskutieren.«

»Das Abendessen ist serviert«, wiederholte Fatima eindringlich. »Was soll ich Maaman sagen?«

Irgendjemand musste einen kühlen Kopf bewahren. Alle schickten sich an, aufs Geratewohl loszustürmen, während Maaman mal wieder in die Suppe heulte und Sethos … Ich war noch nicht fertig mit meinem Schwager.

»Wir können genauso gut erst essen«, schlug ich vor. »Nein, hör mir zu, Nefret. Ramses und David sind vermutlich schon auf dem Heimweg. Eine übereilte Aktion wird die Situation nur unnötig verkomplizieren.«

Wie üblich hatte ich das letzte Wort. Wir setzten uns zu Tisch und Fatima servierte die Suppe. Nefret rührte lustlos in ihrem Teller herum und legte dann den Löffel weg.

»Ist sie nicht gut?«, fragte Fatima.

»Doch, doch. Ich hab bloß keinen Hunger.« Nefret fing meinen forschenden Blick auf und lächelte schwach. »Nein, Mutter, ich habe keine Vorahnung. Wenn dem so wäre, würde ich nicht hier sitzen. Er schwebt nicht unmittelbar in Gefahr. Trotzdem würde ich ihn gern sehen. Um ganz sicher zu sein.«

»Verständlich, Liebes«, sagte ich mitfühlend. »Und wir werden schleunigst handeln. Zunächst bedürfen allerdings einige Dinge der Klärung.«

Ich wartete, bis Fatima die Suppenteller abgeräumt und den Fisch serviert hatte. Inzwischen schien sich Sethos' Appetit ebenfalls verflüchtigt zu haben. Er fixierte seinen Fisch, der mit weißen Äuglein zurückstarrte. Ich räusperte mich vernehmlich.

»Du hast uns geschickt vom Thema abgebracht, indem du uns deine langatmige Geschichte mit Margaret aufgetischt hast. Keine Frage, sie entspricht der Wahrheit. Du lügst nämlich nie, wenn man dich leicht überführen könnte. Aber es war nicht die ganze Wahrheit, richtig? Alles, was du uns sonst noch erzählt hast, war von Anfang bis Ende konstruiert. Es gibt nur eine logische Erklärung für deine sämtlichen Fehlschläge: Du hast sie arrangiert. Streite es nicht ab. Du warst es, die ganze Zeit.«

»Das dachte ich mir«, knurrte mein Gemahl. »Beim Allmächtigen, ich wusste es!«

Emersons finstere Miene hätte meinen Schwager bestimmt nicht zu einem Geständnis bewogen, nein, die Enttäuschung und Verzweiflung in Nefrets Gesicht machten ihn letztlich mürbe. »Okay, okay«, seufzte er. »Ich werde euch alles erzählen. Die Wahrheit, die ganze Wahrheit und nichts als die Wahrheit.«

»Von Anfang an, wenn ich bitten darf«, wies ich ihn an. »Bis zum bitteren Ende.«

***

»Das berühmt-berüchtigte Dokument ist eine Fälschung. Eine fingierte Geschichte. Der Mann, von dem ich es angeblich stahl, steht in unseren Diensten. Er wird auch von der Gegenseite bezahlt und, soweit ich weiß, von etlichen anderen Leuten. Das ist auch der Grund, weshalb sie mir so schnell auf die Spur kamen. Er hatte es ihnen mitgeteilt. Und mich bespitzelt, wie von ihnen instruiert.

Unsere Leute waren natürlich mit von der Partie. Jeder verfolgte jeden. Der erwähnte Mordanschlag auf mich am Bahnhof war ebenfalls getürkt. Mein bedauernswerter Kollege brach sich zwar ein Bein, als ich ihn vom Bahnsteig stieß, aber der Zug hatte bereits angehalten, und sie bargen ihn lebend von den Gleisen. Ab da hatte es nur noch die Gegenseite auf mich – und auf euch – abgesehen. Ich führte sie nach Kräften an der Nase herum – so lautete nämlich meine Anweisung. Der Grund, wie Amelia zweifelsfrei schloss, war festzustellen, wer diese Leute sind. Nicht die angeworbenen Unholde, sondern die Verantwortlichen an der Spitze der Bewegung. Früher oder später würden ihre Subalternen umkippen, bis irgendwann einer aus der Deckung käme. So räsonierten wir jedenfalls.

Das mit dem Malariaschub war Pech. Ich wollte euch nicht zur Last fallen, aber was blieb mir anderes übrig? Zudem zeichnete sich bereits ab, dass sie euch in jedem Fall ausspionieren würden. In gewisser Weise war das gar nicht ungeschickt, da es den Fokus eingrenzte. Meine neuen Instruktionen lauteten nämlich, gelassen abzuwarten und nichts zu überstürzen.«

Er brach ab und trank einen Schluck Wasser.

»Na bravo«, schnaubte Emerson. »Und während du lässig abgewartet hast, gingen sie auf uns und den armen alten Gargery los.«

»Das war nicht geplant«, beteuerte Sethos. »Keine Ahnung, wieso sie sich an ihn ranmachten, aber immerhin blieb er unversehrt. Bei genauerem Überlegen müsst ihr doch zugeben, dass niemand von der Familie zu Schaden kam – nur Leute wie der heilige Mann, den man irrtümlich für mich hielt.«

Er schaute wiederholt auf die Uhr und runzelte die Stirn. »Wie gesagt, das Dokument ist eine Fälschung. Wir wissen um ihre Pläne und haben bereits Maßnahmen zu deren Zerschlagung eingeleitet. Wir sind nur noch nicht aktiv geworden, weil wir weiterhin hoffen, eine Verbindung zu den Drahtziehern zu bekommen.«

»Was planen sie denn?«, fragte ich.

Sethos zögerte kurz. »Was soll's, ich kann es euch ebenso gut sagen. Sie haben es auf Feisal von Irak abgesehen. Er soll gestürzt und durch Sayid Talib ersetzt werden, der eine Republik will – so behauptet er jedenfalls – und das Ende des britischen Mandats. Der britische Hochkommissar soll in die Wüste geschickt werden, genau wie unsere Freundin Miss Bell. Sie gibt sich der Illusion hin, dass die Iraker sie verehren, aber etliche lehnen den Einfluss einer Frau ab, einer Ausländerin und Ketzerin an der Monarchie. Sie halten nicht viel von Feisal, und daran ist die Lady nicht ganz unbeteiligt. Jedes Mal, wenn sie in den Palast marschiert, als wäre er ihr Eigentum, verliert er an Sympathie.«

Er nahm einen weiteren, tiefen Schluck. »So, jetzt wisst ihr alles«, schloss er. »Den Plan, den ganzen Plan, und nichts als den Plan.«

Aus Manuskript H

Das Warten war die Hölle. Er schlenderte ziellos durch den Raum, spannte methodisch die schmerzenden Muskelgruppen an und kämpfte gegen den sinnlosen Wunsch, irgendetwas zu unternehmen, um wieder zu seiner Frau zu kommen. Nach Stunden, wie ihm schien, vernahm er ein kratzendes Geräusch. Er sprintete zur Tür.

»David?«, hauchte er ins Schlüsselloch.

»Ja.«

»Wie klappt es denn?«

»Lass mir noch ein paar Minuten.«

Schlösser auszubauen hatten sie im Krieg gelernt. Allerdings hatte David nicht das richtige Werkzeug, zudem war es längst nicht so einfach wie in der einschlägigen Kriminalliteratur beschrieben. Ramses zog sein Messer unter der Matratze hervor, steckte es in den Gürtel und huschte wieder zur Tür. Das Kratzen und Knirschen ging noch eine Weile weiter, bis er es nicht mehr aushielt.

»Ich mach es mit Gewalt«, raunte er. »Los, geh von der Tür weg.«

»Eine Minute noch«, murmelte David seelenruhig. »Fass dich in Geduld, Junge. Das ist dein größtes Manko. Ich denke ... ich hab's.«

Die Tür sprang auf, und zum ersten Mal sah er den Gang, durch den sie ihn geschleift hatten. Spinnweben hingen von der Decke, eine dicke, mit Fußspuren durchsetzte Staubschicht bedeckte den Boden, auf dem lang hingestreckt ein mit in einer zerschlissenen Galabija bekleideter Mann lag.

»Ich musste ihn ausschalten«, sagte David leise. »Denk nicht weiter darüber nach, Ramses. Los komm, wir haben nicht viel Zeit. An der Eingangstür steht noch einer. Mir nach.«

David las in ihm wie in einem offenen Buch. Und er hatte wie üblich Recht.

In diesem Teil des Hauses waren die Dienstbotenquartiere untergebracht. Eine Tür am hinteren Ende des Ganges führte in den Salon, der im Stil des Fin de Siècle gehalten war. Abblätternde Stuckreliefe rahmten blinde Spiegel und die Reste bemalter Deckenpaneele. Abbröckelnder Mörtel knirschte unter ihren Schritten. Bleiches Mondlicht sickerte durch die Ritzen der Fensterläden.

»Was ist mit den anderen Türen?«, flüsterte Ramses.

»Verriegelt, verschlossen, verbarrikadiert. Vertrau mir, das hier ist unsere einzige Chance.«

Er blieb vor einer holzgeschnitzten wandhohen Doppeltür stehen. »Ich geh vor«, wisperte er und drückte behutsam einen der beiden Flügel auf. Die rostigen Angeln stöhnten leise auf. David glitt durch den Spalt. Ramses schob sich hinter ihn und warf einen Blick in die Eingangshalle. Eine geschwungene Freitreppe führte in den ersten Stock. Eine einsame Lampe verströmte milchiges Licht. Der an der Fronttür postierte Mann trug europäische Kleidung, Hose, Hemd und Stiefel. Er hatte gedöst, war von dem Geräusch der Türangeln jedoch aufgewacht. Seine Augen blinzelten ins Licht.

Das war der heikelste Teil der ganzen Geschichte. Sobald er David erkannte, würde er zwar nicht Alarm schlagen, aber seine Verblüffung gewiss in irgendeiner Form artikulieren. Und er würde bestimmt nicht flüstern. David blieben nur wenige Sekunden, um ihn zum Schweigen zu bringen, und einen geräuschvollen Zweikampf durfte er nicht riskieren. Ramses blieb stehen, das Messer in der Hand, bereit, David spontan zu helfen.

Mit einem gezielten Sprung zwang David den Wachmann in die Knie. Sie rollten über den Boden, der Wächter verzweifelt bemüht, sich zu befreien, David, ihm den Mund zuzuhalten. Die ineinander verkeilten Körper wanden und wälzten sich. Ramses wartete angespannt auf seinen Einsatz, hatte aber Angst, den Falschen zu treffen.

Dann gelang es dem Wachmann, einen Arm zu befreien, und er schlug zu. David prallte mit einem gedämpften Stöhnlaut auf den Rücken, der andere stürzte sich auf ihn.

»Wieso zögerst du noch?«, keuchte David.

Der Rücken des Wachhabenden war ein verlockend tödliches Ziel, aber das brachte Ramses nicht über sich. Stattdessen zog er ihm eins mit dem schweren Messerknauf über den Schädel. Das lähmte den Mann wertvolle Sekunden lang, in denen Ramses ihn mit der Wucht seiner Schläge traktierte. In der Zwischenzeit löste David die Türkette, die leise rasselnd nachgab, und drehte den Knauf. Eine Stimme rief vom oberen Treppenabsatz, was dort unten los sei.

Die Tür ließ sich nicht öffnen. Der Schlüssel war nicht im Schloss. Ramses drehte den bewusstlosen Mann auf den Rücken, tastete seine Taschen ab. Dann fand er den Schlüssel, der an einem Band um den Hals des Burschen hing. Ein energisches Zerren und er hielt das Objekt der Begierde in den Fingern. Er steckte den Schlüssel ins Schloss und drehte um.

Schritte polterten die Stufen hinunter. Geistesgegenwärtig riss David die Tür auf und sie stürmten ins Freie. Vorsicht hin oder her, jetzt hieß es schnell sein. Die Verfolger nahten. David stolperte, und Ramses packte ihn um die Taille und zog ihn weiter. Sie erreichten die Straße und bogen nach rechts.

Weit und breit war niemand zu sehen, nicht einmal ein Karren, hinter dem sie sich hätten verbergen können. Schwere Schritte dröhnten über das Pflaster. Weit, entsetzlich weit vor ihnen, sah Ramses die Lichter des Winter Palace. Keuchend und sich gegenseitig stützend rannten sie weiter.

***

Oberste Priorität, entschied ich, hatte die Suche nach Margaret. In der Tat konnten wir auch nichts anderes machen, da wir keine Ahnung hatten, was aus den Jungen (in meiner mütterlichen Vorstellung waren sie das weiterhin) geworden war. Bis zu unserem Aufbruch waren sie noch nicht zurückgekehrt; ich wies Fatima an, sie möge ihnen ausrichten, wir seien unterwegs und sie sollten gefälligst daheimbleiben.

Nefret hatte ihr hübsches Kleid und die Abendschuhe gegen bequeme Garderobe getauscht, und ich trug Hose und Jacke – sowie natürlich meinen Utensiliengürtel samt Schirm. Wir wussten schließlich nicht, was uns erwartete. Als wir zum Stall liefen, standen die Pferde fertiggesattelt bereit.

Es war schon spät, das Dorf Kurna in schläfriges Dunkel getaucht. Das von uns gesuchte Haus lag totenstill. Emerson versicherte uns aber, laut Sethos' Beschreibung des Besitzers könne es gar kein anderes sein.

Wir saßen ab, und Sethos meldete sich zum ersten Mal nach seiner aberwitzigen Geschichte zu Wort. »Ihr habt das sicher nicht so geplant, dass ihr mich zuerst reingehen lasst, oder? Ich könnte Margaret aus dem Schlaf reißen, packen und –«

Emerson titulierte ihn mit einigen unschönen Begriffen, und ich sagte eiskalt: »Deine Unverschämtheit spottet jeder Beschreibung. Geh vor, Emerson, und weck den armen alten Mann.«

Nicht der alte Mann, sondern seine Frau kam an die Tür, und ihr herzlicher Empfang machte ihrem Ruf alle Ehre. Einen Knüppel schwingend, fing sie an zu schimpfen und zu zetern. Nicht einmal Emersons Auftauchen konnte sie besänftigen.

»Wir sind keine Räuber«, gellte er. »Wir wollen euch nichts tun! In Himmelherrgottsnamen, sei still Frau, und gehorche dem Vater der Flüche.«

Er entriss ihr den Stock und packte sie. Sie kämpfte und kreischte in einem fort, bis ich mit dem gezückten Schirm vortrat.

»Sei still«, sagte ich streng. »Oder ich verwandle dich kraft meiner Magie in eine Ziege.«

Menschen glauben die abstrusesten Dinge. Mein Schirm wurde geliebt und gefürchtet von den abergläubischen Ägyptern. Gottlob gehörte die alte Dame zu der genannten Spezies.

Kleinlaut führte sie uns in den Raum, in dem Margaret untergebracht war. Entweder hatte sie noch gar nicht geschlafen oder der Tumult hatte sie aufgeweckt; sie stand da, einen Keramikkrug wurfbereit umklammernd. Ich hielt es für strategisch geschickt, als Erste einzutreten. Für den Herzschlag eines Augenblicks dachte ich dann aber doch, sie würde den Krug nach mir schleudern.

Sobald sie Emerson sah, der hinter mir aufragte, überlegte sie es sich wohl anders. Margaret war noch nie um Worte verlegen gewesen, was sie einmal mehr bewies.

»Aha, jetzt lasst ihr euch endlich blicken!«, schrie sie. »Diesmal sind Sie jedoch zu weit gegangen, Mrs Emerson. Ich werde Ihre perfiden Machenschaften auf die Titelseiten sämtlicher Zeitungen bringen!«

»Das hast du aber schön gesagt, Margaret«, lobte ich. »Allerdings sind deine Anschuldigungen in diesem Fall völlig unbegründet. Mach es dir bequem, dann können wir in aller Ruhe –«

»Mutter«, unterbrach Nefret mich gefasst. In ihrer Stimme schwang leise Kritik. Ramses und David waren ganz offensichtlich nicht hiergewesen.

»Ich fasse mich so kurz wie möglich«, versprach ich.

Margaret setzte den Krug ab und verschränkte die Arme. Sie hatte das Ensemble an, das sie auch auf unserer Abendgesellschaft getragen hatte, mittlerweile war es zerknittert und verschwitzt. Das war reine Willkür; mehrere andere Kleider hingen an Haken oder lagen über Stühle gebreitet. Ich blinzelte irritiert, denn sie sahen verdächtig nach den beliebten Touristenmitbringseln in den Basaren aus – leuchtende Stoffe, mit Perlen und Gold- oder Silberborten bestickt. Bestimmt hatte Sethos sie gekauft, aber wie ich Margaret kannte, ging sie davon aus, dass dies mein erneuter Appell an ihren schlechten Geschmack wäre. Und deshalb weigerte sie sich auch, diese Stücke zu tragen.

Eine rasche Bestandsaufnahme des Zimmers dokumentierte mir, dass die alte Schachtel ihr Geld verdient hatte. Der Raum war sauber und wohnlich, wenn auch nicht luxuriös ausgestattet. Auf dem Tisch stand ein Korb mit Feigen und Trauben, daneben die Reste des Abendessens.

»Du irrst, Margaret. Ich bin völlig unschuldig an dieser Entführung«, hob ich an.

»Der Droschkenkutscher hatte Anweisung, auf offener Straße anzuhalten.« Margarets Augen sprühten Blitze. »Dann stieg Daoud zu und nahm mich in seinen Gewahrsam. Wem außer dir würde er gehorchen? Lüg mich nicht an.«

»Ich lüge nie.« (Es sei denn, setzte ich in Gedanken hinzu, es ist unumgänglich.) »Daoud glaubte zwar, das Richtige zu tun, aber er wurde von jemand anders instruiert.«

Ich trat von der Tür weg. Draußen schien sich ein kleineres Handgemenge anzubahnen; dann tauchte Emerson wieder auf. Er hatte seinen Bruder am Revers gepackt und schob ihn unsanft ins Zimmer. »Hier ist der Unhold«, tönte er.

Margaret starrte fassungslos in seine Richtung. »Du?«

Da Sethos keine Fluchtmöglichkeit sah (Emerson blockierte nämlich den Eingang), strahlte er wie ein Honigkuchenpferd. »Meine Absichten –«, begann er.

»Du und deine verfluchten Absichten«, tobte Margaret. »Bitte wiederhol jetzt nicht wieder deine Fantasiegeschichte, dass du von Kontrahenten verfolgt wirst. Die hab ich Amelia schon nicht abgenommen und dir erst recht nicht. Du hast mich nämlich gar nicht entführt, um mich in Sicherheit zu wissen!«

»Nein«, gestand Sethos. »Ich hab es gemacht … ich hab's gemacht, weil …«

Dummerweise machte ihm seine sprichwörtliche Eloquenz an diesem entscheidenden Punkt einen Strich durch die Rechnung. Ich blickte von ihm zu Margaret, dann sagte ich: »Er hatte eine dramatische Rettungsaktion geplant, Margaret.«

Margarets Gesichtsausdruck war ein Bild für die Götter. »Dramatisch? Rettungsaktion? Hier von diesem schwachsinnigen Tattergreis und seiner scheintoten Alten?«

»Oh, ich hätte es durchaus dramatisch inszeniert.« Sethos warf sich in die Brust. Die Zeichen waren vielversprechend: Sie drangsalierte ihn weder mit irgendwelchen Wurfgeschossen noch mit Kraftausdrücken.

Beide schienen nicht recht zu wissen, was sie sagen sollten.

»Pack deine Sachen zusammen, Margaret«, schlug ich schließlich vor.

Sie nahm ihr Abendtäschchen, warf einen bitterbösen Blick auf die bestickten Kaftane und schritt aus dem Zimmer, Sethos mit Missachtung strafend.

Das ließ sich doch ganz gut an. Ich hoffte nur, alles andere würde sich auch so positiv entwickeln.

Aus Manuskript H

Im Schutz der hellen Straßenbeleuchtung und umgeben von flanierenden Menschenmengen sank Ramses keuchend auf die Außentreppe des Hotels. Irgendwann kam er wieder zu Atem.

»Alles in Ordnung mit dir?«

David nickte. »Du auch?«

»Ja. Ich frag mich, wieso sie nicht auf uns geschossen haben.«

»Keine Ahnung.« David wischte sich mit dem Hemdsärmel über das verschwitzte Gesicht. »Möchtest du was trinken?«

»Keine Zeit.« Ramses sprang auf. »Wir müssen die Polizei informieren.«

»Ich dachte, du kannst es nicht abwarten, Nefret wiederzusehen?«

»Das schon, aber sonst –«

»Sind sie womöglich über alle Berge«, beendete David den Satz. »Das lässt sich nun mal nicht ändern. Bei der Polizei wird auch nur mit Wasser gekocht. Dort wird man beteuern, dass erst eine größere Einheit zusammengestellt werden muss und so weiter und so fort.«

Seine Argumentation war unwiderlegbar. Die Polizei würde keinen dringenden Handlungsbedarf sehen, sondern vermutlich darauf bestehen, Aziz zu holen, der um diese Zeit schon schlief. Und die Bande brauchte sicher nicht lange, um ihre wenigen Habseligkeiten zusammenzusammeln und zu türmen.

»Wie spät ist es?«, wollte Ramses wissen.

»Halb eins. Lass uns gehen.«

Um diese Uhrzeit überquerten nur wenige den Fluss, trotzdem tummelten sich einige Fährleute am Ufer, in der Hoffnung, Touristen für eine romantische Mondscheinfahrt zu gewinnen oder um ein paar saumselige Nachzügler am Westufer aufzulesen. Sie stürzten sich gestikulierend auf Ramses und David, aber Daouds Sohn Sabir machte letztlich das Rennen. Er packte David kurzerhand am Arm.

»Da seid ihr ja, unversehrt und wohlbehalten, Allah sei Dank!«

David befreite sich lachend, worauf Sabir sich auf Ramses stürzte. Der spürte jeden schmerzenden Muskel in seinem Körper. Obschon nicht so groß geraten wie sein Vater, hatte Sabir Daouds muskulöse Statur und Arme, die hart zupacken konnten.

»Ja, Gott sei Lob und Dank«, sagte er, nachdem er sich aus Sabirs stürmischer Umarmung gelöst hatte. »Hast du hier auf uns gewartet?«

»Ja, ja, sie haben mich hergeschickt. Kommt, kommt. Nur Misur weint und der Vater der Flüche flucht und die Sitt Hakim füllt Munition in ihre Flinte und –«

»Ich darf gar nicht darüber nachdenken, was sonst noch alles«, sagte Ramses. »Wir müssen uns beeilen.«

Sabirs Kahn war einer der wenigen mit Außenbordmotor. Sie setzten in Rekordzeit ans andere Ufer über, wo Selim sie mit gesattelten Pferden erwartete. Er hatte sie auf Anhieb entdeckt, und sein lauter Jubel hatte weitere Männer auf den Plan gerufen. Sie mussten diverse Umarmungen und Lobpreisungen Allahs über sich ergehen lassen. Ob nun göttliche Vorsehung, Glück oder Schicksal – er war gern bereit, dafür dankbar zu sein.

»Woher wusstest du, dass du hier auf uns warten musst?«, fragte Ramses Selim, während Risha ihn mit den Nüstern an der Schulter anstupste.

»Wir wussten es nicht, wir hofften es«, sagte Selim schlicht. »Als ihr nicht in Kurna wart, schickte die Familie Sabir und mich zum Fluss, wo wir die Fährleute nach eurem Verbleib fragten. Seitdem haben wir gewartet.«

Selim, der einen Hang zum Dramatischen hatte, schickte sich an, eine feierliche Prozession zu arrangieren. Fackeln flammten auf, Stimmen erhoben sich zu Gebet und Gesang, Dorfbewohner folgten ihnen auf Eseln. David ritt in leichtem Trab neben Selim, Ramses spornte Risha jedoch zum Galopp an. Jetzt, da er fast zu Hause war, konnte er es kaum erwarten, sie zu sehen.

In sämtlichen Fenstern des Hauses brannte Licht. Sie kam mit ausgebreiteten Armen auf ihn zugestürzt. Kurzerhand schwang er sich von Risha und lief ihr auf halbem Weg entgegen.

* * *

»So, und jetzt berichtet«, drängte Selim. »Erzählt uns von eurem Abenteuer.«

Niemand dachte mehr daran, ins Bett zu gehen. Die Rückkehr der beiden Ausreißer hatte die Gemüter beflügelt, auch Daoud. Wir hatten auf dem Rückweg von Kurna bei ihm Halt gemacht, die Sachlage aufgeklärt und ihm nachdrücklich versichert, dass wir ihm nicht böse seien.

Khadija zeigte sich weit weniger einlenkend. »Soso, deshalb behauptest du schon seit Tagen, du wärest krank. Daoud, du bist ein unverbesserlicher Narr!«

Als sie von unserer Suche nach den Jungen erfuhr, erbot sie sich, mit zum Haus zu kommen (natürlich mit einem Tiegel ihrer berühmten grünen Salbe).

Nachdem die beiden dort nicht waren, schickte ich Daoud und Selim mit ein paar von unseren Leuten auf die Suche. Sabir fand den Fährmann, der die Jungen übergesetzt hatte. (Er hatte betont, dass der Bruder der Dämonen die Überfahrt nicht bezahlt habe und ihm Geld schulde.)

»Worauf warten wir noch?«, drängte Emerson. »Sie treiben sich irgendwo in Luxor herum. Ich werde –«

»Die gesamte Stadt absuchen, jeden Winkel, jedes Haus?«, unterbrach ich ihn. »Versteh doch, der Fährmann verlor sie aus den Augen, nachdem sie den Kai passiert hatten.«

Meine Logik beeindruckte den Professor nicht, der wie ein Tornado über die Veranda stürmte, dabei Tischchen umwarf und den dösenden Kater aufschreckte. Nefret ist vermutlich die Einzige, die ihn in solchen Situationen richtig zu nehmen weiß. »Wir möchten dich nicht auch noch verlieren, Vater. Lass ihnen noch ein bisschen Zeit.«

Sie wäre nicht so ruhig gewesen, wenn sie eine ihre Vorahnungen gehabt hätte. Niemals werde ich die Panik in Nefrets Augen vergessen, als sie uns bei einer unserer früheren Exkursionen um Hilfe anflehte, weil sie Ramses in der Hand seines schlimmsten Widersachers wähnte. Jetzt hörte das liebe Mädchen sie als Erste und lief zur Tür, und Augenblicke später hörten wir das aufbrandende Freudengeschrei und sahen den zuckenden Feuerschein der Fackeln. Schier unmöglich, unsere Empfindungen in Worte zu kleiden, gleichwohl vermag sich der einfühlsame Leser unschwer ein Bild davon auszumalen.

Aus Manuskript H

David zeigte exakt die Reaktion, die Ramses befürchtet hatte. Die herzlichen Umarmungen und die allgemeine Erleichterung schienen eine alte Wunde aufgerissen zu haben. Schmallippig, die Stirn tief gefurcht, starrte sein Freund auf die gefalteten Hände und reagierte überhaupt nicht auf Selim. Er überließ Ramses das Reden.

Das Chaos nach ihrer Ankunft hatte dem jungen Emerson keine Zeit gelassen, sich eine entsprechende Argumentation zurechtzulegen. Fatima servierte unermüdlich kalte Platten, Khadija schmierte beide mit ihrer grünen Heilsalbe ein, alle redeten durcheinander. Einen Arm zärtlich um seine Frau gelegt, schob Ramses seine Erklärungen vor sich her und erkundigte sich stattdessen nach Margarets Befinden. Dass sie wieder aufgetaucht war und schweigsam in einer Ecke saß, erleichterte sein Gewissen doch wenigstens um eine Sorge.

»Allem Anschein nach«, sagte seine Mutter, »hatte ihr Verschwinden nichts mit der … der anderen Geschichte zu tun. Ein gewisses Individuum hat sie vorsätzlich entführt, aus Gründen, die hier nichts zur Sache tun. Sie war nie in Gefahr. Das muss für den Augenblick genügen. Und jetzt leg los, wir sind gespannt auf eure Geschichte.«

Sethos hatte sich mit einem gewissen Sicherheitsabstand zu seiner Frau auf dem Sofa niedergelassen. Sein unschuldiger Blick vermochte Ramses nicht zu täuschen. Elender Halunke, dachte er bei sich. Wenn du es nicht gewesen bist, wer dann?

Die Schilderung ihrer Erlebnisse ließ sich nicht länger hinausschieben. Er beschloss, den ersten Teil schleunigst hinter sich zu bringen und dabei möglichst wenig ins Detail zu gehen. »Vor kurzem setzte sich der konspirative Zirkel mit David in Verbindung, der daraufhin geschickt taktierte, indem er vorgab, mit ihrer Sache zu sympathisieren.«

»Nein, Ramses.« David hob den Kopf. »Du brauchst

mich wahrlich nicht in Schutz zu nehmen. Ich habe bereitwillig mit ihnen kooperiert. Und weder Ramses noch sonst jemanden eingeweiht. Ich habe euer Vertrauen missbraucht.«

Ein verblüfftes Raunen ging durch Raum. Worauf Ramses hastig einräumte: »Sie hatten ihm fest zugesagt, dass sie die Familie oder unsere Freunde nicht behelligen würden. Margarets Verschwinden löste jedoch Bedenken bei ihm aus, ob man ihrem Wort überhaupt trauen könnte. Folglich war er heute Abend in Luxor, um eine Erklärung zu verlangen. Ich folgte ihm und wurde dummerweise geschnappt. Ohne Davids Hilfe wäre ich noch immer ihr Gefangener. Er hat sein Leben für mich aufs Spiel gesetzt.«

Wie von Ramses erwartet, brach seine Mutter als Erste das beklemmende Schweigen. Sie stand auf, ging zu David und legte ihren Arm um seine eingesunkenen Schultern. »Ich weiß mich durchaus in deine Situation hineinzuversetzen, David. Mach dir keine Vorwürfe, mein Junge. Du bist nicht der Einzige, der im Leben Fehler macht. Irren ist menschlich, Verzeihen –«

»Um Himmels willen, Peabody, verschone uns mit deinen weisen Sprüchen«, erregte sich Emerson. »Ähm – David, mein Junge, hier, trink erst mal einen Whisky-Soda!«

Mit feuchten Augen nahm David das Glas, das Emerson ihm in die Hand drückte.

»Sir«, begann er.

»Keine Ursache«, meinte der Professor hastig. »Und jetzt rückt ihr mal schön mit den Einzelheiten raus. Sieht mir nämlich ganz so aus, als hättet ihr ein paar Schrammen abbekommen.«

»Zeitweilig war es ein bisschen kritisch«, meinte Ramses ausweichend, um seinen Vater nicht unnötig aufzuregen. »David musste das Schloss zu dem Raum ausbauen, in dem ich festsaß, und den Wachmann vor der Tür überwältigen – und zwar geräuschlos, damit die anderen Kerle nicht aufwachten. Wir hatten eine weitere Auseinandersetzung an der Haustür, wo der Nächste Wache stand. Da er David für einen der ihren hielt, genügte das Überraschungsmoment, um ihn niederzuringen. Gemeinsam konnten wir ihn zwar kampfunfähig machen, hatten dabei aber zu viel Lärm veranstaltet, und als wir endlich zur Tür heraus waren, verfolgte uns die ganze Meute. Vermutlich bin ich in meinem ganzen Leben noch nie so schnell gelaufen. Erst als wir das Winter Palace erreichten, wussten wir, dass wir es geschafft hatten. Sabir suchte uns schon, und den Rest kennt ihr bereits.«

Sein Vater beugte sich zu ihm vor. »Das Haus ist in der Nähe vom Winter Palace? Wo genau?«

Ramses schilderte es ihm. »Wir hätten umgehend zur Polizei gehen sollen, aber –«

»Ach was«, meinte Emerson, ganz Herr der Lage. »Der Vogel ist inzwischen ausgeflogen. Trotzdem, hingehen müssen wir schon.«

»Aber nicht jetzt«, versetzte seine Frau. »Das hat Zeit bis morgen und alles andere auch.«

Genau wie ihr Sohn hatte sie bemerkt, dass David nach der emotionalen und physischen Anspannung einem Zusammenbruch nahe war. Entschlossen hakte sie sich bei ihm unter. »Komm mit, mein lieber Junge. Ich verordne dir ein schönes Glas warme Milch, dann schläfst du sofort ein.«

Und in die Milch würde sie »ein paar Tröpfchen Laudanum« geben, überlegte Ramses. Nefret bot ihm keine Milch an, nötigte ihn aber, sich die grüne Pampe abzuwaschen, bevor er zu ihr ins Bett schlüpfte. Khadijas Salbe hatte zwar therapeutische Wirkung, hinterließ aber auch hartnäckige Flecken auf den Laken.

* * *

Am nächsten Morgen fühlten wir uns wie Schiffbrüchige, die nach endlosen Stunden der Verzweiflung feststellten, dass sie alle überlebt hatten. Ich kniete vor dem Bett, murmelte ein Dankgebet, während Emerson murrend danebenstand.

Später ging es ans Eingemachte. Ich zog einen Zettel aus der Jackentasche und verkündete: »Ich habe eine meiner kleinen Listen gemacht.«

Alle lachten, auch David, der noch sehr in sich gekehrt wirkte. »Na Peabody«, meinte Emerson launig, »und wie lautet der erste Punkt?«

»Inspektor Aziz informieren und ihn dahingehend instruieren, dass er die verdächtigen Lokalitäten inspiziert.«

»Einen Teufel werden wir tun«, schnaubte Emerson und versetzte seinem gekochten Frühstücksei einen temperamentvollen Hieb mit der Messerklinge. »Die verdächtigen Lokalitäten inspiziere ich selbst. Meinetwegen kannst du gern mitkommen.«

Natürlich hatte ich genau das vor. Die Augen einer Frau, so behaupte ich immer, sehen mehr als die eines Mannes. »Danach«, fuhr ich fort, »halten wir einen kleinen Kriegsrat ab.«

Von Fatima genötigt, aß David seinen Teller leer. Eben legte er die Gabel beiseite. »Ich konnte noch gar nicht darlegen, was ich über das Komplott erfahren habe, Tante Amelia. Dafür hast du mir gestern Abend keine Zeit gelassen.«

Ich hob mahnend einen Zeigefinger. »Es ist alles unter Kontrolle, David. Nur die Ruhe bewahren.«

Ramses und Nefret saßen nebeneinander und hielten unter dem Tisch Händchen. »Ich komme mit nach Luxor«, verkündete Nefret in einem Ton, der keinen Widerspruch zuließ. Sie mochte ihn nicht aus den Augen lassen.

Margaret trug eines von meinen Tageskleidern, ein hübsches nilgrünes Stück mit Spitzenbesatz, dessen raffinierter Schnitt sie sehr gut kleidete. Nachdem sie ihren grauenvollen Fummel ausgezogen hatte, wies ich Fatima an, Putzlappen daraus zu schneiden.

»Kann ich nicht vielleicht doch wieder ins Hotel ziehen?«, maulte sie.

»Nein«, antwortete ich. »Wir packen deine Sachen und bringen sie mit hierher. Ich möchte, dass du unserem Kriegsrat beiwohnst. Du«, fuhr ich mit einem strengen Blick zu Sethos fort, »fährst mit uns. Und kommst mit uns zurück.«

»Ja, Amelia«, murmelte Sethos kleinlaut.

Normalerweise hätten mich seine und Margarets einlenkende Haltung argwöhnisch gestimmt. Ich nahm mir auch vor, ein Auge auf meinen Schwager zu haben. Quasi als Vorsichtsmaßnahme.

Wir fanden das verdächtige oder vermaledeite Haus auf Anhieb. Es war eine von mehreren Villen, mit großem Pomp vor dem Krieg erbaut. Um keine Zeit zu verlieren, hatte ich Inspektor Aziz eine Nachricht geschickt, mit der Bitte, uns dort zu treffen. Auch ohne seine Mannen waren wir eine wehrhafte Truppe, selbst auf die Gefahr hin, dass wir auf Opponenten träfen, was eher unwahrscheinlich war. Im Haus roch es muffig, als wäre es lange nicht bewohnt gewesen. Die Blumenbeete waren von Unkraut überwuchert, die Fensterläden defekt.

Emerson marschierte die Stufen hinauf und trat die Tür ein. Der Gestank von Fäulnis und Fäkalien schlug uns entgegen – mehr nicht. Unsere rasche Suche brachte zutage, dass der Vogel tatsächlich ausgeflogen war und angeschimmeltes Essen, verschwitzte Kleidungsstücke und noch bei weitem Unhygienischeres zurückgelassen hatte. Nachdem feststand, dass die Gefahr eines Hinterhalts nicht gegeben war, teilten wir uns zu einer ausgiebigeren Suchaktion und inspizierten jeden Schnipsel Papier, jedes kleinste Stück Stoff. Dann traf Inspektor Aziz ein. Auf sein lautes Rufen hin steuerten wir in die Eingangshalle, wo er mit verschränkten Armen und kritischer Miene stand.

»Ihre Nachricht war nicht sehr aufschlussreich, Mrs Emerson«, krittelte er. »Wieso sind Sie überhaupt in dieses Haus eingebrochen?«

»Wir sind nicht eingebrochen, wir haben das Haus lediglich betreten. Die Tür war nämlich nicht verschlossen«, erklärte Emerson.

»Bitte, lass die Haarspalterei, Emerson«, tadelte ich ihn. Ramses und David seien auf der Suche nach Margaret hergekommen, erklärte ich und schilderte ihm die genaueren Umstände. Während er lauschte, schwankte Aziz' Mienenspiel zwischen tiefer Entrüstung und dumpfer Resignation.

»Mittlerweile bin ich mit Ihren Gewohnheiten vertraut, Mrs Emerson, deshalb akzeptiere ich die Tatsache als solche. Trotzdem hätten Sie das umgehend melden müssen.«

»Das hätte uns aber dazu genötigt, Sie mitten in der Nacht aus dem Bett zu holen, Inspektor. Und welchen Sinn hätte das gehabt? Die Missetäter haben nach Ramses' und Davids Flucht ebenfalls das Weite gesucht.«

»Kannten Sie die Männer?«, wollte Aziz wissen.

»Nein, aber es würde uns brennend interessieren, wer sie sind. Ist Ihnen zufällig bekannt, wem dieses Haus gehört?«

»Das nicht, aber ich werde es herausfinden. Meinen Sie, der Eigentümer hat damit zu tun?«

»Das bezweifle ich«, meinte Ramses. »Das Haus war leer, vermutlich benutzten sie es nur vorübergehend.«

Wir überließen Aziz die weitere Durchsuchung. Er war ein gewissenhafter, kompetenter Beamter; im Grunde genommen tat es mir leid, dass wir so mit ihm umsprangen, aber das ließ sich nun einmal nicht ändern.

Im Hotel packten wir Margarets Sachen in einen Koffer, einschließlich Notizen und losen Zetteln, die Emerson in einen Ordner legte. Bevor sie diese zurückerhielte, wollte ich einen kurzen Blick darauf werfen.

Bei unserer Rückkehr saßen Sennia und Gargery mit griesgrämigen Gesichtern auf der Veranda. Sennia lief zu Ramses und umarmte ihn stürmisch.

»Fatima hat mir alles erzählt! Wieso hab ich das nicht gewusst? Ich wäre losgezogen und hätte dich gefunden.«

»Das ist lieb von dir.« Ramses erwiderte die Umarmung. »Aber in meiner misslichen Lage hättest du mir auch nicht helfen können.«

»Ich hätte die Große Katze des Re auf deine Spur angesetzt«, meinte sie todernst.

Ich blickte zu dem Kater, der friedlich schlummernd auf dem Sofa lag. Er hatte sich ziemlich breit gemacht, den plüschigen Schwanz lang ausgestreckt und alle Viere von sich gereckt. Sennias Überzeugung, dass er sich eines Tages als Ramses' Retter erweisen würde, schien eher zweifelhaft.

»Fatima hätte dich damit nicht belasten dürfen«, sagte David, als Sennia gleich darauf ihn umarmte.

»Wenn nicht Fatima, hätte es ihr bestimmt jemand anders erzählt«, seufzte ich. »Wie du siehst, mein Kind, ist alles in Ordnung.«

Bevor wir uns zu unserem Kriegsrat einfanden, fiel mir noch eine kleine Sache ein, die keinen Aufschub duldete. Ich formulierte eine kurze Notiz an Cyrus, dass Margaret wohlbehalten zurückgekehrt sei. Dann bat ich alle in den Salon, wo Kareem Stühle um den großen Tisch gruppiert hatte, den ich als Rednerpult benutzen wollte. Ich nahm dahinter Platz, sortierte meine Unterlagen und eröffnete die Versammlung.

Für Selim und Daoud, die uns nicht begleitet hatten, resümierte ich kurz die Ergebnisse unserer Hausdurchsuchung.

»Ich hatte gehofft, die Unholde hätten etwas vergessen, das uns Aufschlüsse über ihre derzeitigen Aktivitäten geben könnte«, fuhr ich fort. »Leider fanden wir nichts, was uns in irgendeiner Form weiterbringt.

Inzwischen wissen wir jedoch, dass die Konspiration zum Ziel hat, König Feisal zu stürzen und das Ende der britischen –«

David war so unhöflich, mich zu unterbrechen. Mit vor Verblüffung geweiteten Augen rief er: »Feisal? Nein, es ist Fuad, der abdanken soll. Saghlul wird zum –«

»Was?«, stammelte ich. »Das ist nicht –«

»Ich wusste doch, dass hier einer lügt«, knurrte Emerson. »Himmeldonnerwetter noch mal!«

»Ich nicht!«, erregte sich Sethos. »Ich schwöre bei –«

»Ruhe!« Ich hob die Stimme, um die anderen zu übertönen. »Alle! Irgendjemand hat uns in die Irre geführt, aber das soll uns nicht zu voreiligen Schlüssen verleiten. Womöglich waren es Davids Informanten.«

»Wieso sollte Bashir mich belügen?«, wollte David wissen. »Er interessiert sich weder für den Irak noch für Feisal; er hat sich der Sache des ägyptischen Nationalismus verschrieben.«

»Er ist ein ziemlicher Idiot, wenn er meint, dass er mit so einer Taktik durchkommt.«

»Er hat Recht«, versetzte Margaret.

Von ihr hätte ich am allerwenigsten erwartet, dass sie für ihn Partei ergriffe. Sethos fixierte sie entgeistert, worauf sie kaum merklich errötete. »Der Irak als Zielscheibe ist sehr wahrscheinlich. Die politische Lage dort ist instabil und Öl eine wertvolle Ressource.«

»Danke.« Sethos hatte sich von seiner Verblüffung erholt. »Ich räume gerne ein, dass ich es mit der Wahrheit nicht immer ganz genau nehme, aber Margaret stützt meine Version mit ihrer These. Was hätte ich auch davon, wenn ich lüge?«

»Spontan fällt mir da nichts ein«, gestand ich.

»Das beweist nicht das Geringste.« Emersons kritischer Blick schoss zu seinem Bruder. »Seine Motive entbehrten schon des Öfteren jeder Logik. Allerdings gewährte ich ihm die Gunst des Zweifels – aus Mangel an Beweisen.«

Ich sah auf meine Liste und legte sie beiseite. »Gute Güte«, sagte ich. »Statt weiterzukommen, sind wir ratloser als zuvor. Das einzig Positive ist, dass unsere Gegner Wort gehalten haben. Margarets Entführung war nicht auf ihrem Mist gewachsen, und Ramses und David – ähm –«

»Bekamen, was sie verdienten«, meinte mein Sohn ironisch. »Weil sie sich in Dinge einmischen, die sie nichts angehen. Von daher bin ich skeptisch, ob wir künftig noch mit ihrem Entgegenkommen rechnen dürfen.«

»Ein erwägenswerter Punkt«, betonte ich. »Es wäre ungemein konstruktiv, wenn wir wüssten, wer ›sie‹ sind.« Wild entschlossen starrte ich von einem zum anderen.

»Vielleicht«, gab Daoud zu bedenken, »sind es auch mehrere und unterschiedliche Gruppierungen.«

»Der Punkt geht an dich, Daoud«, sagte Sethos. »Ich zweifle keine Sekunde lang an Davids Aussage, aber jene Gruppe kann nichts mit meinem Haufen zu tun haben, das wüsste ich.«

»Zwei voneinander unabhängige Intrigen?«, fragte Ramses ungläubig. »Das ist ein bisschen viel, selbst für uns.«

»Fangen wir einmal mit dem an, was wir wissen.« Ich nahm mir einen leeren Bogen Papier und versah ihn mit der Überschrift »Dringend zu erledigen«.

»Bashir«, sagte ich. »Er ist uns als Einziger namentlich bekannt. Wir müssen ihn unschädlich machen.«

»Ich glaube nicht, dass er gefährlich ist«, wandte Ramses ein. »Er war immer ein Mitläufer und kein Anführertyp. Seine Burschen haben nicht mal auf uns geschossen. Trotzdem sollten die Behörden vor ihm gewarnt werden.«

»Sir Thomas Russell ist unser Mann«, sagte ich, während ich mitschrieb. »Dergleichen können wir getrost ihm überlassen. Wie viel Zeit haben wir noch, David?«

»Sie informierten mich, sie würden Ramses zwei oder drei Tage festhalten. Das war wahrscheinlich auch gelogen; der Zeitraum wäre vermutlich immer wieder ausgedehnt worden. Aber so wie es jetzt aussieht –« Er zuckte hilflos mit den Schultern.

»Kann es sein, dass sie ihren Plan früher in die Tat umsetzen«, räumte ich ein. »Wir dürfen nicht mehr warten. Einer von uns muss umgehend nach Kairo fahren. Am besten übernehme ich das.«

»Du nicht«, sagten mehrere Personen gleichzeitig.

»Und David auch nicht«, warf Ramses ein. Er grinste zu seinem Freund. »Er brennt darauf, ein umfassendes Geständnis abzulegen, aber das billige ich nicht. Wir sollten ihn möglichst aus der Sache raushalten. Ich fahre, Mutter. Russell vertraut mir.«

»Na gut«, lenkte ich ein. »Und was die andere Verschwörungstheorie betrifft –«

Fatima kam hereingelaufen. »Mr Vandergelt ist hier«, berichtete sie. »Und –«

Weiter kam sie nicht, da Sir William Portmanteau sie unwirsch beiseite drängte. Haare und Bart windzerzaust, wahngepeitschter Blick, das Gesicht zu einer wütenden Fratze erstarrt, hatte er so gar nichts mehr von einem netten, betulichen Weihnachtsmann.

»Wo ist sie?«, brüllte er. »Was haben Sie mit ihr gemacht? Sie und Ihre Spießgesellen, diese hinterlistigen Eingeborenen?« Er funkelte David an, der entsetzt zurückwich. Nach seinem Dafürhalten war Sir William verrückt geworden, und Verrückte konnten nicht belangt werden, da sie Allahs Schutz genossen.

»Tut mir aufrichtig leid, Amelia«, rechtfertigte sich Cyrus, bemüht, seinen Gast zu bändigen. »Ich konnte ihn nicht aufhalten. Er ist zu aufgebracht.«

»Setzen Sie sich doch bitte, Sir William!«

Ich wurde nicht laut, sondern bediente mich des fürsorglichen Tonfalls, der bei uneinsichtigen Individuen Wunder wirkt. Sir William gehorchte. Allmählich ging ihm sowieso die Puste aus.

»Ich nehme an, Sie sprechen von Suzanne«, fuhr ich sachlich fort. »Sagen Sie jetzt nicht, sie ist auch verschwunden.«

Emerson stöhnte auf. »Nein, sparen Sie sich den Atem. Nicht noch einer, bloß nicht!«

***

Mit ihrer umsichtigen Art und ihrer medizinischen Erfahrung glückte es Nefret, Sir William zur Ruhe zu bringen. Sie stand neben ihm, die Fingerspitzen auf seinem Puls, während Cyrus in groben Zügen erzählte.

Gemeinsam mit ihrem Großvater sei Suzanne am Vorabend aus Abydos zurückgekehrt. Am Morgen habe sie niemand gestört, da sie sehr müde gewesen war. Als eines der Zimmermädchen schließlich vorsichtig in ihr Zimmer geschaut habe, sei der Raum leer gewesen. Zunächst habe das niemanden beunruhigt, doch dann sei das Mädchen weder im Haus noch auf dem Grundstück gesichtet worden.

»Und nicht nur sie«, setzte Cyrus hinzu. »Nadji ist auch weg.«

Die Erwähnung dieses Namens raubte Sir William erneut die Fassung. Er riss Nefret den Arm weg und entrüstete sich: »Er hat sie gegen ihren Willen fortgeschleppt!«

»Und wozu das?«, fragte Emerson entgeistert.

»Um Lösegeld von mir zu fordern! Oder«, stöhnte Sir William, »oder aus ... aus Gründen, die ich nicht zu nennen wage. Sie wissen doch, wie die Kerle hier sind! Geifern jeder weißen Frau hinterher.«

»Blödsinn, verdammter«, brüllte Emerson, sein Gesicht fast so rot wie das von Sir William. »Sie hundsgemeiner, alter –«

»Aber mein Lieber«, schaltete ich mich ein. »Brüll doch nicht so.«

»Sie wäre niemals weggegangen, ohne mich vorher zu informieren«, beteuerte Sir William. »Wir wollten gemeinsam nach England zurückkehren.«

Nefret drückte ihn mit sanfter Gewalt in den Sessel, aus dem er sich mühsam aufgerappelt hatte. »Wenn Sie so weitermachen, erleiden Sie noch einen Herzanfall«, sagte sie streng. »Damit helfen Sie Suzanne gewiss nicht, oder?«

Ich zweifelte keine Sekunde lang daran, dass Sir William

sehr an seiner Enkelin hing. Das machte mir diesen Herrn aber nicht zwangsläufig sympathischer, da er sie als seinen persönlichen Besitz betrachtete und entsprechend behandelte. Nefrets Einwurf schien ihn etwas zu beruhigen, und ein, zwei Schlückchen Brandy taten ein Übriges. An mich gewandt, setzte Cyrus seine Schilderung fort.

»Katherine war in ihrem Zimmer und meint, dass sie einen Koffer gepackt hat – mit Toilettenartikeln, Schmuck und ein paar Anziehsachen. Wie sie das Grundstück unbemerkt verlassen konnte, ist mir allerdings ein Rätsel. Der Wachmann am Tor hat sie nicht gesehen.«

»Was ist mit Nadji?«, fragte ich.

»Genau das Gleiche.« Cyrus spähte zu Sir William. »Anzüge und persönliche Sachen sind weg und der junge Mann spurlos verschwunden. Wir haben überall gesucht, Fährleute und Einheimische befragt; schließlich gewann Sir William die Überzeugung, dass Suzanne – beziehungsweise beide – hier bei Ihnen sein müssten.«

Die logische Schlussfolgerung lag klar auf der Hand. Ich erwähnte sie nicht laut, da Sir William sich nur erneut aufgeregt hätte.

»Nehmen Sie ihn wieder mit ins Schloss und behalten Sie ihn dort«, wies ich Cyrus an. »Hier ist er nur im Weg. Wir kümmern uns um die Sache und informieren Sie, sobald wir Genaueres wissen.«

Nach ihrem Aufbruch beteuerte Daoud mit Nachdruck: »Ich war's nicht, Sitt Hakim. Ich hab sie nicht entführt.«

»Das weiß ich doch, Daoud. Die Erklärung ist –«

»Ganz offensichtlich«, unterbrach mich Sethos. Seine Augen blitzten auf. »Wir haben uns gefragt, wer von unseren Leuten der Gegenseite berichten könnte. Die zwei sind die einzigen Fremden in unserer Mannschaft. An der jungen Frau hatte ich von Anfang an meine Zweifel; sie ist Französin, und Frankreich hat ein Interesse an Syrien.«

»Ich kann mir nicht vorstellen, dass dieses unbedarfte

Mädchen eine Agentin des französischen Geheimdienstes ist«, ereiferte sich Nefret.

»Geheimdienste stellen besonders gern hübsche junge Frauen ein«, sagte Sethos dunkel.

»Eine begabte Künstlerin ist sie jedenfalls nicht, so viel steht fest«, konstatierte Emerson. »Sicher, Peabody war von ihren Zeugnissen beeindruckt, aber die Zeichnungen könnte auch jemand anders für sie gefertigt haben.«

»Das ließe sich bei Nadji genauso anführen«, warf David ein. »Er ist Ägypter und ein Intellektueller, also exakt der Typ, den die Sache der Nationalisten anspricht. Womöglich hat er den Angriff auf sich fingiert, um jedes Misstrauen zu zerstreuen.«

»Beide sind letzte Nacht verschwunden«, setzte Ramses hinzu. »Kurz nachdem David und ich flüchten konnten. Zufall?«

Emerson raufte sich die Haare. »Sie arbeiten doch bestimmt nicht zusammen, oder?«

»Wieso nicht?«, gab sein Sohn zurück. »Ohne Mitwirkung Dritter hätte Suzanne das Schloss nicht unbemerkt verlassen können. Sie wirkt nicht sonderlich sportlich und hatte nach Katherines Aussage einen schweren Koffer dabei. Ein starker junger Mann hätte ihr beispielsweise über die Mauer helfen können.«

Sethos nickte gedankenvoll. »Auf dem Grundstück gibt es mehrere Stellen, an denen ein trainierter Mann die Mauer durchaus überwinden kann.«

»Du musst es schließlich wissen«, ätzte der Professor.

»Richtig«, bekräftigte Sethos. »Und die Tatsache, dass sie aller Wahrscheinlichkeit nach zusammen geflüchtet sind, untermauert meine Hypothese. Sie sind und waren ein Team. Ich erzählte ja bereits, dass diverse Gruppierungen in diese Konspiration involviert sind.«

»Du hast uns eine ganze Menge erzählt«, bemerkte ich trocken. Sein überhebliches Lächeln war nervenzermürbend.

»Bist du auch sicher, dass du nichts Entscheidendes vergessen hast, was zu weiteren Beinahe-Katastrophen führen könnte? Hättest du beispielsweise zugegeben, dass du Margaret entführt hast, wäre David nicht nach Luxor gefahren wäre und Ramses ihm heimlich gefolgt. Es ist ein Wunder, dass sie da heil herausgekommen sind!«

»Ich weiß, ich weiß«, räumte Sethos ein. »Aber sei jetzt nicht unfair, Amelia; hätte ich gewusst, dass David selbst in ein Komplott verwickelt war, hätte ich mich völlig anders verhalten.«

»Das sagst du jetzt.« Emerson fixierte ihn stirnrunzelnd. »Hast du dem noch etwas hinzuzufügen?«

»Nein«, beteuerte Sethos. »Mein Wort darauf.«

11

Aus Manuskript H

Er hatte gewusst, dass Nefret darauf bestehen würde, ihn nach Kairo zu begleiten. Er debattierte auch nicht mit ihr. Er kannte diesen Blick, wenn sie sich etwas in den Kopf gesetzt hatte.

Sethos versuchte es ihnen auszureden. »Reine Zeitverschwendung, Ramses. Bashirs Truppe ist ein unfähiger Haufen. Würde mich nicht überraschen, wenn Russell schon über ihre Pläne informiert ist. Das ist ein Fall für den Geheimdienst, und der hat ein Auge auf die hiesigen Dissidenten.«

»Davon dürfen wir nicht ausgehen«, wandte Nefret ein. »Wäre es nicht am besten, wenn du Mr Smith über die neueren Entwicklungen in Kenntnis setzen würdest?«

»Wie ich bereits erwähnte, sind wir alle hinreichend informiert.«

»Auch über die Rolle, die Suzanne und Nadji dabei spielen?«, wollte Ramses wissen.

Ein kaum merkliches Flackern in seiner undefinierbar gefärbten Iris deutete auf eine leichte Verunsicherung.

»Sie haben Luxor nicht verlassen«, sagte Sethos. »Und das werden sie auch nicht. Selim überwacht den Bahnhof und Sabir steht in Kontakt mit sämtlichen Fährleuten. Wir werden sie finden. Das ist meine Aufgabe, und die ist wichtiger, als ein paar schwachköpfige Revolutionäre hinter Schloss und Riegel zu bringen. Trotzdem«, fügte er hinzu, »wenn du unbedingt mit unserem Mr Smith sprechen willst, dann sag ihm, dass wir kurz vor der Umsetzung unseres ursprünglichen Ziels stehen.«

»Dein Smith und du, ihr könnt mich mal«, versetzte Ramses scharf.

»Gute Güte, sei doch nicht so negativ.« Augenblicke später fuhr Sethos in ernstem Ton fort: »Haltet die Augen offen. Wenn sie von eurer Ankunft Wind bekommen, versuchen sie womöglich, eure Kontaktaufnahme mit Russell zu vereiteln. Unwahrscheinlich zwar, dass sie Erfolg haben, aber trotzdem –«

»Keine Sorge.« Nefret fasste Ramses' Arm. Ich pass auf ihn auf.«

Daoud brachte sie zum Bahnhof, wo sie gemeinsam mit Selim die abreisenden Passagiere taxierten. Das vermisste Pärchen war offenbar nicht darunter.

Als er seiner Frau im Speisewagen an einem Zweiertisch gegenübersaß, mutete Ramses die Situation beinahe unwirklich an. Das sanfte Schaukeln des Zuges, das angenehme Ambiente – gedämpftes Licht, weiß eingedeckte Tische, zuvorkommender Service. Er konnte sich nicht entsinnen, wann sie zuletzt zusammen diniert hatten, nur sie beide und ohne jeden familiären Anhang. Nahezu zwölf Stunden ohne Rechtfertigungen und Unterbrechungen – eine verlockende Aussicht.

Wie so häufig erriet Nefret seine Gedanken. »Ich komme mir vor wie eine heimliche Ausreißerin.«

»Ich auch. Einfach traumhaft.«

Er fasste ihre Hand und führte sie an seine Lippen, ungeachtet des wartenden Kellners. »Ich hab dir so manche schlaflose Nacht bereitet, Nefret. Wie hältst du es eigentlich mit mir aus?«

»Im Großen und Ganzen überwiegen deine Vorteile

die Nachteile«, sagte sie mit ihrem melodischen Lachen. »Schließlich bin ich auch kein Leichtgewicht. Erinnerst du dich noch, wie ich dich und David beschwatzte, dass ihr mich auf die Suche nach dem Totenbuch mitnehmen solltet?«

»Daran hab ich neulich noch denken müssen. Und an die Geschichte, wo du dich todesmutig von einem Mörder als Geisel hast nehmen lassen.«

»Hast du etwa eine Liste meiner Schandtaten zusammengestellt?«

»Ich hab sie gegen meine abgewogen.« Er ließ ihre Hand los, worauf der Ober ihnen die Speisekarten reichte.

»Weißt du noch –«

So mancher fände den Themenkreis Mord, Totschlag und sonstige Katastrophen sicher ungeeignet für ein Tischgespräch, gleichwohl hatten sie genügend Distanz zu ihren jugendlichen Abenteuern gewonnen. Inzwischen konnten sie sogar locker über die schweren Jahre reden, in denen sie aus reiner Dickköpfigkeit und infolge diverser Missverständnisse nicht zusammengefunden hatten. Nefret hatte sich deswegen noch lange Vorwürfe gemacht. Aber wie bemerkte seine Mutter doch öfter: Schuldkomplexe sind so überflüssig wie ein Kropf; vergib dir selbst und versuch dich zu bessern. Einerseits banal, andererseits nicht von der Hand zu weisen.

Beide wachten erst auf, als der Zug in Kairo einlief. »Die nackte Realität hat uns wieder«, grinste Ramses.

»So ein Mist«, kicherte Nefret. »Aber gut, bringen wir es hinter uns. Fahren wir direkt zu Russells Büro?«

Ihr Mann warf einen Blick auf seine Taschenuhr. »Ist noch zu früh. Er wird noch nicht dort sein. Lass uns erst gemütlich frühstücken.«

Das taten sie auf der Terrasse des Shepheard's. Obwohl nicht Ramses' Lieblingshotel, waren die Stippvisiten zur netten Gewohnheit geworden, zudem bekamen seine Familie oder er dort immer Zimmer, wenn es erforderlich wurde. Die morgendlichen Sonnenstrahlen kämpften sich durch den unvermeidlichen und allgegenwärtigen Staub, den Tiere, Menschen und Fahrzeuge aufwirbelten. In dem gepflegten Park vis à vis vom Hotel hatten diverse weitere ihrer jugendlichen Eskapaden stattgefunden. Kaum ein Fleckchen in Kairo, das nicht mit Erinnerungen behaftet war, aber die Geschichte in den Ezbekieh Gardens gehörte zu Nefrets Favoriten.

»Weißt du noch –«, giggelte sie.

»Ja, und ich möchte nicht daran erinnert werden.«

Gnadenlos fuhr sie fort: »– dieses entsetzliche Mädchen, das dich spätabends in den Park lockte? Du hast mir nie verraten, ob sie dich geküsst hat, bevor sie in Ohnmacht fiel. Du musstest sie notgedrungen raustragen.«

»Ich war erst sechzehn«, protestierte Ramses.

»Hat sie?«

»Ja.« Er grinste. »Es war ein ungeheuer romantischer Kuss. Oder wäre es gewesen, wenn uns nicht ein potenzieller Attentäter gestört hätte.«

»Daran hat sich bis heute nichts geändert«, versetzte Nefret lachend.

»Das gefällt dir, was? Dir haben diese Nervenkitzel immer diebischen Spaß gemacht.«

»Nein, nicht immer. Die Erinnerung malt man sich eben in den schönsten Farben. Trotzdem ... Kairo hat was.«

Eine längere Pause schloss sich an, in der sie das pulsierende Leben der Großstadt auf sich wirken ließen.

»Mittlerweile müsste er eingetrudelt sein.« Ramses erhob sich. »Trink deinen Kaffee aus. Ich telefoniere kurz.«

Bei seiner Rückkehr informierte er sie, dass Russell zwar noch nicht in seinem Büro sei, aber jeden Augenblick erwartet werde. »Er wird mich empfangen.«

»Aber hallo, das hatte ich auch nicht anders erwartet«, platzte Nefret heraus. »Sollen wir hinlaufen? Es ist nicht weit – am Park vorbei und dann geradeaus die Sharia Mohammed Ali hinunter.«

»Bist du sicher?«

Sie hakte sich bei ihm ein. »Sollten wir Bashir sehen, knall ich ihm eine.«

»Der ist längst über alle Berge«, seufzte Ramses. »Der war nie zum Helden geboren.«

Kurz vor der Bab el Khalk mit ihren Verwaltungsgebäuden wurde Nefret von einem Passanten angerempelt. Ramses schnellte mit einer scharfen Zurechtweisung zu dem Mann herum und gewahrte zwischen Turban und wild wucherndem Bart ein schreckgeweitetes Augenpaar. Bashir packte ihn am Arm. »Lauft weg«, japste er. »Sie lauern euch hier irgendwo auf. Lauft –«

Ramses vernahm das Krachen einer Gewehrsalve. Er warf sich auf Nefret und zerrte sie hinter einen mit Zuckerrohr beladenen Karren. Ein weiterer Schuss, und ein Regen grüner Pflanzenfasern ergoss sich auf die Straße. Passanten stoben kreischend auseinander. Mitten auf dem Gehsteig lag Bashir hingestreckt in einer sich rasch ausbreitenden Blutlache.

***

Kinder spüren instinktiv, dass etwas anders ist als sonst, auch wenn die Erwachsenen um sie herum sich ganz normal verhalten (es zumindest probieren). Carla machte eine Riesenszene, als sie erfuhr, dass ihre Eltern ohne ein Wort des Abschieds weggefahren waren. Eher halbherzig – ich gestehe, ich war mit den Gedanken woanders – versuchte ich, sie zu beruhigen, schaffte es aber erst mithilfe von David, Emerson und Sennia, sie zu trösten. Und einiger kleiner Ablenkungsmanöver – einer Handvoll Süßigkeiten, einem Besuch im Stall sowie einem ausgedehnten Versteckspiel, an dem alle teilnahmen.

David John ging es nicht anders als seiner Schwester,

gleichwohl zeigte er seine Gefühle nicht offen. Ihre Temperamentsausbrüche waren heftig, aber schnell vorbei, während er still vor sich hin brütete. Nachdem wir Carla moralisch wieder aufgebaut hatte, wollte ich nach ihm schauen.

Er war weder in seinem Spielzimmer noch bei Fatima in der Küche oder mit Amira zusammen. Zu guter Letzt entdeckte ich ihn im Salon, wo er, in einen Sessel gekuschelt, ein Buch las.

»Eins von den Weihnachtsgeschenken?«, erkundigte ich mich.

»Nööö«, murmelte David John. »Die hab ich schon alle gelesen.«

Erst als er es hochhielt, sah ich den Einband. Auf dem Schutzumschlag war eine dürftig bekleidete Schönheit abgebildet, in inniger Umarmung mit einem Beduinenscheich. »Grundgütiger«, rief ich. »Ich hab dir schon zigmal erklärt, David John, dass du dir ohne Erlaubnis keine Bücher aus den Regalen nehmen darfst.«

»Das hab ich auch nicht, Großmama, das Buch lag hier auf dem Tisch, und da ich nichts mehr zu lesen hatte …«

Bei dem Titel handelte es sich um einen populären Liebesroman, den ich Margaret geliehen hatte. Er hatte in der Tat auf dem Tisch gelegen, da ich es versäumt hatte, das Buch zurückzustellen.

Ich musste mich bremsen, um es ihm nicht spontan aus der Hand zu reißen. Er war ja gar nicht ungehorsam gewesen. »Und, gefällt es dir?«, fragte ich, da ich entgeistert feststellte, dass er schon gut die Hälfte des unsäglichen Schmökers verschlungen hatte.

»Oh ja.« Der kleine Kerl nickte. »Manches verstehe ich allerdings nicht so ganz. Omi, vielleicht könntest du mir erklären, was die Dame meint, wenn sie sagt –«

»Nein«, versetzte ich hastig. »Bedaure, mein Kind, aber ich kann nicht billigen, dass du das Buch zu Ende liest. Ich hätte es nicht hier herumliegen lassen dürfen.«

»Aber die Dame ist in arger Bedrängnis«, protestierte David John. »Ich hätte schon gern gewusst, wie das Buch ausgeht.«

»Es hat ein Happyend.« Ich nahm ihm das Buch weg.

»Rettet sie denn jemand vor dem grausamen Scheich?«

»Öhm – ja.« Das war heikel, und eine Antwort wollte wohlüberlegt sein. Ihm zu erklären, dass der Scheich nicht wirklich grausam war, nur weil er sie im Klammergriff hatte? Und dass die bedrängte Dame sich gern bedrängen ließ?

Nein, das kam überhaupt nicht in Frage.

»Wieso schreibst du nicht ein Romanende?«, schlug ich vor.

»Hmmm.« David John überlegte, seine blauen Augen nachdenklich entrückt. »An Romanen habe ich mich noch nicht versucht. Das wäre eine ganz neue Herausforderung.«

»Soso, eine Herausforderung. Weißt du was, fang doch schon mal damit an, in der Zwischenzeit besorge ich dir etwas anderes zu lesen.«

Er setzte sich mit frisch gespitzten Bleistiften und einem Stapel Papier an den Esszimmertisch. Währenddessen lief ich in mein Arbeitszimmer, um das Buch vor unerlaubten Zugriffen zu schützen. Bevor ich es ins Regal stellte, blätterte ich noch einmal durch die ersten Seiten.

Der Inhalt war letztlich harmloser als in meiner Erinnerung. Die meiste Zeit lag man sich in den Armen, mit brennenden Augen und schmachtenden Blicken, aber gottlob gab es keinerlei anatomische Bezüge. David John hätte damit nicht viel anfangen können. Ich musste einräumen, dass dieser unsägliche Schund eine nicht zu unterschätzende Faszination auf das breite Lesepublikum ausübte. Demzufolge war es kein Wunder, dass der Roman zum Buch des Jahres gekürt worden war.

Ein Buch, das gewiss in etlichen Regalen stand.

Nein, dachte ich. Einfach lächerlich. Oder?

Probieren geht über Studieren, schoss es mir durch den Kopf.

Ich hatte mir eine eigene Kopie der geheimnisvollen Botschaft angefertigt. Ich nahm sie aus der Schreibtischschublade und machte mich an die Arbeit.

***

»Da bist du«, sagte Emerson. »Ich hab dich überall gesucht –«

Ich fuhr kreischend zusammen. »Schleich dich nicht immer so von hinten an!«

»Hab ich gar nicht«, widersprach er. »Ich hab dich gesucht.«

»Sieh dir das mal an.« Ich schob ihm das Blatt mit meiner Übersetzung hin.

Emersons edle Denkerstirn zog sich in nachdenkliche Falten, während er die Seite überflog. Er sah mal wieder zum Fürchten aus, die Haare wirr vom Kopf abstehend, das Hemd hing ihm aus der Hose. Eine Stunde mit Carla hatte diese Wirkung.

»Was ist das für ein Quatsch?«, wollte er wissen.

»Das ist kein Quatsch, sondern die rätselhafte Nachricht. Und ich hab den Code geknackt!«

»›Am ersten Tag des ersten Monats wird der Bulle sterben. Der Richter wird sterben. Der Adler wird …‹ Sterben?«

»Ich war noch nicht ganz fertig.« Ich wandte mich wieder den Seiten von *Leidenschaft am Wüstenstrand* zu.

»Ja genau«, bekräftigte ich. »Sterben.«

***

Emerson überprüfte noch einmal die ersten Wörter, dann war auch er überzeugt, dass ich die einzig mögliche Übersetzung gefunden hatte.

»Kapierst du, was das bedeutet?«, wollte ich wissen, als Emerson stirnrunzelnd den frivolen Schutzumschlag von *Leidenschaft am Wüstenstrand* in Augenschein nahm. »Wir lagen falsch, total falsch, was die Revolte angeht. Sie planen ein Attentat. Den kaltblütigen Mord an drei Leuten!«

»Der Bulle«, murmelte Emerson. »Großer Gott, das ist Lord Allenby! Er ist bei Anhängern wie Opponenten als der Bulle bekannt. Richter gibt es allerdings wie Sand am Meer.«

»Der Richter muss König Fuad sein. Sein Name ist von jenem arabischen Begriff abgeleitet.«

»Ja, ja.« Emerson kratzte sich sein Kinngrübchen. »Hätte mir gleich einleuchten müssen. Aber es fällt mir immer noch schwer, es zu glauben, Peabody. Warte mal. Der Adler ist ein Symbol der Haschemiten. Feisal von Irak?«

»Ich denke schon.«

»Offenbar«, meinte Emerson, »hatten sie sich bereits im Vorfeld auf diese absurden Pseudonyme geeinigt und den Termin des Anschlags erst in der letzten Mitteilung bekanntgegeben. Komm, ich hab ein Wörtchen mit meinem Bruder zu reden.«

Sethos saß auf der Terrasse, ließ sich von Fatima bedienen, während ihm die Große Katze des Re um die Beine strich. Der Kater hatte eine unerklärliche Anhänglichkeit für ihn entwickelt. Hätte mir gleich klar sein müssen, dass das ein schlechtes Omen war.

»Dieses Kind«, erklärte Sethos und rieb sich stöhnend den Nacken, »ist ein echtes Temperamentsbündel. Ich hab Margaret gebeten, auf sie aufzupassen –«

»Die Mitteilung ist weder eine Fälschung noch fingiert«, erklärte ich rundheraus, da die Zeit knapp wurde. »Ich habe sie entschlüsselt.«

Ich reichte ihm das Blatt. Während er las, verengten sich seine Augen zu Schlitzen. »Das glaub ich einfach nicht«, sagte er tonlos.

»Willst du etwa andeuten, dass Peabody das erfunden hat?«, bemerkte Emerson gefährlich ruhig.

»Nein, so etwas würde sie nicht …« Er stockte und biss sich auf die Lippe.

»Oh doch, sie würde, wenn sie einen triftigen Grund dafür sähe.«

»Danke, mein Schatz«, sagte ich ungemein erleichtert.

»Aber sie hat es nicht getan«, fuhr Emerson fort. »Ich habe den Code überprüft. Nicht dass das erforderlich gewesen wäre«, setzte er eilig hinzu. »An der Übersetzung ist nicht zu rütteln. Du hast mal wieder – gelogen.«

In diesem Augenblick tauchte Margaret in der Verandatür auf. Windzerzaust, mit frisch geröteten Wangen und einem Lächeln auf den Lippen. Selbiges verlor sich jedoch jählings.

»Gelogen?«, wiederholte sie. Sie blickte von Emerson zu Sethos. »Was ist es denn diesmal?«

»Ich habe nicht gelogen«, sagte Sethos heftig. »Die Geschichte, die ich euch erzählt habe, ist wahr. Es muss sich um ein Missverständnis handeln.«

»Kein Missverständnis möglich«, knurrte Emerson und verschränkte provozierend die Arme vor der Brust. »Dir war die ganze Zeit klar, dass die Mitteilung nicht getürkt ist. Und dass drei Menschenleben in Gefahr sind.«

»Und zwar akut«, mischte ich mich ein. »Heute ist der 29. Dezember. Der erste Tag des ersten Monats muss der 1. Januar sein. Folglich bleiben uns kaum drei Tage, um die Betroffenen zu warnen. Mit dem Zug sind wir erst morgen in Kairo, mit anderen Transportmitteln dauert es noch länger. Ein Telegramm aufzugeben, können wir nicht riskieren. Das würde die Attentäter unter Umständen warnen.«

»Worum geht es hier eigentlich?«, wollte Margaret wissen.

Sethos hatte mehrmals versucht, das Wort an sich zu reißen. Mechanisch streichelte er den schnurrenden Kater, während seine für gewöhnlich unbeteiligte Miene eine Vielzahl widerstreitender Empfindungen spiegelte. Unvermittelt platzte er heraus: »Nefret. Nefret und Ramses. Ich hab sie vor Bashir und seiner Bande gewarnt, aber wenn das hier stimmt, könnten die Konsequenzen tödlich sein, denn dann müssen sie nicht nur vor ihm auf der Hut sein. Wir müssen sie umgehend benachrichtigen.«

»Ein Flugzeug«, rief ich. »Du hast doch schon mal eins gesteuert.«

»Das schon«, murmelte Sethos. »Aber dann müsste ich mitfliegen.«

»Keine Chance«, knurrte Emerson. »Das kannst du dir getrost aus dem Kopf schlagen. Peabody, sag Daoud, er soll kommen.«

* * *

Sethos nahm es nicht sonderlich positiv auf, dass er Hausarrest aufgebrummt bekam. Er protestierte vehement, als Daoud ihn in sein Zimmer brachte, mit der Anweisung, ihn keine Minute lang aus den Augen zu lassen. In der Tat war mein Schwager fuchsteufelswild.

»Und glaub ihm kein Wort«, brüllte Emerson dem armen Daoud nach. »Der Mann ist ein begnadeter Schauspieler.«

»Er sorgt sich um Nefret. Er mag sie nämlich sehr«, beteuerte ich. Mit einem schiefen Seitenblick zu Margaret, die das Procedere stillschweigend verfolgte, fügte ich hinzu: »Platonisch natürlich. Wie ein liebender Onkel.«

»Ich hab noch nicht gefragt, worum es hier eigentlich geht«, begann Margaret.

»Doch, das hast du. Zweimal schon. Ich kann es dir leider nicht näher erläutern, selbst wenn ich dir absolut vertrauen könnte, dass dein journalistischer Ehrgeiz nicht mit dir durchgeht. Hoffentlich müssen wir dich nicht auch noch einsperren.«

»Ich hab wirklich keine heiße Spur«, räumte Margaret

ein. »Erklär mir nur eins. Er beteuerte, er hätte exakt das an euch weitergegeben, was ›sie‹ ihm erzählt hätten. Ich habe eine recht gute Vorstellung, wer ›sie‹ sind. Kann es sein, dass er die Wahrheit sagt?«

Es war ihr wichtig. Sie hatte ihr Notizbuch nicht herausgeholt, sondern rang stattdessen nervös die Hände.

»Genau das wollen wir herausfinden«, antwortete ich ihr.

Aus Manuskript H

»Er hat sein Leben riskiert, weil er uns warnen wollte«, sagte Ramses. »Und ich hab ihn als Feigling bezeichnet.«

Russell saß an seinem Schreibtisch und winkte einen Mitarbeiter zu sich. »Kaffee«, orderte er. »Oder möchten Sie etwas Stärkeres?«

Ramses schüttelte den Kopf. Nefret tippte auf einen blutenden Kratzer auf ihrer Wange. »Irgendetwas Alkoholisches«, sagte sie leise. »Um die Wunde zu desinfizieren.«

Die Polizei war erstaunlich schnell angerückt. Russells Leute waren darauf gedrillt, umgehend auf Schüsse zu reagieren, vor allem, wenn sie in unmittelbarer Nähe des Präsidiums fielen. Den Schützen konnten sie trotzdem nicht dingfest machen. Er hatte die Flinte in der Gasse liegen lassen, die er als Deckung benutzt hatte, und war in der Menge untergetaucht.

Russell war nicht der Typ, der sich in Kleinigkeiten verzettelte. »Noch einmal von vorn. Verstehe ich das richtig, dass es zwei unterschiedliche Verschwörungen gibt, eine in Ägypten und eine im Irak? Dass beide auf einen unblutigen Sturz der Regierung abzielen? Wer hat denn dann Bashir auf dem Gewissen? Einer seiner Gefolgsleute, dem seine pazifistische Gesinnung nicht passte?«

Ramses mochte ihm den zynischen Tonfall nicht verübeln. »Wahrscheinlich irgendjemand, der sich mit ihm überworfen hatte«, meinte er. »Sie versuchten zu verhindern, dass wir Sie über die Verschwörung informieren.«

»Wieso zum Teufel sollten sie sich die Mühe machen?«, erregte sich Russell. »Das ist keine Verschwörung, das ist Kinderkram!« Er rieb sich das Kinn. »Verzeihen Sie, Mrs Emerson.«

»Sie haben mir aus der Seele gesprochen«, erwiderte Nefret. »Der Mord an Bashir zieht die ganze Geschichte in Zweifel.«

»Sie sagten, Sie hätten es von Todros erfahren.«

Russells Stimme klang betont beiläufig, obwohl er David noch nie richtig über den Weg getraut hatte. Ramses sagte: »Wie ich bereits darlegte, hat Mr Todros so getan, als würde er mit Bashirs Sache sympathisieren, weil er sein Vertrauen gewinnen wollte. Und ich zweifle keine Sekunde lang an der Ehrlichkeit seiner Aussage. Die Intrige gegen Feisal kam aus einer ganz anderen Ecke. Ich gestehe ganz offen, dass ich diese Entwicklung nicht zu erklären weiß. Allerdings gibt es da jemanden, der die Situation unter Umständen erhellen kann.«

»Grundgütiger.« Russells Mundwinkel verzogen sich säuerlich. »Nicht dieser Bas … Bloß nicht. Die Leute vom Geheimdienst meinen immer, sie können das Gesetz mit Füßen treten. Er wird erst gar nicht mit mir reden.«

»Aber mit mir.« Ramses erhob sich. »Komm Nefret, wir gehen.«

»Ich sichere Ihnen Begleitschutz zu«, sagte Russell rasch. »Und bitte Sie eindringlich, Kairo umgehend zu verlassen.«

***

Emerson war genauso schwer zu nehmen wie sein Bruder. Hätte er ein Flugzeug oder ein geflügeltes Pferd besessen, wäre er umgehend abgehoben. So blieb ihm nichts anderes übrig, als auf den Nachtexpress nach Kairo zu warten.

Ich wies ihn nicht auf das Naheliegende hin, das ihm gleichermaßen gewärtig war wie mir. Ramses und Nefret waren am Morgen in Kairo angekommen. Falls ein Anschlag auf sie verübt werden sollte, war das womöglich längst passiert.

Sie hatten versprochen, uns nach ihrem Gespräch mit Thomas Russell ein Telegramm zu übermitteln. Ich schickte Hassan zum Telegrafenamt, damit er die Nachricht gleich nach ihrem Eintreffen an uns weiterleitete. Der Tag zog sich endlos lange hin, es kamen keine Neuigkeiten und Emersons Selbstkontrolle bekam allmählich Risse.

»Ich glaube, die gemeinsame Teezeit mit den Kindern pack ich nicht«, stöhnte er.

»Du musst. Für die Kleinen muss alles so aussehen wie immer. Zudem können wir erst in ein paar Stunden los. Geh dich doch schon mal umziehen.«

»Einen Teufel werd ich tun.«

Ich mochte nicht herzlos sein und ihn weiter bedrängen. Er hatte sich in der Verandatür aufgebaut, von wo aus er mit gerecktem Hals die Straße zum Fluss überblickte.

Ich ging, um kurz nach Sethos zu schauen. Dafür musste ich Daoud wecken, der auf der Türschwelle eingeschlafen war. Er erklärte mir, sein Gefangener sei nicht geneigt, Konversation zu machen, folglich habe er sich gelangweilt. Sethos saß auf dem Bettrand, er starrte auf seine ineinander verschränkten Finger. Seine Miene angespannt, blickte er auf. »Irgendwelche Neuigkeiten?«

»Ich informiere dich umgehend, wenn wir etwas hören. Wenn nicht … fahren Emerson und ich mit dem Nachtzug nach Kairo.«

»Ich würde euch gern begleiten.«

»Das würde Emerson niemals billigen, und ich muss zugeben, ich teile seine Bedenken.«

»Die kann ich zerstreuen, wenn ihr mir eine kurze Unterredung mit Smith einräumt. Bitte Amelia.«

»Ich hab da auch ein Wörtchen mitzureden.«

Sethos sprang auf. »War das nicht Emersons Stimme?«

Ganz ohne Zweifel. Ich flog förmlich auf die Veranda. Emerson hatte ein Telegramm aufgerissen und schwenkte es wie ein Banner.

»Alles in Ordnung, Peabody. Ihnen fehlt nichts. Sie kommen nach Hause!«

»Gott sei's gelobt«, murmelte Daoud.

Sethos war schneller als ich und entriss Emerson das Telegramm. Immerhin besaß er so viel Entgegenkommen, es laut vorzulesen. »›Alles in Ordnung. Bleibt in Luxor. Nehmen heutigen Nachtzug.‹«

»Ramses' Telegrammstil ähnelte zunehmend dem seines Vaters.« Ich war so erleichtert, dass ich Sethos' Unhöflichkeit unkommentiert durchgehen ließ. »Nur neun Wörter.«

»Zehn«, widersprach Sethos. »Er hat ›Grüße‹ hinzugesetzt.«

***

Versteht sich von selbst, dass wir am nächsten Morgen alle auf dem Bahnsteig standen – alle außer Sethos. »Möglich, dass Ramses Informationen hat, die meinen Bruder entoder belasten«, lautete Emersons Kommentar. »Er bleibt in seinem Zimmer, bis wir Genaueres wissen.«

Wie erwartet saßen Ramses und Nefret in dem fraglichen Zug. Sobald die stürmische Begrüßung vorbei war, hob Ramses Carla auf seine Schultern und ich raunte Nefret zu: »Woher stammt der Kratzer auf deiner Wange? Hast du noch weitere Verletzungen? Oder Ramses?«

»Nein, Mutter.« Sie legte einen Arm um mich. »Ich erklär's dir später. Vielleicht können wir einen Kriegsrat einberufen. Wir haben euch eine Menge zu berichten.«

»Und wir«, fing ich an, »haben … Ach du liebes bisschen. Wen haben wir denn da?«

In der Tat wusste ich genau, wen ich da vor mir hatte.

Prägnante Nase, Schweinsäuglein, schmallippiger Mund … Es war niemand anders als Bracegirdle-Boisdragon alias Mr Smith.

Smiths dünne Lippen unternahmen den Versuch eines Grinsens. Er zog den Hut und sagte: »Guten Morgen, Mrs Emerson.«

»Von wegen Guten Morgen«, entfuhr es Emerson. »Was machen Sie denn hier?«

»Er ist mit uns gekommen«, sagte Ramses. »Auf mein Betreiben hin.«

»Ich bin hier«, führte Mr Smith aus, »weil ich Ihnen eine Erklärung schulde.«

»Verdammt richtig«, sagte Emerson mit Inbrunst.

»Verdammt richtig«, krähte Carla.

»Emerson, bitte!«, tadelte ich.

In weiser Voraussicht hatte ich Fatima gebeten, die Möbel im Salon entsprechend beiseitezuschieben und genügend Stühle für die Teilnehmer meiner kleinen Lagebesprechung aufzustellen. Als Mr Smith das Arrangement bemerkte, murmelte er: »Sehr effizient, Mrs Emerson. Wo möchten Sie, dass ich sitze?«

Ich deutete auf einen Stuhl, die anderen nahmen ihre Plätze ein. Smith beobachtete ihre Gesichter mit höflichem Interesse. »Ich gehe davon aus, dass sämtliche Anwesenden mit Ihrer Billigung teilnehmen?«, forschte er und starrte demonstrativ zu Margaret.

»Ja gewiss.« Mein Ton duldete keinen Widerspruch. »Ein Teilnehmer fehlt noch. Daoud, würdest du ihn bitte holen?«

Hoch erhobenen Hauptes, seine Miene unbewegt, betrat Sethos den Raum. Er sah aus wie ein Delinquent, den eine hohe Strafe erwartet. Beim Anblick seines Chefs rang sich ihm ein verblüfftes Ächzen aus der Kehle.

»Sie? Hier?«

»Stammel nicht so rum«, krittelte ich. »Mr Smith, der erste Geschäftsordnungspunkt betrifft diesen Herrn hier. Er wollte uns weismachen, dass die sogenannte Geheimbotschaft nur eine wahllose Aneinanderreihung von Zahlenkombinationen wäre. Das stimmt nicht. Gestern knackte ich den Code und las den Inhalt.«

»Nie im Leben, Mutter«, entfuhr es Ramses. »Das ist – wie ist dir das gelungen?«

»Ich fand das richtige Buch«, sagte ich mit einem leisen Hüsteln. »Rein zufällig. Aber das tut jetzt nichts zur Sache. Was ich von Mr Smith erfahren möchte, ist, wer hier wen getäuscht hat?«

»Ah, verstehe«, meinte Smith gedehnt. »Die Aufrichtigkeit unseres gemeinsamen Freundes steht zur Debatte. Er sollte zwar nichts preisgeben, aber da er es nun einmal getan hat, möchte ich die Sache aufklären. Er hat Ihnen das erzählt, was er selbst für die Wahrheit hielt.«

Margarets verkrampfte Haltung entspannte sich etwas, sie seufzte heimlich erleichtert auf. Sethos spähte zu ihr und dann hastig wieder weg. »Danke«, sagte er mit einem Hauch von Ironie in der Stimme. »Und jetzt, Sir, klären Sie uns vielleicht darüber auf, wieso Sie mich angelogen haben?«

»Sie kennen die Regeln«, fing Smith an. »Sie erfuhren nur das, was Sie wissen mussten. Mehr nicht.«

»Zum Henker mit Ihren verdammten Regeln«, wetterte Emerson. »Ich muss alles wissen – wer intrigierte gegen wen und warum und wofür? Und kommen Sie mir nicht mit Ihren Geheimhaltungsvorschriften, sonst platzt mir nämlich der Kragen!«

»Da sei Gott vor«, sagte Smith frömmlerisch. »Also gut. Ich werde ausnahmsweise über gewisse Vorschriften hinwegsehen, um Sie hinlänglich zu beruhigen – und um voreilige Aktionen Ihrerseits zu konterkarieren.«

»Bitte, legen Sie los.« Ich zückte meinen Stift. Smith verkniff sich einen missfälligen Kommentar.

»Es gab nur eine Verschwörung«, begann er. »Bashirs Gruppierung und die Störenfriede im Irak waren an derselben Intrige beteiligt, wussten aber nichts voneinander. Sie kannten auch nicht das eigentliche Ziel derjenigen, die hinter der Sache standen. Beide waren von Männern infiltriert worden, die sie für ihre eigenen Zwecke zu missbrauchen suchten – professionelle Killer, auf brutale Mordanschläge gedrillt. Der bedauernswerte Bashir wollte niemandem etwas Böses. Diese Möchtegern-Rebellen mit ihren Theorien von unblutigen Aufständen sind für mich offen gestanden idealistische Wirrköpfe.

Als Ramses mit seiner Frau unverhofft in Kairo auftauchten, schlugen die Attentäter Alarm. Sie wussten, dass das verschlüsselte Dokument keine Fälschung war, und fürchteten, dass er den wahren Charakter der Intrige enthüllen könnte. Sie verfolgten Sie seit Ihrer Ankunft, und Sie haben es ihnen auch noch leicht gemacht. Ein Frühstück vor Gott und aller Welt auf der Terrasse eines stark frequentierten Luxushotels! Jedenfalls bekam Bashir Wind von der Sache und versuchte, Sie zu warnen. Er war ein Märtyrer, wenn Sie so wollen«, schloss Smith mit einem Nicken zu Ramses.

Wir gedachten Bashirs mit einer Schweigeminute. Gut möglich, dass er den Kindern mit seiner Zivilcourage das Leben gerettet hatte. Dann sagte Emerson: »Drei Morde. Warum?«

»Ist das nicht Sache der Polizei?«, versetzte Smith. »Wer profitiert letztendlich davon? Fragen Sie sich doch mal, was passiert wäre, wenn diese Attentate nicht vereitelt worden wären.«

Seine Überheblichkeit war unerträglich. Ramses, der ihn ohnehin nicht ausstehen konnte, erwiderte: »Ägypten und Irak wären im Chaos versunken. England hätte sich zu einer Intervention genötigt gesehen. Womöglich mit umfassendem Militäreinsatz und der Wiedereinrichtung eines formellen Mandats.«

»So ist es«, sagte Smith mit einem gönnerhaften Nicken. »Und wer hätte davon profitiert?«

»Die Hurrapatrioten und Imperialisten in England«, räumte ich ein. »Die überwiegende Mehrheit glaubt nämlich immer noch, die europäischen Großmächte hätten das Recht, wenn nicht sogar die Pflicht, über diejenigen zu herrschen, die sie für unterlegen halten.«

»Und wer noch?«

Erstaunlicherweise war es Sethos, dem der Geduldsfaden riss. »Die Hurrapatrioten sind lediglich Mittel zum Zweck. Hinter ihnen stehen Drahtzieher, die unter britischer Herrschaftskontrolle Geld scheffeln wollen. Im Irak ist es das Öl, in Ägypten sind es Baumwolle und Agrarerzeugnisse. Die Schattenorganisation, von der ich bereits sprach, und deren Mitglieder werden vermutlich niemals belangt werden. Letztlich geht es ihnen einzig um den Profit, Menschenleben bedeuten ihnen nichts.«

Smith wirkte eine Spur pikiert. Sethos' flammende Rede hatte ihm sämtlichen Wind aus den Segeln genommen.

»Das war's im Wesentlichen.« Mein Schwager stützte sein kantiges Kinn auf die gefalteten Hände.

»Dann werden diese Leute niemals zur Rechenschaft gezogen«, sinnierte ich laut.

»Niemals. Man weiß nicht einmal, wer sie sind. Sie agieren im Hintergrund und bedienen sich gewiefter Mittelsmänner.«

»Verdammt deprimierendes Szenario.« Emerson kaute an seinem Pfeifenmundstück.

»Korrekt«, bekräftigte Smith. Seine maskenhaft starren Züge entspannten sich kaum merklich. »Wir können uns lediglich in Schadensbegrenzung üben und vielleicht den einen oder anderen kleinen Fisch an Land ziehen. Immerhin sind wir zwei der fraglichen Kriminellen auf der Spur. Malraux und Farid.«

»Da muss ich Sie leider enttäuschen«, versetzte ich mit einem gewissen Bedauern. »Suzanne und Nadji haben damit nichts zu tun.«

»Wieso sind die beiden dann ausgerissen?«, wollte Emerson wissen. »Ausgerissen ... Oh nein. Nein!« Er schlug sich mit der Hand vor die Stirn. »Erzähl mir jetzt nicht, das ist wieder eine von deinen –«

»Doch, doch«, bestätigte ich. »Sie rissen aus, um zu heiraten. Suzanne traute sich nicht, ihren Großvater um die Einwilligung zu bitten, hoffte aber, seine Vorurteile gegenüber den Einheimischen würden sich zerstreuen. Das war natürlich nicht der Fall. Als er auf ihre Rückkehr nach England pochte, sah sie keine andere Lösung, als mit ihrem Geliebten zu fliehen.«

Ramses schloss den Mund, schluckte hörbar und sagte betont milde: »Kannst du uns bitte erklären, Mutter, wie du zu diesem Schluss kommst? Willst du etwa behaupten, du wusstest die ganze Zeit von ihrer Liebesbeziehung?«

»Wie dein Vater schon andeutete, habe ich ein Händchen für Herzensangelegenheiten«, antwortete ich mit der mir eigenen Bescheidenheit. »Mir war von Anfang an suspekt, dass sie sich wie Hund und Katze aus dem Weg gingen, vorher aber allergrößten Wert darauf gelegt hatten, gemeinsam bei uns eingestellt zu werden: Nadji wegen seiner unwiderlegbaren Kompetenz und Suzanne wegen der Arbeitsproben, die er für sie angefertigt hatte. Da staunt ihr, was? Gut möglich, dass Sie in Nadji Ihren Künstler gefunden haben, Cyrus.«

»Schön, schön.« Cyrus musterte mich begriffsstutzig.

»Und wieso sind die beiden dann spurlos verschwunden?«, erkundigte sich Nefret.

»Schätze, sie sind bei einem von Nadjis Freunden am Westufer untergeschlüpft«, mutmaßte ich. »Du dachtest, er hätte keine? Oh doch, er hat sich häufiger in einem gewissen Kaffeehaus in Luxor herumgetrieben.«

Emerson, der meine Methoden kannte, verbarg ein Grinsen hinter der hohlen Hand und tat so, als spielte er mit seiner Pfeife. Smith beäugte mich skeptisch.

»Verzeihen Sie, Mrs Emerson, wenn ich das sage. Aber für mich sind das unbewiesene Hypothesen.«

Irgendwie tat er mir fast ein bisschen leid. Er hatte sich mächtig ins Zeug gelegt und brauchte einen Sündenbock.

»Das ist nicht schwer zu beweisen«, sagte ich. »Die Gäste des besagten Kaffeehauses werden offen reden, wenn wir ihnen versichern, dass wir den Liebenden nur helfen wollen. Am besten übernimmt Ramses diese Mission. Das Wort des Bruders der Dämonen ist für die Einheimischen Gesetz.«

»Einer von Daouds Aphorismen«, erklärte Emerson dem guten Mr Smith hastig.

»Danke«, sagte der und bleckte die Zähne. »Sie haben doch sicher nichts dagegen, wenn ich in Luxor bleibe, bis Sie die beiden gefunden haben, oder?«

»Tun Sie sich keinen Zwang an«, gab ich zurück. »Allerdings könnten Sie sich in Kairo oder Bagdad nützlicher machen. Sind Sie absolut sicher, dass Ihre Leute in der Lage sind, die Attentate zu vereiteln?«

»Da wäre ich skeptisch«, warf Sethos ein. »Erfahrungsgemäß treten immer wieder Kommunikationsprobleme auf.«

Der kleine Seitenhieb blieb Smith nicht verborgen. »Dann fahren Sie doch selbst. Der Flug nach Bagdad –«

»Nein. Das war mein letzter Auftrag für die Behörde.«

»Aber, aber«, beschwichtigte Smith. »Ich begreife ja, dass wir Sie irgendwie vergrätzt haben, aber Sie sind ein alter Hase, da wissen Sie doch, dass es unumgänglich war.«

»Ein scheintoter Hase, der allmählich nichts mehr mitbekommt«, sagte Sethos dumpf. »Ich reiche hier und jetzt sowie im Beisein dieser Zeugen mein Entlassungsgesuch ein.« Er drehte sich zu Margaret, die mit leicht geöffneten Lippen zugehört hatte. »Ich hab zwar schon mal gekündigt, aber dieses Mal ist es mir ernst. Amelia lässt mich bestimmt nicht wieder aus der Verantwortung.«

Margaret sprang auf und lief hinaus.

»Bitte mich zu entschuldigen«, murmelte Sethos und folgte ihr.

Für gewöhnlich sind intime Momente für mich tabu, gleichwohl wollte ich verifizieren, ob ich diesen Punkt endlich von meiner Liste streichen könnte. Ich linste heimlich um die Tür und sah, dass sie in inniger Umarmung verharrten.

Auf Zehenspitzen schlich ich mich wieder weg.

»Ich glaube, das war's dann.« Mr Smith schien es sehr eilig zu haben wegzukommen.

»Wenn es nicht Suzanne und Nadji waren, die uns bespitzelt und unsere Aktivitäten gemeldet haben, wer war es dann?«, wollte Nefret wissen. »Uns gehen allmählich die Verdächtigen aus, Mutter.«

»Na dieser unsägliche Bengel. Azmi.«

»Was?«, rief der Professor.

»Ich hab dich noch ermahnt, Emerson, dass du ihn nicht zum Spionieren und Schnüffeln verführen sollst. Nachdem er dein Vertrauter war, machten ›sie‹ sich an ihn ran und boten ihm Geld für Informationen. Man kann es ihm nicht mal übelnehmen, schließlich wähnte Azmi uns keine Sekunde lang in Gefahr. Ich werde ihm ins Gewissen reden. Er ist ein kluges Kerlchen und lässt sich sicher moralisch aufbauen und bekehren.«

»Wenn es einer kann, dann Sie«, sagte Mr Smith. »Einen guten Tag, Mrs Emerson.«

Ich glaube, er meinte das als Kompliment.

***

»Na Peabody«, sagte Emerson. »Mir scheint, du kannst dir dieses Mal keinen weiteren Skalp an den Gürtel hängen.«

Lang hingestreckt auf dem Bett, die Hände unter dem Kopf verschränkt, beobachtete er, wie ich meine Haare mit den obligatorischen hundert Bürstenstrichen auf Glanz trimmte. Es war ein langer Tag gewesen, trotzdem vernachlässige ich solche Dinge nicht.

»Das ist eine höchst unschöne Metapher, Emerson.«

»Was wäre dir denn genehm? Eine Kerbe in deiner Flinte?«, schlug er vor. »Ein weiterer Schurke hinter Schloss und Riegel?«

Man hatte Nadji und Suzanne im Haus eines Kaffeehausbesuchers aufgespürt – genau wie ich vermutet hatte. Von dem Imam war das Hochzeitsritual durchgeführt worden. Um auf der sicheren Seite zu sein, scheuchte ich sie nach Luxor und gab die Trauzeugin, während Vater Bennett sie noch einmal kirchlich traute.

»Ich fürchte, wir sind zu verwöhnt«, fuhr Emerson fort. »Es hat etwas Befriedigendes, wenn ein Fall mit einer Verhaftung oder dem Begräbnis des Schurken sein Ende findet.«

»Nicht verzagen, Amelia fragen. Vielleicht kommt ja noch jemand hinter Gitter.«

Emerson setzte sich auf. »Wer? Bitte sag mir, dass es Sir William Portmanteau ist.«

»Ich wünschte, dem wäre so. Für mich ist er exakt der Typ Mann, den Smith meinte, als er von Schattenorganisationen sprach. Skrupellos und ohne Gewissen. Wir können ihn zwar in keiner Weise belangen, aber trotzdem Kopf hoch! Er wird kochen, wenn ich ihm von Suzanne und Nadji berichte.«

»Vielleicht erleidet er dann einen mortalen Infarkt«, sagte Emerson hoffnungsvoll. »Geschähe ihm recht. Wer kommt sonst noch in Frage, hmm? Ich bin kein Schattenboxer, Peabody, ich hab's mehr mit den greifbaren Halunken.«

Er wirkte so niedergeschlagen, dass ich ihn fast ins Vertrauen gezogen hätte. Gleichwohl verwarf ich den Gedanken. Ich war mir meiner kriminalistischen Logik zwar ziemlich sicher, wollte ihm aber keine voreiligen Hoffnungen machen. Stattdessen bot ich ihm auf andere Weise Trost, auf den er durchaus erfreut reagierte.

* * *

Beim Frühstück strich ich diverse Aktivitäten von meiner Liste. Der Punkt Sethos und Margaret war abgehandelt, wenigstens vorübergehend. Zwei derart dominante Persönlichkeiten würden gewiss immer mal wieder heftig aneinandergeraten. Bei Nadji und Suzanne sah es vielversprechend aus. Allerdings harrte noch eine unangenehme Sache der Klärung, weshalb ich mich umgehend auf den Weg zum Schloss machte.

Cyrus lief mir entgegen und begrüßte mich. »Potzblitz, was wollen Sie denn schon hier?«, erkundigte er sich. »Ehrlich gesagt, geht mir dieser alte Dauernörgler Portmanteau empfindlich auf die Nerven. Der guten Katherine im Übrigen auch.«

»Deswegen bin ich hergekommen.« Ich klopfte mir den Staub von der Hose. »Sagen Sie ihm, ich möchte ihn sehen.«

Es dauerte eine Weile, bis er in den Salon geschlurft kam. Allem Anschein nach hatte er sich mit Brandy getröstet. Katherine war bei mir und beschwerte sich bitterlich über ihren unwillkommenen Gast. »Er ist kein Gentleman, Amelia. Ich hatte ihn gebeten, ins Hotel umzuziehen, aber das ignoriert er geflissentlich. Und seine Ausdrucksweise!«

Bei Sir Williams Auftauchen verstummte sie abrupt. Die Maske des jovialen Gentleman hatte er längst fallen lassen. Aufgedunsen und ungepflegt fuhr er mich an.

»Na Mrs Emerson, was haben Sie mir zu berichten? Sie versprachen mir –«

»Ich weiß, wo die beiden sind.« Ich musste die Stimme heben, um ihn zu übertönen. »Sie sind gut aufgehoben und sehr glücklich.«

Ob Sir William mir überhaupt zugehört hatte, vermag ich nicht zu beurteilen. Jedenfalls drang das Gesagte nicht bis zu seinen kleinen grauen Zellen vor. »Wo ist sie? Wieso haben Sie sie nicht mitgebracht? Herrgott, wenn ich das Mädchen zu fassen kriege!«

»Sie sind nicht mehr ihr gesetzlicher Vertreter«, wandte ich ein. »Sie ist jetzt verheiratet.«

Katherine schnappte nach Luft. »Die beiden? Haben geheiratet?«

»Na, das ist aber schön«, grinste Cyrus.

Sir Williams rotes Gesicht nahm eine violette Färbung an und ihm schwoll sprichwörtlich der Kamm. Ich beobachtete ihn eher aus Neugier denn aus Mitgefühl, bis er vor lauter Atemnot keinen Ton mehr herausbekam. Darauf drückte ich ihn in einen Sessel.

»Ich würde ja für Brandy plädieren, wenn Sie davon nicht schon genug intus hätten. Ich würde Sie auch gern zu Suzanne und ihrem Mann mitnehmen, aber dann brechen Sie sicher einen Streit vom Zaun, und was brächte das? Die Würfel sind gefallen, Sir William, Sie können die Uhr nicht zurückdrehen. Ich kann Ihnen nur empfehlen, die nächste Fähre nach Luxor zu nehmen und schnellstmöglich nach Kairo weiterzureisen. Vielleicht werden Sie ja irgendwann einsichtig und vertragen sich wieder mit Ihrer Enkelin.«

»Niemals!«, gurgelte Sir William. »Suzanne ist für mich gestorben. Ich werde mein Testament ändern. Sie bekommt keinen Penny!«

»Ich kümmere mich darum, dass die Diener seine Sachen zusammenpacken«, meinte Katherine. Sie eilte hinaus.

»Und ich«, sagte Cyrus augenzwinkernd, »möchte Ihnen ein einziges Mal widersprechen, Amelia. Ob er nun einen kleinen oder auch ein doppelten Brandy zwitschert, ist doch sein Problem. Hauptsache, es hilft.«

***

In Anbetracht der näherrückenden Abreise unserer Lieben stürzten wir uns in einen Strudel gesellschaftlicher Aktivitäten. Selim und Daoud richteten eine gelungene Fantasia aus, und wir feierten Sylvester im amerikanischen Stil, mit einem rauschenden Ball im Schloss. Cyrus hatte sogar eine Musikkapelle aus Kairo anreisen lassen. Nach einem schwungvollen Walzer mit Emerson gesellte ich mich für eine kleine Erholungspause zu Katherine an den Tisch. Ertappt schaute sie mich an, um dann laut loszuprusten.

»Eiskalt erwischt«, kicherte sie und deutete auf ihren vollbeladenen Teller. »Aber im Großen und Ganzen bin ich sehr diszipliniert, Amelia.«

»Eine gelegentliche Schlemmerei hat noch keinem geschadet«, sagte ich. »Auf mich wirken Sie wesentlich entspannter und erholter als bei Ihrer Ankunft, Katherine.«

»Und auch klüger, hoffe ich. Cyrus liegt mir in den Ohren, dass ich mir gute Vorsätze für das neue Jahr vornehmen soll.«

Ihre Augen glitten zu einem vorüberwirbelnden Paar – Nadji und Suzanne, auf deren Eheglück wir alle mit Cyrus' bestem Champagner angestoßen hatten. Sie würden den Rest der Saison für Cyrus arbeiten, Nadji als Künstler und Kopist, Suzanne als Jumanas Assistentin.

»Sir Williams indiskutables Verhalten gab mir zu erkennen, dass ich meine eigenen Vorurteile noch nicht überwunden hatte. Sehen Sie sich die beiden an – strahlend vor Glück –, und ich hätte noch vor ein paar Tagen behauptet, dass ihre Ehe von Anfang an zum Scheitern verurteilt sei.«

»Die beiden werden zweifellos mit Problemen konfrontiert«, räumte ich ein. »Nicht zuletzt durch die unterschiedliche Religion. Aber die Ehe ist immer ein Wagnis, Katherine. Ich habe Paare gekannt, die ob ihrer Herkunft, Religion und Nationalität perfekt zusammenpassten und dennoch nicht glücklich miteinander wurden.«

»Trotzdem sollte man das Wagnis eingehen?«

»Aber sicher. Was wäre das Leben ohne Risiko?«

Lachend lud sie sich ein weiteres Stück Eistorte auf den Teller. »Das ist doch ein guter Vorsatz: Leben und leben lassen.«

»Ah«, sagte ich. »Bitte, entschuldigen Sie, Katherine, aber ich muss kurz etwas erledigen.«

Jumana tanzte mit Sethos, und er hielt sie für meinen Geschmack etwas zu innig umschlungen. Ihr schien es nichts auszumachen. Als der Walzer endete, bat ich, sie kurz sprechen zu dürfen.

»Ramses ist als nächster dran«, sagte sie nach einem Blick auf ihre Tanzkarte.

»Der kann warten. Was ich dir zu sagen habe hingegen nicht. Du magst Bertie, und er ist mehr für dich als ein guter Freund. Streite es nicht ab. Wieso willst du ihn nicht heiraten?«

Jumana wurde erst leichenblass und dann knallrot im Gesicht. »Wie ... Woher?«, stammelte sie.

»Ich hab ein Händchen für Herzensangelegenheiten«, erwiderte ich. »Also, warum nicht?«

Sie sah mich eindringlich an. »Weil es seiner Mutter das Herz brechen würde. Sie ist immer nett zu mir gewesen. Und ich mag mich nirgends hineindrängen, wo ich nicht erwünscht bin.«

»Falscher Stolz.« Ich schüttelte den Kopf. »Lieber bist du unglücklich, was? Wieso riskierst du es nicht einfach, Jumana? Wer weiß, vielleicht erlebst du eine angenehme Überraschung.«

Als Ramses auftauchte, um den nächsten Tanz mit ihr zu absolvieren, entfernte ich mich mit dem erhebenden Gefühl, dass der Abend einen positiven Verlauf nehmen würde. Natürlich sprach ich noch ein paar Takte mit Bertie, und siehe da, gegen Ende der Party durften wir einem weiteren Brautpaar zuprosten. Cyrus standen Tränen der Rührung in den Augen, Katherine umarmte die beiden jungen Leute mit mütterlichem Stolz.

Alles in allem war es ein rundum gelungener Abend. Der Höhepunkt war ein Telegramm, das uns bei unserer Heimkehr erwartete. Mr Smith fasste sich ebenso kurz wie Emerson, hier sein Originalton: »Das Böse hat verloren, das Gute gesiegt. Ein glückliches Neues Jahr.«

Ich hatte schon immer vermutet, dass der Mann einen gewissen, wenn auch nur rudimentär entwickelten Sinn für Humor hätte.

***

Die familiären Aktivitäten wurden zunehmend wichtiger, da alle wussten, dass die Abreise drohend näherrückte. Die letzte Partie Schach (die David verlor), die letzten kleinen Bücher, die Carla für ihre Verwandten in England bastelte, der letzte von Fatimas berühmten Nachmittagstees, die letzten Besuche im Tal der Könige.

David zog es magisch dorthin. Er nahm seine Zeichenmaterialien mit und verfolgte den Abtransport jedes einzelnen Objekts mit sehnsüchtigen Blicken. Die Menschenansammlungen rund um das Grab waren zu einer echten Plage geworden, und Howard tat mir im Grunde genommen leid, obwohl er sich im höchsten Maße unkollegial verhalten hatte. Andererseits konnte man den Schaulustigen keinen Vorwurf machen. Die Freilegung des Grabes ging zügig voran. Und die Artefakte, die über den Pfad zum Grab von Sethos II. transportiert wurden, übertrafen einander in ihrer erlesenen Schönheit. Howard hatte den Besuchern ein kleines Zugeständnis gemacht, indem er die Stücke unverhüllt fortschaffen ließ.

Nachdem wir nach einem solchen Besuch heimgekehrt waren, suchte Ramses mich auf. »Es gibt da etwas, das ich mit dir besprechen möchte, Mutter.«

»Ich kann mir schon denken, was.«

»Ach, ja?«

»Aber mein Junge, ich weiß doch, was meinen Lieben auf der Seele brennt. Du wünschst dir für David, dass er einmal einen Blick in Tutanchamons Grab werfen darf, nicht? Ich hab mir den Kopf zerbrochen, wie man das anstellen könnte, aber mir ist nichts Gescheites eingefallen. Ich hab mich sogar dazu herabgelassen, Howard zu schreiben und ihn mit aller Herzlichkeit zum Tee eingeladen. Verrat das bloß nicht deinem Vater.«

»Er würde genau wie ich anmerken, dass das reine Zeitverschwendung sei«, sagte Sethos, der eben aus dem Haus kam. Seine Miene glich der eines satten, zufriedenen Katers, der heimlich am Sahnetopf genascht hat. Ich kombinierte, dass er mit Margaret zusammengewesen war. Er fläzte sich in einen Sessel, legte die gespreizten Fingerspitzen aneinander und spähte seltsam entrückt zu mir. »Wieso hast du das gemacht?«

Ich erklärte es ihm. »Ach so«, murmelte er. »Sehr lobenswert. Du willst zu Kreuze kriechen, weil du David helfen möchtest. Schätze mal, du hast Carter nicht offen darum gebeten?«

»Gute Güte, nein. Ich wollte unter gar keinen Umständen mit der Tür ins Haus fallen. Aber ich hab mein Bestes versucht.«

»Stimmt«, konstatierte mein Schwager. »Ist der Tee fertig?«

Kurz darauf rückte er gemeinsam mit Carla den Zuckerplätzchen zu Leibe, als wäre er ausgehungert. Gegen Abend fuhr er mit Margaret nach Luxor, zu einem romantischen Candlelightdinner in einem der Hotels.

»Ich pass auf, dass sie nichts anstellt«, versicherte er mir, machohaft seinen Schnurrbart zwirbelnd.

»Aber wehe, wenn mir dieser O'Connell über den Weg läuft«, fauchte Margaret. »Der soll sich warm anziehen. Mir auf die Nase zu binden, dass er die bessere Story hat!«

Der nächste Tag war der letzte. David, Sennia und Gargery würden tags darauf den Zug nehmen und die lange, beschwerliche Rückreise antreten. Für jenen Nachmittag hatten wir unsere engsten Freunde zum Tee eingeladen. Auf meine Frage, was sie am Morgen unternehmen wollten, schlug Sennia einen letzten Besuch bei Pharao Tut vor, wie sie ihn scherzhaft nannte. David war natürlich hellauf begeistert und Gargery fügte sich in sein Schicksal. Emerson schloss sich notgedrungen der Gruppe an. Das Automobil hatte er vorübergehend abgeschrieben, weil es einfach nicht laufen wollte. (Vermutlich wegen des Teils, das ich mit Nefrets Hilfe ausgebaut hatte.)

Margaret kam als Letzte in den Stall geschlendert, wo die Pferde schon gesattelt bereitstanden. Ihren khakifarbenen Hosenanzug hatte sie modisch mit einem leuchtenden Halstuch und ein paar silbernen Armreifen aufgewertet. Zudem entdeckte ich einen Hauch Rouge auf ihren Wangen. »Wo ist – ähm – Anthony?«, wollte ich wissen.

»Auf eigene Faust losgezogen. Wen reite ich?«

»Diesen Esel da.« Emerson hob sie schwungvoll in den Sattel.

»Ich ziehe Pferde vor«, sagte Margaret mit einem sauertöpfischen Blick.

»Ich leiste dir Gesellschaft«, versprach ich. »Du und ich mit Gargery und Sennia. Glaub mir, das wird richtig nett.«

Nach einem ziemlich staubigen Ritt erreichten wir den Eselpark, in dem sich bereits Reittiere, Karren und Zweispänner drängten.

Wir trafen rechtzeitig genug am Grab ein, um der Bergung eines grandiosen Objektes beizuwohnen – es war der vergoldete Thronsessel, den Rex Engelbach uns in glühenden Farben beschrieben hatte. Mr Mace trottete nebenher, mit der Sorgenmiene eines Vaters, der die ersten Schritte seines Kindes beobachtet. Ich vermutete, dass er die Einlegearbeiten schon notdürftig stabilisiert hatte, dennoch war es eine heikle Angelegenheit, und als er erleichtert lächelnd von der Zwischenlagerstätte zurückkehrte, gratulierte ich ihm aufrichtig.

Es dauerte eine Weile, bis das nächste Artefakt ans Tageslicht befördert wurde. Gleichwohl herrschte eine ziemliche Hektik; uneinsichtige Besucher stritten sich mit den Wachleuten, weil sie unbedingt näher an das Grab heranwollten, dauernd tauchten irgendwelche Boten mit Mitteilungen und Telegrammen auf. Die Touristen fotografierten akribisch jedes Objekt; Journalisten schlenderten umher, auf der Suche nach einem Interview. Einer davon erkannte Sennia und hätte ihr mit Sicherheit Fragen gestellt – weiß der Himmel worüber –, Emerson schob dem jedoch einen Riegel vor.

Ich hatte das obligatorische Picknick mitgebracht und wollte meine Lieben zu einem kurzen Imbiss zusammentrommeln, als Howards Auftauchen die Menge in Ehrfurcht erstarren ließ. Die Fragen ignorierend, die ihm von diversen Individuen zugebrüllt wurden, stand er da, die Hände in den Hüften, und sah sich um. Frisch gewagt ist halb gewonnen, dachte ich bei mir und schwenkte wie zur Begrüßung meinen Sonnenschirm.

Und war völlig verblüfft, als Howard mich zu sich winkte, zwar mit der gönnerhaften Geste eines Potentaten gegenüber einer Subalternen, aber na ja, besser als nichts. Folglich schob ich mich an den Wachen vorbei und trat zu ihm. Man sah ihm die Anstrengungen der letzten Tage deutlich an; tiefe Falten hatten sich in sein Gesicht gekerbt, unter seinen Augen lagen dunkle Schatten.

»Sie scheinen gut voranzukommen«, sagte ich freundlich.

»Ja, es klappt relativ reibungslos. Keine Probleme bisher. Ähm – ist Mr Todros bei Ihnen?«

»Zufälligerweise ja«, sagte ich, bemüht, meine Verblüffung zu überspielen.

»Ich habe Anweisung – ähm – habe beschlossen, ihn zu autorisieren, eines der Artefakte zu zeichnen.«

Emerson, der es für selbstverständlich erachtete, dass Howards höfliche Geste ihn mit einschloss, war mir gefolgt. »Welches denn?«, fragte er spontan.

Howard drehte missmutig ein Blatt Papier zwischen den Fingern. Ich glaube, es war ein Telegramm.

»Welches er möchte.« Unvermittelt heftig setzte er hinzu: »Aber nicht im Grab!«

»Natürlich nicht«, beschwichtigte ich. »Dort sind Sie ja selbst schwer beschäftigt. Also dann in Ihrem Zwischenlager.«

Genau wie Emerson realisierte ich, dass wir Nägel mit Köpfen machen mussten, ehe Howard es sich noch anders überlegte.

»Ja«, knurrte er. Er nahm einen Bleistift aus der Jackentasche und kritzelte etwas auf die Rückseite des Telegramms. »Geben Sie das Lucas. Und sagen Sie Todros, das ich ihn für etwaige Beschädigungen haftbar machen werde!«

Ich versetzte Emerson einen leichten Knuff, damit er nicht ärgerlich aufbrauste, und nahm die Notiz an mich, die Howard mir widerstrebend aushändigte.

»Beeilung«, rief ich, sobald wir losrannten. »Wo ist David?«

Wir mussten uns durch eine Horde von Journalisten kämpfen, die in ihrer Sensationsgier jeden angingen, der mit Howard gesprochen hatte. Emerson erklärte ihnen, sie sollten sich zum Teufel scheren, und ich erzählte ihnen, dass Mr Carter eine Pressekonferenz anberaumen würde, worauf sie sich in Lauerstellung hinhockten, wie ein Rudel ausgehungerter Schakale um einen Kaninchenbau. Einmal außer Hörweite berichtete ich David die erhebende Neuigkeit. Sein strahlender Blick rührte mich fast zu Tränen – allerdings bin ich weder sentimental noch nah am Wasser gebaut.

»Du hast doch Zeichensachen dabei, nicht wahr?«, fragte ich.

»Ja. Ja, aber –«

»Was brauchst du denn noch?«, wollte Nefret wissen. »Ich reite schnell nach Hause und hol es dir.«

»Farben und Pinsel.«

»Alles klar. Kommst du kurz mit, Margaret?«

Margaret stimmte begeistert zu. Genau wie wir anderen war sie Feuer und Flamme.

Der Rest von uns steuerte zum Grab von Sethos II. Der

weitläufige Bereich vor dem Eingang mutete chaotisch an; präparierte Objekte säumten Tische und Werkbänke, Bretter für den Bau der Verschiffungskisten standen an die Felswände gelehnt, Papier und Verpackungsmaterialien lagen überall verstreut. Im Grab, dessen Tor offen stand, erspähten wir ein halbes Dutzend Holzkisten und mehrere Arbeitsbereiche. Der scharfe Geruch von Azeton und anderen Chemikalien wehte zu uns.

Lucas war kein bisschen erstaunt, als er uns sah. Er schüttelte allen die Hand und überflog Carters Notiz. »Hab mich schon gefragt, wann Carter endlich über seinen Schatten springt. Wie Sie sehen, geht es hier ziemlich turbulent zu – aber ich mag das ja. Interessieren Sie sich für irgendein spezielles Stück, Mr Todros?«

Davids Augen fixierten bereits die bemalte Truhe, die auf einem Tisch stand. Lucas runzelte die Stirn. »Aber nur von außen, ja? Der Inhalt ist nämlich in einem bedauernswerten Zustand. Mace hatte noch keine Zeit, sich darum zu kümmern. Ich möchte das gute Stück auch ungern bewegen.«

»Aber selbstverständlich. Wie ich sehe, haben Sie das Äußere mit Paraffinwachs behandelt.« Dabei verrenkte ich mir fast den Hals.

»Das Holz dehnte sich bei den hohen Außentemperaturen aus und die Farbschicht blätterte ab«, erklärte Lucas. »Wir mussten umgehend handeln.«

»Es gibt nichts Besseres als Paraffin«, bekräftigte ich.

»Optimal, kann ich nur sagen. Selbst die Farben wirken frischer.«

»Wir wollen auch nicht länger stören«, erwiderte ich mit dem Hinweis, dass Davids Zeichenmaterialien später noch gebracht werden würden. Der Junge merkte gar nicht, dass wir uns verabschiedeten. Er saß tief versunken auf einem Klapphocker und hatte bereits mit einer Grobskizze begonnen.

»Hoffentlich wird er heute fertig«, meinte ich zu Emerson. »Das Ganze kommt mir irgendwie spanisch vor. Howard trägt weiterhin seinen Groll mit sich herum. Und jetzt hat er Order von jemandem bekommen, dass er David hier arbeiten lässt.«

»Vielleicht von Lacau?«, schlug Ramses vor.

Emerson schnaubte abfällig. »Carter ignoriert die Antikenverwaltung und setzt sich über deren Bestimmungen hinweg. Es gibt nur eine Person, die ihm Anweisungen geben kann.«

»Lord Carnarvon.« Ich nickte zustimmend. »Trotzdem ist mir sein Einlenken unerklärlich.«

Wir erreichten das Ende des Wadis und bogen in den Hauptweg, wo wir unversehens auf Sethos trafen. Er saß auf einem Felsblock und rauchte.

»Wo hast du denn gesteckt?«, wollte ich wissen.

»Ach, mal hier und mal da. Wann gibt es Mittagessen? Sennia hat einen Mordshunger.«

Wir sammelten Sennia und Gargery ein und fanden ein hübsches, leeres Grab. Nachdem wir uns im Kreis um den Picknickkorb niedergelassen hatten, inspizierte Sennia den Inhalt und verteilte.

»Wo ist Margaret?«, erkundigte sich mein Schwager. Er nahm ein Käsesandwich.

»Sie ist mit Nefret zum Haus zurückgeritten, um Davids Zeichenmaterialien zu holen«, klärte ich ihn auf. »Howard hat ihm die Erlaubnis gegeben, eines der Artefakte für die *Illustrated London News* zu kopieren.«

»Hat er das tatsächlich?«

»Ich denke, wir sollten nach dem Essen nach Hause zurückkehren«, verkündete Sennia. »Gargery sieht müde aus.«

»Was?« Gargery straffte sich und packte das Sandwich fester, das ihm beinahe aus der Hand geglitten wäre. »Müde? Ich?«

»Ich möchte noch bleiben, bis Nefret zurückkommt«,

meinte ich. »Das wird noch eine Weile dauern. Wieso reitet ihr nicht mit Emerson oder Ramses zurück?«

»Ich begleite sie.« Sethos wühlte in dem Picknickkorb herum. »Was empfiehlst du mir, Sennia? Tomate oder Hühnchen?«

Er entschied sich für das Geflügelsandwich und ließ sich auf die Fersen zurücksinken.

»Du hast immer noch braune Farbe hinter dem Ohr«, zischte ich ihm aus dem Mundwinkel zu.

Sethos grinste und aß weiter.

Die drei verließen uns nach dem Mittagsimbiss, während Ramses, Emerson und ich auf Nefret warteten. Ich war nicht die Einzige, die eine Erklärung für Howards plötzlichen Sinneswandel gefunden hatte.

»Wer war er denn?«, wollte Ramses wissen.

»Der entsetzlich zerlumpte Bote mit der rotzfrechen Klappe, schätze ich mal. Ihr kennt ja seine Neigung, eine Rolle zu überziehen.«

»Hölle und Verdammnis«, brüllte Emerson. »Du meinst, er ... Sethos war der ... Wie zum Teufel hat er denn das gemacht? Ein Telegramm von Seiner Lordschaft zu fingieren?«

»Ganz ohne Zweifel hat er seine einschlägigen Methoden. Bestimmt möchte er nicht, dass David davon erfährt. Davids Prinzipien sind so streng, dass er nachher noch meint, Howard wäre übervorteilt worden.«

»Er war das.« Emerson grinste übers ganze Gesicht. »Ausgezeichneter Einfall! Ich muss meinen lieben, lieben Bruder beglückwünschen. Endlich hat er seine fragwürdigen Talente mal sinnvoll eingesetzt. Und das Beste kommt noch«, wieherte er schadenfroh, »Carter wird zu gegebener Zeit merken, dass man ihn ausgetrickst hat – aber dann sind ihm die Hände gebunden!«

Ramses stimmte in sein herzliches Lachen ein. Ich kicherte still in mich hinein.

Wir hatten uns auf eine längere Wartezeit eingestellt und

wurden angenehm überrascht. Nefret kehrte eine halbe Stunde früher zurück als erwartet. Sie war in Begleitung von Selim, der Davids Staffelei und Farben schleppte.

»Ihr wart aber schnell«, rief ich und hastete zu den beiden. »Ihr habt den armen Pferden doch hoffentlich nicht zu sehr zugesetzt.«

»Nein«, beteuerte Selim. Er murmelte irgendetwas Unverständliches.

»Wie bitte?«, hakte ich nach. »Sprich lauter, Selim.«

»Wir sind mit dem Automobil gekommen«, brüllte Selim.

Emerson brach in lautes Jubelgeheul aus. »Heute ist mein Glückstag! Hast du es repariert bekommen, Selim?«

»Ja.« Selim mied geflissentlich Nefrets Blick, die wiederum bewusst nicht zu mir schaute.

»Na lauf schon, Selim«, versetzte ich milde. »Mr Lucas erwartet dich.«

Eilends entfernte er sich.

»Verzeih mir, Mutter«, flüsterte Nefret mir zu. »Aber ich fand, in diesem dringenden Fall müssten wir eine Ausnahme machen.«

»Du hattest vollkommen Recht«, seufzte ich. »Auch wenn es ein Wermutstropfen im Becher der Freude ist.«

Natürlich beharrte Emerson darauf, mit dem Automobil zurückzubrausen. Uns anderen blieben die Pferde und ein paar störrische Esel. Wir ließen Asfur für David zurück, da er nicht aufhören wollte, solange es noch einigermaßen hell war.

Es war schon recht dämmrig und unsere Gäste bereits eingetroffen, als Asfur im gemächlichen Schritt nahte. David hielt ein sperriges Paket in den Armen, behutsam, als wäre es ein Baby. Er reichte es Ramses hinunter und saß ab. Jamad führte Asfur in den Stall. Als David vorsichtig die Verpackung entfernte, erhob sich ein kollektiver Begeisterungssturm – außer von David, der betroffen aufstöhnte. »Es ist ringsum verschmiert – es war noch nass, ich konnte nicht solange warten, bis die Farbe getrocknet war … Mist!«

»Das lässt sich ausbessern«, beschwichtigte ich. David, es ist fantastisch! Du hast die Farben und die Lebendigkeit der Szenen eingefangen, wie es kein anderer könnte.«

»Verflixt richtig«, rief Cyrus. »Meinen Glückwunsch, Junge. Die Leute von der *Illustrated London News* werden begeistert sein.«

David blickte von seiner kritischen Bestandsaufnahme der Zeichnung auf. »Aber Sir, ohne Carters ausdrückliche Genehmigung kann ich sie nicht verkaufen. Ich hab nach ihm gesucht, bevor ich aufbrach. Wollte mich bedanken –«

»Heiliger Strohsack«, murmelte Emerson.

»Wie bitte, Sir?«

»Ach … nichts.«

»Dummerweise war er schon weg«, fuhr David fort.

»Ah«, sagte ich. »Wir erledigen das für dich, David. Ähm – du brauchst keine Erlaubnis, um es zu veräußern. Howards und Carnarvons Rechte an den Funden sind weiterhin umstritten.«

»Oh, aber das brächte ich niemals fertig«, ereiferte sich David. Ein entseeltes Lächeln huschte über seine Züge. »Das Wichtigste ist doch, dass ich die Truhe überhaupt zeichnen durfte. Dass ich die Zeichnung habe. Ich bin nicht so prinzipienlos, dass ich aus diesem faszinierenden Erlebnis Kapital schlagen möchte.«

»Verdammt gut, dass David morgen abreist«, meinte Emerson, nachdem unsere Gäste aufgebrochen waren und der Junge in seinem Raum die letzten Sachen zusammenpackte. »Er hätte es fertiggebracht und Carter noch selbst darauf gestoßen, dass er uns auf den Leim gegangen ist.«

»Ihn interessiert einzig die künstlerische Tätigkeit als solche«, sagte Sethos. »Und das wird immer so bleiben.«

»Ja«, erwiderte Emerson. »Ganz recht. Wie wär's mit einem kleinen Whisky-Soda als Absacker, Leute?«

***

Zeitig am nächsten Morgen verabschiedeten wir sie, wehmütig und mit vehementen Beteuerungen auf ein baldiges Wiedersehen. David trug das Behältnis mit seiner Zeichnung, als wäre sie aus Glas.

»Halt dich tapfer.« Ich umarmte ihn ein letztes Mal.

»Ich hab mehr bekommen, als ich verdiene, Tante Amelia.«

»Du hast bekommen, was du dir verdient hast, mein Junge. Unsere tiefe Zuneigung, die Erfüllung eines Herzenswunsches und vielleicht einen kleinen Denkanstoß.«

»Ich werde darüber nachdenken«, sagte David ernst. »Versprochen.«

Als wir uns am Nachmittag zum Tee einfanden, grummelte Emerson: »Das Haus ist einfach zu still, Sennia fehlt mir schon jetzt.« Ich stieß ihn heimlich in die Seite, worauf er hastig hinzufügte: »Aber ich hab ja euch, meine Schätzchen. Ihr werdet mich trösten.«

»Schätze, das galt nicht uns«, bemerkte Sethos. »Margaret und ich werde in Kürze abreisen, aber diesen Verlust erträgst du sicher mit Fassung.«

»Großvater hat mit uns geredet«, sagte Carla mit Nachdruck. »Komm, wir spielen Bogenschießen, Opa.«

»Oder Schach«, schlug David John vor.

Gefangen zwischen Szylla und Charybdis entschied Emerson sich für das Bogenschießen und schlenderte gemeinsam mit Carla ins Freie. Während David John die Schachfiguren aufbaute, wandte ich mich an Sethos: »Und wie sehen deine weiteren Pläne aus, nachdem du sozusagen in den Ruhestand getreten bist?«

»Ich werde mich als Autor von Kriminalromanen versuchen. David John hat mir seine Zusammenarbeit zugesagt.«

David John, der Sethos als Spielpartner ins Auge gefasst hatte, fing den Gesprächsfetzen auf. »Möchtest du den Schluss lesen, den ich zu dem Buch geschrieben habe, das Großmama mir weggenommen hat?«

»Nichts, was ich lieber täte«, erklärte Sethos aus vollstem Herzen. Immer noch besser als sich von einem fünfjährigen Knirps mit schöner Regelmäßigkeit schachmatt setzen zu lassen.

David John lief los, um das Manuskript zu holen. »Ich möchte nicht ungastlich klingen«, sagte ich, »aber habt ihr schon das Datum eurer Abreise festgesetzt?«

»Das liegt bei dir, Amelia.«

»Keine Ahnung, wie du das meinst.«

»Nein? Du beobachtest unablässig die Straße und schnappst dir jede Mitteilung, die ins Haus kommt. Ich denke, ich weiß, was du vorhast, und das möchte ich auf keinen Fall versäumen.«

»Gute Güte«, murmelte ich ein wenig ertappt.

»Gute Güte«, rief Sethos, der David Johns Manuskript in Händen hielt und eben die erste Seite überflog.

Ich harrte in der Tat einer Mitteilung. Dass sie nicht eintraf, zerrte zunehmend an meinen Nerven. Worauf zum Kuckuck wartete der Mann noch?

Der sehnlich erwartete Brief traf am Nachmittag per Boten ein. Ich las ihn im Beisein der anderen auf der Veranda und vermochte mir einen triumphierenden Aufschrei nicht zu versagen.

»Ha! Genau wie ich vermutete!«

Emerson schien irgendwie pikiert, als ich ihm alles erklärte. Allerdings entschädigte ihn die Aussicht auf ein neuerliches Abenteuer dafür, dass ich ihm etwas verschwiegen hatte. Wir einigten uns darauf, gleich nach dem Abendessen aufzubrechen und den Pfad zu nehmen, der über die Hochebene ins Tal der Könige führte. Der Mond strahlte hell am Himmel, zudem kannten wir die Strecke. Ausgenommen Margaret, weshalb sie auch mehr oder weniger freiwillig zu Hause blieb.

Auf dem höchsten Punkt des Gebels über Deir el-Bahari angelangt, ermahnte ich die anderen dazu, mit äußerster

Vorsicht weiterzuklettern und mucksmäuschenstill zu sein. Wir waren noch nicht weit gekommen, als ich Geräusche vernahm: gedämpfte Stimmen und das gereizte Schnauben mehrerer Kamele. Ich winkte meine Truppe zu mir.

»Wir dürfen auf gar keinen Fall warten, bis sie mit dem Verladen der gepackten Kisten anfangen«, wisperte ich, »sondern umgehend aktiv werden, sonst werden die Artefakte womöglich noch beschädigt.«

Dank meines Informanten waren wir noch rechtzeitig gekommen. Nach einem Schwall gezischter Kommandos und dem Aufflammen von Fackeln drang eine brandende Geräuschkulisse aus dem Wadi zu uns herauf.

»Jetzt!«, schrie ich. Mit gezücktem Schirm ging ich auf die Schurkenbande los.

Die Auseinandersetzung war kurz, aber durchaus konstruktiv. Die Diebe waren eben im Begriff, sich in das Felsengrab hinabzulassen, als wir sie überraschten. Da meine Begleiter die Situation vollkommen unter Kontrolle hatten, verfolgte ich den Mann, der sich in geduckter Haltung klammheimlich durch die zerklüfteten Felsformationen davonzustehlen suchte.

»Es ist zwecklos, Sir Malcolm«, rief ich. »Sie sind überführt. Stehen Sie auf und nehmen Sie Ihre gerechte Strafe wie ein Mann auf sich.«

Sethos' Auftauchen nahm Sir Malcolm den letzten Funken Hoffnung auf eine etwaige Flucht. Wir geleiteten ihn zu dem Schauplatz der Kampfhandlungen. Die Möchtegernräuber kauerten am Boden, bewacht von Ramses. Unter ihnen auch die beiden Ibn Simsah-Brüder.

»Irgendwelche Katastrophenmeldungen?«, rief ich Emerson zu. Er war den Felsen hinuntergeklettert und inspizierte das Grab.

»Ein Riesenloch, ein paar Meter von dem Wadi entfernt. Fein gemacht, Bürschchen«, setzte der Professor in Arabisch hinzu.

Flink wie ein Gebirgssteinbock kletterte er wieder herauf. Die Diebe waren exakt nach dem Muster vorgegangen, das Sethos uns in groben Zügen skizziert hatte. Eine Gruppe hatte die Wachen vor dem Grab von Sethos II. mit einer fingierten Explosion abgelenkt und dann überwältigt. Der andere Teil der Bande war mit Seilen und Kamelen ausgerüstet auf Beutezug gegangen.

Sir Malcolm ließ sich auf den harten Felsboden sinken. Nachdem er im Eifer des Gefechts seine Perücke eingebüßt hatte, schimmerte sein Glatzkopf im Sternenschein wie ein bleiches Riesenei. Ich stand mit wehrhaft erhobenem Schirm über ihm, derweil scharwenzelte sein Diener völlig aufgelöst um ihn herum.

»Auf frischer Tat ertappt«, entfuhr es Emerson mit erkennbarer Genugtuung.

»Na und? Was wollen Sie mir denn schon groß vorwerfen?« So leicht war Sir Malcolm nicht zu erschüttern. Inzwischen wieder zu Atem gekommen, hatte er sich einen Vorwand zurechtgelegt. »Ich bin aus dem gleichen Grunde hergekommen wie Sie, Professor. Ich hatte nämlich den schweren Verdacht, dass hier ein Grabraub stattfinden würde.«

»Das ist eine glatte Lüge!«, tobte Emerson.

»Das müssen Sie erst mal beweisen.«

»Kein Problem«, versetzte ich, während ich meinen blindwütigen Gemahl in Schach hielt. »Mr Gabra?«

Sir Malcolms Lakai erhob sich geschmeidig. »Ich darf Sie mit Polizeihauptwachtmeister Gabra von der Luxorer Polizei bekannt machen«, sagte ich. »Er ist mit Billigung seines Chefs, Inspektor Aziz, hier, zudem weiß er um sämtliche Kontakte, die Sie mit Aguil und Deib pflegten. Unvorstellbar, aber diese skrupellosen Schwachköpfe erklärten sich bereit, für Sie zu arbeiten, obwohl Sie ihren Bruder auf dem Gewissen haben.«

Sir Malcolms Gesicht war so weiß wie seine Glatze. »Sein

Tod war ein Unfall«, keifte er. »Der Idiot hatte meine Anweisungen missachtet.«

»Ah«, sagte ich höchst zufrieden. »Das war doch schon ein kleines Eingeständnis.«

Gabra sprach zum ersten Mal. Trotz der geflickten Galabija hatte er jetzt das Auftreten eines selbstbewussten, kompetenten Polizeibeamten.

»Das hat er Deib und Aguil erzählt«, erklärte er. »Die Sprengladung war ein Versuchsballon – so würden Sie das wohl bezeichnen; Farhat sollte sie in sicherer Entfernung zünden, hatte aber keine Ahnung, wie gefährlich das Gemisch war.«

»Sinnloses Blutvergießen«, sinnierte ich laut.

»Das können Sie mir nicht anhängen«, giftete Sir Malcolm. Trotz der kühlen Nachtluft perlte ihm der Schweiß von der Stirn. »Farhat war ein arroganter Narr.«

»Das vielleicht nicht«, räumte ich mit Bedauern ein. »Aber es gibt genügend Beweise, die Sie des versuchten Raubes an den Schätzen Tutanchamons überführen. Nehmen Sie ihn mit, Herr Wachtmeister, und meinen Glückwunsch für Ihre effiziente Lösung des Falles.«

* * *

»Er wird sich den besten Anwalt nehmen oder versuchen, auf Kaution herauszukommen«, meinte Sethos. In einen Sessel gefläzt, die Beine lang ausgestreckt, prostete er uns zu.

»Das fürchte ich auch«, seufzte sein Bruder. »Er hat Geld und Titel, Gabra ist für diese hirnrissige Verwaltungsbürokratie hingegen ›nur‹ ein Einheimischer.«

»Das heißt, ich darf das gar nicht drucken lassen?«, erkundigte sich Margaret.

»Er würde dich eiskalt verklagen und Schmerzensgeld verlangen«, sagte ihr Gatte lapidar. »Das kann ich mir nicht leisten.«

»Immerhin haben wir die schöne Genugtuung, dass der ehrenwerte Sir Malcolm sich durch und durch blamiert hat. Das spricht sich rum«, meinte ich. »Der kommt so schnell nicht wieder nach Ägypten.«

»Und wenn, dann bekommt er von mir eine Abreibung, die sich gewaschen hat«, knurrte Emerson. Er drehte sich stirnrunzelnd zu seinem Bruder. »Apropos, wo wir gerade davon sprechen, du könntest auch eine vertragen. Wieso hast du uns diesen hirnverbrannten Bockmist untergejubelt?«

»Ich musste euch schließlich irgendwas erzählen«, gab Sethos zurück. Wie ein unverbesserlicher Bühnenschurke strich er sich dabei über den Schnurrbart.

Emerson kochte innerlich. »Bitte, provozier mich nicht. Ich bin geneigt zu akzeptieren, dass du deine Order hattest und dass man den wahren Charakter der Konspiration vor dir verschleierte. Wenn du jedoch davon überzeugt warst, dass der Code eine Fälschung war, wieso hast du Ramses dann tagelang darüber brüten lassen? Weswegen brachtest du das Dokument überhaupt mit her?«

»Das war nur ein Vorwand«, warf ich ein. »Er kam her, weil er krank, einsam und allein war.«

Wie ein scharfes Messer durchschnitten meine Worte das betretene Schweigen. Margaret blieb die Luft weg, und Emersons saphirblaue Augen nahmen einen milden Ausdruck an. Kaum merklich errötend neigte Sethos den Kopf und blickte auf den Boden.

»Schämst du dich etwa, das zuzugeben?«, wollte ich wissen. »Jeder andere hätte genauso reagiert wie du – doch Emerson, du auch.«

»Und ich hätte es ebenso wenig eingestanden«, brummelte der Professor. »Lass Sethos jetzt in Ruhe, Peabody.«

»Eine Sache noch.« Ich zog meine Liste aus der Tasche, die inzwischen schon ziemlich unansehnlich war. Fast alle Punkte waren durchgestrichen. »Was war mit dem Mann im Souk?«

»Welcher Mann?«, wollte Ramses wissen.

»Hattest du das vergessen? Ich nicht. Der nette Mann, der Carla Geld schenkte, als sie mit Ali ausgebüchst war. »Du« – ich deutete auf meinen Schwager – »warst dort und hast das Hotel beobachtet, weil du uns sehen wolltest. Deine Familie, stimmt's?«

Sethos hob den Kopf und gestikulierte schuldbewusst mit den Händen. »Du hast gewonnen, Amelia. Ich gebe mich geschlagen. Ja, ich hatte das dringende Bedürfnis, euch zu sehen, weil ich wissen wollte, wie es euch so geht und ob bei euch alles in Ordnung ist. Als Carla mit diesem nichtsnutzigen Sufragi auf die Straße lief, bin ich ihnen gefolgt.«

»Und hast ihr so viel Geld gegeben, dass sie sich bis zum Erbrechen mit Süßigkeiten vollstopfen konnte. Sieht dir wieder mal ähnlich«, bemerkte Ramses. Aus seiner Stimme klang kein Vorwurf, lediglich ein Hauch von Belustigung.

»Mir war klar, dass ihr nicht schlecht werden würde. Ich wollte dem Kind einfach ... einfach eine Freude machen.«

Dass er sich geschlagen gab, war meine süße Rache. Er war endlich, endlich geläutert! Und ich hatte ihn wahrhaftig lange genug gequält, deshalb wechselte ich das Thema.

»Wie sehen eure Pläne aus?«, erkundigte ich mich.

»Rückkehr nach England, ins traute Heim mit meiner Schönheit«, grinste Sethos und nickte zu seiner Frau, die mit gespielter Verzückung die Augen verdrehte. »Ich habe mir fest vorgenommen, mich mit meiner Tochter zu vertragen und endlich meinen Enkel kennenzulernen. Wir reisen bald. Von Beileidsbekundungen bitten wir Abstand zu nehmen.«

»Und ich«, setzte Margaret hinzu, »kümmere mich darum, dass er seine guten Vorsätze einhält. Aber ich bin wieder hier, wenn Carter die Grabkammer öffnet. Koste es, was es wolle, ich bekomme meine Story!«

* * *

»Das Haus ist verdammt leer, nachdem alle abgereist sind.« Emerson seufzte inbrünstig.

Es war der perfekte Einstieg, aber weder Ramses noch Nefret wollten mit der Sprache herausrücken. Die unangenehmen Dinge blieben wie üblich an mir hängen.

»Ich hab die Zeitung durchgesehen«, hob ich an. »In Roda und Maadi stehen einige Häuser zur Vermietung.«

Emerson setzte sich ruckhaft auf. »Was faselst du da?«

»Ihr habt euch entschieden, nicht wahr?« Ich fixierte Ramses beschwörend.

»Ja Vater, wir –«

»Dann macht ihr euch am besten schleunigst auf die Suche nach einem geeigneten Haus. Ihr möchtet den Umzug doch bestimmt bis April über die Bühne bringen, oder?«

Ramses fuhr sich mit der Hand durch die widerspenstigen Locken. »Du weißt es. Du wusstest es!«

»Natürlich. Ich freue mich mit euch, meine Schätzchen.«

»Was?« Emerson ist gelegentlich ein wenig schwer von Begriff. »Was? Nefret ist ... Du bist ...« Ebendies hatte er sich sehnlichst gewünscht.

»Ja Vater.« Nefret kniete sich neben seinen Sessel und fasste seine Hand. »Bitte sag auch, dass du dich mit uns freust.«

Seine Miene tief bewegt, führte Emerson ihre Hand an die Lippen.

Es würde ein Mädchen werden. Das hatte ich in der Nacht zuvor von Abdullah erfahren.

***

»Na, altes Mädchen«, scherzte Emerson, »ich hoffe, du bist zufrieden mit dir.«

Das war ich in der Tat. Nach diversen Whisky-Soda aus gegebenem Anlass (Nefret bekam ein schönes Glas warme Milch) hatten wir uns in unser Schlafzimmer zurückgezogen. Ich saß am Frisiertisch und begann, die Haarnadeln aus meiner Frisur zu ziehen. Emerson, bereits ohne Oberhemd, setzte sich mit bloßem Oberkörper in einen Sessel und zog sich den rechten Schuh aus.

»Das bist du doch, oder nicht?«, bohrte er. »Ich seh es dir an. Du strahlst so entseelt. Seit wann weißt du es? Warum hast du mir nichts erzählt?«

»Ich weiß es seit einiger Zeit. Es gibt da gewisse Anzeichen ... Trotzdem, es war ihr kleines Geheimnis, Emerson.«

»Das hat dich bisher noch nie aufgehalten.«

Ich drehte mich zu ihm um. Bedächtig zog er seinen linken Schuh aus, wog ihn gedankenvoll in der Hand und warf ihn dann treffsicher vor eine äußerst hässliche Lampe.

»Aber Emerson!«, japste ich. »Was machst du denn da?«

Mein Mann sprang auf. »Wochenlang«, sagte er mit einer Stimme, die an ein entferntes Donnergrollen erinnerte, »hast du mich getäuscht, hinter meinem Rücken agiert und mich nicht ins Vertrauen gezogen. Mir reicht's, Peabody! Ich ertrag das nicht länger!«

»Aber Emerson!«

»Kein Wort mehr!«, wetterte mein Göttergatte. Mit einem energischen Schritt war er bei mir und riss mich stürmisch in seine Arme.

»Na endlich!«, keuchte ich, sobald ich wieder zu Atem kam. »Darauf warte ich seit Monaten. Oder glaubst du etwa, ich bin zerbrechlich?«

»Ich glaube«, beteuerte Emerson, während er mich zum Bett trug, »dass du unsterblich bist. Nie wird das Alter dich entstellen ... der Zahn der Zeit an deiner Schönheit nagen.«

»Klingt ja richtig poetisch, Emerson!«, rief ich.

»So ähnlich jedenfalls hat es Shakespeare in *Antonius und Kleopatra* formuliert«, meinte mein Göttergatte stolz. »Ich kenne noch ein anderes Gedicht, Peabody.«

»Darf ich es hören?«

»›Es wenig profitiert, dass ein untät'ger König ... vermählt mit einer altersgreisen Frau ...‹«

Ich drückte ihm das Kopfkissen aufs Gesicht. Er brach ab und brummelte schwer atmend: »Du lässt mich nicht ausreden, Peabody. Wie ging es noch mal weiter? ›'s ist nicht zu spät, um eine neuere Welt zu suchen. Ach übrigens, was hältst du davon, wenn wir die *Amelia* flott machen und erneut die Segel setzen? ›Stoßt ab und gut in Ordnung sitzend, schlaget die schallenden Furchen?‹«

»›Mag sein, dass wir die Inseln des Glücks berühren werden‹«, fuhr ich verträumt fort.

»›Und den großen Abdullah sehen, den wir kannten‹.«

»Du verballhornst den armen Lord Tennyson, Emerson.«

»Es war doch auch nur im übertragenen Sinne gemeint, Peabody. ›Gleichartig im Wesen, mit heldenhaften Herzen‹, genau das sind wir. Wir werden Seite an Seite suchen und finden und niemals aufgeben.«

Nachwort

Offenbar fand Mrs Emerson, dass die Zitate eines von ihr ungemein geschätzten Dichters der passende Ausklang für diesen Band ihrer Tagebuchaufzeichnungen seien – vielleicht ging sie auch davon aus, dass von anderen Autoren ähnlich lautende Berichte erscheinen könnten, die ihre Familie letztlich jedoch nicht betreffen würden. Über die Entdeckung von Tutanchamons Grab ist viel geschrieben worden. Aufschlussreiches und weniger Aufschlussreiches. Grundsätzlich sollte man davon ausgehen, dass Howard Carter die umfassendste Darstellung geliefert hat – neueren Untersuchungen zufolge nahm er es mit der Wahrheit jedoch nicht immer ganz genau. Etliche der sogenannten Augenzeugenberichte wurden erst nach dem Fund zu Papier gebracht und sind demzufolge mit Erinnerungslücken behaftet. Die Herausgeberin sieht sich an dieser Stelle genötigt, den Leser auf einige solcher Widersprüchlichkeiten hinzuweisen.

Die hinlänglich bekannte Geschichte, dass Carnarvon Carter im Sommer 1922 darlegte, er wolle keine weitere Exkavation im Tal finanzieren, und dass seine Lordschaft sich umstimmen ließ, als Carter diese aus eigener Tasche bezahlen wollte, beruht auf mündlicher Überlieferung. Charles Breasted, Sohn des berühmten amerikanischen Ägyptologen, beteuerte, er habe sie von Carter persönlich. Selbiger erwähnte sie dagegen nie. Die negativ aufgenommene Intervention Emersons scheint in diesem Zusammenhang wesentlich plausibler, verständlich, dass weder Carter noch Carnarvon darauf eingehen mochten.

Die täglichen Aktivitäten, die den erhebenden Augenblick herbeiführten, da Carter in die goldgefüllte Vorkammer des Grabes spähte, sind hervorragend dokumentiert und stimmen generell mit Mrs Emersons Aufzeichnungen überein. Was Carter in jenem geschichtsträchtigen Moment tatsächlich sagte, als Reaktion auf Carnarvons gespannte Frage, ist umstritten. »Wunderbare Dinge«, lautet die offizielle Version, da von Carter selbst kolportiert. Nach dem, was Carnarvon wenige Tage später zu Papier brachte, soll Carter geantwortet haben: »Hier unten sind einige erstaunliche Dinge.« Nach meinem Dafürhalten ist Mrs Emersons Version – dass es Carter zunächst einmal die Sprache verschlug – allein aus rein psychologischen Erwägungen am glaubwürdigsten.

Die heikelste Anschuldigung gegen Carter und Carnarvon ist die, dass sie das Grab noch vor der offiziellen Öffnung heimlich betreten und erforscht hätten. Dies belegen neben Mrs Emerson auch andere Zeitzeugen. Laut Mrs Emerson fand das unautorisierte Eindringen jedoch am Abend des 26. November statt und nicht, wie des Öfteren verlautet, ein oder zwei Tage später. Ihre Variante erscheint mir stichhaltiger. Nachdem sie durch die kleine Öffnung geschaut hatten, waren die Exkavatoren zwangsläufig neugierig auf mehr geworden, und es hätte schon eines eisernen Willens bedurft, um ihren Forschergeist noch länger zu zügeln. Zudem sollte der Chefinspektor Rex Engelbach die Grabstätte ohnehin am nächsten Tag inspizieren, und jede nachträgliche Veränderung wäre ihm sicher aufgefallen. Der Vorwurf, dass Carter und Carnarvon Objekte entwendet hätten, ist jedoch unbewiesen; allerdings enthielten die privaten Sammlungen beider Männer Stücke, die durchaus dem jungen Pharao gehört haben könnten. In der umfassenden Literatur zu diesem Thema findet der interessierte Leser unterschiedliche Stellungnahmen. Das Zerwürfnis mit einem ungemein konsternierten Emerson basiert auf den unterschwelligen Animositäten Carnarvons gegenüber dessen Familie und der strikten Weigerung Seiner Lordschaft, sie an der Exkavation des Grabmals teilhaben zu lassen.

Die Grabkammer wurde offiziell erst am 17. Februar des Folgejahres geöffnet. Die Emersons sind in der Liste der anwesenden Notabeln nicht genannt. Im April starb Lord Carnarvon an einem Moskitostich, der sich infiziert hatte. Sein Tod brachte den »Fluch des Pharao« zu voller Blüte, ungeachtet der Tatsache, dass es um seine Gesundheit nie zum Besten bestellt gewesen war. Rational denkende Menschen waren sich einig, dass die so genannte Fluch-Inschrift in Tutanchamons Grab eine Idee der Journalisten gewesen ist und dass die meisten Beteiligten ein hohes Alter erreicht hätten, einschließlich Carter selbst; aber, wie Mrs Emerson sagen würde: Gegen den Aberglauben ist kein Kraut gewachsen. Offenbar glückte es ihr, die Sache mit Emersons blindwütigen Beschwörungen unter den Tisch zu kehren; es wäre trotzdem interessant zu erfahren, wie der Vater der Flüche auf Carnarvons Tod reagierte. Er war ein sensibler Mann, und wir wollen hoffen, dass er sich die Sache nicht zu sehr zu Herzen nahm.

Die weitere Untersuchung dieses größten Fundes in der Geschichte der Altertumswissenschaft erstreckte sich über acht Jahre. Nur der Sarkophag, der äußere Schrein und die Mumie des Königs befinden sich noch an ihrem ursprünglichen Fundort. Carter hatte es dabei nicht leicht. Etliche Autoren bemängeln seinen autokratischen Arbeitsstil und seine Arroganz, was letztlich zu einer offenen Konfrontation mit den ägyptischen Behörden führte. Er wurde zeitweise von den Arbeiten an »seinem« Grab ausgeschlossen, durfte die Freilegung später aber fortsetzen. Für die mitwirkenden internationalen Institute und Forscher war das Resultat fatal: Die Gesetze, die bis dato eine Teilung der Artefakte vorsahen, wurden geändert und die Grabschätze in das Museum nach Kairo überführt.

Man muss Carter zugute halten, dass es eine extrem aufreibende Aufgabe war, umso schwieriger, da er sich von unterschiedlichen Interessengruppen mit Forderungen konfrontiert sah. Wie Emerson feststellte: Die wenigsten Exkavatoren hätten die Sache so gut gemacht wie Howard.

Danksagung

Da ich keine Scheu kenne, die konstruktiven Anregungen aus meinem Freundeskreis aufzugreifen und umzusetzen, danke ich an dieser Stelle im Besonderen Joan Hess und Dennis Forbes. Joan hatte die Idee, Sethos ein neues Image zu verpassen (eine Sisyphusarbeit, wie sich herausstellte – aber trotzdem danke, liebe Joan!). Dennis wies mich noch einmal ausdrücklich darauf hin, dass Emerson trotz oder gerade wegen der erlittenen Nackenschläge letztendlich doch der Vater der Flüche sei. Zudem ist Dennis' Buch *Gräber, Schätze, Mumien* eine der kompetentesten Schilderungen über die Entdeckung und Bergung des Grabmals von Tutanchamun. Überdies möchte ich ihm und meiner unschätzbaren Assistentin Kristen Whitbread danken, dass sie das Manuskript gelesen und auf Ungereimtheiten hin überprüft haben.

Im Übrigen gilt: Alle verbleibenden Fehler sind die meinen.

Dramatis Personae

Die Emersons und ihre Verwandten

Professor Radcliffe Emerson, »der berühmteste Ägyptologe seiner und aller Zeiten«
Amelia Peabody Emerson, seine Frau
»Ramses«, Walter Peabody Emerson, beider Sohn
Nefret Emerson, Ramses' Frau
David John und Charlotte (Carla), ihr Zwillingspärchen
Walter Emerson, Radcliffes jüngerer Bruder
Evelyn Emerson, seine Frau
Seth, alias Sethos, alias Anthony Bissinghurst, Radcliffes »anderer Bruder«; Halbbruder von Radcliffe und Walter
Sennia Emerson, Tochter von Amelias Neffen (offiziell adoptiert)
David Todros, Abdullahs Enkel (siehe im Folgenden)
Lia Todros, geborene Emerson, seine Frau, Tochter von Walter und Evelyn
Gargery, Butler der Emersons und selbsternanntes Familienmitglied

Ihre ägyptische Wahlfamilie

Abdullah, ihr ehemaliger Rais(Vorarbeiter), inzwischen verstorben (wahrhaftig?)
Selim, sein jüngster Sohn und derzeitiger Rais
Daoud, Abdullahs Cousin, stellvertretender Rais

Khadija, seine Frau
Sabir, sein Sohn
Ali Yussuf, Hassan; seine beiden anderen Söhne
Fatima, Haushälterin der Emersons in Luxor

Die Familie Vandergelt und ihr Mitarbeiterstab

Cyrus Vandergelt, amerikanischer Millionär, langjähriger Freund der Emersons und Mäzen von Exkavationen in Ägypten
Katherine Vandergelt, seine Frau
Bertie, Katherines Sohn aus erster Ehe, offiziell von Cyrus adoptiert
Jumana, Tochter von Abdullahs Bruder, erste Ägypterin mit Ausbildung zur Ägyptologin
Suzanne Malraux, Künstlerin
Nadji Farid, Exkavator

Akteure in und um Luxor

Inspektor Ibrahim Aziz, Chef der Polizei von Luxor
Polizeihauptwachtmeister Gabra, sein Assistent
Deib, Farhat und Aguil Ibn Simsah, Grabräuber
Azmi, ein junger Wasserträger
Wasim, ein Wachmann
Kareem, Hilfsdiener bei den Emersons
Badra, Küchenhilfe
Jamad, Stallknecht
Maaman, Koch der Emersons
Abdul, Page im Winter Palace Hotel
Ishak, Wachmann im Tal der Könige
Rais Ahmed Gurgar, Howard Carters Vorarbeiter
Ali, Sufragi im Shepheard's Hotel, Kairo
Ali Ibrahim, Fährmann

Journalisten

Margaret Minton, Sethos' Angetraute und Journalistin des *Morning Mirror*
Kevin O'Connell, *Daily Yell*
Bradstreet, *Morning Post* (Kairo), *New York Times*
Bancroft, *Daily Mail*
Arthur Merton, *London Times*

Archäologen plus Anhang

Howard Carter, Exkavator im Tal der Könige
Lord Carnarvon, sein Mäzen
Lady Evelyn Herbert, Carnarvons Tochter
»Pecky« Callender, Ingenieur und Architekt, ein Freund Carters
Herbert Winlock, Leiter des Archäologenteams vom Metropolitan Museum in Deir el-Bahari, Luxor
George Barton, einer seiner Mitarbeiter
Pierre Lacau, Direktor der Antikenverwaltung
Rex Engelbach, Chefinspektor für Oberägypten
Ibrahim Effendi, sein Assistent
Theodore Davis, amerikanischer Mäzen, ehemaliger Financier von Exkavationen im Tal der Könige
Arthur Weigall, früherer Chefinspektor für Oberägypten
Arthur Mace, Mitglied des Met-Exkavationsteams
Harry Burton, dto., Fotograf
Hall und Hauser, Zeichner im Met-Team
Alfred Lucas, Direktor der staatlichen ägyptischen Abteilung für Chemie
Mr und Mrs Davis, Künstler, Kopisten ägyptischer Gräber
Alan Gardiner, englischer Philologe
James Henry Breasted, amerikanischer Ägyptologe
Seine Frau; sein Sohn Charles

Haustiere

Amira, Wachhund
Die große Katze des Re, Kater
Risha, Ramses' Araberhengst
Moonlight, Nefrets Stute
Asfur, Davids Pferd
Eva, Amelias Stute

Altägyptische Adlige und Gottheiten

Mertseger, »Sie, die die Stille liebt«; kobraköpfige Göttin, Name des pyramidenförmigen Bergs am Eingang zum Tal der Könige
Amon, Hauptgottheit von Theben
Aton, der »alleinige Gott« des Echnaton, siehe nachfolgend
Echnaton, der »Ketzerkönig«, Pharao der späten Achtzehnten Dynastie
Nebcheperure Tutanchamon (Tutanchaton); vermutlich Sohn des Vorgenannten mit einer Nebenfrau
Anchesenamon (Anchesenpaaton); Tutanchamons Ehefrau, Tochter Echnatons
Nofretete, Echnatons Frau
Sethos II., einer der »rätselvollen Pharaonen«, Zwanzigste Dynastie
Ramses VI., einer der weniger bedeutenden Ramessiden-Könige, Zwanzigste Dynastie

Und

Sir Malcolm Page Henley de Montague, wohlhabender Sammler von Kunstschätzen
Sir William Portmanteau, Suzannes Großvater
Fuad I., König von Ägypten
Feisal I., König von Irak
Saghlul Pascha, Führer der ägyptischen Nationalistenpartei

Gertrude Bell, englische Forscherin, Autorin, Königsmacherin

Ibn Saud, König von Saudi-Arabien

Sayid Talib, irakischer Nationalist, von vielen als potenzieller Kandidat für die Regierungsübernahme gehandelt

Mohammed Fehmi, alias Bashir, ägyptischer Nationalist und Ex-Revolutionär

Bracegirdle-Boisdragon, alias Mr Smith, Chef einer nicht näher bezeichneten Geheimorganisation

Wetherby, sein Assistent

Thomas Russell Pascha, Kommandant der Polizei von Kairo

Lord Edmund Allenby, Britischer Hochkommissar in Ägypten

Regine Leisner

Die Rabenfrau

Roman | Gebunden mit Schutzumschlag | 432 Seiten
ISBN 978-3-547-71117-2

Vor 11 500 Jahren mitten in Deutschland

Ravan, die junge Vogelfrau der Eschenleute, kämpft gegen den Schamanen Godain, der die Macht der Großen Mutter nicht anerkennt. Obwohl sie weiß, dass sie ihn liebt und ohne ihn nicht leben will, sieht sie sich gezwungen, ihn aus dem Stamm zu verstoßen. Da bebt plötzlich die Erde, ein gewaltiger Feuersturm bricht los. Nur gemeinsam haben Ravan und Godain die Chance, ihr Volk vor der Katastrophe zu retten.

Ein faszinierender Steinzeitroman – eine Hommage an die Frauen und die Kraft der Liebe.